人民共和國文化與文學叢書

三 編

李 怡 主編

第 6 冊

大陸當代先鋒詩歌論

羅 振 亞 著

花木蘭文化出版社

國家圖書館出版品預行編目資料

大陸當代先鋒詩歌論／羅振亞 著 — 初版 — 新北市：花木蘭
文化出版社，2016〔民 105〕
目 2+318 面；19×26 公分
（人民共和國文化與文學叢書 三編：第 6 冊）
ISBN 978-986-404-653-9（精裝）
1. 中國詩 2. 當代詩歌 3. 詩評
820.8   105012942

特邀編委（以姓氏筆畫為序）：

吳義勤　孟繁華　張　檸
張志忠　張清華　陳思和
陳曉明　程光煒　劉福春
（臺灣）宋如珊
（日本）岩佐昌暲
（新西蘭）王一燕
（澳大利亞）鄭　怡

人民共和國文化與文學叢書
三　編　第六　冊　　　　　　　ISBN：978-986-404-653-9

大陸當代先鋒詩歌論

作　　者　羅振亞
主　　編　李　怡
企　　劃　北京師範大學民國歷史文化與文學研究中心
　　　　　四川大學現代中國文化與文學研究中心
總　編　輯　杜潔祥
副總編輯　楊嘉樂
編　　輯　許郁翎、王　筑　美術編輯　陳逸婷
印　　刷　普羅文化出版廣告事業
出　　版　花木蘭文化出版社
社　　長　高小娟
聯絡地址　235 新北市中和區中安街七二號十三樓
　　　　　電話：02-2923-1455 ／傳眞：02-2923-1452
網　　址　http://www.huamulan.tw 信箱 hml810518@gmail.com
初　　版　2016 年 9 月
全書字數　282511 字
定　　價　三編20 冊（精裝）台幣36,000 元

大陸當代先鋒詩歌論

羅振亞 著

作者簡介

羅振亞（1963 ～），南開大學文學院教授、博導、副院長，享受國務院政府特殊津貼專家、教育部「新世紀優秀人才」，爲中國作家協會詩歌委員會委員、中國聞一多研究會副會長、天津市中國現當代文學研究會會長。出版《朦朧詩後先鋒詩歌研究》、《1990 年代新潮詩研究》等專著九種；在《中國社會科學》、《文學評論》、《文藝研究》等刊物發表文章近三百篇，其中數篇被《新華文摘》、《中國社會科學文摘》等全文轉載。

提　　要

　　《大陸當代先鋒詩歌論》是著名詩歌批評家羅振亞的詩學論集。作者近三十年在先鋒文學研究領域內潛心耕耘，成就卓然，影響廣遠，本書精選了能夠代表他主要思想的 23 篇論文，以與當代先鋒詩學、詩潮、詩人、詩藝的深層精神對話，建構起了大陸當代先鋒詩學的內在生命譜系。其中既有對研究對象歷史嬗變過程的精彩描述，存在優長與發展困境的精警言說，也有對研究對象內在律動模式、流變規律以及與當代歷史、中外藝術傳統複雜關聯的切實探究，更有對超越於現象之上的文學史認知和思想的獨到闡揚，從而全方位地貼近了中國當代新詩的思想脈動和深層實質。本書個案的微觀透析與整體的宏闊掃描兼容，傳統的歷史凝眸和穩健的審美批評互動，地域觀點的發現同普泛規律的論述匯通，視野開闊放達，見解新銳深刻，材料豐贍具體，文字優美暢達，才華、功力與學術風度俱佳，自成一格。它是對大陸當代先鋒詩歌的及時梳理和總結，又對已有先鋒詩歌的研究成果構成了必要的拓展、深化與提升，它將爲未來成熟新詩史的問世提供豐富的學術啓迪。作爲一本大陸中國先鋒詩學的研究力作，該書可視爲廣大詩歌愛好者和研究者解讀中國新詩的重要理論範本。

正在成爲「知識」建構的中國現當代文學研究——「人民共和國文化與文學叢書」三輯引言

李 怡

一

回顧自所謂「新時期」以來的中國現當代文學研究的發展，我們會明顯發現一條由熱烈的思想啓蒙到冷靜的知識建構的演變軌跡：1980 年代的鋪天蓋地的思想啓蒙讓無數人爲之動容，1990 年代以來的日益冷靜的學科知識建構在當今已漸成氣候。前者是激情的，後者是理性的，前者是介入現實的，後者是克制的，與現實保持著清晰的距離，前者屬於社會進步、思想啓蒙這些巨大的工程的組成部分，後者常常與「學科建設」、「知識更新」等「分內之事」聯繫在一起。

當文學與文學研究都承載了過多的負荷而不堪重負，能夠回返我們學科自身，梳理與思索那些學科學術發展的相關內容，應當說是十分重要的。很明顯，正是在文學研究回返學科本位之後，我們才有了更多的機會與精力來認眞討論我們自己的「遊戲規則」問題——學術規範的意義，學術史的經驗，以及學科建設的細節等等。而且，只有當一個學科的課題能夠從巨大而籠統的社會命題中剝離出來，這個學科本身的發展才進入到一個穩定有序的狀態，只有當旁逸斜出的激情沉澱爲系統的知識加以傳播與承襲，這個學科的思想才穩健地融化爲文明體系的有機組成部分。從這個意義上說，正在成爲「知識」建構的中國現當代文學研究，是我們學科成熟的眞正標誌。

當然，任何一種成熟都同時可能是另外一些新的危機的開始，在今天，當我們需要進一步思考學科的發展與學術的深化之時，就不得不正視和面對這樣的危機。

二

　　當中國現當代文學研究在日益嚴密的「學術規範」當中成為文明體系知識建設的基本形式，這是不是從另外一個方向上意味著它介入文明批判、關注當下人生的力量的某種減弱，或者至少是某些有意無意的遮蔽？

　　學術性的加強與人生力量的減弱的結果會不會導致學科發展後勁的暗中流失？例如，在 1980 年代，中國現當代文學研究的曾經輝煌在很大程度上得之於廣大青年學子的主動投入與深切關懷，在這種投入與關懷的背後，恰恰就是中國現當代文學研究的人生介入力量：中國現當代文學與廣大青年思考中、探索中的人生問題密切相關。在這個時候，中國現當代文學的存在主要不是作為一種「學科知識」而是自我人生追求的有意義的組成部分。在那個時候，不會有人刻意挑剔出現在魯迅身上的「愛國問題」、「家庭婚姻問題」乃至「藝術才能問題」，因為魯迅關於「立人」的設想，那些「任個人而排眾數，掊物質而張靈明」的論述已經足以成為一個「重返人性」時代的正常的人生的理直氣壯的張揚。同樣，在「五四」作家的「問題小說」，在文學研究會「為人生」，在創造社曾經標榜「為藝術」，在郭沫若的善變，在胡適的溫厚，在蔡元培的包容，在巴金的真誠，在徐志摩的多情，在蕭紅的坎坷當中，中國現當代文學不斷展示著它的「回答人生問題」的能力，而中國現當代文學研究則似乎就是對這些能力的細緻展開和深度說明。今天的人們可能會對這樣的提問方式及尋覓人生的方式感到幼稚和不切實際，然後，平心而論，正是來自廣大青年的這份幼稚在事實上強化了中國現當代文學的魅力，造就和鞏固了一個時代的「專業興趣」。今天的學術界，常常可以讀到關於 1980 年代的批判性反思，例如說它多麼的情緒化，多麼的喪失了學術的理性，多麼的「西化」，也許這些反思都有它自身的理由，然而，我們也不得不指出，正是這些看似情緒化的中國現當代文學研究方式，不斷呈現出某些對現實人生的傾情擁抱與主體投入，來自研究者的溫熱在很大的程度上煽動了青年學子的情感，形成了後來學術規範時代蔚為大觀的學術生力軍。

　　從 1980 到 1990，從「人生問題」的求解到「專業知識」的完善，這樣的轉換包含了太多的社會文化因素，其中的委曲非這篇短文所能夠道盡。我這裏想提到的一點是，當眾所週知的國家政治的演變挫折了知識分子的政治熱情，是否也一併挫折了這份熱情背後的人生探險的激情？當知識分子經濟地位的提高日益明顯地與專業本位的守衛相互掛靠的時候，廣大的中國現當代

文學工作者的自我定位是否也因此已經就發生了根本性的改變？

而這些自我生存方式的改變是不是也會被我們自覺不自覺地轉化爲某種富有「學術」意味的冠冕堂皇的說明？

如果眞是這樣，那麼，作爲今天的文學研究者，我們不僅要保持一份對於非理性的「激情方式」的警惕，同樣也應該保持一份對於理性的「學術方式」的警惕。

三

在中國現當代文學研究日益成爲知識建構工程的今天，有一種流行的學術方式也值得我們加以注意和反思，這就是「知識社會學」的研究視野與方法。

知識社會學（sociology of knowledge）著力於知識與其它社會或文化存在的關係的研究。其思想淵源雖然可以追溯到歐洲啓蒙運動以來的懷疑論傳統和維科的《新科學》，首先使用這一詞彙的是 1924 年的馬克斯・舍勒，他創用了 Wissenssoziologie 一詞，從此，知識社會學作爲一門獨立的學科確立了起來。此後，經過卡爾・曼海姆、彼得・伯格和托馬斯・盧克曼的等人的工作，這一研究日趨成熟。1970 年代以後，知識社會學問題再次成爲西方社會科學研究中的焦點。據說，對知識的考察能夠從知識本身的邏輯關係中超越出來，轉而揭示它與各種社會文化的相互關係，乃是基於知識本身的確在一個充滿了文化衝突、價值紛爭的時代大有影響，而它所置身的複雜的社會文化力量從不同的方向上構成了對它的牽引。

同樣，文化的衝突與價值的紛爭不僅是 1990 年代以降中國知識界的普遍感受，它們更好像是中國近現當代社會發展過程的基本特徵。中國現當代文化的種種「知識」無不體現著各種文化傳統（西方的與古代的）、各種社會政治力量（政黨的、知識分子的與民間的、國家的）彼此角逐、爭奪、控制、妥協的繁複景象，中國現當代文化的許多基本概念，如眞、善、美，「爲人生」、「爲藝術」、現實主義、浪漫主義、現當代主義、古典主義、象徵主義、生活等等至今也沒有一個完全統一的解釋，這也一再證明純知識的邏輯探討往往不如更廣闊的社會文化的透視，此種情形聯繫到馬克思「社會存在決定社會意識」這一著名的而特別爲中國人耳熟能詳的觀點，當更能夠見出我們對「知識社會學」的強大的需要。事實是，在西方知識社會學的發生演變史上，馬

克思的確就是爲知識社會學給出了一條基本原理，即所有知識都是由社會決定的。正如知識社會學代表人物曼海姆所指出的那樣：「事實上，知識社會學是與馬克思同時出現：馬克思深奧的提示，直指問題的核心。」〔註1〕

今天的中國現當代文學研究，正需要從不同的角度揭示出精神的產品背後的複雜社會聯繫。這樣的揭示，將使我們的文化研究不再流於空疏與空洞，而是通過一系列複雜社會文化的挖掘呈現其內部的肌理與脈絡，而這樣的呈現無疑會更加的理性，也更加的富有實證性，它與過去的一些激情式的價值判斷式的研究拉開了距離。近年來，學術界比較盛行的關於現當代傳媒與現當代文學關係、現代社會體制與現當代文學關係、現代政治文化與現當代文學關係、現代經濟方式與現當代文學關係等等的探索都是如此。

當然，正如每一種研究方式都有它不可避免的局限一樣，知識社會學的視野與方法也有它的限度。具體到中國現當代文學的闡釋當中，在我看來，起碼有兩個方面的局限值得我們加以注意。

其一是「關係結構」與知識創造本身的能動性問題。知識社會學的長處在於分析一種知識現象與整個社會文化的「關係」，梳理它們彼此間的「結構」，這樣的研究，有可能將一切分析的對象都認定爲特定「結構」下「理所當然」的產物，從而有意無意地忽略了作爲知識創造者的各種能動性與主動性，正如韋伯認爲的那樣，把知識及其各種範疇歸併到一個以集體性爲基礎的潛在結構之中容易導致忽視觀念本身的能動作用，抹殺人作爲主體參與形成思想產品的實踐活動。關於中國現當代文學的研究也是如此，一方面，我們應該對各種社會文化「關係網絡」中的精神現象作出理性的分析，但是，在另一方面，卻又不能因此而陷入到「文化決定論」的泥沼之中，不能因此忽略現代中國知識分子面對種種文化關係之時的獨立思考與獨立選擇，更不能忽視廣大知識分子自身的生命體驗。在最近幾年的中國現當代文學與現當代文化研究當中，我以爲已經出現了這樣的危險，值得我們加以警惕。

其二便是知識社會學本身的難題，即它學科內部邏輯所呈現出來的相對主義問題。正如默頓指出的那樣，知識社會學誕生於如下假定，即認爲即使是真理也要從社會方面加以說明，也要與它產生於其中的社會聯繫起來，因爲不僅謬誤、幻覺或不可靠的信念，而且真理都受到社會（歷史）的影響，這種觀念始終存在於知識社會學的發展中。西方批評界幾乎都有這樣的共

〔註1〕曼海姆：《知識社會學導論》中譯本 97 頁，臺灣風雲論壇有限公司 1998 年。

識：知識社會學堅持其普遍有效性要求就意味著主張所有的知識都是相對的，所以說全部知識社會學都面臨著一個共同的相對主義問題，知識社會學止步於真理之前，因為這門學科本身即產生於用一種對稱的態度看待謬誤和真理。應該說，中國現代文化的發展本身是一個「尚未完成」的過程，包括今天運用著知識社會學的我們，也依然置身於這樣的歷史進程，作為一個時代的知識分子，並且必須為這樣的過程做出自己的貢獻，因而，即便是學術研究，我們也沒有理由刻意以學術的所謂中立性去消解我們對真理本身的追求和思考，我們不能因為連續不斷的「關係結構」的分析而認為所有的文化現象都沒有歷史價值的區別，在這裏，「公共知識分子」的精神應該構成對「專業知識分子」角色的調整甚至批判，當然，這首先是一種自我的反省與批判。

總之，知識社會學的視野與方法無疑有著它的意義，但是，同樣也有著它的限度，在通常的時候，其研究應該與更多的方法與形式結合在一起，成為我們思想的延伸而不是束縛。

在中國現當代文學研究日益成為「知識化」過程一部分的時候，我們能夠對我們所依賴的知識背景作多方面的追問，應當是一件富有意義的事情。

目
次

論「前朦朧詩」的意象革命

　　意象派詩人龐德曾說，與其寫萬卷書，不如一生只寫一個意象。這種主張雖然不無誇張之嫌，但卻道出了一個實情，那就是作為人類情志的建築物，詩歌是要憑藉意象說話的。事實上，古今中外優秀的詩派、詩人也的確都十分注意在客觀世界中，選擇、建構自己相對穩定的意象符號與情感空間，如大海之於埃利蒂斯、荒原之於艾略特、月亮之於李白、麥地之於海子、故鄉之於臺灣現代派詩、黑夜之於新時期女性詩歌，都已渾融為其藝術生命的一部分，成為某種精神的象徵符號。這些沉澱著詩人經驗與情緒的「主題語象」，在一定程度上就是作品內涵和風格的主要構成。正因如此，它們也便理所當然地成為走進詩歌藝術王國的理想通道，測試詩歌群體、流派乃至個人成就高下的一個重要指標。

　　面對文革的政治高壓和喧囂矯情的「紅色戰歌」，對抗主流意識形態的「前朦朧詩」〔註1〕，以象徵、暗喻等手法委婉地抒發詩人的內心之情，即通過意象革命的方式，催發了鮮活、簇新的藝術萌芽，彈撥出了超越時尚的不和諧音響，並在無意間成為引渡「朦朧詩」的橋梁。

〔註 1〕 作為文學史概念，「朦朧詩」、「後朦朧詩」已約定俗成，它們分別指代七八十年代之交和 1980 年代中期之後的現代主義詩歌現象，「前朦朧詩」則特指萌動於 1960 年代末至 1970 年代前期、兼具啟蒙思想與現代藝術傾向的部分詩歌，它主要由黃翔、啞默、食指等開創者，和根子、芒克、多多等白洋淀詩人以及錢玉林、張燁等部分上海詩人構成。這個概念的提出出於兩方面的考慮：一是為凸顯時間和血緣上的聯繫，取得與前兩個概念的內在呼應；一是意在表明即便在文革時期，仍有從形到質都具有現代主義端倪的詩歌生長。

一、「心象」原則的斷裂與修復

　　說詩歌屬於內視點的形象藝術似乎無需多論，中國詩歌史上諸多「一切景語皆情語」的文本都已做出充分的證明，現代新詩雖然歷史短促，但仍在象徵詩派、新月詩派、現代詩派、九葉詩派等群落中，形成了綿延的「心象」傳統。可是，「從五十年代的牧歌式歡唱到六十年代與理論宣言相似的狂熱抒情，以至於到『文革』十年中宗教式的禱詞——詩歌貨真價實地走了一條越來越狹窄的道路」〔註2〕，表現外在世界、高揚群體意識被奉爲圭臬，自我表現則成了非神聖性的離經叛道之舉。那時的詩雖然也有意象書寫，但由於政治生活上的「唯美」追求，主流詩壇的意象選擇形成了許多不成文的「規矩」，太陽、紅梅、東風、鐵拳、春天等明亮、雄健的意象備受青睞，那些黯淡、消極者則被排除在外。只是意識形態話語的強行滲透和超載濫用，已使其意義指涉變得日趨板滯、僵化、空洞，不僅千人一面，寫來寫去就那麼多語象，魔方一樣地反覆拆裝、組合；而且貧乏單調的語象和現實生活之間幾乎完全處於一種對等的關係，缺少回味。而其間的「新民歌運動」和小靳莊賽詩會，更加速了詩歌「集團化」的進程。

　　生活遠非像詩歌中的意象那麼美好，「鶯歌燕舞」、「春意盎然」僅僅是共和國景象的一個側面，飢饉與殘酷也是否認不了的事實。面對那種流行的所謂宏大「敘事」，和出於詩人跟風或自我保護的僞飾、虛假藝術趨向，何其芳、卞之琳、田間等一批曾經的抒情能手紛紛「失聲」。而「前朦朧詩」分子卻不同，他們或如黃翔、啞默似的身處社會邊緣，不願閉上良知的眼睛，或像食指和白洋淀詩群一樣，出身於北京的高知或高幹家庭，閱讀精神史比同齡人豐富敏銳，即便在別人手裏拿著紅寶書的 1968 年，他們依然能讀到康德、別林斯基和普希金，他們頻繁參與北京的一些藝術沙龍活動，獲得了更多的西方文學和哲學薰陶，山高皇帝遠的白洋淀社會自然環境，也相對優美寬鬆。多種因素聚合，使「前朦朧詩」的詩人很快從紅衛兵運動蒙昧的宗教狂熱中清醒。啞默在《美與眞》中說，「我是一個詩人」，「我的詩是人類永恒的期待和嚮往……是心靈和情感的呼喚」，矢志高揚心靈與自我，芒克更強調「詩是詩人心靈的歷史」，將之作爲救贖的工具。他們意識到人之主體才是詩歌天國的支撐，詩不應鏡象式地直接摹寫生活，而必須經過心靈的溶解與重組。但

〔註 2〕 徐敬亞：《崛起的詩群》，《當代文藝思潮》1983 年第 1 期。

他們更清楚，在當時的政治情境下，硬碰硬地直接傳達內心深處迷惘、渴望與反叛的情思，對抗主流意識形態，是危險又愚蠢的，而必須用一種含蓄、婉轉的藝術方法，於是斷裂已久的「心象」原則和傳統，在他們手中被彌補、修復了。

意象化思維的統攝，使「前朦朧詩」忠實於自我，一切從詩人的心靈出發，書寫精神世界的體驗和情緒，除卻偶而的直抒胸臆外，基本上是通過思想知覺化的方式進行抒情，即以個人化的情思對應物——意象去呈現「心象」，實現心靈與外物的全息共振，使情感獲得委婉、間接的表達，從而完成了意象再現型向表現型的轉換，規避了直白說教和客觀描摹的窠臼。在這方面黃翔、食指做出了很好的表率，後來者也都有出色的表現。黃翔最早在當代詩歌史上發出個人的獨立聲音，1962 年就寫道「我是誰／我是瀑布的孤魂／一首永久離群索居的／詩／我的漂泊的歌聲是夢的遊蹤／我的唯一的聽眾／是沈寂」（《獨唱》），深入的自我內向探索的結果必然會走向孤獨，作為沒有聽眾的歌者和離群索居的孤獨者，抒情主人公的特立獨行、傲岸不羈以及充滿潛臺詞的意象在當時都與眾不同。作於 1968 年的《野獸》「雖從自我經驗出發，卻與『文革』的語境完全吻合」〔註3〕，「我是一隻被追捕的野獸／我是一隻剛捕獲的野獸／我是被野獸踐踏的野獸／我是踐踏野獸的野獸」，它意欲表達對人被異化現實的批判，但詩人沒有讓其淪為赤裸的情緒噴射，而是借助「野獸」這一情思對應物，以其被追捕、被踐踏和踐踏，曲現人性淪喪的殘酷，以暴抗暴，亦見出對恐怖時代的激憤與反抗情緒。「像白雲一樣飄過送葬的隊伍／河流緩緩地拖著太陽／長長的水面被染得金黃／多麼寂靜／多麼遼闊／多麼可憐的／那大片凋殘的花朵」（芒克《凍土地》），該詩貌似對土地的觀察、描繪，實則內裏已融入心靈的隱秘，所以送葬的隊伍、河流、太陽、凋殘的花朵等凋敝、暗淡的鄉村意象流轉，在詩人心靈的地平線上，都紛紛轉化為哀傷、寂寥、低抑的心靈符號。「大雁孤獨的叫聲，／像輓歌一樣悽楚而哀痛」（林莽的《深秋》），也完全是個人化視境，大雁叫聲不再只是外在景觀的摹寫，它已內化了詩人置身特殊處境的悲涼感受，和個體的精神覺醒。

可見，穿過「前朦朧詩」設置的意象林莽，便會找到一條條通往詩人們心靈的小路，觸摸到他們複雜多端的心理感受、體驗和思考。具體說這些意

〔註3〕柏樺：《左邊：毛澤東時代的抒情詩人》第37頁，江蘇文藝出版社，2009年。

象承載著兩方面的內涵，一方面是對荒誕時代的冷靜審視和批判。如「死去的死去了。活著的依然活著。／歲月把臉拉長，空間結下破殼。／荒墳、墓碑、化石、骨灰盒⋯⋯／禁書、藏書、遺書、絕命書、自白書⋯⋯」（啞默《苦行者》）「像火葬場上空／慢慢飄散的灰燼／它們，黑色的殯葬的天使／在死亡降臨人間的時候／好像一群逃離黃昏的／音樂標點」（多多《烏鴉》）。當人們沉浸在國家「繁榮昌盛」的神話裏時，詩中傷殘、沈寂、破敗的「非完美」意象，卻展現出文革社會真實的另一面，這種「呈現」本身即是無言而有力的批判。文革風起雲湧的 1966 年，柔弱的女詩人張燁卻寫下，「又一個年輕的女人從高高窗口跳下，／像飄落一塊血紅的手帕。／人們城牆般圍觀，／沒有人奔去呼喚一輛救護車，／沒有人上前去試摸那女人的氣息。／突然，竄出個熊腰豹眼的傢夥／臂上纏著蛇一樣的皮帶，／對準女人的乳房踢了幾腳，／邪笑著叫罵⋯⋯」（《血城》）詩所揭示的血腥、冷漠、殘暴令人不寒而慄，生活在這樣的血城無異於置身在枯寂絕望的荒原，雖走筆冷靜，但否定的意向不宣自明。根子的《致生活》以「狗」與「狼」兩個鮮活的意象創造，寄託一腔反叛的情懷，「以前／我的大腦像狗一樣伴隨我／機警，勤勉，馴良」，「我的眼睛倒是一隻狼／愚蠻，爽直不羈」，但「我」的大腦和眼睛並不和諧，狼提醒「我」不要冒險，狗卻說「水是甜的，可見岸並不遠」，「我」順從狗的意志進入黑冷的海上，狗被淹死，斷定一切都是騙局的狼和「我」在暗礁上幸存下來，「從今／我只是一條狼」，冷漠、冷靜、冷酷，不再相信一切，從狗到狼的轉化，曲折地表達了對時代和生存境況的強烈否定。另一方面更多地體現爲「混雜著青春、理想、鬱悶、茫然」〔註 4〕的情緒。「受夠無情的戲弄之後，／我不再把自己當人看，／彷彿我變成了一條瘋狗，／漫無目的地游蕩人間」（食指《瘋狗》），瘋狗意象乃詩人的自喻，它締結著在人妖顛倒的反常時代詩人被異化的痛苦經歷、體驗和思緒。「從那個迷信的時辰起／祖國，就被另一個父親領走／在倫敦的公園和密支安的街頭流浪／用孤兒的眼神注視來往匆匆的腳步／還口吃地重複著先前的侮辱和期待」（多多《祝福》），「祖國」一直是母親形象的代指，可在這裡卻成了流浪的孤兒，這一反差強烈的轉換，內隱著對「祖國」的諷喻，更流露出詩人靈魂深處濃厚的孤獨感覺和危機意識。錢玉林的《故園》儘管給人留下一縷期盼，但仍掩

〔註 4〕 齊簡：《飄滿紅罌粟的路：關於詩歌的回憶》，《思想的時代》第 157 頁，吉林文史出版社，2000 年。

飾不住入骨的愴然，「丁丁，丁丁……／幽谷裏傳來死亡的聲音，／一棵棵大樹悲傷地倒下，／流著白色的液汁，躺在亂草荒荊！／／再也不見了，綠色的波濤，／再也不見了，雄偉的巨人！／你們可能將種子留下，／等待又一次春天來臨？」大樹的倒下，讓人無法不想到蔥鬱、綠色和希望的死亡。「日子像囚徒一樣被放逐。／沒有人去問我，／沒有人去寬恕我」（芒克《天空》），青春一去不返，心如死寂的城，無人叩問，那種孤寂是怎樣的可怕。原來，「前朦朧詩」的意象連綴在一起，折射出的就是時代的心靈歷史啊！

二、象徵之道：解構與建構

　　如果「前朦朧詩」的意象藝術僅停浮於表現心靈的陌生鮮活，魅力會大打折扣，因為黑格爾早就斷言「東方人在運用意象比譬方面特別大膽。他們常把彼此各自獨立的事物結合成錯綜複雜的意象」〔註5〕，陌生鮮活的意象在新詩史上也已似曾相識，更不用說古詩之妙專求意象，西方象徵主義詩歌提出的詩歌應該為意象組合的情緒方程序理論了。那麼「前朦朧詩」意象藝術的立身之本何在？閱讀「前朦朧詩」的最直觀感覺是，它的許多意象裏蟄伏著啓人深思的知性因子。這種傾向固然來源於時代氛圍、藝術影響等多種因素，但其中最重要的根由是詩人們注意尋找意象和象徵的聯繫，靠象徵性想像的飛升建構情思空間，使意象鎔鑄了豐富的理趣。人所共知，象徵是意象化寫作的基石，意象本身在一定情境下就具備某種象徵品格，有一種借有限表無限、借剎那表永恒的意義；作為人類基本修辭手段的隱喻、象徵，則突破了單純比喻的藩籬，基本上隱去了喻本，憑藉象徵性想像對客觀事物進行觀照，便能入乎其內又超乎其外，使之既是自身又具有自身以外的許多內涵，成為情知統一的載體。而意象和象徵合成的象徵性意象對詩文本的介入或貫穿，自然就使詩情在寫實與象徵間飛動，有一種言外之旨和「瞻之在前，忽焉在後」的朦朧美。「前朦朧詩」作者深諳此道，且又時值極左思潮甚囂塵上，對曲折、隱晦、迂迴的感情抒發渠道的尋找，使象徵之道在它那裡獲得了生長的空間和可能。「前朦朧詩」在一破一立兩個向度上，施行了對傳統意象藝術的變革與超越。

　　荒誕的時代給人帶來痛苦，也催生了文學藝術上超前的反諷、解構思維。

〔註5〕黑格爾：《美學》第2卷第134頁，商務印書館，1981年。

「前朦朧詩」的抒情主體是接受理想主義教育成長起來的，可是他們進入文革後卻遭遇了理想和現實間不可名狀的嚴重衝突，衝突的結果是使他們滋生出強烈的懷疑思想，試圖以一種青春的反叛來化解生活和生命的沉重。這其中也包括向傳統藝術「擰勁兒」地使壞，反其道而行，故意拆解、顛倒流行的話語模式和意象語義系統。具體策略是不徹底地沉入無意義的瑣碎蕪雜的意象中，而是強調對事物先在意義的反抗和拒絕，憑藉自身經驗思考的參與使其「去蔽」，從而賦予那些習見的意象以與原來相異甚至完全相悖的內涵，其中尤以對日常修辭學中「聖詞」和公共象徵的消解、顛覆為甚。

如太陽、春天和大地等意象，在中國文學歷史上從來都是正面事物、力量的象徵和指稱，但在「前朦朧詩」中卻發生了驚人的變奏。那個艾青詩中始終象喻著光明和希望、延安文藝座談會以來常被用來形容領袖毛澤東的「太陽」意象，被多多這樣重寫，「查看和平的夢境、笑臉 / 你是上帝的大臣 / 沒收人間的貪婪、嫉妒 / 你是靈魂的君王 // 熱愛名譽，你鼓勵我們勇敢 / 撫摸每個人的頭，你尊重平凡 / 你創造，從東方升起 / 你不自由，像一枚四海通用的錢」(《致太陽》)，能指和所指脫離一對一單純關係的「太陽」意象，陡然獲得了複雜悖謬的旨趣，它是上帝的大臣、靈魂的君王，神性仍在，但並不值得崇拜，一句幽默、滑稽的反諷聯想「像一枚四海通用的錢」，就出人意料地袪除了它的正值品質，戳穿了骯髒、低賤的本質，它是借取神聖之名掠奪了一代人的青春和靈魂；所以詩人痛快淋漓地調侃「太陽像兒子一樣圓滿」(《蜜周》)。芒克更以越軌的想像處理「太陽」意象，「太陽升起來， / 把這天空 / 染成了血淋淋的盾牌」，「天空，天空！ / 把你的疾病 / 從共和國的土地上掃除乾淨」，「天空，你要把我趕到哪裏去？我為了你才這樣力盡精疲」(《天空》)。「天空」冷漠、無情、惡毒，「太陽」走向了虛偽和欺騙，它們「勾結」製造的刺目、恐怖的血腥視覺衝擊，和傳統觀念中神聖的太陽神話完全對立，說其是對文革的形象化審判也不為過；在《清晨，剛下一場雨》中詩人稱云「肚子大大的 / 如同臨產的孕婦」，「太陽同血一道流出來」，像嬰兒一樣「被抱在我的懷裏」，對至高無上的太陽恣意地戲耍、褻瀆。「前朦朧詩」對「春天」、「大地」意象的解構也很徹底，根子的《三月與末日》就對「春天」、「大地」實行了文化清洗，「『春天』在這裡是一個邪惡、狡猾、千篇一律的不負責任的誘惑者，而『大地』則失去了基本的判斷力，在千篇一律的

誘惑前面一再受騙上當而不覺醒」〔註6〕。本該陽光明媚的「春天」，卻幻化成「蛇毒的蕩婦」、「冷酷的販子」、「輕佻的叛徒」，「妖冶的嫁娘」，「裹卷著滾燙的粉色的灰沙／第無數次地狡黠而來……這一次／是她第二十次把大地——我僅有的同胞／從我的腳下輕易地擄去，想要／讓我第二十次領略失敗和嫉妒」，它已從生機和希望的象徵蛻變為虛偽陰險、擅弄權術的形象；而一向被視為母親和人民的「大地」意象，也陷入了瘋狂，對春天的殘酷陰謀渾然不覺，它「在固執地蠕動，他的河湖的眼睛／又渾濁迷離，流淌著感激的淚／也猴急地搖曳」。詩人對「春天」和「大地」意象重述的衝擊力簡直是石破天驚，難怪多多初讀這首詩時感到根子是「叼著腐肉在天空炫耀」，完全被它「雷」倒了。趙哲清淺的《丁香》影響力雖難和《三月與末日》抗衡，但借助丁香意象解構「春天」的企圖後者是一致的。「一群女孩子興沖沖走過，／滿懷盛開的丁香，／留下一路芬芳，一路歡唱。／生活裏更多的是丁香葉子的苦味啊，／姑娘，／不信，你就嘗嘗」。諾小的丁香意象凝結著詩人心理的懷疑和清醒，它毀掉了「春天」一貫負載的歡快、希望的能指含量，也從一個細微的角度揭開了瘋狂荒誕時代生活的虛假性面紗，露出慘淡的真相。「前朦朧詩」這種超前的解構意識和能力，和二十多年後的「後朦朧詩」及九十年代民間寫作也不遜色。

　　光破不立，就和新詩的始作俑者胡適無異，也難於抵達藝術的成熟境界，「前朦朧詩」沒有重蹈歷史的覆轍。詩人們不但在解構太陽、春天和大地等傳統聖詞、公共象徵的過程中，留下許多流行時尚之外的文化反抗語碼，同時更在自覺地創造私設的個人象徵意象，並以它們為中心建構深度的象徵解構模式。如食指的「魚兒」、黃翔的「火」、芒克的「秋天」、多位詩人的「黑夜」等意象，都堪稱戞然獨創的專利象徵體。

　　提及長詩《魚兒三部曲》，食指說「1967年初的冰封雪凍之際，有一回我去農大附中途經一片農田，旁邊有條溝不叫溝，河不像河的水流，兩岸已凍了冰，只有中間一條瘦瘦的流水，一下子觸動了我的心靈。因當時紅衛兵運動受挫，大家心情都十分不好，這一景象使我聯想到在見不得陽光的冰層下，魚兒（即我們）是怎樣的生活」〔註7〕，在這種經驗的刺激下，他把有關自己

〔註6〕劉志榮：《潛在寫作1949～1976》第407頁，復旦大學出版社，2007年。
〔註7〕食指：《〈四點零八分的北京〉和〈魚兒三部曲〉的寫作點滴》，《詩探索》1994年第2期。

這一代人的情思移諸「魚兒」意象上表現出來，以「魚兒」隱喻身處困境而不甘沉淪者，透視一代青年的精神迷茫。「冷漠的冰層下魚兒順水漂去，/聽不到一聲魚兒痛苦的歎息，/既然得不到一點溫暖的陽光，/又怎樣迎送生命中絢爛的朝夕？」可它們得不到陽光的照射，一次次地彈跳、衝撞，弄得遍體鱗傷，也無法逃脫被封鎖的命運，最終魚兒死了，黑夜裏白花綻放，夜波閃爍著磷光。這種對一代人未來幻滅命運的間接暗示，爲詩增添了幾許沉痛和悲涼。由於主體意象「魚兒」有亦被亦此、亦眞亦幻的多層內涵，它對文本的貫穿就使詩的結構以及其它意象也相應獲得了現實、象徵中的多重涵義。和魚兒構成緊張對立關係的障礙物——冷漠的冰層，當可理解爲極左思潮和特殊時代的惡劣環境，曖昧、閃爍不定的「陽光」，也可視爲無能的軟弱者的代指。被稱爲自然詩人的芒克似乎對「秋天」情有獨鍾，再三書寫，按照新批評派所主張的一個語象在同一作品中再三重複、或在一個詩人先後的作品中再三重複就漸漸積累其象徵意義的分量理論衡量，「秋天」當屬芒克筆下典型的象徵意象，它在某種程度上是詩人皈依、棲息的精神符號和思想依託。「在開花的時候/孩子們總要到田野裏去做客/他們的歡樂/如今陪伴著耕種者？又走進這收割的季節/啊，秋天/我沒有認錯/你同樣是開花的季節」（《秋天》），秋天溫柔慈愛，靜謐古樸，帶著原始牧歌情調，「黃昏，姑娘們浴後的毛巾/水波，戲弄著姑娘們的羞怯」，「遍地是鍋棚和火堆/遍地是散發著泥土味的男人的雙腿」，「太陽像那紅色的蘋果/它下面是無數孩子奇妙的幻想」；所以詩人感激地呼喊，「秋天，你這充滿著情慾的日子/你的眼睛爲什麼照耀著我」（《十月的獻詩》）。和北方農村裏河灘、門口、牆壁、農婦等寂寥和沉重的意象相比，「秋天」充滿著溫暖的詩意和美感，成了令失落的詩人沉迷和陶醉的精神家園。如果說芒克偏愛秋天，那麼黃翔的詩歌則飽含著一種「火的精神」，他的《火炬之歌》、《火神交響詩》組詩中不斷出現「火」的意象。「照亮了那些永遠低垂的窗簾/流進了那些彼此隔離的門扉//彙集在每一條街巷路口/斟滿了夜的穹隆//跳竄在每一雙灼熱的瞳孔裏/燃燒著焦渴的生命」（《火炬之歌》）；這個「火」象徵著照亮，象徵著燃燒，它顯然是一個要「光照世界」的啓蒙意象，承載著喚醒人性和理智、以光明驅走迷信、警示脫離狂熱和愚昧等多重內涵，它爲「前朦朧詩」的意象世界增加了熱度、激情和力量。至於「黑夜」意象更被詩人們不約而同地矚目，「太陽落了。/黑夜爬了上來，/放肆地掠奪」，面對被劫持後的黑暗，芒克憤怒地高喊「放

開我」（芒克《太陽落了》）；多多清醒地覺到，「當那枚灰色的變質的月亮／從荒漠的歷史邊際升起／在這座漆黑的空空的城市中／又傳來紅色恐怖急促的敲門聲」（《無題》）；宋海泉要「給夜色增添黑暗」，如「披斗篷的死神」一樣將「黑色的寶劍」，刺入「黑夜的胸膛」（《海盜歌謠》）。不論是頑強地面對面的直接較量，還是一針見血地戳穿真相，抑或是採用以毒攻毒的方式進擊，都對「黑夜」懷有一種反抗、鬥爭、批判的意念，「黑夜」的陰險、殘暴和醜惡本質也便不言而喻了，這一暗指時代政治和變態現實的「反抗」意象鑄造，顛覆了傳統意象優美和諧的美學規範，它是「前朦朧詩」獨到的思想發現，也表明了詩人們直面人生、不畏強權的可貴勇氣。

「前朦朧詩」這些私人化象徵意象的不斷復現，延宕了讀者閱讀的心理時間，防止了詩的濫情。也許有人會說，十七年時期與文革時期詩歌也有象徵意象，「前朦朧詩」的追求並非什麼新玩意。但要知道前者象徵兩造之間的關係明晰、固定、單一，二者基本是對等的，比較容易把捉，而「前朦朧詩」象徵兩造之間的關係已趨於朦朧、多元、立體，是一而多的充滿張力的複雜結構；而且由於滲透在意象思維中的理性因素強化，敦促「前朦朧詩」的很多文本漸漸由當時詩歌「頌」的情調，向更富包孕性和縱深感的「思」之品格位移，這是「前朦朧詩」了不起的藝術突破。

三、個體差異性的彰顯

在主流詩壇的感情狀態、想像路線乃至遣詞造句都高度「類」化的文革時期，意象創造自然也是高度雷同化的。大量詩人遵奉二元對立邏輯，在時空意象組合上將東與西、春與冬、紅與黑都植入截然對立的象徵意識內涵，動植物意象也常被劃分爲鯤鵬、雄雞、金猴、駿馬、雄鷹、松、竹、梅、白楊和烏鴉、蒼蠅、螞蟻、貓、狗、毒藤、荊棘、落葉、毒草等正、反面象徵物，而上述充滿意識形態隱喻功能的能指符號鋪天蓋地地過度指涉，最終都漸漸變成了空洞的虛指，或者說成了運動著的「死詞」。對這種意象選擇和組合模式化十足的局面，反叛意識強烈的「前朦朧詩」作者極端不滿，因爲在他們看來一個詩歌群落或流派的形成絕非眾多個體求同的過程，只有在維繫總體精神、風格一致的同時，最大限度地凸顯每個抒情分子的差異性，才會增加群落或流派的肌體活力和絢爛美感。這種觀念認識的籠罩，加之詩人個體審美習性、心理結構、情思調式的千差萬別，使他們都注重用客觀外物呈

現心理世界的「心象」原則，講究象徵之道；但在具體的實踐操作中，則有如繽紛飄落的花雨，姚黃魏紫，氣象不一，各人有各人的呈現方式和表現形態，並且一個詩人個體也時常表現出多種風格。他們對意象差異性的努力彰顯，爲個人化寫作的實現與到位提供了可能。

如作爲「前朦朧詩」先驅的食指，「將後期浪漫主義的深度抒情和早期意象——象徵主義的暗示性，化若無痕地融爲一體，並能植根於中國現實土壤和民族詩歌追求完整『意境』的趣味」〔註8〕，其意象重情感與感性，「燃起的香煙中飄出過未來的幻夢／藍色的雲霧裏掙扎過希望的黎明／而如今這煙縷卻成了我心頭的愁緒／彙出了低沉的含雨未落的雲層」（《煙》），詩的意象所指明確，有一定的抒情純度。黃翔喜歡在社會現實的宏闊風景線上擷取意象，其意象常帶有很強的歷史感，凝聚著博大之力和狂放的激情，「千萬支火炬的隊伍流動著／像翻倒的熔爐　像燃燒的海」（《火炬之歌》），「以一千萬噸的瘋狂／混合著爆炸似的雷電的力量」的「大風大雨」（《世界在大風大雨中出浴》），都境界曠遠，氣勢非凡，彷彿能夠把人燒灼的情熱酷似郭沫若。同是貴州詩人，啞默的意象則純淨而傷感，他似乎「略去了現實身邊的一些暴力、血腥、黑暗」〔註9〕，而用海鷗、大海、雪、啓明星、綠色等亮色意象，訴說著青春、愛情和人生的喜悅和憂鬱，「白色的閃電／劃過陰沉的天／／柔軟的羽毛／沒有屈服在狂暴的雨前／／雲海收下了這片帆／孩子聽不見哨笛的音響」（《海鷗》），詩中簡單純淨的鴿子，和他的海鷗、春天、大海一樣，是對美好事物的一種堅守。

白洋淀詩群「三劍客」根子、芒克和多多的意象反差更大。根子冷漠而反詩意，《三月與末日》把娼妓、蕩婦、販子和經血等醜陋、骯髒、殘酷的以往不入詩的病態意象，帶進詩的殿堂，其獰屬、陰森與狠鷙暗合了祭奠青春消逝的黯淡情緒，頗似波德萊爾，最富於現代性的陌生之感。芒克的意象略顯複雜，它有自然詩的柔和清新一面，如「秋天」詩歌系列；也有陰冷沉重與隱晦奇崛，「街／被折磨得軟弱無力地躺著／那流著唾液的大黑貓／飢餓地哭叫「(《城市》)，那裡滿是茫然和絕望，「你又一次驚醒／你已滿頭花白」（《太陽》)，非現實指涉的語象寄寓著精神的廢墟感和韶光流逝的失落感，在情調

〔註8〕 陳超：《中國先鋒詩歌論》第157頁，人民文學出版社，2007年。
〔註9〕 李潤霞：《從潛流到激流：中國當代新詩潮研究（1966～1986）》，武漢大學博士論文第52頁，2001年。

上接近現代主義。相比之下多多的意象更荒誕神秘，他善於運用扭曲、變形的意象，傳達灰暗絕望的心理情思，冷靜而理性。「一個階級的血流盡了／一個階級的箭手仍在發射／那冷漠的沒有靈感的天空／那陰魂縈繞的古舊的中國的夢」（《無題》），源自錯位現實的荒誕、冷酷意象，蟄伏著詩人絕望的情懷，其鋒利和尖銳宣顯出詩人非凡的勇氣。「歌聲，省略了革命的血腥／八月像一張殘忍的弓／惡毒的兒子走出農舍／攜帶著煙草和乾燥的喉嚨／牲口被蒙上了野蠻的眼罩／屁股上掛著發黑的屍體像腫大的鼓」（《當人們從乾酪上站起》），從歌聲到血腥、弓、祖國、農舍、喉嚨、眼罩，這緊湊、密集意象一股腦兒的湧動、轉換過於突兀，已超出正常的想像邏輯路線；但詩人正是憑這虛與實、大與小意象的反常扣接，和充滿歧義性的組合，來隱喻人性救贖的主旨，才帶來了原生性的思想、藝術衝擊力。

其它詩人的意象營造也如八仙過海，各臻其態。依群詩作少，但特色鮮明，「奴隸的歌聲嵌進仇恨的子彈／一個世紀落在棺蓋上／像紛紛落下的泥土／呵，巴黎，我的聖巴黎／你像血滴，像花瓣／貼在地球藍色的額頭」（《巴黎公社》），且不說歌聲嵌進子彈的生命全息通感，拉大了感知過程，單是把歌聲與子彈、血滴和花瓣這向度相反或相對的兩類意象拷合一處，相生相剋，就給人以多重複調感，尺短意豐，深得象徵主義藝術之妙。錢玉林一些詩的意象組合帶有明顯的「誤讀」性反諷特質，《命令》就是在「矛盾」情境中開放的智慧花朵，「讓所有的魚離開水，／住到樹上，沐浴神聖陽光，／誰也不許可逃避，／偷偷在水下潛藏！／／讓花兒都改變習性／要不，它們就不要開放，／是花朵必需一概紅色，／並散發藥味的芳香」，用瑞恰茲的話說，它使「互相干擾、衝突、排斥、互相抵消的方面，在詩人手中結合成一個穩定的平衡狀態」〔註10〕，其對專制者口吻的戲擬模仿，以常規之外的另一種方式復現了時代的荒誕，含蓄而富於張力。而林莽則常矚目靜態物象，實現了意象雕塑的凝定和音樂的流動的統一，「城市冒著濃煙，鄉村也在燃燒／一群瘦弱的孩子／搖著細長的手臂說／我們什麼也沒有，我們什麼也不要」（《悼1974年》），表面平靜舒緩，卻把一代人漠然枯寂、無所牽念與渴望的生存狀態，和深入骨髓的孤獨凸現得力透紙背。

與十七年詩歌以及文革時期的詩歌相比，「前朦朧詩」的意象追求稱得上一場藝術革命。儘管它常和直抒胸臆攪拌，有不少像食指的《南京長江大橋》

〔註10〕趙毅衡：《新批評‧反諷》第179頁，中國社會科學出版社，1986年。

一類乏善可陳的廉價頌歌；但它以自覺的反叛意識，在紅色主流文化盛行的時節，將情感定位於個人情感、靈魂騷動和生存體驗，在一定程度上對抗、顛覆了同時期那種趨同、一體化的詩歌潮流，顯示了詩歌本體的初步覺醒。它對斷裂的意象抒情方式的修復，不僅還原了意象藝術固有的化抽象爲具象、化虛爲實的力量，克服了淺薄空洞的失控狀態；而且通過意象呈現、象徵的解構和建構，節制了抒情，以不說出來的方式達到了說不出來的含蓄、朦朧的效果，促成了把握世界方式的立體化、間接化和內部化。這種帶有現代主義傾向的意象運用，今天看來已經十分平常，沒什麼打人之處；可當時卻是新銳而先鋒，並對後來的「朦朧詩」構成了深刻的啓迪，如《魚兒三部曲》寓言式的整體象徵，就被「朦朧詩」發展爲主要的抒情方式。甚至可以說，若沒有「前朦朧詩」的拓荒，就不會有「朦朧詩」在意象藝術上的出色表演。

朦朧詩的思維方式和文本結構

　　朦朧詩對傳統詩進行的雙向挑戰，既包括思想叛逆，又包括藝術形式的反動與革命。

　　文革到天安門詩歌運動之前的中國文化，乃一片被世界遺忘的閉鎖荒原，繆斯的精神淺灘上，陳列著一具具枯槁僵硬、木乃伊似的藝術軀殼。正是在這蕭瑟的荒原背景上，朦朧詩人紛紛開始了艱難的藝術探尋之旅。文化的專制封閉，社會的混亂，使他們陷入了頭頂漫天荒蕪、前方杳無人跡，缺少參照範本的困惑。不肖說西方現代派作品難以尋覓，就是戴望舒、艾青、何其芳等現代藝術殘片也有限得可憐（至於江河與楊煉走向惠特曼、埃利蒂斯和聶魯達，冷峻的北島認同貌似冷酷實為柔情婉轉的北歐氣質，童話詩人顧城選擇純美至極童心晶瑩的洛爾迦，則是文化開放後的事情），他們完全是憑藉著心的導航，才完成了向遠方跋涉的遙遠征程。從這個意義上可以斷定，朦朧詩對最終審美品格的確認，並非緣於人云亦云的中外詩歌傳統啓迪，而是歌者們心靈直覺自發開放結下的碩果。回望朦朧詩告別藝術斷裂地帶遠去的一路風塵，我們深深意識到，雷同平庸的標準件藝術生產終於劃上了圓圓的句號，一種美麗而陌生得令人心儀的詩歌花朵漸漸抽芽、成熟了。

一、思維方式：意象與哲學聯姻

　　封閉也意味著創造，斷裂的空白爲朦朧詩提供了恣意縱橫的廣闊詩意孕育空間。聽命於直覺驅動，朦朧詩人頓悟到詩是迷狂的靈感軌跡，它不能鏡子般被動地再現外在生活，而應曲筆涉入折射外在生活的心理空間，從而抵達詩歌本質的根性，這無意間吻合了二十世紀的藝術趨勢。進入二十世紀以

後，隨著科學突破、生活方式與哲學觀念的更新，直覺主義成了把握世界的主要方式，文藝也大踏步向心靈世界進軍，並由傳統的模仿走向心靈對世界的再創造。朦朧詩靈感直覺的發生詩觀走的正是這一路數；曾幾何時，詩是生活的觀念如同白紙黑字就是真理的迷信一樣固若金湯，牢不可破，靈感直覺則被視為令人色變的異端。其實，詩的魅力本質就在於它有一種近乎唯心的天賦靈性，它比不得小說、戲劇等敘事文學品類，可以通過後天的勤奮與工夫奠起成功底座，而要求抒情主體具備異於常人的特殊心理結構與氣質，雖不一定非像人們戲稱的瘋子或郭沫若似地赤足在地上打滾，卻必須聰敏深邃，有超人的想像天份；否則他便永遠無法劃分開詩情與實情的界限，充其量只能作個二三流的詩匠而已，而與詩人的真正稱謂無緣。不然何以有人一生詩集等身，名字卻被人漸漸淡忘；有人一生只寫過幾首乃至一首詩卻聲名俱佳，家喻戶曉呢？

一、靈感意識的萌醒，為朦朧詩國度吹送了一股意象思維的旋風。它使詩人們將意象作為思維活動的主要憑藉，進行藝術的感覺、思考與創造。常常是變幻莫測的婀娜靈感視象，如一匹無羈烈馬狂奔而來時，他們適時地將情感協調力的韁繩兜頭拋去，以心靈的綜合把它網絡成意象符號整合的情感空間；一時間，意象化幾乎覆蓋了所有朦朧詩的藝術特徵。如「一幅色彩繽紛但卻缺少線條的掛圖 ／一題清純然而無解的代數 ／一具獨弦琴，撥動簷雨的念珠 ／一雙達不到彼岸的槳櫓 ／／蓓蕾一般默默地等持 ／夕陽一般遙遙地注目 ／也許藏有一個重洋 ／但流出來的，只是兩顆淚珠 ／呵，在心的遠景裏 ／在靈魂的深處」（舒婷《思念》），動用了掛圖、代數、獨弦琴等九個毫無干係的意象，注釋、具象化了思念這一無止期待又永難如願以償的痛苦心靈游渦，明晰又綿邈，可望不可即，如同詠愁佳句「一川煙草 ／滿城飛絮 ／梅子黃時雨」一樣，只提供了一種情緒氛圍。再如顧城《冬日的溫情》有如一幅印象派畫面，嚴寒清冽中透露出幾縷溫情春意，烏鴉如夜的怪異妙思後，黎明、光亮、晴空、荒土等意象分子的流動，凸現了詩人靈魂的顫音，讓人感受出某種情緒又說不真切。可見，朦朧詩中疙疙瘩瘩、斷斷續續的意象群，都不再是一無生命的裝飾品，它的肌肉已與思想情感的骨骼契合為有機生命體，給人以和諧的快感。這種意象思維以其自身固有的直觀性與朦朧性造成的間離效應，使抒情主體節制情感泛濫、擺脫簡單闡述者身份同時，避免了詩對生活平面黏著的模擬複製，宣告了想像力解放對人類本質更縱深的佔有，恢

復了現代詩的意化傳統。並且朦朧詩對意識思維進行了新的拓展與創造。首先或對客體採取幻覺錯覺感受態度，或利用知覺與表象功能，使審美對象變形，高揚遠舉詩人的主動性和創造性。如「雁陣割裂天空／篩落滿目淒涼」（楊煉《秋天》），「長鞭抽打在肥沃的中原／大地……痛苦地隆起／一道灰色的傷痕印上了地球」（徐敬亞《我，沿著長城疾走》）。其次通過意象印證對傳統比興進行再造，即先描寫一個具有比興作用的意象，再把另一個與之相關意象送出，使二者相互疊印烘托。如「春天從四面八方向我們耳語／而腳下的落葉卻提示／冬的罪證／一種陰暗的回憶……我突然覺得／我是一片落葉／躺在黑暗的泥土裏／風在為我舉行葬儀／我安祥地等待／那綠茸茸的夢／從我身上取得第一線生機」（舒婷《落葉》），先寫落葉，接著卻送出另一組意象，二者疊印產生了一種審美合力，一種象外之象、韻外之致，物象、意象與象外之象混凝一處，有物我無間之妙。再次實現了生命的全息通感。如「一小塊葡萄園／是我發甜的家」（芒克《葡萄園》）、「你呼喚的輕風吹動我／在一片叮擋響的月光下「（舒婷《會唱歌的鳶尾花》），「家」與「甜」組合，「月光」與「叮擋響」連接，拉大了感知過程，使詩獲得了深渺意味，顯示官感開放後語言潛能同時，有近乎電影藝術的立體感。可以說，意象思維發展到朦朧詩人手裏已進入相當成熟的階段。

二、從本質上說，朦朧詩不像第三代詩近於南方的悟性與感性，而歸屬於北方的理性；因此它思維方式的最大建樹恐怕還是意象與思辯的融會、詩與哲學的聯姻，或者說意象思維中滲透著漸趨強化的哲學思維。

一般人心中恪守的信條是，意象與思辨、詩與哲學是水火難容的兩套思維，其實並不是那回事兒。詩原本就是主客契合的情感哲學，詩的起點恰是哲學的終點，最深沉的哲學和最扣人心弦的詩都擠在哲學與詩的交界點上。關於這一點，蘇珊・朗格早就論述了藝術符號的抽象性，中外詩歌歷史也早已證明，意象並不單純是自我外化的情象，而是凝結著智性感悟的抽象衝動結晶，大凡有衝擊力的好詩都是凝結著哲學分子，只不過以感性形態呈示而已。可惜建國後中國詩歌囿於廉價樂觀情思，缺少對生活的獨到發現與思考，失卻了這一傳統，郭小川、賀敬之的《團泊窪的秋天》《雷鋒之歌》等詩雖閃射出一定的哲思光芒，但卻因思辨力膚淺蛻化成哲理昇華式的精彩警句穿插，有生硬的說教之嫌。那麼遺失的哲學思維怎麼會在朦朧詩中再度崛起？這與直覺主義思潮並無關係（直覺主義者魏爾侖還要「把理性捉來，施以絞

刑」），而是由時代與歷史因素鑄就。隨著人類文明發展，人的抽象思考知覺力日益提高，源發於情感意緒的詩也就漸漸接近了哲學抽象；尤其是七十年代的時代特徵更催化了意象思辨化進程。那是一個需要悲劇英雄，更需要理性思辨的季節，原有價值觀念頃刻坍塌，一切在瞬間都失去了規範遵循，神性光暈漸漸淡化，人的尊嚴悄然回歸，這究竟爲什麽？從狂迷愚昧的青春激動，到清醒後的冷峻反省，這種以懷疑論爲核心的時代氛圍，與粉碎「四人幫」後的思想解放運動，共同促成了思考女神的翩然蒞臨。「既然歷史在這裡沉思／我怎能不沉思這段歷史」（公劉《沉思》），一時間「沉思」兩個大字寫滿詩國迷亂的星空，它不僅在艾青、公劉、流沙河、梁南等「歸來」詩人那裡以覺醒主題熠熠閃光，也在年輕的朦朧詩人詩中煥發奇彩，找回了久違的青春風骨。徐敬亞說「詩人應該有哲學家的思考和探險家的膽量」，朦朧詩正是以探險家的膽量創造了一種沉思品格，使詩獲得了意象派「感情和思想瞬間的交匯」旨趣，強化了理性負荷；但它的哲學思維意識覺醒，決不可與先來幾句鋪墊然後以哲理拔高同日而語，而是在悟性復蘇中，包孕在意象思維過程裏。即它的哲學思維與意象思維焊接，有種錢鍾書所說的「理之於詩，如水中鹽，是有味無痕，性存體慝」〔註1〕之妙。如駱耕野早期的《不滿》已顯出辯證思維靈光，而後的《車過秦嶺》則攫取列車穿行在「隧道與空谷」間的視覺與感覺，表現歷史前進過程，體悟到人生發展乃至美好事物都不會一帆風順，而是黑暗與光明、痛苦與歡樂、現實與理想、死滅與新生等矛盾與和諧的交織循環，那是哲理的物化與美的具象，那是情感浸泡的深刻思辨。舒婷的《贈別》也從情感海洋打撈起了智慧魔瓶，「即使冰雪封住了／每一條道路／仍有向遠方出發的人」，「要是沒有離別和重逢／要是不敢承擔歡愉與悲痛／靈魂有什麼意義／還叫什麼人生」，讓人眼睛酸澀過程中，已裸露出辯證的頑韌生命哲學，相反意象以相同意義獲得，化爲事件感知出的哲理驀然頓悟，人生就像五味瓶，酸甜苦辣鹹俱有，人生的意義就隱伏在歡樂與悲痛、離別與重逢之間。楊煉的《半坡·祭祀》玄學氣息極濃，融彙心境體驗的「祭祀」意象包孕著理性的迷茫，它已超越對於迷信行爲的認識，歸結爲對民族文化心理的歷史反思。類似的詩還有李其鋼的《魔方·積木及其它》、北島的《古寺》、楊煉的《北方的太陽》、舒婷的《神女峰》、江河的《葬禮》等，它們既給人豐厚哲理，又給人審美愉悅。

〔註1〕 錢鍾書語，轉引自《讀書》，1981 年第 11 期。

詩的哲學思維過程就是象徵意義凝結過程。如《在山的那邊》（王家新）就是象徵性希望詠歎。希望——無數文人騷客寫爛的古老命題，選擇它同時也便選擇了艱難；但詩人卻以山與海關係辯證的新視角把它寫得鮮活深邃。為何山裏人總渴望山外世界？為何他們總苦苦執著地追求「海」，海又是什麼？是希望？是理想？是輝煌？是美的事物？掩卷沉思會意識到，「海」是自然之海，又是理想希望之海，是它支撐著山民一代代的追求，是它賦予了山民的生活以樂趣與力量，它遙遠但卻充滿誘惑，詩人堅信總有抵達之時。原來它的意義早已超越知覺符號本身，總體象徵構架裏寄寓的是頑韌強悍的行為哲學。舒婷的《雙桅船》、江河的《紀念碑》、北島的《島》也都是象徵性哲思篇什，它們的思索雖從社會環境出發，但卻常指向民族、歷史乃至人類意識，尤其是江河、楊煉那些民族文化心理與現代文化精神、生命原動力與宇宙意識整合的史詩探索，更有著廣闊的哲學思維背景。哲學與詩意象思維的象徵合金，使詩由具體明確的寫實工筆畫，轉換成了抽象模糊、具有永恆價值的寫意畫；並且詩的大廈因有了哲學筋骨支撐，漸漸走向了堅實與輝煌。

滲透在意象思維中的哲學思維強化，將五六十年代詩歌「頌」之情調，變化為更富包孕性和縱深感的「思」之品格，這是朦朧詩了不起的突破，它進一步發展了現實主義的戰鬥精神，促成了詩的審美狀態由顯而隱，由熱而冷，由看得見的「沸泉」變成了測不准的「火山湖」。

二、文本結構：向主體中心化斂聚

東方黃土地淌動的豐盈情感水流，鑄就了幾千年中國詩歌文明的情態文本寫作歷史。為求得與封閉性小農經濟緩慢節奏呼應，傳統詩歌一直沿用線性情節自足結構，起承轉合、一馬平川，有如常常引為自豪的憨直長城。直到現代理性精神覺醒，意態文本才在西方現代詩藝啓迪下，在新詩人卞之琳、馮至、穆旦等人那裡成為必然趨赴，空間意指結構才受到人們青睞；但是由於傳統的隱性牽拉，共和國之初極度明朗了然的時代氛圍影響，它自然乍開又閉，線性古典結構再度捲土重來，並在文革期間登峰造極，場景加描摹再用觀念拔高程序流行一時，紅極一時。當歷史駛入朦朧詩藝術廟宇時，又一次完成了否定之否定過程，由於生活節奏日趨加快帶來的心靈感受複雜化，由於哲學思維的全方位滲透，空間意指的文本結構開始復活。但歷史的顛來倒去，每次都不是簡單重複，朦朧詩的文本結構提供了一些新質。

一、意識流結構突起。楊煉說「現代生活常常令人目不暇接，於是意象的跳躍，自由的連接，時間空間的打破，也就沒有什麼可奇怪的了」，這眞誠坦白已交出意識流結構突起的實底。現代生活緊鑼密鼓似的頻繁迅疾節奏，使本已變動不居的生命意識愈加神秘模糊，於是如何準確簡雋地表達它就成了一塊難啃的硬骨頭。仍採用拘謹有餘靈活不足、板眼分明的傳統邏輯認知結構，顯然會露出玩不轉的馬腳；這樣，在小說領地出盡風頭的意識流，便以其固有的主觀隨意性化爲詩人的得力武器，賦予詩以「高速幻想」的特徵。重睹舊路的瞬間心理感受是「鳳凰樹突然傾斜 ／自行車的鈴聲懸浮在空間 ／地球飛速地倒轉 ／回到十年前的那一夜 ／／鳳凰樹重又輕輕搖曳 ／鈴聲把碎碎的花香拋在悸動的長街 ／黑暗彌合來又滲開去 ／記憶的天光和你的目光重疊」（舒婷《路遇》），《生命幻想曲》是「把我的幻影和夢 ／放在狹長的貝殼裏 ／柳枝編成的船篷 ／還旋繞著夏蟬的長鳴 ／拉緊桅繩 ／風吹起晨霧的帆 ／我開航了……用金黃的麥稭 ／織成搖籃 ／把我的靈感和心 ／放在裏面 ／裝好鈕扣的車輪 ／讓時間拖著 ／去問候世界」（顧城）。樹可以傾斜；地球可以倒轉，由鈴聲而想起黑暗，由記憶而想到目光；夢可以放置在貝殼的船裏，鈕扣可以當作車輪飛奔，由太陽想到縴夫與麵包，由貝殼想到新月之錨與冰山，這些眞是典型的高速幻想，意識的流動「觀古今於須臾，撫四海於一瞬」（陸機《文賦》），時而昇天時而入地，時而溯古時而瞻今，隨意、跳躍、散漫。這種契合情緒流的意識流結構表明：朦朧詩已不再恪守首尾貫通的邏輯因果鏈條，不再單向固定地平面敘述；而從直覺意識流動出發，以意象的大跨度組接與散點透視，搗毀了完整的物理時空秩序與概念，打破了線性邏輯認知結構，重築了表現瞬間感受的感性心理時空。從而使想像邏輯戰勝了情感邏輯，主體眞實壓倒了客體把握，強化了心理深度同時又拓寬了複雜微妙的心理版圖。

二、蒙太奇意象組合結構呈現。現代社會是個開放與交叉的時代，各種門類的藝術也都難再做野鶴閒雲的閨閣處女，一守純潔。朦朧詩的蒙太奇意象結構就是詩與電影交媾產生的嬰孩。「試圖把電影蒙太奇的手法引入自己的詩中，造成意象的撞擊和迅速轉換，激發人們的想像力來填補大幅度跳躍留下的空白」，[註2] 這不只是北島個人的追求，也是所有朦朧詩人的共同探索。蒙太奇——作爲電影語言，本爲組接鏡頭剪接程序的必要手段；但它在鏡頭

〔註 2〕 北島：《青年詩人談詩》，北大五四文學社編，1985 年。

間的衍生流轉組構電影生命整體，與詩歌以意象的飛躍移動完成心靈曲線，在心理機制與審美特質方面又驚人地相通一致，它與意象都能獨立存在，都有外在視覺性與畫面感。正因為朦朧詩人摸準了這種內在依據，所以才大膽引進蒙太奇，進行時空的切割重組。或斷層推進式（如北島的《迷途》、趙愷的《我愛》），意象縱向流動，環環相扣；或塊狀並列式（如江河的《讓我們一塊兒走吧》、徐敬亞的《既然》），意象橫向疊合，觸角多變；或間隔跳躍式（如江河的《從這裡開始》、北島的《結局或開始》），意象間全靠聯想連綴，用中斷與間距拉大造成力的曲線；或倒置錯位式（如舒婷的《往事二三》、顧城的《遠和近》）。

意象蒙太奇沒有詩人的中心話語與意念的直接表露，有時句與句、意象與意象間也很少邏輯關係，試看一下蒙太奇組合範本《弧線》（顧城）「鳥兒在疾風中／迅速轉向／／少年去拾撿／一枚分幣／／葡萄藤因幻想／而延伸的觸絲／／海浪因退縮／而聳起的背脊」。四個互不關聯的語碼意象，像四個自足的分鏡頭擱置在那裡，詩用電影蒙太奇手法將之並列聯結起來，完成了一幅動態流轉的視覺畫面，質感直觀，喻言著譏諷與挖苦情調。再如徐敬亞的《既然》是並列式與跳躍式交叉，「既然／前，不見岸／後，也遠離了岸／／既然／腳下踏著波瀾／又注定終生戀著波瀾／／既然／能托起安眠的礁石／已沉入海底／／既然／與彼岸尚遠／隔一海蒼天／／那麼，便把一生交給海吧／交給前方沒有標出的航線」。四個既然句式反覆，疊給出四個蒙太奇鏡頭，之間的連接線已被抽掉，並且已不僅並列疊加，而逐層遞進，力量一次比一次強烈，深化了對人類生存狀態的思考，隆起了一股豁達頑韌的向上之氣概，形式在為意味提供感性寄託同時，引起了意味增殖效應生長。完全可以斷言，蒙太奇對詩的介入，強化了詩的直觀性與流動感，因詞與詞、句與句間連接媒介的省略取消，使詩擁有了更為自由廣闊的創造天空。

三、意識流結構與蒙太奇意象組合，本質上都屬於主體化、中心化結構。它們雖然海闊天空，隨意自由，但總有一個內在情思光源點約束，使眾多意象分子鋪排流動過程中嚮之整合斂取，形成向日葵式的文本中心化結構。這一點表現在意識流結構中一目了然，充分又典型。如前文提及的《生命幻想曲》，以一連串高速幻想，活畫出詩人生命流的複雜軌跡，好像荒誕不經不著邊際；但它仍有內在規整性的中心點，即借對自然美的傾心，間接呼喚人的自由本質，沉痛指控文化大革命，所以所有意象無不從流利盎然、晶瑩幻美

姿態，向暖意十足的童話世界伸延，構成了中心化的諧妙結構。楊煉的《諾日朗》也是圍繞諾日朗、黃金樹兩個中心意象展開，透視出人類生命的原欲與意志。這種主體中心化結構在蒙太奇意象結合中表現不甚顯明，並好像還呈示出悖謬性，後者意象的並置躍動客觀冷靜，彷彿有逃避個性指趣；可仔細分析就會發現，它紛紜的意象分子仍都罩在主觀色彩大網下，仍都具有中心化表徵。《弧線》四個意象如四幅各不相干的畫面，但卻在弧形中心觀念統攝下獲得了共同指涉，除挖苦譏諷之外，還意在表明一個常識化的哲學認識，事物發展存在曲折運動規律，人類應在被動困境中把握主體，把弧線伸直，為作品憑添了形上憂患反思意味。朦朧詩的中心化主體化結構，是人本主義詩歌的必然痕跡，因為它的抒情主體嚴格說都是啓蒙主義者，而到了非主體化的邊緣形象第三代人那裡，詩結構又走向了平面化、零散化邊緣，走向了失去中心所指與深度效應的文本。

為分析方便，我們把蒙太奇單位意象組合與自由聯想的意識流結構分開論述，實際二者常交合一體難以割裂，它們的共同效應是以大幅度跳躍留下的空白，加強了詩意結構密度。在朦朧詩由傳統連貫的線向續斷點的結構變異過程中，「在江河的段落之間，在楊煉的行句之間、在顧城的意象之間，在梁小斌精巧的片斷場景和王小妮印象詩的心理波動之間都出現了很大的空隙地帶」，〔註3〕而這空隙地帶反過來又擴大了詩歌容量。這似乎是矛盾的，密度要求向內壓縮，跳躍要求向外擴張；但二者在強化結構涵量方面又是辯證統一的，所謂少而多、無則有的玄論正是這個道理，結構太滿也就意味著太定型化而再造空間稀小，而有意斷裂卻為人提供了寬闊想像天地，是信任讀者閱讀力的表現，人人稱道的《從這裡開始》（江河）已有力證明了這一點。其次這種結構因其無關聯性與隨意跳躍，為詩開發了多層次的暗示力。

格式塔心理學原則有這樣一點，整體不等於部分之和；朦朧詩意象間的撞擊流轉形成的結構便不再是視覺意象本身，而產生了新的視覺和絃，有飽含象徵意蘊的弦外之響。如顧城的《感覺》：「天是灰色的／路是灰色的／樓是灰色的／雨是灰色的／／在一片死灰之中／走過兩個孩子／一個鮮紅／一個淡綠」。好一幅墨跡未乾的印象畫，其間不乏單純鮮明的自然美感；但它真正寓意卻在康定斯基倡言的抽象線條間，在意象分子撞擊後產生的新質中，那是對新美的歡愉與對單調的厭惡。北島的《迷途》、顧城的《弧線》、舒婷的

〔註3〕徐敬亞：《崛起的詩群》，《當代文藝思潮》1983年第1期。

《船》，也與《感覺》一樣，突破了單一詩情單一想像，爲表現日趨複雜隱秘的現代思維與情緒覓取了理想途徑，使詩日趨走向了立體繁富。

三、語言創造──陌生與平樸交錯互補

謝洛夫斯基說詩就是「把語言翻新」，這話雖有些形式至上意味，卻也表現出語言對詩的至關緊要。一般說來，詩生命的強健與偏癱大多從語言外殼開始；正因如此，任何一切詩歌運動無不在語言運用上煞費苦心。

文革時期，把持詩壇的幫派詩套語連篇累牘，陳腐老化，言陽光必燦爛，說歌聲必嘹亮，寫藍天必晴朗，導致了詩肌體的嚴重缺血性壞死，大敗了讀者胃口。朦朧詩的存在價值在於對症下藥，以現代感強勁的語言探險，給萎縮的詩語言注入了新鮮血液和彈性活力，使詩生命獲得了再度站立的權力。治療分兩套方案進行。

一部分詩人走返樸歸眞的路數，掙脫修飾性枷鎖，還語言然純淨本色，重放被僵硬虛假塵埃掩埋的語言珍珠異彩。一切都來得平樸乾脆，單純簡雋，有時甚至還未蛻盡原始的蒙茸；但它卻決非完全與生活口語劃等號，而是精心設計後複雜到簡單的單純，濃豔之極的平淡。「你睡著了你不知道／媽媽坐在身邊守候你的夢話／媽媽小時候也講夢話／但媽媽講夢話時身旁沒有媽媽／／你在夢中呼喚我……如果有一天你夢中不再呼喚媽媽／而呼喚一個年輕的陌生的名字／啊那是媽媽的期待媽媽的期待／媽媽的期待是驚喜和憂傷」（傅天琳《夢話》）。這樣的詩是最不端架子的詩，絮絮叨叨的敘述一如親切交談的口語；但它卻把母親對女兒的期待、驚喜、憂傷的復合情緒渲染得柔腸百轉，美妙感人，它運用的是最不詩化的語言，又是最詩化的語言。再有梁小斌的《中國，我的鑰匙丟了》，是徹底的白描性語言結構，沒有典雅意象，更沒有奇絕的比喻，天然樸實得像鄉間木訥的孩子；但丟鑰匙的具體生活瑣事一旦與「中國」這個抽象龐大的概念鍥在一起，則出現了奇蹟，平樸語言獲得了意想不到的奇妙，給人以嶄新的認知感受。「世界也許很小很小／心的領域卻很大很大」（舒婷《童話詩人》），毫不出奇的語彙經重新巧妙結合卻理趣豐盈，耐人尋味。

更多的詩人則注意發掘語言潛能，以對其自覺性與修飾性重視，擴大語言張力，以對其稱謂與指示價值驅逐，吹送出陌生的異風。具體說，除前文提及的通感語言外，常常在大與小、虛與實、具體與抽象、感性與理性等矛

盾對立事物間進行奇詭搭配，爲詩增加超常負荷，張力無窮。如「從星星的彈孔中／將流出血紅的黎明」（北島《宣言》），富於感性的抒唱中，溶入了理性思考，虛與實的對應，平添了沉著的豐盈美感，暗喻烈士之死，預示了光明將代替黑暗的趨向，不盡之意含於言外。再如「隨麥浪流進我的微笑」、「太陽，在麥芒上成熟了」等，不諧合的語法搭配，違反邏輯的奇特修飾，以其鮮活超群的反傳統姿態，沖決了語言的慣性平板模式，使人閱讀時因美感刺激，產生哥倫布發現新大陸似的興奮與喜悅。

這兩種語言一個平樸，一個陌生，一個不變形，一個變形，但同樣具有開放性與創造性，同樣是對平庸與因襲的反叛，並且常攪和一起。其實朦朧詩對傳統詩語言進行的就是綜合診治。朦朧詩的語言探險，加大了詩的信息，促進了情思濃縮與詩意飽滿；更提高了含蓄朦朧的審美功能，如（顧城的）《一代人》就深廣而敏細，半眞理半格言，拓入了釋義符號學領地。

人說第一個比姑娘爲花者是天才，第二個是庸才，第三個則是蠢才。我們認爲，美的全部意義就在於創造，朦朧詩的語言探索又一次證明這一法則的不可抗拒。

朦朧詩的爭鳴與「蓋棺論定」

　　朦朧詩這隻「報春的乳燕」（李澤厚語）起飛難艱，命運多舛。它的簇新審美態勢嚴重衝擊了民族文化積澱的超穩定惰性；所以一經面世便被送了個不明不白、不清不渾、內涵欠確切、外延也模糊的戲稱——「朦朧詩」，引起了一場曠日持久的論爭大戰；並且在某種意義上，論戰產生的騷動與影響，遠遠超出了朦朧詩本身。其實這事兒，這稱謂原本就夠人「朦朧」的，朦朧詩的價值應該得到高度確認。

一、詩外世界的對峙

　　朦朧詩論爭的規模與影響都是空前的。幾乎所有詩歌評論者不辨長幼男女都被捲入其中，不僅把詩壇一向清靜的聖地攪動得沸沸揚揚；甚至也招引來整個文藝界乃至國外紛紛關注的目光。論爭的陣容壁壘分明，一邊是否定派，麾下立著丁力、程代熙、鄭伯農、宋壘、臧克家、戚方、敏澤、周良沛等諸員大將；一邊是崛起派，披掛上陣的有謝冕、孫紹振、劉登翰、徐敬亞、李黎、陳仲義、蔣夷牧等。兩派勢均力敵，旗鼓相當，交戰長達數年之久。開始，雙方只是亮亮相，並未真正過招。謝冕這位功高蓋世、歷史不會忘記的朦朧詩理論領袖，憑著天生的熱忱和睿敏捕捉到，在《將軍，你不能這樣做》、《小草在歌唱》、《光的讚歌》等有巨大社會轟動效應的詩外，一種手法新穎的「古怪」探索詩正在不自覺地瘋長。於是在 1980 年 5 月 7 日的《光明日報》上推出《在崛起的聲浪面前》，欣喜宣告「一批新詩人正在蛻起」，預示其氣勢、力量與無法估量的前途，表現出一位詩評家的開放胸襟與智慧風采；然而搖旗吶喊的反映卻是寂寞。稍後，章明先生在 1980 年 8 期的《詩刊》

上發表《令人氣悶的「朦朧」》一文，拿九葉詩人杜運燮的《秋》和青年詩人李小雨的《夜》開刀，批評這兩首稍加體會便可入其堂奧的詩，代表了一種「晦澀怪僻」的傾向，讓人讀了似懂非懂，半懂不懂，甚至完全不懂；氣悶不過，便隨手送給他認為的「永遠無法以索解的『謎』詩」一個雅號——「朦朧詩」，「朦朧詩」一詞從此後約定俗成。至此，表面並未直接交手的平和寧靜中，論戰序幕實際已漸漸拉開；所以當謝冕的同窗孫紹振將其綱領性的論文《新的美學原則在崛起》，從 1981 年 3 期的《詩刊》拋向社會時，就如一顆定時炸彈，立即引爆了白熱化的論爭。這篇文章呼應了謝冕的觀念，並使之深化了一步，認為「與其說是新人的崛起，不如說是一種新的美學原則的崛起」，以雄辯家的思維，論證新詩正在經歷由非我的社會之我向自我的自覺之我回歸，這種人的價值標準確立，是美學原則的中心；同時還具體論證了新潮詩人的感知世界方式、理性思考光輝和藝術上的創新。坦率地講，這篇文章多得哲學思考之妙，藝術本身涉略不多；但它不馴服的姿態，卻引起了一場軒然大波。它發表後僅《詩刊》一家就接連刊發程代熙、敏澤等人的五六篇文章，與之商榷，進入了兩派之間真刀真槍的正規戰，頃刻間朦朧詩成了文藝界的熱門話題。而到 1983 年 1 月吉林大學公木的高足徐敬亞，將在學校讀書時的學年論文《崛起的詩群》發表在蘭州的《當代文藝思潮》雜誌，則使論爭走向了高潮。這篇洋洋灑灑、才情橫溢三萬餘字的論文，全面系統地分析了朦朧詩的起因、藝術特徵、美學價值及歷史地位。因作者自身就是朦朧詩的弄潮者，所以能深悟出藝術本體之妙，論證起來精粹新鮮，頭頭是道；雖過於投入、過於重視文采造成了某些偏頗失當，但仍不失其整體的合理性，從而與謝冕、孫紹振完成了三次崛起論的全過程。可惜它生不逢辰，當時詩壇空氣已遠非兩年前那般寬鬆自由；所以剛一露面，便招致數百篇商榷文章出籠。《詩刊》、《星星》、《文匯報》、《文藝報》、《當代文藝思潮》、《河北師院學報》、《遼寧師大寧報》都成為主要陣地，說是商榷，實為批判。在種種否定的聲浪面前，徐敬亞不得不進行「痛苦」的反思，於 1984 年 3 月在《人民日報》上發表《時刻牢記社會主義的文藝方向》，對《崛起的詩群》一文的錯誤傾向做了檢討，標誌著論爭基本告一段落。應該說，當時的批評是必要的，但某種程度上已超出單純學術藝術爭鳴的範疇，留下不少以政治批判代替藝術批評的教訓；對一篇來自初出茅廬青年之手、總體傾向基本正確的文章，竟如此大動干戈，這是很不正常的。

否定論者與崛起論者對朦朧詩的評價更是針鋒相對，大相逕庭。否定論者認爲它是畸形的怪胎，是「新時期社會主義文藝發展中的一股逆流」〔註 1〕，是「沉渣的泛起」，是西方現代派與中國二三十年代現代派的翻版，它的命運也會與之一樣沉落下去，自生自滅；是數典忘祖，是用「不健康的，甚至是錯誤的思想在非議社會主義政治，灰色孤寂，孤芳自賞和玩世不恭」〔註 2〕，「脫離了人民群眾的思想感情，脫離了時代的精神」〔註 3〕。崛起論者則認爲它是一種美學原則的崛起，是標誌著當代詩全面更新的起點，標誌著我國詩歌全面生長的開始，必將洶湧成一股澎湃的主潮；高度讚揚其是「眞實的人們眞實的歌唱」，其「激流的主潮是希望與進取」，它的出現「促進新詩在藝術上邁出了崛起性的一步」，它是中國的，是現代的，更是新的，它不僅填平了抒人民之情與自我表現之間的鴻溝，而且體現了變革的先聲。〔註 4〕觀點的對立勢若南北兩極。對於這種針鋒相對的論點，我們無意做走折衷道路的和稀泥者，只想說它們兩派都不夠冷靜，時間審視距離的缺乏與詩歌論爭以外一些因素的滲入，使它們二者在做出理論貢獻同時，都下了不少不太客觀、公正的結論；但我們不必苛求與挑剔他們，而應該理解並尊重他們，因爲他們的一切都出自於對時代與藝術的眞誠，因爲他們都不是簡單的捧殺與棒殺。事實上時間已經證明：朦朧詩的表現策略並無大差錯，近乎爆破的情緒使他們不像臺灣現代派詩人乃至三十年代的現代派詩人那樣，把滿腔的焦慮猶疑隱藏在複雜的比喻與結構裏；而以急迫性的傾出方式較直接地喊出自己的心聲，根本不存在完全讀不懂的障礙。思想上雖致力於內世界發掘，也不乏一定的憂鬱與感傷；但它並沒有徹底走向自我唯一存在的墳墓，而是常通過情感揭示表現對時代的關注，其基本主題是傳達了中華民族偉大的歷史陣痛，既有對民族命運的反思，又有對黑暗現實的批判，更有對未來執著的矚望，如《祖國啊，我親愛的祖國》、《大雁塔》、《紀念碑》、《太陽和他的反光》以及顧城的歌樂山組詩，都灌注著時代精神的動人音響。所以否定論者簡單地視之爲異端的古怪詩與沉渣泛起，批判恐怕就有些言過其實，那是一種心靈的隔膜，更是藝術的隔膜，是閱讀與詮釋方法上

〔註 1〕 臧克家：《關於「朦朧詩」》，《河北師院學報》1981 年第 1 期。
〔註 2〕 程代熙：《評新的美學原則在崛起》，《詩刊》1981 年第 4 期。
〔註 3〕 丁力：《古怪詩歌質疑》，《詩刊》1981 年第 12 期。
〔註 4〕 參見謝冕：《在崛起的聲浪面前》（《光明日報》1980 年 5 月 7 日）、孫紹振：《新的美學原則在崛起》（《詩刊》1981 年第 3 期）、徐敬亞：《崛起的詩群》（《當代文藝思潮》1983 年第 1 期）。

的習慣厚繭使他們的判斷出了毛病。那麼崛起論者的問題出在哪呢？謝冕有時過於詩意化的表述使思想略顯模糊，但基本精神仍把握了分寸，其它崛起派論者則常偏執得近乎極端。把自我引入詩內本無異議；但說「不屑於做時代精神的號筒，也不屑表現自我感情世界以外的豐功偉績」，「表現世界，是爲了表現自己」，「詩應該寫潛意識的衝動」，則無疑混淆了自我與時代、人民的關係，易使人走進純粹個人主義的蝸居。把我國淵遠流長的古典詩歌統統視爲「詰屈聱牙的古調子」，把建國後三十年的現實主義詩歌統統視爲一直「沉溺在『古典十民歌』的小生產歌詠者的汪洋大海之中」，顯然也是虛無主義的片面性暴露，是缺少歷史常識的表現。另外一味貶低現實主義，預測現代主義才是中國詩歌的金光大道也沒有足夠的理論根據。尤爲突出的是，他們那種背離傳統中和之道的激進、強勁態度也讓人很不舒服，據說一些反對論者不反對朦朧詩而反對偏激的崛起派，這很能說明問題。

　　無論怎麼說，朦朧詩論爭的意義不可估量，它不像人們說的是沒意思的混戰。雖然論爭雙方各執一端互不相讓，最終以誰也說服不了誰收場，雖然論爭也留下了以政治裁判取代學術爭鳴的沉痛教訓；但它從朦朧詩現象到整個詩歌理論再到新詩發展方向的逐漸深化，使朦朧詩這原本十分含糊的概念有了比較確定的含義，以往很少觸及或模糊不清的理論課題，如傳統與現代、現實主義與現代主義、朦朧與晦澀、自我表現與抒人民之情的關係等問題逐漸清晰，詩歌觀念也得到了積極的反思與發展。尤其是這次藝術上的大面積平等對話，激活了詩壇的熱烈民主氣氛，擴大了朦朧詩的知名度，爲新時期詩歌沿著健康正確的路線繼續高遠騰翔，準備了堅實有力的理論後盾。基於此，我們認爲楊煉的一句話用在這恰到好處，「一切，不僅僅是啓示」。

二、「歷史將證明價值」

　　朦朧詩人是在毫無心理準備的前提下，匆匆忙忙地被推上詩歌前沿的。缺乏自覺的自發性創作發生機制，使他們沒費吹灰之力就順利地進了非僞詩的大門，將詩的旗幟高高升起；但同時也注定了詩人與詩的不成熟。

　　欲加之罪，何患無辭，這話大抵是不錯的。對於眾說紛紜的朦朧詩，人們盡可以挑出這樣或者那樣的缺點；但卻無法不承認，它以對日趨板結的審美習慣的猛烈衝擊，結束了中國當代詩歌藝術的停滯不前，促成了荒蕪詩歌園地的盡早返青，它在詩壇引起的騷動與影響都是空前的。首先它以心靈日記的方式

（北島多爲沉思日記，舒婷多爲情感日記，顧城多爲感覺日記），完成了時代內在歷史的拼貼，不僅促成了詩歌情感哲學生命的本質回歸，而且實現了對象徵詩派、現代詩派超越後的螺旋式上升。他們用非現實主義手法傳達現實性內涵，雖與象徵、現代詩派構成了接力似的連續系列；但卻非後者的沉渣泛起。同樣從個體出發，後者回歸內心是爲逃避現實，否定現實與自身，其間浸染著飄逸自得的風度，超脫而消極；朦朧詩則爲更深刻積極地表現人與現實，腳踏實地地探索眞理，充滿著向上明亮的熱情與民族自強精神。如果說後者是飄浮在陰冷慘淡的愁雲上，它則是堅實大地上負重身影的閃現。從懷疑感傷到沉思追求，朦朧詩徹底沖決了左傾思想柵欄，契合了時代心靈的發展進程，從而完成了自己的歷史使命。那一系列盜火的普羅米修斯式的反抗英雄、普渡眾生的救世主形象塑造自不待言；即便是低音區的情思吟唱，充斥的也是理想的痛苦與英雄的孤獨，仍在悲愴中凸現著向上的力度。它那種在唯我與無我間恰切抒情位置的尋找，恐怕是在讀者心中引起共振的心理基礎。其次，朦朧詩以對傳統藝術惰性的挑戰，重構以人的情思爲核心的詩美理想規範，形成了獨特的朦朧風格，如輕紗遮水，似淡霧罩山。當新詩中斷主體意識與藝術美感的時節，朦朧詩置身在空白地帶，帶著積極創造的精神，通過個人心理與直覺的再造，通過智慧空間對單向描摹抒情方式的取代，通過意象思辯性與語言創造性的強調，修復了斷裂的朦朧美傳統，放射出嶄新的美學氣息。對於它的流行色——朦朧美，不少理論工作者與老詩人氣憤不已，大加撻伐，這是不應該的。它的朦朧美不是對讀者的戲弄，而體現著對人生意義與生活現實豐富意義的執著探索與尊重，何況在未解凍時代選擇它也是一種智慧。如《一代人》、《致橡樹》、《雙桅船》簡直就是美的典範，它們產生在文革文學中簡直無法想像。再次，以文學個人化奇觀的鑄造，爲當代詩歌輸送了多種藝術模型。朦朧詩人同樣流淌在流派的河床裏，但每朵浪花都有自己的綽約風姿。浸滿自傳性色彩的舒婷，骨子裏透著浪漫主義氣息，對理想的追求對追求中的心理矛盾，經她細膩靈性的梳理便轉化成美麗的憂傷，深情優雅，清幽柔婉。顧城總在大自然的懷抱裏構築超現實的童話世界，他那敏銳的直覺力，能迅速達成明麗純淨物象與幻想心靈的同構，玲瓏剔透中閃爍著機智與精巧；但在現實面前時時有虛幻脆弱之嫌。與深情的舒婷、機智的顧城相比，北島更像冷峻的兄長，他缺少婉約與纏綿，善做冷靜詭奇的哲學思辯與象徵思維，沉雄傲岸，但也陰暗冷漠。江河與楊煉多得惠特曼、聶魯達的風韻，視境宏闊，在民族文化、歷史的反思與掘進中，

給人以豪健壯美之感；前者多以原型與個體同構，後者則致力於文化學者型智力空間的建構。芒克銳利，梁小斌精巧，李鋼神奇詭秘，剛柔相濟。最後，朦朧詩昭示了自身蓬勃光大的可能性，不僅啓發影響了第三代詩人；而且也影響了同時代乃至上一個時代詩人的藝術操作。由於朦朧詩藝術上精湛的表演博得了眾多喝彩之聲，合理吸收它的內核就成爲許多人的共同追求。第三代詩人後來的反叛絲毫改變不了如下事實：第三代尤其是其中的學院詩人，都是朦朧詩的後代，都是吮吸著朦朧詩的乳汁強壯起來的。並且它在雷抒雁、邵燕樣、劉祖慈、孫靜軒、劉湛秋等中老詩人的創作中，也有廣泛的回應。

勿庸諱言，某些朦朧詩確有曲高和寡傾向。自發性使他們的創作常有種日記式的信手拈來，零亂而內傾，有時將自我凌駕於一切之上，狹窄世界的隔世感使它喪失了與群體溝通的可能；過度依仗於象徵、暗示等間接性的藝術手段，使主體意識漸漸爲靜止、堆積、羅列的意象群閹割，詩成了多義性乃至猜謎式的技巧實驗，尤其是這種宜於表現心靈的藝術，一旦轉向政治性內容時便顯出捉襟見肘的迷蒙與無力；隨著社會心理的日趨明朗，仍一味咀嚼自我傷痕，難免也會落伍於時代。種種消極因素既限制了朦朧詩的影響力，又羈絆著朦朧詩突破自我的驅動力；如此看來一些人對之嗤之以鼻也就並非毫無緣由了。不錯，詩乃尖端的貴族化藝術，有一定先鋒性；但也必須把握住必要限度，因爲詩歌選擇讀者，讀者更在選擇詩歌。一味求隱，令人望而生畏，藝術價值的實現無從談起。像《三原色》一類的詩盡賣關子，搞愚弄人的惡作劇，連大詩人公劉也接近不了，這不能不說是詩之的悲哀。可喜的是從 1984 年開始，江河、楊煉的史詩構築，梁小斌等人的斷然反叛，都發出了朦朧詩突破的訊息。

一切先行者往往注定是落寞寡合的孤獨者。朦朧詩從生長到成熟乃至分裂，始終有股濃厚的悲劇意味。當年「子孫會讀懂」的淒清，剛剛轉換爲獲得合法地位的欣慰，第三代挑戰的聲浪就無情地漫到了他們的足下。但我仍然要說，朦朧詩永遠不會成爲隔日黃花，它已在現代詩史上留下了輝煌的定格；並且完成了自己特殊的使命：

　　留下歪歪斜斜的腳印

　　給後來者

　　簽署通行證

後朦朧詩整體觀

　　當歷史不無羞澀地將藝術榮冠奉獻給朦朧詩時，事實上，北島、舒婷們的黃金時代已經過去；甚至連朦朧詩人的足跟尚未來得及站穩，一股後朦朧詩浪潮便以轟天氣概洶湧著逼近，剛剛穩息的詩壇再度失去了平靜。

　　這股反撥朦朧詩的浪潮是由眾多抒情群落與層面彙成的合聲鳴奏。兩千多家社團星羅棋佈，詩歌流派也數以百計，僅《中國詩壇 1986，現代詩群體大展》就一次共時性地推出了非非主義、整體主義、莽漢主義、撒嬌派等幾十個詩歌團體，真是派別林立、主義如雲；並且它們相互間層次錯落、形態紛然，大有群芳薈萃、多元並舉的鼎沸趨勢。富有趣味的是，最先向朦朧詩拋出白手套者恰恰是朦朧詩人中猶大似的梁小斌，一篇《詩人的崩潰》宣告決裂開始，繼爾楊煉與吮吸朦朧詩奶汁長大的于堅、宋琳、韓東、車前子等人反戈一擊，共同促成了朦朧詩的最終解體。這內訌式的叛亂無法不令人深思，後朦朧詩究竟哪裏比朦朧詩優卓而誘惑得人們趨之若鶩？它把繆斯的諾亞方舟引向了何方？

　　如果「把後朦朧詩狹義地限定在第三代詩的範圍甚至可能更準確」〔註1〕的話，那麼作為一種有別於90年代相對獨立的個人寫作的詩歌運動，後朦朧詩（1984～1988）的歷史已過去十餘年。因此在繆斯的版圖上，標示出它的位置是時候了。

〔註 1〕 臧棣：《後朦朧詩：作為一種寫作的詩歌》，《中國詩歌：九十年代備忘錄》第
　　　　202 頁，人民文學出版社 2000 年版。

一、生命本體的喧嘩

　　成熟往往也意味著死亡，不斷衍生與變化才是充滿活力的象徵；一種範式一旦凝固定型，便會容納不進新事物而導致革命發生。繆斯的每次藝術革命出現，決非僅僅因為外力單純刺激，而皆肇源於藝術內部飽和醞成的萎縮。後朦朧詩的崛起就是因為對朦朧詩停滯局限的反動。不錯，契合於一個時代懷疑悲憤、亢奮覺醒的整體心態，眾多張揚個體心靈的詩篇，使朦朧詩在中國詩壇刮起了一場不小的颶風，它以強烈憂患意識凸現與抒情主體「我」之回歸，恢復了詩歌情感哲學的生命。但是，隨著時光推移天氣日趨晴和，民族騰飛時期經濟戰略的轉移，仍然耽於咀嚼心靈潮汐、頻頻哀怨感傷、構築自然童話的精神天地，顯然有些不合時宜了。於是，從 1984 年開始，伴著「PASS 北島」、「打倒舒婷」的口號，一場超越公開進行。在一片鼓譟聲中，功德圓滿後的歷史中間物北島、舒婷們，被真誠的崇拜者們真誠地置於敵人位置。

　　對朦朧詩野蠻而優美的定點爆破是分兩翼並行展開的。一個陣營的詩人難再滿足一己鳴唱與詩歌的自身反思，力圖尋找詩與外界客觀事物重新交合的途徑，把視角伸延向歷史文化、自然人類等相互交射的寬闊抒情空間，詩又獲得了現實氣息的生命拂動。它大致包括邊塞詩派、生活流詩派、史詩和部分校園詩。這一陣營的詩強化了詩的參與意識，以富有質感的具體現實替代了朦朧詩的空幻迷離，完成了朦朧詩走進自我後的走出自我、主觀情志與客觀物象重新統一的過程。另一支勁旅則是自詡為「第三代」的詩人們，它包括非非主義、整體主義、莽漢主義、他們、海上詩派、女詩人等抒情群落。後朦朧詩人對朦朧詩人那種英雄主義傾向、憂患意識與使命感格格不入。他們不願再做「類的社會人」，無意代表時代與他人，只代表自己。而他們是一群「野傢夥，是腰間掛著詩篇的豪豬」，「是一群小人物，是一群凡人，喝酒、抽煙、跳迪斯、性愛、甚至有時酗酒、打架……」（于堅語）。他們公開宣稱「只有藝術家的良心，沒有什麼亂糟糟的社會責任感」（尚仲敏語）。平民意識的覺醒，使後朦朧詩人們從朦朧詩類情思陰影下走出，走向了人自身生命存在狀態的頓悟與袒露。他們認為詩只是純內心行為，只是靈魂的眷顧與牽掛，「詩價值實現是一種無目的的實現」（宋琳《青春詩話》）、「詩是純粹的生命體驗」（「超前意識」宣言），種種宣言無不昭示著詩人們在尋求著對藝術外在負累的擺脫、藝術與生命同構的途徑。而真正的人間氣味殘酷而平庸，是崇高、恬靜、諧和與瑣屑、嘈雜、崩潰的統一共存。於是他們不約而同地踏

上了否定朦朧詩熱態切近現實的英雄思想主義傾向的道路，實現了向生命本體的內向化轉移，再不關注外部世界的意義與深度。如面對同一對象大雁塔，朦朧詩人楊煉的《大雁塔》是民族命運、人文歷史的凝固與象徵，深度象徵與悲壯高昂語調裏愛國情感宛然可見；而韓東的《有關大雁塔》卻以淡漠姿態指向文化的神秘與不可知，「有關大雁塔／我們又能知道些什麼」，大雁塔只是一般物體，詩人爬上去也就是想看看風景。兩首詩表明，後朦朧詩在以反文化、反英雄、反崇高視角構築平民意識的世界，進入了生命原生態境地，除了平凡平淡平常的自己，世界上別無他有。

理想主義的喪失、世紀病與西方哲學氛圍的彌漫以及人類生命真相的反思，使後朦朧詩的精神網絡布滿的再不是憧憬、正義與人性的理想光環與偉大的人格乃至藝術良知，而完全嬗變為個體自我意識與下意識潛意識的衝突糾葛以及由此滋生的壓抑、恐懼、無聊、荒誕、焦躁、悖謬等現代人靈魂原態的躁動不安，從另一角度「向人的既艱難又平庸的生命更真實的靠近了一步。」〔註2〕

生命感性革命首先從自我的戲謔反諷、弱點審視拉開了序幕。後朦朧詩人一方面以把玩態度無可奈何地放縱自我，做超脫奇想。撒嬌派宣言「認為活在世上看不慣就憤怒，憤怒無濟於事便做超脫的撒嬌」；「情緒哲學」也渴望在情緒釋放中解脫生之苦悶。于堅的《好多年》以眾多瑣屑而不相干的生活片斷組合，反諷生命過程的平淡艱難和無價值，簡直酷似一幅現代人的嘲謔圖。王寅的《想起一部捷克電影想不起片名》題目本身就暗示了平民生活的尷尬，敘述更充滿調侃意味。另一方面則遠離人群放逐自我入更為孤獨之圈，充滿絕望與宿命色彩。郭力家認為「無聊也是藝術的一個生命要素」；「你究竟是誰呢／你根本就不是誰／你只是你自己的一種尷尬」（閒夢《尷尬》），人已被完全異化，肉體與靈魂普遍分裂，詢問的焦灼裏浸染著生命不可知的惶惑。朱淩波的《空位》意在表明孤獨乃現代人的本質心理，它如空位一樣無處不在永難填補，完全是對薩特存在主義哲學的皈依。後朦朧詩以生命本位的野性衝動，徹底揭去了人類頭上那層虛偽的掩飾，暴露出猥瑣零碎的本質面目來。其次後朦朧詩踏上了黑色幽默似的荒誕行旅。放縱也好，孤獨也好，世界依舊是老樣子。在人生苦痛與無奈之間的二律背反中，後朦朧詩人們再沒有憤世嫉俗的慷慨悲歌，而完全以玩世不恭的姿態去面對虛偽與神

〔註 2〕徐敬亞：《生命：第三次體驗》，《詩歌報》1986 年 10 月 21 日。

秘、冷酷，痛苦與嘻嘻哈哈攪拌使源於古希臘戲劇角色類型的反諷——嘲謔與幽默再現風采。「孔明於 2000 年復活／世界上一下子死去兩千個總統／宮殿造在我的肩膀上／腋窩里長出許多野草」（詹小林《荒誕》），一切都荒唐悖謬、越軌可笑。當然，因爲它源於生命與生活本身的荒誕矛盾，所以有時又「冷得使人渾身發燙」，滑稽外衣裏隱藏著一些嚴肅的內涵。如李亞偉的《中文系》可謂幽默荒誕至極，透過對文化與自我的褻瀆嘲諷，讀者不僅看到當代大學生厭倦灰頹式的相對懷疑精神，更可以感受到對高校封閉保守的教學方式和對述而不作治學方式爲特徵的超穩定型文化傳統的嘲弄批評。張鋒的《本草綱目》俏皮的語句組合，未嘗不是對中國文化缺少男性氣概、自我傷感特徵的諷刺與不滿。這一代詩人的荒誕感以極大的破壞力進入了生命體驗的根部和大徹大悟的智慧福地。三是把醜也大膽地推上了繆斯的聖殿。現代主義的琴師也都曾將醜的事物引入詩中，但總是把它作爲被征服、被超越、被彌合的對象；而後朦朧詩卻要以粗鄙態袒露人的原本狀態。如「一個星期天一堆大便一泡尿一個荒誕的念頭煙消雲散」（丁當《星期天》），意象已很醜陋，令人噁心，至於《一頭公驢對人的偏見》寫的「我的生殖器碩大／擺來擺去／像北京站那座巨鐘的指針」更是粗鄙得讓人難以接受。最典型的要屬野牛的《閉目·幻迷·美》，它寫人置身於「廣袤無垠的垃圾場」，與遠方偉岸的屎殼螂、白胖的蛆蟲、黑黃的蟻群、綠頭蒼蠅互爲感知，發出造化神奇自然的感歎。這種醜的引進使詩成了「放蕩的繆斯」。四是品味死亡與人類的寂滅。朦朧詩人也曾大面積歌詠這個命題，但它總是和歷史、具體混同一處的，後朦朧詩人則從形而上層面思考死亡。這是自瀆意識的邏輯結局，是對痛苦的超越。他們認爲死是自然理想的歸宿，甚至就是生命的進一步延續。陸憶敏的《可以死去就死去》寫道「汽車開來不必躲閃／煤氣不關不必起床／游向深海不必回頭」，恐懼與幻滅的悲哀已杳無蹤跡，彷彿肉體的消逝能換來生命的永恒。最具代表性的是曾深情禮贊《中國，站在高高的腳手架上》的曹漢俊竟然寫下了《病房》：「你騎著自行車／突然迎面一輛卡車／當時你就悟到了／這是不可避免的／你沒有慌亂／甚至還想笑一下／你再也不願提心弔膽地一天擠一天的躲下去了」。一種生的厭倦、苦惱、惶惑與一種死的渴求躍然紙上，死亡意識愈來愈淡，它與「女人小便」叮咚悅耳造成的「想入非非」，是現代人普遍的「病房意識」、嚴重的精神分裂；齊生死的冷漠背後是近乎絕望的生命大悲哀。五是性意識風暴的狂卷。在後朦朧詩中，有《〈越

過這片神奇土地〉〉（廖亦武）這種性欲的象徵性宣洩；有「見一陽具高高勃起」（蒼劍《乾卦一》）原始生命力的衝動；有女性詩赤裸野性生命衝動的無聲顫慄。尤其唐亞平、翟永明、伊蕾等人的詩再也難以滿足柏拉圖式的愛欲，而以肉體與心靈的雙重饑渴呼喚強有力的男性征服，伊蕾的《獨身女人的臥室》反覆抱怨「你不來與我同居」，唐亞平的《黑色洞穴》是如火如荼的性動作、性行為駭人的隱曲展現，有種非道德主義的享樂原則傾向。

我們無法不承認，寄居傳統詩歌中幾千年的崇高感在後朦朧詩中已被殘酷地消解了。後朦朧詩對於現代人的悲劇意識、孤獨感、荒誕感、存在感的深入發現，已突破理性教化的精神樊籬，進入了生命本體層面。這種感性精靈的釋放、生命意識的革命，恢復了人類更現代、更自由的世俗本質，完成了「人」的重構；對傳統理性文學構成了強有力的挑戰，使崇高化為一縷青煙騰空面去。如果說朦朧詩代表著人本質形態的社會屬性，後朦朧詩則體現著對人本質的心理和生理屬性的回歸，他們從擺脫類意識的個體生命存在角度寫下的大量詩篇，某種程度上動搖了理想主義、集體主義、禁欲原則支撐的價值觀念，因此功不可沒。

二、從意象到事態

朦朧詩的勝利說穿了是意象藝術的勝利。意象藝術的內斂含蓄，消除了以往詩歌理性直說的弊端；可時間久了，則因意象無節制的泛濫暴露出明顯的局限性。意象對意象的多情，意象間的疊加派生，完全成了蒼白意味的遮掩，詩人用大暗示牽動小暗示，由大象徵套疊小象徵，隱喻與象徵的多義、遊走性，使詩漸成無謎底的囈語，背離了生活的可感性。於是裝腔作勢拐彎抹角的意象藝術開始令讀者厭倦，其原有的新鮮、彈性與深度也因稠密意象的憋悶隨之消失。的確，在以往共時性藝術的靜態空間中意象藝術確實很靈。但是意象藝術的個體間和諧度要求極高，一個意象錯用即可導致整體情趣的破碎；何況目下詩的表現對象再也不是凝結的記憶板塊，而是瞬息萬變的流動現實，對之僅憑意象組合流轉已無法表達充分。最重要的是後朦朧詩反對詩端坐在祭壇上供芸芸眾生膜拜，認為應該起用一種凡俗化藝術方式以期與生命同質同構；而朦朧詩藝太美太玄，可望而不可及，並且它的能指意象符號，與所指無法質構一體，難以傳達生命動態的完整渾然的情緒意識流。在上述各種因素的交合作用下，後朦朧詩斷然將消解意象納為超越朦朧詩的最

佳選擇。這樣，伴著意象藝術沉落，後朦朧詩的事態結構藝術應運而生，並在抒情策略上發生了一系列變異。

一是「反詩」的冷抒情。朦朧詩乃古典詩的冤家對頭，可二者骨子裏的詩感方式卻如出一轍，它們都屬於以主觀擴張重構時空秩序的變形詩。如李白之月、陶淵明之菊多人格理想滲入，舒婷之橡樹、顧城之黑夜也不乏歷史人文色彩。其實，月、菊、樹、夜都只是客觀寧靜的存在，本無生命意識可言；但詩人們卻偏擾亂它的死寂，使它變形爲情思意念的象徵載體，所以像月亮就成了「金色鐮刀」並且叮噹響，成了煙圈、戒指、少女之嘴唇。這既有貴族化的矯情之嫌，又無法讓對象世界與表現世界對應。爲了詩的自救，後朦朧詩提出了「反詩」（或曰不變形詩）主張與意象詩抗衡，要求棄絕象徵等外在修辭傾向，還原語言（如非非主義），回到事物中去（如他們詩群）。詩人們直接處理審美對象，以情感「零度狀態」正視世俗生活，沒有事物關係打破後的再造，沒有意象的主觀變形，比喻與象徵已完全撤出。「我在街上走／其它人也在街上走／起初我走得慢／走快的超過了我／走不快的沒超過我／後來我想走快點／走快了就超過了／一些剛才超過我的人……」（斯人《我在街上走》）從該詩中已找不出變形詩痕跡，主體不支出情感也不索取體驗，全然似局外人的冷漠旁觀。韓東的《你見過大海》、阿吾的《三個一樣的杯子》等詩也都呈現出這樣的狀態。後朦朧詩的冷態零度抒情，把世界還原爲無法再還原程度，強化了詩的敘述性效應，總體傾向日趨淡漠。並且這種詩感方式規定詩人只重視抒寫存在經驗，不求飄渺的未知情境，只節制地直陳其事，不施放語言煙霧，語符前後線性組構的語義系統，簡潔而經濟、平淡又深刻。這種「反詩」的冷抒情不是要毀滅詩或使詩徹底客觀化，它是最接近詩狀態的創作。

二是時間知覺中事態和敘述的強化。到了後朦朧詩那裡，朦朧詩賴以生存的意象變得異常疏淡，而一些動作、行動的事態細節卻上升爲結構主角。它以人的意緒張力爲主軸，聯絡帶動若干連續或顛倒甚或貌似不相干的具事（動作、行爲、子情節）鏈條，把詩演繹成一個個片斷或還原爲一種種現象，以「走向過程」的努力，使詩獲得了一定的情節性和敘事性。這一傾向早在呂貴品的《小木屋搬走了》等女人系列詩中已初露端倪，到于堅的《對一隻烏鴉的命名》、楊黎的《對話》、周倫佑的《想像大鳥》、李亞偉的《中文系》等大量詩中則彌漫爲一種普泛現象。「回憶起某個日子不知陰晴／我從樓梯上

摔下，傷心哭泣／一個少年的悲哀是摔下樓梯／我玩味著疼痛、流血、摔倒的全過程／哭泣的時間很長哭到天黑／直到遍地月色改變了我的處境／直到我用心解了這一天的大便／才安然無恙，動身回家」（丁當《回憶》），理想的抒情已讓位於行為與事態的陳列，一反垂直縱式組合狀態為橫組合水平傾向的話語方式，使詩走向了連續過程，井然的語義單位不僅佔據著空間，也佔據著時間秩序。稀疏的意象已引不起人們的注意，而普通或清新的生活細節和情節片斷卻佔據了人們的興趣熱點，物性過程的還原，對抗了文化積澱，賦予了文本自身神奇的召喚力。這類詩散點式的敘述造成了大面積的「淨線空白」，使詩充滿了強烈動感。事態與敘述強化帶來的直接後果是，大批詩人不再注重詩歌局部精密的語詞意，轉而注重整體語句意的的提煉，從而促成了詩歌的詞意象（心理意象）向句意象（行為動作的事態結）的位移，將詩句內心一級複雜變為句間狀態的二級複雜，如于堅的《好多年》、王小龍的《那一年》等詩的審美空白完全棲居在句子上和句子間，一個個行為句意象不加修飾的羅列，暗示著生活的瑣屑和不盡人意的心態，擴大了人與外界的連續點。上述特徵表明，詩的小說戲劇化、述實大於言志的敘事態勢，已在時間知覺中逐漸形成。這使詩充盈著生活氣與親切感，詩境日趨清靜疏淡，多得大音稀聲之妙，整體性指向能力強化，提高了詩的可觀性。後朦朧詩這種向敘述文學所做的擴張，是事態的但更是詩的。它只是合理吸收了一些小說散文的筆法，事態框架裏注意情緒情趣的滲透，因此敘述也是詩性敘述；尤其它那跳躍的形式和假設結構不同程度地隱伏詩中，更構成了與小說戲劇的實質性差異。

　　三是自覺的口語化。反意象的選擇使後朦朧詩人語言意識高度自覺，極力倡導「詩歌從語言開始」、「詩到語言為止」，語言成了他們詩的目的與歸宿。他們以為朦朧詩精緻華美的語言與平民普通人的生命隔著一層；而語言理應把權力從外在意義之核處奪回，消除與詩人生命的派生關係以求與其統一，走口語化道路，以自足的本體構築對抗意象與象徵的文化語言模式。「關於這份報紙的出版說來話長／得追溯到某年某月某日某個夜晚……」（尚仲敏《關於大學生詩報的出版及其它》），隨便灑脫，內心與語言的高度統一使讀者讀著它即可徑直走進生命存在本身，它簡直就是生命狀態的直接外化。口語化趨向的後朦朧詩極崇尚語感，即用語言自動表演呈現生命感覺狀態。楊黎的《高處》即靠語感取勝，「Ａ／或者 Ｂ／總之很輕／很微弱／也很短／但很重

要 ／Ａ，或者 Ｂ／從耳邊傳向遠處／傳向森林／再從森林／傳向上面的天空」，詩是非非主義「回到聲音」主張的具現，透明的語境與客觀描述將情感流轉換爲暢達的語言流，連綿輕微的聲波純粹飄忽，自然天籟挪移裏閃回著生命深處的內在空寂。這些詩表現了一種傾向，即語感上升爲詩之靈魂，詩借它達到了詩人——生存——語言的三位一體，語感就是生命形式的外化，有時語義反倒並不重要了。這種語感追求使文本趨於清晰準確、隨意鮮活。口語化是老而又老的話題，可「新詩的白話企圖幾十年來，從沒有像他們這樣徹底而淡漠」〔註3〕；口語化運動與語感強調，乃當代詩史上影響深遠的事件。它通過作品能指與所指同構，造成了詩歌一次性閱讀傾向，打破了形式主義禁錮，其透明性與原生性取向有使詩歌語言重新陌生化的功能，引渡出了于堅、韓東、楊黎、王小龍、何小竹等一批中堅高手。事態藝術的神奇崛起對新詩作出了突破性貢獻。它反詩的冷抒情，消除了詩語詩思的矯情和虛假，陡增了詩的人間煙火氣息；事態和敘述性的加強，擴大了表現力，爲詩走向大氣提供了一種可能借鑒；自覺的口語化向度，則促成了語言和事物單純、本原性的回歸。總之，事態藝術不僅反叛並顛覆了意象藝術，拆解了深度文化模式，極大限度地開發了敘述性語言的再生潛力，構成了胡適以來新詩語言的又一次革命；而且它一變人爲裝飾性強的優雅士大夫情調爲自在的天然狀態，更本質的接近了人類生存生命狀態本身。尤爲重要的是，事態藝術使後朦朧詩在審美意義上因此背離並超越了朦朧詩。朦朧詩只是能指與所指分離的思想文本，能指所指的關係處於間接而不確定的象徵狀態，難以把握。而事態藝術詞字並不太複雜，在整體事態外隱藏象徵性內涵；事態本身的具體、喻體與本體所指與能指關係的直接確定，使詩產生的象徵再造空間相對比意象詩狹小，有一定的聯想再造的限定性，詩意理解不會太隨意寬泛。

三、告別優雅

朦朧詩把詩從庸俗引向典雅的使命一經完成，便宣告了自己美學原則的崩潰與終結。因爲它在還詩以生命的同時，又把詩推入了貴族性的泥潭。它那種人間煙火的稀薄、類型化規範上的情思萎縮、超凡脫俗的名士氣息，都使人感到隔膜與疏遠。所以隨著英雄到平民、「高大全」到小人物位置的轉換與覺醒，後朦朧詩理所當然的向朦朧詩的貴族化發難，一群俗美的精靈紛紛

〔註 3〕 徐敬亞：《圭臬之死》，《鴨綠江》1988 年第 7、8 期。

跳起驚世駭俗的「霹靂舞」。繆斯毫不遲疑地走向了民間與凡人，詩美逃離了優雅的怪圈。

觀照對象的凡俗化。舒婷、顧城們避免了詩的虛假蒼白，但以一種高傲的先覺者姿態呈露著思索者的「殉難之美」或高遠心靈撞憬，在近乎虛假氛圍中某種程度地美化了自己，遠未真正的走向民眾。而反文化反崇高的後朦朧詩人，對「博大高深」則十分厭倦，在他們那裡，世間一切無詩性與非詩性之分均可入詩。他們以普通人身份表現普通人的普通生活，日常生活細節、事件受到了極大關注，並且性生活與揭露靈魂缺點的題材第一次大量輻射於詩中。這是對小人物的尊重，是對世俗生活本來面目的真切恢復。聽聽《我們的朋友》（韓東）這芸芸眾生中複雜而真實的人間溫情的汨汨流淌，看看《臨睡前的一點憂思》（丁當）中瑣屑無聊、沒頭沒腦的疲憊生命狀態，讀讀《越過這片神奇土地》（廖亦武）中性欲象徵性渲泄的情愫；就會發現，詩寫的彷彿就是我們的生活中已經發生或隨時都可以發生的一切。就是面對崇高博大的人或事也施行淡化處理，改仰視為平視。使整個世界震撼的偉人馬克思也很普通，他「叼著雪茄」、「字跡潦草」、「滿臉大鬍子」、「到處流浪」（尚仲敏《卡爾·馬克思》）。梁小明的《讀魯迅書》沒把魯迅神化，卻與之交朋友，把魯迅當作一個平凡的溫和師長，他把手放在我的手上，抽大煙斗、皺眉、彈煙灰。生命細節的刻畫，流瀉出魯迅對青年的理解關懷與愛。這種凡俗化描寫，這種傾心交談的寫作方式，把詩徹底從高傲和貴族氣中解脫了。

審美情調上幽默俏皮風格的湧動。平民意識的回歸，使後朦朧詩再也受不住朦朧詩情境優雅和諧的束縛，認真抒情嚴肅敘述；而常常以揶揄替代莊嚴。詩變得輕鬆隨便，在崇高與優美之外，幽默俏皮的美學品格悄悄成熟。它甚至還時常要些荒誕嘲諷（善意的）的把戲捉弄人。「你的課是五十年代就準備好的嗎／沒關係你講吧講吧／不過允許我看一本現代化雜誌（八十年代的）」（伊甸《寫給一位老師》）。這種詩常以幽默或戲謔的語氣方式，發掘生活中本身充滿幽默感的令人捧腹而又引人深思的嚴肅主題（情趣）。這種幽默有的是生活中固有的人事情結，只要詩人稍加處理便使之喜劇感極強。如李亞偉的《中文系》、阿吾的《相聲專場》。而有些題材無喜劇幽默因素，可詩人卻借助輕鬆敘述和議論等方式使之被激發的同樣俏皮風趣。「這幾天／我的英雄牌金筆／一直在拉肚子／於是我的詩裏盡是他媽的／左一句他媽的／右一句他媽的／結尾還是他——媽——的／屋子裏的空氣越來越臭」（柳沄《無

題》)。這憂鬱的幽默,是以荒誕把戲捉弄人的審醜詩。孩童般的邏輯與戲謔的語氣讓人發笑不止,可樂過之後便有一種憂鬱沉痛,它不是爲取樂面幽默,它是對詩壇污濁空氣的嘲弄譏諷,字裏行間流動的是憂患意識。這種幽默,不同於戰鬥的幽默、含淚的幽默,更有別於畸形變態的「黑色幽默」。它調侃諧趣的背後是豐富嚴肅的內蘊,非崇高的形式表現的是近乎崇高的命題。它改變了詩的生硬面孔,強化了詩的趣味性。

語言的俚俗化。一種意味呼喚一種相應形式寄託,後朦朧詩的平民意緒憑藉的是通俗易懂的語言傳達。一般人以爲,詩與美乃孿生子,傳統詩語符含蓄婉約,所以面對後朦朧的語言時便禁不住驚惑,神聖的詩語言怎麼竟可以平淡到這樣徹底的程度?可是當將觀察視角調整到生命本體時就會發現其存在的合理性。如《在 4 號樓 210 號客房》(江堤)「夜半的時候 / 許多感覺已經睡去 / 我就很孤獨 / 總想你送我一個禮物或別的什麼」,不故作高深之語,更無洋化嫵媚之嫌,出奇平靜的語氣卻把情感渲染得細膩纏綿,悠長曠遠。雖娓娓道來卻如脅迫,比高聲大喊更有力。爲對抗奢侈矯情的甜美,爲與瑣屑的市塵認同,它甚至將粗話也摻入詩中,《節日》(宋琳)中「我們會攥著拳頭鳥拉鳥拉狂叫歇斯底里狂叫 / 突然陷入難言的死寂」,語言意象的優美度已不失涵養地爲粗鄙度所替代。再如,「把流出的淚水咽進肚子裏 / 在廁所裏盡量把屁放響」(婁方《印象》),笑罵與肆無忌憚背後站著一種嬉皮笑臉的生活方式,只是它又不等同於粗野的罵娘和趣味低下,而完全出於對俗眞生活的依偎與回歸。後朦朧詩的語言仿如漫不經心,實則有著一種非技巧化的潛在力量。尤其在今天人們都在盡量把詩寫得像詩的努力中,它就更顯得純粹可人,有種洗盡鉛華的本色之妙,昭示了一種文體生長的可能。

形式的非和諧化。閱讀朦朧詩就像欣賞「華爾茲」,優美舒緩,柔曼諧和;閱讀後朦朧詩則彷彿欣賞現代野性霹靂,完全是隨意而不規則的即興扭動,不時還夾雜著一些超離和聲的噪音,「吸上一支煙 / 考慮考慮中東的動蕩局勢 / 瞎混一天 / 腳丫氣味不佳不必不安 / 被子八年前就該拆洗⋯⋯」(丁當《臨睡前的一點憂思》),全然是潛意識的囈語或瑣屑的流水帳,動蕩局勢、被子、青春痘、西裝、油條,風馬牛不相及,仿似散漫意識的無序流動,可又讓你感到親切輕鬆,它恰好與現代人既高尚幸福又苦痛瑣碎的疲憊生命狀態構成了呼應。詩人們不僅在敘述方式、詩思結構上造成前言不搭後語的非邏輯效果;並且在形式外觀上也花樣兒繁多。島子的《樹・獸骨・冬日黃昏的牆》、

萬夏的《打擊樂》把漢語同字母或外語互相纏繞扭結，排列上毫無秩序地混亂；而吳非的《過程》則更爲零碎積木的堆積，撲朔迷離。這種近乎圖案詩的形式探索，一定程度上怪誕新鮮，但大段大段的斷裂、故意硬性的搭配與凸現則易把詩體引入形式主義的怪圈。後朦朧詩形式的不和諧源於抒情主體思維方式和生活本身，他們生活的迷亂瑣屑，他們心靈的困惑與艱難，折射到藝術中只能產生這種紊亂而複雜的頻律與節奏。

後朦朧詩以「反取向」方式進入文化活動，但仍然建立了一種新的文化模式；因爲反文化也是文化，它是詩人心靈與讀者文藝心理潛能的雙重釋放。它直接的後果是使詩從美麗的白天鵝變成了一隻平和普通的灰麻雀，告別了優雅的士大夫情調，更本質地接近了人類生存狀態本身。當然，他們無文化的追求也偶而導致了無建樹性的惡果。圭臬被徹底地粉碎，新的規範建設尚遙遙無期，這也是一種高昂學費換來的寶貴教訓。

四、迷蹤後的沉寂

眞正的藝術繁榮總有相對穩定的偶像時期與天才代表。郭沫若、徐志摩之於 20 年代，戴望舒、艾青之於 30 年代，賀敬之、郭小川之於五六十年代，北島、舒婷之於 70 年代，無不印證著這一點。可放目後朦朧詩界，眾聲鼎沸、熱鬧喧騰的背後是繁而不榮的空前沈寂，群星閃爍而無太陽，多元並舉卻少規範，瀟灑的宣言並未帶來豐滿絢爛的果實，撼人心魄的大手筆與拳頭詩人仍然虛位。我以爲後朦朧詩走向沈寂低谷源於多種因素的消極輻射，但根本癥結在於繆斯同社會情結、民族傳統、讀者審美心理脫節造成的本質傾斜與迷蹤。

後朦朧詩是形而上學與人間氣味的同構，其兩股主潮——文化詩與反文化詩（生活流詩與體驗詩）精神生命的共同孱弱無法不令人憂心忡忡。

整體主義詩群以及歐陽江河、楊煉等人構築的文化詩，在文化熱論統攝下用自然與歷史文化景觀承載人類的精神意緒，曾一度以充盈陽剛之氣的詩意撩撥而使心理萎縮的中國雄性勃發盡得風流，如廖亦武的《大盆地》，王家新的《中國畫》，宋渠、宋煒兄弟的一些賦體詩，均在歷史——文化空間表現民族精神與東方智慧，獲得了一種深邃幽遠的審美指向。但事物發展總充滿著物極必反的悖論，文化意識極度擴張的一窩蜂傾向，則使詩人們把「愈是民族的，愈是世界的」理論作爲探索的惟一取向，使詩平滑入只爲傳統與文

化畫像的意識泥潭，背離了自身的內視點藝術本質。不少詩人以鋪排文化風景風情風俗爲樂事，忽而陶罐忽而懸棺，忽而敦煌、半坡，忽而《易經》、恐龍蛋，彷彿文化只停留在歷史古蹟中。實際上這並無新鮮可言，它無非就是所謂的「尋根」，找原始找神秘找文化找史詩；可惜因多數詩人政治敏感度較低，對駁雜的對象並無深入的情思體驗與理性認識，所以常沉浸文化之中卻難以超乎文化之外，弱於當代意識與生命氣息的灌注，從而失去了時代制高點，淡化了詩與現實的聯繫，將詩蛻化爲只具民俗學價值的自然歷史形態展覽，是東方的而非現代的，是生態的而非心態的。如面對石光華的《疏影》等詩設置的蒙昧久遠境界，任你使出渾身解數，也難以諦聽到現實風雨潮汐的脈音與抒情主體發自內心的使命意識。其實尋根本身並沒有錯，但文化不是表面的裝飾，後朦朧詩的尋根應透過外在視象，發掘滲透積澱其中的民族心靈歷史精神。可是檢視一下後朦朧詩中的文化詩，人們無法不認爲那是一種裝腔作勢的賣弄。甚至不得不懷疑它的眞誠，它充其量也只是讓人倒胃的傳統文化中藥丸。後朦朧詩旗號大實力小的文化詩探索，本意要創造《荒原》似的史詩，但由於詩人們東方式的內斂與文化積累的淺薄，注定了他們難以企及史詩的輝煌與成熟，只留下一些故作高深難以閱讀的文化堆積物。要知道最好的史詩應從現實中直接昇華，失卻現代意識燭照去觀照歷史只會墮入泥古的死路，抽去主體情感靠弔書袋與憑弔古蹟創造史詩乃是自欺欺人的神話。

　　而由非非主義、莽漢主義詩群以及散亂各地的女詩人爲主體的反文化詩呢？它從感性接近生活的「向內轉」追求，契合詩歌本質同時矯正了以往詩歌一般化的詩意形容與泛性傳達弊端，引渡出韓東、于堅、王小龍、何小竹等一批心靈表現能手。但個人體驗的過分強調則使不少歌者滋長出嚴重的自戀情結，將詩當作盛裝圓熟甜膩無傷大雅的閒情或個人隱私的器皿，除了嘲弄、無奈與野性、媚俗外，剩下的就是未來世界的空頭支票和小打小鬧的空洞自娛，個人欲望的暴露宣洩把詩搞得面目皆非，沒有對人類生存及命運的終極關懷，沒有能給人美感的氣質與思想，傳統的眞誠的使命感與憂患意識被遠遠放逐了。詩人們對死亡與絕望故作灑脫的玩味蟄伏著刻骨銘心的焦灼的苦痛，「絕望是我的全部哲學」，與其說是一個人勿寧說是一代詩人的靈魂自畫像，像海子的《思念前生》及自盡、陸憶敏的《美國婦女雜誌》等，對西方存在主義哲學的翻版移植在鍾情人生的中國讀者面前並無天然市場。他

們尤其是女詩人詩中洶湧的黃色浪潮更不能給人以美的感受，如翟永明的《年輕的褐色植物》、唐亞平的《黑色沙漠》、伊蕾的《獨身女人的臥室》都有煽情的自虐傾向，揮發病態隱私，展露的是性壓抑性意識與淫蕩的污言穢語。他們以詩構築的世界雖有人間煙火味，但多為瑣碎平庸淺薄無聊生活毫無詩意與深層的展覽，如丁當的《愛情夜話》、大仙的《工藝品》等詩，只是市民主義的蒼白而萎縮的無可奈何與流水帳，很難產生共感效應。不錯，在失去自我就等於取消個性的詩中強調主體意識無可厚非，但個體意識不與群體意識、人類的本質接通，不上升為人類情思的詩意閃爍，就難以得到讀者認同，疏遠人類的藝術必然被人類所疏遠。

眾所周知，改革開放走向深入的時代，呼喚詩歌巨人的同時，更呼喚詩與現實的再度交合。但後朦朧詩的兩股潮流卻都不同程度地隔絕了詩與時代現實的聯繫，使現實的火熱生活成了「三不管」的寂靜地帶，詩自身也成了生命力蒼白的貧血者，引起反響與共鳴也就無從談起了。

在藝術探索方面後朦朧詩的極端形式主義道路，也將詩引向了狹窄的死胡同。後朦朧詩人藝術素質與心智的不成熟，詩作精神內涵的貧乏，限制他們無法提供新的精神向度，所以從1987年文學形勢急轉直下開始，一些詩人以回歸本體為藉口，以純粹的形式操作取代了詩本身；尤其是某些形式主義群落，大談「語感至上」、「技巧就是一切」，錯誤地認為憑著才氣只要掌握了技巧層面特徵就可以成為詩人，作為本質的內容可有可無。這種脫離意味的純形式操作，將詩引向了形式迷津與災難性境地。其表現一是缺少理性意識的支撐。形下題材的選擇使不少詩人不假思索地精神漫遊，「跟著感覺走」，不潛入生命本體宇宙空間進行形上思考，參悟人類本質精神，筆少受到理性對詩的規律性認識的控制，只能生產對情感單向追求的娛性詩，如諸學偉的《理髮的故事》、鏤克的《電話機》就視境狹窄意蘊淺淡，表現上信馬由繮。事實上後朦朧詩遠遜於朦朧詩關鍵不在技巧的好壞，而在詩本身所包含的哲學意識強弱上。二是有的詩搞意象的暴力堆積組合，使意象稠密得讓人透不過氣，阻滯了情思舒放，意象間聯繫無機陌生，朦朧得讓人「無跡可求」，如石光華的《月壚》等。如今人們都渴盼瞬間昇華的審美愉悅，誰還願玩這種精神爬坡的遊戲。三是大量詩人詩作間充滿似曾相識感，少創造的大智慧，多模仿的小聰明，從思想形象到語言韻味都有一律化感覺，如海子的麥地詩一出籠，模仿者竟數以百計，這種創造力的萎鈍與流轉的現實人生對象衝突，

驅使表現走向貧困。四是有的詩在語言刀刃上游戲，玩語詞玩意象玩詩，才子氣工匠氣十足，就是沒有生命的內核、情思的真誠與謹嚴的邏輯，如男爵的《和京不特談真理狗屎》、周倫祐的《自由方塊》，就無異於堆疊的積木與語言的遊戲。如此種種，不一而足。

　　人生與藝術的雙重迷蹤，鑄成了後朦朧詩繁而不榮的沈寂。也正是在這種詩之窘境的延宕中，汪國眞、洛湃等膚淺媚俗的塑料詩文本才乘虛而入，以虛假的熱鬧使本已虛弱的詩壇愈加蒼白和荒蕪。這裡指出後朦朧詩的迷蹤負值不是說現代主義詩歌就將終結。後朦朧詩的困惑與沈寂只是跋涉途中的暫時停歇與必要調整，只要它能揚長避短奮然前行，說不定哪一天還會蕩起一股泱泱潮流。

朦朧詩後先鋒詩歌概觀

在朦朧詩後二十年的歷史時段裏，從第三代詩歌、海子詩歌到 90 年代的個人化寫作，再到 70 後詩人群以及女性主義詩歌，先鋒詩歌對詩壇一次次的衝擊，形成了自己獨立的藝術精神、特質和傳統，支撐起了新詩藝術史上最有創造活力的歷史時期；而且還促發了當代詩歌乃至當代文學的歷史轉型，影響著中國先鋒詩歌當下和未來的走勢。

一、反叛的歷史進程

先鋒詩歌是具有超前意識和革新精神的實驗性、探索性詩歌的統稱，它至少具有反叛性、實驗性和邊緣性三點特徵。若以這一標準檢視朦朧詩以前的新詩將發現，先鋒詩歌已在以現代主義為主體的詩中組構起一條壯觀的風景線，只是那時沒人用「先鋒詩歌」的字樣為其命名。朦朧詩出世後，人們對「先鋒」和「先鋒詩歌」概念的理解才明晰起來。先是徐敬亞在《崛起的詩群》中，稱朦朧詩的「主題基調與目前整個文壇最先鋒的藝術是基本吻合的」〔註 1〕，《圭臬之死》則繼續升發「先鋒」意識，稱北島、舒婷、顧城等為引發全局的「先鋒詩人」〔註 2〕；繼而朱大可在《燃燒的迷津》中追認朦朧詩為「先鋒詩歌」，至於喻指先鋒意義的現代詩、實驗詩、探索詩等語彙更被人不時使用；1990 年代後「先鋒詩歌」幾成詩界顯辭。朦朧詩後的作品選本或理論著述中，「先鋒」概念的文化語境與內涵指向不盡相同；但它們卻都隱含著在藝術上的超前、先進、革新的文化定位。

〔註 1〕 徐敬亞：《崛起的詩群》，《當代文藝思潮》，1983 年第 1 期。
〔註 2〕 徐敬亞：《圭臬之死》，《鴨綠江》，1988 年第 7、8 期。

　　有個現象令人深思：第三代詩後每一階段的先鋒詩潮都因前段先鋒詩潮「影響的焦慮」而萌動，以對前段先鋒詩潮的反叛與解構而崛起。如此現象的發生須從先鋒藝術的本性尋找原因。先鋒藝術的重要特徵就是反叛，作為以理性、邏輯、秩序著稱的特殊知識分子，先鋒詩人為避免被文化權力盤剝，經常向理性、邏輯、秩序「造反」。貫穿新詩歷史的就是這種叛逆精神。文言衰而白話詩起，白話詩過於淺白則有謹嚴純熟的新格律詩與藝術新異的象徵詩興；1930 年代脫離現實的現代純詩和淡化藝術的革命詩走向極端後又有綜合人生和藝術的九葉詩出；1950 年代以降明白清淺的詩風壓倒一切，遂孕育含蓄委婉的朦朧詩；至朦朧詩後先鋒詩歌時期反叛更上升為整體特徵。

　　文革後的荒原情緒彌漫，與對原有文學弊端的反思，催化了朦朧詩的橫空出世。但朦朧詩卓爾不群的英雄情調、使命意識與批判精神，以及過分朦朧的貴族化形態，也注定了平民化的第三代詩對它的超越。所以它的足跟尚未站穩，第三代詩便從 1984 年起悍然向它宣戰。其實早在 1982 年這場叛亂即已開始，一方面楊煉、江河、梁小斌等朦朧詩人逐漸出離朦朧詩，和史詩情結濃鬱的整體主義、新傳統主義詩人聯手，企圖重構文化和雄渾的現代民族史詩，在一些文本中顯現民族原型和東方智慧，保證決裂的按序進行。另一方面從《飛天》等刊物崛起的「大學生詩派」，也因青春和詩歌本身的易動狂熱，在于堅、韓東等人的率領下要「PASS 舒婷」、「打倒北島」。兩股力量合流共同促成朦朧詩的解體；並借 1986 年《深圳青年報》和《詩歌報》的詩歌大展對朦朧詩施行了全面顛覆。第三代詩正是以對朦朧詩為代表的現代主義詩歌反叛贏得了後現代的首要特徵，即「非非」式地一反到底，反英雄、反崇高、反抒情、反傳統、反詩歌。它更關心自我，竭力從日常立場出發，展示生存本質的孤獨、荒誕、醜陋、死亡與性意識等悲劇性的宿命體驗，在本質形態上接近西方現代主義本體，把詩引向真正人的道路同時也消解了崇高。針對朦朧詩的意象化、象徵化，它反對象徵主義，在抒情策略上由意象向事態轉移，既凸現生理與心理動作感，又通過語言還原、「反詩」（或曰不變形詩）的冷抒情、口語化的語感手段，自動呈現生命狀態，開發敘述性語言的再生能力。對朦朧詩優雅的反叛，使它吹送出一股俗美的信風，觀照視點向普通人的普通生活聚光，反對博大高深，審美情調漸趨俏皮幽默。第三代詩對朦朧詩的解構帶來了空前的文化奇觀，但也因其破壞品格而在熱鬧繁盛至極後開始走向沉落和繁而不榮的混亂。

　　海子是第三代詩的終結者和個人化寫作的開啓人。他發展第三代詩的純詩一脈，於「此在」塵世氛圍卻執意追尋「彼在」終極世界，將錯位歷史情境中「荒誕」悲壯的「祭奠」行爲譜就爲一個抗議文本。他的詩以對生命、愛情、生殖死亡等基本主題及其存在語境及一切自然之象的捕捉，尋找神性蹤跡，因對古典理想的守望，挽留住了浪漫主義在 20 世紀的最後餘暉。海子幻想構築以太陽意象爲核心的現代史詩，以對人類苦難和生存根本的承擔爲破碎的世界進行「文化補天」；但由於史詩宏大構思和浪漫主義激情間的衝突，詩人的經驗、認識和耐心不足以駕馭深廣而龐雜的題材，結果傳達出的卻是浪漫詩學中的絕望詩學，沒有找到通往偉大文本的方向，只留下了一些藝術上的半成品。必須承認海子詩歌對神性的堅守，麥地詩思的原創性，水與麥地語象的私有化，個人密碼化的言說方式，都屬迥異於朦朧詩「一代人的詩歌表達」框架的「個體生命的詩歌表達」，它開啓了個人化寫作的先河。海子之死已和他的文本一起構成了逝去歷史的象徵符號，構成了中國先鋒詩歌死亡或再生命運臨界點的隱喻。自此到 1993 年，一邊是對海子詩歌模仿引發的新鄉土詩、長詩競寫熱潮，既成的先鋒詩學路向中斷；一邊是先鋒詩歌因海子之死由長期受控的異端角色和地下狀態，日漸轉化爲公眾和媒體注意、接受的主要對象。

　　鑒於第三代詩「對運動的熱衷高於對寫作的內部真相的探究」〔註3〕，1990年代詩人們注意用個人化文本替代集體抒情的喧囂。針對第三代詩高蹈抒情的聖詞彌漫和與現實過分黏合、大詞盛行的偏向，他們策略地「及物」與「深入當代」，以日常處境與經驗去規避烏托邦和宏大敘事，恢復詩歌處理現實和時代語境的能力；甚至對歷史和現實題材也多從細節進行處理，將之個人化。個人化寫作專注於寫作自身，注意尋找介入現實與傳統語境的有效方法，把技藝作爲評判詩歌水平高低的尺度。詩人們或注重對日常現實顯微鏡式的觀察臨摹（如桑克、呂德安），或致力於審美對象的分析與沉思（如臧棣、于堅）；或「敘事」意識更自覺化（如張曙光、孫文波），使敘事文本成爲獨特景觀。敘述的、分析的、抒情的、沉思的等各種品類多語喧嘩的個人化寫作提供了多種新的寫作可能性，但仍沒解決拳頭詩人詩作稀少的問題，過度迷戀技藝也不時發生寫作大於詩歌的藝術悲劇。它推崇差異性原則，派中有派，知識分子寫作致力於思想批判的精神立場，崇尚技術的形式打磨，文本接近智性

〔註 3〕孫文波：《我理解的：個人寫作、敘事及其它》，《詩探索》，1999 年第 2 期。

而又過分依賴知識，存在明顯的匠氣；而民間寫作詩人一路張揚日常性，強調平民立場，喜好通過事物和語言的自動呈現解構象徵和深度隱喻，有時用口語和語感呈現日常經驗，活力四溢但經典稀少，有一定的遊戲傾向。這兩股詩歌勢力在 1999 年 4 月的「盤峰論劍」後衝突加劇，開始了橫向的對抗、反叛和裂變、分化。

70 後詩人以及「下半身」團體則將反叛武器對準了以往所有的新詩群落。沈浩波、盛興、李紅旗、朵漁等為前鋒的歌者們，因對邊緣、前衛的生活及體驗最敏感，容易獲得另類特徵，不僅在詩「怎麼說」上而且在「說什麼」上都與此前詩歌不同。他們主張創作無意義無目的，在更加零散化、日常化、邊緣化視點的基礎上，以梅洛‧龐蒂的「身體哲學」為依據，要把知識、文化、詩意、抒情、哲理等所有的傳統一網打盡，並將平民詩歌的身體詩學擴大為肉體詩學，專事肉欲與軀體表演為經驗內容的性事化描寫，靠對生活和情感深度的拆解宣告詩意時代的終結。對詩本身的輕視使他們自然地遊戲消費詩歌，只講在場敘述的「快樂」原則，現場感強烈，對語言進行扭曲斷裂的施暴，搞泛性化轉喻，慣用口語化的荷爾蒙敘述和遊戲段子式的言說方式，如巫昂的《豔陽天》、尹麗川的《為什麼不再舒服一點》等基本上都在臍下三寸之地構築肉體烏托邦，追求文本原創和生理心理的欲望快感，把肉身本能和原欲當寫作資源。70 後創作因生命和肉體本然態的開釋，增加了世俗性活力；但詩人人格和文學結構的不健全，和要先鋒到死的狂熱和浮躁，使之大多萎縮為一種真而非美、刺激而無意義的平庸遊戲，甚至沒有足夠的成功文本賦予 70 後詩歌概念以深刻的內涵。

女性主義詩歌和男性寫作一道參與先鋒詩歌的反叛過程中，也留下了自身的生命軌跡。1984 年翟永明的組詩《女人》及序言《黑夜的意識》乃女性主義詩歌誕生的標誌，而後唐亞平、伊蕾、陸憶敏、海男與之呼應，以反叛舒婷一代的角色確證，支撐起女性主義詩歌空間。她們有「詩到女性為止」傾向的軀體詩學，將目光收束到性別意識自身，袒露女性隱秘的生理心理經驗、性行為性欲望和死亡意識，通過傾訴和獨白建構詩人和世界的基本關係，敘述氣勢與穿透力強，結構意緒化彌散化；它以從感覺、思維到話語完全女性化的經營改變了女性被書寫的命運。但它過度突顯性別意識也暴露出性問題上的纏繞和普拉斯似的瘋狂情感弊端。出於對軀體詩學的警覺，1990 年代的新「老」詩人承接女性寫作的覺醒、確認兩個階段，進入激情和語言技術

對接時期，努力淡化、超越性別意識，向接通女性視角和人類普泛精神意識的雙性同體理想邁進，在堅守女性的敏感細膩之外發現思想的洞見（如王小妮、小葉秀子的一些詩）；對塵世的認同和平凡心態的恢復，使她們將視角向「屋子」外的世俗人生、生活場景俯就，視境更寬闊，葉玉琳的《子夜你來看我》、翟永明的《時間美人之歌》體現了這一轉變；抒情方式也轉向更加貼近內心的技術性寫作，追求內省式敘述和語言的明澈化。它在告別軀體寫作中的急躁、焦慮和輕浮色彩同時，獲得了從感情世界走向理性觀察的可能；當然隨之而來的是感召力減弱，寫作難度的加大。

朦朧詩後先鋒詩歌的反叛破壞大於建設，疏離多於超越。它對傳統的反叛證明詩人們置身的文化存在著多種維度、聲音和價值體系，這是文化活力的保證；同時像個人化寫作對抗秩序化寫作也保持了個人差異性和獨立性，第三代詩對朦朧詩的反叛拓寬了題材和寫作方式等，都有積極意義。但破壞惡果也令人觸目驚心，如第三代詩以粗俗語拆解深度模式就有遊戲化之嫌，故被人稱為用似是而非的深奧掩飾淺薄和貧乏的「詩歌的敗家子」〔註4〕。眾所周知，先鋒也是相對的，任何人和流派都無法永遠先鋒，朦朧詩後先鋒詩歌二十年來一心思變，活水流轉，輸送了源源不斷的實驗文本，但也注定追新逐奇的詩人們必定忽視藝術的相對恒定性，不願亦難得雕琢打磨文本，自然拿不出有長久生命力的佳品。如此說來就難怪這些年來詩壇上「你方唱罷我登場」、流派社團和詩人來來去去卻沒留下讓人心儀的名篇和詩人了。另外一味和傳統對抗，也容易造成對傳統的割裂和虛無態度，使藝術化作無源之水。所以先鋒詩歌下一步則要破壞和建設雙管齊下，既解構前人又為後來者建構，否則只能走向沒落或虛空。

二、原創與實驗傾向

先鋒的別名是創新，從以個別性對抗解構公眾傳統的本性出發，它對沒一字無來歷的思維方式不屑一顧。先鋒探索這種取向，和詩歌固有的實驗屬性、先鋒詩人的反叛行為遇合，必然帶來詩藝的新變。朦朧詩後先鋒詩歌再次印證了這一規律，其生命的每次噴發都高揚創新意識，將藝術複雜性的俘獲當作最大誘惑。如海子針對浪漫主義的頹敗提出長詩、大詩、偉大的詩歌

〔註4〕謝冕：《有些正離我們遠去》，《世紀留言》第157頁，中國廣播電視出版社，1997年。

概念，並向大詩目標進發；個人化寫作甚至把技藝與經驗的成熟作爲檢驗詩人是否成熟的重要標準；女性主義詩歌 1990 年代後也轉向技術性寫作，按美的標準安置組合從體內呼出的詞語與技巧。一句話，朦朧詩後先鋒詩歌始終秉承「文學是一種允許人們以任何方式講述任何事情的建制」原則〔註5〕，矢志尋找藝術的可能性；並在一次次實驗中刷新著詩歌的本質內涵。其突出特質主要有以下三點。

　　一是置疑、瓦解意象與象徵藝術。截止朦朧詩的中國現代主義詩歌都強調借助客觀對應物、象徵與暗示方式，處理意緒與感覺，尤其象徵本體意識的覺醒常使詩飽具知性張力。但自第三代詩始意象與象徵藝術卻走向了終結。在認爲世上只有事物而無邏輯的朦朧詩後先鋒詩人看來，包括現代主義詩歌在內的以主觀方式介入世界的傳統變形詩，既不能和客觀表現對象完全吻合，又有些做作和矯情，並且在使事物澄明時也常因賦予事物以先在意義而遮蔽事物的豐富、具體性；所以他們一致以「反詩」形式，顛覆以隱喻爲核心的傳統思維、言說方式，強調事物事件的客觀呈現，以達到爲事物去蔽、重新命名的目的。非非詩派主張還原語言，他們詩派努力回到事物中去，于堅拒絕隱喻，伊沙認爲口語詩和意象詩不能相容。像韓東的《有關大雁塔》中的「大雁塔」已不見楊煉《大雁塔》的雄偉崇高，而只是一般的對象，詩人攀上它的目的就是「看看四周的風景／然後再下來」，其象徵性所指被悄然解構；伊沙的《車過黃河》將被視爲民族源頭與驕傲的黃河和「我正在廁所小便」這毫無詩意的日常猥瑣拷合，其輕慢的寫法是對正值事物的消泯。若說這兩首詩是對外在修辭傾向的棄絕，懸置、拆解物象背後的文化與深度象徵；楊黎、于堅、斯人的一些作品則以非變形的口語對抗「消滅」意象和先在的主體自我，回到事物和語言本身，甚至已不大在意語義而迷戀於語感營構，用語言自動呈現一種生命感覺狀態。如「一張是紅桃 K ／另外兩張／反扣在沙漠上……三張紙牌在陽光下／靜靜地反射出／幾圈小小的／光環」（楊黎《撒哈拉沙漠上的三張紙牌》），遠離情感、想像的沉靜之詩無語義所指，它的存在不爲什麼，也無言外之意，只是語流的持續滑動下事物存在清晰確切的敞開，符號的能指自足使它做到了「詩到語言爲止」。朦朧詩後先鋒詩歌打破意象和象徵方式的冷抒情，以對世界和事物的原生性還原，指向了藝術上的靜觀樸淡。當然它不是要使詩徹底客觀化，並且它也只是一種主流形態，

〔註 5〕　（法）德里達：《文學行動》第 3 頁，中國社會科學出版社，1998 年。

對先鋒詩歌沒構成絕對的覆蓋，事實上隱喻性的意象與象徵思維雖日漸衰落但不可能徹底消亡。

二是重視日常性敘述。到朦朧詩後先鋒詩那裡詩是抒情的信條已行不通，抒情傳統雖依然存在但光輝明顯被敘事所遮蓋。發生如此變異乃是詩歌內部發展規律的審美慣性和觀照對象的合力使然。卞之琳、艾青等對以往很少入詩材料的汲納，徐遲爲《抒情的放逐》的吶喊助威，五六十年代生活具象詩的隱性影響，爲解構抒情做了充分鋪墊。尤其是 1980 年代，先鋒詩人紛紛倡言要「反抒情」（如非非主義詩群），「必須向敘事的詩歌過渡」〔註 6〕70後詩人更力求向和「發生主義」理論契合的在場敘述靠攏。因在他們看來這是對生活更老實的做法，生活適合敘述描寫而不適合虛擬闡釋。於是出現了這樣的詩，「就這樣睜開眼睛躺著／你聽見天亮／街上有人說話……中國話令你心平氣和／想起身做點什麼」（王小龍《語言》），平實的語調中生活化的事件與心理流程緩緩展開，它和于堅鋪排日常場景狀態的「事件」詩系列一樣，都不再注重語詞意識而轉向重視語句意識。並且這種敘述性不是整齊劃一的，它除了鋪排戲劇性場景或採用人物對話間接客觀地抒情達意、使詩裏具有帶些情節的對話細節與畫面外，還存在許多種支撐詩意的敘述形態，如「我在天亮前夢見／一匹紙馬弛過／深夜的圍籬／／夢中的紙馬／馱著果實的情人／站在貼紅字的窗下」（西渡《夢中的紙馬》），想像和理性因素謀面，使詩在線性時間內還原了夢境想像的怪誕和美好，一定的敘事長度把生活還原到無法再還原的程度。但不論哪一種敘述都有客觀的非個人化效果，給人一種親歷感。詩這種向敘事文學的「非詩化」擴張，不會以犧牲個性爲代價，其散點式的敘述既不完整，又是灌注著主觀情緒的詩性敘事，是敘述的更是詩的。

三是注意多元技巧綜合的創造與調試。詩人們不僅關心異質經驗的相互包容、經驗內涵與介入方式的整體平衡，還重視技巧、語彙、文體等各種藝術元素的渾融。如在伊沙的《風光無限 37》似的「雜感詩」、孫文波的《祖國之書，或其它》似的戲劇性獨白連綴詩、馬永波的《電影院》似的小說散文筆法詩等文本中，都有文體駁雜的跨文體嫁接傾向生長。翟永明的《十四首素歌》似的戲劇性文體也兼有情緒、體驗、事物的直接體現和對其的觀察、分析、評論兩種視點。這種文體間的互通有無，既使詩走出單一抒情表達困

〔註 6〕 西川：《90 年代與我》，《中國詩歌：九十年代備忘錄》第 265 頁，人民文學出版社，2000 年。

境，又加大了詩適應觀照對象的幅度。其次爲傳達原創性體驗和豐富的生活，詩人常將各種反差強烈的意象、語彙、探索取向雜糅。海子的《馬》把屍體、大地、門、蒙古、血、玉米等科學的想像的、實有的虛擬的、詩意的非詩意的異質意象並置，貌似唐突實則吻合了詩人失戀後精神自焚和自戕的狂躁暴烈情緒特質。爲追求原生性，詩人們竟常對語言進行扭曲、色調的極端強調和暴力組合，如伊沙的《結結巴巴》對固定語的拆解歪曲，楊黎的《高處》的回到聲音，于堅的《遠方的朋友》生命節奏的自然語感外化，都屬於新、奇、特的空前創造。這種非正統的「雜色」語言的異質並置，規避了詩歌向單色化陷阱的邁進，有陌生化的刺激和表現功效。再次作爲變構、誤讀人類精神文化中權威、經典的策略，戲謔反諷差不多成了所有先鋒詩人的技巧。李亞偉《中文系》中那個「廁所裏奔出一神色慌張的講師／大聲喊：同學們／快撤，裏面有現代派」的荒誕結尾，隱含著對高校封閉保守的教學方式和超穩定型文化傳統的厭棄否定。伊沙好玩佯謬的把戲，以同音諧音詞語的移花接木偷梁換柱，以嚴肅莊重文雅的事物和戲仿嘲謔粗鄙態度的攪拌，篡改既有指稱爲世界命名。他的《半坡》在交代完半坡之於西安的位置後，卻佯裝無知地把歷史文化遺址的半坡改換成只具地形指稱意義的半坡，「我不知道大坡的另一面遠在哪裏，只知道下坡路人走著會輕鬆愉快」，一個「大題小作」的惡作劇就輕易拆解了深度模式，流瀉出價值虛無主義情調。先鋒詩歌多元技巧的綜合，完善了詩歌綜合處理歷史語境和複雜生存體驗的能力，既是主體獨立自由精神的外顯——視境闊達，整體旨趣加強；又使平面化的詩走向了具有交流、複調特徵的立體化。

朦朧詩後先鋒詩歌的實驗和原創探索使詩出現一系列變異。在它們那裡宏大敘事消歇，情感表現零度化，價值形態平面化，結構零散化，語言日常化，特別是詩壇多元即無元的駁雜狀態，語言書寫的「狂歡」取向，這些對以往現代主義詩歌解構的跡象，有力地證明一個事實：朦朧詩後先鋒詩歌已進入後現代主義時代。所以有人指出 1984 年中國式的後現代寫作已在一些詩群中出現；並尋找出它的一些特色：「拼貼、渙散、破碎、模糊、重複、錯位、混沌以及徹底的多元」〔註7〕，1990 年代後後現代主義地位更加鞏固。當然中國的後現代主義詩歌誕生於文化、心理語境都準備不足的前工業社會；加之民族理性實踐精神制約，使詩人們很難認可西方後現代主義的價值虛無，他

〔註7〕劉納：《詩：激情與策略》第 16 頁，中國社會出版社，1996 年。

們的情感不可能徹底冷漠。尤其是它在浮躁心態下產生，不少詩人還是模仿西方先鋒派的「僞先鋒」，所以實驗有時就平滑爲隨意的遊戲，1986 年的群體大展就「是自有新詩歷史以來最散漫、也最放縱的一次充滿遊戲精神的詩性智慧的大展示」〔註8〕，之後遊戲色彩更重。如一些人常常迷戀於語言把玩，遮蔽了世界的眞實狀態，寫作遠遠大於詩歌，《老狐狸》（伊沙）的語言狂歡就走上了形式至上的險途，70 後的網絡狂歡將詩變成了段子卡通式的一次性消費品，這些都決定中國的後現代主義詩歌難以像西方那樣意義徹底和純粹。也正因此朦朧詩後的先鋒詩壇才成分複雜，後現代主義沒統治詩壇，現代主義仍大有市場，現代和後現代「和平共處」，使中國的後現代主義有了一種「泛」的特徵：和中國現代主義詩比較它是先鋒的，和西方的後現代主義詩比較它又帶「準」的性質。朦朧詩後先鋒詩歌的原創性實驗衝擊了詩壇的僵化與惰性，提高了表現力；但唯新是舉的心理騷動也注定它的藝術觀缺乏相對的穩定性，在主題思路和藝術範式等方面往往前一種尙未定型後一種又接踵而至，過速流動的節奏既讓詩人的心理難以適應，也使詩壇二十年沒產生領袖和經典，大都「各領風騷三五年」，給人一種靠宣言和詩學概念而不是靠實踐和文本支撐的印象。

三、亞文化的生存方式與精神立場

　　從邊緣出發的朦朧詩後先鋒詩歌，至今仍沒有完全接近中心，獲得統領詩壇主潮的殊榮；並且在生存方式上還遠沒有擺脫和主流文化相對的先鋒文學所特有的亞文化特徵，依舊在文化的邊緣吶喊著、抗爭著。

　　彷彿是種先在的命運邏輯，一切先鋒總和孤獨結伴而行。朦朧詩後先鋒詩歌一直以簇新思想和審美觀念的代表者著稱，卻始終蜷曲於文化邊緣的一角；因爲在市場經濟時代裏邊緣是詩的宿命，先鋒詩歌不馴服的「異端」姿態和反傳統的價值取向必然引起社會「程序」的注意和控制，於是屬於體制範圍內的報刊載體便相應地紛紛對先鋒詩人壁壘森嚴。既然正式出版物不接納他們，無法正常生長的詩歌生命就必須通過隱蔽的渠道釋放自己。當初朦朧詩就是在被主流報刊拒絕的情況下，受民主自由之風裹挾和 1970 年代末民刊發達氛圍的感召，使《今天》於 1978 年 12 月脫穎而出，以自辦刊物的特殊出版形式爲中國詩寫作開創了一個傳統。朦朧詩伊始，

〔註8〕謝冕：《20 世紀中國新詩：1978～1989》，《詩探索》，1995 年第 2 期。

從早期的油印經打字膠印到電腦照排，乃至過渡到正式出版的各類民刊雜誌，構成了一個布局分散但影響巨大的民間「非官方詩壇」，並「一直是當代中國文學實驗和創新的拓荒者」〔註9〕。第三代詩對朦朧詩的啓蒙意識和貴族化審美傾向並不買帳，但在生存方式上仍延續了朦朧詩的民刊路線。《退稿信》（杭緯）是許多人經歷的縮影，接到退稿，被主流文化拒之千里，十分尷尬還要自我解嘲；沒辦法只能退而求其次，在一種簡陋的印刷和傳播方式中爲詩尋找棲身之所。《今天》的傳導體——大學生刊物群（如北京大學的《未名湖》、吉林大學的《赤子心》、武漢大學的《珞珈山》等）就是在這樣的背景下孕育的。《大學生詩報》以這樣的情形面世，詩人們去出版社謀求作品問世機會，碰壁出來被一位少女瞥了一眼後，頭腦發熱又去找市長，「說了幾句憂國憂民慷慨激昂的話／市長先生有如下批示／大學生詩報旨在繁榮吾黨吾國文化望予以出版爲荷」（尚仲敏《關於大學生詩報的出版及其它》），調笑背後是人與詩的啜泣與掙扎。韓東、于堅在南京辦的《他們》，周倫祐、楊黎在成都辦的《非非》，還有上海的《海上》，成都的《現代詩內部交流資料》，杭州的《詩交流》也以類似情形面世；1986年的兩報大展更是民刊在1980年代的集中亮相和第一個繁盛期到來的標誌，六十多個社團從「地下」噴湧而出才僅僅展露了「冰山」一角，其內在的龐大喧騰可想而知。火山噴發後是短暫的沉寂。經過兩報大展的奇觀，1980年代後期民間「詩江湖」及報刊出現了一段眩暈，一直到1990年代中期之前發展步子緩慢，形式多以報紙爲主，銳力與活氣不足。此間雖有態度相對中庸、嚴肅，致力於藝術本身的團體和刊物苦撐，如芒克、楊煉牽頭的《幸存者》，芒克與唐曉渡統領的《現代漢詩》，西川與陳東東創辦的《傾向》，梁曉明與耿占春經營的《北回歸線》，嚴力在美國主辦的《一行》，以及90年代初陸續出刊的四川的《九十年代》、《反對》，北京的《發現》、《大騷動》，天津的《葵》，深圳的《聲音》，河南的《陣地》等，它們共同創造著一種秩序與文化精神，但流派意識已不那麼強烈。社會轉向的1990年代中期後，由於藝術空間加大、人們心態平和與時代空氣相對寬鬆；加之詩人們對主流詩刊狀態的不滿及其經濟情況改觀的推動，民刊再掀大潮。在原有基礎上又出現許多民刊，如廣州的《詩歌與人》，北京的《詩參考》、《偏移》、《翼》、《詩江湖》、《下半身》、《朋友們》、《標準》，杭州的《阿波里奈

〔註9〕 （美）奚密：《從邊緣出發》第206頁，廣東人民出版社，2000年。

爾》，黑龍江的《東北亞》、《流放地》，西安的《唐》，湖南的《鋒刃》等，它們和自印詩集、世紀末到來的網刊媾和，形成熱鬧非凡的景象。此間民刊的裝幀和印刷質量上也相當考究，從封面設計、內文編排到外觀包裝的整體形式都精美到了豪華程度；而且內容也逐漸向私人化過渡，精緻、柔美、技術化的價值取向敦促，使寫作本身變得越來越重要，同仁化和地域性因素的強化滲透，仍使一些刊物成為滋生流派團體的基本背景和大本營。特別是，《現代漢詩》、《傾向》、《九十年代》都強調秩序與責任，強調複雜技術和智性力量，純粹、獨立、唯美，是「知識分子寫作」的主要策源地；《詩參考》是「中間代」的靈魂刊物；《翼》則在女性主義詩歌的成長方面發揮著舉足輕重的作用。

　　歷史的梳理表明，民刊策略已構成新時期先鋒詩歌的基本生存與傳播方式。這種方式是新詩的邊緣處境與中國文化的獨特體制使然，也和先鋒詩人的民間立場有關。若說先鋒詩歌當初選擇邊緣的民間立場是被逼無奈，後來則變為一種自覺追求，詩人們在悟透民間、主流各自的包孕和邊緣的潛在意義後，有意強化邊緣效應，故意和主流文化之間保持距離。正如于堅所言，詩歌在民間、民間是詩歌的活力所在已成共識，民間「就是一種獨立的品質。民間詩歌的精神在於，它從不依附於任何龐然大物，它僅僅為詩歌本身的目的而存在」〔註10〕。詩與「龐然大物」勾結就會失去獨立精神，所以詩人們都追求獨立的個性。朦朧詩將意識形態體制派生出的權力話語作為「龐然大物」加以挑戰，通過個體情感張揚改變人被異化的工具功能；第三代詩守望反崇高、反文化、反理性的話語指向，以口語的解放將詩歌由說什麼推進到怎麼說的藝術階段，從形到質都染上了民間獨立精神的輝光。個人化寫作既警惕主流權力話語的同化，又提防西方強權話語和以西方文學守護者自居的主流詩人侵襲，在對雙重威脅的消除和超越中尋找個性。和邊緣立場相關，民刊培育的獨立自由本性使先鋒詩人普遍蔑視具有主流、中心話語和有官方意識色彩的報刊，寧可作品不發表也在主流報刊露面。這種傾向到先鋒詩歌轉向「地上」的 1990 年代越加鮮明。以至於在世紀末的民間寫作和知識分子寫作論爭中，雙方都向民間立場靠攏，都怕和主流詩歌扯上干係。楊克主編的三本「中國新詩年鑒」封面上，無一不寫著「藝術上我們秉承：真正的永

〔註10〕于堅：《穿越漢語的詩歌之光》，楊克主編：《1998 中國新詩年鑒》第 9 頁，花城出版社，1999 年。

恒的民間立場」字樣。這些都足以看出先鋒詩人對主流詩壇的不屑和「民間」二字在他們心中的分量。

民間立場意味著回到寫作本身，它使先鋒詩界注重前衛性的創造和新的藝術生長點發掘，對主流文化和官辦刊物構成了有益的挑戰。民刊從不按名氣與地位取捨稿件，而以推舉新人爲己任。事實上 1980 年代的楊黎、于堅、韓東、翟永明、周倫祐、廖亦武、李亞偉、海子、歐陽江河、西川、臧棣，1990 年代的張曙光、伊沙、徐江、侯馬、桑克、馬永波，以及世紀末崛起的沈浩波、朵漁、尹麗川、安琪等詩人，都是從民刊走出而後成爲詩壇新生力量的，他們是挑戰主流詩歌的基本陣容。而青年群體常常具有否定現存秩序的批判激情和創造活力；這一特點和民間立場固有的自由創造品質相遇，又注定民刊和民間詩群帶著強烈的前衛和實驗色彩。朦朧詩後的新詩藝術史上清新陌生的氣息和藝術技巧的變構大多來自民刊詩歌。他們詩派、非非詩派的語言呈現與語感強調，整個第三代詩的事態冷抒情，張曙光、孫文波倡導的詩性敘述，于堅的拒絕隱喻，伊沙的身體寫作和反諷策略等等，都催化、刺激了文學的某種可能性，對主流詩界構成了挑戰。尤其是民間寫作「構成了九十年代詩歌寫作眞正的制高點和意義所在」〔註 11〕，代表著當代詩歌發展的方向。正是因爲民間立場的探索性和衝擊力，加上民刊印刷質量的大幅提高，民間立場邊緣性的影響力和權威性有時甚至超過主流報刊，敦促一些官辦報刊調整辦刊方針，對民間先鋒詩人變冷漠、忽視、輕慢爲熱情、接納、歡迎，如《詩選刊》、《詩刊》等近年都注意選發民刊上的作品，又的還出過民間詩專號。其實邊緣和中心、非主流與主流之間完全是能夠互補的，若主流詩刊的規範沈穩和民間詩刊的野性活力結合，將有助於創造力活躍的文化生態格局形成。

歷史處境的邊緣化、生存傳播方式的民刊化和寫作立場的民間化，表明朦朧詩後先鋒詩歌還存在著相當典型的亞文化特徵。這種特徵表明先鋒詩歌還遠沒達到中心和主流位置，這固然是由於先鋒詩人的有意拒絕和主流文化缺少開放機制所造成，但也暴露出朦朧詩後先鋒詩歌有許多缺點。民刊使不爲主流刊物認可的好詩浮出地面，但也使一些非詩、僞詩、垃圾詩魚目混珠地面世；民刊同仁化利於造就流派，但也存在著選稿的隨意性，一些並不先鋒的詩混入使先鋒詩不再純粹；多數民刊的即時性和短暫性，雖能增進詩壇

〔註11〕 韓東：《論民間》，《芙蓉》，2000 年第 1 期。

的活氣，卻不利於相對穩定的大詩人產生。而今，隨著中國加入 WTO 及世界
經濟的一體化，邊緣與中心、非主流與主流、官刊和民刊之間的界限越來越
模糊，這無疑為先鋒詩歌的發展提供了機遇。先鋒詩人不該永遠固守邊緣，
拒絕走向主流文化；而要力求從邊緣到中心，由非主流晉升為主流，然後再
產生新的先鋒，只有這樣不斷地循環往復，先鋒詩歌才會逐步趨於深化與成
熟。

1990年代先鋒詩歌綜論

一、精神斷裂與歷史轉型

在先鋒詩歌的歷史上，1989年具有一定的象徵和轉折意味。這一年海子、駱一禾的相繼夭折，令詩藝界茫然不已，許多先鋒詩歌歷史的親歷者敏銳地意識到在「已經寫出和正在寫出的作品之間產生了一種深刻的中斷」〔註1〕，詩歌中的神話寫作畫上了長長的休止符；此後詩歌的運動情結和先鋒意識漸入消歇，而多樣化的個人寫作則悄然拉開了歷史序幕。

20世紀八、九十年代之交，先鋒詩歌因爲歷史中斷後的精神逃亡，遭遇了難以名狀的命運顛躓。海子之死一方面是爲詩壇獻身精神的符號化，一方面也構成了文化詩性大面積消失的象徵源頭，爾後許多詩人紛紛踏上精神逃亡之路。他們有的去赴死亡的約會，如海子、駱一禾、戈麥、顧城，有的改弦易張，撲入商海或者轉寫小說散文，如韓東、海男、張小波、朱文、葉舟，有的乾脆逃亡去了海外，如北島、江河、楊煉、嚴力、牛波、張棗等，隊伍分化、削減和流失的變異現實，使先鋒詩歌經受了一次歷史的強烈震顫。而更爲深刻、本質的兩種精神逃亡，則一是既成的詩學路向紛紛中斷。後朦朧詩當初的文化神話、青春期寫作、純詩經營等寫作方式，在1989年社會變動的現實衝擊面前，均因在理解和表現時代方面的失效而宣告意義消弭走入終結，如以圓明園詩社等爲代表的青春期寫作常「一根筋」式毫無節制地傾瀉感情，極容易在過分情調化的頹傷懷舊和過度狂歡的語言暴力中，滑向浮躁

〔註1〕 歐陽江河：《89'後國內詩歌寫作：本土氣質、中年特徵和知識分子身份》，《今天》1993年第3期。

和急功近利的陷阱，由於對現實語境缺少關涉而失去了進一步伸展的可能；城市平民口語寫作、純詩寫作也或瀆神式的拒絕形而上神話，耽於能指迷戀和語言狂歡，弱化終極價值關懷，不無遊戲之嫌，或堅守高貴的靈魂和語言的純粹，在神性原則下建築和諧、優雅、澄明的神話幻象，太超凡脫俗，都同樣懸置了和現實對話的機制。一是繼起的新鄉土詩熱潮使詩歌精神走向了空前倒退。海子死後，在麥地詩歌啓迪下，「一群城市裏偉大的懶漢」紛紛做起「詩歌中光榮的農夫」（伊沙《餓死詩人》），掀起了一場農業造神運動。詩人們彎鐮收割的鄉土意象所渲染的農耕慶典，一定程度上以鄉土閑靜、優美、純樸的認同皈依，暗合了現代人尋找精神家園的精神脈動，對抗了都市工業文明的喧囂異化；但那種土地神話在後工業的社會裏表演，總有些矯情，詩人們對其過度沉醉的結果是多數作品缺少深入的當代意識和哲學意識燭照，麥地主題淺表、世俗化爲宣情的基調；除了曹宇翔、丁慶友等詩人之外，大批詩人先驗地想像、炮製土地神話，優美得偏離了現代鄉土古樸而悲涼的靈魂內核；尤其是詩人們一窩蜂地爭搶鄉土意象的趨時現象，使新鄉土詩常常只能在單一指向上躑躅，稠密的國產意象裏人氣稀薄。這種逆現代化潮流而動的向「後」看的舉措，在把新鄉土詩推上歷史舞臺的同時，也把新鄉土詩推向了沒頂的泥淖。既成的道路中斷了，新闢的道路又是向後看的，在這未死方生的懸浮「眞空」之間，詩人們無所適從，茫然不已。他們雖依舊寫作，卻再也提供不出能夠體現先鋒進步趨勢的新的價值指向；於是，在「寫」還是「不寫」的痛苦抉擇中，詩界只能出現或擱筆或轉行、或原地踏步或六神無主的精神大逃亡這條生路抑或死路了。

那麼爲什麼自朦朧詩以來發展態勢一向良好的先鋒詩歌，在 1989 年出現斷裂？這恐怕要從「無名」時代的詩歌邊緣化歷史文化語境說起。在被譽爲詩歌國度的中國，詩歌歷來是文學的正宗；可是從 1980 年代中後期開始卻地位旁落，走向了冷寂的邊緣。因爲隨著計劃經濟向商品經濟轉軌、西方後現代文化對中心和權威的解構，當歷史一經出離以改革開放爲主導、充滿二元對立觀念的有共名主題的 1980 年代，便進入了「多種衝突和對立的並存構成了無名狀態」〔註2〕的文學基本格局，主題繁複共生，審美日趨多元。而多名即無名，審美群體的分流注定先鋒詩歌的黃金時代必然消逝；同時在市場、

〔註 2〕陳思和：《試論 90 年代文學的無名特徵及其當代性》，《復旦學報》2001 年第 1 期。

經濟和商業主流話語的壓迫下，精神漸輕，詩意頓消，每一個詩人都成了被邊緣化的焦慮者，在完全被散文化的文學世界裏，世俗、解構和瑣碎的「金幣寫作」策略驅趕盡了神聖的價值訴求，這種欲望化的拜金語境和權力、技術三位一體地合縱連橫，自然使詩歌藝術陷入了無邊的災難；另外，「當代文化正變成一種影像文化，而不是一種印刷（或書寫）文化」，介入「無名狀態」〔註3〕的 1980 年代末期後，大眾文化媒體和影像藝術在民眾生活中橫衝直撞，尚未立體化、直觀化的先鋒詩歌藝術與其相比缺乏優勢，抒情空間被擠兌被漠視也就在所難免。

但是把先鋒詩歌中斷的肇因僅僅歸結為一系列事件的壓力是不能讓人信服的；或者說是先鋒詩歌內裏的不足埋下了自己斷裂的悲劇種子。詩的本質在於它是「詩人同自己談話或不同任何人談話」，「它是內心的沉思，或是發自空中的聲音，並不考慮任何可能的說話者或聽話者」〔註4〕，這種特徵內在地制約著詩歌適於在古典田園和桃花園似的人際間生長，而和散文化世俗化的環境氛圍相牴牾，所以它置身於世紀末文化境遇本身就是生不逢時。尤其是後朦朧詩的重重弊端，招來了四面八方的聲討。有人批評它的先鋒情結瀕臨絕境，必被社會群體所冷淡；它的絕對反傳統必疏遠民族文化，因襲西方現代傳統，意蘊膚淺；它的片面技術和藝術競新必淡化責任感，讓社會群體的期待落空〔註5〕，造成轟動效應也就無從談起。更耐人尋味的是，1980 年代的先鋒詩歌過於追求實驗性，在寫作的各種可能性上幾乎均有嘗試，卻在哪一種可能性上也沒有大的建樹。所以當膨脹的可能性該收縮限制、向某種或某幾種寫作可能性方面深入挖掘詩意時，詩人們卻因為個人寫作經驗的欠缺和個人話語場尚未完全建立起來，而迷惑不已，該延續的詩寫之路暫時中斷了。儘管這期間有《北回歸線》、《傾向》、《九十年代》、《現代漢詩》等民刊的出色表演；但依然掩飾不住先鋒詩歷史中斷的跡象，無法改變先鋒詩冷寂的階段性事實。

正是循著先鋒詩歌「中斷」和「失效」的思路，一些論者判定一進 1990 年代先鋒詩就走入了沉落期。其實他們只看到了一種假象。不錯，在中國詩歌命運轉折的十字路口，詩人們面臨著是否要將寫作進行到底、該如何進行到底這「噬心的時代主題」的（陳超語）考驗，曾經歷過短暫的焦慮和動搖；

〔註3〕 丹尼爾·貝爾：《資本主義文化矛盾》第 156 頁，三聯書店，1992 年。
〔註4〕 格雷厄姆·霍夫：《現代主義抒情詩》，《現代主義》第 287 頁，上海外語教育出版社，1997 年。
〔註5〕 石天河：《重新探討「前衛」的眞諦》，《詩歌報》1997 年第 1 期。

但伴隨先鋒詩寫作始終的自省、自否精神，使他們很快又立穩足跟，沉落了先鋒詩運動卻沒有沉落先鋒詩本身，並在淡化先鋒情結過程中注意 1990 年代先鋒詩和後朦朧詩中斷性的一面同時，更注意尋找、深化 1990 年代先鋒詩和後朦朧詩間延伸連續性的一面，從而在 1992 年至 1993 年前後修復了斷裂，完成了先鋒詩向新樣態的轉型。詩人們自覺淡化 1980 年代那種強烈的集團寫作意識甚至先鋒意識，不再追求打旗稱派、搞詩歌運動的激情和銳氣，甚至不再關心流派和主義的名分；而是使寫作日趨沉潛，悄然回到詩本位的立場，在放大後朦朧詩已有的個體視角、藝術方式基礎上，銳意開拓，逐漸促成了詩歌從意識形態寫作、集體寫作以及青春期寫作向個人化寫作的轉型。轉型後的先鋒詩歌，一是普遍強調寫作方向和方式上的個人語言轉換，這一點在歐陽江河、王家新、西川、陳東東、翟永明、呂德安、于堅、張曙光等「跨時代寫作」者身上表現得尤爲突出。二是努力在語言和現實的聯繫中，尋覓介入現實和傳統語境的有效途徑和方法。有力體現這一傾向的是在海內外不聲不響恢復、創辦的民刊，如《今天》（在美國復刊）、《傾向》、《北回歸線》、《九十年代》、《現代漢詩》等，它們無不以對抗非藝術行爲的姿態，致力於詩歌精神和品格的建設，在平靜中重視詩自身，向現實和傳統回歸，諦聽靜默的存在之音。這些詩或關注芸芸眾生，飽含生命的體驗和呼喚；或重新探索有效的話語方式，如張曙光、孫文波等人在 1980 年代中後期就嘗試的「敘事」意識更加自覺，那種敘事話語的起用是技巧的外顯，更是對存在狀況的一種詩意敞開與撫摸。三是消解了曾經有過的騷動，告別了集體抒情運動的喧囂，一切都變得沈穩內在，有條不紊；並在靜寂平淡的眞實局面中專注於寫作自身，使技藝晉升爲主宰、左右寫作的主要力量，敘述的、分析的、抒情的、沉思的、神性的、日常的等各式各樣的詩歌品類競相湧現，姿態萬千，迎來了一個從形到質都完全個人化的寫作時代。

二、「個人化」詩學的構建

若問朦朧詩、「第三代詩」有何特點，誰都能就其意識形態主題或世俗化傾向略說一二；要想從眾語喧嘩的 1990 年代先鋒詩中整合出某些共同症候則很難。奇怪的是，將「個人化寫作」作進入 1990 年代先鋒詩歌的觀照點，卻因其標識出了 1990 年代先鋒詩歌和此前詩歌的本質差異，切合詩人間的差異性大於一致性的個人寫作時代的詩歌實際，得到了多數人的首肯。

　　也許有人會說多餘提出「個人化寫作」，哪種寫作不是個人行為？詩的本質不就是從個人的心靈出發嗎？其實不然。作為一個特指概念和一種寫作立場，「個人化寫作」不能和風格寫作劃等號，也不能和個性寫作相提並論，更不能和狹隘的一己表現的私人寫作等量齊觀。它是詩人從個體身份和立場出發，獨立介入時代文化處境、處理生存與生命問題的一種話語姿態和寫作方式，它常以個人方式承擔人類的命運和文學的訴求，源自個人話語又超越個人話語。「個人化寫作」的另一說法是多元化，它突出了個體生命的聲音、風格、語感和話語差異。但這並非意味著個體詩人之間不存在著通約性。1990年代先鋒詩歌可稱為一種通往「此在」的詩學，其本質化流向就是對「現時」、「現事」的格外關注和敘事話語的高度重視（其實是一個問題的兩個方面，敘事的大量起用表現著詩人對現實存在狀況的關懷）；所謂的「個人化」乃指在通往「此在」，在介入「現時」、「現事」方式和途徑上的千差萬別。

　　在如何處理詩與現實的關係問題上，包括「第三代詩」在內的1980年代詩歌存在著兩種偏向。一種以為「非」詩的社會層面的因素無助於美，所以盡力疏離土地和人類，在神性、幻想和技術領域高蹈地抒情，充滿聖詞氣息；一種堅持詩和時代現實的高度諧和，穿梭於礦燈、腳手架、敦煌壁畫、恐龍蛋等意象織就的寬闊雄偉的情境中，大詞盛行。它們都沒實現維護繆斯尊嚴的企圖，反倒因所指的玄妙空洞加速了詩歌的邊緣化。針對這兩種偏向，1990年代具有藝術責任感的先鋒詩人強調：在真實大於抒情和幻想的年代，詩歌「永遠離不開對現實生存的揭示」，〔註6〕要盡量使語言和聲音落實，「將半空懸浮的事物請回大地」（森子語），走「及物」路線。這種面向「此在」敘述的價值立場，使詩人紛紛規避烏托邦和宏大敘事。

　　從身邊的事物中發現詩，挖掘、把握日常的生存處境和經驗；甚至對躲不開的歷史題材也多從細節進入，盡量摹寫歷史語境裏人的生存狀態、精神風貌，把歷史個人化，因為在他們看來歷史乃任一在場的事件，個人日常細節植入詩歌就滲透著歷史因子，就是歷史的呈現。讀著下面這樣的詩，彷彿是在讀世俗的世界，「一個女人呆坐在長廊裏，回憶著往昔；／那時他還是個活人，懂得擁抱的技巧／農場的土豆地，我們常挨膝／讀莫泊桑，紫色的花卉異常絢麗／陽光隨物賦形，擠著／各個角落，曲頸瓶裏也有一塊／到了黃昏，它就會熄滅／四季的嘴，時間的嘴正對著它吹……」（桑克《公共場所》）

〔註 6〕陳超：《深入當代》，《磁場與魔方》第 329 頁，北京師大出版社，1993 年。

醫院、長廊的女人、陽光、廣場的相愛者，一個個分鏡頭的流轉，組構成了瑣屑平淡又眞切的生活交響曲，「現時」的當下反應和觀照裏，滲透著一縷似淡實濃的蒼涼陰鬱的人生況味。詩歌以這種姿態和日常生活發生關聯，無形中加強了藝術的當代性，使個人寫作獲得了能夠承受社會、歷史語境壓力的能力和品質。

1990 年代先鋒詩歌抵達「此在」的目標時，詩人們八仙過海，各臻其態，誰都力爭在體驗、體驗轉化方式和話語方式上推陳出新，突出公共背景裏個體的差異性；於是在個人化理論和差異性原則的統攝下，出現了抒情主體的個人化奇觀。孫文波「經歷過什麼就說出什麼」；臧棣對「生活表面」的著力陳述帶著某種虛幻和「思辯」色彩；西渡骨子當中充滿對幻美事物接近的企圖；〔註7〕陳東東常用唯美的目光掃視現實表象的色彩、質地，通過想像力灌注使其和漢語本身增輝；西川既投入又遠離，感情節制，追求一種透明、純粹的高貴的藝術質地……最具典型性的于堅，通過以零度情感疏離對象的「他者」想像方式進入對象，拒絕隱喻，將 1980 年代對都市閒人的調侃深化爲對社會歷史的戲仿反諷。如反觀成長史的《0 檔案》，不用具體數字而以不存在的代指「0」，來表現不是人在書寫語言而是語言在書寫人的語言暴力本質，表現特定年代體制對人的異化，就貫通了瑣碎的個人細節和帶文化意義的詩歌空間，以對語言和存在關係的超常理解，將歷史個人化了。恰像有人所言，1990 年代先鋒詩歌的差異性標誌著個人寫作的徹底到位。

「個人化寫作」的意義不可低估。它超越了 1980 年代帶有自淫性質的「自我表現」。後者對人性和個性的張揚，多源於缺少理性支撐和闡釋的直覺，並不乏自傷、自戀或自傲情懷；而它則指向著書寫者獨立的精神立場、自律的藝術操守和自覺運作的手段，飽含詩與現實關係的深度思索，並且常呼應著具體的歷史情境和人類生活的普泛焦慮、深刻困境，以期「達到能以個人的方式來承擔人類的命運和文學本身的要求」。〔註8〕如朱文的《黃昏，居民區，廢棄的推土機們》寫「房地產」建設這個人們身邊的事物，通過拆遷、投資商和居民的談判、居民砸怒推土機等場面，介入了時代的良心，顯示出詩人對人類遭遇的關懷和命運擔待，不但沒有陷進狹隘悲歡的吟詠，反而抵達了生活平淡眞實的本質深處，從個人寫作出發卻傳達了「非個人化」的聲音。

〔註7〕 敬文東語，見《對話：當代詩人的現實感》，《揚子江詩刊》2003 年第 2 期。
〔註8〕 王家新：《夜鶯在它自己的時代》，《詩探索》1996 年第 1 期。

其次，「個人化寫作」以沉潛的技術打造氣度，將技藝作爲評判詩歌水平高低的尺度，回歸了寫作本身。它的個性化創造，保證詩歌完成了由「第三代詩」的自發語言行爲向深思熟慮的自覺操作轉移，標誌著先鋒詩歌的意識和藝術雙雙步入成熟；將詩歌從 1980 年代的破壞季節帶入了 1990 年代的建設季節，藝術水準明顯上升，這僅從伊沙、王家新、張曙光、臧棣等詩人普遍運用、形態紛然的敘述手法，即可窺見 1990 年代詩藝嫻熟和豐富之一斑；「個人化寫作」對藝術思潮寫作和文學運動寫作歷史終結的宣告，淡化了爲文學史寫作的惡劣風氣，使詩人們不再借助群體造勢，告別了大一統的集體言說方式，使詩歌寫作遠離了 1980 年代的集體命名行爲，走向了絢爛多姿的時代。再次，「個人化寫作」那種歷史存在於任何在場現時現事的詩歌觀念，那種極力推崇張揚的差異性原則，本來是因延續、收縮上個時代的「寫作可能性」而生，卻又爲詩的進一步發展提供了新的「寫作可能性」。

當然，「個人化寫作」的缺點也不容忽視。它仍未解決有分量的作品少的老大難問題；並且在拳頭詩人的輸送上還遠遜於 1980 年代的先鋒詩歌，那時至少還有西川、王家新、翟永明、于堅、韓東等重要詩人勝出，而在詩界整體藝術水平提高的 1990 年代，能代表一個時代的大詩人卻幾乎沒有顯影。詩歌走向個人寫作後差異性的極度高揚，焦點主題和整體趨向的弱化，也使詩歌失去了轟動效應，邊緣化程度愈深；雖然詩人們照樣結社、辦報、出刊，且印刷質量、裝幀設計都日趨精美，但都不再流派化、集體化，也難再激起更多讀者的閱讀興趣。尤其一些詩人借「個人化寫作」之名，行濫用民主之事，將「個人化寫作」當成迴避社會良心、人類理想的託詞，無限度地膨脹自我的情感與經驗，甚至拒絕意義指涉和精神提升，剝離了和生活的關聯，詩魂變輕。另外過度迷戀技藝，恣意於語言的消費與狂歡，也發生過不少「寫作遠遠大於詩歌」的本末倒置的悲劇。從這個意義上說，「個人化寫作」詩學就是一把鋒利也容易自傷的雙刃劍。

三、「敘事」在詩中成爲一種可能

1980 年代詩歌的「不及物」努力，在一定程度上保證了詩歌純粹的立場，恢復了詩歌的尊嚴。但也存在著許多弊端：它那種單向、衝動、自戕式的敘事方式，矢志於精神層面的孤絕高蹈，抽空此在細節的神話原型、操作智慧和文化語碼的累積，在複雜的生活和心靈面前過於簡單化理想化，忽視了寫

作本身所處的本土生存與歷史境遇，對「不及物」寫作的眾多仿製也使它新鮮感頓失；「不及物」寫作中的說話人往往是作為抒情主體的詩人自身，這種缺少戲劇性技術的寫作對詩人要求太高，而且敘事技巧的缺席，也常使其詩學目標大打折扣。

爲修正詩歌與現實的關係，1990 年代先鋒詩人不再以「不及物」作爲詩歌的主要手段、認識事物的有效方法，而是延續 1980 年代幾種詩歌寫作可能性之一種，將敘事採納爲諧和主觀與客觀、文本與意義，同生存境遇對話的藝術法門，「敘事」遂成爲一種方向性的藝術追求。這種「及物」寫作主要有以下幾點症侯。

走向日常詩意。在現象學理論建構中，現象與本質間並無嚴格的區別，抵達表象也就佔有了本質。因爲現象學是種依靠直覺認識、發現事物本質的方法，它關心對象如何是、如何呈現爲對象，而不深究對象是什麼；所以它往往追求「面向事物本身」的敞開。其具體的方法是通過對存在的、歷史的觀點懸置和對本質的、先驗的還原，清除觀念的虛妄和本質的幻念，從而實現「判斷的中止」，讓事物回到沒有超驗之物和先人之見的客體真在，最終澄明事物。在這種理論的懸置和還原原則驅動下，詩歌可以逃避意義先置和觀念羈絆，僅僅在現象世界裏遊弋本身便能獲得一種本真的魅力。受其影響，1990 年代詩人們紛紛矚目日常領域，把外世界的一切都納入觀照空間，熱衷於具體、個別、瑣碎的記事。單看詩的題目就凡俗得可以，《對著鏡子深呼吸》（翟永明）、《種豬走在鄉間路上》（侯馬）、《爲女士點煙》（阿堅）……其平靜又透明的語感、調式、情境在瑣屑中的穿行，即裏挾著一股拂面的生活氣息，不少詩以走向過程和現象還原的努力，在文字背後蟄伏著可能的詩美生長點。如謝湘南的組詩《呼吸》，原生態地表現深圳打工族的快節奏生活，它不用詩人加入評價，僅是《零點搬運工》、《深圳早餐》、《一起工傷事故的調查報告》等題目就外化出打工生活的繁忙、辛苦和嚴酷。對「聖詞」、「大詞」清除的結果是大量時髦色情內容的融入，如「我感到愉快的是／黑夜還會持續很久／我會有一次／或許二次／比誰都瘋狂的咳嗽」（賈薇《咳嗽》），已成爲生活化的複製和展覽。朱文的《讓我們襲擊城市》已觸及日常生活最細微的皺折之處，不乏異化痛感的心理咀嚼裏也溢出了幾許人性的溫馨。根本無須作者作出情感判斷，日常生活表象「資料」的自動敞開即透著平淡而豐滿的詩意光芒。

「物」的本質性澄明。「物」並非只指語言之外的客觀現實，「及物」也不能只理解爲語言對「物」的關涉，也許把「及物」看成是文本和其置身的歷史現實語境的相互滲透、修正更爲恰適。1990 年代先鋒詩歌常以直覺去觸摸、揭示事物，使事物的紋理具體、準確、清晰地敞開或顯現，有較高的能見度。可貴的是詩人們不以此爲終極目的，而能將它們作爲載體，寄寓對人類生活本質的理解和人性的內涵。如「歷史和聲音一下子消失 / 大廳裏一片漆黑……我還記得那部片子：《鄂爾多斯風暴》 / 述說著血腥，暴力和革命的意義 / 1966 年。那一年的末尾 / 我們一下子進入同樣的歷史」（張曙光《1966年初在電影院裏》），從電影放映中偶然停電的瞬間捕捉歷史巨變的信息，其「物」的背後流動的是個體和時代、歷史遭遇時的心理痛感，不解和恐懼之中飽含著反思的意味。「排著隊出生 / 我行二，不被重視 / 排隊上學堂，我六歲，不受歡迎 / 排隊買米飯，看見打人 / 排隊上完廁所……有一天，所有的歡樂與悲傷 / 排著隊去遠方」（宋曉賢《一生》），用一個「排隊」的細節貫穿人的一生和詩的始終，與人生相關的最普通的生活細節成了詩性最重要的援助，樸素的事項碎片後面接通的是無奈、沉重和感傷的生命表情。臧棣的《露水》截取的是早晨去散步看到露水的一件小而又小的事兒，但它關涉的卻是「品格」的大問題，構成了某種精神的隱括，「黑暗之後：它仍 / 清亮，飽滿；儘管渺小 / 卻自成一體，近乎啓示」。可見，1990 年代先鋒詩歌通過對日常公共事物或歷史的走近、觀察、提升等重新編碼過程，最終澄明、發現了生命和存在中被常識和世俗遮蔽的詩意，並指向了超越細碎瑣屑的本質性所在。

理性想像的「空間構築」與「過程還原」。1990 年代先鋒詩歌回歸世俗本眞的同時並未去翻版現實的此在，而是借理性想像給詩歌塗上了一層幻想的光環，納入詩歌的場景、事態皆爲詩人的想像力撫摸過的存在。或者說詩人憑藉想像力使場景、事態從凡俗平庸的日常經驗中剝離而出，擁有了詩性的含義。這種建設性的想像和理性遇合的形態大致有兩類。一類詩著力於「物」的片段，從日常瞬間清晰可感的凝視和場景細節的精確描摹切入感受，傾向於空間上寧靜淡遠的創造，有種雕塑的立體感。如「我看見賣熟食的桌案上 / 有什麼東西閃光 / 走近才知道，一個豬頭 / 眼眶下有兩道淚痕……我走了過去。我想 / 或許有什麼出了錯」（徐江《豬淚》），一次偶然遇到的庸常場面，引發了詩人無限的聯想和感慨，令平淡的生活和思想敞開了自在的詩意。「沃角，是一個漁村的名字 / 它的地形就像漁夫的腳板 / 扇子似的浸在水裏 / 當

海上吹來一件綴滿星雲的黑襯衫／沃角，這個小小的夜降落了」（呂德安《沃角的夜和女人》），細節、碎片、局部組構的畫面，在靜謐、旖旎、平和中展開的神秘，讓人心裏陡生流連和悵惘的複雜感受。另一類詩則注意容納事件，節制想像，追求文本的整體效果，體現出一種敘事長度和冷靜的眞實。如蕭開愚的詩追求事件的整體脈絡，想像連綿不斷，有敘事上的長度，《來自海南島的詛咒》把海南開發的社會事件，和個體的經驗整合在詩裏，容載了更多的信息和技法。西渡的《卡斯蒂麗亞組詩》中的「卡斯蒂麗亞」，完全是從阿索林的散文集《卡斯蒂麗亞花園》借用而來，或者說完全是虛擬的產物，詩人「可以向這個虛擬的對象盡情傾訴，同時又不留過分暴露個人生活的危險」〔註9〕，這使卡斯蒂麗亞成了超離具體女人的「象徵」，使詩歌具有了一種「抽象的品質」。一般人以爲想像和理性是一對相剋的因子，可 1990 年代先鋒詩歌想像的具體性，不但沒使詩陷於瑣屑的泥沼，反倒應了畫家塞尙的在藝術中唯一的現實主義是想像的怪論，保證了詩歌想像力的準確和活躍。

　　文本的包容性。詩歌文本的包容性，一方面指意味層面由線形美學原則到異質經驗的包容，一方面指技巧範疇跨文體的混響包容的駁雜傾向。必須承認，小說、戲劇包括散文這幾種文體，在話語方式的此在性、佔有經驗的本眞性方面均優越於詩歌，而詩要介入、處理具體的人事和當下的生存以及廣闊的現實，就勢必去關注、捕捉生活俗語中裏挾的生存信息，講究對話、敘述、細節的準確與否。因此 1990 年代先鋒詩歌常敞開自身，借助詩外的文體、語言對世界的擴進，來緩解詩歌內斂積聚的壓力，使自身充滿了事件化、情境化的因子。如西渡的《在硬臥車廂裏》似一幕正劇。在南下列車的硬臥車廂裏，手持大哥大操縱北京生意的「他」，和「異性的圖書推銷員」奇遇、交談、融洽、親密、提前下車，詩歌敘述的是一個可能的曖昧的男女故事，其中有客觀的環境交代，有男女從禮貌到微妙的對話，有女人爲男人泡方便麵和男人扶女人的腰下車的動作，有女人不無好奇的輕浮的性格刻畫，更有作爲旁觀者的「我」的分析、微諷和評價，日常情境、畫面的再現和含蓄微諷的批評立場結合，顯示了詩人介入複雜微妙生活能力之強。伊沙有不少「雜感詩」，「一頭黑猩猩／來到我們中間／他說他要逛一逛／世界上最大的動物園」（《風光無限 37》），這首雜感詩的機智和幽默背後，隱伏著人比動物更動

〔註 9〕　西渡：《面對生命的永恆困惑：一個書生訪談》，《守望與傾聽》第 271 頁，中央編譯出版社，2000 年。

物的深刻批判。張曙光更深信詩「往往是回憶的結果，即使它描寫的是眼前的情境」﹝註10﹞，所以他常把自己當觀察對象，通過探究自己來探究「大歷史」的奧秘，有一種自我分析的傾向，他作品中常出現兩個自我——敘述者和作者，敘述者和詩貌似客觀的距離拉開，實則是對作者生活的深層參與。這種藝術表現的適度、深刻而殘酷的自我分析的自覺，使敘事已浸染上了人性的困頓和詩人的宿命色彩。小說、戲劇和散文技藝融入詩歌的文體混雜，使詩逐漸擺脫了單一抒情表達的困境，也促成了組詩、長詩的空前崛起。

　　語言的陳述性。鑒於 1980 年代的抒情詩涵納不了當下和歷史境遇的缺失，1990 年代的先鋒詩歌多數不再走象徵、隱喻、意象化等現代主義的技術路線，偶而運用也多呈現為整體性的戲劇化象徵；而是把敘事手法大量地引入詩中。王家新倡言要在詩中「講出一個故事來」，張曙光甚至要完全用陳述句式寫詩，臧棣乾脆把自己的詩集命名為《燕園紀事》。孫文波的《在西安的士兵生涯》、蕭開愚的《北站》、臧棣的《未名湖》、馬永波的《小慧》等，基本上都放棄主觀在場，採用客觀的他者視角和純客觀敘述，按生活的本色去恢復、敞開、凸顯對象的面目。這是對生活更老實的做法，因為生活始終是敘述式的，它適合於敘述描述而不適合於虛擬闡釋。為了取得和庸常煩瑣而無聊的生活的應和，詩人必然起用細屑的敘說，有些長長的陳述句式絮絮叨叨，煞是饒舌。「清明時節多灰塵，草剛綠／遠遠的，一種酶／酸溜溜／蜜蜂因蜜而癲狂；孕婦情迷／滿街追著消瘦男性……」（余怒《清明時節》）「我」的缺席或者說「我」的影子的完全抹去，遮掩了作者的寫作意圖，特別講究的觀察解剖，使詩只剩下了一些細節、碎片、局部，至於詩背後的意義得靠讀者去猜測。王家新的《烏鴉》打亂時間線性結構的反結構敘述，也實現了「小小的敘述革命」。1990 年代先鋒詩歌這種平和舒緩的陳述性語言，修正了1980 年代普遍存在的尖銳語調，提高了修辭手段在生活中的適應幅度。

　　敘事在 1990 年代說穿了是個「偽」問題，它是一種亞敘事，或者說在本質上是一種詩性敘事，它擺脫了事件的單一性和完整性，不以講故事、寫人物為創作旨歸，而是展示詩人瞬間的觀察和體悟。作為一種探索，它的優長和缺憾同樣顯在。及物寫作的日常性意識自覺，利於複雜經驗的傳達，使詩恢復並拓寬了介入處理現實和深廣歷史的能力，獲得了自由敘述的維度和可能的發展空間，建立起了詩與當代生活的更加廣泛的關係；這種帶有敘事性

﹝註10﹞ 張曙光：《蕭開愚詩選・序》，改革出版社，1997 年。

質的寫作，是對詩中浪漫因素的對抗和削弱，它解除了 1980 年代詩歌中那種烏托邦式的假想情結，和朦朧詩崇尚的意象詩寫的審美習氣；它對具體事物和細節準確性的關注，保證了語言和認識世界的的清晰、生動，使成了沉靜而寬容的文體。一直以來，尚情的中國詩人處理現實的能力相對薄弱，在 1990 年代詩歌寫作直面世界而不知所措的窘境裏，敘事大面積的移植詩中，不祗增加了詩歌的創造力，更是一場敘述方式上的革命。但也不能過高評價敘事性追求。許多詩人的敘事是借助他們內在的抒情氣質和論辯性情思結構才成爲可能，他們敘事宣告的正是完全敘事的不可能，敘事只是詩歌技術的一維，其功能是有限度的；對形下的「此在」過度倚重，使一些詩歌淡化了對「彼在」的關注，流於庸常平面，只提供一種時態或現場，敘事含混囉嗦，結構臃腫，文體模糊；敘事性在 1990 年代的走俏和日漸「經典化」，也使這種個人化寫作暗含著被重新集體化的危險，導致僞、假的體驗感受與本眞的體驗感受魚龍混雜。

四、致力於智性思想批判的「知識分子寫作」

「知識分子寫作」乃特定稱謂，它專指王家新、歐陽江河、西川、臧棣、歐陽江河、孫文波、張曙光、陳東東、蕭開愚、翟永明、鐘鳴、王寅、西渡、孟浪、柏樺、呂德安、張棗等人的詩歌寫作。西川在 1987 年 8 月詩刊組織的「青春詩會」上，最早提出了「知識分子寫作」概念，闡明知識分子是「專指那些富有獨立精神、懷疑精神、道德動力，以文學爲手段，向受過教育的普通讀者群體講述當代最重大問題的智力超群的人，其特點表現爲思想的批判性」〔註11〕，把握住了知識分子概念的精髓所在。1988 年陳東東等人創辦民間詩刊《傾向》，在編者前記「《傾向》的傾向」中，陳東東指明知識分子寫作應該上升爲一種詩歌精神。1994 年歐陽江河的《89 後國內詩歌寫作：本土氣質、中年特徵與知識分子身份》發表，標誌有關知識分子寫作的具體內涵、流變、意義的闡釋表述，已走向系統、清晰化。後來程光煒在《90 年代詩歌：另一意義的命名》等文中又對知識分子寫作的實績進行了梳理和批評。從知識分子寫作者的大量闡釋中，不難透析出知識分子寫作的眞切內涵：它意指那些憑藉知識優勢，以批判、自由的個人化精神立場介入時代和社會，

〔註11〕 西川：《答鮑夏蘭·魯索四問》，《中國詩選》第 376 頁，成都科技大學出版社，1994 年。

在藝術文本上精進的創作實踐；它的終極目的是想以現代知識系譜和話語方式的重構，來重塑現代知識分子形象。檢視 1990 年代的知識分子寫作，發現它具有獨特的思想藝術個性。

最主要的特徵是具有致力於思想批判的精神立場。知識分子寫作有過凌空蹈虛的時節，八九年前後「純粹」、「文化」風尚的裹挾曾令其流連沉醉不已；但當時大量「農耕式慶典」詩歌那種逃避生存的流弊，也讓一些知識分子寫作者警覺到：先鋒詩歌的純粹不該自我封閉，而要深入當代，在打開的當代經驗中獲得；應在實踐中走「及物」路線，關注人類命運和當下生存經驗，切入時代精神及其內在焦慮的核心。他們的創作也抵達了這一目標。如臧棣就是從生存和日常生活細節的詩意捕捉獲得成功的，「她解開衣鏈，裙子像波浪一樣滑下 ／她露出更完美的建築：她堅定地說 ／這就是你的教堂。信仰我吧」（《關於波浪維拉的虛構之旅》），私人性的瑣屑、具體的細節氛圍和略帶反諷的描述媾和，完成了書寫維拉之美的沉潛主旨，又讓人讀之有身臨其境之感，把與白領麗人相遇或可能相遇的奇異經驗，傳達得漫不經心卻詩意盎然。張曙光的日常性意識覺醒更早些，當多數詩人還在宏大主題和敘事中高蹈時，作為人類生存處境的自覺承擔者，他已開始注意用細節表現人在當代境遇中的內心世界，「那一天我們走在街上 ／雪花開始飛舞 ／攪亂著我們的視線 ／於是街道冷冰冰的面孔 ／開始變得親切」（《那一天……》），那一天的時間是以詩人的生活細節和內心經歷一部分的形式出現的，這種建立詩和時間關係的方式更可靠。黃燦然則把感情的日常狀態伸向更具體的生活領域，《建設二馬路》讓最無詩意的事物入詩，恢復出了凌亂而實在的生活場景和感受，實現了對傳統的詩歌題材觀念的去蔽。尤為可貴的是，知識分子詩人們在介入現實過程中兼顧了思想的批判和建樹。對當代現實毫不妥協的批評者孫文波，儘管以調侃、反諷作減壓閥；可是調和衝突心理機制的缺乏和「反詩意」的視角，使他那些執著觀照日常生活的反面及人在其中的羞辱存在的詩歌，依舊似一座座沒有爆發的活火山，貯滿火氣。「我的姊妹們，從可愛的姑娘長成愚蠢的女人 ／勢利地打量著世界。我的同伴們，在 ／商海裏游泳，而我卻為文字所惑， ／在文字的迷宮裏摸索。但我的筆卻寫不出 ／一個人失去的生活；我無法像潛水員 ／在時間的深處打撈喪失的記憶」（《夢·鐵路新村》），從容的審視、敘述裏所透出的沉痛而「惡毒」的立意，有種襲人的悲觀。王家新更因為對現實的真誠承受與批判，被一些人稱為時代道義、

良知的承擔者和見證人，他以文本觸及了人在意識形態話語中的困境。「終於能按照自己的內心寫作了／卻不能按照一個人的內心生活」（《帕斯捷爾納克》），詩中那種爲時代和歷史說話的悲天憫人的道義擔待，爲對命運渾然不知者憂患的偉大氣質，借帕斯捷爾納克的痛苦精神旋律宣泄奮然而出，文本的眞城自身就構成了對殘忍虛僞、缺乏道德感的時代的譴責鞭笞。

1990 年代寫詩已成爲一項獨立的精神探險，它要求每個寫作者必須具有獨立的見解和立場；所以西川說在中國要做詩人必須先做思想家、哲學家、神學家。這種認識曾引導過知識分子詩人們的集體審美趨向。詩人們重視複雜經驗和「詩想」的開拓，孕育出許多從日常生活經驗出發又與其保持一定距離、向宗教與哲學境界昇華的文本。如以洞察事物內在不可知秘密爲最高宗旨的西川，對神性、秩序、永恆、終極一類的觀念始終興趣濃厚，1990 年代一些詩人自殺後的特殊思想氛圍，更在一段時間裏主宰了他詩歌的生命意味。「你沒有時間來使一個春天完善／卻在匆忙中爲歌唱奠定了基礎／一種聖潔的歌唱足以摧毀歌唱者自身／但是在你的歌聲中／我們也看到了太陽的上升、天堂的下降」（《爲海子而作》），面對世界的喧囂和裂變，詩人仍然固守沉思的風度和氣質，是一種人生大智慧的表現。再如歐陽江河是玄學傾向和抽象能力俱強的詩人，一似沉迷於思想的哲學家。「從帝國的觀點看不出小鎮的落日／是否被睡在鬧鐘裏的夜班小姐／撥慢了一個世紀。火星人的鞋子／商標上寫著『中國造』」（《感恩節》），此在瞬間感受的世俗化撫摸，被一種機智的細節把握所包裹，每個句子顯示的機敏的小思想或小思想在語詞中的閃耀，充滿快感。他那種帶有反省和懷疑質地、對人類存在意義和悲劇內涵的持續思考，後來在王家新的《輓歌》、蕭開愚的《國慶節》、翟永明的《咖啡觀之歌》等詩中，都激發出了強烈的回響。可以肯定，知識分子內質外化的對現實的批判性介入，對政治文化與道德命題的直面言說，使其無意中暗合了偉大之詩的趨向，其在話語和現實之間確立詩與時代生存境遇關係的實踐，是對詩壇的一個重要貢獻。

二是崇尚技術的形式打磨。因爲長期在藝術傳統裏浸淫，因爲綜合「知識氣候」的科班訓練，也因爲喜歡向複雜經驗和知識系譜問鼎；知識分子寫作者更敬祈技術含量和文本形式的精湛。他們認爲寫作是一種技術，一種技術對思想的咀嚼，所以在技巧和心靈的相互磨礪中，創造了大量朝經典化方向努力的文本。首先他們普遍重視開發敘事性功能。他們注意將敘述性作爲

改變詩歌和世界關係的手段，並把這種手段調弄得異常嫻熟。如學院派代表臧棣 1990 年代後則開始袪除趣味主義因素，以「非詩」形式拓展經驗世界的邊線，詩集以《燕園紀事》命名即可窺見這種轉換訊息，他的《戈麥》的過程切面、場景描述和冷靜的議論，彷彿把詩變成了有條不紊的「無風格」的敘述之作；但其詩意卻毫無遺漏地滲入了抒情空間，那種對現實的點化能力令人擊節。如果說在敘事性追求上臧棣、孫文波分別以綜合感和複雜多元的敘說方向強化引人注目；那麼深刻自省的張曙光則在自我分析、敘事和抒情的適度調節方面堪稱獨步。「能夠窺視到往昔的一切 / 我為什麼這樣想，也許我只是應該 / 跺跺我的腳，它的上面濺滿了雪 / 我真的迷失了嗎，在一場雪裏」？（《序曲——致開愚》）克制內斂卻深入異常的語言，在簡潔緊湊的敘述筆調下直指普遍的人性困頓和詩人的心靈剖析，作者和敘述者兩個若隱若現的「自我」距離的開闊，強化了文本的低調和滯重，越是冷靜震撼力越大，在這裡以退為進的技術對人類精神困惑的容納，已很難說僅僅是一種外在形式了。知識分子寫作的敘事性強化，是對現實主動自覺的迎迓和介入，它既拓寬了詩的題材、表現手法與時空幅度。其次是語言修辭意識的高度敏感和張揚。新的存在和生活經驗的激發，原有狹窄藝術手段本身不堪重負的調整呼喚，和詩人加強和社會交流的渴望三者會通，敦促著詩人們尋找各自恰適的藝術通道，以適應大型的、微小的抑或中性的題材書寫需要，於是反諷、隱喻、引文鑲嵌、戲劇化、互文等技術因子，都紛紛落戶於知識分子寫作的文本中，靈活、複雜又有廣融性。特別是知識分子詩人悟到：無論多麼高妙的修辭和精湛的思想，都只能通過中介性的詞和詞的關係建立完成；所以對詞語的選擇、連綴和裝飾格外講究。歐陽江河習慣經過反詞展開修辭，放大和昇華其正面意義，《1991 年夏天，談話記錄》第五節的旅途描寫中，詩的主體寫兩個中外朋友中的中國朋友，要向另一個異性朋友表達愛情，但礙於身份和心情弱勢不便交流，遂用反向詞來突破心理障礙，以對詞的正面意義扭曲和修改，把文化壓力轉移到了對方身上，使保持沉默、等級等有教養的辭令裏，包含著內心的自尊和另一層不明含義的蔑視，這種處理在加大闡釋空間同時，也容易激發讀者對詞語不同意義的想像力〔註12〕。西川在《在哈爾蓋仰望星空》時「聽憑那神秘的力量 / 從遙遠的地方發出信號 / 射出光來，

〔註12〕 參閱程光煒：《歐陽江河論》，《程光煒詩歌時評》第 189 頁，河南大學出版社，2002 年。

穿透你的心」,詩人感受著大自然和星空的神聖,像一個領受聖餐的孩子,那種高度協調的控制力和恰倒好處的分寸感,保證了藝術的沉靜、簡約而精緻。技巧專家臧棣對語言和形式的敏感,使他將漢語本身音色造形的功能發揮到極至,輸送了不少瑰麗的語言鑽石,「白紙比虛無進了一步,可用來 / 包裝命運,或一些常常代替生命去死亡的 / 事物:比如信仰、愛」(《與一位女醫生的友誼》),其文本語言給人的歡樂在當今詩界可比者甚少。知識分子寫作語言上的另一個共性追求是喜歡用翻譯語體,讓外國詩歌中的一些語彙、語體進駐自己的詩裏。這種翻譯語體在一定程度上提高了消化異質成分的能力,使熟悉的言說愈加陌生化;但過分向外語詩歌看齊就容易在不自覺中混淆創作詩和翻譯詩的界限,限制漢語固有的自動或半自動言說性質,也容易走向晦澀。再次是實行文體的自覺互滲。散文、隨筆、小說乃至戲劇企圖的凸起,促使知識分子詩人的文體走向了立體、自由和駁雜的境地。如西川 1990 年代後發展了詩歌的跨文體傾向,長詩《厄運》敘寫一個人從三十歲到七十歲的報廢人生,被觀照的漫遊者按生活的邏輯絲毫不差地做事,卻每一步獲得的都是反向的結果,厄運自始至終的糾纏使他沒有別的選擇,根本拒絕不了難堪的生活。作品好像在揭示生活不在別處就在這裡的真理命題,詩的韻味十足;但其表述方式卻有明顯的小說化痕跡。王家新在《詞語》、《誰在我們中間》等詩中,運用片斷式的散文體,使獨白之外又多了異質的經驗和言說渠道。文體的互滲,使知識分子寫作時時能跳出自我,視野開闊;並因為對人物、過程或細節因素的注重,強化了詩歌的整體性指向。

知識分子寫作是通往成熟途中的智性寫作。在 1990 年代轉型期嚴峻的境況下,知識分子寫作者能保持一種思想操守,並且依然在藝術地把握複雜歷史經驗的基礎上對人類的精神殷殷關懷,令人肅然起敬。他們那種理解事物、參與生活、寫作旨趣上的方式與形態,對後來者形成了積極的啓迪,與後來者共同組構成了知識分子寫作譜系,代表著中國詩歌的生命力。但是其缺憾也不可忽視。知識分子寫作走的知識化路線是一條理想的捷徑,它能夠增加詩歌翅膀的硬度和速度;但過分依靠知識,有時甚至靠閱讀寫作,也把活生生的詩歌實踐改造成了智力比賽和書齋式的寫作,大量充塞的神話原型、文化符碼,使文本缺少生氣,匠氣十足;知識分子寫作靠演繹知識以表現宏闊視野的行為,背離了詩歌的心靈藝術本質,在已有的知識層面馳騁想像也提供不出簇新的審美經驗,漸進、溫和而平庸,原創力萎鈍;知識分子寫作處

置本地經驗和事物時有一種明顯的趨同國際化傾向，許多文本都大量運用與西方互文的話語，這種「翻譯風」只能令人隔膜；另外知識分子寫作也應該警惕技術主義和修辭至上。

五、「民間寫作」的日常、口語、解構向度

在近百年的現代漢詩歷史中，民間是詩歌的基本在場，民間寫作的薪火承傳從未中斷過。新時期濫觴於民間的先鋒詩歌，更是不論莽漢主義、他們、非非、下半身寫作等特色突出的詩群，還是北島、舒婷、韓東、于堅、楊黎、呂德安、柏樺、楊克等傑出的詩人，抑或是《今天》、《他們》、《非非》、《詩參考》、《一行》、《鋒刃》等深具影響的刊物，無不來自民間，它們共同支撐起最活躍的詩歌星空；民間源源不斷地為詩壇輸送新的藝術生力軍和生長點，開放、吸納而繁複的存在機制使其成了詩壇的生機所在。及至 1990 年代和世紀末，在電子技術和先進印刷術的支持下，數量急遽上漲的民刊日益精美大氣，互聯網上的詩歌網站多如牛毛，韓東、于堅等個別老牌歌者雄風不減之外，伊沙、侯馬、徐江、沈浩波、巫昂、尹麗川等新銳又蜂擁而出，成為詩界的亮點；並且這些可以統稱為民間寫作的詩歌，一改另類姿態，在標準化、權威性和影響力上直逼體制內的多家刊物，大有取而代之、引領當代詩歌方向的趨勢，它們和西方的達達主義、嚎叫派、德里達的解構思想隱性或顯在地應和，還原生活，張揚原生和本真，以對文化霸權和主流話語的反叛、顛覆，贏得了許多詩人和讀者的擁戴。

民間寫作的詩人們注意在日常生活的泥土裏「淘金」。「生存之外無詩」﹝註13﹞的認識，決定他們不去經營抽象絕對的「在」，而是張揚日常性，力求把詩歌從知識、文化氣息繚繞的「天空」，請回到經驗、常識、生存的具體現場和事物本身，將當下日常生活的情趣和玄奧作為漢詩的根本資源。這一點只要漫步於他們詩歌題目鋪設的林蔭小路，想像《在髮廊裏》（伊沙）發生的那個猥褻的動作，或回味《李紅的吻》（侯馬）的滋味，或遇到《一隻胡思亂想的狗》（李紅旗），之後《乘悶罐車回家》（宋曉賢），或去找《福來軒咖啡館‧點燃火焰的姑娘》（沈浩波）……就會觸摸到詩人敏感於當下存在的在場心靈，感受出日常生活的體溫和呼吸，覺得彷彿每個語詞都是為走向存在深處

﹝註13﹞ 楊克：《〈中國新詩年鑒〉98 工作手記》，《1998 中國新詩年鑒》第 518 頁，花城出版社，1999 年。

而生的。民間寫作的詩人們就是這樣凡俗生活和事物表象的「泥土」裏開掘詩意，鍛造出一塊塊情思「金子」的。他們從現象學理論那裡尋找思想援助，老實地恪守直面當下、即時的時空觀，感興趣於常識、生活和事物的具體甚或瑣碎的形態，建設自己注重細節、置身存在現場、回到日常化和事物本身的詩歌美學，在當下生存境況的真實還原中，折射出人類歷史的前景理想和作者人性化的理解思考。侯馬的《種豬走在鄉間路上》，冷靜敘述一個以「操」為職業的動物和它主人的生活，絲毫無詩性和唯美的因子。在鄉間的土路上，種豬在走，後面跟著主人，「自認為和種豬有著默契 / 他把鞭子掖在身後 / 養豬人在得錢的時候 / 也得到了別的」，詩在外觀上顯露給人的就是這些；但透過這瑣碎、平庸而讓人百感交集的景象，它已直指動物主人的隱蔽的猥瑣心理和麻木混沌的生活本質，他在仰仗種豬這卑賤的畜生生存同時，也得到了自己同類的性。英國王妃戴安娜微妙之死乃小說、戲劇等敘事性文體都感棘手的社會新聞，但徐江的《戴安娜之秋》卻對它迅速及時地作出反映，並從中把握住了公共人物的私生活在大眾茶餘飯後談資快感中嚴肅而滑稽交織的真相，「秋風掠過衰草，掠過黃昏 / 開裂的快樂器 / 漏了的保險套」，這反諷技術的融入，有將被觀照者凡俗化、讓人一笑了之的神秘功能。題材本身即體現了詩人對社會生活極端關注的敏感，其幽默效果則是詩人將新聞提升為文藝作品能力的最好註腳。在這方面表現最突出的是伊沙，他那些審視當代詩人生活的作品堪稱一部世紀末的《儒林外史》，一份當代詩界的病理學。詩人們的大腦是「一灘白生生的腦漿 / 比公狗的精液還難看」（《狗日的意象》）；「他們種植的作物 / 天堂不收　俗人不食」（《中國詩歌考察報告》），只配放在衛生間供人排泄時瀏覽（《在朋友家的廁所裏》），詩裏包孕的清醒的厭倦貶斥，何嘗不是傳統憂患意識的現代延伸和變形？詩外籠罩的攪拌著殺氣的正氣，又何嘗不是魯迅、北島批判精神的個人化弘揚？是否可以說伊沙從魯迅的雜感和野草受益最多。也就是說，很多民間詩人，更是承擔文化批評職責和義務的批評者，他們遊戲語言但從不遊戲精神，調侃幽默甚至痞氣的外表，都掩飾不住內裏直面反諷歷史、現實積垢的一團憤怒之火。記得當年維特根斯坦曾經感歎要看到眼前的事物是多麼難啊！而今民間寫作者通過和日常生活的平行和諧關係的確立，在最沒有詩性的地方重鑄了詩性，這既證明日常生活對於繆斯的舉足輕重，也恢復了語詞和事物、生活之間的親和性，使詩重獲了對世界命名的能力；而且其介入生活的方式不再是劍拔弩張，也不再

是滿臉嚴肅，和直覺、機智等因素聯姻呈現出的意會性、間接性和幽默性品質，使其獨特的「軟批判」為詩歌帶來了新的藝術增長點。

民間寫作體現了率性而自覺的天然解構特徵。早在第三代詩時期，大學生詩派、他們詩群、非非詩群的詩人們，已不自覺地提出一些「非非式」的解構主張，掀起了一股解構主義浪潮，但其解構還處於自發、局部、表層的階段。而 1990 年代民間寫作對漢語詩歌體系的解構，則趨於自覺化、體系化和本質化，並且在解構中已經有所建構。其具體表現是：一是在于堅、楊黎、丁當等人那裡，是以事物和語言的自動呈現俘獲天然性，解構象徵和深度隱喻模式。如于堅盡力拒絕象徵，回到隱喻之前，回到生存的現場和常識、事物本身，採納能使詩歌澄明、充滿人性和生動活力的口語，那些被稱為直接寫作的事件系列詩即是佐證，《一枚穿過天空的釘子》和《我夢想著看到一隻老虎》都抑制著想像思維，在詩人筆下被拭去身上的文化塵土的事物露出了本貌，釘子就是釘子，老虎就是老虎，不高尚也不卑下，只是一種存在而已。符馬活的《觀看一隻杯子》、劉立杆的《基督教女青年會咖啡館》等主體仿如撤出的純客觀、非變形透視，也和世界與生活幾乎毫無二致。這些作品對言此即彼的傳統詩學消解帶來的事物本質的去蔽顯真，使詩擺脫了由文化和個人意識干涉的昇華模式，事物得以按自身秩序有效地展開，恢復到了第一性的狀態，這種細節化、生活化、人性化的說話方式，既激活了世界，也復活了詞語自動言說的功能。二是一些詩人乾脆從對口語和語感的推崇向後口語推進。第三代詩人用口語呈現日常經驗的實驗，已成當代漢詩重要的美學遺產。1990 年代後，出於對平面化口水化陷阱的警惕，于堅、伊沙、徐江、侯馬、楊克、沈浩波等人，又以後口語寫作開啟了語言革命的一個新階段。他們走自覺的口語化道路，但又不僅僅停留在口語狀態，而是讓口語接近說話的狀態，保留詩人個體天然語言和感覺的原生態。由於 1990 年代民間寫作者對世界的關係是感知的，而不是思考的征服的，感受的衝動和體驗，自然有一種獨立的的性情和風格，「我要快樂起來／為一粒糖果快樂／為一本小人書快樂……」（南人《我要讓自己快樂起來》），完全是日常說話的樣子，但那種對快樂的刻意追逐、強烈而快疾的語流調式、從詩人嘴唇滑動而出的秉性氣質，恐怕是無法模仿的。後口語寫作除了注重原創性，還注意語言整體的渾然與自律。詩人們深知後口語不是降低寫作難度，它自然樸素、不露痕跡的無為境界，要求詩人有更高的點石成金的能力，所以都在內在技藝上下工夫。

「結結巴巴我的嘴 ╱ 二二二等殘廢 ╱ 咬不住我狂狂狂奔的思維⋯⋯」（伊沙《結結巴巴》）其源於于堅、韓東的口語卻更結實有力，更富於口語的自律性；它既道出了當代詩人的精神偏癱問題，又是對語言困惑命題的思考；它氣勢上的固執和硬度、流暢中的拗口，有狂歡傾向又更整齊，結巴而有秩序，這近似搖滾的口語本身就有一種讓人哭笑不得的反諷意味。三是以一系列藝術探索增加解構力度，給詩塗抹上了一層超現實的色彩。其中有對語言的施暴扭曲，「傍晚，有一句話紅得難受 ╱ 但又不能說得太白 ╱ 他讓她打開玻璃罩 ╱ 他說來了，來了 ╱ 他是身子越來越暗 ╱ 蝙蝠的耳語長出苔蘚」（余怒《盲影》），「歧義」意識的突顯，加大了超現實寫作的荒謬力量；伊沙的《老狐狸》居然製造罕見的缺場，休說主體，連本文也不見了，詩人在這種本文放空的行為藝術中，領略解構傳統語言的遊戲快感。有對原文仿寫和複製造成的反諷戲擬，伊沙的《中國詩歌考察報告》（一九九四年二月六日）完全戲擬毛澤東的《湖南農民運動考察報告》，可是在語氣、視角、措辭、形式的表面同一背後，卻掩藏著通篇曲解的險惡用心，他只是利用偉人的高度威懾力指出中國詩歌問題的嚴重性，表達詩人反神話的寫作態度，以取得反諷得好玩的效應；侯馬的《現代文學館》味道也很特別，崇高神聖的地方和偉人，經他不雅的生理行為隨隨便便的一折騰，就被不知不覺、輕而易舉地解構了。有身體寫作的引入，1990 年代民間寫作者寫的性題材鋪天蓋地，「當櫻花深處 ╱ 那白色的光焰 ╱ 神秘地一現 ╱ 令我浮想聯翩 ╱ 想起祖先 想起 ╱ 近代史上的某一年 ╱ 怒火中燒 無法自抑 ╱ 當鄰人帶來警察 ╱ 破門而入 ╱ 這朵無辜的櫻花 ╱ 已被掐得半死」（伊沙《和日本妞親熱》），詩的筆鋒常在不離臍下三寸處周旋，說點髒話，尋點刺激，釋放一下精神的苦悶和疲倦，也消除了性的神秘。

民間文學陣營的流動、開放，使它總是不斷處於分裂的狀態中，而每一次分裂都會造就一次革命，給文壇帶來一次繁榮；甚至民間詩人對詩壇的每一次「搗蛋」，都可能孕育著現行詩歌外的另一種寫法。民間視閾為先鋒詩人提供了豐厚的精神源泉，民間立場也以對學院、傳統、主流和體制精英化立場的抗衡，在消除狹窄的一元化思維和闡釋模式的困擾，有效防止經典僵化的同時，使詩壇始終有如一潭活水，能容納各種新的詩人、詩藝、詩作，保持多元均衡的健康格局，活力四溢。毫不誇張地說，1990 年代詩歌藝術生長點的發現和創造，都乃民間寫作陣營的頻繁裂變玉成。當整個詩界都被拖進意象和觀念的麥地牧場裏，當晦澀成為詩壇的流行色，當詩人們臣服於二手

知識和閱讀經驗的空轉時，是民間寫作者一次次果斷而及時地喊出要「餓死詩人」，回歸當下生存的現實，以清水芙蓉般的樸素清朗姿態，輸送出諸多平易可親的文本，在某種程度上挽回了生活與詩的生命尊嚴。在這個意義上，說民間寫作陣營是詩壇活力的象徵一點也不為過。當然優長與缺憾正如硬幣的兩面。于堅的好詩在民間的論斷，就要打對折理解，因為民間寫作陣營是藏龍臥虎與藏污納垢的復合體；與傾心文本的創作相比，民間寫作對文化反叛的行為本身用力更多，注定了它難以逾越精品、經典稀少的大限，它雖然也有相對優秀的名作支撐門面，但從骨子裏講還不時停滯於虛空的先鋒姿態中；不少作品在隨意表述和泛濫的口語左右下，遁入了本文遊戲……如此說來，就難怪許多民間詩人與詩作在詩學水準上明顯塌方，僅僅表現為一種先鋒姿態了。

讀者反應與 1990 年代先鋒詩歌價值估衡

　　現代批評理論主張，作者、文本與讀者是一個完整的系統，三者共同構成了文學之「場」，其中任何一維因素置於「場」中才會發生意義。甚至羅蘭・巴特以爲作品完成即意味著作者死亡，艾略特斷言「只是爲作者自己寫的詩根本就不是詩」。〔註 1〕上述說法雖然有點過於極端、絕對，卻無不印證著一個事實：和其它的文體比較，個人化程度最高的詩歌，在嚴格意義上說也只能被稱爲半成品，它必須經過讀者的閱讀與再造才會變爲成品，價值方可獲得最終的實現；同時「文學作品的誘惑使讀者不再是文本的消費者，而成爲文本的生產者」，〔註 2〕作品一經問世，闡釋權就已經歸屬於讀者，讀者對文本建設的參與，使他們在一定程度上掌握著決定文本「效果」的生殺大權，假若沒有讀者，再優秀的詩歌文本也會黯淡無光，與擱置山林或胎死腹中無異。如果從這一向度考慮，自然暴露出單純就文本或作者探討文學的傳統批評方法有失全面和辯證的弊端，顯現了將讀者的閱讀反應納入估衡文學價值優劣重要維度的必要性。特別是在文化多元、中心與焦點消失的 1990 年代之後，日趨緊張的寫作與讀者關係這樣「一個無法迴避的挑戰性問題」，〔註 3〕就更應該晉升爲我們介入 1990 年代先鋒詩歌的重要視角。

〔註 1〕 艾略特：《詩的三種聲音》，《艾略特詩學文集》第 260 頁，國際文化出版公司，1989 年。
〔註 2〕 羅蘭・巴特：《S／Z》第 10 頁，上海人民出版社，2000 年。
〔註 3〕 程光煒：《90 年代詩歌：另一意義的命名》，《中國詩歌：九十年代備忘錄》第 173 頁，人民文學出版社，2000 年。

一、三份「調查」背後

　　1990 年代甚囂塵上的大眾文化衝擊，勢必會改變文學和讀者之間對話、交流的原有狀態。那麼作爲文學中最尖端形式的詩歌又將遭遇怎樣的命運呢？重溫那個時代的場景和細節，經常聽到「寫詩的比讀詩的多」、「詩人是精神病」等諸如此類貶斥詩和詩人的聲音，也不乏「詩歌寫作隊伍更純潔了」、「詩人永遠是高貴的」等類似的正面議論。當然，它們還僅僅停浮於日常生活的口頭相傳，不足爲憑。而下面三則多次被人提及的問卷調查材料所顯示出來的數字，或令人怵目驚心，或令人暗自欣慰。

　　第一則：1995 年，某市曾針對 18 所大學的近萬名學生做過一次問卷調查，調查的結果是，經常閱讀詩歌的僅占被調查總人數的 4.6％，偶而讀點詩歌的只有 31.7％，從不接觸詩歌或者對詩歌根本不感興趣的竟超過了半數。而在閱讀詩歌的人（包括經常讀詩和偶而讀詩的）中間，也僅有不到 40％的人表示對當代詩歌感興趣〔註4〕。

　　第二則：1997 年，零點調查集團對北京、上海、廣州、重慶、廈門五個城市的 1500 名市民調查，結果表明，在所有的文學作品中新聞報導與小說類作品最受歡迎，人數分別爲 30.6％和 35.6％，詩歌是受歡迎程度最低的一種文學作品類型，人數只占 3.7％，有 39.8％的人認爲「很少再會有人去讀詩歌」〔註5〕。

　　第三則：1998 年詩刊社對 1600 餘位不同社會群體成員和詩歌讀者、詩歌愛好者調查，從整理後的數據發現「被調查者中有 94％的人認爲詩歌在文學中的作用是非常重要的，詩歌發展與繁榮確實是一個國家文化與文明的重要標誌」，「大家對現代派作品及八十年代詩歌的充分肯定」，「進入九十年代以來，中國的詩人們變得沉靜了起來。大家都在超越自己，在新詩創作的道路上各自汲取著寫作的營養，相對於七、八十年代有了長足的進步」〔註6〕。

《北京青年報》、《光明日報》、《詩刊》是三家業內靠得住的媒體，它們調查的方式與渠道相似，設定的問題與焦點大體一致，時段基本上皆爲當代詩歌，態度都嚴謹而認眞，結果也全有確鑿的百分比統計支撐，白紙黑字，鐵證如

〔註 4〕 參見《北京青年報》1996 年 2 月 14 日第 3 版。

〔註 5〕 參見《詩歌離都市人生活有多遠》，《光明日報》1997 年 7 月 30 日第 5 版。

〔註 6〕 參見詩刊社：《中國詩歌現狀調查》，《詩刊》1998 年第 9 期。

山，不能不說都具有一定的權威性和說服力。可奇怪的是，爲何置身於同樣的社會、文化語境中，前兩家媒體和後一家媒體得出的結論卻公說公有理，婆說婆有理，幾乎完全悖裂，判若雲泥，有霄壤之別？其中哪一種結論更貼近事實本身，更值得人們信任？我以爲：這三份調查見解紛紜、共識缺失的背後，說明 1990 年代的詩壇貌似纖毫可鑒的清水，實爲冷幽難測的深潭，異常複雜、豐富與凌亂，以至於連最爲敏銳、迅捷的媒體和記者也只能被局部蒙蔽，調查到各自不同的一部分讀者，看到詩壇這個多棱體的一個或幾個側面，從而出現了印象各執一端、截然相反的局面。它們的判斷不能說不正確，但也不能說完全正確，因爲它們在捕捉並放大詩壇的部分實況同時，卻忽視、遺漏了詩壇另外部分的實況所在。

從調查數量和數據上看，《北京青年報》、《光明日報》的「悲觀」結論似乎呈壓倒之勢。對當代詩歌感興趣者遠在 4% 以下的刺眼數字表明：和隸屬於朦朧詩甚或第三代詩歌的年代相比，1990 年代的新詩由於遭遇大眾文化、學歷教育的瘋狂擠壓，商品經濟大潮的殘酷衝擊和工業技術對現實、心靈無孔不入的滲透，從曾經佔據中心和焦點的位置無奈地退居到了邊緣化的困境之中，與之而來的是新詩讀者在大幅度地銳減，《詩刊》的訂數也從五十萬份悄然滑向五萬份左右的低谷，於是很多詩人或者被迫改行，或者主動緘默，把榮耀和光環留給記憶，即便發聲也只能處於自說自話之中。整個新詩的寫作與閱讀現狀已難容樂觀，至於 1990 年代先鋒詩歌則「以讀者的缺席與批評的失語作爲存在的標籤」，〔註 7〕情形就更爲慘淡尷尬了。特別是文化素質相對較高的大學生對當代詩歌的「集體」冷漠，愈加襯托出社會與讀者對新詩的隔膜之深。如此說來，就難怪《星星》等一些大牌、老牌詩刊露出經營上的窘迫之相，一些省市級的詩歌刊物漸次關停，各種報刊紛紛縮減或者取消詩歌發表園地啦。一句話，新詩進入了前所未有的沈寂期。但它們這種結論顯然也在某種程度上誤讀、偏離了詩歌的本質，犯了僅以讀者數量的多寡估衡詩歌是否繁榮的毛病。不錯，詩歌需要讀者閱讀，但也不是只爲讀者而寫，不應僅從讀者評判優劣，再說詩歌的本質就是詩人個體的精神事業，寂寞是其常態，被人爲地製造出很多熱鬧則是反常的，李商隱、卞之琳的詩壓根沒大紅大紫過，閱讀者難以企及他們的詩歌高度，但這絲毫未影響他們的詩品

〔註 7〕楊克、溫遠輝：《在一千種鳴聲中梳理詩的羽毛》，楊克主編《九十年代實力詩人詩選》序言第 1 頁，灕江出版社，1999 年。

之高，大躍進民歌、小靳莊詩歌讀者成千上萬，不少人既是讀者又是作者，但留下的只是一個笑話。若從這一向度考慮，就不能僅憑 1990 年代先鋒詩歌被讀者疏遠即武斷地斷定它如何蕭條，如何瀕臨死亡。不妨退一步假設，如果真像《北京青年報》、《光明日報》調查的那樣有近 4% 的人喜歡新詩，按這個數字推算，在有 15 億人口的國度中新詩讀者不但不少，反倒相當可觀。而且讀者較少也不就意味著詩歌質量查，有時也可能是 1990 年代某些先鋒詩歌超出了讀者的心理框架，讀者的闡釋背景一下子還適應不了它的個性，造成了詩與讀者間的短暫性對抗。更何況詩壇的沈寂也不就是壞事，它會令那些為金錢、名譽或者消遣而寫的人自動放棄詩歌，而凸顯出真正將詩歌當成事業和生命的詩人風骨，事實上于堅、伊沙、侯馬、王家新、張曙光、西川、歐陽江河、翟永明、王小妮等人的堅守，已經昭示了一種希望，證明人間需要好詩，讀者需要好詩人。這兩家媒體的悲觀論調，顯然是過分誇大了詩歌的危機。

　　《詩刊》問卷的面較寬，波及到「農村、工廠、學校、部隊等不同的社會群體成員」，但調查還是「以文化程度較高的中、青年詩歌愛好者為主體」，也就是說他們多為中層讀者，甚至不排除有少數高層讀者，他們對詩歌業內的情形更為熟悉；所以這個調查雖然和《北京青年報》、《光明日報》相比有點「勢單力孤」，但其「樂觀」理由也稱得上充分、可信。它從讀者的反饋信息裏注意到了一些正面事實：如詩壇抒情隊伍龐大壯觀，幾代同堂，梯隊結構合理，「老、中、青三代詩人各占一定的比例」；「不同寫作方式」均有用武之地，抒情的、哲理的、感覺的、文化的、心理的、生活的，多元並舉；發表陣地有所拓展，已擁有 10 本詩歌期刊，並且在相同級別的刊物裏「詩歌類的市場銷量大都處於中等偏上的位置」；研討會、詩歌活動頻繁。種種跡象表明，「詩歌正在走向正常的秩序」，人們有足夠的理由對詩歌充滿信心。可惜，這份調查更多顧及的是詩歌圈內的「熱」，很少涉獵詩歌圈外社會對詩歌的態度之「冷」，沒有洞見喧騰、熱鬧後面深層的空寂和隱憂。的確，進入個人化寫作的 1990 年代後，詩人的精神自由度日趨闊達，姚黃魏紫的個性呈現，也有利於百花齊放的健康生態格局的形成；但它給詩壇帶來的諸多負面現象也很難令人認同。比如詩壇吸引讀者眼球的一般不是文本品味提高、經典出現等有關詩歌內質的現象，而多是詩人自殺、文稿拍賣、詩人排行榜、派別論爭等一系列流於淺表化、談資化的話題相聯繫，這本身即是詩歌的恥辱和滑

坡。比如世紀末崛起的「下半身寫作」和大量日常敘事，或主張以下半身的貼肉狀態書寫對抗上半身的思想精神張揚，或沉溺於人類吃喝拉撒睡等凡俗、瑣屑細節和場景之中，其私密的肉體、感官排泄快感不能給讀者提供絲毫的美感，反倒是無聊、粗鄙和噁心；比如世紀末發生的「民間寫作」和「知識分子寫作」的論爭，驅趕著眾多優秀詩人趟入「渾水」中無法自拔，休說辯論的內容是否有價值，單是一些極端分子的風度姿態就叫人大跌眼鏡，不敢苟同。內在的精神貧血和外在的形式飄移，裏外夾攻，使 1990 年代的先鋒詩歌不時面臨著滅頂之災，給人的印象不佳。清楚了這些背景我們就會發現，「詩歌死了」的聲音也絕不是什麼空穴來風、危言聳聽了。

原來 1990 年代詩壇既不像《北京青年報》、《光明日報》調查結果那樣「悲觀」，也不像《詩刊》調查結果那樣「樂觀」，它是亂象紛紜，苦樂摻半，絕望與希望交織，沈寂和生機共在。

二、老問題與新困惑

即便拋開幾份調查上的數字，但凡親歷過 1990 年代文學發展的人都會或深或淺地感覺到，讀者和詩歌的雙向疏離已成一個不爭的事實，一方面許多詩人為詩歌殫精竭慮，左衝右突，一方面大量讀者卻不無失望地棄詩遠去。圈內之「熱」與圈外之「冷」的強烈反差，逼迫關心詩歌前途的人必須反思，為何一向被稱為詩歌國度的讀者偏偏從此開始興趣位移，究竟是什麼原因令詩歌徹底走向邊緣，又是哪些元素導致從來都和高雅連在一起的詩歌書寫被視為精神病、瘋子的行為？如果說 1980 年代讀者、評論家們因「看不懂」朦朧詩紛紛抱怨指責，是由於朦朧詩的簇新前衛和過度落後的詩歌教育的衝突，而至 1990 年代讀者的普遍冷漠，到底說明了什麼？我想大眾文化、商品經濟、學歷教育等固然難辭其咎，但是把所有責任都歸結於一系列外在壓力的制約，顯然違背了歷史事實，不能服眾。或者說，讀者的強烈反應折射出 1990 年代先鋒詩歌非但構不成高度理想的發展模式，相反由於先鋒的本性就是不斷求新，難得成熟是其本性，它的探索本身還存在著種種失誤，不但「老問題」沒得到實質性解決，還出現了一些意想不到的「新困惑」，其主要表現為以下幾個方面。

1990 年代先鋒詩歌最大的遺憾是整體平淡，拳頭詩人和拳頭作品匱乏的「心病」依舊，難以支撐起詩壇的繁榮。按理，進入個人化寫作境地的詩人

們，普遍沉潛於詩歌詩歌本體的打造，藝術上的平均成熟指數高於歷史上的任何一個時期，理應有大詩人和好作品大面積突起；可是事實卻並非如此，相反很多詩人追新逐奇、唯新是舉，迷戀於技巧實驗，這和第三代詩歌在本質上並無二致，它使詩壇看上去生氣四溢，詩人和技藝不斷流轉，「你方唱罷我登場」，只是另一方面則是詩人們的心浮氣躁，以解構、反叛傳統的藝術創新爲快，忽視藝術的相對穩定性，最終導致在十年的時間裏經典稀少大師虛位，休說能和里爾克、瓦雷里、艾略特、特朗斯特羅姆等世界級大師比肩的詩人沒有出現，就是在優秀詩人和文本輸送上也只能說是平庸的。我多次強調如果說一個時代的詩歌是繁榮的，那它必定有天才詩人和偶像代表，像 1920 年代有郭沫若、聞一多、徐志摩，1930 年代有艾青、戴望舒、卞之琳，1940 年代有穆旦、馮至、辛笛，20 世紀的五、六十年代有郭小川、賀敬之，七、八十年代還有北島、舒婷、顧城、韓東、于堅等出現，而在他人看來轉入詩藝建設時期的 1990 年代呢？除了伊沙、侯馬、桑克等少得可憐的幾位「新人」崛起之外，唱主角的王家新、歐陽江河、于堅、西川、翟永明等重量級詩人都是 1980 年代勝出的，數不清的詩人和詩作給人的印象都十分淺淡，並且有些詩人還自戀情結強烈，經常以大師自詡，從不承認自己以外的人爲大師。試想，在一個整體藝術水準全面攀升的氛圍中，具有影響力的大詩人寥寥可數，一片「群星閃爍」而「沒有月亮」的詩國天空，充其量只能說是塊繁而不榮的藝術地帶，它又如何會引起讀者們的廣泛青睞？同時，詩歌從流派寫作、群體寫作走向個人寫作，本是好事，但焦點主題和整體藝術趨向的瓦解喪失，差異性的極度高揚，也使詩壇在讀者關注熱情減退的無奈中，失去了轟動效應和集體興奮，邊緣化程度越來越深；雖然詩人們照樣結社、辦報、出刊，如北京的《詩參考》、《現代漢詩》、浙江的《北回歸線》、河南的《陣地》、湖南的《鋒刃》、南京的《他們》等刊物層出不窮，而且印刷質量、裝幀設計都日趨精美，但是它們都不再集體化，也難再激起更多讀者的閱讀興趣，這無疑也加深了詩壇的平淡特徵，並且詩歌生產、傳播方式的網絡化、民刊化，也讓一些非詩、僞詩、垃圾詩的因子被裹挾而入，助長了詩歌的良莠不齊，使經典作品和大詩人的成長受到了限制。

1990 年代先鋒詩歌在文本的精神探索上缺陷更加顯豁。出於對 1980 年代過於玄妙、純粹、高蹈的「大詞」、「聖詞」的反撥，詩人們不約而同地將懸在空中的詩神請回大地，詩裏又重新有了具象、質感的生活與生存氣息拂動，

有了個體生命喜怒哀樂情緒的多元展現；但是也有很多詩人因受身上那種從來不尋求「適應」性寫作的異端心理驅動，過度標舉詩的自主性和排他性，使他們的詩歌只為圈子和自己而寫，個人化寫作成為躲避宏大敘事的藉口，當下生存狀態、本能狀態的撫摸與書齋裏的智力寫作合謀，將詩導入了逃逸性寫作的邊緣，沒有很好地傳達處於轉型期國人焦灼疲憊的靈魂震蕩和歷史境況及其壓力。如下面這樣的作品俯拾即是：「春天的狂熱野獸在樂器上急馳，／碰到手指沙沙作響，／碰到眼淚閃閃發光。／／把遠遠聽到虎嘯的耳朵捂住，／把捂不住的耳朵割掉，／把割下來的耳朵獻給失聲痛哭的歌劇。／／在耳朵裏歌唱的鳥兒從耳朵飛走了，／沒有飛走的經歷了舞臺上的老虎，／不在舞臺的變成嬰孩升上星空。／／我聽到嬰孩的啼哭／被春天的合唱隊壓了下去——百獸之王在掌聲中站起。／／這是從鳥叫聲扭轉過來的老虎，／這是擴音器裏的春天。／哦歌唱者，你是否將終生沉默？」（歐陽江河《男高音的春天》）「昨天女朋友帶我去補一顆有了窟窿的磨牙／醫生用精巧的機器和工具在我的嘴裏／工作了十分鐘左右／然後用一塊東西堵住了我的窟窿／充實了的牙齒讓身體覺得不大純粹／醫生還向我要去了十塊錢／然後女朋友領著我回家／在回家的路上她親了我的嘴／當時我的嘴還正麻醉／那個不經意的吻顯得不同尋常很有滋味／醫生吩咐我兩天以後再去／我在今天想起昨天的事情記下來／覺得很好」（李紅旗《一件小事》）。前一首將音樂、音樂的感受渲染得十分精湛，其思維之細敏、理意之深邃和傳達之別致均可圈可點，讀者如果能夠跟上詩人的精神步伐，可進入一個高度個性化的聲音的奇妙世界；後者則記敘了生活中治療牙齒的小事過程，細節之清晰、過程之完整都無可挑剔。雖然它們聚焦的都是人的情感、生活和心理感覺，但矚目的對象都過於狹窄、私密，或耽於精緻的小資的文化世界的品味，高雅卻太詭譎，或做生活流水賬式的自然主義的平庸展覽，真實卻太瑣屑，缺少和人類的共同經驗、情感溝通的可能性契機，它們從個人化出發，達到的基本上仍是個人化的效果，難以獲得更多受眾的認可。表達個人化的東西無可厚非，也完全能夠走向成功，關鍵是它應該飽含一定的詩意，有精神提升或者與群體溝通的可能，如果所有人紛紛沉於瑣屑無聊的日常生活和局促逼仄的情感空間，甚或低級庸俗的性感路線，本應最該受關注的民眾的生活、情感和命運，就會退居詩外，成為「三不管」地帶；何況詩人吃個披薩、摔個跟斗、和情人睡覺等瑣碎和讀者又有什麼關係，讀者對這類詩歌「敬而遠之」也是一種

必然。這些詩人的作品對現實語境疏離、隔膜所造成的從自語到失語的遭遇，決定它們自然精神貧血，無法爲時代提供出必要的思想與精神向度，缺少力量和產生轟動效應的機制。正因如此，曾經先鋒的孫紹振先生批評這些詩人對於自我的生命、詩歌本身和時代缺乏責任感和使命感，褻瀆了詩歌，〔註8〕他的棒喝不是無端而來，可惜當時並未引起應有的重視。

　　形式至上傾向在不少詩人那裡仍有增無減，爲玩兒而寫的壞風氣也沒得到實質性的遏制。把技藝作爲衡量詩歌水平高下的重要指標，這本是了不起的觀念的進步，它以詩歌本體意識的自覺，打開了詩歌寫作的各種藝術可能性，事實上也的確在一定程度上反叛、質疑了主流中心話語，將1990年代先鋒詩歌的整體藝術水準推進到了最爲成熟的階段。可是物極必反，由於詩歌本身即充滿強烈的易動性，特別是受西方後現代主義的解構思維與藝術精神激勵，那些比較富於實驗精神的詩人，開始走形式極端，大搞能指滑動、零度寫作、文本平面化、文體互滲、遊戲拼貼等激進的語言實驗與狂歡，使詩歌創作有時就迷蹤爲一種喪失中心、不關乎生命的文本遊戲與後現代拼貼，成了一個純技術PK的競技場，甚至本末倒置，通過技術操作代替詩歌寫作，造成了詩意的大面積流失，嚴重誤讀了充滿批判精神的西方後現代主義詩歌。如下面這種狀態的詩普遍存在，「你一下子把我搞懂了。／這怎麼可能？這一來現實和想像的界限何在？／他媽的！／我於是停止想像，開始對自己自言自語。／其實還是說說看的見的事物好一些。／綿綿的雨絲，泥濘的道路，以及／樹的黴暗，瘟疫襲擊的人群，有什麼不好？」（孫文波《枯燥》）；「一朵花開在我的手心／另一朵花開在你的手心／兩朵花都謝了，我們都陌生了／一個時代結束了／一個時代開始了／我把祠廟移到心中／在晨風輕拂裏聽不說的祈禱／對鳥說了，了」（默默《七無律‧了》）客觀地說，詩的作者是我敬重的詩人，他們都寫過不少優秀之作，可是這兩首詩卻不成功。前者親切平實，節奏張弛有致，生活的煙火氣也比較足，只是看不出太多的深意，除了擺在表面的道德意識，好像剩下的就是略顯笨拙的敘事技巧，讀起來還真讓人有點「枯燥」，一首詩情感與思想平平，打人之處全憑技巧和修辭能力，總不是十分可取的。後者呢？恕我愚笨，每字每句全能讀懂，可所有字句合在一處後卻雲山霧罩，理不出明晰的思路，結構的跳躍遠遠超出人的想像力，到底表達了什麼我想作者也很難徹底講清楚。不錯，晦澀是詩歌獨

〔註8〕　孫紹振：《後新詩潮的反思》，《詩刊》1998年第1期。

有的權利，完全能夠讀懂的也絕非好詩，只是總得留給人一點情思線索吧，尤其是在生活節奏日趨迅疾的 1990 年代，本就心理焦躁的讀者又有誰願意費力地耐心解讀它們，做艱苦的精神爬坡呢？讀不懂後唯一的選擇就只有放棄。如果說這類詩歌傾向於王家新、翟永明、陳超倡導的詩歌應效法希門內斯爲「無限的少數人」的寫作，是把一些知識、修養不深的讀者擋在詩外的困難之詩，讀者意識淡漠，沒顧及他人的接受能力，圈子化色彩嚴重；那麼在解構之路上一路狂奔的大量的口語詩歌，則屬於無難度的寫作，它們有些詩歌如《0 檔案》（于堅）、《老狐狸》（伊沙）、《龐德，或詩的肋骨》（安琪）等以接近說話狀態的後口語，或反諷戲擬、本文放空的缺場技巧，解構象徵和深度隱喻模式，一派天然，活力充沛，但大部分兜售的是近於口水的口語，選材及表達「跟著感覺走」，隨意淺淡，拖沓囉嗦，滋味寡淡，只能是耍小聰明地自娛，無法提供大智慧地去娛人，玩兒的痕跡較重，而玩兒詩的結果是最終淹沒了詩意乃至詩歌，這類作品不勝枚舉，無需引證。其實，這裡又隱含了作者與讀者之間一直存在的矛盾，有難度的詩不一定有前途，一味堅守「小眾化」無異於自設陷阱，同理，永遠以讀者爲上帝的「大眾化」的詩也很可疑，遷就讀者有時即是降低標準，只有不斷提高難度和品位才能立於不敗之地，明智的作者應慮及讀者的接受能力對自己的創作做出適當的調節。

三、在尋找可能性中提高品位

老問題與新困惑糾結，使 1990 年代先鋒詩歌步履維艱，讀者對之愈加隔膜與疏遠。正是沿著上述邏輯思路，很多讀者認同了一種比較流行的觀點，那就是進入 21 世紀後先鋒詩歌將退出歷史舞臺。而在一些「權威讀者」或者說批評家、詩人那裡，對 1990 年代先鋒詩歌的印象結論則完全是相反的另一種樣子，「詩歌在公眾輿論中的衰敗構成了世紀末一個小小的文化景觀」；然而「正在衰敗的不是詩，而恰恰是那種認爲詩每況愈下的公眾輿論，是這種輿論看待詩的一貫眼光，是形成這種眼光的內在邏輯以及將其與詩聯繫在一起的共同記憶。這裡的『衰敗』並不相對於『新生』。它僅僅意味著無效和言不及義」。〔註 9〕那麼對不同層次的讀者眼中折射出的複雜的詩壇現實，該如何把握？我想是普通讀者和「權威讀者」各自窺見並強調了問題的一方面，而忽視了問題的另一方面。歷史已經證明，「死亡論」的估

〔註 9〕 唐曉渡：《重新做一個讀者》，《天涯》1997 年第 3 期。

衡過於簡單化，當然徹底無視、對抗讀者反應也不無偏頗之處，前者看到的是詩歌的危機，後者看到的是讀者的危機。的確，現代主義、後現代主義先鋒詩歌在中國缺少良好的土壤，東方文化中強大深厚的現實主義和浪漫主義傳統的制衡與牽拉，它依託的民刊多數時斷時續或曇花一現，影視、錄像、卡拉 OK 等文化和亞文化的衝擊；尤其是它自身發展歷史上沒有經過充分現代主義階段的先天不足，以及百病相擾的局限，都注定它難以根深葉茂，因此儘管 1990 年代它不斷為主流詩歌輸送藝術優長的營養，也從來沒有成為社會文化的主流與中心，並且影響日趨邊緣化、圈子化。但如果改換一下社會學批評的觀察角度，完全從詩歌立場出發，就會發現 1990 年代先鋒詩歌存在的合理性和價值所在，它在短暫的歷史中留下了一批優卓的精神化石，如西川的《遠遊》、王家新的《帕斯捷爾納克》、于堅的《0檔案》、翟永明的《十四首素歌》、歐陽江河的《哈姆萊特》、伊沙的《結結巴巴》等，其中臧棣、伊沙、余怒等後現代傾向明顯的「中間代」詩歌，和世紀末借助網絡集體亮相的 70 後詩歌也十分引人注目；而且形成了自己獨立的藝術精神、特質和傳統，提供了諸多詩歌生長的可能性，構成了新詩史上最富有創造活力的一個時期，影響了中國詩歌當下和未來的走勢，獲得了和世界現代文學對話的資格與權利。

　　1990 年代先鋒詩歌最大的建樹是以「及物」寫作路線的選擇，敞開了廣闊的詩意空間，進一步加強了詩與現實之間的密切關聯。對 1980 年代詩歌寫作中「大詞」、「聖詞」的反思與祛除，使詩人們悟到詩歌雖然沒有直接行動必要，但也不能始終做空轉的風輪，它總應該承擔一點什麼，於是他們主動放下純粹、高蹈的貴族身份，努力在日常生活處境和經驗的海洋中打撈詩的「珠貝」，不但人間煙火氣濃鬱，還不時介入社會良知，賦予了詩歌一種行動化的力量。如「去年的村莊。去年的小店 ／槐花落得晚了。／林子深處，灰斑鳩叫著 ／斷斷續續的憂傷 ／一個肉體的憂傷，在去年 ／泛著白花花悲哀的鹽鹼地上 ／在小店。／／一個肉體的憂傷 ／在樹蔭下，陽光亮晃晃地 ／照到今年。槐花在沙裏醒來 ／它爬樹，帶著窮孩子的小嘴 ／牛鈴鐺季節的迴聲 ／灰斑鳩又叫了——心疼的地方。在小店 ／離開的地方。在去年」（藍藍《在小店》）。該詩出自女性之手，它把鏡頭對準了詩人發現的真實世界抑或是虛擬的理想所在，小店、槐花、陽光、灰斑鳩、牛鈴鐺等鄉村稔熟的物象元素，組構起一片令她心儀、牽念的場景，儘管走

筆輕巧、內斂、平靜，但讀者仍能從中觸摸到一種精神的疼痛，一種鹽鹼地和鄉土的疼痛，「一個肉體的憂傷」源自自然的精靈，源自詩人的良知和鄉土的深沉憂患，個人的體驗、情緒同寬闊的歷史境遇之間因之建立起了神秘又切實的關係，自然而具撼人的品性。不是嗎，時光已進入工業文明高度發達的 1990 年代，可是鄉土的貧瘠、落後依舊，農耕生態的損壞、破敗令人揪心，原來外表柔弱的女性筆力並不柔弱，它傷感的情緒背後指向著嚴峻的社會現象。就是那些表面看去嬉笑怒罵、玩世不恭的作品，其骨子裏仍流貫著難得的正氣，如伊沙戲擬毛澤東《湖南農民運動考察報告》的《中國詩歌考察報告》就很典型，「同志們／中國的問題是農民／中國詩歌的問題也是農民／這是一個十分嚴重的問題／這是一幫信仰基督教的農民／問題的嚴重性在於／他們種植的作物／天堂不收俗人不食」。詩曲解的險惡用心不言自明，舉重若輕的反諷效果也很好玩；但它對當時中國詩歌存在問題的嚴重性的剖析，卻是發人深省的。至於大量湧現的打工詩歌、底層詩歌促成當代詩歌倫理上揚的事實，則更是有目共睹的。並且，由於詩人超常的直覺頓悟力的滲透，很多詩歌不再僅僅是生活、情感或感覺，而漸漸走向理性深刻的經驗的提純與昇華，走向主客契合的哲學境地。如「疲倦還疲倦得不夠／人在過多∥一所房間外面／鐵路黯談的燈火，在遠方∥遠方，遠方人嘔吐掉青春／並有趣地拿著繩子∥啊，我得感謝你們／我認識了時光∥但冬天並非替代短暫的夏日／但整整三周我陷在集體裏」（柏樺《衰老經》）。該詩是詩人瞬間心理情緒和活動的捕捉，懶散的語調、飄忽的思維和自白式的口氣聚合，營造出一種熟悉、親切、似曾相識的氛圍，又朦朧模糊得難以破譯，說不真切。彷彿是在冬天的夜晚，詩人獨居室內，遠方嘔吐掉青春的人，試圖在尋求解脫，自我與遠方人處境的對比，讓詩人認識了「時光」的真相，原來「陷在集體裏」是詩人衰老的根由。這裡的主體「我」與「遠方人」可以互換，或就是詩人的一體兩面，「遠方」可視為理想與夢的代指，「冬」則兼具自然和人生的雙重內涵，全詩似乎在說經過為理想的打拼、失敗，人生進入了疲倦和慵懶的冬天，對命運、時間、理想、理想幻滅以及幾者間的關係獲得了清晰的認識，它雖然泛著無奈和淡漠，卻滿含著人生經驗的體味，能給人一定的思想啟示。必須承認，1990 年代先鋒詩歌的及物追求，在一定程度上緩解了詩歌與現實緊張的關係。

其次的一個亮點是進入 1990 年代後，「邊緣化的處境，這就從一定程度上否定了對於詩歌創作困境的擔憂，詩歌因而獲得了一種新的發展契機」，〔註10〕詩人們普遍淡化了第三代詩歌那種激進得近乎狂熱的運動情結，悟出在詩歌的競技場上打旗稱派是無濟於事的，進而潛心「注重詩學上的建設」，〔註11〕而他們的的邊緣思想和反叛立場所帶來的自我調節與超越的能力機制，既利於消解中心和權威，營造平等活躍的氛圍，保證主體人格與藝術的獨立；也帶來了詩的技藝水準的大面積提升，對抗了狹隘的激進主義因子，構成了詩壇活力、生氣和希望的基本來源。詩人們對詩歌本體的堅守和對寫作本身的探求，是在事態意識的強化、反諷的大劑量投入、文體間的互動交響、多元技術的綜合調適等多方面展開的。如「季節在一夜間 / 徹底轉變 / 你還沒有來得及準備 / 風已撲面而來 / 風已冷得使人邁不出院子 / 你回轉身來，天空 / 在風的鼓蕩下 / 出奇地發藍 // 你一下子就老了 / 衰竭，面目全非 / 在落葉的打旋中步履艱難 / 僅僅一個狂風之夜 / 身體裏的木桶已是那樣的空 / 一走動 / 就晃蕩出聲音……剩下的日子已經不多了 / 落葉紛飛 / 風中樹的聲音 / 從遠方濺起的人聲、車輛聲 / 都朝著一個方向 // 如此逼人 / 風已徹底吹進你的骨頭縫裏 / 僅僅一個晚上 / 一切全變了 / 這不僅使你暗自驚心 / 把自己穩住，是到了在風中堅持 / 或徹底放棄的時候了」（王家新《轉變》）。傳達季節轉變、時代季節轉變的過程、形態、反應，確切說傳達經歷 1980 年代末期精神震蕩後人們複雜的心理感受和思考，是連戲劇、小說等敘事性文學都十分棘手的領域，可詩人卻知難而進，只是對詩歌在此在經驗的佔有性、情感思想涵容量上遠不及小說、戲劇等文類的認知，使他揚長避短，合理借鑒了敘事性文學的方法，以敘述作爲維繫詩歌和世界之間的基本途徑，把事件、背景、人物、時間、心理等多維因素容納一處，從容地表現出抒情主人公在穿越精神煉獄、選擇方向的堅毅和果決，它對每一個時代公民既構成了良知的拷問，又提供了思想的啓迪。這種敘事性也是那時先鋒詩人的普泛藝術追求，它擴大了詩歌的題材、情感疆域，提高了抒情文學處理複雜生活和社會語境的能力，有一種流動的旨趣和敘事長度，同時又注意詩人主觀情緒、思想對

〔註10〕 吳密：《從邊緣出發——現代漢詩的另類傳統》第 53 頁，廣東人民出版社，2000 年。

〔註11〕 張曙光：《90 年代詩歌及我的詩學立場》，《中國詩歌：九十年代備忘錄》第 8 頁，人民文學出版社，2000 年。

細節或事件的詩性滲透，因此並未失掉詩歌自身的個性。再如「親愛的媽媽呀 ／為什麼不把你的兒子 ／生成一束花 ／／一束花的痛苦 ／一束花的茫然 ／在清涼的早晨 ／／假如你把我生成一束花 ／媽媽 ／我就可以用一把生銹的剪刀 ／剪斷了我的腰 ／剪斷了我的頸 ／浸透了自己的淚水 ／眨眼間 ／消失了我的美豔 ／／可是我的媽媽呀 ／我問自己 ／為什麼你不把兒子 ／生成他渴望的一束花呢」（侯馬《一束花》），這首詩則在語言、風格上進行探索。它打破了詩語必美必純的習慣，以「素面」姿態出現，本色簡淨的詞語，拙樸無華的句子，貌似毫無知識趣味，卻把對母親特有的滋味複雜的愛傳達得煞是別致，「直指人心」，沒有絲毫「累」人的感覺。當時，很多先鋒詩歌都追求這種返璞歸眞又自有深度的藝術效果，猶如「天籟」一般迷人，也容易為讀者接受。1990 年代先鋒詩歌還有不少出色的藝術探索，它們豐富、刷新或改寫了新詩藝術表現的歷史，啓迪了新詩可能的向度和走勢，抵禦、帶動了主流詩歌界，以一種新傳統的凝結，和與現實主義、浪漫主義詩歌的共態融彙、異質同構，實現了詩壇多元互補的生態平衡。

在一首詩中，王家新寫到「終於能按自己的內心寫作了」（《帕斯捷爾納克》），這句話代表了 1990 年代詩人的共同心聲。對意識形態寫作和道德、政治因素的對抗、規避，使詩人們被捆綁已久的心靈回歸了自由也即詩歌的本源狀態，於是詩歌的各種可能性探索在不同創造者那裡得到了伸張，個體差異性的繽紛「對話」成為詩壇的基本狀態，個人化寫作奇觀翩然蒞臨。可以毫不誇張地說，每個抒情個體都在尋找著題材、情感、表達和風格上的獨立和出新。如受只為自己的心情寫作立場驅動的王小妮，在詩裏進行著事物的還原與去蔽，作品超然靜美，能見度高，「土氣」的語言散淡從容，《我看見大風雪》技術上不顯山不露水，完全是隨意的、談話式的語言，不溫不火，但卻直接、健康，十分到位地道出了靈魂的隱秘感受。徐江骨子裏的諷刺天賦突出，常在凸顯生活表象過程中因感受的深細，而洞見事物的核心屬性，具有後現代傾向的《豬淚》就很精彩，平淡的庸常場面，竟被他賦予了自在的詩意，不但人豬「對視」的思維、場景匪夷所思，就是和人道相通的「豬道」情懷也催人深思。1990 年代初大器晚成的張曙光，「在溫和而睿智的外表下潛伏著知識分子的批判精神，其敘事性探索引領了全國風氣之先。他的《1965 年》對一些事件、細節、場景等因子的復現，展開的是某種生活本質以及作者在精神上對它們的人性理解，個體和時代、歷史遭遇時的心理痛感

的揭示不乏深刻的自省和反思的意味；自我分析、敘事和抒情的適度調節把詩歌的主旨傳達的節制而含蓄」。〔註12〕而在湯養宗那裡讀者見到的則是有難度的寫作，孤獨安靜的個性使他喜歡沉思，並且思維路線陡峭奇絕，常出人意料之外，用語很少因襲他人，極具創新色彩，其《琴十行》虛實結合，內涵隱蔽，語言既順又澀，別具一格。也就是說，每個詩人都在追逐自己個性的「太陽」，互相間如八仙過海，對立互補，各臻其態，這種難於整合的「散」的狀態正是個人化本質徹底到位的體現，因爲多元化的別稱就是個人化，而個人化的寫作奇觀，無疑將當代詩歌帶入了最爲寬鬆、自由的歷史時期，爲健康的詩學生態格局的形成奠定了堅實基礎。

　　正是因爲有 1990 年代先鋒詩歌一系列優秀品質的支撐，新世紀的詩壇才逐漸告別低谷，重新升溫，煥發出了勃勃生機。

〔註12〕 羅振亞：《龍江當代文學大系‧詩歌卷》導言，馮毓雲、羅振亞主編《龍江當代文學大系‧詩歌卷》第 4～5 頁，北方文藝出版社，2010 年。

原創的「快樂的文本」：
70 後詩歌的藝術趨向

　　70 後詩歌對肉體烏托邦的追尋，和個別詩人在網絡上的起哄生事，給讀者造成了很強烈的印象，那就是和津津樂道於內容的捕捉相比，它們疏於藝術和美的經營。其實，這是一種錯覺。

　　只要稍加留意，即會發現 70 後詩人不是單向在日常、肉欲和性層面遊走的抒情群落，而是認為「技術」和「個人經驗」在創作中同等重要，只是不再追求圓滿。他們認為圓滿性常與某種腐朽的「秩序」合謀，「導致一首詩被玩味得過於精緻，沒有了激動人心的性格與粗糙的質感」，所以常去追求「也許是有點缺陷」的「更本質更質樸一些，質地更自然一些」〔註1〕的原創性。那麼，他們是如何獲取藝術原創性的呢？我認為主要的途徑就是注重文本的快感。和經歷過精神煉獄的朦朧詩人、經歷過社會轉型動盪的第三代詩人以及 1990 年代的先鋒詩人不同，70 後的詩人們的心態相對自由、放鬆，拋卻個人的情感恩怨外，幾乎沒有什麼痛苦與憂鬱可言。在他們看來，置身於後現代的社會文化語境裏，詩意是讓人倒牙的酸詞，詩意的時代已經終結，「有時所謂的抒情其實只是一種可恥的自戀」，滿足的是一種「低級趣味」，是對「靈魂上的那一堆令人噁心的軟肉」的撫摩〔註2〕，所以他們寫作在某種程度上就是對浪漫主義因素的一種清除，「要讓詩意死得很難看」〔註3〕；並在悟透清除詩意的最有效的手段就是快感敘事後，不約而同地向其趨附。朵漁從 1990

〔註 1〕　朵漁：《讀詩筆記之碎思錄》，見李永毅主持「靈石島」詩歌網站。
〔註 2〕　沈浩波：《下半身寫作及反對上半身》，《下半身》創刊號，2000 年 7 月。
〔註 3〕　沈浩波：《下半身寫作及反對上半身》，《下半身》創刊號，2000 年 7 月。

年代詩歌的現實出發，肯定伊沙那種不爲經典寫作、而進行充滿快感的寫作的方向可能預示了未來幾年的詩歌方向，提出「什麼樣的詩歌都可以，關鍵是寫作時的輕鬆愉快」〔註4〕；尹麗川坦言自己的寫作就是爲了尋找、創造一種快樂，「如果我寫作時不能感到快樂，我還爲什麼要寫？」沈浩波不無絕對地說「只有找不著快感的人才去找思想」，「只有找不著身體的人才去找抒情」〔註5〕；凡斯更在 2001 年 4 月第二期的《原創性寫作》中，以「爲閱讀的快感而寫作」作後記的題目，強調快感是「原創藝術的根本」。詩人們林林總總的表述，都幾乎近於後現代主義大師詹姆遜所說的「美不再處於自律的狀態，而是被定義爲快感和滿足」〔註6〕；也正是在這種自覺的理論燭照下，他們實現了羅蘭‧巴特的理想，創造了大量的「快樂的文本」。這種快樂既包括像尹麗川的《爲什麼不再舒服一點》、盛興的《床單上的圖畫》、軒轅軾軻的《李海燕到北京去了》等詩，那種追求肉體、意識、欲望的生理和心理髮泄的快感。也包括諸如和市場經濟的燈紅酒綠、喧囂混亂相對應的散文化小說化敘述，追求多元化的語言個性，注重日常性書寫等等藝術上的快感；但這些在藝術快感在 1990 年代詩歌中都似曾相識，70 後詩歌賴以直立的藝術快感創造，是從以下幾個方面進行的。

一、在場的敘述

在強調和日常生活相關的敘事走向上，70 後詩歌和 1990 年代詩歌趣味相投，只是它不像尚存有浪漫主義情結餘緒的第三代詩人乃至 1960 年代出生的「中間代」詩人那樣，在時間向度上常常對自身處境進行追憶、回望。而是除了高曉濤的《被迫的態度》、曹疏影的《我談起》等少數「想像」現在的詩歌外，大多數詩人都缺乏歷史感和未來意識，覺得明天難以把握，「四周沒了他人，此時還是你 / 放下逃生的梯子 // 並且在信裏說：『不知爲什麼 / 這裡根本看不到邊際』」（姜濤《看》），這稱得上是一代詩人的自畫像。所以他們注重享受此時與此地的時尚的快樂，從事寫作的全部動機，就是表達赤裸的欲望，或客觀直接地恢複審美對象，關注當下的存在狀態，講究事物和心靈在場的本色的表演。具體到文本中，則常常用形而下瑣屑的場景的、細節的、

〔註4〕 朵漁：《關於「70後詩歌」的十個問題》，《揚子鰐》，2000 年 2 月 1 期。
〔註5〕 沈浩波：《下半身寫作及反對上半身》，《下半身》創刊號，2000 年 7 月。
〔註6〕 弗雷德里克‧詹姆遜：《文化轉向‧譯者前言》，中國社會科學出版社，2000 年。

片段的日常化敘述，替代恢弘的、靈感式的、情緒化的抒情成分，大多數作品都充滿強烈的現場自足感。如「枯燥的用啤酒卸下醉意／和成群的少女結隊／在它們的人群裏尋找快樂……劣質煙和巴黎香水融合在一起／只有色情保留了故事的高潮／／劉敏的胸罩離開了身體／楊小青的舌頭像刷子一樣／陽陽服下了一粒避孕藥／阿蘭的月經使她苦惱／王小麗說一口生硬的白話：只要懷鄉的外省人需要／他的喉嚨會發出卷舌的『操』」（余叢《生活在南方》）。「手伸過去／付款／手伸過來／拿錢／手伸過去／撩裙子／手伸過來／解皮帶／手伸過去／她呻吟／手伸過來／掐你肉／手伸過去／穿衣服／手伸過來／說『拜拜』／手伸過去／開門／手伸過來／關門」（阿蜚《交易》）。前一首詩為男人和女人群居生活動作、場景和欲望的敞開，平面化的價值指向裏，絲毫看不出詩人對這種肉身生活的批判；後一首詩則是主體消隱後男人和女人進行性交易全過程的呈現。但不論前一首詩還是後一首詩，都與以往詩歌那種典雅、優美的詩意化的抒情不可同日而語，凡俗的人、平淡的事、日常的場景乃至夾雜國罵的語言，都讓你感到自然、淺近，彷彿就是自己置身的生活的實錄與回放，毫無隔膜。

尤其是「下半身寫作」，更要「回到肉體，追求肉體的在場感」（是肉體而不是身體，因為身體在很大程度上已經被傳統、文化、知識等外在之物異化污染），讓「體驗回到本質的、原初的、動物性的肉體體驗中去」，詩人就是「一具具在場的肉體」，只有「肉體在場」才會有「詩歌在場」〔註7〕。李師江在《下半身的創造力》一文中說：人用下半身創造力生命，下半身的意義在於每一次的誕生都是原創的，詩歌應該從下半身出發，忠於詩人對世界最原始的衝動或者反映。他的《一個臀部很大的女人》寫到，「那個女人的臀部很大／但位置有些靠下／那也許是走路造成的／她的一生應該相當勤勞／／我在協和醫院的病房裏看見她／她正在為一個有疾病的親人忙上忙下／如果她的臀部往上靠一點／她是一個多麼完美的女人／／那個臀部很大的女人，我只匆匆見過一面／像某幅油畫中的影子／她那稍微向下靠的臀部／像埋在我心裏的疙瘩／／多年後我再想起她／她的臀部已經向上靠了／她的缺陷已經消失／我想她應該是如此完美」。詩寫的是忠於詩人的最原始的衝動，一個女人的大臀，引起詩人濃厚的興趣和迷人的想像，這種興趣與想像多年後仍在持續，你可以揣測它是對完美的固執追求或是其它的什麼，但這恐怕都並非作

〔註7〕沈浩波：《下半身寫作及反對上半身》，《下半身》創刊號，2000年7月。

者的本意。我以爲詩人所說的原創，根本就不包涵挖掘事物的言外深意，它只是強調事物和心靈的在場和反映而已。還有這樣的詩歌，「我看探索頻道／猴子從一個窟窿鑽進另一個窟窿／馬嚼著草根底下的橡皮泥／我關掉電視／在陽臺上點蠟燭／他下了公交車／在門口給我打電話／我下樓接他／他坐在桌子前／看我們新出的雜誌／把我的文章當稀飯讀／我把手搭在他肩上／他吻了一下／我抽走了他看的另一本雜誌／天黑透了／我問他回不回家／他猶豫片刻，說：『家裏會不會有小偷』」（巫昂《樂趣》），一次情人幽會的細節、過程的捕捉，活畫出了新新人類的生活的在場的別樣情態，最基本的生理、心理動作裏，折射出來的是無聊、平淡甚至不無卑瑣的生存況味。更爲巧妙的是沈浩波書寫「我」與「賣肉」者之間相遇對視的《靜物》，它先營構了一個泛性化的轉喻——「賣肉」和欲望性圈套，「賣肉的少婦坐著／敞著懷／露出雪白的奶子／／案板前面／買肉的我，站著／張著嘴，像一個饕餮之徒」，引誘讀者想入非非，可最後竟極具戲劇性地把筆鋒突然一轉，寫到「而唯一的動靜／由他懷中的孩子發出／吧嗒吧嗒／扣人心弦」，「此在」的展開，令讀者所有的想像閱讀經驗都失靈、受挫，被他輕而易舉地「耍」了。至於沈浩波的《肉體》，就更具有肉體的在場感了。

70 後詩歌的在場敘述，有時和美感有一定的距離，許多作品乾脆與美感無緣；但它卻具備一種「眞」的品格，詩人們觀照的「此在」對象，那種切膚感和親歷感所攜帶的「體溫」和「呼吸」，似乎可以讓人觸摸到審美對象的生命所在。它一方面驅逐了想像的玄虛和情感的矯飾，一方面也對日常生活中逐漸貧乏的詩性，構成了最重要的資源援助；並且和 70 後詩歌的一些理論極爲默契，極爲吻合。70 後詩歌在場敘述形態的出現，也不是偶然的，70 後詩歌「不是研究性寫作，它是思想的現在進行時，它的表達遠離思想」〔註8〕，在這種「發生主義」理論的燭照下，在世紀末生活世俗化之風的強烈吹拂下，它也只能作出上述選擇。

二、詞語的原生性和暴力化傾向

在 70 後詩人的心目中，「下半身」主要包括襠部、腿部和腳，而那裡恰恰是生命的創造源與誕生地，所以「下半身寫作」的意義當意指原創力，它

〔註 8〕余叢：《二十個詞語構式》，《詩文本》2000 年 7 月，總第二期。

的關鍵詞就該是：衝動，原創，力量與激情〔註9〕。這是「下半身寫作」的詩歌美學，也是 70 後詩歌美學的縮影，原創性是所有 70 後詩人寫作追求的第一要義。

原創性在 70 後詩歌中有許多種表現，如肉體烏托邦的建構、段子式的書寫方式、網絡上的命名狀態，等等，不一而足。折射到語言層面，就表現爲詞語的原生性和暴力化傾向。70 後詩人們認爲，詩歌語言要擺脫傳統的束縛，那種「無一字無來歷」的改寫、引用和拼貼是對語言的深刻傷害，「最具詩性的語言埋沒在塵世間，被虛榮扭曲，被修辭遮蔽，被用濫了的美學意味覆蓋」，「詩人眞正所做的工作不如說是挖掘語言」，「清理掉語言身上的異化物」〔註10〕，他們是這樣說的，也是這樣做的。爲了還語言以返樸歸眞的天然本色，他們普遍注意追求詞與詞的正常使用，從豐富的日常口語中找尋原生質的活力語言。他們盡量去撫摸那些人們習焉不察的平凡語言，而詩人們深知：實際上這些日常語言從本質上講，並非我們置身其中的語言，它們是人們置身其中的含義遮蔽了其原本具有的含義的語言。那麼詩人們該如何用「點石成金」的妙術，對人們後來附加上的含義進行「去蔽」，使其重新恢復新穎、鮮活的原生衝擊力呢？70 後詩人提供的經驗就是，在沉入語言現象時，詩人要憑藉審美主體對體驗和口語的妙悟、自我情境的洞察觀照，抗拒語言和事物現成的先在的意義，重新生成並呈現出一種人們所忽視的新的意義來，在渾然天成的語境中，產生一種讓人耳目一新的陌生感。帶有這類藝術探索傾向的文本，在 70 後詩歌中俯拾即是。如「花兒爲什麼這樣紅 / 我爲什麼叫做石榴 // 我爲什麼不愛惜自己的身體 / 沉迷城市和酒館 / 爲什麼我離開石榴村 / 把榴花開放的時節定爲節目 // 石榴花的雨水像淚水一樣多 / 我寫過的詩 / 不及我今夜的心事」（安石榴《我爲什麼叫做石榴》），「看上去像一個遙遠的秋天 // 我認得出銀杏 / 以及銀杏樹背後的光芒 / 像多年前你眼中掩不住的喜悅 // 一地的葉子 / 多麼奢侈的陽光」（黃禮孩《北京》）。平凡的語彙、熟識的調式、快餐式的語義，直截利落，那種不加雕飾的原始蒙茸，未經改造的天然模拙，讓每一個意義單位都擺脫了詞語的附著成分而歸依了自身，構成了詩人和世界的基本關係，在和緩、清淡的語流中，或流瀉出詩人內心深處對生

〔註 9〕 參見朵漁：《是幹，而不是搞》、李師江《下半身的創造力》，《下半身》創刊號，2000 年 7 月。

〔註10〕 朵漁：《讀詩筆記之碎思錄》，見李永毅主持「靈石島」詩歌網站。

活無奈的感受，或走露了靈魂底層喜悅又蕭索、稔熟又驚詫的錯綜複雜的秘密，最隨意、最平常的口語敘述，卻也是最本眞、最簡雋的表情達意狀態，它們都較好地諧調了敘述話語和深度意象，具體可感而又韻味十足，體現了較好的創造力。在如今詩人們都努力把詩寫得像詩的時節，他們這種返樸歸眞、接近靈魂的選擇，有不事張揚的沉潛力，樸素本色卻暗香浮動。

　　與詞語的原生性並行不悖的另一個走向就是詞語的暴力化，或者說有時詩人正是爲了使詩歌獲得原生性效果，嘗試著通過對語言的扭曲、斷裂、跳接，依靠語象板快間的碰撞和激發來完成「詩想」，把不同質的語象拼貼成共時性的狀態或畫面，進行暴力性組合；甚至搞語言的泛性化轉喻。如從時尚攫取快樂的新莽漢主義者胡續東，即是十足的文字快樂者，他寫作盡量讓自己快樂，以舒服過癮爲最高準則，根本不去考慮文本傳遞什麼內容。在《hola，胡安》中，他這樣寫到：「hola，胡安。他們把 ／你的文學史尊稱 DonJuan ／讀成了一個小家碧玉：董娟。 ／／……有人相信沉默是金，有人 ／只相信沉默是射精。而你 ／聒噪中的空白卻是一團 ／烏賊的汁水，噴向沉默自身」，它將新的舊的，古老的時尚的，電腦詞彙、外語詞彙、京腔與四川土話等質地相悖的詞彙「一鍋煮」，在此中體驗詞彙組合時那種自由與文化施暴的快樂，這也許是他身上那種四川人的樂天派性格使然吧。尤其惹眼的是，「下半身寫作」爲了達到反諷的目的，竟解構起語言自身，以性意識的滲透強化而使原有固定意義的詞語，成爲帶有新的性色彩的「泛黃色化」的專用術語。在這方面沈浩波的暴力傾向非常顯明，如他的《懷念一隻雞》、《她想把我辦了》、《一日千里》裏的「雞」、「辦」、「日」，都既保留著本身的原意，更分別指涉著妓女、「強暴」、性交的泛性化轉喻。《淋病將至》更大膽而別致地寫到，「『方舟書店』不開了，『開心樂園』不搞了 ／咬牙買下的貝司被老爸砸了，一起混的發小已經 ／學會掙錢了 ／藝術青年們無家可歸了 ／都站到大街上淋雨了 ／淋啊淋啊淋啊淋啊淋啊淋啊淋啊淋啊 ／淋著淋著 ／就淋成淋病了」，動詞淋雨的「淋」，在具體語境的滑動中，漸漸被偷換了詞意和詞性，變成了性病之一種淋病的「淋」了。再如「乾和搞 ／兩個動作 ／分工清楚 ／該幹的時候不能搞 ／該搞的時候不能幹 ／／比如 ／幹革命四化幹著急 ／不能 ／搞革命搞四化搞著急 ／／再如 ／搞改革搞開放搞女人 ／不能 ／／幹改革幹開放幹女人 ／／也有些個案 ／能搞也能幹 ／比如干事也可說搞事 ／比如干活可以叫搞活 ／搞準搞狠搞深搞透 ／也可以說成 ／幹準幹狠幹深幹透 ／／同樣 ／快搞難搞胡搞亂搞瞎搞 ／可

以說成 / 快幹難幹胡幹亂幹瞎幹 // 而當乾兒子乾女兒走到 / 乾爸爸乾媽媽面前 / 他們必須將幹和搞的聯想 / 忘得一乾二淨」（南人的《幹和搞》），這裡的「幹」和「搞」的意義，都早已逸出其正常所指，而帶上了泛性色彩。在其它詩人的詩歌文本中，幹、辦、日、搞、插、玩、睡等詞語，也都轉化成了性動作的特有詞語。至於專指運動場所的「操場」，和詰問做什麼事情的語式「幹嗎」，詞義也都理所當然地變得和男女之間的性事相關了。70後詩歌這樣做的結果，能夠使詩人體驗到文化「施暴」、重構世界的快感，拓寬語言表現力的幅度和疆域；但在某種程度上，也不時因語言中西夾雜、土洋結合而增加了漢語本身固有的模糊，使詩成為混沌難辨的光團，破壞了語言的純潔性和規範性，有種說不出的彆扭。

詞語的原生性與詞語的暴力化，一個注重平白，一個注重奇特，一個不變形，一個變形，但都同樣具有原創性，同樣是對平庸和因襲的反叛。並且，它們正如硬幣的兩面，緊緊地黏合在一處，其實70後詩歌對傳統詩歌的語言進行的原本就是綜合抗擊與超越。

三、「段子」式的書寫方式

胡續東在網上與女詩人尹麗川過招時放言，「色情的成分在我的詩中一直是一個重要的元素，只不過有人好的是色情本身這口子，而我更對色情事物裏包含的其它東西感興趣」，「不經過反諷、間離和荒誕處理的色情場景我不感興趣」，這也是整個70後詩歌的群體告白。

也就是說，70後詩歌一直沿著第三代詩歌開拓的口語化敘述的道路狂奔，標舉以遊戲段子為言說特徵的新口語；並且，為了增強書寫快感，習慣把荷爾蒙敘述、簡化的小品與幽默笑話等因素攪拌在一處，鍾情色情本身，更心儀處理色情本身的喜劇感、衝擊力、想像的快感以及混雜的語言狀態等書寫方式。如胡續東的《詩歌的債》呈現出如下狀態：「蔣浩的大鬍子顫巍巍地伸過來， / 寫詩了沒得？──一隻老耗子 / 鑽進了大象鼻子一樣的羞， / 『錘子，你寫了沒得？』 / 『沒有啊，沒有。』 / 面對面 / 抓腦殼，歎氣，狗日的， / 好久不寫詩，頭皮屑 / 都長起這麼多了……」偏移了美之內涵的探索，已類似於後現代主義文本，在向小說、戲劇與散文狀態靠近，呈現立體結構與意義的同時，卻看不出意義來，它已經消解了崇高和非崇高的界限。觀看芭蕾舞演出本來是一件十分高雅之事，可是到了南人的詩歌《看芭蕾舞》

中卻變成了這個樣子，「幾個踮著腳尖的啞女 / 把嘴巴掛在劇院的牆上 / 哼唱小調 // 燈光遭受一種誘惑 / 開始在少女的裙腿之間 / 鑽來鑽去 / 幕、布景以及煙火 / 裝著什麼都沒有看見」，「第一次看芭蕾舞 / 我想到的就是這些 / 我不知道在何時鼓掌 / 但我還是想了很多」。要表現無聊而瑣碎的色情想像也無可厚非，因為它們同樣是生命的重要組成部分，只是詩人完全把它處理成惡俗的色情段子與荷爾蒙狂歡的肉體書寫，徒具肉體快感的軀體誘惑，卻未上升到審美高度，就不能不說是倒了讀者的胃口。

　　這種「段子」式的書寫，在 70 後詩人那裡有時不直接和盤托出，而呈現著間離性的輕鬆、調侃的反諷狀態，這也許是 70 後詩人對抗、抵禦沉痛生活的一種策略。「在我們家鄉的路邊店 / 那些姑娘們著紅色的裙子與紅色的鞋襪 / 頭上還戴著像雞冠一樣的大紅花 / 那可是她們的工作服呀 // 那可是我們家鄉只有新娘子才穿的服裝 / 而路邊店的姑娘們 / 天天都要做新娘子」（盛興《路邊店》），詩是寫一群妓女的生活，本是強顏賣笑的酸楚，在詩人遠距離的調侃之後，卻有了滑稽的因子滲入，彷彿生活的無奈被化解了許多，實際上那無奈更為沉重了。「我在《人民日報》上 / 找性病廣告 / 我相信刊於此報的 / 定是最權威的 / 我用雷達般的眼睛 / 把整版報紙仔仔細細 / 搜尋了三遍 / 卻壓根兒沒有 / 性病廣告的影子 / 倒有一整版 / 關於某戰鬥機的介紹 / 戰鬥機是個好東西 / 只是我暫時 / 還用不著」（朱劍《無題》），莊嚴正統的《人民日報》，和下九流的虛誇肮髒的性病廣告聯繫在一起，讓人感到有種濃鬱的搞笑色彩，龐大威凜的戰鬥機，和微弱渺小的平民之「我」拷合，其效果則令人啼笑皆非；而雷達般眼睛的仔細搜尋，和戰鬥機是個好東西、我暫時用不著的一本正經敘述相遇，更強化了詩歌戲劇性的荒誕效應。沈浩波的《臨終遺言》、李師江的《校園記憶》恐怕是最「肆無忌憚」的典型。前者寫一個糟老頭子臨終之前對圍在榻前的親人說話，「我這一輩子 / 吃也吃過了 / 喝也喝過了 / 可是……糟老頭王得福 / 將渾濁的老眼中 / 僅存的一點注意力 / 集中到他那 / 剛剛發育成熟的孫女身上 // 善解人意的好孫女 / 在母親目光的示意下 / 乖巧地前趨幾步 / 蹲在糟老頭王得福的榻前 // 於是她便清楚地聽到了 / 王得福嘟囔一般 / 從混沌不清的喉嚨裏 / 傳出的最後一句 / 臨終遺言 / 『可是我沒嫖過呀』」，真是又嚴肅又戲謔，意味深長又無須細品，人性中最卑劣、最醜齪的隱私，在臨終之際最自然、最真實也最可怕地流露出來了。後者寫到：「整個校園哼哼唧唧 / 只有教授們還在教導我們 / 學為人師行為世

範／爲了報答恩師／我把用完的避孕套／埋進土裏」，以一個「埋」的動作，回報恩師德性的關懷，完成詩歌的反諷，在消解「道德」規範的同時，更宣泄了校園嬉皮士的原欲。

70 後詩人就是這樣，他們貌似反諷、調侃的思維方式，實際上是和其早已衝出道德底線的思想互爲表裏的。70 後詩歌這種正在走俏的「段子」式書寫，和「一地雞毛」式的敘述，因爲是尋找刺激、休閒和開心的結晶，遊戲和消遣是它們的全部目的，所以與深刻無緣。但卻常常趣味獨特盎然，語言活力四溢，不乏好玩與耐看之處，也在一定程度上反映了詩人們的生存狀態和情感取向。只是它那種過於隨便、囉嗦、直白的口語狂歡，那種帶有後現代主義傾向的「話語膨脹的特徵」，把第三代詩的前口語探索那種內斂、節制、審愼、鮮活與純潔的本質完全清空了，在懸置思想和眞理的深度過程中，也導致了詩意的大量流失。因爲抒情主體對歷史文化的虛無態度，和對社會問題的淡漠，使不少詩人眞的「詩到語言爲止」，彷彿詩歌在他們的筆下完全成了語言的拼盤，和詩人玩弄現代文明的「七巧板」。

如今的世界，早已進入可以嘗試任何一種生活與藝術方式的時代，隨著被解構的傳統的分崩離析，率性、自由、快樂、多樣的原則得到了高度確立。置身於這樣的文化語境之中，70 後詩歌契合文學終極意義上游戲本質的原創的、快樂的追求，就擁有了一定的合理性；只是其完全放棄對「此在」的關懷與承擔，一味沉醉於欲望的宣泄和敘事的快感，前途就無法不令人憂心忡忡了。

出入於「自己的屋子」：
新時期中國女性主義詩學論

　　從生理特徵上講，女性似乎離詩歌最近：其感情的易動性、體驗的內視性、情緒的內傾性、認知的形象性等特點，使女性在詩歌創作方面有一種先天的優勢。可是遍檢西方詩歌史，截至到 20 世紀 60 年代美國的自白派女詩人群崛起之前，女性卻始終缺席或緘默，在菲勒斯中心的語言鉗制下，女性想對自己重新命名也會陷入男性話語的圈套，因爲她們沒有自己的語言，「最出類拔萃的代表也從來沒有產生過……任何堪稱偉大和獨具風格的作品」〔註1〕。至於中國文學史上的女性詩歌雖然源遠流長，但也始終只是一支涓涓細脈。漫漫三千年間只有蔡文姬、薛濤、李清照、秋瑾等少得可憐的幾位女才子作爲「補白」偶而亮相表演；並且充溢詩中的「多是相思之情，離別之恨，遭棄之怨，寡居之悲以及風花雪月引出的種種思緒」〔註2〕，使其詩歌發出的聲音仍是男性「他者」話語的重複，性別意識一直被蒙蔽著。在現代詩歌史上，女性的覺醒獲得了長足進步，陳衡哲、冰心、林徽音、陳敬容、鄭敏等詩人，對女性主題的拓展與超越，擴大了女性詩歌的視野。然而與浩蕩的女性解放潮流仍然極不相稱，它稀疏的存在遠未改變女性詩歌處於邊緣的屭弱歷史，眞正的女性性別和書寫意識的覺醒還相當微弱。20 世紀 70 年代中後期的思想解放，喚來了女性詩歌的春天，舒婷、林子、傅天琳、申愛萍、王小妮等一長串名字轟然崛起於詩的地平線上，新一代夏娃覺醒了。一時間，張

〔註 1〕 瓦西列夫：《情愛論》第 52 頁，三聯書店，1984 年。
〔註 2〕 喬以鋼：《低吟高歌》第 9 頁，南開大學版，1998 年。

揚女性意識、呼喚女性自覺成為女性歌唱的搶手主題。她們那種群體精神與個體經驗的融彙，從男權社會「離析」後的綺麗、溫柔、婉約的力量，對美、藝術與優雅的張揚，在唯我與無我間恰切抒情位置的尋找，都暗合了女性詩歌的情思與藝術走向；但這一切還只是女性主義詩歌的早期形態，她們關心的是整體的人的理性覺醒和解放，代表的還僅僅是一代人的覺悟，詩歌內質上仍受制於高貴典雅的古典主義、理性主義的精神理想，還屬於女人化的情感寫作。1984 年，在中國史上是意義重要且值得記憶的一年。翟永明的組詩《女人》及序言《黑夜的意識》發表，是女性主義詩歌誕生的標誌。此後，一股反抗男性話語、挖掘深層生命心理、具有先鋒意識的女性詩歌創作潮流逐漸形成。

英國女權主義創始人弗吉尼亞‧伍爾夫曾說一個女人如果想寫小說「要有一間自己的屋子」〔註3〕，為自己構築一個情感和靈魂的空間，其實寫詩又何嘗不是如此。中國新時期的女性主義詩歌走的正是這一出入於「自己的屋子」的創造路數。

一、1980 年代：解構傳統的軀體詩學

在女性主義詩歌宣言式的《黑夜的意識》中，翟永明說「每個女人都面對自己的深淵——不斷泯滅和不斷認可的私人痛楚與經驗……這是最初的黑夜。它升起時帶領我們進入全新的、一個有著特殊布局和角度的、只屬於女性的世界」〔註4〕。說自己首先是一個女人，然後才是一個詩人，顯示了女性生命意識和女性主義詩歌已由人的自覺進化到女性的自覺。以此為開端，翟永明又相繼寫出《靜安莊》、《黑房間》。緊承其後，幾乎在 1984～1988 年的同一時段內，原以《我因為愛你而成為女人》、《高原女人》等詩體悟高原女性的生存狀態、本色純樸的唐亞平，推出黑色意象組詩《黑色沙漠》；孫桂貞則搖身一變為伊蕾，攜組詩《情舞》和《獨身女人的臥室》、《流浪的恒星》，驚世駭俗地挺進詩壇；陸憶敏、張真、海男、林珂等在詩中也紛紛標舉女性意識。這些分散的女性詩人抒情群落的漸次登場，以綜合女性深層心理挖掘、女性角色極度強調與自我撫摸的自戀情結的軀體詩學，替代了舒婷一代的角

〔註 3〕 弗吉尼亞‧伍爾夫：《一間自己的屋子》第 2 頁，三聯書店，1999 年。
〔註 4〕 翟永明：《黑夜的意識》，吳思敬編《磁場與魔方》第 140 頁，北京師範大學版，1993 年。

色確證，以膨脹擴張和主動進攻的方式確立了性愛情慾的固有存在意義。正是在進行性意識裸露表演的同時，女性主義詩歌才終於支撐起足以與男性對抗的話語空間，徹底浮出了歷史的水面。

那麼女性主義詩歌是如何建構軀體詩學的呢？埃萊娜‧西蘇說「婦女必須通過自己的身體來寫作，只有這樣，女性才能創造自己的領域，幾乎一切關於女性的東西還有待於婦女來寫」。〔註 5〕。在人類社會裏，過去的女性包括身體在內的一切都由男性書寫，其鮮活的人體也只是男性鮮花、飾物等象喻系統中的「物」，是男性娛樂文化裏的一個玩偶、一道風景。出於對這種可悲境遇的反抗，覺醒的女性認識到「我寫世界 ／世界才低著頭出來 ／我寫你 ／你才摘下眼鏡看我……我還要寫詩 ／我是我狹隘房間裏的 ／固執製作者」（王小妮《應該做一個製作者》）。由被講述的女人變爲書寫主體，由紅袖添香的失語者變爲藝術「製作者」，已是眾多女詩人的普遍願望，她們把寫作視爲精神活動和生命方式的一部分。女性要改變被講述的命運，但卻沒有自己能夠沿襲的形象和話語積澱，借用異己的男性「他者話語」做參照，又只能變相地鑽入男性思想欲望的圈套；於是唯一有效的出路就是擺脫屬於男性的傳統、歷史和社會經驗的糾纏，回歸自己的軀體，將軀體作爲寫作資源。因爲在男性文化統攝下，女性屬於自己的只有身體，用軀體寫作也是突破傳統軀體修辭的最佳角度；因爲在「自己的屋子」裏，女人的存在首先是身體的存在，逃離了他者的窺視，身體成爲賴以確證自己存在和價值的尺度，成爲靈感的來源、女性詩學話語建立的最適宜所在。翟永明說「站在黑夜的盲目中心，我的詩將順從我的意志去發掘在誕生前就潛伏在我身上的一切」〔註 6〕，唐亞平在詩中描寫和呈現了女性生命的軀體體驗，並使其成爲壓倒一切的情思意向。如果說後朦朧詩歌主張詩到語言爲止，那麼女性主義詩歌則有著詩到女性爲止的傾向，它把世界縮小到女性的範圍，把女性看作了詩歌生命的全部。

和女性軀體關係最密切的是什麼？有許多。如夢、神話、飛翔、鏡象、黑夜、死亡等，都是女性詩歌鍾情的意象，但首當其衝的是黑夜；所以女性主義詩歌找到的第一個詞語就是黑夜。翟永明的《女人》之後，其它詩人也

〔註 5〕 埃萊娜‧西蘇：《美杜莎的笑聲》，《當代女權主義文學批評》第 191 頁，北京大學版，1992 年。

〔註 6〕 翟永明：《黑夜的意識》，吳思敬編《磁場與魔方》第 142 頁，北京師範大學版，1993 年。

都心有靈犀地操起「黑色」的圖騰，釋放女性生命底層的欲望和體驗。黑夜直面著女性生命的本來狀態，「我披散長髮飛揚黑夜的征服欲望／我的欲望是無邊無際的漆黑」（唐亞平《黑夜沙漠》）；黑夜引得詩人心靈飛翔，「我是你的黑眼睛，你的黑頭髮……夜潮／來臨，波中卷走了你，卷走一場想像」（沈睿《烏鴉的翅膀》）；黑夜包容著詩人複雜的想像和感受，「我插在你身上的玫瑰／可以是我的未來　可以是這個夜晚」，「一片黑色／可以折疊起來／使我的瞳仁集中這些世紀所有的淚水」（虹影《琴聲》）……一般說來，詩人多矚目太陽或月亮，爲何女詩人偏偏鍾情於黑夜？使其成爲女性詩的共同隱喻？這要從詩人們隱秘的心理深層去破譯。翟永明說「女性的真正力量就在於既對抗自身的命運的暴戾，又服從內心召喚的真實，並在充滿矛盾的二者之間建立起黑夜意識……保持內心黑夜的真實是你對自己的清醒認識，而透過被本性所包容的痛苦啓示去發掘黑夜的意識，才是對自身怯懦的真正的摧毀」〔註7〕，顯然，黑夜意象兼具表現女性在男性話語下深淵式的生存境遇，和在黑夜裏摸索對抗的雙重隱喻功能，象徵著女性生命的最高真實。從審美的眼光看，「夜給人以特定的視覺印象和審美感受，它啓示著文學作者們與白天不同的藝術想像與審美衝動」，夜「單一的深黑色可能會使人感到空間變得狹窄，而如果面對的是朦朧的黑色，由於看到的景物輪廓不分明，可能會產生空間擴大的感覺」〔註8〕。從詩學的淵源看，太陽之神阿波羅掌管的白晝是屬於男性爲主體的世界，而作爲中心邊緣的女性，只能把視覺退縮到和白晝相對的世界的另一半——黑夜。黑色本身極強的包容性和遮掩性，和女性子宮的軀體特徵及懷孕、分娩、性事的軀體經驗的天然契合，能使女性回復到敞開生命的本真狀態中深摯地體味；黑夜作爲難以言明和把握的混沌無語空間，涵納著女性全部的欲望和情感，那種萬物融於一體的近乎「道」的感覺境界特性，與女性敏感善悟、遇事常隱忍於心、心理堅韌深邃的個性有著內在的相通，容易激發女性的想像力，是女性塡補歷史的最佳想像通道；黑夜的黑色在色彩學上代表色彩的終結，也意味著開始和誕生，黑色的夜則幽深神秘，宜於潛意識生長，它喻示著女性軀體的浮現與蘇醒。鑒於上述原因，女性詩人們普遍滋長出自覺的黑夜意識，並在黑夜意識籠罩下展開了軀體敘述。

〔註7〕 翟永明：《黑夜的意識》，吳思敬編《磁場與魔方》第140～141頁，北京師範
　　　　大學版1993年。
〔註8〕 劉納：《嬗變：辛亥革命時期至五四時期的中國文學》第336頁，中國社會科
　　　　學版1998年。

①女性隱秘的生理與心理經驗的呈現。女人的生命經驗首先源於身體的認知，月經、懷孕、流產、生殖、哺乳等生理特徵和變化感受以及對身心的影響，是男詩人無法體察的。女詩人們正是「用自己的身體和眼光去發現事物，又通過這種種發現進一步肯定自己與世界的聯繫」。〔註 9〕「我的乳汁豐醇，愛使我平靜／猶如一種情愫阻在我胸口／像我懷抱中的嬰兒」（林雪的《空心》）；詩宣顯著人類最崇高的母愛體驗，體現了從女兒性到母性心理成熟的平靜和自豪。成熟女性都恐懼青春的消逝，有種自戀傾向，從身體提取寫作資源的視角更強化了這一特點。伊蕾在《獨身女人的臥室》裏注視自己，「四肢很長，身體窈窕／臀部緊湊，肩膀斜削／碗狀的乳房輕輕顫動」，孤芳自賞的味道十足。在這方面，翟永明的組詩和長詩都以軀體講述作為寫作支點，是女性之軀的歷險；並且都圍繞女性身體的某一生命階段而展開。《女人》初現女性的種種軀體姿態。《靜安莊》在身體的變化和歷史場景的變遷結合背景下，書寫女人個體的身體史，通過十九歲的女性之軀覺醒、受壓、變形以及不可阻擋的欲望凸現，衝擊並改寫了知青生活中已有的文化構架。長詩《死亡的圖案》表現母女深愛又互戕，寫母親臨終前七天七夜裏的煎熬、殘忍和女兒為之送終的過程感受。女性詩人憑藉自身隱秘的生理心理經驗的優勢，而將以往對母愛的神聖描述進行了去蔽澄明的處理，讓人感到「自然母親使千千萬萬的生命得以安全、健康的延續和生長，同時也削弱或犧牲著女性的個人人格及本位價值，因而它既是偉大崇高令人蕭然起敬的，又是愚昧、非人性喪失自我的」。〔註 10〕與此同時，翟永明的《女兒》等詩則揭示了東方女性傳統美德的悲劇性及在「我」身上的延續，質疑了母性貴重而可怕的形象，「你讓我生下來／你讓我與不幸構成／這世界的可怕的雙胞胎」（《母親》），反母性的視角使母親帶上了平庸渺小、限制人拖累人的沉重陰影。

②性欲望性行為的袒露。作為「水做的骨肉」，女性主義詩人都為愛而存在，將愛視為宗教。只是她們不再像舒婷、申愛萍等人那樣含蓄典雅欲說還休，或則帶靈肉分離的柏拉圖色彩；而以女性生命之門的洞開，具現女性的精神欲望乃至隱秘飄忽的性體驗、性行為，「總是有不合道德規範之處，不合法律之處，不合祖訓祖教之處」〔註 11〕。在情慾性欲表現方面，伊蕾歇斯底

〔註 9〕 唐亞平：《我因為愛你而成為女人》，《詩探索》1995 年第 1 期。
〔註 10〕 禹燕：《女性人類學》第 50 頁，東方版，1988 年。
〔註 11〕 伊蕾：《選擇和語言》，《詩刊》1989 年第 6 期。

里的自虐式吶喊，希望有強有力的男性征服以印證自己的女性本質。那種對愛近乎率真緊張的瘋狂傳達，撕毀了禮教和道德虛偽的面具。她甚至為《獨身女人的臥室》設計了封閉、幽暗、躁動、神秘而有誘惑力的空間，反覆呼喚「你不來與我同居」，把一個「壞女人」的渴望激發得亢奮而飽滿。和伊蕾的受虐心理相對，唐亞平則有施虐傾向，《黑色沙漠》組詩中沼澤、洞穴、睡裙等意象的大量鋪展，在寄寓憂鬱痛苦的宿命時也隱喻著女性器官，流露出女性身體的內在神秘，「是誰伸出手來」，「在女人乳房烙下燒焦的指紋／在女人洞穴裏澆鑄鍾乳石」（《黑色洞穴》），詩已超出欲望範疇，成為性動作、性行為的隱曲展現。張燁的《暗傷》完全是性愛過程和感覺的陶醉。強烈的美感都是肉感的，沒有情慾與性欲吸引互補的愛情只能是虛幻的，女性意識的自覺就包括對情慾與性欲的重新認識。女性主義詩人關於性的盡情揮灑，在一定程度上動搖了禁欲主義觀念，那種熱情奔放的情思湧動對每個人的藝術和道德良知都構成了一種嚴肅的拷問。但是某些過分的肉體化渲染、沉醉和挑逗，「性而上」地一味自我撫摸，則使情慾與性欲成了魔鬼，又重新落入了男性窺視目光的圈套。

③死亡意識的揮發。對人類死亡宿命的深刻反省，是一切詩人的共同主題。對於過度敏感的女性而言，死亡更是她們生命中揮之不去的陰影。她們對死亡的體悟似乎比男性更加徹底，對和死亡密切相關的危機氛圍異常敏感。對命運的敏銳預感，和連住三年的「病房內外彌漫著的死的氣息和藥物的氣味」〔註12〕，使翟永明總感到死亡的陰影在悄悄臨近，「第一次我就趕上漆黑的日子……聽見雙星魚的噪叫／又聽見敏感的夜抖動不已／極小的草垛散佈蕭穆感／脆弱唯一的雲像孤獨的野獸，躡腳走來」（《靜安莊》），鄉村平常的物象和夜晚，在進入詩人的眼睛和心裏後卻變的那麼神秘恐怖，彷彿隨時都會有意外發生。在陸憶敏那裡死亡意識似乎是與生俱來的，死亡一會兒成了裝著各種汗液的小井，一會兒腥臭，一會兒甘苦，一會兒又變為難以逃避的終極，「翻到死亡這一頁／我們剪貼這個詞，刺繡這個字眼／拆開它的九個筆畫又裝上」（《美國婦女雜誌》）。但好在不論是心懷恐懼，還是意欲征服，不論是視為本能享受，還是希求拯救方式，哪一種死亡觀都和悲觀厭世無緣，都指向著生命的自覺和生命意義的探求。如伊蕾的死亡意識常包孕著破舊立

〔註12〕翟永明：《面向心靈的寫作》，《紙上建築》第 197 頁，東方出版中心，1997年。

新的精神意向，能由死亡意識這「個人的隱秘世界出發，探討了當代女性所面對的種種危機和困惑，思考了生命的本質問題」〔註13〕，其《黃果樹瀑布》中死亡的同義詞是永生和再生，它使生命獲得了形而上的意義。唐亞平的《黑色石頭》中雖有面對死亡的千古浩歎，但是死亡是對人類精神故鄉「返航」的徹悟，卻賦予了詩歌宗教式的無悲無喜的平靜豁達、超脫坦然。

女性獨特的生命體驗呼呼一種相應的文學文體、話語方式來承載。中國女性無自己語言的歷史，始終陷於男性書寫歷史文本的黑洞中呻吟，漸成邊緣化的「失聲的集團」，直到新時期女性的話語意識才出現實質性的覺醒。為解構菲勒斯中心主義文化，使話語系統和軀體寫作達成內在的呼應，她們不約而同地把目光向美國的詩歌尋找藝術援助，起用「偏執」自白的話語方式。因為在自白派中，羅伯特‧洛威爾、西爾維婭‧普拉斯和安妮‧塞爾斯頓等人，都以自白式的表述為書寫風格和抒情方式。這種神秘的女性自傳現象適合於女性的天性，這種內心獨白和中國女性主義詩人軀體、生命深處的黑色情緒存在著天然的契合；所以被中國女性主義詩歌所採用，許多作品乾脆以《獨白》、《自白》為題，藉以實現對自身經驗和外在世界的再度命名。或者說，女性主義詩歌的言說對象是縮寫的軀體秘密和內心真實，詩人把它們從靈魂裏徑直傾瀉出來，就最接近生命的本真狀態，傾訴和獨白就足以撐起詩人和世界的基本關係。

這些自白詩的特點：一是第一人稱「我」的使用頻率極高，「我」始終像一塊居於中心的磁石，將周圍的世界吸納渾融一處，形成穿透力強烈的敘述氣勢和語氣。「我只為了你／以最仇恨的柔情蜜意貫注你全身／從腳至頂，我有我的方式」（翟永明《女人‧獨白》）；「我禁忌什麼我自己也不知道／我無視一切／卻無力推開壓頂而來的天空／這一天我中了巫術」（伊蕾《情舞》）；「我不在你啜泣的風衣中死去／我不在你碎語的陰影中死去」（海男《女人》）……不論是冷靜犀利的翟永明，報復情結濃鬱的伊蕾，還是書寫個人咒語般的海男，都「我」字當先，呼之欲出的激情燒灼，使她們拋開了象徵話語，一律起用直指式的「我」字結構，一連串決絕強烈的表白和傾訴，有一氣呵成的情緒動勢和情思衝擊力。二是以自白和訴說作基本語調，使詩從過去的歌吟走向自言自語，結構日趨意緒化、彌散化。女詩人性別感受、自我

〔註13〕張頤武：《伊蕾：詩的蛻變》，《詩刊》1989 年第 3 期。

經驗的私人化題材獲取途徑和自白文體有著天然的親和力，所以自白和訴說語調對她們有強大的誘惑力。如「我希望死後能夠獨處……也沒有人／到我的死亡之中來死亡」（陸憶敏《夢》）；「如果我的一生只能說一句話。只能活一秒鐘／我想最後說一次我愛／聽憑它在唇上嗚咽著發出／又流貫我全身」（林雪《愛娃》）。其語言都是生命欲的本色表演，氤氳著親切自然之氣。受西爾維婭·普拉斯的非規範的個人化語法影響，中國女性主義詩人滋長了一種毀壞欲和創造欲，伊蕾說崇拜語言又不得不打掉對語言的敬畏而竭盡去破壞語言，海男希望到一片可以使用女人語法、不用考慮規範的沒有語言的地方去。這種個人化語法的拆解性、破壞性和前兩個因素聚合，又鑄成了結構開闊、時空轉換的自由和輕靈。「年邁的婦女／翻動痛苦的魚／每個角落，人頭骷髏／裝滿塵土，臉上露出乾燥的微笑，晃動的黑影」（翟永明《靜安莊》），人頭骷髏上竟然露出乾燥的微笑，荒誕離奇；但將主客觀世界溝通的幻覺，卻使平淡靜態的現象世界裏容納了心智的顫動，印象強烈，只是增加了理解難度。三是注意自白和敘述、議論、抒情等手段的呼應配合，克服了僅僅爲表達痛快而忽視語言優美的弊端。一味直抒胸臆或一味用意象構造情緒世界，都容易失之膚淺和蒼白，深解此中三昧的詩人們因之而變得節制，即便直面滾燙灼熱的生命內蘊也會謹慎的瘋狂。陸憶敏的詩裏就很少看到撕心裂肺、呼天搶地的景象，《我在街上輕聲叫嚷出一個詩句》內向、節制、抑揚有度，讓情感在混亂得難以自拔的情境下仍有殊於他人的「文明」色彩；連十二首涉足死亡的「夏日傷逝」也平靜的出奇。而伊蕾也動用自白派詩的語言形式，但由敘事然後轉入議論和抒情是其自白詩的一大特色，如《獨身女人的臥室》每段結尾的「你不來與我同居」的呼喊，就兼俱巴赫金的對話理論的妙處。

　　女性主義詩歌自白話語方式孕育了一批好文本，但無限制的運用也使其陷入了誤區。一方面過於排斥外在世界和社會題材，在反抗男性主權話語的過程中不時顯露出失常、失控和近乎瘋狂之態，許多內向的挖掘常常滑向單調貧乏、歇斯底里和矯揉造作。另一方面過分抬高自白話語的價值，也讓人常常誤以爲詩歌不是「經過技術的磨練而獲得的藝術，而被興奮地視爲女性自身的一種潛在的天性」，〔註14〕從而使詩歌失卻了西方自白詩歌對日常經驗

〔註14〕臧棣：《自白的誤區》，《詩探索》1995 年第 3 期。

的體認和捕捉後的分析、評論品質，排除了技術因素，降低了寫作難度。僅僅為想像力操縱的詞語狂歡，既容易造成詩源枯竭，也容易把語言本身引入不合語法邏輯的自言自語的困境。

　　總之，80 年代的女性軀體詩學，以男性話語霸權的解構和女性自白話語方式的建構，改變了女性被書寫的命運。它拓寬了內宇宙和人性內涵的疆域，實現了女性文學的真正革命。它擴大了女性解放的內涵，使詩人們把目光收束到女性世界自身，在狹窄卻幽深的天地裏盡情經營，感覺是女性的，思維是女性的，話語是女性的，即使女性詩歌從思想到載體都烙上了女性主義色彩。這不僅使詩歌樣態更加繁複，也以軀體符號為女性主義詩歌找到了自由恰適的精神棲息空間──「自己的屋子」。當然，女性軀體詩學的高度個人化和私語化，使詩人們多「只為少數人寫」，〔註15〕不乏片面的偏執的深刻，也減弱了共感效應。另外過度地製造性別的人為顯示，也會陷入自我把玩、孤芳自賞的泥淖，甚至變男尊女卑為女尊卑男的挑逗，最終獲得了運作技巧卻失去了寫作的詩意。

二、1990 年代：激情與技術共生的寫作

　　在詩歌寫作愈來愈個人化、邊緣化，詩壇空前陣痛的 90 年代，女性主義詩歌卻相對平靜，不但翟永明、伊蕾、唐亞平、陸憶敏、王小妮、林雪、張燁、海男等「老」詩人銳利不減，唐丹鴻、李輕鬆、丁麗英、魯西西、周瓚、安琪、穆青等「新」詩人更源源不斷，陣營壯觀；而且置身於物質欲望的潮流裏，詩人們普遍拒絕其精神掠奪，超然寧靜，心懷高遠，在寂寞中致力於女性主義立場上的日常生活提升，以精神創造的反消費力量為詩歌「招魂」。尤為可貴的是，出於對男權話語和西方女權主義話語的雙重反撥，出於對自身 1980 年代缺陷的矯正，女性主義詩歌在「語言論轉向」的全球化語境影響下，做了詩學策略的相應調整。記得法國女性主義理論家朱利亞·克里斯蒂娃在《婦女的時間》一書中說，女性的寫作要經歷三個階段，即對男性詞語世界的認同──對男性詞語世界的反叛，即二元對立式的詞語立場──回到詞語本身，直面詞語世界。我以為在新時期的詩歌視野裏，如果說舒婷一代和翟永明、伊蕾、唐亞平一代分別完成了女性寫作覺醒、確認的前兩個階段；

〔註15〕翟永明語，沈葦、武紅編：《中國作家訪談錄》第 339 頁，新疆青少年版，1997年。

那麼90年代的女性主義詩歌則進入了回歸詞語本身、直面詞語世界的語言寫作時期，在80年代關注「說什麼」的激情本身基礎上，又開始關注「怎麼說」的技術問題。或者說已經進入了激情和技術的對接混凝時期。

90年代的女性主義詩歌從軀體寫作出離後，出現了新的審美指向與形態：

①淡化性別意識。性別意識確立、女性身體的開掘，使女性主義詩歌獲得了成功；但對它的極端張揚則使女性主義詩歌破綻百出。「當西方的女權主義運動者唾棄一切傳統留給婦女（出於保護她們）的權益，要求受到男子一樣的社交待遇時，中國的一些女性反抗卻表現在請將我當一個女性來對待」，〔註16〕這種總想到性別的寫作顯然是低級的。因為真正的詩歌寫作要維護一種標準，追求高尚的情感精神、敏銳的觀察能力、超群的表達技巧的和諧共振；真正的女性詩歌寫作要通過文本自身接近成功的境界，而不能借助和男性文化對抗的性別姿態，否則只能在肉體和廉價的情感裏兜圈子；成熟的女性主義詩歌應該具有角色意識又能超越角色意識，打破性別的界限，著眼於女性，和全人類的講話，接通女性視角和人類的普泛精神意識，最終實現雙性同體的詩歌理想。明瞭這一道理後，女性主義詩人在90年代有針對性地進行了超越性的努力。少數詩人仍承繼翟永明、唐亞平們開闢的路子，對女性內在的神秘感受、體驗、冥想進行言說。如唐丹鴻的《看不見的玫瑰的袖子拭拂著玻璃窗》、李輕鬆的《被逐的夏娃》、賈薇的《掰開苞米》等。而多數女性詩人卻普遍淡化了自賞、自戀和自炫意識，不再受制於性別局限；而是積極緩解性別的對抗，不僅言說女性，還以女性和詩人的雙重身份，向女性之外的人群、女性問題之外的人類命運與歷史文化，做更為博大的超性言說，而且別有洞天。在這一向度上，非但王小妮、虹影、張真等自覺轉向寬大的人文視野，如「現在我想飛著走／我想像我的腳／快得無影無蹤」（王小妮《活著‧颱風》），那對於詩意的不可落實的存在幻想，是人類不滿庸俗塵世生活、渴望永恒超越的普泛心理的外化；翟永明的《壁虎和我》中悲憫壁虎的經驗，不再為女性所獨有，而成為籠罩全人類的偉大情懷，詩已上升到命運沉痛思索的高度。就是那些90年代崛起的詩人也紛紛「有意地摒除明顯地歸屬於『女性』的一些特徵，盡量使文本顯得缺乏直覺和經驗的成分，同時又專著於某些『重大』的、所謂『超性別』的題材」，〔註17〕創造超性別文本。海男放棄

〔註16〕鄭敏：《詩歌與哲學是近鄰》第395頁，北京大學版，1999年。
〔註17〕戴錦華、周瓚、穆青：《關於〈翼〉與女性詩歌的對話》，《詩林》2000年第2期。

和男性決戰的姿態，轉而關注生存境遇，「碩大，年邁的心，終於想推卸責任。給予他們遲鈍昏瞶的神態一種慰藉／在盤桓中停下來，在安全中站住」（《在盤桓中》），原諒寬容的聲音已被人性的理想洞察所替代，對生命有了更清晰、明達和寬恕的省察。周瓚的《窗外》是知識的底色和輕靈的感受並駕齊驅，雖然思維、語感和表達方式依舊是女性的，但節制內斂，處處閃現著智慧的輝光，本色的語言流動裏寄寓的思考已攀緣到了完全可以和男性比肩的感知高度。

性別意識淡化後，女性主義詩人們以少有的冷靜與睿智從人性的觀照中發現思想的洞見，打破了理性、知識、抽象等存在常常和男性必然聯繫、而和女性互相背離的迷信，介入了澄明的哲理境界。「在春天的背面／有些事物簡明易懂／類若時間之外的鐘／肉體之上的生命／或是你初戀時的第一滴淚／需要誰的手歌唱它們　並把它們叫醒」（陳會玲《有些事物簡明易懂》），對生命的思考已進入人類的生存和靈魂深處，說明人類的最高言說都存在於肉體之外。沙光的《灰色副歌》對人類共同處境的鳥瞰不再依賴性別角色，大地表象後短暫、破碎、不定因素的幽暗本質發現，和籲求拯救的靈魂承擔，已有受難的基督徒的苦苦掙扎和上升的神性閃現。還有王小妮的《不要幫我，讓我自己亂》中無可奈何的「煩」心理，契合了現代人滲透骨髓的空虛和絕望心理；還有小葉秀子的對《婚姻》存在「就像腳丫子穿鞋／舒不舒服／只有自己清楚」的理性闡釋等等，都呈現了這一狀態。

②向日常化與傳統的「深入」。80年代的女性主義詩歌實現了「向內轉」的革命。女性在「自己的屋子」內的生命痛苦呼喊、歷史真相的思考和深細處經驗的揭示，尤其是對性意識的大膽袒露，衝擊了傳統婦女的文化心理結構，也超越了五四以來女性文學「性惡」的聖潔模式，別具思想高度。但是翟永明、唐亞平、伊蕾等詩人的特立獨行、嫉憤孤傲，和包括詩人在內的廣大女性群體相比卻顯得有些形單影孤，有些貴族化的落寞寡合之感。女性主義詩歌也因為過分自戀地矚目思想感覺的敏感地帶，而無法涵蓋女性生理、心理和社會屬性的全部特徵，視野狹窄；而且局限於女性個體的生活經驗，勢必會走向自我重複和欺騙，失去獲得獨到體驗的可能。90年代後，詩人們意識到自己決不是什麼「女神」、「聖女」式的超人，沒有什麼優越感、神聖感，詩人和其它女性並無根本區別；更年輕的詩人乾脆不把自己當詩人，認為寫詩和吃飯、睡覺、性愛、吃零食等生活中的其它事端一樣，都是一種生

存方式和自娛性行為。這種對塵世的認同、平凡心態的恢復，使她們回應理論家們「深入當代」的呼喚，將目光下移，向「自己的屋子」外的世俗現實人生、生活場景俯就，注意在身邊的生活海洋裏尋找拾撿詩情的珠貝，使經驗日常化。如此間的王小妮就把自己界定為家庭主婦和木匠一樣的製作者，認為「詩寫在紙上，謄寫清楚了，詩人就消失，回到他的日常生活之中去，做飯或者擦地板，手上沾著淘米的濁水」，〔註18〕諧調了詩與日常生活的關係，置身於生活的瑣屑裏，仍能在心靈的一角固守獨立的精神天地，保持一顆詩心，「一日三餐／理著溫順的菜心／我的手／漂浮在半透明的白瓷盆裏。／在我的氣息悠遠之際／白色的米／被煮成了白色的飯」(《活著》)，完全是一個家庭主婦的口吻敘述，瑣屑而充實；並且還「不為了什麼／只是活著……一呼一吸地活著／在我的紙裏／永遠包藏著我的心」(《活著》)，詩對凡人俗事、卑微生活細節的撫摸，已由恬淡平靜的頓悟取代了詩人早期詩中的純真清新之氣，蟄伏著「紙裏包不住」的理想之火。「我拿著高級知識分子的工資／住著 160 平米的房子／衣食無憂／吃穿不愁／為什麼我的缺憾總是很多／驚喜總是很少」(趙麗華《如果我不在家，就在圖書館》)，它是借瑣碎而普通的生活細節，傳達現代女性精神的憂慮、困惑和無奈，漫溢著和生活妥協和解的從容與「達觀」。80 年代的心靈寫作代表翟永明，也喜歡從日常經驗中提取需要的成分，《小酒館的現場主題》透過酒館的燈紅酒綠、五光十色，發現的是都市現代人精神的貧乏、無聊、虛誇和在困境中的無望努力。

女性主義詩歌向現實的「深入」，還包括對過去的現實即傳統題材和精神向度的回歸。若說翟永明寫趙飛燕、虞姬和楊玉環的《時間美人之歌》，寫黃道婆、花木蘭和蘇慧的《編織行為之歌》，寫孟姜女、白素貞和祝英臺的《三美人之歌》，分別取材於中國戲曲、小說、民間傳說，它們和張燁的《長恨歌》、《大雁塔》、唐亞平的《俠女秋瑾》、《美女西施》等一道，在選材上有傳統音響的隱約回應，偏重於古典素材、語彙和意象的現代意識燭照與翻新；那麼燕窩的《關雎》、安琪的《燈人》等則側重於傳統人文精神和情調的轉化和重鑄。如「燈火國度裏被我們男子帶走的／我飼養過的馬匹和蠶／還好吧／一個人打秋韆時／／幸福的花裙子／飄到天上」(《關雎》)，這是燕窩「戀愛中的詩經」，含蓄精美；《燈人》讓人讀著彷彿走進了瀟湘館，「蟋蟀的洞窟裏叫我

〔註18〕王小妮：《木匠致鐵匠》，《現代漢詩：反思與求索》第 361 頁，作家版，1998年。

一聲的是燈人 / 沒來得及回應夢就開了 / 天暗、風緊，喧嘩縮手 / 百年前的一個女子持燈杯中 / 風中物事行跡不定 / 一小滴水為了月色形容憔悴？白馬帶來春天」，女詩人心懷高潔又滿腹心事的纖弱，猶似林黛玉再現。藍藍的《在我的村莊》那清幽質樸的感恩情懷，香色俱佳的寧靜畫意，浸滿人間煙火又脫盡人間煙火的天籟生氣，凝結溫暖和憂傷的意境，似陶淵明再生。

　　③「技術性的寫作」。女性主義詩歌在 80 年代的當務之急是對抗男性中心文化，其自白似乎只是響應情感的呼喚從生命裏奔湧而出，根本不顧及技法。雖自然酣暢卻無法覆蓋日常生活和歷史因素，時時面臨滑向歇斯底里或貧乏單調的威脅，有一定的狹隘性。到了 90 年代，詩人們發現了抒情的缺失，並借助張曙光、孫文波等男性詩人的敘事性手段和空前提高的語言意識，既考慮那些體內燃燒的、呼之欲出的詞語本身，又考慮怎樣把它們遵循美的標準進行貼切安置組合的技巧問題，努力使技巧更貼近內心；從而轉向了「更加技術性的寫作」。

　　這種技術至少包括兩方面。一是內省式敘述。一葉知秋，翟永明的經歷即透露著女性主義詩藝的變化訊息。絕望矛盾的 80 年代，她在精神上認同了普拉斯，並長時間都無法擺脫自白派詩歌的影響，直到寫《死亡的圖案》、《咖啡館之歌》等詩時，才逐漸完成語言的轉換，以細微而平淡的敘述替代受普拉斯影響的自白語調，即便再使用自白語式也加大了其抒情態度的客觀性。也就是說，為消解對抗激情的弊端，詩人日漸向日常敘述位移，以口語化的詞語本身和敘述聯姻介入生活細節，敲擊存在的骨髓，這一方面增強了對生活細緻入微的觀察和分析成分，一方面使日常生活場景大面積地在詩中生長。如翟永明借助《壁虎和我》兩個生物的互視，寫心靈和文化的隔膜，寫在異邦的寂寞孤獨，詩已由內心的剖述轉為一種對話性的戲劇展開。出色的生活觀察者丁麗英，將觀察由詩歌方法晉升為認知態度，「音樂從高保真的音響裏 / 流出來，彷彿自來水那麼流暢。 / 緩慢而富裕的音樂。 / 就像柵欄中的一頭鹿來回走動。 / 它的蹄子踢到了自由的極限。 / 卻看不到自身可憐的裝飾的紋路」（《一天早晨》），詩是對有限性的體認，但它自我思想的抒發已讓位於精到的觀察和細節的描繪，自我思想完全被對象化了。對無休止的內心獨白感到厭倦的虹影，試圖將外部的某些片段、場景和內在的情感、體悟融合，鍛造既有外部世界質感又涵納精神世界的「意象詩」，「婚禮正在進行。電視等著轉播它的結尾 / 新娘走了過來 / 她頭頂一罐酒 / 人們逃走，比水銀

還快 / 勝利者從桌下爬了出來，獨自關上厚重的鐵門」（《老窖酒》），把局外的勝利者預謀破壞婚禮又不出面的活生生的鬧劇，寫得極具吸引力，畫面後的旨意也頗費思索。二是語言的明澈化。受中外詩學的啓迪，女性主義詩人感到詩的使命就是對「在」的去蔽和顯現，讓語言順利地出場。她們中的大多數詩人都抵達了語言的自足性化境，實現了語言和詩人的生存、心理狀態的同質同構；並且注意能指秩序，盡量避免紊亂和浪費傾向，向規範化、明朗化、澄澈化靠近。如「推開東窗西窗 / 我把纖麗光潔的地板拖了十次 / 任敲門聲不遲不早不偏不倚地滑進 / 任永恒的子夜情人的眼睛到處定格」（葉玉琳《子夜你來看我》），它樸素眞誠地揭示對情人的誠摯，高潔動人，既把女性的尊嚴與細膩表露無遺，又有新奇的流動感，讀著它彷彿能聽到詩人微微的喘息心跳和靈魂的神秘震顫。海男的詩集《虛構的玫瑰》語言也一改佶屈聲牙的晦澀，語句趨於連續澄明，「愛人，帶紅色的牆下，我們鬆開手 / 一直走到花園的裏面才開始親吻 / 朗誦黎明到來之前天上的聲音 / 出奇的生長，愛人，你讓我學會寬恕」（《花園》第 62 首），生命本色的激動漸漸退去，理智和語言技藝的貫通，使詩不但具體可感而且優美耐讀。翟永明更在詩中大量運用成語、引用或化用古詩名句，如《臉譜生涯》中的「穿雲裂帛的一聲長嘯——做盡喜怒哀樂」，「穿雲裂帛」和「喜怒哀樂」放在此語境裏眞是貼切至極。也許人們會問，女性主義詩歌這種轉型和韓東、于堅等第三代詩人的日常生活處理是否相同？回答是否定的。拋卻它消除 80 年代詩到語言爲止實驗的激進色彩、進入歷盡滄桑後的超脫平靜不說，僅僅是其尋找既和生活發生摩擦又符合現代人境遇的表現方法，就和第三代詩無謂的平民化展示，在取向上截然不同；那種更多著眼於生活中高尚、普遍、永恒事物的視點，也和第三代詩的醜的展覽、死亡表演有本質區別；至於它接近詩歌的方式，就更和第三代詩的自我包裝、商業炒作氣息不可同日而語了。

三、走出「屋子」的得與失

對女性主義詩歌從走進「屋子」到走出「屋子」的兩極精神互動，人們評價不一，有人攻擊它爲一種對男權文化的投降，有人盛讚它是一種向成熟境界的趨赴，我以爲對此應該辯證地加以認識。

必須承認，90 年代女性主義詩歌兼顧人文性別立場與藝術詩性價值，以人的本質生存處境和詩歌規律技巧的雙重關注及綜合，結束了 80 年代激情噴

湧的單向追索的貧乏歷史。首先，其性別意識從自覺、強化到超越淡化後的理性意識蘇醒，是對人類文化雙性關係的改寫，它在顯示女性意識艱難嬗變的螺旋式上升軌跡同時，使詩人們得以突破二元對立坐標，擺脫性別限制，在更闊大的視界裏從容地去擁抱社會，思考人類命運；並因和人類的永恆性關係的建立而強化了詩歌厚重深刻的生命，告別了軀體寫作中的急噪、焦慮和輕浮色彩，由「黑夜」走向了「白晝」。其次，女性主義詩歌經驗向日常化和傳統的深入，是80年代身體寫作中個人化因子的順向延伸，更是一種新氣象的拓展；它來自日常境遇並充滿焦慮的指向，真實地折射了現代人的生命和生活本質，在加強詩歌介入現實、敘述生活的適應能力和幅面同時，達到了對內自省和向外審視的結合，使詩人對感覺經驗的駕馭變得異常自由；原來被人忽視、遺忘的日常細節和經驗，被起用為詩人和時代、人性對話的載體和契機，「使詩與存在與日常生活統一於一身」，〔註19〕增添了現實精神的活力，和80年代那些不受制於文化傳統的「超道德寫作」劃清了界限，也超越了以往那些大聲疾呼的回歸現實的詩歌。再次，女性主義詩歌的敘述選擇，顯然和同時期男性詩人的敘事性追求是聲氣相應的，它的戲劇感和現場感，使詩性從想像界轉為真實界，直面人類生命生活的真本存在；敘述性的口語言說，貌似節制詩情實則使詩情愈加彌漫，為女性主義詩歌創作提供了觀察生活和自我的新視角，開闢了更為廣闊的前景；深化女性自身的語言探索，回擊了女性在商業社會中的身份消費化傾向，使詩歌從沉溺的感情世界走向現代理性觀察有了可能。另外，還有一點十分喜人的是，由於詩人們的突圍注意了對技術因素和情思蘊涵協調的強調，保證了詩人風格的多元和繁複，那裡有虹影式的敏銳而充滿激情的超現實營造，有趙麗華式的來自日常生活的通徹表述，有周瓚式的依靠知識積累所獲得的智性追蹤，有胡軍軍式的在散漫和犀利之間的批判性精神漫遊，有穆青感性又清醒的調侃，有安琪借助自我語言策略對現實、經驗和歷史的重構等等，這樣就建立起了九十年代女性主義詩歌的個人化奇觀，使讀者的關注目光逐漸從八十年代的舒婷、翟永明、唐亞平等「老」詩人那裡，轉移到了九十年代崛起的新生代女詩人身上。

女性主義詩歌走出「屋子」選擇的弊端也不容忽視。立足性別又超越性別，是女性主義詩歌自我拯救的不二法門，但女性主義詩歌也因之付出了感召力減弱的相應代價，不少詩人放棄女性立場後僅僅蜷縮在男權話語的大樹

〔註19〕唐亞平：《語言》，《詩探索》1995年第1期。

下分一塊陰涼，也放棄了對男權話語再次覆蓋的警惕和反對。而在日常化的深入過程中，因為表現的生活人們過於熟悉，無疑加大了寫作難度，使表現存在的深度、走向大氣的理想實現起來更加不容易；事實上 90 年代的女性主義詩界也的確貌似熱鬧實為無序，詩人們普遍缺少博大的襟懷、理想主義的終極追求和高邁偉岸的詩魂支撐，所以震撼人心、留之久遠的佳構難覓，讀者一致企慕的大詩人就更少見，80 年代還能夠看到翟永明、唐亞平、伊蕾、海男這樣領潮的重量級人物，到了 90 年代幾乎沒有再出現過，有不少寫作者僅僅是一現的曇花而已。再次女性主義詩歌理論貧乏的老問題，一直未引起詩人們的充分重視，它注定她們的寫作難以從感性階段上升到智性寫作高度，對生活材料提煉淘洗不夠，組織隨意，題材和主題常常互相生發，有重複疊合之嫌；而書寫的輕鬆狂歡和解構傳統的迫切心態更「火上澆油」，容易導致詩人濫用話語權利，寫作粗糙、倉促，有時作品只具備反詩性的淺白、粗鄙、庸常，卻少對生命本質的逼視和承擔，敘述和口語在擴大詩意空間的另一面則造成了詩意流失。觀照對象對寫作的高要求和寫作手段的低質量的反差，把 90 年代的一些女性主義詩文本推向了無效寫作的滅頂深淵。

「亂象」中的突破及其限度：
21 世紀詩歌觀察

　　彷彿千禧祝福之聲猶在耳畔回響，21 世紀的年輪竟迅疾地劃過了十圈。回望十年來路，新世紀詩歌雖然還沒來得及將自己同 20 世紀完全撥離，仍處於朦朧、易變、繁雜的現在進行時狀態；但其不同於以往的精神和藝術個性已經形成，並且越來越清晰。那麼，新世紀詩歌是否出現了新的徵象、新的質素？它和此前詩歌之間究竟構成了一種內在接續，還是一種本質斷裂的關係？它到底是改變了詩歌的沈寂現實，還是加速了詩壇的邊緣化過程？它為持續發展必須解決哪些「問題」？面對這一系列的拷問，逃逸是不負責任的，每一個詩歌研究者都應給出自己的判斷。

一、喜憂參半的矛盾「亂象」

　　審美對象的紛紜，介入角度的多元，使人們對 21 世紀詩歌現狀的估衡仁智各見，難以獲得一致性的共識。其中有兩種意見最為典型，也最為引人注意。

　　一種意見是指認新世紀詩歌被邊緣化到了幾近「死亡」的程度，其證據確鑿：1997 年五大城市裏「只有 3.7%的市民說詩歌是他們最喜歡的一種文學作品」，詩歌已「是受歡迎程度最低的一種文學作品類型」〔註 1〕；而至市場化程度日深的新世紀，江蘇一位中學教師課前提問，讓喜歡詩的同學舉手，結果只有兩個女同學，記者在北京街頭對中學生隨機採訪，在被調查的 5 人

〔註 1〕記者調查：《光明日報》1997 年 7 月 30 日第 5 版。

中，特別喜歡詩歌的沒有，根本不感興趣的兩人〔註2〕。可見，詩歌在老百姓精神生活中的重要性已不復存在，它似乎成了可有可無的點綴，即便作品數量再多也只能算是無效的寫作。另一種意見斷定新世紀詩歌進入了空前「復興」期，理由也很充分：如今詩歌寫作隊伍不斷壯大，遠不止「四世同堂」，每年五萬首的作品數量十分可觀；詩歌創作已得到了社會各界的高度重視，朗誦會、研討會、詩會和諸種獎的評選頻繁舉行；爲謀求自身的發展，詩歌努力向大眾文化開放，以泛詩和準詩的碎片方式在日常生活中多點滲透，令人感到時時刻刻都「詩意盎然」；特別是網絡與詩歌的媾和、民間刊物同自印詩集相遇，更令詩壇熱火朝天，活躍異常。一切跡象表明，如今的詩壇氛圍是朦朧詩之後最好的。

應該說，這兩種意見都不無道理，它們分別看到了詩壇的部分「眞相」；但也都存在著一定的偏頗，不同程度地遮蔽了詩壇的另外「眞相」所在。二者之間視若南北兩極的對立，則饒有意味地折射出了目前詩壇境況複雜，充滿著喜憂參半的矛盾「亂象」。一方面，詩壇並非想像的那樣一團糟，而是有諸多希望的因數在潛滋暗長，審美記憶中輝煌的古典詩歌參照系作祟，導致「死亡」論者高估詩歌的價值和功能的同時，對置身的詩歌現實下了過於悲觀的結論。在這個問題上，對歌德那種誰不傾聽詩人的聲音誰就是野蠻人的論斷恐怕要辯證理解，離詩最近的中學生疏遠繆斯女神，也不意味著如今的人們就是野蠻的，他們有不得已的苦衷。其實，詩歌的本質是寂寞的，它充其量不過是創作主體心靈的載體而已，它沒有直接行動的必要，不能解決具體的實際問題，任何詩人也無須再爲之加載，更不該總把當下詩歌和古代詩歌的黃金時代相類比，因爲現代社會抒放情志渠道的廣泛打開，決定詩歌作爲文學焦點和中心的古典時代已經一去不復返了，冷清、寂寞是詩歌生存的常態，那種人爲地把詩歌創作和活動熱鬧化，乃是背離詩歌本質的行爲。悟清詩歌這一存在機制後，就將會感到商品經濟大潮衝擊下詩歌的沈寂並不可怕，它反倒爲詩歌寫作隊伍的純淨提供了一次淘洗的機遇，面對孤獨、殘酷的文學現實，那些僅僅把詩當做養家糊口工具的技藝型詩人，自然耐不住清貧的冷板凳紛紛撤退，而他們的「逃離」和「轉場」，注定會使那些將詩歌作爲生命、生活棲居方式的存在型詩人「水落石出」，凸顯其眞詩人的風骨。事實上，已經有鄭敏、王小妮、王家新、于堅、臧棣、西川、潘洗塵、伊沙、

〔註2〕 參見《中學語文：詩歌遭遇尷尬》，《光明日報》2001年8月9日第2版。

朵漁等一大批優秀的詩人，一直堅守在詩歌現場，既矚望人類的理想天空，又能腳踏實地地執著於「此在」人生，以寧靜超然的藝術風度傳達「靈魂的雷聲」，他們和他們的作品都有許多可圈可點之處，為讀者昭示了一種希望。並且人們也絕非不需要詩，而是需要好詩。如 2008 年 5 月汶川地震次日，沂蒙山一位作者創作的《漢川，今夜我為你落淚》貼在博客上後，點擊率竟達 600 萬人次，而後《媽媽，別哭，我去了天堂》、《孩子，別怕》等也都不脛而走，幾乎家喻戶曉。這個事實證明即便是在當下的文化語境中，中國仍然有詩歌生長的良好土壤，仍然呼喚好詩的出現。

另一方面，詩壇不盡如人意處還有很多，出於對新詩的摯愛，某些「復興」論者顯然在一定程度上被熱鬧的表象所迷惑，樂觀而信心十足，至於對喧囂背後的隱憂則注意不夠。其實，「熱」多限於詩歌圈子之內，它和社會關注的「冷」構成了強烈的反差。稍加思考便不難發現，在政治、文學環境寬鬆的今天，寫作不再神聖得高不可攀，人人都可「抒情」的紙面與網絡狂歡，孕育多元共生自由格局的同時，也徹底把「創作」置換成了「寫作」。據傳一個網名叫「獵戶」者發明了一個自動寫詩軟件，將不同的名詞、形容詞、動詞，按一定的邏輯關係，組合在一起，平均每小時寫出 417 首，不到一個月就生產了 25 萬首詩，且不說其速度驚人得可怕，單就抽離了責任、情感和精神而言，他寫的東西是否還能稱之為詩就值得懷疑。而要深入詩壇內部考察，那種「事件」多於「文本」、「事件」大於「文本」的娛樂化傾向十分嚴重。談及當下詩歌，很多讀者馬上就會聯想到「民間寫作」陣營內部論爭、梨花體、裸體朗誦、詩人假死、詩公約、詩漂流、詩稿拍賣、詩歌排行榜等等，一宗宗讓人目不暇接的事件，這些雞零狗碎的外在表象和詩歌創作質量、品位的提升構不成任何關聯，只能給人留下笑柄。而最能測試一個時代詩歌是否繁榮標誌的創作呢？有很多文本更令人深深地失望。如世紀初 70 後詩人的「下半身寫作」，儘管一定程度上對抗了意識形態寫作，增加了詩歌的世俗化活力，但其「詩到肉體為止」的貼肉狀態的性感敘事，也敗壞了讀者的胃口；而後分別於 2001 年和 2003 年出現的「廢話」寫作、「垃圾派」寫作，簡直就成了盛裝高級動物生理排泄物的器皿，口水四濺，屎尿遍佈，休說給人提供什麼嶄新的精神、藝術向度或美感，單是那種醜陋噁心勁兒就是人類文明的大「倒退」，你絮絮叨叨、磨磨唧唧，你玩味大小便的刺激和快感，和讀者又有什麼關係？如此說來，就難怪有人小視詩歌不過是「口語加上回車鍵」、發出「詩歌死了」的感歎了。

也就是說，新世紀的詩壇態勢不是平面的，它更趨向於喜憂參半的立體化，既不像「死亡」論者想像得那麼悲觀，也不如「復興」論者鼓吹得那麼繁榮，平淡而喧囂，沈寂又活躍，所有相生相剋的因數構成了一種對立而互補的複雜格局，娛樂化和道義化均有，邊緣化和深入化並存，粗鄙化和典雅化共生。而就在這充滿張力的矛盾「亂象」中，詩人們頻繁地湧現和被淘汰，評論者的研究標準不斷起伏與調整，詩歌以曲折搖擺的方式日漸尋找、接近著理想的境地。

二、亮點，閃爍在文本之間

新世紀的詩壇雖然菁蕪夾雜，「鮮花」與「野草」並生；但浮面之下的幾點深層的脈動，還是以其「行動」的力量，影響了讀者的日常生活，感染了不少國人的靈魂，在一定程度上挽回了 80 年代以來處於邊緣、尷尬中的詩歌面子，並且似乎帶來一種期許：詩在日常生活中並非是多餘的，它理應具有重要的位置。

一是詩人們學會了承擔，使寫作倫理在詩歌中大面積地得以復蘇。不可否認，如今的詩歌創作娛樂、狂歡化現象十分嚴重，網絡寫作更潛藏著許多倫理下移的隱憂。與之相反，大量優秀的詩人悟出詩歌如果不和置身的現實、芸芸眾生生出關涉，很難造就大詩人與拳頭作品，自身前途也無從談起。特別是經歷了 SARS、海嘯、雪災、地震、奧運、共和國 60 華誕等一系列大悲大喜的事件之後，他們更懂得了承擔的涵義，愈加注重從日常生存處境和經驗中攫取詩情，最大限度地尋找詩歌和當代生活之間的對話、聯繫。其中對城鄉底層的持續關注，對地震、雪災中人的命運和苦難的撫摸，非但恢復了人的真實生存鏡象，充溢著人性、人道之光，有時甚至具有針砭時弊的社會功能。如田禾的《春節我回到鄉下》簡直可視為「問題詩」，「春節我回到鄉下

　　差不多與外出打工的民工兄弟
　　同時回到我們共同的村莊
　　或許比他們更晚一點
　　他們有的還在路上
　　回來的都在忙碌

> 比如：殺年豬、打餈粑、貼對
> 沒回來的他們在焦急地等待
> 四孀做泥瓦匠的兒子
> 和她在城裏擦皮鞋的兒媳婦
> 被票販子的假車票
> 滯留在廣州火車站了
> 四孀和兒媳婦都在電話裏啼
> 昨天新聞聯播中一晃而過的
> 一對遇過夫婦，像是他們
> 我後悔告訴了四孀」

典型細節的敘述外化了鄉下人艱辛、盼望與焦灼的復合心態，更引出相關的社會問題，底層百姓的基本生存權力無法保證，連買車票、種子與化肥居然也被坑騙，詩對殘酷現實的揭示令人憤然。底層出身的鄭小瓊那首《表達》，

> 過去的時光，已不適於表達
> 它隱進某段烏青的鐵製品中
> 幽藍的光照亮左邊的青春
> 右邊的愛情，它是結核的肺
> 吐出塞滿鐵味的左肺與血管
> 她像一株衰老的植物，在窗口
> 從灰色的打工生活擠出一莖綠意
> 擁擠，嘈雜的疲倦，她彎曲撿起
> 半成品和手工製件，偶而的交談
> 與長時間的沉默，剩下機器的轟鳴
> 多少鐵片製品上留下多少指紋
> 多少時光在沙沙的消失中
> 她抬頭看見，自己數年的歲月
> 與一場愛情，已經讓那些忙碌的包裝工
> 裝好……塞上一輛遠行的貨櫃車裏

把「鋼鐵」與「肉體」兩個異質意象拷合，外化出青年女工忙碌、寂寞而悲涼的殘酷現實，令人震撼，其對人類遭遇的關懷，愈襯托出底層百姓命運的黯淡。

而且詩人超常的頓悟、直覺力，敦促他們在文本中不時突破事物的表面和直接意義，越過剎那的情緒感覺苑圍，直接抵達事物的根本，顯示出深邃的智慧和人性化思考來。像被稱爲用善良、痛苦、血乃至生命向世界「奉獻」的「好人」潘洗塵，所寫的《這世界還欠我一個命名》，乃詩人心理念頭的瞬間滑動，

> 我一直假設是我欠所有人的
> 所以我把所有的心都奉獻給了親情，
> 把所有的愛都奉獻給了愛情
> 把所有的美好都奉獻給了友情
> 甚至對一個又一個的陌生人
> 我都能夠傾盡所能
>
> 我可以不要好人的負累
> 可以不要詩人的桂冠
> 我只求這世界還我一個簡單的稱謂
> 這稱謂　只須從一個孩子的口中呼出
> ——父親

但這個簡單的生存願望，卻暗合了人類情感和經驗的深層，觸及了生命中最柔軟也最深重的精神傷痛，所以最能擊中人心。靳曉靜的《尊重》展示了自己十二歲時手指被菜刀劃破出血的場景，可是更是從母親的話「你沒尊重它，／所以它傷了你」悟出許多道理：創傷並不可怕，人都是在創傷教育中走向成熟的；所以「從那以後，我有多少次／被生活弄傷／從未覺得自己清白無辜」，瑣屑的生活細節被人性輝光照亮後，玉成了一種精警的思想發現。新時期詩歌這種關注此在、現時世界的「及物」追求，進一步打開了存在的遮蔽，介入了時代的真相和良知，在提高詩歌處理現實和歷史的能力同時，驅散了烏托邦抒情那種凌空蹈虛的假想和浪漫因子，更具真切感和包容性。

二是詩作處理生活的藝術能力普遍有所提高。和日常生活、現實接合，僅僅是一種題材立場，詩歌最後獲得成功還必須依賴藝術自主性的建構，因此新世紀的詩人們應和題旨和情感的呼喚，都比較注意各個藝術環節的打造，在表達策略上注意生活經驗向詩性經驗的轉化。其向度是多元的，主要表現有幾個方面。

首先是依然在意象、象徵的路上出新。如牛慶國的很多詩歌都以意象獨

創引人注目，他特別鍾愛鄉間的動物和植物，詩中多次出現驢的意象。如牛慶國的《飲驢》已走出形象黏連，獲得了形而上的旨趣，

> 走吧　我的毛驢
>
> 咱家裏沒水
>
> 但不能把你渴死
>
> 村外的那條小河
>
> 能苦死蛤蟆
>
> 可那畢竟是水啊
>
> 趟過這厚厚的黃土
>
> 你去喝一口吧
>
> 再苦也別吐出來
>
> 生在個苦字上
>
> 你就得忍著點
>
> 忍住這一個個十年九旱
>
> 至於你仰天大吼
>
> 我不會怪你
>
> 我早都想這麼吼一聲了

「生在個苦字上／你就得忍著點」，那「驢」分明成了忍辱負重、在苦難中掙扎的中國農民的化身。

其次是為增加表現力適度向其它文類擴張的文體互滲。詩人們意識到僅僅運用意象和象徵手法是不夠的，並自覺挖掘和釋放細節、過程等敘述性文學因素的能量，把敘述作為改變詩和世界關係的基本手段，以緩解詩歌內斂積聚的壓力。如「九十三歲。她像一盞煤油燈／被一陣風吹滅了光明／從此她的世界一片漆黑／關上窗戶，再也聽不到她喊我的聲音了──／／又要回廣東了，她把五十元錢塞在我手／說：『用老年人的錢，會長壽，好運……』」（許強《婆婆》）沒有涕淚橫飛、捶胸頓足的悲情抒放，甚至沒有直接表達懷念意向的字句，就是煤油燈、窗戶、錢等稀疏的意象存在，似乎已引不起人們更多的注意；而婆婆塞錢的動作，婆婆和別人叨念的話語「強娃兒　回來看過我……」以及婆婆走後詩人的心理「事態」，卻成了結構詩歌的主角。詩正是借助這種行為事象的散點敘述，節制而有分寸地表達了對親人特殊的依戀、

懷念和悲痛；同時隨著敘述性和行爲意象特徵的強化，婆婆的性格要素也得到了一定程度的顯現。

再次是大量去除晦澀朦朧後的樸素的文本姿態，有力地契合、貼近著表現對象。這既指詩中的物象、事態和情境飽蘊人間煙火之氣，也指語言上的返璞歸眞，向清新自然「天籟」境界趨附。如江非的《時間簡史》以倒敘方式觀照農民工的一生，

> 他十九歲死於一場疾病
>
> 十八歲外出打工
>
> 十七歲騎著自行車進過一趟城
>
> 十六歲打穀場上看過一次，發生在深圳的電影
>
> 十五歲麵包吃到了是在一場夢中
>
> 十四歲到十歲
>
> 十歲至兩歲，他倒退著憂傷地走著
>
> 由少年變成了兒童
>
> 到一歲那年，當他在我們鎮的上河埠村出生
>
> 他父親就活了過來
>
> 活在人民公社的食堂裏
>
> 走路的樣子就像一個燒開水的臨時工

不能再簡單的句式，不能再泥實的語彙，似乎都離文化、知識、文采很遠，可它經詩人「點化」後卻有了無技巧的力量，切入了人的生命與情感旋律，逼近了鄉土文化命運的悲涼實質，具有「直指人心」的力量。顯示了詩人介入複雜微妙生活能力之強。

三是實現了詩的自由本質，使個人化寫作精神落到了實處。詩的別名是自由，它的最佳狀態應該在心靈、技法與語言上都不受任何外在因素的羈絆。新世紀詩壇眾語喧嘩，人氣興旺，在一定程度上抵達了這一理想境地。心理的、歷史的、社會的、審美的、哲學的、感覺的、想像的、現實的等每一種向度，都獲得了自由的生長空間；40後、50後、60後、70後、80後、90後，每一代詩人都在各自的位置上施展功夫，誰也不擋誰的路；官辦刊物、民辦刊物和網刊各司其職，幾個陣地、渠道間彼此應和，解構著寫作的話語霸權；地方詩歌多點開花，和八、九年代詩歌大體只有南北之分、各省意識尚未蘇醒相比，而今四川、江蘇、湖北、安徽、山東、廣東、甘肅、海南等，都漸

次亮出旗幟，各地區間「呼朋引伴」，對峙又互補。詩學風格、創作主體、生長媒體與地域色彩等紛呈的鏡像聚合，異質同構，「和平共處」，形成了詩壇生態平衡的良好格局，人氣、氛圍俱佳。特別是引渡出一批才華、功力兼得的詩人和形質雙佳的優卓文本，以抒情個體的絢麗與豐富，創造了一片個人化精神高揚的文學奇觀。可以毫不誇張地說，每一位詩人都在尋找著自己個性的「太陽」。如李琦的《下雪的時候》多得傳統的精義，看見雪花，心會有種隱秘的激動

> 下雪的時候，世界蒼茫
> 微弱的雪花
> 像最小的善意、最輕的美
> 彙集起來，竟如此聲勢浩大
> 一片一片，寒冬的滯重
> 被緩慢而優美地分解了
>
> 我鍾愛這樣的時分
> 隨著雪花的舞動
> 我會一一回想友人的形貌
> 以及他們的動人之處
> 還有，那些離開的人
> 過去的好時光
> 一些銘心刻骨的時刻
> 我還是會不斷地寫下去
> 那些關於雪的詩歌
> 我要慢慢寫出，那種白
> 那種安寧、傷感和涼意之美
> 那種讓人長久陷入靜默
> 看上去是下沉，靈魂卻緩緩
> 飄升起來的感覺

它對雪的癡迷書寫構成了一種美的隱喻，那清白、潔淨、單純、靜虛之物，在貌似下沉實為上升的靈魂舞蹈中，對人生正是奇妙的清涼暗示，娓娓道來的平實敘述裏自有一股逼人的美感。藍藍近年更多的朝向現實，艾滋病村、煤礦礦工、酒廠女工、城市農民工等，都成為她執著於當下的見證，在描繪

苦難與強調悲憫的背後，是她在語言和想像之外的一份現實承擔，《我的筆》中一支筆的力量，似乎能穿透現實的迷霧，直抵生活的核心。翟永明的《關於雛妓的一次報導》在雛妓不幸際遇的客觀敘述中，蟄伏著詩人的憤怒之火，它是一個女性詩人對事件作出的直接反應，但又有強烈的去性別化傾向，或者說它是對一個族類的女人命運的思考，對人性和社會良心的深沉拷問，對詩人的無奈憂鬱和詩歌無力的感喟。馮晏愈發知性，伊沙機智渾然如常，李輕鬆的詩講究情感的濃度和深度，王小妮澄澈從容，宋曉賢的思維與出語怪誕，楊勇的構思和意象精巧……詩人們多元風格的綻放，暗合了詩歌的個體獨立精神勞動的本質，意味著寫作個體差異性的徹底到位。這種自在生長的狀態，保證了主體人格與藝術的獨立，也構成了詩壇活力、生氣和希望的基本來源。

三、「問題」依然糾結

必須承認，21世紀詩歌的突破並非是全方位進行的，也談不上徹底二字。或者說它是有限度的，不但遺留的經典文本和大詩人匱乏的老問題沒有得到根本性解決，還增加了一些更為困擾詩界的新問題。新老「問題」糾結，決定當下詩歌尚難以迅速出離低谷，而不時在跋涉路上左右徘徊，進展緩慢，要想真正走向繁榮，還得深入反思，有針對性地取長補短。這種現狀令鍾情繆斯的人們無法不牽念，無法不憂心忡忡。

如今詩壇最大的問題是整體感覺平淡，缺乏明顯的創新氣象與強勁的衝擊力。客觀地看，21世紀詩歌在寫作方向上有一定的獨到探索，可同90年代先鋒詩歌的精神並無太大的區別，其敘事化、戲劇化、個人化、新口語、日常主義的表徵，皆可視為前者寫作策略的接續與延伸。和建立啓蒙思想的朦朧詩、在內質上從破壞進入建設的90年代詩歌相比，21世紀詩歌為詩壇提供的顯性新質並不是很多。我曾經多次提及，一個國家、一個民族的詩歌繁榮與否的標誌，主要是它能不能擁有相對穩定的偶像時期和天才代表，就像郭沫若、徐志摩之於二十年代，戴望舒、艾青之於三十年代，郭小川、賀敬之之於五六十年代，舒婷、北島之於七十年代那樣，都支撐起了相對繁榮的詩歌時代。回顧新時期的詩歌歷史，如果說八十年代尚有西川、海子、翟永明、于堅、韓東等重要詩人勝出，九十年代至少也輸送了伊沙、侯馬、徐江等中堅力量，而詩界整體藝術水平提高的新世紀詩壇呢？在它風格、趣尚迅疾流

轉的過程中，別說讓人家喻戶曉的，堪和馬雅可夫斯基、洛爾迦、艾略特等世界級大師比肩的詩人，就是那種襟懷博大、詩魂高邁、極具終極追求的，能代表一個時代的詩人，也幾乎沒怎麼顯影。「群星閃爍」的背後是「沒有太陽」，這無論如何也構不上真正的繁榮。雖然說 2008 年詩歌出現了「井噴」，急遽升溫，給人造成一種復活的感覺；可惜它並非緣於創作品位的提升，而是借助、倚重地震這個重大事件的外在力量才「有所作為」。這種「國家不幸詩家幸」的「大災興詩」現象本身就不正常，倘若有人把詩歌的希望寄託在歷史、國家、民族的「災難」之上，那就更不道德；並且翻檢那個時段的詩歌，儘管不乏《今夜寫詩是輕浮的》那樣撼人心魄的佳構，但多數作品藝術性普遍看低，甚至還留下了《江城子》一類矯揉造作、錯位抒情的不和諧之音。尤其值得人們深思的是，一旦地震過後，社會生活又按部就班地運轉，詩歌書寫就恢復到原來繁而不榮的「常態」。我個人以為詩歌要實現突圍，必須從自身尋找切口，而不該依靠外力的推助，那種「事件」大於「文本」的現實應該盡早成為歷史。

這種平淡的感覺源於多重消極因素的影響，其中主要和詩歌寫作本身的問題密切相關。有些詩人或者在藝術上走純粹的語言、技術的形式路線，大搞能指滑動、零度寫作、文本平面化的激進實驗，把詩壇變成了各式各樣的競技實驗場，使許多詩歌迷蹤為一種喪失中心、不關乎生命的文本遊戲與後現代拼貼，絕少和現實人生發生聯繫，使寫作真正成了「紙上文本」。像一度折騰得很凶的「廢話」寫作，像「口語加上回車鍵」的梨花體寫作等等，不過是口水的泛濫和淺表的文字狂歡，生產出來的充其量是一種情思的隨意漫遊和缺少智性的自娛自樂，更別提什麼深刻度與穿透力了。至於無節制的「敘事」、意象選擇和構思上的藝術泛化現象，也是很多作品的通病，它們和大量底層詩歌、打工詩歌都急切面臨著藝術水準的提高問題。或者在情思書寫上完全深入到了日常化的瑣屑之中無法自拔，無暇乃至拒絕精神提升。不少作者將個人化寫作降格為小情小調的抒發，將詩異化為承載隱秘情感體驗的器皿，而對有關反腐敗、SARS、洪災、地震、疾病和貧困等能夠傳達終極價值和人文關懷的題材卻施行「擱置」，生存狀態、本能狀態的撫摸與書齋裏的智力寫作合謀，使詩難以貼近轉型期國人焦灼疲憊的靈魂震蕩和歷史境況，為時代提供出必要的思想與精神向度，最終由自語走向了對現實世界失語的精神貧血。吃喝拉撒、飲食男女、鍋碗瓢盆等毫無深度、美感的世俗題材攫取，

自然難尋存在的深度、大氣和轟動效應，它們事實上也構成了詩性、詩意最本質、最內在的流失。

當然，還有許多問題也都是 21 世紀詩歌發展亟待驅走的「攔路虎」。如傳播方式上潛伏的危機問題。新世紀詩歌的民刊和網絡書寫熱鬧非凡，的確「藏龍臥虎」，但時而也是藏污納垢的去處，時時助長著詩歌的良莠不齊、魚龍混雜，使非詩、偽詩、垃圾詩獲得出籠的可能，它的能指滑動、零度寫作、文本平面化的激進語言實驗與狂歡，反叛、質疑主流中心話語同時，也消泯了許多優秀的傳統、意義和價值，造成詩意的大面積流失。表達過於隨意、急噪、粗糙，眾多不動腦子的集體仿寫，造成了詩歌事實上的「假小空」；特別是屢見不鮮的惡搞、炒作、人身攻擊等網絡倫理下移的現象，更令人堪憂。

另外新世紀詩歌形象重構的事件化傾向又有所抬頭。如今，人們一提及當下詩歌，很多人馬上就會想到梨花體、羊羔體，想到裸體朗誦、詩人假死，想到多得讓人叫不上名字的詩歌獎項與詩歌活動，這不能不說是讓人悲哀的事情。提別是出於文學史的焦慮，這十餘年玄怪的命名綜合症越發嚴重，什麼「70 後」寫作、下半身寫作、「80 後」寫作、中間代寫作、垃圾派寫作、低詩歌寫作、新紅顏寫作等等，連綿不斷，你方唱罷我登場，頻繁的代際更迭和集體命名，反映了一種求新的願望，但也宣顯出日益嚴重的浮躁心態，其中不少就是一種低級的做秀或炒作，它們極其不利於藝術的相對穩定性和經典的積澱與產生。我以為，在詩歌的競技場上最有說服力的永遠是文本，那些詩歌大於文本、詩歌多於文本的現象應當盡早劃上休止符。

看來 21 世紀詩歌雖然大有希望，但卻還任重而道遠。

21 世紀詩歌：
「及物」路上的行進與搖擺

　　時間一直在按著自身的邏輯軌跡運行，絕不會因為外界的任何紛擾而產生絲毫的偏離，不知不覺，21 世紀詩歌已累積了十五年的歷史。聯想草創期的中國新詩，十五年，足可以造就一代偉大的詩人，讓詩壇的格局與面貌來一次地覆天翻的變換。而這十五年詩壇的境況如何呢？它和以往相比到底出現了什麼新的品質，詩歌如果進一步發展要避開哪些誤區，對之人們又該怎樣去認識？面對一連串的詰問，在整個文學的命運都嚴重邊緣化的當下，詩歌圈外的讀者盡可以因為事不關己，不聞不問，一笑了之；詩歌圈內那些曾經秉承進化論思維、熱切盼望新世應有新氣象的人們，逐漸失望地認同「奇蹟並未發生」〔註1〕的指認後，感覺慢慢趨於淡漠與遲鈍，也是再正常不過的現象。可是作為一個詩歌研究者，若要真正做到熟視無睹，尤其是不斷被來自批評家、大學教授群落的「當代詩歌都是垃圾」抑或「如今是新詩發展的最好時期」的聲音刺激，卻能夠始終心靜如水、安之若泰，則恐怕是令人無法想像的，除非有兩種可能，一是他嚴重失職，一是他完全失去了對詩歌的判斷力。

　　那麼，為什麼新世紀詩歌在前行的過程中充滿諸種疑惑，詩歌批評界緣何出現兩種判若雲泥、極端對立的觀點？原因固然多種多樣，而且各種原因又是相互滲透與糾纏的。新世紀的詩歌積澱儘管不算淺薄，只是一切還均處於塵埃未定的發展與進行之中，模糊而不確定的因素過多，自然難以恰當地

〔註 1〕謝晃：《奇蹟並未發生——新世紀詩歌觀感》，《理論與創作》2010 年第 4 期。

估衡；近些年的詩歌整體上看去是形態紛然雜亂，取向複雜多端，品質優劣摻半，一般人不容易理清；延續著上個世紀末的餘脈，詩人們在詩學觀念、話語資源、技術立場等各方面極端分化的不同選擇，也不時左右、牽拉、混淆著讀者的感覺視聽。但是最主要的，還是來自始終困惑著人們的老生常談卻又懸而未解的傳統話語，即詩歌與現實關係的處理問題。或者說，新世紀詩歌所有的矛盾性現象的滋生，都和這個問題存在著千絲萬縷的聯繫。正是有基於此，本文對新世紀詩歌的觀察，就從其「及物」的視角說起。

一、和現實的深層「對話」

詩歌的「及物」並非像有些人演繹得那麼神秘，它不過是說衝破語言的幽閉後，詞與物之間的密切關係狀態，或者大而言之，指代詩歌文本和客觀現實兩維因素雙向介入與滲透的相對理想的文學現象。如同美一樣，詩歌乃多元化的存在，不論任何時代都允許走心靈化的或純粹化的路線，但正像歌德所言，「一切健康的努力都是由內心世界轉向外在世界」，〔註2〕也就是說，詩歌不能一味地表現心靈，一味地純粹，其主流選擇更不能「淨化」到只剩自我、完全蹈空的程度，而應對現實世界有所承載，因為一點兒不食人間煙火的藝術行為，最終的命運無異於自設迷津。

上述邏輯表明，「及物」本該是詩歌寫作中的常態，可是它在新時期中國詩壇立足，並真正成為一種自覺的創作趨勢，卻還經歷了一段頗為艱難的路程。上世紀八十年代中期以後，西方的純詩意識、俄國形式主義的自足觀念和羅蘭‧巴特的不及物主張的多向移植，對朦朧詩在內的以往宏大敘事、意識形態寫作的警惕和反撥，以及對現實性與超越性、即時性與永恒性等矛盾對立創作關係範疇的深入反思，三者「合縱連橫」，將詩歌探索引向了一個思想的怪圈。很多人以為福禍相依，過度貼近、涉足歷史、時代、現實語境等「非」詩因素，可能會引起外界的矚目，甚或產生轟動效應，只是其另一面則有損於詩歌的健康和純淨，也容易很快蛻化為隔日黃花；所以當時的青春期寫作、純詩寫作、神話寫作等群落及詩人，都紛紛像躲瘟神似的規避社會層面的題材與事物，而鍾情於生命、自然、靈魂、幻想、哲思等相對和諧優雅或澄明高貴命題的凝眸與咀嚼，迷戀技巧和語言的狂歡，神性與聖詞氣息濃鬱，技術水準普遍上揚，海子的詩即是其典型的精神、藝術標本。但這些

〔註 2〕 愛克曼輯錄：《歌德談話錄》第 97 頁，人民文學出版社，1978 年。

寫作說穿了統統因爲詩意的過度純粹，在本質上阻滯了詩歌與現實、讀者之間深層交流的通道，對詩歌從那時起逐漸深陷邊緣化沼澤地的處境難辭其咎。進入九十年代後，不少詩人努力通過「此在」世界的撫摸，對抗「不及物」寫作的神秘與虛無，十分注意在日常的生活和體驗中建構自己的詩歌美學，從而使詩歌界迎來了一個由形到質完全「個人化」的時代，重新煥發出清新質感的藝術氣象，充滿人性的細節和深度，又開始召回一些讀者期待的目光。可惜的是，個體情感與經驗的極度張揚，有時又在一定程度上擠壓、遮蔽了社會良心，使詩魂變輕，骨質變軟，所及之物也就非常有限了。〔註3〕

而跨過 21 世紀的門檻之後，詩歌所面臨的生態環境發生了深刻的變化。反瞻遠去的歷史不難看出，這十五年中國經歷了太多太多的悲傷和驚喜，先是大面積湧動的民工潮，接下來是 SARS、海嘯、地震、雪災、奧運、共和國 60 華誕、深度反腐，一系列的事件接二連三，接踵而至，它們敦促著詩人們根本沒有辦法將自己從置身的周邊現實中抽離，而必須去參悟承擔的倫理內涵和價值，更逼迫著詩歌必須走出過於自我和純粹的藝術苑圍，謀求和現實關係的重建，甚至有時使詩歌不堪重負，竟以行動化的方式和力量介入時代與人生的中心。隨便打開一本詩集或雜誌，就會觸摸到這樣特別接地氣的作品，「一個農民在地裏侍候莊稼，田野 / 靜悄悄的，歲月的風也輕輕地吹 / 正好把他額上的汗點燃 / 發出微光。藍天白雲和太陽 / 或月亮，一忽兒在他的頭頂 / 一忽兒在他的背脊上 / 此情此景，多麼像一個人類共同的夢……當他累了，就在田埂或土坡上 / 坐一會兒，當他的腰彎痛了 / 就扶著鋤直一會兒腰 / 一個農民在地裏侍候莊稼 / 他一次又一次彎下的腰 / 像永恒的繩子，把人類緊緊地拴在地球上」（白連春《一個農民在地裏侍候莊稼》）。詩彷彿是直接從泥土上長出的精神作物，似一尊凝定的雕像，又像一幅流動的畫面，帶著農人的體溫和呼吸，鮮活具體的農事細節及過程呼之欲出，更見出了農民命運和土地關係思考的深度，雖落筆於「一個農民」，卻隱約閃回著詩人對人類遭遇的憐恤之光，底層的拙樸、酸楚和艱辛自不待言。而田禾的《一個農民工從腳手架上掉下來了》就是不折不扣的「問題詩」，「一個農民從腳手架上掉下來了……先是他慘叫了一聲 / 然後有人驚叫了一聲 / 許多人跟著驚叫了一聲 / 救護車也跟著驚叫了一聲。爾後平靜如初 // 農民工在高高的腳手架

〔註3〕 參見羅振亞：《1990 年代新潮詩研究》第 29～39 頁，河北大學出版社，2014年。

上消失了／從開著奔弛車的老闆的工地上消失了／老闆過來掃了一眼／命令手下的人用清水沖掉地上的血跡／他的工地照樣運行／他甩出三萬元錢，醉薰薰地回家睡覺去了／與那個農民工睡得一樣死」。沒有哭天搶地，也不撕心裂肺，但平靜舒緩的敘述背後，卻蟄伏著詩人壓不住的憤怒之火，一個工地「事故」的記錄和曝光，指向的卻是對社會良知和人類道德的精神拷問，農民工連生命的安全尚且無法保證，還何談什麼權利和幸福？「驚叫」與「平靜」、死亡與冷酷等悖裂矛盾視象所包含的張力，賦予了詩歌一種強勁的社會批判力和情感衝擊力，振聾發聵。

　　需要指出的是，新世紀詩歌與現實的深層「對話」，不只是穿越了事物的感性表象，也沒有絕對地排斥永恒、超驗質素，相反倒由於詩人超拔的直覺力和洞察力的作用，對事物的觀照過程中總是時時彰顯著精警的智慧和人性色彩。三色堇的《我虛擬了生活的種種可能》這樣寫道：「比如溺水的感覺／讓我對水充滿畏懼／當我喃喃自語、聲帶沙啞／我可能只剩下視覺和嗅覺／我害怕，我的喉嚨／呼出的是別人的氣息／我擔心，我的內臟／安居著另一個人的秘密／／我居住的城市嘈雜、憂鬱／無所期待／大霧漫過了開花的果園／我站在壞天氣裏，沒有方向／我只能用手語描繪／太陽照在樹上的影子／和不易察覺的歲月之幕」。詩人以對現代人習焉不察又十分嚴峻的生命「悲劇」警覺，從轉瞬即逝的剎那感覺碎片捕捉，揭示了現代人的生存狀態和靈魂之「痛」，形象地闡明現代文明促進社會發展同時，也使都市人失去一些正常品質，或者被異化得有生活而無生命，思想和感覺不由自己主宰，連「氣息」和心理「秘密」都被他者化了，或者患上精神流浪的流行病，表面熱情文雅，內心實則徹骨的悲涼，詩所觸及的人該怎樣堅守自我、不被異化的精神命題，耐人尋味。同時，隨著詩歌和現實生活交合點的增多和面的拓展，向日常化世界的廣泛敞開，詩人們自然不會再滿足於相對內斂的意象、象徵手段的打磨，而嘗試突破詩歌文體在佔有此在經驗豐富性方面的局限，借鑒敘事性文學的長處，把敘述作為維繫詩歌和世界關係的基本方式。這樣，和生存氣息密切關聯的對話、細節、過程因子的大量引入，使九十年代就已經走向成熟的「敘事」晉升為詩歌領域的一個顯辭。江非的《時間簡史》寫道：「他十九歲死於一場疾病／十八歲出門打工／十七歲騎著自行車進過一趟城……他倒退著憂傷地走著／由少年變成了兒童／到一歲那年，當他在我們鎮上的河埠村出生／他父親就活了過來／活在人民公社的食堂裏／走路的樣子就像一個

燒開水的臨時工」。短短的倒敘卻有著類乎小說、戲劇的綜合品質，濃縮著農民工特殊的生命長度，日常化的畫面、細節刻寫，清晰而沉靜的情緒敘述，切入了鄉土與人的命運的悲涼實質，也顯示出詩人介入複雜生活題材的能力之強，這種詩性敘述為詩歌平添了幾許堅實、具體的生活氣息，使詩歌在抒情之外又開闢出了一個新的藝術生長點。

若干年前，讀者曾經不無遺憾地感歎詩歌離現實越來越遠，人氣越來越稀薄。如今可以肯定地說，21 世紀詩歌和現實關係狀態的重建，將詩從飄渺的「雲端」請回了堅實的「大地」，改寫了新詩略顯空泛的形象內涵，生發於日常生活中的個體卻通往人類深層情感和經驗的意蘊發掘，一方面提升了現代詩的詩意品位，一方面強化了詩歌本體觀念的骨質密度，而「敘事」的被張揚，則使詩歌適應、處理複雜表現對象的能力日趨多元與理想。

二、本質偏失與技術滯後

能夠最大限度地向現實生活空間敞開，當是孕育大手筆的詩歌時代。事實上，「及物」追求的確實現了若干年前協調好詩和現實關係的夙願，使詩歌在新世紀逐漸出離低谷，重新回溫，那些以底層詩歌、打工詩歌等為代表的作品，對災難中人類命運與遭遇的撫摸，對歷史陣痛期城鄉靈魂的深切凝睇，樸素而真誠，現場感強烈，逼近了人的生存真實和時代良知。尤其是 2008 年汶川地震出現的詩歌「井噴」，儘管泥沙俱下，卻承擔了民族情緒的傳達，證明詩歌並非可有可無的存在。但是，不得不承認，在向理想狀態位移的整體境遇下，與八十年代、九十年代相比，新世紀詩歌對拳頭詩人和經典作品的輸送並不多，更和百花競豔、大師雲集的繁榮景象相距甚遠。形成這種局面固然和時代的文化氛圍、讀者的接受心理等因素有關，恐怕其中重要的一維和「及物」策略的選擇脫不開干係，且不說「及物」在詩人的所有創作中覆蓋面有限，即是它本身也不無問題，所以能夠令新世紀詩歌在一陣顛簸之後持續前行，只是其失誤有時也讓新世紀詩歌步履蹣跚，左右搖擺，不夠穩健，行進值遠未達到人們預期的目標。

在「及物」意識的統攝下，經歷過個人化寫作時代的很多詩人，都不願再去經營虛無縹緲的未知情境，進行浪漫誇飾的抒情言說，而是紛紛關注身邊的事物，注意在個人日常生活的海洋中打撈情思的「珍珠」。客觀地說，這對於內視角的詩歌是一條無可厚非的正路，因為任何優秀詩歌的情感都應該

源發於主體的心靈，通過心靈內宇宙去折射外部的現實世界，以個體承擔、暗合群體的意向，從而接近生活或事物的本質。令人遺憾的是，如今不少詩人過於強調自我，常常崇尚個人情感的咀嚼與品味，沒有考慮將自我的觸鬚向外延伸，接通自我和社會、時代的聯繫，最終多數人關心的洪災、反腐、疾患、民生、環境污染等可能寄寓大悲憫的題材被他們輕而易舉地懸置，飲食男女、吃喝拉撒、鍋碗瓢盆、風花雪月等雞零狗碎、無聊瑣屑的世俗吟唱無限蔓延，將個人化降格為私人化，詩魂自然也就被淹沒在日常生活的海洋之中了。新世紀初的「下半身寫作」、「垃圾派詩歌」詩壇已有公論，自不必說，就是類似於下列狀態的詩也幾乎俯拾即是，「我是適量的小麥粉、酵母、奶粉、黃油、雞蛋、糖、水、豌豆餡／當它們彼此親愛／纏綿在一起／我是恰到好處的豌豆吐司／我是《UntilTheEnd（LiveFromRehearsals.com）》／被NorahJones 用心唱著／或者我就是 NorahJones ／我就是這個下雨的夜晚／我就是要見你的明天／我就是在這個雨夜偷偷飛起來的人／我的翅膀都濕了／仍沒人發現」（趙麗華《豌豆吐司》）。「遠遠望去／獨自放風箏的人／像是在天上拴了根繩子／準備上弔」（劉天雨《獨自放風箏的人》）。你不能不說前者有巧思，有情趣，後者想像力也比較奇特，可是前者對食物不厭其煩的書寫，充其量也就是有閒階級的無病呻吟，一種沒有深度的「此在」庸常細節恢復，一種小資情調的時態流動，別說引發思考的功能和力度，就連必要的精神提升或意義指涉也很淺淡模糊，後者怪誕的突兀的想像，根本沒有值得回味的深入意味，甚至不知其欲何為，生態而非心態的現象復現，外觀看去也缺乏必要的美感，「日常」固然「日常」，審美卻喪失了。讀著這樣的詩，讀者不失望才是怪事。不錯，藝術是自由的，詩人沒必要也不可能一股腦兒地把現實都移植到詩中，他可以選擇在詩中表現個人的喜怒哀樂、心底的風雨潮汐，書寫精神世界的隱秘；但如果大家都一味地在個體靈魂區域兜圈圈，展示心靈的碎片，社會良知、國家命運、民眾災難包括詩歌使命由誰來承擔？如若所有的詩歌都抽離「宏大敘事」僅言自我，都致力於本能、生存狀態的揭示，它即便再精緻、再優美，也無法提供出必要的精神與思想向度，只能造成詩性的內在流失，和諸多的讀者之間又有什麼關係？何況一個有出息的詩人，理應有自己明確的方向感，以個人視角折射民族、時代、歷史、現實的焦慮與陣痛，縫合語言和現實痛苦的關係，這種「及物」雖然已經和假大空的抒情模式不可同日而語，但卻置轉型期國人的靈魂震盪、歷史境況及其壓力於

不顧，缺乏終極價值的關懷，還停浮於一般性的呈現層面，表現的局部真實在恢復一些事相同時，遮蔽了更多的事象，有了人性的細節與氣息，具有現實性的共感效應卻明顯減弱，所現之物遠沒有觸及生活的本質與核心，實際上是對「物」本質的嚴重偏離。

和過分個人化的自我撫摸、放棄精神提升的泛化「及物」寫作相比，有些對「物」明顯誤讀與歪曲的詩歌，則構成了更可怕的本質偏離。與詩打過交道的人都清楚，最感人的詩發自詩人的命泉，只有這樣才有再度流向他人心靈的可能。可是放目新世紀詩壇，有很多網絡寫手，更有數不清的在書齋裏進行智力「遊戲」的詩人、編輯，在不斷炮製著所謂的詩歌，這些詩歌的發生動因不是因為生命的感動和顫慄，生活的觸發與召喚，而是書本和知識，是由於刺激好玩、發表方便和各種獎項與稿費的誘惑。甚至可以極端地說，他們完全是為玩而寫，為寫而寫，其「硬寫」過程即可視為十分可疑的「無中生有」。他們的作品看上去也像模像樣，也不無細節的營造、情緒的起伏，有時技巧打磨得煞是圓熟，能夠唬住很多缺少經驗的讀者；可仔細品味就會發現它們無關生活、生命、靈魂與情緒，匠氣世故，四平八穩，是地地道道的「網上建築」、「紙上建築」，或者說是充滿「為賦新詩」色彩的偽抒情，沒有走心、走腦的集體仿寫，和「假大空」同樣令人生厭的「假小空」，是對生活和生命本質更深層的背反和偏離。回想 2008 至 2010 年間的汶川、玉樹地震和傷及全國的雪災，當時給人造成了一種「國家不幸詩家幸」的大災興詩的感覺，在那個過程中，出現過不少像網絡上「火」起來的《漢川，今夜我為你落淚》、《媽媽，別哭，我去了天堂》那樣情真意切的名篇，像朵漁的《今夜，寫詩是輕浮的》那樣超越一般悲情的撼人心魄的佳構，也不乏像雨田的《五月的詠歎》那樣情理渾圓的心靈原音，「有人說　時代是一種疾病 / 吹簫人在這山裏哽咽著西風 / 而聽簫的人卻把自己聽成夕陽 / 當所有的亡魂如遷徙的羊群在山腳下小河飲水時……我對現實中的一切都很懷疑 / 但並不絕望因為我知道　那個從外地打工回到山村的人 / 他從廢墟中挖出的那把鐮刀和鋤頭已經磨得閃閃發亮」，一種精神擔當與人性撫慰的大愛，詮釋了頑韌和希望的含義，折射著一個民族的心靈震顫與思考，只是冷靜後的深邃已替代了當初地震詩「井噴」狀態的灼熱與簡單。但是，和這種切入民族命運情緒旋律、充滿下沉力量的走向相反，大量作品審美水準低下，不但多是記錄地震期間人們的原始情感反應，連意象、語彙、調式也都驚人地一致，好端端的

題材視域被詩人們窄化成了趨同的「集體創作」。特別是還爆發出一些配合時勢的簡單空洞而又矯情的「應時」、「應景」的不和諧之音。在這方面頻遭惡評的《江城子——廢墟下的自述》（王兆山）堪稱典型，「天災難避死何訴，／主席喚，總理呼，／黨疼國愛，聲聲入廢墟。／十三億人共一哭，／縱做鬼，也幸福。／／銀鷹戰車救雛犢，／左軍叔，右警姑，／民族大愛，親歷死也足。／只盼墳前有屏幕，／看奧運，同歡呼」。〔11〕詩從地震受難者視角所做的錯位抒情，迎合之嫌昭然若揭，其情緒、想像與希望和真實的歷史情境簡直是南轅北轍，虧詩人寫得出來，難怪被別人痛罵為「不說人話」，抒情主人公的矯揉造作之態令人十分生厭，它敗壞的哪裏僅僅是讀者的胃口，更有詩歌在社會上的聲譽。

　　如果說「及物」很多時候解決的是寫作立場，還非詩歌本身的問題，並且在意味探索中又不無偏離本質的弊端，那麼在詩裏該如何「及物」，使日常現實經過轉換成為一種詩性現實，決定了詩歌面臨的藝術困惑更為嚴重。現實是「無邊」的，崇高的與卑微的、明亮的與黑暗的、溫暖的與悲涼的等矛盾對立因子共在，才結構成完整而複雜的世界，選擇哪些事物入詩，將哪些事物剔除出詩，用什麼視角、方式去接近、呈現事物，正是區別、衡量詩人藝術能力的高下優劣之處。可是，一個無法迴避的事實，卻是那些走「及物」路線的詩人，往往是從現實與生活中直接生長出來的，那些詩人多來自於底層，文化底蘊不很深入，對他們而言「『生活』的重要性可能要遠大於『詩歌』」，〔註4〕當然這也和他們的詩歌觀念密切相關。他們的詩歌狀態一般都樸實無華，元氣淋漓，具有一種直指人心的衝擊力；而另一面則是常常混淆生活真實和藝術真實的關係，誤把真情實感的流露當做最高的境界，缺少把實情轉換、上升為詩情的意識和能力，在構思、謀篇、語言上缺乏錘鍊和節制，結構臃腫，敘事囉嗦，想像力弱，過於泥實，有時甚至把詩降格為一種無難度寫作。這種過於傳統的技術滯後傾向，在打工詩歌、底層寫作、大量地震詩歌、數量眾多的介入性詩歌以及很有資歷與修養的詩人那裡，都是一個共性的存在，它很難準確、到位地傳達出當下人們繁複、微妙的靈魂世界，也決定很多詩人、詩歌必須放棄把「及物」和聖化苦難作為自己優越感資本的念頭，而應正確面對急切需要進行「詩」化生活和藝術水準的提升問題。如下

〔註4〕王士強：《「打工詩歌」：話題與本體——兼談詩歌與現實的關係》，《文藝理論與批評》2013年第4期。

面的兩首詩：「連續 60 個小時 ／攪拌混凝土的老張 ／換下來後顧不上睡覺 ／就匆匆跑來把我推醒 ／『起床了！起床了！ ／趕緊帶我去賣血點！』 ／老張說這話時 ／讓我大吃一驚 ／半月前他才賣過血 ／怎麼又要去賣？ ／『娃兒們就要上學了……』 ／這個倔強的老頭 ／說著說著聲音有些哽咽 ／『我們今生就這樣了 ／娃兒們的路還長著呢！』」（李長空《建築工老張》）「常常 ／我會拿出一隻用膠紙芯做的針線盒 ／磨破的膝蓋 ／我會找來一塊布頭 ／墊在破洞下 ／一針一線密密縫好 ／脫落的紐扣……針尖從布裏一下一下探出頭來 ／而我卑微的心正被層層戳破 ／我知道 ／閃亮的盛裝 ／從釘一粒小小的紐扣開始 ／而男人——這片廣袤的土地 ／正在被我越縫越窄」（李明亮《做針線的打工仔》）。它們可謂外化著底層、打工詩歌全部的優點和不足，真切的細節、強烈的現場感，生命的痛楚與酸澀，伴著不會拐彎抹角的語言和抒情方式，直接推到讀者目前，會讓人猝不及防地被擊中，生出縷縷疼痛和憐憫；可就是缺少那麼一點兒回味的餘地，生活情境未經剪裁、構思直接搬入詩歌的空間，事態、詞彙間過於連貫的線性思維結構，沒有節制和跳躍的細碎敘述，驅走了詩歌固有的凝練，也有悖於詩歌精美的品性，韻味不足。「詩」化功夫的欠缺在底層寫作中出現不足為奇，而在不少比較優秀的詩人那裡表現出來，就該引起反思了，像這首詩：「求你把手伸過來，按手在我身上。 ／求你讓我的淚，在你面前湧流。 ／求你對著我笑， ／對我說最親密的話。 ／求你親口告訴我，說我就在你懷中」（魯西西《沒有誰比你離我更近》）。不能說詩的情感不真摯，個性不樸素，但卻總有一種似曾相識之感，泛化的構思、意象和內涵，使詩就像一種理性控制不足的情思漫遊，不用說太直白，骨質過於疏鬆，光是其隨意的態度和粗糙的模樣，就讓人無法認同，更難說什麼含蓄、精緻的張力效應了。

　　優秀的詩歌源於主旨意蘊和藝術形式二維因素共時性的審美呈現，繁榮的詩歌時代也需要情思發現和藝術建構的雙向支撐，對「物」的本質的偏離與誤讀，和藝術標準大幅度攀升的語境下技術水準下滑、滯後造成的形式飄移與牽拉，使新世紀詩歌在「及物」之路上現出了步履凌亂的窘態。

三、找準方向後的「度」的調試

　　「及物」是新世紀詩歌的明智選擇，它最大限度地恢復了詩和現實的關聯，為大詩人和經典佳構的產生孕育了可能，客觀上擴大了詩歌與讀者交流

的幅度，隨之而來的敘述性文學手段借鑒，則彌補了詩歌文類自身話語方式的「此在」性和佔有經驗的本眞性方面的不足。也就是說，新世紀詩歌在前行的過程中找準了方向，但是由於種種羈絆走出的里程有限，「及物」的路究竟還能走多遠，如何才能走得輕鬆快捷而又穩健有效，該怎樣巧妙地避開隱蔽的路障和暗藏的「陷阱」？對於這些問題，我曾在一篇文章中有所涉獵，認爲「及物」的對象選擇宜恰適、合理，該觀照積極、健康、美好的正値事物，與之相反的事物應有所控制，「及物」同時不能放棄精神提升，最好能夠提供出一定的新的精神向度，「及物」更要講究詩藝的自主性建構，注意各個藝術環節的打造。〔註5〕這些看法雖然都是針對新世紀詩歌存在的缺點提出來的，做到了有的放矢，也不無道理，但仍嫌不夠，還可進一步深化自己的思考。我覺得一件事情能不能成功，其中關鍵的一點在於分寸感的把握、拿捏得是否準確，是否恰到好處，「及物」的總體路向找準了，新世紀詩歌的發展問題就已經解決了大半，接下來要做的是在綜合詩歌和當下文化語境的基礎上，充分尊重詩歌藝術的獨立性，從其文體的具體特質出發，處理好「及物」過程中一些藝術環節的「度」的調試。

在「及物」和「不及物」之間尋找一種必要的平衡，是詩歌立身的長久之計。「及物」立場的確立固然是源於偉大之詩崛起的需要，也可視爲對脫離現實和人生的極端化純詩反撥的權宜之計，是特定條件下的策略，羅蘭・巴特的「不及物」理論也道出了內視點詩歌藝術的核心本質，那就是它更多的時候隸屬於心靈和想像；所以過於純粹的操作有悖於詩歌的個性，太貼近世俗的鳴唱也難以獲得更多青睞的掌聲。理想的詩歌狀態是生發於現實和心靈，但又不爲其所束縛和捆綁，而能在貼近的同時又有所超越，不遠不近，若即若離。朵漁的《今夜，寫詩是輕浮的》之所以會在眾多的地震詩中沒有被悲痛、憤怒的聲浪淹沒，顯示出不同尋常的力量，就在於它立足於地震事件，卻不僅僅滿足於再現那種事件和悲慟的情感，而是寫出了它在詩人心中激起的投影和回聲，「今夜，我必定也是／輕浮的，當我寫下／悲傷、眼淚、屍體、血，卻寫不出／巨石、大地、團結和暴怒！／當我寫下語言，卻寫不出深深的沉默。／今夜，人類的沉痛裏／有輕浮的淚，悲哀中有輕浮的甜／今夜，天下寫詩的人是輕浮的／輕浮如劊子手，／輕浮如刀筆吏」。悲憫之上的理性的批判和拷問，激烈複雜情感之外的無力和愧疚感，增添了詩歌沉甸

〔註5〕參見羅振亞：《「及物」與其限度》，《當代作家評論》2010年第2期。

甸的思考分量。詩歌與現實的距離是永遠的存在，也構成了對所有詩人不斷的拷問，處理起來好像極其容易，又很難妥帖，貌似簡單，卻耐人尋味。

如何吸納詩歌文類之外的技藝，又始終能夠保持詩趣盎然，在明白和朦朧之間取得恰適的點，值得詩人們斟酌。「及物」的直接反應，是事態、細節、動作乃至人物、性格等敘事性文學要素的凸顯和強化，很多詩歌成爲一種過程與片段，「敘事」在短時間內躍升到顯辭的地位，其結果是在提高詩歌處理複雜事物能力的同時，勢必帶來散文化和冗長的流弊，而內視點的詩歌的魅力卻在於其含蓄、凝練與驚人的想像力，它的美就在於隱與顯、朦朧與晦澀、可解與不可解之間，以意象、象徵等藝術手段求得形而上的審美妙趣；因此「及物」的詩歌寫作應當合理地承繼、發展詩歌固有的一些技巧，保留詩歌奪人的品味，切不可喧賓奪主，將詩歌引入過於拘謹實在、難以飛騰的泥淖。如打工詩歌浩如煙海，鄭小瓊的作品卻能夠有明顯的分辨度，其中一個重要的原因是她向生活深入敞開時，更以詩的方式接近審美對象，如「多少鐵片製品是留下多少指紋／多少時光在沙沙的消失中／她抬頭看見，自己數年的歲月／與一場愛情，已經讓那些忙碌的包裝工／裝好……塞上一輛遠行的貨櫃車裏」。詩對人類遭遇的關懷和命運的擔待，是借助意象化的思維傳達的，「鐵片」和肺、血管組構的「肉體」兩個完全異質的意象拷合，外化出女工青春和愛情的殘酷命運，張力無限。可見，即便怎麼開放，不論如何變通，詩歌都必須以自己的方式完成自己。

找準了正確的方向，走多遠只是一個時間問題，相信 21 世紀詩歌會在「及物」之路上走得越加從容、迅疾和穩健。

三十與十二

　　寫下《三十與十二》〔註1〕這個題目，腦海裏首先浮現出十多年前的「文學大師排行榜」事件。1994 年，北京師範大學的王一川、張同道兩位先生爲海南出版社編輯了一套《二十世紀中國文學大師文庫》，他們完全是秉承一種審美標準，對 20 世紀文學史上的大師重新進行認定。沒想到它在文學界引發了那麼強烈的震動，極力贊成者很多，斷然否定者也不在少數。其實，當人們回望當時的歷史瞬間時就會發現，那次所謂的事件乃是一次比較專業的篩選，它之所以讓某些人感到「吃驚」和「不舒服」，不外乎是它對有關作家、詩人定見的實質性顛覆，刺痛了他們超穩定的文學「傳統」神經而已。

　　那麼今天我們從新時期三十年浩如煙海的詩歌文本中，抽取出十二首詩進行專業性的賞評，是否在某種程度上也屬於一種冒險的行爲？爲什麼偏偏是三十年？又爲什麼只推出十二首詩？「勝出」的何以是這十二位詩人而不是其它的寫作者？……面臨諸多可能出現的質疑與拷問，首先必須申明：《名作欣賞》雜誌開設這個欄目的出發點，絕非譁眾取寵，以之吸引讀者的眼球，也不是爲當代詩歌史上的詩人們簡單地排定座次，因爲文學創作異於拳擊比賽，詩人或作品之間有時原本就沒有可比性，大河奔騰是一種美，小溪潺潺同樣也是一種美；我們的目的僅僅是希求通過這樣一種方式，爲確立當代詩歌經典、解讀當代詩歌文本、把握當代詩歌規律、推進當代詩歌發展，盡一份綿薄之力，尋找一種恰適的途徑而已。

〔註 1〕 此文是爲 2008 年第 11 期《名作欣賞》「尋找新詩經典（1978～2008）」專欄寫的序論。

　　至於把「三十」與「十二」拷合、排列在一起，對時段與數量如此進行裁定，更多是出於文學經典化的深細考慮。我曾經不止一次地在文章中提到，一個時代詩歌繁榮與否的標誌是看其有沒有相對穩定的偶像時期和天才代表，如果回答是肯定的那個時代的詩歌就是繁榮的，如果缺少偶像和天才的「太陽」，即便詩壇再怎樣群星閃爍恐怕也會顯得蒼白無力。事實上，整個人類詩歌的輝煌歷史，歸根結底即是靠重要的詩人和詩作連綴、織就而成；因此，無論在任何時代，經典的篩選和確立對詩歌的創作及繁榮都是至關重要的。而大凡能夠稱得起「太陽」的詩人，決不是那種聲名很大但卻不具備文學本身價值的寫作者；他（她）們必須是詩歌經典的創造者，是憑藉優秀的文本，一點一點地鋪墊成功的基石，最終支撐起自己的文學天空的。

　　說起經典，竊以為雖然經典的確立標準姚黃魏紫、仁智各見，同時經典又具有一定的相對性與流動性，在不同的時代和讀者那裡會有不同的經典，所以羅蘭‧巴特認為歷史敘述有時就是想像力的產物，在詩歌史的書寫中，主體的意識和判斷在經典的建構方面自然會有所滲透或彰顯；但是能夠介入現實良心、產生轟動效應，或者影響了當時的寫作方向和風氣，可以被視為那個時代詩壇的拳頭作品者即是經典。

　　也就是說，經典的確立需要歷史主義的態度和立場，經典的確定是不宜在短期內進行，它的產生必須經過時間的沉澱，只有讀者與文學作品之間拉開必要的時間、空間乃至心理上的距離之後，再冷靜客觀地觀照，真正的經典才會「塵埃落定」；對每首詩的評價都應該把它放在當時特定的文學和歷史語境中加以考察，而不能完全用當下的經典標準去苛求。除此之外，一首詩的優秀與否更要注意從審美維度出發去評判和裁決。具體說來，首先它要以意象說話。直抒胸臆不是絕對寫不出好詩，但詩歌的本性決定它應該借助意象之間的組合與轉換來完成詩意的傳達，好詩的意象本身具有原創、鮮活的特點；或者尋求意象與象徵的聯繫，表現出一定的朦朧美，如果意象的創造能夠做到隱顯適度，和古典的意境傳統相吻合，就更為理想。其次它能發掘語言的潛能，突破用詞、語法和修辭方面的規範，以對語言自覺性與修飾性的重視，擴大語言的張力，使熟悉的語言給人以陌生的感覺，如通感、遠取譬和虛實鑲嵌等手法的運用等等；也可以走返樸歸真的路數，掙脫修飾性的枷鎖，還語言純淨的本色，平樸乾脆，單純簡雋。再次它既要感人肺腑，這是一般的要求；更要啟人心智，具備思想、智慧和理性的因子，或者說有詩

情智化的傾向，因爲詩歌從本質上講不僅僅是一種情感，一種思想，而是主客契合的情感哲學。只是它的理意表達應該通過非邏輯的詩之道路產生，和情緒合爲一體，還原爲感覺凝進意象，或在內情與外物結合的瞬間直覺頓悟式地溶入，在意象的推進中隱伏著情緒的流動，在情緒的流動中凸現思想的筋骨，達到形象、思想、情緒三位一體的重合。當然我所說的好詩標準是由多元因素合成的，一首詩如果能獲得其中的一維因素已經不易，要兼俱多種優長就絕對堪稱經典了。

從這個意義上說，新時期詩歌尤其是當代詩歌，已經進入該提取自己經典的時候了。常言道，「五十而知天命」，進入知天命之年的人大多都會有一種清醒自知的狀態；「三十而立」，進入而立之年的人也應該顯現出一派成熟的氣象；而不知不覺間已有三十年歷史和藝術積累的新時期詩歌，理應回顧走過的道路，總結成敗得失，從而確立自己的傳統和經典。

不可否認，新時期詩歌時至目前仍是一個正在進行時的流動的歷史形態，其易動善變，幻化多端，縱向上各時段之間藝術追求的的矛盾與衝突性，橫向裏各種詩人、詩群、詩藝的斑斕繁複、多元混雜，都使其存在著難以歸納、整合的不確定和不穩定性；並且新時期詩歌生氣四溢的另一面是詩人們的心浮氣躁，思想和藝術的實驗也消泯了許多優秀的傳統因素，特別是此間的生態環境決定了詩歌日趨遠離社會文化的主流與中心，走向了邊緣化，經典與大師不多。但是，新時期詩歌仍然是新時期文學中藝術成就最高的文體，它對自身品質的打造，對時代、心靈和文壇的影響，以及它自身艱難拓進的繁榮歷程，都是清晰可辨的。

和十七年詩歌、「文革」時期的詩歌比較，新時期的詩歌的變化顯豁而巨大。在這三十年裏，詩歌刊物如雨後春筍般地大量湧現，在老牌的《詩刊》、《星星》的基礎上又相繼問世了《詩潮》、《詩林》、《詩歌月刊》、《黃河詩報》、《綠風》、《揚子江詩刊》、《詩選刊》、《詩刊》下半月刊等等，到了新世紀民刊的迅猛生長，和網絡詩歌的空前升溫，更使新世紀的詩壇活力倍增；作品的創作數量呈幾何倍數攀升，據統計至今每年生產的作品總和可以同《全唐詩》50000 首的數量相媲美；詩歌寫作隊伍愈發壯觀，現在依然是老一代雄風不減，朦朧詩人餘暉仍在，第三代詩人勢頭正健，知識分子和學院派沈穩前行，民間口語化陣營日趨熱鬧，中間代集體登場亮相，陸續加盟、嶄露頭角的 70 後、80 後來勢兇猛，詩人們已遠不止「四世同堂」了。

　　如果說上述的一切尚屬於表徵範疇，不足以證明新時期時期的繁榮；那麼下面一系列的深層脈動則充分體現了新時期時期的繁榮。

　　首先，詩人們確立了一種詩歌精神，那就是堅持詩歌內視點的藝術本質，以人性與心靈為書寫對象；同時執著於人間煙火，進一步尋找詩歌介入現實的有效途徑，從而使他們心靈走過道路在某種程度上成為歷史、現實走過的道路折射，保證新時期詩歌既為詩人們保留了一份份鮮活、絢爛的情思檔案，而眾多情思檔案的聚合、連綴，則是從另一個向度上完成了對時代、現實的心靈歷史的重塑。當初朦朧詩、歸來詩群那種懷疑、感傷、沉思、追求的思想軌跡，即契合了時代心靈的發展進程，深刻積極地表現了人與現實，那一系列盜火的普羅米修斯式的反抗英雄、普渡眾生的救世主似的形象塑造自不待言，即便是低音區的情思吟唱，充斥的也是理想的痛苦與英雄的孤獨，在悲愴中凸現著向上的力度。第三代詩的生命意識革命和感性精靈的釋放，在朦朧詩對人類本質的社會屬性恢復外，實現了對人的心理和生理另外兩種屬性的回歸，還原了人類更現代、更自由的世俗本質。進入 1990 年代後，和網絡寫作的倫理下移走向相反，詩人們有策略地「及物」與「深入當代」，注意在日常生活中表現生存的境遇和感受，以經自身把握處理「此在」處境和經驗的立場，去規避烏托邦和宏大敘事，提高了詩歌處理現實和時代語境的能力。就是 70 後的創作，也因生命和肉體本然態的開釋，一定程度上增加了詩歌的世俗性活力。也就是說，不論是在哪一個時段，還是哪一個詩群，雖然不乏一些純粹的「小眾」、一己心靈波瀾的咀嚼，但多數詩歌都能在心靈和現實、時代之間尋找恰切的抒情位置，為解決現代人心靈生活的「失調」、緊張做出自己的努力；同時讓詩歌秉承著一種藝術良知。越到後來這種傾向越發強化，特別是進入新世紀後，深入底層和平民的打工詩歌、鄉土詩歌、「地震詩歌」，那種對普通生活、心靈細節的具象撫摸，那種深摯的人道情懷，都傳遞著這種可貴的精神氣息。

　　其次，是新時期詩歌中的任何時段、詩人和詩派都將創新作為崇尚的生命線，致力於對自身本質和品性的不懈構築，幾乎每一次新浪潮的噴發都會引起讀者空前的關注和反響，這使當代詩壇出現了少有的蓬勃情境和活躍氛圍，並且形成了自己獨立的藝術精神和特質。從歸來詩人的現實主義精神的回歸與深化，朦朧詩對抒情主體人的張揚和詩歌的本質確認，到第三代詩歌對意識形態寫作的反抗，90 年代寫作個人化話語，再到 70 後詩歌身體詩學的

大面積崛起，女性主義詩歌對抒情空間──「自己的屋子」的尋找和出離，新時期詩歌在它短暫而輝煌的歷史進程中，輸送了許多寶貴的藝術經驗，留下了一批優卓的精神化石。它們在清醒的語言本體意識統攝下的藝術解構與建構實驗，對詩歌本體的堅守和對寫作本身的探求，如意象和哲學的聯姻、事態意識的強化、語言意識和語感強調的反諷的大劑量投入、敘事詩學的構築、文體間的互動交響、多元技術的綜合調適、個人化寫作的張揚等，都在延續新詩先鋒精神傳統的同時，豐富、刷新或改寫了新詩藝術表現的歷史，提高了表現生活和靈魂的深厚度，耕拓和啓迪了新詩可能的審美向度和走勢，以一種新傳統的凝結，實現了詩壇多元互補的生態平衡。

再次，以多元審美形態的並存競榮，打破了現實主義被定於一尊的詩壇抒情格局，以文學個人化奇觀的鑄造，爲新詩引渡出一批才華功力兼俱的詩人和形質雙佳的優卓文本，也爲後來者設下了豐富的藝術「借鑒場」。如果說1976年（確切說是1978年）以前很長的一段時間裏，是現實主義主打天下，那些政治和現實色彩濃鬱的詩人、作品被視爲主流；而進入新時期後，現實主義、浪漫主義、現代主義乃至後現代主義等多元路向和風格的異質同構，則迎來了新詩史上一個繁榮的時間持續最長、美學形態最絢麗最豐富的藝術時代。正如新詩在現代時段形成了李金髮的怪誕、戴望舒的淒婉、何其芳的纏綿、穆旦的沉雄、杜運燮的機智、余光中的典雅、紀弦的詼諧一樣，新時期的詩壇也是千秋並舉，各臻其態，尤其是進入90年代以後，個人化立場的高度標舉，更使詩壇上群星薈萃，眾語喧嘩，純文學、主旋律、消費性的作品幾分天下，每位詩人都有各自的位置和空間，都追逐著自己個性的「太陽」。其實，在藝術創作的問題上，每個人都有自己的運行軌跡，誰也不會擋誰的道兒，美學原則、文學形態共時性的良性競爭，十分有助於詩壇理想格局的形成，也正是文藝繁榮的標誌。

正是在詩歌個人化的潮流中，一批應合時代愈藝術雙重呼喚的優秀詩人脫穎而出，一批具有豐富詩學價值與審美意義的的經典被悄然確立。

在我們選擇的十二位詩人中舒婷、北島、昌耀在1970年代末即已產生廣泛的影響。當時出於對十七年和文革詩歌的逆反，詩人們按生活的本來面目表現生活，促成了現實主義精神的再生。一方面艾青、公劉、梁南等歸來詩人和雷抒雁等一些現實主義詩人，說眞話、抒眞情，以《光的讚歌》、《小草在歌唱》等優秀詩歌，顯示了現實主義詩歌的生命力。另一方面，朦朧詩高

揚主體個性，以憂患意識的凸現與抒情主體「我」之回歸，恢復了詩歌情感哲學的生命，以意象思維恢復詩的情思哲學生命，以象徵爲中心，引進意識流、蒙太奇手法，探掘語言潛能，孕育出朦朧蘊藉的審美品格，實現了現代主義的一次輝煌定格。

　　浸滿自傳性色彩的舒婷，骨子裏透著浪漫主義氣息，對理想的追求對追求中的心理矛盾，經她細膩靈性的梳理便轉化成美麗的憂傷，深情優雅，清幽柔婉。《神女峰》在承繼愛的獨立思想基礎上，呼喚靈肉一體的現代愛情，煽動對男權的背叛，其從男權社會「離析」後的綺麗、溫柔、婉約的力量，對美、藝術與優雅的張揚，都獲得了引起讀者共振的心理基礎。與深情的舒婷、機智的顧城相比，北島更像冷峻的兄長，他缺少婉約與纏綿，而善做冷靜詭奇的哲學思辯與象徵思維，沉雄傲岸，《結局或開始》就是眞誠地爲人性與愛招魂，呼喚人心與人心的對話，靈魂與靈魂的接近，呼喚恐怖消失，呼喚笑容與安寧的回歸，這不是烏托邦式的幻想，而是對人性、自由與愛的神往，其思想的深邃和力度，意象的峭拔與獨創，新詩史上幾乎鮮有出其右者。而昌耀則是與朦朧詩同步產生影響的「西部詩派」的重鎮。當時在詩壇旋起男性風暴的西部詩歌，以其固有的曠達與雄渾制衡著詩壇向沉鬱哀婉品格的傾斜。和楊牧的豪邁奔放，周濤的沉雄瀟灑，章德益的恢宏奇詭相比，遠在青海的昌耀在讓人感受西部審美理想的近似性同時，更觸摸到了西部悲涼凝重卻又向上奔突的精神內核，《內陸高迴》、《慈航》、《劃呀，劃呀，父親們》等詩篇，都在雄奇的自然和生命體驗之間尋找抒情機緣點，以開闊而滄桑的地域意識和博大生命視角的融彙，愈加平和渾厚，具有一種哲學的深邃和知性風骨，其思想的深刻度和藝術感染力均超出當時現實主義詩歌的等高線。

　　海子、于堅、韓東、李亞偉、西川和王家新等詩人，是在 1980 年代中後期及 1990 年代初開始載譽詩壇的。和新時期之初的朦朧詩、歸來派、邊塞詩、學院詩幾分天下，詩壇審美流向和線索的清晰可鑒辨相比，1980 年代中期之後詩壇的明顯特徵，就是詩歌寫作日益流派化、社團化甚至運動化，僅第三代詩裏就有幾百家無法勝數的詩歌流派與社團，眞是「亂花漸欲迷人眼」了。它以對現代主義傾向的「反叛」贏得了「後現代」特徵，反文化，反英雄，反崇高，反意象，竭力從日常立場出發，張揚生命意識，展示平民個體的下意識、潛意識，展示生存本質的孤獨、荒誕、醜陋、死亡與性意識一類悲劇性宿命體驗，在把詩引向眞正人的道路的同時，也消解了崇高；在抒情策略

上由意象藝術向事態結構轉移，通過「反詩」（或曰不變形詩）的冷抒情、語言還原和語感等手段，呈現生命狀態，吹送出一股對抗優雅的俗美的信風，審美情調漸趨俏皮幽默，在藝術形式上比朦朧詩有更多的拓展。

跨越第三代詩和90年代「個人化寫作」的海子，置身於現代主義、後現代主義的「此在」塵世氛圍，卻執意地追尋「彼在」終極世界，在創作中關注生命存在本身，以對生命、愛情、生殖死亡等基本主題及其存在語境莊稼、植物及一切自然之象的捕捉，在貧瘠的詩歌語境裏尋找神性蹤跡，挽留住了浪漫主義在 20 世紀的最後一抹餘暉。《春天，十個海子》在攫取和麥地這個「詞根」同樣重要的語象糧食同時，彌漫著他詩中慣有的靈魂痛苦和死亡意識，其「死而復活」的浪漫奇思，死後幻象的越軌創造，死亡感覺的大膽虛擬，乃異想天開的神來之筆，那種幻象理論的運行，使詩的暗指多於實敘，有形象大於思想的朦朧理趣，在不羈的躍動中以實有和虛擬的交錯增加了詩的嫵媚。第三代時期的于堅堪稱平民化、口語化的典型代表。他對俗事俗物凝眸，對平淡的生活絮絮叨叨，用口語書寫昆明為模型的都市街道、社區場景中小人物的平民生活，有點新寫實小說味道，《尚義街六號》具有充滿情節性的敘述特徵，現場感極強，在事件、事象、事態構成的具象性擠壓下，玄奧的意義與語言的意指、能指漸趨消失，直接呈現生活的語符移動，統一了寫詩和說話的節奏，隱喻和想像的放逐，消除了主體意志對客體世界的干預和擴張，客觀之至。其敘述性的追求也不乏可圈可點之處。作為《他們》刊物的實際主編、流派的「靈魂」和領袖，雖然後來轉到小說寫作現場，但始終詩性濃鬱。他那些世俗化和口語化色彩強烈的詩歌，關注生存狀況和世界的流轉，藝術上拒絕深度、誇張、矯飾與象徵，講究情感的節制和分寸感，樸質卻具有「直指人心的語言魔力」。《有關大雁塔》以淡漠的姿態指向文化的神秘與不可知，掏空了朦朧詩那種英雄、貴族之氣，進入了寧靜地品味生命原生態本身的境地，有一定的反諷意味，它以不事雕琢的口語摒棄個別詞語的表現力，有不可句摘的總體效果。李亞偉是越發經過沉澱越發顯示出重要性的那種詩人，他的《中文系》貌似幽默而荒誕，但在滑稽的外衣下面卻隱藏著一些嚴肅的內涵，透過其對文化與自我的褻瀆嘲諷造成的可笑效果，讀者不難看到當代大學生玩世不恭、厭倦灰頹式的相對懷疑精神，感受到詩人對高校封閉保守的教學方式、以述而不做治學方式為特徵的超穩定型文化傳統的嘲弄與批評。其在崇高與優美之外的戲謔品格，是一種生活的智慧和

風度，不僅改變了詩的生硬面孔，甚至成為影響 1990 年代詩歌的一種藝術趨向。

西川和王家新出道很早，但影響漸大還是 1990 年代以後的事情。如果說 1990 年代先鋒詩歌陣營中以于堅、韓東伊沙、李亞偉等為代表的民間詩人，一路張揚日常性，強調平民立場，喜好通過事物和語言的自動呈現解構象徵和深度隱喻，有時乾脆用推崇的口語和語感呈現個人化的日常經驗，活力四溢；那麼以歐陽江河、王家新、西川、張曙光、臧棣等為代表的知識分子寫作一翼，則致力於思想批判的精神立場，語言修辭意識的高度敏感使其崇尚技術的形式打磨，文本接近智性體式。西川常在可以把握的日常事物裏轉化個人經驗，以洞察事物內在不可知秘密為最高宗旨，對神性、秩序、永恆、終極一類的觀念始終興趣濃厚。程光煒在《西川論》中說他「長於用哲學的眼光來思考問題，同時又把激情隱藏在相當放鬆的形式、結構、節奏和語調之中」，很有見地，其《在哈爾蓋仰望星空》的「仰望」事件寄寓著對神秘、博大宇宙的敬畏，那種高度協調的控制力和恰倒好處的分寸感，保證了藝術的沉靜、簡約和精緻。王家新因為對現實的真誠承受與批判，被一些人稱為時代道義、良知的承擔者和見證人。《帕斯捷爾納克》以自己和命運多舛卻始終充滿知識分子良知的異域詩人的精神遇合，觸及了人在意識形態話語中的困境問題。詩中那種為時代和歷史說話的悲天憫人的道義擔待，那種為對命運渾然不知者憂患的優卓氣質，借帕斯捷爾納克的痛苦精神旋律宣洩奮然而出，文本的真城自身就構成了對殘忍虛偽、缺乏道德感的時代的譴責鞭笞；其多種修辭手段鑄成的繁複語言，和豐滿的意象、深沉的思辨融彙，使詩的意味內斂蘊藉。

我一直比較看重 1990 年代崛起的伊沙，用劉納先生的話說他是典型的中國後現代的文本。作為戲擬反諷的高手，伊沙曾坦露要在詩裏作惡多端，《車過黃河》將偉大民族源頭和驕傲的喻體「黃河」和日常猥瑣而毫無詩意的「小便」拷合，就已含向傳統使壞之意，那種輕慢的寫法和態度更是對正值事物的消泯，對物象背後文化內涵與深度象徵的拆解，其解構崇高的惡毒深度，和夷非所思的機智思維，令人折服；詩的口語注重原創性之外，又具備語言整體的渾然與自律。其實，在很多詩裏伊沙都表現出「是個有血性、有思想、有現實責任感的青年詩人」。

　　翟永明和王小妮都隸屬於女性主義詩歌群落。女性主義詩歌也是當代詩壇一處不打旗號而有流派性質的獨立風景。它在 1980 年代正式誕生，以帶有「詩到女性爲止」傾向的軀體詩學，一反女性詩溫柔敦厚的羞澀傳統，將目光收束到性別意識自身，大膽袒露女性隱秘的生理心理經驗、性行爲性欲望和死亡意識，通過傾訴和獨白建構詩人和世界的基本關係，爲女性主義詩歌找到了精神棲息的空間──「自己的屋子」。1990 年代後則進入激情和技術混凝時期，開始努力淡化、超越性別意識，向「屋子」外的當下世俗現實人生、生活場景俯就，在堅守女性的敏感細膩之外發現思想的洞見，人文視境更加寬闊，抒情方式上轉向更加貼近內心的技術性寫作。翟永明的組詩《女人》中的情感和「自我」形象，因二元對立思維的滲透而充滿複雜的張力，它是展示女性從女人到母親各方面的性別體驗、生命秘密，還是以潛在的心理情緒──性的張揚來製造女性命運過程的寓言；是表現女性心靈的騷動、渴望和對命運的悲歡認同，還是顯露女人──母親循環圈的憂傷和自卑？「複調」的情思意向讓人很難說清。其大量投用的黑夜意象，也因象徵意識的滲入帶有多義性特點。你可以把它看成千百年來男性話語壓抑、遮蔽下的女性隱蔽空間，女性悲劇命運和歷史的存在象喻；也可以理解成對於女性自我世界的發現及確立，女性因兩性關係的對抗、緊張，只能邊緣化退縮到黑夜中編織自己的內心生活；還可以看作女性的一種自縛狀態；甚至將其視爲自我創造的極端個性化的心靈居所也未嘗不可。王小妮 1980 年代就靠瞬間的眩暈感和北方農人的堅忍描述起家了，但變得氣象非凡起來卻是 1990 年代，並且越寫越好。她很好地諧調了詩與日常生活的關係，置身於生活的瑣屑裏，仍能固守獨立的精神天地，保持一顆詩心，《十枝水蓮》就詩心燦然，它以和一種植物之間的精神交流和參悟，傳遞出詩人特有的澄澈、悲憫心境，閃爍著母性體驗的光芒，平靜，淡雅，從容，出語樸素卻常落讀者的意料之外，獲得了完全個人化的不可複製的意念、語言、想像和表達方式。

海子詩歌的「蓋棺論定」

　　與那些風雲一時旋即被遺忘的詩人相比，海子是幸運的，他沒有速榮的顯赫，可也沒有速朽的悲哀。海子生前飽嘗寂寞，處於生活和藝術的邊緣；死後卻聲譽日隆，不但詩集接連出版，令詩界頻繁紀念，而且被推舉成 20 世紀為數不多的中國詩歌大師之一〔註1〕，甚至有人提議將他每年的祭日定為中國詩歌節。海子這複雜的際遇轉換讓人疑惑，是像有人所說率先自殺成就了海子？是海子被遮蔽的詩歌世界真的包孕著神奇的魅力？是受眾的審美機制出了問題？還是幾者兼而有之？我以為海子的確因以身殉詩贏得了許多讀者，但他在詩歌史上地位的升高，和他的死亡沒有必然聯繫。他的創作由於恪守偉大詩歌那種「一次性寫作」原則，常矚目於神話境界，很少顧及讀者的閱讀；所以短期內難以獲得更多的青睞。但隨著時間距離的拉開，人們發現海子重要得愈來愈無法忽視，他的死亡和詩歌文本，非但已成為逝去歷史的象徵符號、中國先鋒詩死亡或再生的臨界點；而且預示、規定了未來詩壇從執著於政治情結向本體建設位移的走勢。

一、「歌唱生命的痛苦」

　　在海子的 300 首左右的抒情詩、七部詩劇等遺稿中，最具才情的是那些抒情詩。海子崛起的 20 世紀 80 年代中葉，詩壇正處於一片混亂之中。特立獨行的海子，很快就將自己從原屬的第三代詩群中剝離而出。第三代詩人認為置身的時代「無情可抒」，遂向後現代主義順風而動，以消解主體與藝瀆自

〔註 1〕 張同道等主編：《二十世紀中國文學大師文庫・詩歌卷》，海南出版社，1994年。

我爲風尙；海子則應和詩歌對抒情主體的生命價值、精神尊嚴的呼喚，獨擎浪漫主義旗幟，在第三代詩人蔑視爲「過時行爲」的抒情詩領域耕耘，彈奏出恪守個人化寫作立場的孤絕的精神音響。

　　沿續朦朧詩的自我表現流脈，海子詩的本質也是抒情的。但其視角不像朦朧詩那樣過分地向時代、歷史等宏大的意識形態領域外傾，在「小我」背後隱伏著民族的大形象；而有一種與現實相分離的意志，始終從人本主義思想出發，將「關注生命存在本身」〔註2〕作爲詩歌理想，和中國詩歌的自新之路。在這種以生命本體論爲核心的詩學觀統攝下，他的詩常有意識地遠離表層社會熱點，致力於精神世界和藝術本質的探尋，以對生命、愛情、生殖死亡等基本主題，和這些主題的存在語境莊稼、植物以及一切自然之象的捕捉，於人間煙火的繚繞中通往超凡脫俗的神性境界；並借助這神性的輝光，提升時代的詩意層次和詩意境界。他深知：沒有主觀的藝術不存在，內視點的詩歌藝術「個人化」程度愈高，詩的價值就愈大；由此他盛讚荷爾德林「歌唱生命的痛苦」〔註3〕。其實，他的創作就實現了詩歌文本和現實文本的統一，那些帶自傳色彩的作品，再現了他生活中的自我：「單純，敏銳，富於創造性；同時急噪，易於受到傷害，迷戀於荒涼的泥土，他所關心和堅信的是那些正在消亡而又必將在永恆的高度放射金輝的事物」〔註4〕。他向來把追問和探詢作爲生命本源的第一性形式，這種心靈化理論前提的選擇，注定了他只能遭遇現實與理想、物質與精神對抗的痛苦衝突，並以生命外部困境和生命內部激情間的矛盾搏鬥，結構成詩歌主題的基本模態。

　　①愛情的追逐和抗爭。海子25歲短暫生涯中四次虎頭蛇尾的戀愛，均以失敗告終。這種「災難」的痛苦，使他寫下大量情詩。這一點只要摸準他在詩裏常以姐姐、妹妹等指代情人的心理機制，即可判定他筆下的少女、愛人、新娘、姐姐、妹妹、未婚妻、母親、女兒等大量女性形象，就是他情詩繁多的明證。他的情詩中有《我的窗戶裏埋著一隻爲你祝福的杯子》似的愉快溫馨的呼喚；有《幸福》那樣浪漫愛情的沉醉和牽念；也有絕望狀態的《不幸》和《哭泣》，《四姐妹》在表現人和自然的生滅流轉時，更展示了死亡，「四姐

〔註 2〕 海子：《詩學：一份提綱》，《海子詩全編》第 897 頁，上海三聯書店，1997年。

〔註 3〕 海子：《我熱愛的詩人──荷爾德林》，《海子詩全編》第 914 頁，上海三聯書店，1997 年。

〔註 4〕 西川：《懷念》，《海子詩全編》第 7 頁，上海三聯書店，1997 年。

妹抱著這一棵 ／一棵空氣中的麥子」,「這是絕望的麥子」,流露出一種淒涼的美麗和強烈的末日感,甚至可以說是無限的欲求把海子引向了死亡盡頭。好在作為「遠方的忠誠的兒子」,海子一直沒放棄充滿誘惑和神秘的遠方,因為那是自由和希望的象徵。這一方面表現為對不滿的抗爭、逃亡的衝動,他的詩裏有「既然我們相愛 ／我們為什麼還在河畔拔柳哭泣」的詰問(《我感到魅惑》);有對代表死亡和罪惡的草原的控訴(《我飛遍草原的天空》);有精神的抗議和逃亡,「在十月在最後一夜 ／窮孩子夜裏提燈還家淚流滿面 ／一切死於中途在遠離故鄉的小鎮上⋯⋯我從此不再寫你」(《淚水》),詩仿若委屈的游子對故鄉的訴說,更為詩人失望孤獨情緒的自我指認,自稱「窮孩子」點出了愛情因為貧窮而受挫的內情,也傳遞了斬斷情絲、完成青春涅槃的精神信息。而在《面朝大海　春暖花開》裏,「做一個幸福的人 ／喂馬、劈柴,周遊世界」的簡樸快樂的心願,更是本色的心靈抗爭。另一方面表現為向博愛情懷的延伸,實現了愛的擴展和哲學提升。它或者是《日光》一樣對眾生苦難的人道擔戴,「兩位小堂弟 ／站在我面前 ／像兩截黑炭 ／／日光其實很強 ／一種萬物生長的鞭子和血!」日光是滋育鄉間頑皮健壯活力的血源,也是抽痛敏感於對命運渾然不知者的詩人心靈的鞭子,那份博大的憐憫令人動容。即便《日記》的私語中也流貫著偉大的博愛體驗和意識。「我今夜只有戈壁 ／草原盡頭我兩手空空 ／悲痛時握不住一顆淚滴」,無助的脆弱中流貫著徹骨的悲哀,一切都空曠無比,在詩人被世界拋棄的絕望之際,能給他慰藉的只有友情和愛,所以他才吟誦到「姐姐,今夜我不關心人類,我只想你」。不論是甜蜜還是苦澀的咀嚼,海子的愛情詩都不僅僅追求感官上的賞心悅目,而是和善、美、純潔等古典理想密切相連。即便像流露絕望心境的《四姐妹》,仍凸現著崇高的愛情觀念和人格輝光,絲毫不聞粗俗之氣。雖然詩人「所有的日子都為她們破碎」,但「她們」依舊「光芒四射」。不是嗎?真正的愛不在肉體是否結合,而在於精神的可靠尺度、愛的無條件和持久力,海子詩用回憶的方式敘說逝去的愛情,雖似橄欖卻有清香,婉曲又深邃,它既異於古典情詩的過分理念、規範化,更與第三代詩群那世俗化的粗鄙肉感的情詩不可同日而語。

　　②土地烏托邦的慶典與幻滅。作為農業之子,海子心中先驗存在的大地烏托邦,和海德格爾的「人,詩意地棲居在大地之上」理論的啟示,使他將土地當作生命與藝術的源泉、沉思言說的「場」,和超離世俗情感與社會經驗

的神性母體。詩人書寫了赤子對土地的憶念和感恩。海子乃都市憂鬱的浪子，在異化的困境中，拒斥工業文明，情感天平不自覺地向未被現代文明侵染的鄉村和自然傾斜，並把它作爲靈魂棲息的家園，詩也隨之呈示出農耕慶典意味，遍佈和大地相鄰的古樸原始的意象。《麥地》引動了他一腔鄉情，回憶的視點使「麥地」成了寧靜、美麗、溫暖而健康的烏托邦。「連夜種麥的父親 / 身上像流動金子」，「收割季節 / 麥浪和月光 / 洗著快鐮刀」，我們「洗了手 / 準備吃飯」，種麥、割麥、吃麥都被置於月光之下，達成了詩和麥地的諧和，詩人的緬懷摯愛之情不宣自明。所以站在《五月的麥地》裏，他感到靈魂的慰藉和母性的關懷，預言「全世界的兄弟們 / 要在麥地裏擁抱」；在《重建家園》中斷言「如果不能帶來麥粒 / 請對誠實的大地保持緘默」。摸清了詩人這種心理邏輯，我們才理解爲什麼麥子、穀物、河流、草原等荒涼貧瘠、沈寂簡樸的所在，仍能激起他內心深處的熱烈反應。應該說海子這位具有古典情懷的「地之子」，其懷鄉的故土情結，常被泛化爲大地和母親，表述上的虛擬性，使故鄉有時並非具象的實有，而轉換成了某種意念、情緒和心象，這種對記憶與想像中的鄉土有距離的審美虛擬、觀照，爲鄉土罩上了一層古樸而渺遠的夢幻情調。與憶念和感恩並存的，是對農耕文化的衰亡、村莊烏托邦的幻滅所發出的痛苦質詢和傷悼。現代文明促進時代進步時，也使農業背景上一些自然純潔、帶有神性光輝的東西逐漸流失。於是天性憂鬱的海子在村莊的寧靜和諧裏，看到了「萬物生長的鞭子和血」，《月光》也不再普照麥地而是「照著月光」；在《土地》間追尋偉大元素的希望之旅，也隨之衍化爲一種精神逃亡，「在這河流上我丟失了四肢 / 只剩下：欲望和家園」，而欲望是悲哀的同義語，家園「是我們唯一的病不治之症啊」，詩人只能感歎「我會膚淺地死去」。清醒於土地烏托邦破碎、沉痛不堪的詩人，也曾乞求幻象和物質生存的庇護，「陶醉」於《月光》的美麗光輝；甚而悟出詩是「遠在遠方的風比遠方更遠」的難以企及的存在，要放棄詩歌，在塵世獲得幸福，放棄智慧，「雙手勞動 / 慰藉心靈」（《重建家園》）。但那只是不得已的無奈之舉，所以他很快就拋卻幻想，「請求下雨 / 在夜裏死去」（《我請求，雨》），並在最終眞的投向和大地烏托邦相反方向的抗爭之路──死亡。中國的社會結構從基層上看是鄉土性的，鄉土是中國自然和人文狀況的整體背景；因此海子從鄉土切入農耕民族的生命意識和情感旋律，就成爲一個理想的角度。可貴的是海子的詩沒有僅僅包裹一層鄉土意象，而在精神深層逼近了鄉土文化美麗而悲

涼的基調內核，背離了閒適空靈的傳統田園詩風格，獲得了與中國文學現代化進程相一致的審美旨趣。

③生命和死亡：真理性揭示。海子有靈感型抒情詩人的氣質，早期抒情詩中有關青春和土地戀情的柔軟情結，也給人造成他的詩和哲理思考無緣的錯覺。其實他很多詩都是在先驗和直覺狀態下走進思想家園的，浪漫的情感背後常蟄伏著一種知性和理趣的因素。如探究人類生命和歷史以及二者關聯的長詩《河流》，寫到「河流」流過鄉村、城市，人們「號子如湧」，「編鍾如礫 ／ 在黃河畔我們坐下 ／ 伐木丁丁，大漠明駝 ／ 想起了長安月亮 ／ 人們說 ／ 那浸濕了歌聲」，河流完全是直覺的隱喻，它和號子、馬蹄、編鍾、伐木聲以及人類歷史構成了一種象徵關係。黃河文化的歷史裏，留下了編鍾等遺存，伐木丁丁像在婉訴人類一代代從勞作中走來，如今坐在黃河邊所回顧的歷史裏浸濕了歌聲。海子對生命的有限和無限也有辯證的認知，「你從遠方來，我到遠方去 ／ 遙遠的路程經過這裡 ／ 天空一無所有 ／ 為何給我安慰 ／／ 豐收之後荒涼的大地」（《黑夜的獻詩》），白日後是黑夜，收成後是荒涼，無邊的天空下流經著無邊的歲月，人生的無盡路上勞作者被深深地束縛在土地上；儘管一無所有仍一路歌唱，雖然永遠走不出亙古如常的天空和時間。這種歷史與人生的內涵與真相揭示裏，有種痛徹骨髓的蒼涼。存在主義哲學觀的浸淫，和性格、心靈結構的特質，使海子格外傾心死亡。受土地上大量事物毀滅與死亡象喻的神啟，他感到死亡就是存在的本質和經驗，詩也因之處處彌漫著死亡氣息。「遠在遠方的風比遠方更遠 ／ 我的琴聲嗚咽淚水全無 ／ 我把這遠方的遠歸還草原 ／ 一個叫馬頭一個叫馬尾……隻身打馬過草原」（《九月》），馬兒頭尾相銜來而又去，歲歲年年，而在永恆的歲月面前，此刻打馬過草原的我只是匆匆過客，對死亡景象的凝眸更加深了對生存和死亡本質的理解。獲取人生永恆的虛幻、死亡的絕望認知後，海子企圖將生命融入自然，用有限和永恆的時間性對抗，他苦澀的戀愛經歷所昇華的一些詩就是這種努力的結晶。《四姐妹》把時間素凝結在麥子的瞬間狀態，但代表自然和生命的「麥子」，最終仍成了絕望的「灰燼」，這使詩人悟出絕對與永恆並不存在。於是他「不計後果的生存情緒，常常表現為『睡』、『埋』、『沉』等動詞意象」〔註5〕鋪展開來，「黃色泉水之下 ／ 那個人睡得像南風 ／ 睡得像南風中的銀子」（《斷頭篇》），「亞洲銅 ／ 祖父死在這裡，父親死在這裡，我也會死在這裡 ／ 你是唯一

〔註 5〕 崔衛平：《海子神話》，《看不見的聲音》第 80 頁，浙江人民出版社，2000 年。

一塊埋人的地方」（《亞洲銅》），「我在太陽中不斷沉淪不斷沉溺 / 我在酒精中下沉」（《土地》）。代表封存意志的「睡」、逃遁意向的「埋」、下沉衝動的「沉」意象，組成了一個否決、斷絕的形象，也是詩人最後結局的變相預演。或者說，在海子詩裏死亡已由恐怖變得安然，詩人對死亡已一改迴避為主動的迎迓；所以有了《土地：第十章》裏平靜的預言「天才和語言背著血紅的落日 / 走向家鄉和墓地」，有了《死亡之詩》（之二）中美化死亡的句子「清理好我的骨頭 / 如一束蘆花的骨頭」。海子詩歌能夠抵達真理性揭示的境地，和它反邏輯的直覺方式分不開。同類相應，海子最崇拜與自己氣質酷似的凡高和荷爾德林，而他們「主觀上的深刻性是和精神病結合在一起的」〔註6〕，海子死後醫生對他的死亡診斷也是精神分裂症所致。那麼為何患精神疾病的人反倒容易「深刻」？這是因為像雅斯貝斯所說的那樣，普通人由於經驗世界和邏輯的遮蔽，難以接近原始的真理；而對於精神病患者來說一切「卻成為真實的毫無遮蔽的東西」〔註7〕，他們完全可以憑直覺走近未經偽裝處理和人工判斷的原始經驗，強化詩意的超越性、純粹性和深刻度。

作為剛直的浪漫主義詩人，海子的愛情遭遇坎坷，稱得上是淚水和失敗的孿生兄弟；目光緊盯的麥地「母親」的現實境況也十分貧瘠，阻礙詩性卻又無法詛咒，詩人只能像愛著光明和幸福一樣愛它；「存在的真理」洞穿更指向著本質的絕望虛無、生命和永恆的無緣。這幾種因子集於一處，賦予了海子作品一種尖銳而刻骨的疼痛感和悲劇美，使其「生命的痛苦」展示令人心靈顫抖。這是詩人置身於現代主義、後現代主義的塵世氛圍，卻執意地追尋浪漫理想和詩歌神話的必然結局，也是詩人最終走向死亡乃至受人景仰的深刻背景。

二、構想與實現之間的「大詩」追求

中國的抒情短詩已臻化境，但史詩與抒情長詩傳統卻相當稀薄。原因很複雜。因為史詩與抒情長詩既需歷史提供機遇，又要詩人具備相容大度的藝術修養；東方式的沉靜與個人經驗、承受力的牽制，也不允許中國詩人過分涉足艾略特《荒原》似的領域。到了 20 世紀 80 年代，這一缺憾得到了初步彌補。受宏觀把握世界的東方思維、文化尋根熱潮、迷戀宏大敘事諸因素的

〔註 6〕今道有信：《存在主義美學》第 150 頁，遼寧人民出版社，1997 年。
〔註 7〕今道有信：《存在主義美學》第 150 頁，遼寧人民出版社，1997 年。

敦促，史詩情結一度膨脹。在這股史詩熱中，雖然多數文本因當代意識不足，最終只讓讀者嚼了一通傳統文化的中藥丸；但開路先鋒楊煉與江河，和戮力回應的新傳統主義、整體主義詩群的部分作品，仍在對歷史遺跡、遠古神話、周易老莊等的尋根中，把握住了東方智慧和民族精神的某些內蘊。海子在這齣大師情結戲劇即將絕場之際正式登臺，並唱出絕世之音，構成了史詩情結在新時期的最後顯現和終結的隱喻。

①「大詩」企圖的萌動。海子說大學期間就受江河、楊煉影響進行了史詩探索，但還僅僅限於模仿。1986 年始則因詩學觀的調整自覺地寫起「大詩」（或史詩）。他原以為詩「是情感的，不是智力的」〔註 8〕；但隨實踐的深入他發現抒情只是自發的舉動，是一種消極能力，「偉大的詩歌，不是感性的詩歌，也不是抒情的詩歌」，「而是主體人類在某一瞬間突入人身的宏偉——是主體人類在原始力量中的一次性詩歌行動」〔註 9〕，行動性的長詩才代表人的創造力的積極方面。基於此，自詡為荷馬傳人的他不再滿足做抒情詩人與戲劇詩人；而要做詩歌之「王」，考慮真正的史詩，並預言世紀交替期的中國，「必有一次偉大的詩歌行動和一首偉大的詩篇」〔註 10〕。那麼何為「偉大」？在海子看來「偉大的詩歌」就是「集體的詩」、「民族和人類結合，詩和真理合一的大詩」〔註 11〕。他從反現代主義的立場出發，認為浪漫主義以來的詩歌，已經失去意志力和一次性行動的能力，只有清算它們才能恢復詩歌創造的神力。人類詩史上偉大詩歌的第一次失敗是賽凡提斯、普希金、雨果、惠特曼、哈代這類民族詩人，「沒有將自己和民族的材料和詩歌上升到整個人類的形象」〔註 12〕，第二次失敗是病在卡夫卡、艾略特、畢卡索、加繆、康定斯基、薩特等人的現代主義藝術的「元素與變形」，「沒能將原始材料（片段）化為偉大的詩歌」，導致了詩的盲目化和碎片化。只有但丁、歌德和莎士比亞是成功的，他們的詩是當代中國偉大詩歌的目標，因為它們「是人類的集體

〔註 8〕 海子：《寂靜〈但是水，水〉原代後記》，《海子詩全編》，上海三聯書店，1997年。

〔註 9〕 海子：《詩學：一份提綱》，《海子詩全編》第 898 頁，上海三聯書店，1997年。

〔註 10〕 海子：《詩學：一份提綱》，《海子詩全編》第 898 頁，上海三聯書店，1997年。

〔註 11〕 周俊、張維編：《海子、駱一禾作品集・前言》，南京出版社，1991 年。

〔註 12〕 海子：《詩學：一份提綱》，《海子詩全編》第 898 頁，上海三聯書店，1997年。

回憶或造型」〔註13〕。也正是針對浪漫主義以來詩歌的缺陷，他提出大詩、偉大的詩歌概念，並向「大詩」目標進發，寫下了《太陽‧七部書》。海子的史詩與世界史詩的規範契合，具有存在的合法性與通約性。它們規模宏大，時空開闊，故事情節曲折，主題莊重嚴肅，多用敘述的表達方式，風格傾向激越崇高。它的優長更在於，因詩人在中西古今的史詩傳統，和凡高、米開朗基羅、卡夫卡、陀斯妥耶夫斯基等小說、戲劇、繪畫傳統織就的借鑒場中出入漫遊，養就了開闊的視野和綜合的消化力，非但由抒情而敘事而史詩，一步步地上升到大詩階段，切入了史詩內涵的精神本質，實現了自郭沫若以來懸而未結的抒情史詩、現代史詩和東方史詩同構的夙願，創造性地轉換了史詩概念；而且是淵源有自，卻已踏雪無痕，機杼獨出，既和過分張揚民族精神、演繹英雄業績和民族興衰的西方史詩迥異，也與江河、楊煉等人致力於重鑄民族文化、標舉英雄主義的現代史詩相去甚遠，在疏離、超越狹隘的民族意識同時，創造出一種個人化的史詩形態。

②絕望詩學與幻象建構。當海子把史詩的目光轉向土地、河流、太陽，直面人類苦難時，實際上所承擔的是在破碎的世界裏進行文化補天的英雄道義。或者說海子「大詩」建構的詩歌神學宗旨，是為了追問人類生存的根本，從精神上反抗世界之暗；可結果它傳達出的卻是浪漫詩學中的絕望神學。和早期抒情短詩裏的女性的、水質的、柔軟的情結不同，他的長詩是趨向父性、復仇和毀滅的。《太陽‧七部書》就不乏激烈的抗爭和熱切的追求。如《斷頭篇》中刑天式的斷頭戰士，誓死抗擊籠罩人類命運的黑暗的「不變的夜」，意欲摧毀舊世界，再造天地，那不屈的意志和韌性的鬥爭精神不亞於魯迅的《秋夜》中的棗樹，催人感奮；《彌賽亞》通篇對喻指著和諧寧靜、聖潔幸福等生命境界的核心意象「光明」的追逐，和持國、俄狄浦斯、荷馬、老子等九位盲人歌手合唱光明頌歌的意味深長的結尾，都類似於艾青詩中的「太陽」情結。它們都暗合著英雄主義的崇高立場，悲愴中凸現著向上的生命力。

但對人類生存根本、大地秘密的追問和解讀，最終是令人失望的。所以海子史詩裏與抗爭追求並行的主題，就成了痛苦的獨白和絕望的悲鳴。演繹鮮血、復仇和毀滅的《弒》堪稱其典型範本。它敘述了一個故事：古巴比倫王國唯一的王子失蹤，所以國王垂暮之年決定通過舉辦全國詩歌競賽的方

〔註13〕海子：《詩學：一份提綱》，《海子詩全編》第 901 頁，上海三聯書店，1997年。

式，選王位繼承者，參選的失敗者須以生命爲代價。國王原爲當年結拜過的十三反王中的老八，野心勃勃的他爲修築神廟橫征暴斂，廟成而百姓死了一半，另十二個反王除最小的十三外紛紛被他處死。十三逃至西邊建立新沙漠草原王國，他逃離前偷走了巴比倫王（老八）之子寶劍。受十三影響，青草、紅和寶劍相繼成爲詩人。競賽中競賽者成批死去，最後只剩下猛獸、青草、吉卜賽和寶劍四位患難兄弟。前三人此番前來的秘密使命就是刺殺巴比倫王復仇。猛獸不忍兄弟相殘用火槍自殺，接著青草失敗斃命。勝利者吉卜賽被祭司宣佈獲繼承王位資格時，把從國王手中接過的劍刺向國王；然而被他刺死的卻是紅。因爲老奸巨猾的國王讓神經錯亂的紅扮成他，而自己扮成了祭司。吉卜賽知曉內情後羞愧難當，拔劍自刎。紅在臨死前恢復神志，認出扮成祭司的國王，提出要見劍的唯一要求。劍面對國王時已無詩歌，只剩下復仇。服下毒藥只有一個時辰可活的國王，終於當著劍說出事實真相：吉卜賽追逐的紅原爲公主，紅去尋找哥哥劍，卻誤和哥哥劍結了婚，紅知曉嫁的是哥哥後離家發瘋。國王對劍說「我只想讓你一人繼承王位」。成爲王子的劍，深感自己和國王生命的骯髒與罪惡，最終斥退群臣，走向遍地野花的道路，一陣狂奔後自刎。這部類乎《哈姆雷特》、《俄狄浦斯王》的《弒》裏，君臣、父子、兄弟間的殘殺，打著詩的旗幟，體現的則是大地上王位角逐、權謀爭鬥、血緣迷亂、骨肉相殘而最終無一逃脫毀滅厄運的灰燼本質。那是父性和欲望膨脹的罪惡，那是殘酷、權謀、王座共同執導的猙獰，驚心動魄的鮮血、復仇和毀滅編碼在一起，足以將人推向絕望的深淵。所以《第五場》喊出「死亡是一種幸福」，世界雖大卻無處存身，精神憂鬱又無法自拔，在如此生命困境中的「我」只能乞求死亡的庇護。再如詩人在《土地》裏還狂喜地歌唱「血啊、血　又開始在天上飛」；但旋即在《詩劇》裏轉換爲「身體不在了」、「頭不在了」的毀滅。所以詩人才反覆感歎「我已經走到了人類的盡頭」；才有了《大箭撒》中和日後詩人自殺事實相互印證的讖言。爲拒絕和反抗絕望，詩人曾做過努力，即利用自我無窮生長的可能性，讓自我分解爲多個自我的化身，通過它們相互間的對話、衝突和消解，來分擔、轉換自我的痛苦重量。如《詩劇》希望以太陽王、猿、三母猿、幾種「鳴」，以及合唱來取消分裂、片面的矛盾；但是那些分裂出的自我都是幻想中的主觀虛體，它們不但未分擔減輕海子痛苦的分量，反倒加重了他心情的零亂和絕望的程度。

　　浪漫的海子頭腦中擠滿了幻象，他的「大詩」就是面向非塵世的神話幻

象的建構。這既是其神學寫作的必然選擇，又和詩人隱秘而傲岸的內心言說有關。因爲他封閉貧窮、孤獨單調的寫作，勢必會割斷詩人和世界間原本脆弱的聯繫，使「自我的基本功能變得只是幻想和觀察」〔註14〕，並由此保持對世界的神性體驗而充滿幻想。可以說海子垂青於太陽、月亮、河流、土地、祖先、豐收、狩獵等上古神話元素，建立起了支撐想像力的原型譜系，許多詩皆是幻象支撐的架構。《弒》的故事是幻象的結晶。《你是父親的好女兒》也是幻想性作品。其人物生活在中古時代的草原，那有神秘的兄弟會、強盜、酋長、高大的寺廟殿堂、流浪藝人的歌聲……荷馬、但丁、維特根斯坦分別爲爲民間藝人、石匠、鐵匠。集巫女、精靈、少女角色於一身的女主人血兒，介於人和神之間，歷史不詳，可能是海邊兩姊妹所生，童年在強盜窩度過，後來在巫女世家練習舞蹈、歌唱和咒語，當世俗社會將要把她作爲巫女處死時，「我們」將之救下，她於是開始流浪的生涯。這些事情在世界各民族的歷史中並不存在，它完全是憑詩人的臆想設計的空間幻象。海子的「大詩」整體框架喜歡以幻象貫通，局部細節更多幻象的穿插點綴。《弒》中紅對她兩位車夫的介紹及展示都有戲謔化、戲劇化的虛幻效果，「這是我的兩位車夫。一個叫老子，一個叫孔子。一個叫烏鴉，一個叫喜鵲。在家裏叫烏鴉，在家外叫老子。在家外叫孔子，在家裏叫喜鵲」，而後讓兩位車夫對劍演示，「老子！烏鴉！快叫一聲」，果然「那老人哇哇嗚嗚地叫了一陣」。這惡作劇似的聯想、調侃，且不說對聖人是否失敬，想想兩位聖人學鳥叫的夷非所思的場景，就會產生忍俊不禁的喜劇效果。詩人的幻象建構，既展示了其無與倫比的聯想力，拓展了想像力疆域，涵納了從尼羅河到太平洋、從蒙古高原到印度次大陸、從聖經舊約荷馬史詩到荷爾德林與蘭波、從屈原與奧義書到凡高等闊大的時空；又強化了詩的亦眞亦幻的虛擬性，它對於中國新詩想像力貧弱的現狀，無疑是一種矯正和彌補。

③未完成的文本操作。對海子「大詩」的評價見仁見智。否定論者指責它不如短詩，它的寫作是一個時代性的錯誤；肯定論者說《太陽·七部書》「大概是他最主要的貢獻和作爲一個世界文學性詩人最主要的方面」〔註15〕。在這個問題上臧棣的指認基本準確，他說海子「也許是第一位樂於相信寫作本

〔註14〕R.D.萊恩：《分裂的自我：對健全與瘋狂的生存論研究》第 133～134 頁，林和生、侯東民譯，貴州人民出版社，1994 年。

〔註15〕駱一禾：《致阁月君》，《不死的海子》第 19 頁，中國文聯出版社，1999 年。

身比詩歌偉大的當代中國詩人。許多時候，他更沉醉於用宏偉的寫作構想來替代具體的文本操作」〔註16〕。除了《弒》，海子的「大詩」基本上都是未竣工的半成品。應該說海子不乏寫作長詩的才華，一些文本也比較成功。如《弒》有均勻的結構和豐富的詩意；《土地》因形式框架對激情的控制體現了理想的「完形」能力……但因為《太陽‧七部書》是不可企及的超級大詩，海子不勝重負，壯志未酬身先死，成了人類歷史上偉大詩歌的第三次失敗者，使「大詩」出現僅僅停留在夢想的幻象之上。海子的構想沒有實現，首先源於他詩歌中兩個主題關鍵詞浪漫主義與大詩本質上的對立。前者需要激情的誠摯熱烈，後者強調嚴謹；前者張揚個人化，後者注重類的形象和意識提升；前者崇尚主體之真，近於東方的抒情短詩傳統，後者追求客體之實，和西方史詩傳統相似。而海子詩中充滿火山一樣的激情，更多心象的捕捉，他向大詩理想接近的方式，完全是依賴孤獨的個人才能。這種取向必然會引起激情方式和宏大構思間的根本衝突，使《斷頭篇》等文本架構失控，凌空蹈虛，蛻化為「碎片與盲目」。其次海子力圖向上古原始的神話空間取材創造長詩，詩作基本呈現為想像幻象的造型；並且它的材料涵納著整個亞細亞版圖內的人類文明，龐雜混亂，材料分子間缺少必要的結構黏著性，詩人的經驗、認識和耐心尚不足以駕馭這樣深廣而宏大的題材，瘋狂的生命激情也難以把它們渾融為藝術生命的完整體。這種面向過去的文化野心，使海子的史詩沒找到通往偉大文本的方向，又割斷了詩歌和當代現實、生存的關聯，思想脆弱不堪，難怪有人批評他的詩歌滯後了。再次是海子的長詩沒承繼人類積澱的語言系統，而讓文化、語言、經驗返歸原初的混沌狀態，給它們重新命名與編碼；並且其新編系統由個人化方式完成，個人創世神話裏的幻象象喻，和已有的神話世界也不一致。這在贏得原創性時也造成了原有詩意的流失，把大批操著傳統或流行語碼的讀者擋在了詩外。人說那些短詩使海子走近了葉賽寧、雪萊，長詩則讓海子進入了歌德、但丁、莎士比亞的序列。我看這只印證了海子進入偉大詩人序列的構想，一個沒有實現的構想。

三、浪漫藝術理想的餘暉

　　海子是20世紀後期的浪漫主義者。在《詩學：一份提綱》一文中，他既

〔註16〕臧棣：《後朦朧詩：作為一種寫作的詩歌》，《中國詩選》第1期第342頁，成都科技大學出版社，1994年。

將浪漫主義作爲兩個主題關鍵詞之一標舉，又坦承和雪萊、葉賽寧、荷爾德林等富於悲情氣質的抒情王子們融爲一體，流露出對浪漫主義詩歌的傾心。至於他詩中那種超人的激情投入，那種在第三代詩「反文化」語境中堅守浪漫理想的精神，那種把想像當作詩歌主脈的藝術取向，更是有力的明證。海子的浪漫主義追求令人刮目者在以下幾方面的表現。

①「家園」的回味與虛擬。海子不是在情緒上，而是在本體上把鄉土神聖化爲了古典家園，他的詩裏有種安徽懷寧老家古樸的格調，「每一個誦讀過他的詩篇的人，都能從他身上嗅到四季的輪轉、風吹的方向和麥子的生長」〔註17〕。只是他的鄉土經審美觀照已在原本形態上發生了某種變異；或者說故鄉僅是他虛擬的的精神資源而已。英國詩人華滋華斯認爲詩是強烈情感的自然流露，它起源於在平靜中回味起來的情感。海子雖然身居都市，卻長期沉於「地之子」的情結中。咀嚼著往日的心理積澱，從心中流出許多關於故鄉與土地的詩篇。這種從鄉土外、超功利觀照鄉土的視角，使他常構築吻合自己的「家園」理想，帶原始古樸的夢幻情調的家園型範；並且將記憶與現實交錯，是記憶中家鄉的恢復，又是想像中鄉土的重構。如《麥地》的夢裏人生和回憶視點遇合，使家鄉變得美麗、寧靜、閒適，猶如動人的畫。《雪》更是幻覺與實感結合之作。「媽媽又坐在家鄉的矮凳上想我／那一隻凳子彷彿是我積雪的屋頂／／媽媽的屋頂／明天早上／霞光萬道／我要看到你／／媽媽，媽媽／你面朝穀倉／腳踩黃昏／我知道你日見衰老」，該詩抒發了對母親的思念之情。墮入暝想的幻覺後，詩人依稀看見故鄉積雪的屋頂下，坐著想念遠方兒子的母親，於是期盼明天霞光萬道的早上能看到她。這似是實景；但「彷彿」的比喻又讓人感到它有或然態成分。果然「知道」字樣點明，上述親切而酸楚的畫面情境都是詩人的猜測與想像的鋪展，記憶和想像中的事態，反襯出詩人飄泊的惆悵和思念的沉重，特定視點把詩人的思念表現得婉轉朦朧。這種以夢當眞或眞亦爲夢的寫法，常使繆斯妙筆生花，含蓄異常。和回想式的感知方式相伴，海子的家園情結表述有明顯的虛擬性。他常常依據現實的可能而不是眞實去虛擬情感空間，詩裏充滿具備眞的存在方式、功能卻並非實有的具象，空靈虛靜。《哭泣》寫到「天鵝像我黑色的頭髮在湖水中燃燒／我要把你接進家鄉／有兩位天使放聲悲歌／痛苦的擁抱在家鄉的屋頂上」，「我」和「家鄉」即悲情的幻象，你可以懷疑它們的眞實與否，卻無法不佩服詩人

〔註17〕西川：《懷念》，《海子詩全編》第 10 頁，上海三聯書店，1997 年。

的幻想力。《春天，十個海子》那「死而復活」的浪漫奇思，那死後幻象的越軌創造，那死亡感覺的大膽虛擬，更乃異想天開的神來之筆，它將靈魂的痛苦沉靜地和盤托出，又因幻象理論的運行，使詩的暗指多於實敘，在不羈的躍動中以實有和虛擬的交錯增加了詩的嫵媚。這種虛擬的手法，是對既成思維方式的挑戰，它既暗合著 21 世紀數字化的虛擬趨勢，也應了韋勒克、沃倫任何作品都是作家「虛構的產物」的妙論。

②主題語象：麥地與水。成熟的詩人都有相對穩定的意象符號，如海之於埃利蒂斯、荒原之於艾略特、月亮之於李白、太陽之於艾青，都已渾融為其藝術生命的一部分，成為某種精神的象徵符號。順應現代詩的物化趨勢，海子起用了意象與象徵手段；但卻對之進行了大膽「改編」，在求意象的原創鮮活和意象間的和諧時，更努力使意象和象徵上升為「主題語象」。和海子的長詩常以太陽為中心向外輻射相對應，海子的短詩則傾向於以月亮為核心的村莊系列意象群落的建立，高頻率出現的是大地、太陽、女神、村莊、家園、麥子、草原、水等事物。這些主題語象凝聚著詩人主要的人生經驗與情緒細節，在本質上規定著詩人的情思走向與風格質地，在增加作品原創色彩同時，又達到了化抽象意念為具體質感的效果，防止了浪漫詩的濫情。因篇幅所限，這裡只抽樣透析麥地和水意象。

麥地。海子似乎對麥地及相關事物情有獨鍾，中國詩史上從沒有誰像他那樣刻骨銘心的書寫麥子，據不完全統計，海子詩中以題目或文本內鑲嵌的形式出現的麥地意象至少有上百次，麥地是海子的詩歌背景和經驗起點。自然的麥地，在它那裡又是農民命運和文化精神的隱喻。他這樣寫《麥地》「吃麥子長大的……健康的麥子／養我性命的麥子」；這樣寫糧食「那裡的穀物高高堆起，遮住了窗戶／他們把一半用於一家六口人的嘴，吃和胃／一半用於農業，他們自己的繁殖」（《春天，十個海子》），麥子、糧食和性命生死攸關，詩人將它們置於活命的根本的地位和它們對話，抬高了麥地的價值。因氣質近於悲情的浪漫主義，在鄉村品嘗了太多苦澀，海子詩中的土地和赫爾德林、里爾克充滿詩情畫意的土地不同，他不寫南方平靜、豐饒、濕潤的稻田，而偏偏凝眸北方乾裂、貧瘠、騷動的麥地；因此詩裏總摻著沉重的痛苦滋味。「有人背著糧食／夜裏推門進來／油燈下／認清是三叔／老哥倆／一宵無言／只有水煙鍋／咕嚕咕嚕／誰的心思也是／半尺厚的黃土／熟了麥子呀」（《熟了麥子》）！詩絕非僅僅是蘭州一帶的浮光掠影，地方性物象、嗜好的準確捕捉

所整合出的渾然意境，有種和詩人 21 歲的年齡不相諧調的滄桑之感，它至少是海子少時對糧食刻骨記憶的一種變相移植。面對「雪和太陽的光芒」，詩人感到「你無力償還／麥地和光芒的情義」(《詢問》)，流露出自我苛責和壓榨的精神品質，良知、理想、關懷人類的熱情和思索，讓海子不勝重負。海子詩對苦澀內核的捕捉，在揭示土地上事物的生存和存在的特質時，也折射出人和土地關係的內涵實質；並由此被人稱為麥地詩人。海子對麥地意象蒙塵的去蔽，返歸了自然本原和詩的原創力，以荒涼和苦澀的攪拌，超越了傳統詩人觀照山光水色時忘我寄情的境界。

水。海子筆下的水已外化為靈魂奧秘的載體，詩人正是沿著它走進了中國精神的深處。水在海子的詩裏意味多端。它時而是生命和創造力的源泉，《河流》就是人類最初生命與生活的孕育體，對河流的觀照已走向對人類最初生活和語言由來、繁衍、流變歷史的凝思：華夏民族大部分人自古逐水而居，對水由崇拜而神化而臣服，因之而生，因之而死，這是他們難以擺脫的命運與精神宿命。水時而又是包容萬物的東方精神象徵，《但是水，水》即從《河流》的水生萬物思想上升到了這種哲理把握高度。它貌似揭示人與水的關係，由沒有水的洪荒而洪水而水的到來而魚而人，民族歷史的神秘的生衍鏈條綿延不絕；但它形而上的意蘊則是張揚母親和女性的偉大平靜、包孕萬物，切入了東方文化精神的中心。水時而又是人類率真自然、初始本在生命狀態的喻指，《思念前生》「莊子在水中洗手／洗完了手，手掌上一片寂靜／莊子在水中洗身……月亮觸到我／／彷彿是光著身子／光著身子／進出／／母親如門，對我輕輕開著」，哲學化的「水」對文化痕跡的清洗，曲現著莊子生命逆向返歸的衝動，這種人本的還原必要又艱難，它交織著「親切」的喜悅和無盡的「苦惱」，最後的「母親如門，對我輕輕開著」，隱含著莊子及詩人要退回到生命原初的母親羊水狀態的心理取向。而人類初始的羊水狀態和自然萬物始端的海洋狀態相通；所以從未見過大海的海子才偏偏執著於海，形成一種揮之不去的大海情結，寫下諸多關於大海的文本，它們的寫作目的都指向著詩人欲回歸本源的返鄉思想，有尋求與水精神同構的文化意義。難怪詩人以「海子」為筆名了，「海子」不論是取大海的兒子之意，還是源自蒙藏高地的湖泊的詩意稱謂，都和水密不可分。水意象的流淌，賦予了海子詩一種空靈迷朦的夢幻氣息。

③語言的雜色和「歌」詩化。廣為集納的性情投注使海子詩的語言有種

非正統的「野」和「雜」。海子當初也對語言規範雕琢的近乎殘酷；可到長詩寫作中卻意識到「詩歌的寫作不再嚴格地表現爲對語言的精雕細刻，而是表現爲對語言的超級消費」，要體現語言力量就「必須克服詩歌中對於修辭的追求」〔註18〕；因爲詩歌過分抒情就會過於精緻，不利於傳達生命體驗的原創性和豐富性。在這種理論燭照下，他的詩出現了詞彙、語體和格調上的反差「雜色」特徵。如《馬》就有意象語彙之「雜」，詩人狂躁暴烈的情緒裏挾著屍體、大地、門、箭枝、血、玉米等意象狂奔，諸多科學的想像的、實有的虛擬的、詩意的非詩意的意象混用，苦澀卻貼切地傳達了詩人失戀後精神自焚、自戕的疼痛與悲涼之感，直接強烈，毫不造作。《太陽》七部書則體現了語體和格調之「雜」，它分別被標以詩劇、長詩、第一合唱劇、儀式和祭祀劇以及詩體小說的形式，以區別於他的抒情詩即純詩，這種詩的小說化、戲劇化實踐，擴大了詩的表現疆域。其中《弒》調動來自歷史、民間、現代、俚俗的各種材料和語言，並以荒誕乃至惡作劇的心態逼近它們，不但多處納入大地上粗糙原生的民間場景；還經常交織運用民間曲調、民間謠語、集童謠的活潑和江湖的野悍於一身的原生語言，既流露了痛快放肆的心態，也突破了現代文明中的經驗和語言方式。海子詩的「雜色」，是其文本獲得豐富性內涵的重要管道。各種語言在共時性框架裏的異質對立與並置，避免了一色化語言那種令讀者朝一個方向簡單期待的弊端。

王一川先生說「海子是在現代漢語語音形象上作出了不可替代的重要貢獻的傑出詩人」〔註19〕。對此從來將詩歌只稱詩歌而不稱詩的海子是當之無愧的。如《謠曲‧之一》對民歌信天遊歌詞的引入和變奏，似《掀起你的蓋頭來》的定位移植和翻版，天然本色；起用另一套語言系統的《渾曲》，又飄蕩著詩人家鄉鄉諺、村謠的味道。《亞洲銅》也有一種歌謠的明亮，其中心意象「亞洲銅」在每段開頭都兩次反覆出現，並且反覆達八次之多，其複沓迴環的音節效果和「ong」韻律交錯，構成了歌的洪亮、渾厚又連綿的氛圍，彷彿不是寫出來而是唱出來的，有多聲部的複沓效果。海子那些長詩更具備「歌」之傾向，《土地》裏歌隊長和眾使徒角色的設置，就有明確的歌詩色彩。詩人坦言，「四季迴圈的不僅是一種外在景色、土地景色和故鄉景色，更主要的是

〔註18〕 海子：《我熱愛的詩人──荷爾德林》，《世界文學》1989 年第 1 期。
〔註19〕 王一川：《海子：詩人中的歌者》，《不死的海子》第 258 頁，中國文聯出版社 1999 年。

一種內心衝突，對話與和解。在我看來，四季就是火在土中生存、呼吸、血液迴圈、生殖化為灰燼和再生的節奏」〔註20〕，僅從把四季理解為「節奏」這一點，即可看出詩人是欲以「歌詩」形式，通過四季迴圈的節奏演繹人與自然間矛盾、對話、和解的意圖。應該說，海子詩歌語言的歌詩化趨向，雖未徹底改變新詩只能讀不能歌、詩與歌分離的「誦詩」狀態；但卻以詩歌中「歌」的因素調配，在某種程度上對「誦詩」狀態構成了質疑和衝擊，恢復了漢詩的歌唱性即「歌詩」傳統。

四、反抗文本：個人化寫作的先聲

怎樣定位海子詩歌的價值？這一問題難倒了許多研究者。在海子是20世紀為數不多的中國詩歌大師之一的聲音傳出時，卻有更多人迷信海子是自我膨脹的典型，稱其詩歌尚處於依賴青春激情的業餘寫作階段，他只有夢想而沒有找到實現夢想的方法和途徑。1987年北京市作家協會召開的「西山會議」上，有人把他「搞新浪漫主義」、「寫長詩」定為兩項罪名；某些第三代詩人蔑視海子的抒情詩創作是「過時行為」；個別所謂的批評家更抓住海子那些帶有神性色彩的抒情詩缺失當代性的致命「缺憾」，詬病它走進了虛妄的文化圈。我認為這是違背事實真相的邏輯指認。

不錯，80年代中後期的中國詩壇欲望喧嘩，詩性潰散。置於如此後現代歷史語境裏，連第三代詩人這群現代主義者，都普遍放棄了知識分子立場，向後現代主義順風而動，亮出投降旗幟後還要飽嘗失卻精神家園之苦。像海子這樣深懷浪漫情調的人，就更不可避免地要飽受塵世的根性和超塵的掙扎間互相撕扯、靈魂分裂的慘烈折磨。儘管如此，他卻承受了現代主義語境壓力，堅守古典的立場和理想，企望以意象思維建構太陽和詩歌的神話，進而以此來縫合破碎的世界和現實，拒絕投降，從而將錯位歷史情境中「荒誕」悲壯的「祭奠」行為，譜就為一個抗議文本；並且海子正是借助這種「貴族詩學」的選擇，才擺脫了政治情結的糾纏，確立了在詩壇的地位。海子對浪漫主義詩歌的守望，挽留住了浪漫主義在20世紀的最後一抹餘暉。海子之後，就是純技術路線和後現代主義對宏大造型、理想激情和意義的解構與消泯了。何況海子浪漫之詩中罕見的純正品質，還提供了一個時代的詩歌資源，

〔註20〕海子：《詩學：一份提綱》，《海子詩全編》第 889 頁，上海三聯書店，1997年。

以對同時期詩人乃至後來者藝術操作的影響，預示並規定了未來詩壇的發展走向。它以現實生存的憂患擔戴、生命人格的坦誠自省和親切可感的文本鑄造，喚起了新詩對樸素、情感和心靈的重新認識，超越了新時期偏重於藝術探索的詩歌；它用個人化的聲音進行「個體生命的詩歌表達」，又實現了對新時期包括朦朧詩在內的偏重於思想探索、情思類型化詩歌的成功間離。海子詩歌那種對神性品質的堅守，那種麥地詩思的原創性，那種主題語象的私有化，那種個人密碼化的言說方式以及那種抵達大詩的企求等諸多取向，都直接開啓了 90 年代個人化寫作的先河。也正因海子詩歌具有這種審美個性，以至於在他死後的 90 年代，其麥地詩歌一再被「新鄉土詩」模仿；其長詩鼓動起那麼多詩人的野心，使他們紛紛在詩歌策略上拼命比長度、知識和耐力，製造了成堆的贋品，從而把海子開啓的個人化寫作又重新改寫回到了「共同寫作」狀態。事實上，海子的詩，尤其那些有缺陷又特色獨出的長詩是無法模仿的，世界上一切的偉大詩歌都是拒絕模仿的。

「歧路」的詩學：
先鋒詩人自殺的文化思考

　　1989 年 3 月 26 日，海子（查海生）在塵世的喧囂中，決絕地臥軌於山海關，走向了永久的寂滅；1991 年 9 月，同樣畢業於北京大學的的戈麥（儲福軍），焚詩後在清華大學附近投湖自沉；1993 年 10 月 8 日，朦朧詩主將之一的顧城在紐西蘭的激流島上，先用斧頭重擊謝燁的頭部，然後在旁邊的樹上投環身亡。在那前後，還有方向、蝌蚪等近二十多位青年詩人競相自殺，90 年代中葉和後葉，兩位極具先鋒精神的老詩人徐遲、昌耀也不堪忍受病痛的折磨相繼跳樓。檢視一下中國漫長的詩歌歷史，從來沒有哪個年代像 20 世紀後十年那樣，詩人密集地自戕，黑色的死亡陰影濃鬱，詩性正日漸走向內在的崩裂和消亡。

　　和不十分戀生卻崇尚死亡之「美」的日本人相比，在宗教和歷史傳統蔭蔽下的中國人則崇尚生。因為涵括儒、釋、道在內的中國傳統文化中，人們的生死觀驚人地相似，即都畏懼死亡，講究「未知生，焉知死」，「死生有命，富貴在天」，道家甚至還企求長生不老，加之國人關注外部現實時，都多入世實用的思想，少關心存在本質；所以自古以來詩人們雖然常常命運多舛，但在詩史上真正自殺的卻只有兩位，一位是開山期的屈原，一位是終結時的王國維，中間是自殺者的長時間缺席。那麼為什麼到了 20 世紀 90 年代，偏偏有那麼多詩人以洞見生存虛無的先覺者姿態，走上生命的歧路，製造了一個又一個「事件」？他們的自殺是像人們所說的出於對藝術的提升，還是一種行為藝術的顯現？這一問題的研究已有學術思想史研究的意義。

在走向死亡的原因、途徑和意義形形色色的詩人中，海子、戈麥、顧城最具有典型性；因此我們透視先鋒詩人自殺的文化現象，就相應地以對他們三位元抽樣的方式進行。

一、生命舞蹈：形而下的陷阱

論及先鋒詩人們自殺的原因，一種呈壓倒之勢的觀點認為：他們選擇死亡不是因為疾病，不是因為貧困，不是因為工作，甚至（拋卻顧城之外）也不是因為愛情；而完全是緣於文學創作帶來的精神苦悶。我看未必盡然，畢竟任何一個人類分子都置身於形而下的瑣屑之中，誰也休想徹底擺脫人間煙火，超凡脫俗地獨立於塵世之上。他們的自殺都分別和愛情、貧困、婚戀糾葛等具體事件相關。

海子是由於自我世界的內部分裂而自殺，促成他自我世界內部分裂的生活瑣屑是很多的。在一定程度上說，海子之死是自尊心受挫所致。海子榮譽感很強，但詩界內外傾軋的陰暗醜相，讓他的身心都受到了深深的傷害。他死前，不少人認為他的詩水分太大，1987 年 5 月北京作協舉行的西山會議上，有人羅列了海子「搞新浪漫主義」、「寫長詩」兩項罪狀，令會場外的海子氣憤不已；1988 年「倖存者詩人俱樂部」舉辦沙龍活動時，多多等前輩詩人競粗暴地指責海子看得比生命更重要的長詩，這對海子的心靈打擊無疑非常沉重；1988 年 4 月海子遊歷四川時，遇到他很看重並想幫助的詩人尚仲敏，竟向他射冷箭，在他回京不久於《非非年鑒‧1988 年理論卷》上著文《向自己學習》，刻薄地諷刺貶斥他；而幾乎同時的，尤為令人難以忍受的是一個「詩歌敗類」，競將海子寄給他的詩歌整頁整頁地抄襲，然後拿出去發表，而那時作者海子自己的詩歌卻問世無門。經濟的拮据，也常常使海子在去昌平看望他的朋友面前窘迫不已。這些有損於自尊心的「事件」和海子的死都不無聯繫。其次氣功的幻覺推波助瀾，將海子引向了死亡的邊緣。海子本來就想像力詭奇，常以夢為馬，喜歡在幻想裏漫遊；這種氣質和氣功遇合，更容易使他走火入魔。受氣功能夠給人以超凡感覺的誘惑，他向同事學氣功；但後來卻和西川說他開大周天時出了偏，「魔障」攪的他臨終前的一段時間裏總是出現幻聽、幻覺，覺得耳邊有人說話，無法專心寫作，覺得肺全部爛掉了，加之記憶衰退和頭痛等腦痙攣的症狀，讓他寢食難安，以至於 1989 年年初在老家休假的海子給政法大學哲學教研室主任寫信，說自己有病需請假晚回，後

來在給父母的遺書裏說有人要謀害他，「一定要找×××××××學院××
報仇」，言辭混亂。也就是說氣功給過海子許多幻覺的神助；但最終氣功和過
度寫作引發的腦病也把他給毀了。再次和走上不歸之路的眾多青年相同，海
子生命中最大的羈絆也是男女之情。「海子一生愛過四個女孩子，但每一次的
結果都是一場災難」〔註1〕，具體說他的死和四次虎頭蛇尾的感情經歷有關。
自殺前的那個星期五，也就是 1989 年 3 月 17 日左右，海子在昌平見到深愛
過的初戀女友，此次見面時，她已在深圳建立家庭，又打算去國外發展，雖
然她到昌平不乏提前告別之意，但對海子很冷淡。這種刺激使海子情緒很低
落，在當晚和同事喝酒的醉態中，講了許多有關這個女友的事情；第二天酒
醒後又固執地以為講了傷害女友的話，並為此自責不已，這是促成他自殺的
直接導火索。於是，他在 1989 年 3 月 26 日，走上了山海關冰涼的鐵軌。

　　戈麥之死的動因似乎不那麼直接，其實它也是很具體的。戈麥的死，雖
然由於詩人缺乏海子的超人天賦，沒像海子、駱一禾之死那樣引發出持久空
前的關注；但他同樣遭遇了令人心碎的貧困，和對生存意義的痛切眷顧。戈
麥畢業後的工資微薄，儘管吃飯抽煙都相當節省，可到月底還是上頓不接下
頓，以至於想買一個錄音機的願望一再落空；想找個安靜學習寫作的地方也
屬非分之想，多天借用的沒有暖氣的平房，又大大損傷了他的身體，貧困使
他死後的遺物裏除了書還是書，「在與貧困的環境（物質的和精神的）對抗中，
他自然減少了與人的往還……深入了孤獨之境」〔註2〕，在一種不食人間煙火
的聖徒般的生活中，「朋友們漸漸離我遠去 / 我逃避抒情 / 終將被時代拋棄」
（《詩歌》），結果因人性出路的迷茫，最終認同了人生悲劇的必然。

　　至於顧城死亡的具體原因，已經萎縮到了一個通俗的婚外戀故事層面。
他和謝燁原本有一段令人企羨的戀愛和婚姻，可是自從 1986 年昌平詩會後，
一個喜歡詩歌的女子英兒闖入後，他們平靜的生活裏掀起了波瀾。顧城 1988
年攜謝燁赴紐西蘭的奧克蘭大學講授古典文學，不久即辭職，到懷希基島隱
居，過著種菜養雞的農耕式生活。先是謝燁幫助英兒從大陸移居到紐西蘭，
並且用在集市上賣雞蛋得來的錢，為和顧城相戀的英兒辦了長期定居的綠
卡。1992 年，顧城接受德國的創作年金，應一個文化機構之邀去那裡講學，

〔註1〕 吳曉東、謝凌嵐：《詩人之死》，《文學評論》1990 年第 4 期。
〔註2〕 王岳川：《中國鏡象：90 年代文化研究》第 220 頁，中央編譯出版社，2001
　　　　年。

臨行前將家託付給英兒照看，在德國時謝燁被一個陳姓男子狂熱地追求，謝燁和顧城的婚姻裂痕愈來愈大，待他們夫婦返回紐西蘭時，發現英兒早已和一個教授氣功的德國老頭兒私奔，而此時那個陳姓的男子又要到島上向謝燁求婚。對顧城來說，這個事實是殘酷的，一個愛過他的人走了，一個他愛過的人又可能離他遠去，他的男權中心和理想國話語受到了個性獨立思想的強烈挑戰和威脅，在激流島上建立大觀園式的女兒國的烏托邦幻想即將破滅；而任性霸道的他，是決不允許他愛的人去愛別人或被別人愛的，於是他絕望、瘋狂了，在 10 月 8 日那天，先用斧頭砍擊分居後前來找他談判的謝燁頭部，隨之在謝燁倒地不遠處的一棵樹上自縊。

二、心靈的追問：「形而上的無路可走」

皮相地看，詩人們的悲劇和具體的環境、詩人自身的性格休戚相關，說寫作過度造成的腦損傷、氣功的幻覺幻聽和感情生活的挫折，將海子逼向了死亡，說極端的貧困和人性的迷惘，將戈麥引向了死亡，說複雜的婚外感情糾葛，將顧城最終推向了死亡，都有其真實、合理的一面；但它們還都不是全部。遭遇感情的挫折糾葛、被生活的貧困苦難以及幻覺所擾的人何止萬千，為什麼選擇自殺的偏偏只有包括海子、戈麥、顧城在內的少數人？或者說上述一切還不是促成詩人們踏上黃泉路的決定性因素。那麼，詩人們死亡的最內在、最本質的深層動因何在呢？深究海子、戈麥、顧城之死，我們發現他們自戕的背後，都蟄伏著許多相似的東西。劉小楓在《拯救與逍遙》一書中說「詩人自殺事件是 20 世紀最令人震撼的內在事件。這所謂的『內在』，是指發生在人的信念內部」〔註3〕，指形而上的無路可走。

首先，詩人們踏上不歸路和詩人詩歌邊緣化的尷尬語境互為表裏。20 世紀 80 年代中期之後，隨著工業技術的進步、商品力量的無孔不入和世界的日漸散文化，人類和詩性棲身的自然關聯被無形地割斷，變輕的精神意義被金錢神話抽空了，詩歌的價值訴求也被置換成「金幣寫作」策略。在物質世界、大眾文化和學歷教育對詩神的合力擠壓下，歐陽江河等個別「堅強」的詩人，陡增悲壯的英雄感，將詩提升到理想和宗教信仰的範疇——「王者的事業」高度認識，還滋生出一種「大師情結」；大部分先鋒詩人則在詩歌沒落的背景下，困惑沮喪異常，這從當時民間詩刊《異鄉人》、《反對》、《大騷動》、《象

〔註 3〕 西川：《懷念》，《海子詩全編》第 10 頁，三聯書店，1997 年。

罔》、《厭世者》等的名字即可窺見一斑，甚至少數個體就「死於向思維、精神、體驗的極限衝擊中那直面眞理後卻只能無言的撕裂感和絕望感」〔註4〕。和那些將詩做養家糊口工具的技藝型匠人不同，海子、戈麥、顧城都屬於屈原、濟慈、荷爾德林式的存在型詩人，把詩作爲生命和生存棲居的方式，戈麥視詩爲神聖的精神故鄉、「對詩的感激要高於對生活的留戀」〔註5〕，海子把詩歌看得高於生命肉身，顧城則將詩當作逃避人世紛擾的心靈堡壘。置身於詩性消亡的語境裏，他們都曾做過頑韌的抗爭，分別企望在麥地、星空和激流島上構築精神家園，逃避工業文化，懷想遠去的自然之夢；但是麥地的貧瘠現實無法改變，星空只有在夜和夢裏才會眞實地存在，「我站在黑夜的盡頭……我是天空中唯一一顆發光的星星」（戈麥《獻給黃昏的星》），並趨於幻滅，被幻想寵壞的「任性的孩子」壘砌的自耕自足、夫唱婦隨的童話王國，說穿了不過是太虛幻境。於是當這些執著於精神和生命意義追尋的詩人，「在人類精神的邊緣看到了詩『大用』而『無用』的狀況」〔註6〕而又逃避無門，面臨的唯一主題只有死亡，或者說只有詩人的死亡，才能成爲詩歌的可能形式和神聖性的體現。所以失重的海子以「『臨終的慧眼』」看到世紀末詩歌將在商業消費主義和技術理性主義的壓榨下，根葉飄零瀕臨絕滅〔註7〕，在90年代的門檻前殉詩而死，並對詩界構成了絕命的啓迪，導致後來戈麥等人連續地隕身爲「詩歌烈士」。當然，在這個問題上，顧城絲毫不帶詩性光輝的死，和海子、戈麥的死絕對不能相提並論。

其次，是詩人們死亡意識的外化和實現。現代人時常受精神分裂的威脅，許多靈魂的深處都沉潛著自殺的企圖，只是沒有太多的人敢於將之付諸於行動。在某種意義上說，海子、戈麥、顧城都曾把死亡作爲自己的終極追求和欲望目標，他們最終的奔赴黃泉，不過是內心死亡意識、末世情緒的邏輯演進和必然發展而已。海子選擇3月26日這個兩位浪漫主義先知貝多芬、惠特曼辭世的日子自殺，說明他是有充分的事先準備的。一直相信「天才早夭」的浪漫預言，並不斷以之自我暗示的海子，非但不悲歎葉賽寧、荷爾德林、

〔註4〕 西渡：《戈麥的里程》，《守望與傾聽》第213頁，中央編譯出版社，2000年。

〔註5〕 劉小楓：《拯救與逍遙》第22頁，上海三聯書店，2001年。

〔註6〕 王岳川：《中國鏡象：90年代文化研究》第222頁，中央編譯出版社，2001年。

〔註7〕 戈麥：《核心·序》，西渡編《戈麥詩全編》第420頁，上海三聯書店，1999年。

普希金、馬雅可夫斯基、凡高、雪萊、拜倫等短命天才的脆弱和夭折；反倒在心理和寫作上認同這些光潔的大師「王子」。對大師們的精神領悟浸淫的結果，是對生命元素中黑暗旋律的極端敏感和無法自控的追逐，產生了強烈的死亡欲望，早在 1986 年，他在日記中就流露出自殺的情結傾向，「我差一點自殺了……但那是另一個我——另一具屍體。那不是我。我坦然寫下這句話：他死了。我曾以多種方式結束了他的生命，但我活了下來……我又生活在聖潔之中」〔註8〕；並在以後的詩中不斷反覆地強化這種死亡意識，以死亡場景的想像品味自殺和死亡的快感，「在春天，野蠻而悲傷的海子／就剩下這一個，最後一個／這是一個黑夜的孩子，沉浸於冬天，傾心死亡」（《春天，十個海子》），預言死後的結局「背著血紅的落日／走向家鄉的墓地」（《太陽·土地》），「那時候我已被時間鋸開／兩端流著血鋸成了碎片／翅膀踩痛了我的尾巴和爪鱗／四肢踩碎了我的翅膀和天空／這時候也是我上升的時候／我像火焰升騰一樣進入太陽／這時候也是我進入黑暗的時候／這時候我看見了眾猿或其中的一隻」（《太陽》），這種體驗，簡直就是日後臥軌自殺情境的提前預演。甚至，海子死前還和友人討論過自殺的方式，認為在諸種自殺方式中臥軌最便當、乾淨、尊嚴，所以他果真帶著嚮往天堂溫暖的《聖經》，選擇了這種方式，使「幻象的死亡／變成了真正的死亡」（《太陽》），完成了從文本話語到行動話語的轉換，徹底實現了文本世界和現實世界的同構、詩歌和生命一體的藝術理想。戈麥內心的末日意識同樣濃厚，對死亡有著獨到的感受。儘管他相當內斂，輕易不直接表現自己的喜怒哀樂；但在臨死前未發出的信中，還是透露出了絕望情緒，「很多期待奇跡的人忍受不了現實的漫長而中途自盡……我從不困惑，只是越來越感受到人的悲哀」。正是因為有這樣的心理情緒底色，美好甜蜜的愛情在他筆下竟變奏為痛苦的意象，「我從男人眼睛裏／發現了／一個萬劫不復的數字／充滿死亡欲的數字」（《女性年齡》）；面對早逝的《海子》表示，「不能有更多地方懷念／死了，就是死了，正如未生的一切／從未有人談論過起始與終止／我心如死灰，沒有一絲波瀾／／和死亡類似，詩也是一種死亡」，死亡於他已成具有誘惑力的生命的一部分。所以當力圖取得超人的創作成就的願望一旦落空，失敗和絕望就導致了「樂觀的悲觀主義者」戈麥的心靈分裂，「好了。我現在接受全部的失敗／全部的空酒瓶子

和漏著小眼兒的雞蛋／好了。我已經可以完成一次重要的分裂／僅僅一次，就可以幹得異常完美」（《誓言》），他不再想攀登虛幻的詩歌頂峰，繼續在遼闊的大地上空度一生。這種情緒不斷的惡性循環，使拒絕重複自己的戈麥，在精神上漸漸走向崩潰的邊緣，痛苦難當，自責不已，直到懷著對人性的質問和徹底的否決，走向悲劇的淵藪。應該說是詩歌事業上的「失敗」，和死亡意識一同吞噬了他。與死亡意識結緣最深的顧城，對死亡則有一種特殊的精神偏執，他說朋友給他做心理測驗後，警告他要小心發瘋。的確他在三十七年的人生歷程中，有過多次自殺的預演實驗，只是始終沒有成功。這種對死亡的偏執，折射在詩中就是頻繁想像死亡，嚮往彼岸世界，死亡、墓地、黑色等意象語彙密集地出現，後期他甚至還將死亡和殺人加以美化，「殺人是一朵荷花／殺了就乃在手上／手是不能換的」（《城·新街口》）；到遍佈死亡情結的小說《英兒》裏，更喊出「我需要死，因為這對我是真切的」，「斧子是砍木材用的，當然也可以砍姑娘家」〔註9〕，這幻想般的敘述似乎已暗示了後來發生的一切。如此說來，就難怪他在自殺之前一反溫和，用刀將滿園的雞殺死後進而揮刀砍向妻子、自縊身亡，由內心的殺人轉化為行動上的殺人，由想像死亡轉化為實踐死亡了。

　　再次，是詩人們感傷、幻想、封閉、偏執等共同精神特徵的惡性發展使然。在一些人的偏見中，詩人和精神病、瘋子是相似的，這種貶損並不符合實際；但也道出了詩人性情裏有許多病態因素的事實真相。如海子是天生的理想主義者，簡單而敏感，對生活要求過高，一旦理想破滅，他就痛苦得無法忍受，難以自拔。作為農業之子，他對鄉土上那些隨時代進步而消亡的東西時時傷感，1989 年初返鄉時，因為找不到熟悉的記憶而感到成了家鄉的「陌生人」。生活方式純潔又自閉，並且寧可固守天真，也拒絕走向豐富的經驗狀態，這種扭曲的性格，使他除了進城購書訪友外，大學畢業後一直退隱在昌平封閉的環境裏，貧窮、孤獨而單調地寫作，六年里居然只看過一次電影，堅持不結婚，以至於讓一個在昌平結識相處的女友，因此離他遠去。這樣的內心言說自然常常被寂寞所傷，有一次竟進一家飯館對老闆說：「我給大家朗誦我的詩，你們能不能給我酒喝？」長期沉於幻想裏的生活，注定他拒絕當代的世俗生活，自我常膨脹分裂為海子、王、指路人等角色真假混亂的非在，

〔註 9〕　王岳川：《中國鏡象：90 年代文化研究》第 222 頁，中央編譯出版社，2001年。

要擺脫靈魂與肉體矛盾的焦慮，更新自我，就只有通過自殺完成。從這個角度說，他決絕的行爲裏也不乏抗議命運爭吵的意味。青春期激情的萌動，使原本鍾情於發明創造的戈麥認識到「不去寫詩可能是一種損失」〔註 10〕時，清醒地意識到在詩歌貶值時代走向繆斯本身就是背時的，但仍然明知不可爲而爲之，這就足以看出他的偏執。他認爲詩歌直接從屬於幻想和想像，相信現實源於夢境，「與其盼望，不如夢想」，「除了夢幻，我的詩歌已不存在」。這種認知使他主動拒斥生活，與現實隔離，成了孤獨的「厭世者」，頂禮膜拜於語言，以求在語言烏托邦中獲得拯救生命的方舟，自己「渴望成爲另一種語言」〔註 11〕。將想像和語言作爲詩歌兩翼的結果，造成了召喚自我存在的想像，和泯滅自我的語言嚴重衝突，顛倒了現實和夢幻的關係，尋到的是更加虛幻的自我；並且由於創作難以抵達理想的境地，無限沮喪乃至自殺。顧城的偏執憂鬱、孤僻覥腆，對現實介入的拒絕情結更爲顯在，他頭上那頂甚至連睡覺都帶著的藍牛仔布高筒帽、總是躲在嚴實的灰色中山裝背後的習慣和朗誦時兩眼向上、旁若無人的一成不變姿態，都是最有力的明證。高筒帽同人所共說的出世傾向無關，它只是詩人靈魂深處不安全感的封閉符號；風紀扣意味著拘謹和距離感的保持；朗誦詩的姿態，則是詩人內心偏執和追求絕對的寫照。童年隨父親下放鄉村的經歷，養就了他對人類的冷漠，回城後的壓迫更發展了他的不安全感，所以在《狼群》裏，他把城裏人比喻爲狼，「忽明忽暗的走廊／有人披著頭髮」；這讓他有種堂·吉訶德式的意念，老向一個莫名其妙的地方高喊前進，即在可以放縱靈魂和夢幻的自由「牧場」——詩化的烏托邦式的鄉村中自語呢喃，這讓他在詩歌和行爲裏，充滿對「他者」世界的敵意對抗。這種釋放和迴避焦慮的病態防禦策略，所催生的「我是一個王子」（《春天的謠曲》）式的男權自戀專制話語，和激流島上桃花園式的女兒國幻象，在價值解體、道德失範的殘酷現實面前，是不堪一擊的。是否可以說，偏執、焦慮和男權話語是詩人顧城爲自己設置的死亡圈套。

三、死亡的回音

海德格爾說，在整個世界都陷於貧困的危機時，只有眞正的詩人還在思考生存的本質和意義，這話大抵不錯。置身於 20 世紀八、九十年代之交詩性

〔註10〕 海子：《日記》，西川編《海子詩全編》第 881 頁，三聯書店，1997 年。
〔註11〕 顧城：《英兒》第 99 頁，作家出版社，1993 年。

匱乏、詩人紛紛投降的文化語境，海子、戈麥等人爲詩歌而死，「用自己高貴的生命去證明和燭照存的虛空」的勇敢抗議行爲，是爲20世紀末詩壇獻身精神的象徵，是「生命價值的最大限度的實現和確證」〔註12〕，它「給90年代『輕飄的生』一個巨大的反諷和冷靜的寓言」〔註13〕；它崇高的儀典意義已指向超越一人一事的人類歷史和生存樣態的拷問：人類生存是否需要理由？其終極價值是什麼？詩歌存在的意義何在？他們的死非但不意味著中國純詩在現實中瀕臨絕境，標誌一個時代的結束；相反隨著《海子詩全編》、《駱一禾詩全編》、《顧城詩全編》、《戈麥詩全編》等書籍的陸續出版，現代主義詩歌已由受控的異端民間狀態，逐漸浮出地表，進入中國新詩現代化的正宗，其地位得到了廣泛的確認。

當然，正如毛澤東所說，人固有一死，但死的意義有不同，或重於泰山，或輕於鴻毛。顧城和海子、戈麥等詩人的死亡意義，就不能等量齊觀，他在所有自殺的詩人裏是一個例外，當他將斧頭砍向玫瑰似的謝燁時，一個殘忍的殺人犯角色，使他詩人桂冠的光澤頓失。如果說海子、戈麥的臥軌投湖完成了絕望淒豔之詩的書寫，以詩意的、本體的、形而上的死亡方式，維護、捍衛了詩的理想和價值，是令人震顫的悲涼壯舉；那麼顧城的行爲，則解構了海子以來死亡話語的詩意和正義性，下降到了個人病態經驗的層面，在他揮舞斧頭的瞬間，詩歌和詩人的價值理想就徹底被消解了。

海子、駱一禾、戈麥生前寂寞，天才的本相未被認可，而死後卻身價倍增，一再被傳媒熱炒，海子甚至被推崇爲聖人。顧城作爲朦朧詩人已經漸爲歷史遺忘，但他死後許多出版社卻大發死人的橫財，借他的婚外情和小說《英兒》，把文化市場攪的沸沸揚揚，這種滑稽的文化景觀眞的活像一個文化解構時代地道的後現代文本、一幅沒心沒肺的天大的諷刺畫，它讓所有關心繆斯命運的人們無法不陷入沉思。

〔註12〕 戈麥：《核心‧序》，西渡編《戈麥詩全編》第420頁，上海三聯書店，1999年。

〔註13〕 戈麥：《核心‧序》，西渡編《戈麥詩全編》第426頁，上海三聯書店，1999年。

沉潛的力量：張曙光詩歌論

　　詩人的心是相通的。從張曙光的眼神和電話裏，藍藍、程光煒敏銳地讀出了「孤獨」與「寂寞」的信息。[註1]的確，張曙光看上去儒雅、和善、合群，真誠的微笑往往讓人如沐春風，感到他是個很好相處的人，事實上，曙光在詩歌圈裏、圈外也都有不少朋友，口碑極佳。但是，時代氛圍、生存語境與個人特殊經歷聚合，養就的從童年開始即烙印深刻的心性，還是使他時時被憂鬱與孤獨滲透骨髓，揮之不去；並且在很大程度上影響了他日後創作的思維走向、情感質地與風格選擇，決定他長時間地居於偏僻、寒冷而神秘的哈爾濱一隅，不緊不慢，不慌不忙，安靜、平穩地讀書、寫作，以一種暗合著詩歌寂寞本質的不事聲張的方式，打造著一方完全屬於自己的精神天地。三十餘年的歷史證明，曙光用個人化的方式創作的詩歌，不可能產生轟動效應，沒有出現過速榮的光環，卻也質樸、沉潛、純粹，不存在速朽的悲哀，它們恰若經年的老酒，時間越久味道越醇厚。從這個意義上說，「孤獨」、「寂寞」，果真是進入張曙光詩歌世界的關鍵詞與理想的路徑所在。

一、回味與體驗：一種獨特詩歌觀念的生成

　　曙光的性情一如北方的冬天，內斂而沉靜。許多時候，他骨子裏對喧囂、熱鬧懷有天生的警惕與拒斥，喜歡獨處，沉浸於心靈世界的散步和漫遊。所以，雖然自讀大學始就從故鄉那座小縣城移居北方名城哈爾濱，可是他的靈

[註 1] 藍藍：《詩人張曙光》，《名作欣賞》2012 年第 7 期；程光煒：《讀張曙光的詩》，《文學界（專輯版）》2007 年第 8 期。

魂卻難於長久地在高樓大廈和滾滾人流中安頓，偏偏常流連於有關故鄉的種種記憶細節、場景、影像的咀嚼與回味，蟄伏著說不上強烈卻十分頑韌的返歸衝動；同時，北國寒冷的氣候與詩人冷靜憂鬱的心理結構相遇，決定曙光進入詩壇不久即反感於過度浪漫或抒情的東西，在詩歌中絕少去經營未知世界的虛幻情境，矚目的多是「此在」世界與過去時的人間煙火氣十足的世俗生活和情感，並且從不草率地將其從現實向文本裏直接移植，而要經過內心的濾化、沉澱、回味，然後再書寫出來。如《看電影》就是一次記憶的集中「打撈」與重播，從六十年代的蘇聯電影、黑白國產的《地道戰》、《小兵張嘎》與《五朵金花》，到七十年代朝鮮、阿爾巴尼亞和羅馬尼亞的《賣花姑娘》、《寧死不屈》、《瓦爾特保衛薩拉熱窩》，再到八十年代中外兼具的《尼羅河的慘案》、《巴黎聖母院》、《三笑》、《葉塞尼亞》和《追捕》，乃至九十年代的《眞實的謊言》、《龍捲風》和《山崩地裂》，這漫長而清晰的觀影史，既對應著詩人的精神成長歷程，又折射著時代的歷史變遷，更飽含著抒情主體的感受與評價，六十年代到九十年代，漸次是「蹩腳」的意識形態讚頌或「簡單而乏味」的戰爭場面，只有「鮮血和死亡」，各種色調、主題共時展開的繽紛多彩，「豪華」影院放映「精心設計的大製作」「觀眾卻漸漸稀少」。詩與其說是過去一系列事件、場景、情思的復現，不如說是對長期心理積澱的回眸與品味，沒有仔細認眞的比較、掂量，那種相對準確的印象判斷是無法輕易做出的，雖然走筆舒緩、平靜，內裏認同與否定的情感傾向已不宣自明。再有鋪排繁雜、熱鬧市井生活的《看得見風景的房間》，好像是面向當下的「抓拍」，實則仍有「過去時」的味道。它所展開的「一輛汽車駛過 / 又是一輛。一個女人和一隻狗 / 一棵樹和一朵雲 / 穿牛仔褲的女孩消失 / 在一扇玻璃門後面 / 理髮店或藥房。他豐滿的 / 臀部，喚起了某個男人的欲望 / 穿著皮夾克，黑色或棕色 / 裸露著多毛的前胸，當他在報攤前拿起 / 一份報紙，讀著，賣報的女人正在 / 同一個年老的男人爭吵 / 或調情，我們枯燥生活的 / 調味品，愛情的潤滑劑，或植物 / 增長素」，顯然是異於想像的、虛構的場景，也非日常生活瑣屑的原生態複製，俗常景觀的連續翻轉，帶有曖昧質感的畫面流動，特別是「我在觀望 / 但並不思索」，「在這座陌生的城市 / 我只是個陌生人」的思想滑行，表明它所觀照的一切屬於詩人經歷和感受過，並在心裏閃回、撞擊、發酵，從「熱」到「冷」到再度「熱」後，才被物化爲文字定型的東西，儘管它對整個世界甚而自己都是冷眼旁觀，但還是在字句的縫隙之間走

漏了詩人那份百無聊賴、那份入骨的孤獨信息。至於《照相簿》、《歲月的遺照》、《斷章》、《洛古村》等大量作品，更都鬱結著返歸的衝動，指向著過去，將豐富的記憶或歷史文化作為情感的採擷資源。張曙光這種回想式的詩歌感知路數，頗容易讓人想起西方詩人華茲華斯，暗合了後者對「詩歌是強烈情感的自然流露，它起源於在平靜中回憶起來的情感」〔註2〕內涵界定和操作方式，它讓詩歌走向親切、質感的同時，也獲得一定的朦朧和含蓄的可能。

　　一系列文本證明，曙光的詩歌是走心的，即便在九十年代末，那裡仍然不無性靈的舞蹈與情緒的喧嘩。只是，在感知過程中有「距離」的回味環節滲入的諸多理性因素，和創作主體靜觀默察型的冷靜的心智結構，尤其是艾略特、里爾克等西方現代派詩歌影響源等，勢必在某種程度上規約、左右詩人詩歌觀念的建構。而西方的詩學傳統是重「思」之成分的，連浪漫詩人華茲華斯尚且以為詩的目的是真理，「一切好詩的一個共同點，就是合情合理」，〔註3〕赫爾博斯更說詩與哲學沒有什麼本質差異，海德格爾則在《詩人哲學家》中倡言「唱與思是詩之鄰枝。它們源於存在而達到真理」，〔註4〕追求超越情感的理性觀照。受其啓悟，張曙光坦承「任何藝術，說到底最終是對現實的一種抽象，哪怕它具象得不能再具象。這可能也是藝術的最終目的」。〔註5〕「詩歌應該處理當下更為複雜的經驗，應該包含著矛盾衝突，其中不可避免地要包容著一些智性因素和知識含量。」〔註6〕在這種思想統攝下，曙光的很多詩歌呈現出這樣的狀態：「這件事做了一次又一次，但你必須得做，因為這是／我們每天生活的全部風景／像維生素，你一定得吃下它，據說是為了你的健康／／孩子們的笑聲從黑暗的甬道中傳來／當他們爬到頂層／頭上將落滿厚厚的雪」，「我們一直嚮往著頂點／但地面上似乎更為安全／哦，請不要帶走我最後一枚硬幣……如果我們真的有靈魂。它是否可以／在博物館的樣品陳列室展出／／或在手術刀的下面剖開／裏面是否會有一顆鑽石／或像火山一

〔註2〕　【英】華茲華斯：《抒情歌謠集·1800年版序言》，見伍蠡甫主編《西方文論選》（下卷），第17頁，上海譯文出版社，1979年。

〔註3〕　【英】華茲華斯：《抒情歌謠集·1800年版序言》，見伍蠡甫主編《西方文論選》（下卷），第9頁，上海譯文出版社，1979年。

〔註4〕　【德】M·海德格爾：《詩·語言·思》，第20頁，文化藝術出版社，1991年。

〔註5〕　張曙光：《關於詩的談話──對姜濤書面提問的回答》，孫文波、臧棣、蕭開愚編《語言：形式的命名》，第237頁，人民文學出版社，1999年。

〔註6〕　張曙光：《關於詩的談話──對姜濤書面提問的回答》，孫文波、臧棣、蕭開愚編《語言：形式的命名》，第249頁，人民文學出版社，1999年。

樣，黝黑、空洞、多孔？」（《樓梯：盤旋而下盤旋而上》）詩的題目圍繞著樓梯的上下，實際上它是作者長年累月上下樓梯經歷的一種悟、道和心得，借樓梯這一情緒對應物傳達對生活、人生隱蔽深邃的思考。不是嗎，每天生活的「全部風景」就像「一次又一次」的上下樓梯一樣，內容多是單調、乏味的重複，但人們必須忍受；人生的目標實現需要很長的時間、很大的代價，有時甚至要傾一生之力，接近理想之時滿頭烏絲已被銀髮替代；世上的一切都是辯證的，成為人上之人固然值得羨慕和敬仰，但平庸自有平庸的快樂和安全感；人的靈魂辨識起來也是困難的，它或許是閃光的鑽石，也可能像黝黑、空洞、多孔的火山。對樓梯的觀照遠遠逸出了樓梯自身，而觸摸到了樓梯的形而上的意指。再如《碰壁》更是對生活、生命本質的獨到洞悉，雖然泛著沉重的虛無感，卻堪稱深入的思想發現，「總是碰壁，有時 / 看到牆上有一道門 / 但當你試著打開它 / 卻發現它其實並不存在 / 甚至連門把手 / 也是畫上去的」，「總是下雪，即使 / 在這間屋子裏 / 也從天花板上 / 細細地篩下 / 它將緩緩第淹沒 / 所有的一切 / 但很快你也會發現 / 甚至連雪也是假的」。事物就是這樣，有時存在的不一定能夠感覺到，能夠感覺到的卻不一定存在，牆上的門可能是畫上去的，舞會上人的興高采烈或許是偽裝的，所以在這個世界上，人人都難免碰壁，為世事所傷；但這一切都終將被時間帶走，為歲月的雪花淹沒，並且時間和歲月也都是「假」的、虛無的存在。詩人瞬間的連類感悟，冷靜地拂去了覆在事物之上的塵埃，露出了殘酷的生命本相，日常的生活體驗因之轉換成了詩的經驗。也就是說，曙光1990年代的詩歌，不僅僅滿足於客觀的現實復現、激烈的情緒抒發和簡單的意志闡釋，它總是力求在表現生活和情感時通過內心的審視，加入主體的思想和智慧，於是他的《或許》、《轉摺》、《危險的行程》、《日子或對一位死者的回憶》、《陌生的島嶼》等眾多詩篇，就在某種程度上成了時間、命運、人生、宇宙、死亡、孤獨等有關命題的知性思索和經驗結晶。或者說，在他的詩裏一種獨立的本體觀念悄然生成，詩歌不再是單純的生活、單純的情緒或單純的感覺，而成了一種情感的思想，一種融彙著情緒與思考的經驗，一種主客契合的情思哲學。讀著他的一些詩歌，常感到彷彿有酷肖里爾克、馮至和九葉詩派風骨的靈光再現。

如若只是追求「思」之品格，也就不值得標舉了，因為它在中國現當代詩歌史的知性流脈中已不新鮮。曙光詩歌獨特在於其「思」的天地廣闊，不

論是《四季》、《在酒吧》、《公共汽車上的風景》等時空變換，還是《致奧哈拉》、《米羅的畫像》、《尤利西斯》等文化遺存，不論是《隱喻》、《哲學研究》、《另一種現實》等抽象或龐大的命題，還是《垃圾箱》、《談話》、《照相》等日常平淡與瑣屑，都被他納入視野，宣顯出詩人具有很強的吞吐、處理各種事物的能力。特別是其「思」已隨著時段推移，積澱爲一種悲戚的色澤與重量；並且總力求在形象、情感的諧調下，完成合目的性的藝術傳達。或許是抒情主體孤寂、敏細的內省式心理結構容易滋生感傷與沉鬱，或許是幼時體弱的詩人過早感受了太多的病痛與死亡，〔註7〕或許是受里爾克、龐德、艾略特、布羅茨基等西方現代派詩歌影響源灰色情緒基調的制約，或許是幾者兼而有之，曙光詩歌經常涉足的中心語詞多是孤獨、死亡、寂寞、虛無、童年，並不同程度地打上了悲戚的烙印，如「曾經夢見天宇，和那個／死去的女人。但當醒來時／他發現被一種更大的空虛圍繞」（《一個詩人的漫遊》）；「信奉過另一種宗教／但金錢最終成了我們唯一的崇拜，並不憤怒／幾乎和你一樣平和，只是更加困惑，和茫然」（《拉金》）；「如果我穿著黑色的燕尾服／在臺上變著戲法／面對那一張張熱切的臉和拉長的嘴巴／我就會知道／生活是多麼虛假」（《戲法》）；「出了什麼事？尤利西斯問他的夥伴／而他只是癡呆地望著船舷上的信天翁／目光縹緲而遙遠。大海像道路一樣／向虛無延展。有什麼事情發生？他問／但沒有人回答」（《陌生的島嶼》）……其中對生命虛無本質的發現，行在路上困惑與茫然的流露，對生活虛假真相的洞穿，遠方未知與渺茫的悵惘，是被書寫者情緒、思想真實的細節和片段，亦是詩人心靈、精神底色的間接折光。而在一些詩中，曙光則以超人的勇氣直接面對死亡或人類的盡頭，「鐐銬，監獄，西伯利亞的冰雪／改變國籍，諾貝爾獎，從一個學院的講臺／到另一個學院，心臟病，死亡／彼得堡到斯德哥爾摩交疊著／寒冷和泥濘，而直線是死亡選擇的唯一方式」（《布羅茨基》），「在死亡冷漠的面孔前，我們永遠是／天真的學徒，總是長不大的孩子……讓我們沉思死亡，並且記住／那一串長長的名字——我們的祖先，我們的親友／或一切先於我們死去的人／這是我們唯一能夠從事的工作」（《冬》）。詩人書寫死亡時沒有絕對地排除驚恐甚至無奈的命定感，但冥想和沉思氣質的滲透，出入恰適的

〔註7〕 參見張曙光：《我的生活和寫作》，《詩潮》2004年第5期。文中敘述了小時候因得肺結核時常進X室透視、到醫院打針，以及隨母親去醫院病理室看見玻璃瓶中用福爾馬林保存的人體器官、稍大後聽見客人談到西藏奴隸被剝皮事情的噁心與恐懼。

距離觀照，使詩對生死、虛無等終極問題的悲劇性體悟和理解，替代了呼天搶地、撕心裂肺的哭喊和眼淚，更多地表現出一種從容與平靜的風度，其悲戚之「思」不會讓讀者的心不斷消極地下沉，而會深化你對宇間事物和情思的認知層次。尤其可貴的是，曙光之「思」不是單憑智力生硬、孤立地去議論說理，而是和形象、情感三位一體後的自然呈現，深邃卻質感。像《布羅茨基》中兩位詩人之間跨時空的精神對話，是在抒情主體對布羅茨基「理解之同情」的基礎之上進行的，「置身於 / 湛藍的虛無，惡夢和死亡再也無能為力」的認同，宣顯著一個詩人對另一個詩人「麻木」、「混沌」地向世俗妥協行為的體貼和愛；而主體的情感又是經過眾多詩行的「蓄勢」，通過監獄、冰雪、寒冷、泥濘、碟子、惡夢等意象的流轉與組合曲折暗示、烘托出來，在思想的筋骨與意象的血肉接合中完成的，可知可感，又有含蓄的韻味。

　　曙光的經驗詩學，決定了他的作品中經常流貫著智慧的節奏，而意象策略的配合壓著陣腳，則保證了詩性的飽滿，它無疑墊高了現代新詩的思維層次，擴充了尚情的中國詩歌本體觀念的固有內涵。

二、時尚與潮流外的「先行者」

　　不少讀者以為，張曙光是從 1990 年代的詩壇突然「冒」出來的「大器晚成」的詩人。其實不然。早在 1970 年代末，張曙光即開始詩歌寫作生涯，並於 1980 年代中、後期發表了數量不菲的作品，只是那時沒有引起人們充分的注意。這種遭遇發生在曙光身上說起來也不奇怪。他的詩作最初行世之時，正值朦朧詩、第三代詩最為紅火的階段，那期間運動的、潮流的、群體的力量備受推崇，打旗稱派、聚幫結社，為許多詩人所熱衷，雖然其中也有從群體之我抒情向個體之我抒情的轉換，但前後兩種歌唱均未褪盡意識形態寫作的痕跡。而性情隨和又很有藝術主見的曙光，因為感悟到寫詩是高度個人化的精神作業，浪漫的抒情存在著諸多弊端，在 1980 年代中期就有意識地克服從眾心理，「或多或少地與詩壇（這如同武俠小說中的江湖一樣，既實在又虛妄）保持一定的距離」，〔註 8〕拒絕時尚和風氣的誘惑，從不加入任何詩歌組織、流派和圈子，一直在喧囂之外安靜地讀書、寫作，嘗試著用口語傳達日常經驗，對抗浪漫之風，進行著真摯而別致的個人言說；特別是從 1980 年起

〔註 8〕　張曙光：《關於詩的談話──對姜濤書面提問的回答》，孫文波、臧棣、蕭開愚編《語言：形式的命名》第 237 頁，人民文學出版社，1999 年。

對西方現代派詩歌的接觸和浸淫，對他產生了至關重要的影響，敦促著他寫作方向的意識感逐漸覺醒。這種邊緣化的境遇和立場，使曙光在很長一段時間內一方面不被主流認可與接納，另一方面也在寂寞中沉潛到了詩歌本體之中，開啓了另一種寫作的可能，像 1990 年代人們津津樂道的一些藝術手段，他那時就已經基本上全盤操練過，待到 1990 年代人們大面積使用時，他則將之夯實、完善到爐火純青的程度了。所以，與其說張曙光是 1990 年代崛起的詩人，不如說他是 1990 年代被「發現」的詩人、提前進入 1990 年代的詩人更爲確切。易言之，張曙光是藝術時尚與潮流外靜默的「先行者」，這恐怕也是他在 1990 年代被格外看重的深層緣由。

作爲 1990 年代詩歌顯辭的「個人化寫作」，即詩人從個體身份和立場出發，獨立介入時代文化處境、處理生存與生命問題的一種話語姿態和寫作方式，在張曙光那裡很早就成爲一種感知世界和人生的基本做法了。朦朧詩及其朦朧詩之後的很長一段時間裏，歷史的、民族的、文化的、政治的等等宏大視角倍受青睞，即便詩人個體的抒情背後，也常常站著群體的影子；而受西方詩歌中早就存在的「日常生活場景」書寫的啓迪，張曙光卻從自已經歷過的具體生活細節、片段的恢復和描寫，徑直走向了完全個人化的視域和經驗，呈現出迥異於主流的風貌。譬如「歷史和聲音一下子消失 ／大廳裏一片漆黑，彷彿一切失去了意義 ／人們靜靜第默哀了一分鐘，然後 ／喧嘩著，發出一聲聲嘈雜的抗議 ／不，不完全是抗議 ／我想裏面包含著失望和委屈 ／至少我們是這樣——我和弟弟……結尾該是很平淡了：雨漸漸小了 ／爸爸打著燈籠，給我們送來了雨衣 ／好像是藍色塑膠的，或者不是，是其它種顏色 ／這一點現在已經無法記起 ／但我還記得那部片子：《鄂爾多斯風暴》 ／述說著血腥，暴力和無謂的意義 ／1966 年。那一年的末尾 ／我們一下子進入同樣的歷史」（《1966 年初在電影院裏》）。再如「我們的肺裏吸滿茉莉花的香氣 ／一種比茉莉花更爲冷冽的香氣 ／（沒有人知道那是死亡的氣息） ／那一年電影院裏上演著《人民戰爭勝利萬歲》 ／在裏面我們認識了仇恨和火……那一年，我十歲，弟弟五歲，妹妹三歲 ／我們的冰扒犁沿著陡坡危險地滑著 ／滑著。突然，我們的童年一下子終止」（《1965 年》）。這兩首詩的選材不可謂不大，它們都牽涉著抽象而敏感的年代因素，稍有不愼即會蹈入空疏的泥淖，詩人的高妙在於他不從正面硬性地去觸碰，而是通過片段性的私有記憶，下雨天詩人同弟弟在電影院裏看電影時「停電」的遭遇，和兄妹三人傍晚在去電影

院路上玩冰扒犁的經歷，把歷史、年代定格爲異常眞切的紛亂又有序的具體行爲、細節和過程，世風的淳樸、童眞的溫馨同親情的沉醉歷歷在目；但 1966、歷史、消失、巨大的影子、驟雨、莫名的恐懼、童年終止、《鄂爾多斯風暴》、《人民戰爭勝利萬歲》、死亡、殺人、血腥、暴力、仇恨、火等語彙交織，營造出的場景、氣氛、感覺，仍然讓你覺得它絕非無謂的復現，或者說它是以另一種方式接通了和風雨即來的時代、歷史的隱性聯繫，所以談到張曙光時黃禮孩說 1950 年代出生的人，「在他的詩歌中會找到那個時代的苦難、荒謬和毀滅」，〔註9〕可謂看到了問題的實質。應該說，1980 年代以文學作品去撫摸、咀嚼歷史記憶，一點也不奇怪，只是認同奧登的「詩歌不會使任何事情發生」〔註10〕觀念的曙光，並沒有想讓詩歌去承擔反思文革歷史之意，是超凡的直覺和藝術感悟力，使他捕捉到的帶有歷史紋理走向和思想信息的個人化的經驗碎片，暗合了特定文化語境的內在脈動，達成了個人和時代、具體和抽象、小和大兩種相生相剋因素的扣合，從個人出發，結果落點又超越了個人。而後至 1990 年代的很多作品，如在幻想中展開生命哲學思考的《白雪公主》，以旅行中感受揭示中年困頓苦悶心態的《都市裏的尤利西斯》，和《在酒吧》裏話題、景觀、時間的自由流轉，更是持續地「側重於對個體當下經驗的開掘」，〔註11〕感覺、思維、話語等都有一種不可複製的個人化痕跡。曙光這種視角的選擇，在使詩歌俘獲當代品質的過程中，表現出了處理複雜問題、題材時舉重若輕的從容風度。

曙光詩歌也比較早地進行了反浪漫矯飾的「對話」式口語的嘗試。新詩最初本來就孕育著契合於現代人情感的白話企圖，但隨之而來的散漫與膚淺所引發的救治，卻使其語言漸趨走上典雅華美的路數，至朦朧詩時有些作品過度的含蓄蘊藉，已和普通人的生命隔膜日深。對此種居高臨下、裝腔作勢的語言態度，曙光內心裏是不滿的，他以爲詩人不該端坐在祭壇上供人頂禮膜拜，而應放低身段，和讀者平等地交流，學會親切地講話；所以爲了對抗、祛除矯飾虛浮的浪漫詩風，他有意識地借鑒西方現代詩歌的藝術營養，從注重意象抒情向直白、自然的口語追求轉移，但它的口語又絕非一望見底的清

〔註 9〕 黃禮孩：《寫詩如同活著》，《張曙光詩選》序言，《詩歌與人》總第 18 期，2008年。

〔註 10〕 張曙光《詩歌作爲一種生存狀態或我的詩學觀》，《上海文學》2008 年 12 期。

〔註 11〕 張曙光：《關於詩的談話——對姜濤書面提問的回答》，孫文波、臧棣、蕭開愚編《語言：形式的命名》第 235 頁，人民文學出版社，1999 年。

水一潭，而有著豐富的信息量。如「早晨帶給我們／不僅僅是一份早晨，報紙，和公共汽車／早晨帶給我們／一片空白／我們稱之為日子／／我俯身在空白之頁／盤算著如何／把一欄欄填滿／總是注入爭吵，使／溫度計驟然升高／／我們的生活是一場失敗」（《日子》）。詩避開了 1980 年代純粹含蓄、高深莫測的意象與象徵模式，而改用了樸實簡單的日常口語，讓讀者一看就知道詩人在說什麼，但它和同時期那些粗俗、膚淺的口語追求不可一概而論，相反它在短促的篇幅內思想充盈，其中對生命真諦的品味，對日子內涵的咀嚼，雖然不無虛無色彩，卻依舊蘊含著啓人心智的機制。如果曙光的口語只停浮於此，便太一般化，也無何值得誇耀之處，他的獨特在於越到後來越「更為關注詩中語境的變化，語氣也追求談話的效果，隨意性也增強了」。〔註12〕他不再讓語流、語彙線性地直接滑動，而是採用疑問的句式、語氣，或夾以「可能」、「或許」等包含兩種及其以上形態的不確定副詞，或有意把相互矛盾的語彙、意味等因素組合在一起，製造一種纏繞、舒緩的「慢」之感覺，以取得和外部複雜世界和事物狀態的應和，其結果就是將支撐浪漫詩歌的單向度心理「獨白」，發展成為詩人和他人、詩人和自我、詩人和世界的多重「對話」。如「那些老松鼠們有的死去，或牙齒脫落／只有偶而發出氣憤的尖叫，以證明它們的存在／我們已與父親和解，或成了父親，／或墜入生活更深的陷阱。而那一切真的存在／我們嚮往著的永遠逝去的美好時光？或者／它們不過是一場幻夢，或我們在痛苦中進行的構想？／也許，我們只是些時間的見證，像這些舊照片／發黃、變脆，卻包容著一些事件，人們／一度稱之為歷史，然而並不真實」（《歲月的遺照》）。再如「多大程度上，我們能夠把握／現實，或我們自己——／對真實的渴望，像馬達／驅動著我們，向著一個深層挺進／在那裡，每個人被許諾／得到一小塊風景的領地……在一個／少年人的眼中／不過是一個／移動的風景，或風景的碎片／但眼下是我們存在的全部世界／或一個載體，把我們推向／遙遠而陌生的意義，一切／都在迅速地失去，或到來／（或許，這就是我們最終追尋的意義？）然而／我們能離開熟悉的一切多久／然後從那個未知的領域內返回？」（《公共汽車上的風景》）。前者的口語並不那麼硬朗，或然態的疑問、猜測，昭示了生活可以是 A、也可以是 B、還可以是 C 樣子的多種可能，它和「或者」、「也許」、「像」、「卻」、「然而」

〔註12〕張曙光：《關於詩的談話──對姜濤書面提問的回答》，孫文波、臧棣、蕭開愚編《語言：形式的命名》第 244 頁，人民文學出版社，1999 年。

等帶著猜想與轉折含義的副詞結合，就使詩的表達有了商量的口吻和婉轉的語氣，一定程度上外化了世界、事物的神秘與變化性。後者也是在隨性交談的氛圍中，透視了「風景」背後的本相，流淌出宇宙間的一切都乃相對存在的意識，風景與碎片、失去或到來、離開與返回都是明證，就像我們無法徹底把握現實一樣，別人也難以完全理解我們內心的真實，諸多問號、模棱兩可與關涉轉折語詞的出現，更加重了「對話」那種「和聲」的戲劇性效果。曙光的「對話」式口語，尤其是或然態的探索，釋放了漢語本身固有的壓力，是對語言和事物更多向度的詩性去蔽。

論及曙光詩歌的超前，最該提及的是它的敘事性。說起敘事性問題，世紀之交的民間寫作和知識分子寫作論爭中，還曾發生過一場發明權的「爭奪」風波。其實，究竟是誰在詩裏先運用了敘事性技巧並不十分重要，關鍵是他的寫作是否具有自覺的敘事意識。若從這一向度上說，張曙光乃當代中國詩歌中進行敘事性探索的先行者之一，是不爭的事實，並且他早已形成獨特的敘事風格。據他披露，他當初的敘事嘗試並非是對敘事性本身感興趣，實則出於反抒情或反浪漫的目的，出於敞開日常生活經驗後的表達需要，不同於一般的「敘事」者，他格外推崇「陳述性」，曾主張完全用陳述句式寫詩，「我確實想到在一定程度上用陳述語來代替抒情，用細節來代替詩歌。就我的本意，我寧願用『陳述性』來形容這一特徵。」〔註13〕他的大量文本也的確做到了這一點。如「用整整一個上午劈著木柴。／貯存過多的蔬菜。／封閉好門窗，／不讓一絲風雪進來。／窗前的樹脫盡的美麗的葉子／我不知道它是否會因此悲哀。／土撥鼠的工作人類都得去做／還要學會長時間的等待」。這首《人類的工作》就完全靠以往的詩中難以單獨出現的陳述語句，來維繫詩人和世界之間的關係，人類和土撥鼠一樣，要做好抵禦嚴冬的一切準備，這個過程也是對生命堅忍本質的凸顯，其中有歡欣與等待，也不無疲倦和無奈，人和土撥鼠的對應，擴大了詩意的範圍。並且，「如果說臧棣、孫文波分別以綜合感和複雜多元的敘說方向強化引人注目；那麼具有深刻自省精神的張曙光，則在自我分析、敘事和抒情的適度調節方面堪稱獨步」，〔註14〕他不論是移植事件、場景，還是穿插獨白、對話，總是平緩、節制、內斂，有理想的

〔註13〕 張曙光：《關於詩的談話——對姜濤書面提問的回答》，孫文波、臧棣、蕭開愚編《語言：形式的命名》第236頁，人民文學出版社，1999年。

〔註14〕 參見拙作：《「知識分子寫作」：智性的思想批判》，《天津社會科學》2004年第1期。

敘述節奏。如「中年的危機和對生活的困惑　/驅策著他。寫作，無目的的　/閒逛。在一封寫給朋友的信中　/他說，『我無法安撫這個時代　/它在發出尖銳的叫聲，傷口　/流出膿血……當臨近黃昏時　/我去街上，走過嘈雜的市場　/看到秋天正在水果攤上閃爍』　//但現在已是冬天。在清冷的　/光線中，公園的守門人心狠地　/盯著他。『但有誰會聽到？』　/枯萎的花壇邊上，幾個老人　/揮舞著乾瘦的手臂，似乎在　/討論著什麼……但當醒來時　/發現被一種更大的空虛圍繞　/雪了，他望著窗外的天空　/灰，沉重，但飛舞的雪花　/會使一切變得輕盈，旋轉　/一些巨大而發出光暈的星體」（《一個詩人的漫遊》）。詩裏有流動的場面，有書信和對話的援引，有人物的動作和表情，更有詩人的內心獨白、思考和對外部世界的觀察與評價，而它整個的「跨文體交響」又都是經過詩人主體折射出來的，因此仍然是一種詩性敘述，中年危機和對生命的空虛感悟，在詩人起伏有致的敘述調式下被抒放得深沉婉轉，那種技巧的沉潛也已不再僅僅是一種形式智慧了，詩人越是節制低調，文本越具張力，它在為詩的題材和主旨領域拓容同時，也彰顯出各種文體交叉、互動的妙處。

　　不能說張曙光在潮流和時尚外的藝術探索盡善盡美，它還存在著諸多可待完善之處，但他開啓了 1990 年代詩歌的種種可能。在這一點上，對潛伏的藝術生長點的尋找，遠比沿襲別人開闢的路抵達成熟之境，更有價值，更值得褒揚。

三、「雪」的意象變奏

　　意象不是無情之物，對於一個詩人來說，選擇什麼意象入詩，組織哪些語彙和意象搭配，絕非隨意而為，它常常蟄伏著詩人隱秘而深刻的心理動機。尤其是像西方新批評理論所言及的，讓一個意象在一篇作品中或多篇作品中多次出場的「復現」，就更具有一種「原型」的意味，在其中凝聚著詩人主要的情緒細節與人生經驗，決定著文本的審美品質和個性的走向。那麼，張曙光詩歌有什麼執著的人文取象，它們又寄寓著詩人怎樣的心靈與藝術訴求？只要稍加留意即會發現，張曙光詩中大量出現的是電影院、冬天、旅途、房間、風景、雪、女兒等意象或者說關鍵詞，它們之間似乎已經構成了一個獨立、自足的「場」，共同烘托著詩人對於命運、人生與世界的情思與感悟。而在這個相對穩定的意象群落中，詩人更格外鍾情於北方意象「雪」的書寫。

也許是詩人置身的哈爾濱冬季過於漫長，常見的雪意象已植入靈魂深處，自然成爲詩歌的抒唱背景，也許是雪帶給過詩人刻骨銘心的記憶或體驗，寫作時揮之不去無法逃避，也許幾十年的交道讓詩人對雪文化瞭若指掌，別有發現；總之，「雪」意象始終在張曙光的詩中飄飄灑灑，綿延不絕，以題目或文本鑲嵌的方式高頻率地出現，據不完全統計至少已不下幾十次，由此也可斷定張曙光是寫雪寫得最多的詩人之一。

寫雪的詩在中國可以說浩如煙海，十分發達，李白、白居易、岑參、韓愈、柳宗元、黃庭堅、陸游、毛澤東等都是出色的高手。一般說來，歷來詩人筆下之雪，不是寫它的潔白純淨之色，就是寫它的輕盈空靈之美，再就是寫它聖潔、清涼的象徵旨趣，現代詩人也不例外。譬如同樣生活在充滿異域情調的北國都市哈爾濱，同樣將雪作爲寫作精神背景的優秀詩人，李琦、桑克就延續了傳統的思維與情感路線，將雪書寫得個性別致，又煞是可愛。李琦更多突出的是雪的美與純，「如果明年你還化作雪花，／那麼，請在他的面前降臨……／／當他伸手接住了你，／也就捧起了我這顆心」(《雪上的字》)；「人類的良知飛揚起來／變成那一年／俄羅斯的大雪」(《托爾斯泰的陽光》)；「落在我額上／變成清澈的水／洗掉我臉上的塵垢／是一縷清涼的／暗示」，「美就像窗外的雪／不肯久留塵世／驚鴻一瞥／來去輕盈」(《雪中聽歌》)。雪在李琦那裡不是嚴酷的寒冬，而象徵著純眞的愛情，更是一種靈魂品格的代指標誌，它一塵不染的聖潔之美，正是人生、人格的清涼的暗示。桑克則看重雪對人生的啓迪，「在鄉下，空地，或者森林的／樹杈上，雪比礦泉水／更清潔，更有營養。／它甚至不是白的，而是／湛藍，彷彿墨水瓶打翻／在熔爐裏鍛鍊過一樣／結實像石頭，柔美像模特」，「在國防公路上，它被擠壓／彷彿輪胎的模塊兒。／把它的嘎吱聲理解成呻吟／是荒謬的。它實際上／更像一種對強制的反抗」(《雪的教育》)。雪的潔淨、雪的仁慈、雪的堅忍和雪的抗爭，對詩人構成了一種完美主義的教育，難怪詩人對雪有著一種近乎於宗教般的感恩情懷了。

而張曙光呢？他在「雪」的書寫上似乎有種「反傳統」的味道，甚至也迥異於同時代其它詩人的情調和意向。或者說，他以戞然獨創的藝術精神，使「雪」意象發生了驚人的變奏。遍檢曙光和雪相關的詩作，像那首觀照母親的《雪的懷念》指涉了雪的正面品質，狀繪「那個新年的／早晨（那時沒有聖誕節），你拿出／準備好的禮物給我／床上也換上了新的被單／潔白，像

窗子外面的這場雪」，通過雪之意象婉轉禮贊母愛的聖潔純淨這樣的詩並不多，他 1990 年代大多數寫雪的作品都體現為如下狀態：「已經是秋天，很快寒流就會襲來，還會有一場雪 ╱ 像遺忘，或死亡，冷漠地覆蓋我們生命中的一切」(《斷章》)；「我站在雪中，直到一個獵人從我身邊 ╱ 經過，槍上的野兔滴著殷紅色的鮮血 ╱ 使我驚訝於雪和死亡，那一片 ╱ 冷漠而沈寂的白色」《得自雪中的一個思想》；「送奶人白色的大褂 ╱ 如同殯儀館骯髒的屍衣，或牆角的殘雪「(《春天的雙重視鏡》)……不難看出，它們和詩人 1980 年代中後期一些作品〔註15〕的思維、情感、視角等諸方面極其相似，如那時的「人生不過是 ╱ 一場虛幻的景色 ╱ 虛空，寒冷，死亡 ╱ 當汽車從雪的荒漠上駛過 ╱ 我能想到的只是這些」(《在旅途中，雪是惟一的景色》)，「我不知道死亡和雪 ╱ 有著共同的寓意」(《雪》)，「今天當我走過落雪的大街 ╱ 我再一次想起 ╱ 白色的屍布，令人眩暈的 ╱ 牆壁」(《悼念：1982 年 7 月 24 日》)。無需再詳細例舉，張曙光詩中有關「雪」的前後一脈相承的精神與藝術旨趣已異常分明。在他那裡，雪基本和傳統詩詞中的先在含義無緣，而成了死亡、寒冷、沈寂、屍布、骯髒的代指與象徵符號，詩人在其中寄居的厭惡、否定傾向也很容易捕捉。

　　不僅如此，張曙光在賦予雪這個獨立意象負值內涵同時，還常常通過雪意象和其它的動詞語彙組合與搭配，營造出一個個特殊的語境「場」，在再造空間相對穩定、確切的前提下，使雪意象的變奏更為多樣。如「孩子們的笑聲從黑暗的甬道中傳來 ╱ 當他們爬到頂層 ╱ 頭上將落滿厚厚的雪」(《樓梯：盤旋而下盤旋而上》)；「一整個冬天雪在下著，改變著風景 ╱ 和我們的生活。裹著現實的大衣你是否感到寒冷……它最終將淹沒一些事物」《這場雪》；「歲月在我們的體內沉積，積雪 ╱ 悄悄爬上雙鬢，並最終淹沒我們」(《都市裏的尤利西斯》)；以及 1980 年代的「現在我坐在窗子前面 ╱ 凝望著被雪圍困的黑色樹幹 ╱ 它很老了，我祈願它們 ╱ 在春天的街道上會再一次展現綠色的生機」(《給女兒》)。和「頭上將落滿」、「爬上」、「淹沒」、「圍困」等動詞的聯繫建立，敦促著「雪」意象已沾染上詩人的心緒痕跡，它的內涵不再關涉沉靜、優雅、美麗，而指向了冷酷、陰暗、無情與惡的力量，它與人的生命對抗，帶來的是衰老、虛幻、困境，是事物的消失，也有憂傷的情懷。

〔註15〕如張曙光：《在旅途中，雪是惟一的景色》、《雪》)、《致開愚》、《冬》、《冬日記事》、《悼念：1982 年 7 月 24 日》等。

　　張曙光曾經在一首詩中感慨，「在我的詩中總是在下雪，像詞語，圍困著我們。 ／但沒有人知道，沒有人知道，對於冬天和雪 ／我充滿了難以抑止的憎惡和仇恨」（《冬天》）。那麼，這是為什麼？一種作為大自然中客觀存在的物質之雪，如何就與人的意識產生了糾結，讓詩人對之那樣動情？據詩人藍藍追憶，曙光曾說「我小時候就盼著下雪，好玩。大了些，覺得有味道。現在有些怕了，一下雪，出門就不方便了，還容易摔跤」。〔註16〕若不顧及藝術創造規律，硬性地鑿實理解，這恐怕也只能是答案的一部分，而絕非全部。深層的動因應該是緣於詩人心理結構的作用。有人說，張曙光是最有悲劇意味的抒情詩人之一，「時間，而不是空間，死亡，而不是活著，痛苦，而不是歡樂，這些成為了他最經常處理的主題」，〔註17〕偏於悲情氣質的孤寂、內省的心性底色，和太多的間接的死亡經驗感受、西方現代派詩歌懷疑傾向的滲透綜合，注定曙光寫雪的詩必然會呈現為這樣的基調，他的「雪」的意象變奏，也昭示出一種藝術規律：在內視性的詩歌文類中，地域、文化和現實因素固然重要，但還必須依賴於個體的心靈，它是所有作品真正的創造之源。

〔註16〕 藍藍：《詩人張曙光》，《名作欣賞》2012 年第 7 期。
〔註17〕 孫文波：《我讀張曙光》，《文藝評論》1994 年第 1 期。

「要與別人不同」：西川詩歌論

從嚴格意義上說，新詩的發展歷史也是一個大浪淘沙的過程。並且，隨著淘汰節奏的日益加速，藝術更替周期的漸趨縮短，「各領風騷三五年」對某些詩人而言已經成為一種莫大的福分，一種無法逃避的命運。這種殘酷的形勢，注定真正經得起考驗的「中流砥柱」不多，不少聞達者雖然也曾風雲一時，但難以支撐久遠，很快就蛻化為匆匆過客，悄然退隱，即便是個別的秉性堅韌，興趣依然，其作品也往往旋即屬於無效寫作的「隔日黃花」了。

西川 1981 年涉足詩壇，如今算起來早過三十載，幸運的是他始終沒有被淘汰。「我要求自己不一定比別人寫得更好，但要與別人不同」，[註1] 這副座右銘使他從不固步自封，耽於已有的榮譽簿，而是永葆清醒的探索精神，把創新作為詩歌藝術的唯一生命線；所以他能夠不斷進行自我「革命」，一次一次地從 1980 年代中期的《在哈爾蓋仰望星空》、《母親時代的洪水》、《把羊群趕下大海》等高潔、優雅、精緻的「純詩」經典，從 1990 年代的《致敬》、《近景與遠景》、《厄運》、《鷹的話語》等即興、鬆散又神秘的「雜詩」代表作再出發，直至新千年後仍舊在「大詩」路上長驅直入，銳氣逼人，既有高起點，又持續不懈，一直雄踞於前沿的位置上，以超常的再生力，不斷地帶給讀者新的驚喜、衝擊、震撼和啟迪。尤其是 1990 年代及其以後所進行的精神探險，對新詩可能性的尋找，已然晉升為知識分子寫作乃至當代詩歌史上具有獨特價值的重要學術話題。

〔註 1〕 西川：《答譚克修問：在黑與白之間存在著廣大的灰色地帶》，《大河拐大彎——一種探求可能性的詩歌思想》第 187、187、187 頁，北京大學出版社，2012年。

一、「聖歌」的迷戀與終結

　　像有些人所說，西川看上去隨和謙遜，實際上他在詩歌精神方面的個性相當獨立。早在提出「知識分子寫作」之前，《深圳青年報》和《詩歌報》聯合舉辦的「中國詩壇 1986 現代詩群體大展」上，他以一個成員的身份鮮明地亮出「西川體」旗幟這件事本身，就表明他具有自己的藝術主見，絕非那種人云亦云的平庸之輩。客觀地講，他也正是憑藉獨到的眼光、膽識和創作選擇，把自己和模糊的詩壇剝離開來，在喧囂混亂得極容易被遮蔽的時代，放射出奪目的個性光點的。

　　1980 年代初、中期相繼走紅詩壇的，一是朦朧詩的「社會批判，隱喻——象徵」模式，二是第三代詩人的「日常經驗，口語——敘述模式」。〔註 2〕或許是緣於獨立思考的性情與深厚紮實的根基，或許是蟄伏於心底的焦慮情結在起作用，或許是身處北大那種中心位置的特殊環境勢必滋生的責任與抱負使然，或許是幾種因素兼而有之；西川的詩歌寫作不但學徒期短暫得幾近於無，一上手就褪盡了青春寫作的稚嫩熱情的學院腔調，表現出沉靜、老到、從容的氣象，而且以與年齡不相稱的自信和虔誠心態，避開習見、流行的趣味，選擇了一條帶有古典主義傾向的「聖歌」路線。具體說來，西川那時不像眾多認為時代「無情可抒」的第三代詩人那樣「玩」詩，也不過分貼近煙火氣十足的日常生活，因為在詩人看來只有與嘈雜瑣屑的塵世空間保持必要的距離，才能維護繆斯的純粹與高貴；同時也有別於過分向時代、歷史領域外傾的宏大抒情，而偏於彈奏個體的生命、精神音響。

　　如眾口交譽的《在哈爾蓋仰望星空》即是其典型範本：「有一種神秘你無法駕馭 ／ 你只能充當旁觀者的角色 ／ 聽憑那神秘的力量 ／ 從遙遠的地方發出信號 ／ 射出光來，穿透你的心……風吹著空曠的夜也吹著我 ／ 風吹著未來也吹著過去 ／ 我成為某個人，某間 ／ 點著油燈的陋室 ／ 而這陋室冰涼的屋頂 ／ 被群星的億萬隻腳踩成祭壇 ／ 我像一個領取聖餐的孩子 ／ 放大了膽子，但屏住呼吸」。詩人不是教徒，但此詩卻是一種精神朝聖，凝視星空，一股奇妙之光彷彿貫通了浩瀚無垠的宇宙與渺小之人，時間似乎已經完全靜止，過去、現在和未來疊合一處，「我」緊張而專注地屏住呼吸，「領取聖餐」和天旨，「仰望」的事件裏寄寓著一種對純粹、神秘力量無法把握的敬畏，人和自然、永

〔註 2〕陳超：《西川的詩：從「純於一」到「雜於一」》，《華中師範大學學報》2012
　　　年第 1 期。

恆的交流體現的是虔誠的宗教情懷。再看《月光十四行》：「人在高樓上睡覺會夢見 / 一片月光下的葡萄園 / 會夢見自己身披一件大披風 / 摸到冰涼的葡萄架下……而風在吹著，嗜血的梟鳥 / 圍繞著葡萄園縱情歌唱 / 歌唱人類失傳的安魂曲 // 這時你遠離塵囂，你拔出手槍 / 你夢見月光下的葡萄園 / 被一個身軀無情地壓扁」。這裡且不管那天籟般的境界是否會失落，也可無視都市文明對自然、詩性的擠壓，更休要問這令人神往的景象是不是以夢幻的形式為依託，但它至少展示了一種美的存在，一片纖塵不染、毫無雜質的神性天地，哪怕「無情」的威脅到來，它仍留下了理想和美的紀念碑。還有像《你的聲音》「這是花朵開放的聲音 / 伴隨著石頭起立的聲音 / 這是眾鳥歸林的聲音 / 伴隨著星星隕滅的聲音 // 黃昏悄悄進門，門外 / 有人喝水。他喝水的聲音 / 越來越大，終於 / 被雨的聲音所代替……閃電照高空曠的遠方 / 一輛黑漆馬車在雨中奔 / 馬蹄聲聲，車夫半睡，車上 / 坐著一個緘默的靈魂」。這聲音亦實亦幻，不一定是真有的，卻是虛擬的存在，你可以說它虛無縹緲，卻無法不佩服詩人想像力的超拔與奇崛。

不難看出，1980年代的西川時時覺得「生活在別處」，其詩歌理所當然地弱化了身邊的存在，不無逃離現實的意味，而鍾情於神秘的和超驗的事物，常常以接近、洞察事物內在不可知的秘密為最高宗旨，像《上帝的村莊》、《憑窗看海的人》、《在那個冬天我看見了天鵝》、《海邊的玉米地》、《桃花開放》、《雪》、《體驗》、《起風》、《讀1926年的舊雜誌》等作品，即均對自然、生命、神性、秩序、時間、永恆、終極一類的觀念充滿探詢的興趣與企圖，超凡脫俗的高遠境界建構中，甚至帶有一定程度的宗教的神秘主義傾向；它們多啟用浪漫的寫法，但少直抒胸臆的大喊大叫，而是通過純淨、飽滿的意象寄託情志，若干文本的象徵和寓言色彩比較顯豁，敘述克制內斂，語言優雅洗練，大量商籟體飽含的整飭，頗具紳士風度，高頻、豐富的想像，常引人走入空靈虛靜的福地，而高度協調的控制力和恰到好處的分寸感，又保證了藝術的沉靜、簡約、高貴和精緻。

按理，詩的風格多種多樣，西川提供的「聖歌」文本很「像詩」，詩完全可以、應該選擇這種狀態，如果詩人就沿著這個方向一路走下去，也肯定會抵達輝煌之巔，他沒必要「改弦易轍」；事實上，至今仍有很多讀者非常喜歡這些「聖歌」，希望詩人有朝一日能夠回歸這種寫作狀態的也不乏其人，詩人在八、九十年代之交的《十二隻天鵝》、《夕光中的蝙蝠》、《為海子而作》等

少數作品，也承續了這種風格；同時，置於朦朧詩功德圓滿後退卻、第三代詩歌一股腦奔赴現代主義與後現代主義的悖謬與荒誕的氛圍中，詩壇似乎也需要高蹈、超驗、純粹的品類堅守與制衡。但是，事實卻是自 1989 年至 1992年，確切說是從 1992 年的《致敬》始，處於抒情高峰狀態的西川詩歌遽然發生了驚人的逆轉和巨變，那個非常在乎「詩歌的形式，語言的那種文雅，語言的文化色彩」﹝註3﹞的西川「脫胎換骨」了，一個試圖創造和生活對稱詩藝的詩人形象出現了。究其根源，一方面是由於一些個人生活的變故，當諸如海子、駱一禾、戈麥等詩人之死，和時代語境轉換帶來的精神震盪那種「歷史強行地進入了我的視野」，詩人自覺反省到從前的浪漫式的寫作「可能有不道德的成分」，「象徵主義的、古典主義的文化立場面臨著修正」，﹝註4﹞由於它們無法和生活及生活本身的力量相對稱，所以必須調整、改變；另一方面則因爲詩人深層的詩歌觀念的革命，他從美國出版的、除了收錄詩歌還收了卡夫卡和喬伊斯小說片斷的《100 首現代詩》一書悟出，「我們對於詩歌的觀念太狹窄」，﹝註5﹞傳統的詩歌信條也不是一成不變的，它應該不斷地調整、完善。在這種內驅力的促動下，能夠容留多種生活與經驗的詩歌在他的創作中自然出現了。並且以《致敬》爲界點，西川經由《近景與遠景》、《芳名》、《厄運》到《鷹的話語》，這種「雜體」詩歌一發而不可收，逐漸彌漫爲 1990年代乃至新世紀詩歌創作的主體構成。

那麼《致敬》究竟是何種狀態？不妨摘引一段：

在卡車穿城而過的聲音裏，要使血液安靜是多麼難哪！要使卡車上的牲口們安靜是多麼難哪！用什麼樣的勸說，什麼樣的許諾，什麼樣的賄賂，什麼樣的威脅，才能使它們安靜？而它們是安靜的。

拱門下的石獸呼吸著月光。磨刀師傅佝僂的身軀宛如月芽。他勞累但不甘於睡眠，吹一聲口哨把睡眠中的鳥兒招至橋頭，卻忘記了月色如銀的山崖上，還有一隻懷孕的豹子無人照看。蜘蛛攔截聖旨，違背道路的意願。

在大麻地裏，燈沒有居住權。

﹝註 3﹞ 簡寧：《視野之內：答簡寧問》，《延安文學》2006 年第 2 期。

﹝註 4﹞ 西川：《大意如此‧自序》，《大意如此》第 2、3、2、4、2、1～2 頁，湖南文藝出版社，1997 年。

﹝註 5﹞ 簡寧：《視野之內：答簡寧問》，《延安文學》2006 年第 2 期。

「雜體」詩歌《致敬》的生長，在某種程度上宣告了西川「聖歌」理想的終結，它從意蘊到形式對詩人的「純詩」神話寫作歷史實現了一種顛覆。初看上去，它已經不太像詩，倒更似散文，排列上不再分行，句法相同或相近的句子集聚爲一個個塊狀的句群，句群和短句相間，鬆散組合，斷裂破碎，八節中的每一節都「各說各話」，彼此的敘述間相剋對立，和諧、優雅不再，無內在的邏輯結構線索，僞箴言式的語體裏，人稱頻繁轉換，詞彙雅俗「一鍋煮」，悖論、矛盾、反諷、互否、紛亂、含混、駁雜，是它給人的整體印象。奇怪的是詩人就是用這樣一種「敘事性、歌唱性、戲劇性熔於一爐」〔註6〕的綜合形式，去表現個人荒謬性的生存狀態和困境，這種文體探索對於詩歌來說，究竟是耶非耶？福耶禍耶？它將帶給西川詩歌一種什麼樣的影響呢？

二、「雜詩」寫作的自覺嘗試

「如果你仔細讀我的作品，你會發現，《致敬》、《厄運》、《近景和遠景》、《鷹的話語》等，每一篇都是一種不同的寫法……我工作的每一次進展都是我對形式的一次發現」。〔註7〕詩人這段自白，很容易讓人產生一種錯覺：和傾向於精神向度的打造的 1980 年代相比，西川 1990 年代後在詩歌形式的探索上用力尤勤、尤深，是以文體家的身份在詩歌史上留下了輝煌的定格。其實不然。本來，出道早、起點高的西川，若一直在「聖歌」方向上持續滑行的話，會越寫越精湛老到，越寫越爐火純青；可是，外在壓力和內心反思的遇合，使西川在整個詩壇處於藝術沉潛狀態的 1990 年代後，卻毅然革起自己一度張揚的「純詩」之命，以「反詩」或者說「雜詩」的文體方式，求取和現實生活的呼應與同構。即崇尚「雜詩」絕非僅僅圖謀形式創新，它既是在爲一種詩體的存在尋找可能性，也是介入充滿悖論的荒誕現實後的必然選擇，或者說它是一個問題的一體兩面。客觀上，西川也正是靠「雜詩」創造，才逐漸使自己和「北大三劍客」的另外兩位詩人海子、駱一禾有了區別，找準了詩歌生命力的藝術支點，在 1990 年代後產生了越來越大的影響。

西川「雜詩」之「雜」表現在詩行排列、篇章結構等外觀形態上的「不像

〔註6〕 西川：《大意如此‧自序》，《大意如此》第 2、3、2、4、2、1～2 頁，湖南文藝出版社，1997 年。

〔註7〕 西川：《答譚克修問：在黑與白之間存在著廣大的灰色地帶》，《大河拐大彎——一種探求可能性的詩歌思想》第 187、187、187 頁，北京大學出版社，2012 年。

詩」，是有目共睹、毋庸多論的。至於它深層、內在之「雜」，首先是其書寫對象與情感體驗的非純粹性。應該說，詩人反省以往純詩的「不道德」雖然有些過於嚴苛，但卻使他自己的創作陡增了「及物」的趨向與可貴的人間煙火之氣。進入 1990 年代後，經歷過精神震蕩的西川，沒有迷失於一些人的「玩詩」路線，也沒耽於詩壇技藝打造的潮流之中，而是提倡：「詩歌語言的大門必須打開，而這打開了語言大門的詩歌是人道的詩歌、容留的詩歌、不潔的詩歌，是偏離詩歌的詩歌」，這種詩歌應該容納詩人死亡、自我負疚、世態冷漠等「生活的骯髒和陰影」。〔註 8〕詩歌與「人道」、「容留」、「不潔」、「偏離詩歌」、「骯髒和陰影」等因素結合，自然沒法保持純淨、沒法不「雜」了；但它也顯示了詩人作為知識分子的一種良知、道義擔當，它是在為「經驗、矛盾、悖論、惡夢」〔註 9〕等現實「雜」象尋找一種恰當的藝術表現形式。此間的詩發展了《母親時代的洪水》中初現的那種「從『個我』走向『他我』，繼而走向『一切我』」〔註 10〕的端倪，減少個人恩怨和情感，而完全敞開胸襟，盡量包容、涵納世界上所有的聲音、色彩和事態。如《厄運》由二十一個戲劇片段連綴而成，曾經的生活「在別處」的「雲端」感，完全被生活「在此處」的「地面」感所替代，它客觀自然，入骨地真實。下面是其中的一個片段：

E00183

子曰：「三十而立。」

三十歲，他被醫生宣判沒有生育能力。這預示著他龐大的家族不能再延續。他砸爛瓷器，他燒毀書籍，他抱頭痛哭，然後睡去。

子曰：「四十而不惑。」

⋯⋯

子曰：「七十而從心所欲，不逾矩。」

在發黴的房間裏，他七十歲的心靈愛上了寫詩。最後一顆牙齒提醒他疼痛的感覺。最後兩滴淚水流進他的嘴裏。

〔註 8〕 西川：《答鮑羅蘭、魯索四問》，《讓蒙面人說話》第 271 頁，東方出版中心，1997 年。

〔註 9〕 西川：《大意如此·自序》，《大意如此》第 2、3、2、4、2、1～2 頁，湖南文藝出版社，1997 年。

〔註 10〕 西川：《關於〈母親時代的洪水〉》，《讓蒙面人說話》第 228 頁，東方出版中心，1997 年。

面對這樣的詩，誰都會滋生出一種強烈的無奈感。儘管你從年輕的三十歲到老邁的七十歲，一直都本分做人，認真做事，可是生活與生命卻常常並不按著自己設計的軌道發展，反過來總是事與願違，厄運如同影子一樣伴隨左右，驅不走，躲不開；所以人只能服從、接受命運的安排，任何掙扎都是徒勞的。這種命定的悲劇意識在詩中每個片段都有所滲透。而像「可在故鄉人看來他已經成功：一回到祖國他就在有限的範圍裏實行起小小的暴政。／他給一個個抽屜上了鎖。／他在嘴裏含著一口有毒的血。／他想像所有的姑娘順從他的蹂躪。／他把一張支票簽發給黑夜」（O09734）。「在一群人中間他說了算，而他的靈魂瞭解他的儒弱。／他在蘋果上咬出行政的牙印，他在檔上簽署蚯蚓的連筆字，而他的靈魂對於遊戲更關心。／在利益的大廈裏他閉門不出，他的靈魂急躁得來回打轉」（H00325）。這些片段都將「他」置於社會、現實、歷史、同類交織的網絡中，不僅暴露人性的貪婪、殘忍、儒弱又不乏向善意向的矛盾真相，也曲現了生活現實本身隱伏的荒誕和悖謬，還對人與各種環境錯位的關係鏈中的複雜命運展開了探討。想像的與真實的兼有，詩意的與瑣屑的並存，對話、場面與敘述俱在，的確非常「包容」，它們和美醜錯綜、是非混搭的斑駁世界與人生達成了內在的對位、應和，或者說實現了「雜」的現實、情感和觀照對象的詩性外化；檔案的體式，尤其是第三人稱「他」貫穿始終，分別用 A、B、C、D、E、F 等二十一個字母后加阿拉伯數字指代，並注明其中五個「身份不明」，既扼制主觀情緒的介入，敦促詩徹底走出「自我」園囿，同時數字化的生命「他」，又暗喻著芸芸眾生，「他」可以泛指「你」、「我」乃至所有人、一切人，詩人是通過其透視人類普遍、共同的生活和命運。

《鷹的話語》更是西川「雜體大詩中將深度智慧、悖論模式、語言批判、狂歡精神發揮到極端的代表性文本。」〔註11〕儘管有不少讀者對這首由 99 則話語間充滿「邏輯的裂縫」的語言碎片結構成的「綜合創造」的詩很不適應，難以捕捉詩人寄寓其中的「精神隱私」，但並不能影響它思想深邃優卓的事實。為說明問題，不妨跳躍性地引用數則。

　　　1、我聽說，在某座村莊，所有人的腦子都因某種疾病而壞死，
　　　只有村長的腦子壞掉一半。因此常有人半夜跑到村長家，從床上拽
　　　起他來並且喝令：「給我想想此事！」

〔註11〕陳超：《西川的詩：從「純於一」到「雜於一」》，《華中師範大學學報》2012年第 1 期。

12、我在鏡中看到我自己，但看不到我的思想；一旦我看到我的思想，我的思想就停滯。

40、醜陋的面孔微笑，雖然欠雅，但是否可以稱之爲「善」？假嗓子唱歌，雖然動聽，但是否「眞誠」？崔鶯鶯從不打情罵俏卻犯了通姦罪，賣油郎滿面紅光卻沒有女朋友。

64、那麼，一個不承載思想的符號，是鷹嗎？但我還沒有變成過一隻鷹，但所有的狐狸都變成了人。我把自己偽裝成一隻鷹，就有一個人偽裝成我。從詩歌的角度看，我們合作得天衣無縫。

可以斷定，詩在這裡不再僅僅是情緒的流露，也非外在世界的客觀性描摹，它已經成爲一種飽含著詩人對人生、現實和存在等認識和看法的經驗，一種充滿著對立、矛盾又和諧、辯證因素的提升了的哲思與思想札記，有感性內涵的躍動和飛騰，更多理性智慧的凝結與支撐。或者說，詩在借助「鷹」之視點和話語，展開詩人亦乃眾人靈魂之「探險」，呈現超越瑣屑之後的關於思想、孤獨、眞假、是非、死亡、道德、眞實精神等命題的理解和洞悉。如第六段「關於格鬥、嘶咬和死亡」，即寫出了「鷹」之靈與肉、神聖與平庸、形而上與形而下的統一性，它一方面「昂貴」、「智慧」、「高高飛翔」、「接近神性」，一方面也「飢餓」、「撕咬」、「僵硬」、「最終是死亡」，雖然「鷹在空間消滅的軀體，又在時間中與之相遇」，其蔑視死亡的精神不會泯滅，但其高貴品性與平淡屍身內在分裂的慘淡「眞實」，仍透著沉重的悲劇意味。而這種意識和全詩中密佈的「悖論」結合，愈發強化了生活與生命的神秘色、荒謬性與宿命感。悖論性的情境和矛盾修辭敘述在陡增詩的張力同時，更暗合了生存現實和精神思考的繁複與矛盾的「雜」之本質，它給人的不僅僅是一種心智的啓示。好在喜劇性的口吻和大量運用反諷手法造成的文本「快樂」，巧妙地化解了西川詩中厄運不斷的人生沉重與悲涼，讓讀者在絕望中看到一種希望，這倒絕對是詩人智慧的表現。

人們往往稱 1990 年代及其以後的西川爲「文體家」，我以爲決不是沒有根由的，它至少隱含了西川詩歌體式上具有某種非常態化特質的內涵。具體說，西川詩歌「不像詩」的第二個深層表現，是在題材、情感、思想之「雜」外，還存在著思維、手段、技巧之「雜」，即小說、戲劇、散文等非詩文體的成分不但堂而皇之地大量進入詩歌文本，並且獲得了合理生長的可能性。其實，這種文體跨界、互滲的「綜合性」寫作，在許多先行者那裡都被嘗試過，

已是公開的秘密，小說家汪曾祺甚至不無偏激地說，「寧可一個短篇小說像詩、像散文、像戲，什麼也不像也行。可是不願意它太像小說」；〔註12〕但似乎誰也沒有像西川那樣自覺與徹底，他參悟出「偏於一端的寫作雖然可能有助於風格的建設，卻不利於藝術向著複雜的世界敞開」，〔註13〕「既然詩歌必須向世界敞開」，「歌唱的詩歌就必須向敘事的詩歌過渡」。〔註14〕西川清楚，詩歌文體利弊混凝，它在處理複雜題材的幅度、表現當下生活的深度方面遠遜於其它文體，尤其在詩意大面積流失、散文化日重的 1990 年代，如果詩歌閉關自守、一純到底只能走向殆滅，而唯有打破傳統的清規戒律，在堅持根性的基礎上適度吸收其它文體的優點，才會立於不敗之地；所以他開始大膽讓幾種文體之間互通有無，以緩解詩歌自身的壓力，於是一種在文體屬性上難以界定、歸類的作品，在他筆下滋生了。《致敬》初露端倪即讓人們驚駭不已，它外觀形式上對傳統的「冒犯」還是次要的，主要是它的內在構成既非話，也非抒情散文，既非詩，也非散文詩，令讀者一下子無所適從，難以把握，而後的一系列作品中這種傾向愈加顯豁。像由不同聲部造成緊張爭辯的《鷹的話語》，竟然被有關機構直接改編成話劇，在紐約戲劇車間演出，其戲劇化旨趣不宣自明；不少人認為是西川最好的作品卻少有人深入論述的《芳名》，同樣鑴刻著詩人在文體上進行「綜合創造」的印痕。詩人寫的本來是首文化批評色彩很濃的詩歌，意欲透視當時社會的林林總總、形形色色，巧妙的是他沒有採用正點強攻的戰術，而是「試圖通過一個虛構的『愛人』進入90 年代的大千世界」，〔註15〕傳達一個曾經的理想主義者的情緒與思考。這種構思方式本身就不乏戲劇性，而在詩歌的具體展開過程中更多小說、戲劇等藝術手段的援助，比如貫穿整個詩歌空間的「你」似乎帶有了某種獨特的個性，圍繞「你」產生了眾多的細節、場景、情境、對話等日常化的生存信息，「你」與「我」之間獲得了「在你現身之前，我幾乎不是我自己」、「在悶熱的、令人窒息的空氣裏，我求告於你綿薄的拯救之力」、「在細菌橫行的夏天，

〔註12〕汪曾祺：《短篇小說的本質》，天津《益世報·文學周刊》，1947 年 5 月 31 日。
〔註13〕西川：《大意如此·自序》，《大意如此》第 2、3、2、4、2、1～2 頁，湖南文藝出版社，1997 年。
〔註14〕西川：《大意如此·自序》，《大意如此》第 2、3、2、4、2、1～2 頁，湖南文藝出版社，1997 年。
〔註15〕程光煒：《西川論》，《程光煒詩歌時評》第 205、205 頁，河南大學出版社，2002 年。

你悄悄學壞，而我用放大鏡觀看你的照片」的複雜而微妙的關係，以及在這一過程中「我」的情感狀態與變化，所有這一切完全符合敘事性文學架構與陳述的要求，在諸多事件化、情節化因素彙聚的「河流」斷續流動中，社會現實中庸俗真切、斑斕又凌亂的「波光」閃爍不定，飽含著詩人厭倦、不滿、失望和戲謔等多元情緒的否定性意向「內核」不時浮出水面。

在西川看來，敘事性與歌唱性、戲劇性是一種兄弟姐妹的關係，是「綜合創造」中彼此難以割裂、相生相剋的三維，因此他極力追求戲劇性表達的客觀、間接性，也就成了順理成章的事情，這一特徵不僅在《鷹的話語》、《芳名》等個案中有所體現，而且幾乎覆蓋了詩人1990年代及其新世紀所有的大詩寫作，像他以鳥、火焰、陰影、我、牡丹、毒藥、銀子、城市、國家機器、地圖、風、小妖仙、幽靈、廢墟、撲克牌、自行車、曠野、海市蜃樓等十八種意象為觀照對象的《近景和遠景》即十分典型。它調和了大與小、遠同近、個人和民族的關係，在雙線交織中凸顯時代的精神面影和自我的複雜心態，思想意向、調侃立場上與《芳名》、《鷹的話語》一脈相承，而在寫法上則調動、融彙了詩歌、戲劇、隨筆式雜文等文體的手段，十八個片段猶如十八個名詞解釋，相互間貌斷實連，個體獨立，內裏卻應和支持，達成了別致而渾然的「精神混響」。其中的《牡丹》這樣寫道：「牡丹是享樂主義之花。它不像玫瑰具有肉體和精神兩重性，它只有肉體，就像菊花只有精神。正因為如此，牡丹在開花之前和凋謝之後根本就不存在。劉禹錫詩云：『唯有牡丹真國色，花開時節動京城。』這是一種不得超昇的植物，其肉體的魅力難於為人們的內體所拒絕……」面對這樣的作品，熟讀過詩歌的讀者會感到異常奇怪，它通篇在介紹牡丹花的特性、歷史，最多不過添加了古今中外與牡丹相關的一些文化知識罷了，敘述和議論是其主要的技術支撐，形式上連行都不分，它哪裏還像詩，不過是散文或者論文，好像也構不成局部哲學，充其量也只能說是詞語解釋。

可見，西川1990年代後詩歌的非詩或反詩傾向是非常強烈的，但它的目的不是毀滅詩，而是希望通過對傳統詩歌或詩歌本體的「偏離」，實現詩的自救和新生。詩的字裏行間因有想像力、象徵化、書面語等詩的質素壓著陣腳，仍然保持住了詩性的盎然。像《芳名》中虛擬的愛人「你」作為象徵，既可是人也可是詩，還可是其它的什麼，它和「我」、環境等結構成的形而上空間，同詩人神奇的想像力遇合，無疑使文本敘述雖然容留了許多現實的因素，但

卻都能最終指向詩性，有著恍惚迷離的「不確定性」的審美效果。《近景和遠景》給詞彙下定義時不按既定思維路線滑動，解釋詞語通常的含義，而是努力和對象既貼近又超離，翻出新鮮的意趣，引人注意，同時貌似一本正經的態度和好笑荒誕的內涵對接，其「偽理性」的視角和出語本身就很滑稽，有種說不清的「好玩兒」的感覺。西川這種以高難度的技藝應對複雜生活經驗的「綜合寫作」，加強了詩歌適應題材幅度和處理紛紜問題的能力，從特殊的角度拉近了詩和現實的關係，並昭示了詩歌與其它文體合理嫁接的可能，爲敘事有效地介入抒情文學提供了經驗性啓示。

在論及詩歌語言的時候，新批評派理論家克利安思·布魯克斯提出悖論是詩歌語言的基本特徵，但同時也指出：「我們只承認在警句詩這種特殊的詩體，或是諷刺詩這種雖有用，但幾乎算不上是詩歌的體裁中，可以有悖論存在」。〔註16〕這段話反證出一個現象，即西川 1990 年代後高頻率、大劑量使用現代性藝術手段的詩歌，已經和傳統意義上詩歌的情調、風格大異其趣，這也可以視爲西川詩歌第三個「雜」的表現。的確，雖然誰也沒有明文規定詩歌的境界、趣尚應該如何，但中國詩歌多少個世紀以來始終在或莊重或優雅之路上行走，直到現代主義出現後，矛盾性的語彙、意向、情境在同一文本的有限空間裏並行才漸成趨勢。西川登上詩壇很長一段時間的寫作，也都講究結構的渾然、語彙的諧調、風格的純淨；但進入 1990 年代的逆轉之後，他發現現實與社會生活遠非詩那樣美好，以往與其不對稱的寫作過於矯情，並且「一個自相矛盾的人反倒是一個正常的人。那麼這個時候是誰在堅持這種自相矛盾的權利，是藝術家，是詩人」，〔註17〕詩能夠更應該呈現這種矛盾，於是在他詩中看似荒謬實則眞實的悖論修辭鋪天蓋地而來，尤其是它已從一般的創作方法晉升爲本體論層面的思維方式，伴隨著詩人的「偽哲學」觀念注入他的精神肌體，混雜、矛盾、散漫成了文本的第一現實。隨意翻開一首詩，經常會碰到這樣的句子或段落：「我們採遍大地上所有的鮮花，而鮮花一經採擷便是死亡。 ／我們把死亡之花獻給我們鍾愛的人；我們覺得生活很有意義」（《芳名》）。「我在鏡中看到我自己，但看不到我的思想；一旦我看到我的思想，我的思想就停滯」。「一位禁欲者在死離逃生之後變成了一個花花公

〔註16〕 克利安思·布魯克斯：《悖論語言》，趙毅衡編選《「新批評」文集》第 354 頁，百花文藝出版社，2001 年。

〔註17〕 西川：《面對一架攝影機》，《西川詩文集·深淺》第 260 頁，中國和平出版社，2006 年。

子。 // 一位英俊小生殺死另外兩位英俊小生只爲他們三個長相一致」（《鷹的話語》）。可見，在西川的詩裏悖論大量存在，它們或表現爲格言警句，或結合於具體的語境之中，常常以似非而是的狀態與方式，將固有的荒謬、矛盾和尷尬披露出來。不是嗎，我們習慣於把採擷的鮮花獻給親近或鍾愛的人，傳遞情意、祈禱健康、表達敬愛，可是誰又想到採擷後的鮮花意味著枯萎和死亡，獻花的祝福中是否隱含著不祥的預兆呢？《芳名》的幾句直覺式的感悟，也是「獻花」原意的去蔽，和現有內涵的拆解，平常事態裏竟然包裹著現象和本質間不易察覺的對立、衝突和違逆。《鷹的話語》中的幾段詩，則有了一點玄學味道，它們同樣捅破了荒謬、怪誕背後的事物真相。人可以通過各種管道知道自己的外觀，但深入骨髓地自知幾乎是不可能的；人好像輕易不會從一個極端走向另一個極端，但要看經歷了怎樣的生命事件與過程；人有個性最可愛，彼此都個性相同自然就取消了個性，所以對相似的同類既愛又恨。充滿詭辯、歧義、衝突的僞箴言之「思」，好似不十分靠譜，但卻從另一個向度接近了世界和事物的本質，擴大了詩歌語言的張力。

　　西川 1990 年代後詩中有更爲突出表現的是反諷的運用。什麼是反諷？克利安思・布魯克斯認爲「語境對於一個陳述語的明顯的歪曲，我們稱之爲反諷」，〔註 18〕I・A・瑞恰茲則稱之爲「反諷式觀照」，即「通常互相干擾、衝突、排斥、互相抵消的方面，在詩人手中結合成一個穩定的平衡狀態」。〔註 19〕批評家們不論對反諷概念的解釋如何不同，也不論是把反諷定位在語調、語義還是意蘊層面，但都無不承認反諷是現代主義乃至後現代主義詩歌的主要技巧，諸種因素的對立與不協調是反諷的核心內涵。西川 1990 年代後的詩歌中反諷密集。如《厄運》寫道「他有了影子，有了名字，決心大幹一場。他學會了彎腰和打哈欠……他試著揮起先知的皮鞭，時代就把屁股撅到他面前。 / 在第一個姑娘向他獻花之後他擦亮皮鞋。但是每天夜裏，襯衫摩擦出的靜電火花都叫他慌亂」（J00568）。詩混合了意蘊反諷、語義反諷與語調反諷，儘管每個人對生活都曾信心十足，躍躍欲試，有過理想的規劃，但最終都將走向希望的反面，承擔不願承擔的，這幾乎是所以人都難以擺脫的「厄運」，那種滑稽、幽默的喜劇筆法雖然潛伏著一些好笑的因素，但仍難以從根本上

〔註18〕 克利安思・布魯克斯：《反諷──一種結構原則》，趙毅衡編選《「新批評」文集》第 379 頁，百花文藝出版社，2001 年。

〔註19〕 趙毅衡：《「新批評」文集・引言》，趙毅衡編選《「新批評」文集》第 379 頁，百花文藝出版社，2001 年。

改變悲劇的底色。再有《致敬》的片段：「那部蓋在雪下的出租汽車潔白得像一頭北極熊。它的發動機壞了，體溫下降到零。但我不忍心目睹它自暴自棄，便在車窗上寫下『我愛你』」。出租汽車本是一個沒有生命的交通工具，雪下的出租汽車自然意味著冰冷、淒清和寂靜，對之該以寒冷、死亡、戰慄等語彙出之；但是在詩人的想像流轉中，它卻被美化為潔白的動物「北極熊」，成了額頭髮光、等待接吻的「姑娘」，興奮、活潑、可愛，一系列的擬人修辭，使其具體語境構成了對前面敘述語的偏離和歪曲。它那種匪夷所思的構思、實際語境中的麻煩狀態和心理臆想的美化對接，在悖逆中蘊蓄著一股強烈的張力，含蓄也艱澀。西川為什麼如此頻繁地啓用反諷，顯然已經超出 1990 年代詩壇崇尚技術打磨的單純的技術層面，我想它至少包涵著對日常生活現實瑣屑、殘酷的不滿和無奈，抑或詩人對平淡生存園的智慧化解之意。

時代在發展，詩人在變化，詩歌的形象也宜隨之不斷做出調整與拓容。西川的「雜詩」創作不能說盡善盡美，其有時過分的陌生、駁雜讓人接受起來還不太習慣，頗具難度；但它創造性地豐富、擴大了新詩形象內涵，為自身的寫作與存在找到了一種可能性，也對新詩的再度出發有一定的借鑒價值。

三、在「變」與「常」的互動中創造

一個作家、一個詩人和運動員有相似之處，那就是他們都有自己的黃金時期。西川的黃金時期無疑是在 1990 年代於新世紀。雖然他 1985 年即寫出《在哈爾蓋仰望天空》等代表作，但並未產生持續性的高潮，直到進入 1990 年代後，他的地位和影響才無可爭議地被凸顯出來。尤其是詩意爆發的 1997 年，他竟在改革出版社、中國和平出版社、人民文學出版社、湖南文藝出版社、上海東方出版中心等相繼推出《隱秘的匯合》、《虛構的家譜》、《西川詩選》、《大意如此》和《讓蒙面人說話》等五本詩文集，反響空前。只是他 1990 年代後詩歌的變化也給不少人造成了一種感覺：西川完全是另起爐竈，割裂了與過去的聯繫，自己徹底「革」了自己的命。其實，事實遠非那麼簡單。

回望中外詩歌的歷史不難發現，即使再優秀的詩人，無論他的起點怎麼高，在創作之路上都不可能永遠一成不變，否則就將和真正的大詩人境界無緣；同樣，任何優秀詩人的每一次藝術嬗變，也都很難說是對其以往個性完全、徹底的清洗與否定。作為新時期的一位詩人，西川當然也無法逃脫這一規律和法則的制約。仔細考察他不同時段的作品，整體的印象是他從 1980 年

代的「太像詩」到 1990 年代「太不像詩」的兩極互動，的確變化的速度之快、幅度之大超出了人們的想像，但決非像有些人所說的那樣，是對他自己前期創作的全面顛覆，和「類似於對自己推倒重來」。〔註20〕或者說，西川在這中間撕裂的只是詩歌的形式「肉體」，而詩歌的內在藝術精神「血脈」則始終在文本的軀體裏淌動著，他也正是憑藉這些相對恒定的核心質素的堅守，才在「變」與「常」的交錯、互動中，使魅力增值，逐漸成長並走向成熟的。如在他的作品中，濃鬱的學院氣息持續地盤旋繚繞，知識分子獨立的精神立場一直強勁，詩人遠離文學史焦慮的淡泊心態從未消失；特別是其中幾種突出而重要的品質始終貫穿、聯結著八、九十年代。

一是「思」之個性。大約在二十年前，劉納先生斷定西川的《黃金海岸》、《星》、《激情》等詩充滿哲理內涵，一句「西川太喜愛思考了！」〔註21〕道出了西川的人與詩的秘密。程光煒對北大三劍客的對比，「如果說海子是燃燒的，駱一禾在寬闊的胸襟中深埋著噴突的激情，那麼西川正好綜合了他們各自的特點。他長於用哲學的眼光來思考問題。」〔註22〕同樣隱含著西川之詩與智、思一致的學術指認。西川屬於靜觀默察的沉思型詩人，主要的生命經歷和體驗均在學院之內展開，深層的心理結構和學院派的知識化背景結合，加之馮至、鄭敏、里爾克、博爾赫斯等中外詩歌淵源的內在塑造，決定和盡情地抒放感情相比，他更願意凝眸人生、命運、自然、時間等一些抽象的事體，對宗教、哲學興趣盎然，作品中也就多了些理趣。隨著閱歷的豐富和人生體味的深入，1990 年代後西川詩歌這種個性愈加強化了。不肖說《近景和遠景》、《鷹的話語》等長詩彰顯著詩人對世界、生活、現實的看法和思考，《另一個我的一生》、《這些我保存至今的東西》、《發現》、《寫在三十歲》、《書籍》、《重讀博爾赫斯》等不多的短詩，仍時時泛出形而上的理性光芒，承續著詩人一直以來文化思考的長處。如他的《一個人老了》，「有了足夠的經驗評判善惡， ／但是機會在減少，像沙子 ／滑下寬大的指縫，而門在閉合。 ／一個青年活在他身體之中； ／他說話是靈魂附體， ／他抓住的行人是稻草……更多的聲音擠進耳朵， ／像他整個身軀將擠進一隻小木盒； ／那是一系列遊戲

〔註20〕 西川：《答馬鈴薯兄弟問：保持一個藝術家的吸血鬼般的開放性》，《大河拐大彎——一種探求可能性的詩歌思想》第 261 頁，北京大學出版社，2012 年。
〔註21〕 劉納：《西川詩存在的意義》，《詩探索》1994 年第 2 期。
〔註22〕 程光煒：《西川論》，《程光煒詩歌時評》第 205、205 頁，河南大學出版社，2002 年。

的結束：／藏起成功，藏起失敗。」這首不乏唯美感覺的詩，冷靜地敘述了人從衰老、垂死到死亡的過程、細節與感受。人不論貧富美醜、低微尊貴，最終都將面臨衰老乃至死亡的結局，這就如同「像煙上升、像水下降」，難以遏止和避免，即便「一個青年活在他身體之中」，也無濟於事，眼神、步態、反應都會像機器一樣變慢，「靜止」，你也只能任機會減少，日子溜走，「遊戲」結束，空留無奈和沉重。這種每個人宿命和命運的平靜揭示，還是會從心智上撼動讀者的靈魂；因為它昭示了人的共性本質，暗合了許多讀者的深層經驗。再有他的《醫院》也持續了西川 1989 年後常常涉足的死亡命題。醫院乃生死可以互相轉換的兩界，生可以死，死可以生，死的直視和臨終關懷雖然包裹著一層溫馨的面紗，但更反襯出人在死亡面前的渺小和無力；而那個可理解為死神或上帝的身份不明的「隱身人」，則為詩平添了一種神秘的氛圍。大量「思」的成分介入，自然使西川詩歌獲得了比較理想的硬度，墊高了思維和意蘊層次，有效地控制了詩意的淺淡泛濫。

二是奇絕的想像力。一個詩人最基本的條件即要有超常的想像力，過於泥實的人恐怕永遠成不了真正的詩人；在大家普遍崇尚技術的 1990 年代，想像力更成了測試詩人水準高下的主要指標。西川說由於自己在「相對單純的環境長大，又渴望瞭解世界，書本便成了我主要可以依賴的東西……相形之下，現實世界彷彿成了書本世界的衍生物，現在時態的現實世界彷彿由於過去時態的書本世界疊加而成」〔註23〕封閉有時也意味著創造，沒有見過的那部分歷史、世界究竟怎樣，是一種什麼形態？除了書本提供的之外，只能憑藉自己的聯想和想像去建構、填充；而其中有現實基礎的尚可真切地復現，相反的一些事物則需要靠假設和虛擬完成，這樣它們在詩人筆下「再生」後，必然會帶有某些批評者所說的幻象性質。如此說來，就不奇怪西川初入詩壇的《把羊群趕下大海》、《方舟》、《鳥》等詩多以想像性體驗架構，寫得神采飛揚、空靈浪漫，也不奇怪他進入社會、人生閱歷相對豐富的 1990 年代後此傾向有所淡化了。需要指出的是，淡化不是消失，而是以變體的方式在詩中延續、流轉。像長詩《芳名》、《鷹的話語》已經「幻象」到都以夢抒情明志，「早晨你的頭髮留在枕頭上，你的房間裏彌漫著一股夢的氣味，但你不記得你睡在這房間裏」（《芳名》）；「在黑暗的房間，我不該醒自一個好夢，當我父

〔註23〕西川：《大意如此·自序》，《大意如此》第 2、3、2、4、2、1～2 頁，湖南文藝出版社，1997 年。

親醒自一個噩夢。他訓斥我一頓,他訓斥得有理:我深深反省,以期忠孝兩全。我把好夢講給他,讓他再做一遍,可他把這好夢忘在了洗手間」(《鷹的話語》)。夢的加入使本已怪誕的對象更恍惚迷離,不好把捉。《致敬》的第七部分居然真的以「十四個夢」作為主體,支撐詩思,夢與真交錯,虛實難辨,因為詩人的想像不在同一聯想軸上展開,轉換迅疾頻繁,眾多聯想軸並置,結構蕪雜,它在敦促詩歌走向朦朧境地的同時,也讓很多讀者望而卻步。再如《虛構的家譜》,詩人對自己的祖先不可能都見過,但他卻以夢的形式,按照朝代的順序,依次把祖先、祖父、父親想像,從特殊的角度切入了存在和親情的本質深處,劉春認為它「似乎有點玄虛,卻說出了生活的真諦。太陽底下無新事,『我』來自『祖先』,他們和『我』雖不能相見,卻能夠隔著時空呼應,這是一種血緣,更是一種冥冥中的心靈契合」。〔註24〕可以說,幻象是西川詩歌的一個重要書寫資源,也是西川詩歌的魅力之鄉,它是詩人建構精神烏托邦不可或缺的手段與材料,也保證了詩人文本風格的絢爛多姿、詩意的豐沛與酣暢。

　　三是良好的文字和形式感覺。人們稱西川為學院派代表詩人,一方面表明他的詩離知識、學問近,視野開闊,多書卷氣,一方面則是肯定其綜合能力強,語言功力深厚。西川早期文字的純淨、精準、靈動與形式的嚴謹,幾乎有口皆碑,像《飲水》、《眺望》、《在哈爾蓋仰望天空》等佳構中的語言可謂達到了增之一字太多、減之一字太少的境地,每個鑲嵌在句子裏的字都更換不得。那些個性化程度極高的言情符號,在作品中頻繁閃現,彷彿就是詩人鮮明的精神印章。西川這種藝術追求到了「龐雜」的1990年代也沒有中斷,他坦承自己的「寫作依然講求形式。例如在段與段之間的安排上,在長句子和短句子的應用上,在抒情調劑與生硬思想的對峙上,在空間上,在過渡上,在語言的音樂性上」。〔註25〕如《戒律》貌似散漫,實則遵循著內在的規則,「為了不淫欲 / 你當只同你喜愛的異性談論悲劇或高深的學問 / 但不要將話題引向心靈的苦悶 / 淫欲是一個陷阱 / 最好只在它的邊上轉悠 // 為了不貪求 / 在黑暗的房間裏自封為王也未嘗不可 / 你且配一把萬能鑰匙在手中掌握 /

〔註24〕 劉春:《有一種神秘你無法駕馭》,《一個人的詩歌史》第194頁,廣西師範大學出版社,2010年。

〔註25〕 西川:《答譚克修問:在黑與白之間存在著廣大的灰色地帶》,《大河拐大彎——一種探求可能性的詩歌思想》第187、187、187頁,北京大學出版社,2012年。

行走。停止，轉身，在你日光下的都城 / 你將不屑於打開那一把把鏽鎖」。且不說意象化的語言思維一如既往，八段的每段開頭均以「爲了不 XX」領起、反覆，層層遞進，通過排比構成一種舒緩的旋律，將戒律者道貌岸然的本質諷刺得滿爆而鮮活，讀者一旦透過戒律者的表現看到其隱蔽的靈魂眞相即會忍俊不禁，享受到智慧的喜悅；而漸次湧現的意象群和字斟句酌的語彙長短結合，又有著一種特殊的節奏快感，形式本身也獲得了增值效應。非但在短詩中，即便是長詩寫作中西川的結構和語言等因素也是很考究的，如《近景和遠景》中的《火焰》，「火焰不能照亮火焰，被火焰照亮的不是火焰。火焰照亮特洛伊城，火焰照亮秦始皇的面孔，火焰照亮煉金術士的坩堝，火焰照亮革命的領袖和群眾。這所有的火焰是一個火焰——元素，激情——先於邏輯而存在……人們通常視火焰爲創造的精靈，殊不知火焰也是毀滅的精靈。」詩人結合人生體驗，對火焰做出了自己的獨到解釋，認爲火焰的存在純粹、美麗，卻不眞實。這種解釋雖然理性、貼近知識介紹，卻不是科學的界說，仍有詩意。它儘管只是全詩的一節，但思路暢通，邏輯也比較嚴謹，字詞的準確恰切好似科學論文，又浸淫著一定的詩性光彩，透出一股學院的氣質。也就是說，西川的詩歌語言不論是 1980 年代的靈動純粹，還是 1990 年代的鋪張駁雜，都有出色的語言根基做後盾，都同樣是創造性的詩學資源。從這個向度上說西川是最擅長語言「煉金術」的詩人，是當之無愧的。

西川的成功證明，太偏於「常」易蹈向守舊，太偏於「變」則會趨浮躁，只有在「常」中求「變」，「變」裏守「常」，「常」「變」結合，才會成爲眞正的創造，而創造乃詩歌的第一要義。西川詩歌的每一次藝術「革命」，都非緣於簡單的形式衝動，而是爲了求得詩歌藝術和生活的對稱與應和，像他 1990 年代綜合性探索中推出的連綿的「句群」，就十分理想地完成了對當時豐富、複雜以及荒誕現實的表現，既以「在場者」身份承續著知識分子獨立批判的精神立場，有比較高的思想品位，又開闢出一條打通嚴肅與詼諧、高雅與通俗的藝術新途徑，使文本更接充滿人間煙火的「地氣」，其立足於現實意蘊、尋找藝術援助的思維方式和革新路線，也對抗了過度疏遠時代的純詩操作的偏頗，是值得圈點的明智選擇。西川詩歌最大的藝術建樹，還在於其鮮明而自覺文體意識統攝下的形式建構，詩人大膽地讓前期「太像詩」的追求和後期「太不像詩」的追求「對話」，讓詩歌文類與小說、戲劇、散文等其它文類「對話」，以克服詩人初期詩歌自身在佔有此在經驗過於狹窄、處理複雜題材

略顯孱弱等方面的弊端，實爲有十足藝術功力作爲底氣支撐的「險中取勝」，不宜複製與仿傚，它客觀上強化了文本的包容性和自由度，剔除了詩歌寫作中常見的學生腔調，那種詩性充盈的散文化走向，昭示了詩人已進入化解多種因素以獲得藝術張力的從容境界，同時說明在詩歌藝術問題上，對某種可能性存在的探尋與嘗試，遠比對某種成熟傾向的完善與推進更爲重要，更值得肯定。西川是當下中國被讀者們認可，並能夠同國際詩壇深度接軌的爲數不多的優秀詩人之一，之所以如此不僅是因爲他的創作成就，還由於他具有集大成的能力和品質，在詩人之外又是出色的學者和翻譯家，有著深厚堅實的良好學養，可以直接用外語直接參與國際詩歌交流和建設，正是這種能力和品質使他對中外詩歌歷史爛熟於心，爲自己的創造奠定了深厚的藝術根基，他的經歷與個性再度確證了作家和詩人學者化的必要性。

　　可見，西川詩歌的價值主要在於它對藝術可能性的自覺探索及其探索的啓示意義，而任何探索都絕非只意味著成功。有時成績和局限正如硬幣的兩面，一種優秀品質的獲得即是另一種優秀品質的放棄或喪失，西川同樣難以逃避這一藝術法則的制約。比如西川憑藉超常的幻想力，在沒有多少生活積累的境況下，將書本知識作爲重要的創作資源，徑直走進了詩歌之門，在 1992 年後人間煙火氣十足的歌唱中仍然延續著該特色，這雖然使他的詩亦眞亦幻，才情勃發；但過度依賴於書本知識，有時甚至從知識出發，「靠閱讀寫作」，加之對生活採取一種投入又遠離的態度，也決定他早期的很多作品不能理想地將知識的詩性價值轉換爲生命的有機體，詩歌寫作有時自然蛻化爲書齋裏的智力揮發，純粹得有失眞實，「陽春白雪」到了令讀者難以接近的地步，同時《厄運》、《出埃及記》、《請把羊群趕下大海》等大量出於《聖經》的意象、故事，和貫穿詩人創作始終的西方神話原型、文化符碼的引入，無疑把許多缺少必要知識準備的讀者擋在了詩外。進一步說，正像程光煒先生所言，「西川的詩歌資源來自拉美的聶魯達、博爾赫斯，另一個是善用隱喻，行爲怪誕的龐德」，〔註26〕西川詩歌有一種明顯的趨同國際化傾向，如《重讀博爾赫斯》就運用了不少與西方互文的話語，從詞語到邏輯都有明顯的「翻譯風」，讀來比較隔膜。又如，在如今詩人們努力將詩寫得像詩的背景下，西川卻矢志於「雜詩」創造，走一條非詩甚或反詩的路線，這種在衝突和排斥因素中獲取

〔註26〕程光煒：《序〈歲月的遺照〉》，《程光煒詩歌時評》第53～57頁，河南大學出版社，2002年。

張力的追求，的確在一定限度內增加了詩歌的容量和處理複雜生活的能力，拓寬了詩歌本體內涵的疆域，也不妨將之理解為詩歌自救的一種策略；但是詩歌太不像詩而像散文或別的文體，總不是詩歌的幸事，休說它可能損傷、背離詩歌原本的凝練含蓄，嚴重的話還會引發詩意的大面積流失，詩味寡淡，敗壞讀者閱讀的胃口，有時形式感的過度強調，不時會擠壓意蘊的淬煉和昇華，發生本末倒置的悲劇，讓人頓生修辭和技術至上之嫌，他後期很多長詩的蕪雜、枝蔓和饒舌都是不容置疑的，這恐怕也是西川後期詩歌不如早期詩歌受歡迎的緣由之一。再有，西川詩歌區別於其它詩人的一個重要品質就是思考力的強勁，他曾說過要做詩人要首先要做思想家、哲學家、神學家，他詩中形而上的指向在某種程度上也墊高了詩意的品味，強化了詩質的硬度和密度，像他正視死亡的《為駱一禾而作》，就完成了探詢抽象的死亡和詩人寫作的意義的目的，揭示了思維與世界或邏輯與結論間錯位的可怕真相；但有時「太喜愛思考」的習慣不自覺中主宰了詩的意脈和結構，形象和情感退居其後，詩也就有了淪為說教的危險與可能，像「廚房適於刀叉睡眠，／廣場適於女神站立」(《致敬》)類似的以先知口吻姿態出現的思想和語言，在他早期作品中是很容易發現的，情感的被抽離和意象的漂浮，把詩異化為了裸體的思想表演。另外，西川出於藝術的更新和創造訴求，頻繁地進行自我「革命」，它在帶來陌生化的活力和生機的另一面，也不利於經典的打造和生成。正是由於上述一系列因素的合力作用，至今為止，西川雖然已經成為中國當代詩壇公認的重要詩人，卻還不多振聾發聵、閎大邃密的思想文本，離人人敬仰的詩歌大師還有相當的一段距離。

但不論怎麼說，在三十餘年的時間裏，西川的持續寫作沒有抱殘守缺，而是常謀原創「再生」之道，大小兼顧，長短結合，險中取勝，沈穩大氣，既輸送了若干經典，又打開了「雜詩」生長的可能性，更建構了一種能夠影響時代的新的詩歌美學；尤為可貴的是後勁十足，其新世紀的《鏡花水月》、《小老兒》等長詩挺進，絲毫未現衰頹的跡象，可以說，發生在他身上的「一切，不僅僅是啟示」。

堅守獨立的方向寫作：于堅詩歌論

　　和詩歌天宇上那些耀眼的瞬間即宣告生命力終結的「流星」相比，于堅是幸運的。從二十世紀八十年代的紅土高原詩寫作，中經「大學生詩歌」、「第三代詩歌」、「九十年代詩歌」，一直到如今的「新世紀詩歌」，他始終置身於詩歌創作的潮頭位置，即便是詩人們紛紛轉場、詩歌最爲邊緣化的九十年代，仍「窮途不返」，持續寫作，並在貧窮中加深了和詩歌的精神聯繫。顯然，于堅不是一過性的「流星」，他在不同時段內均有出色的表現，雖然新世紀後其寫作的有效性有所下降，但在創作黃金期留下的大量作品卻依然放射著迷人的藝術之光。所以于堅詩歌理應成爲重要的學術研究話題。

　　只是對于堅詩歌的解讀非常困難。說其困難既是緣於于堅的創作幾乎貫通了新時期詩歌歷史全過程，時間長，跨度大，幾經翻新的個性相對駁雜，不易把捉；也是緣於學術界對于堅詩歌的研究起步早，成果多，高出于堅詩歌文本數十倍乃至上百倍的闡釋文字，對每位後來者都構成了一種威壓，再找出新的介入視角和方法的可能性越來越小；更是緣於于堅詩歌的本質複雜微妙，人們評說起來歧義倍出，意見的反差判若雲泥，令普通讀者無所適從。我以爲于堅無意間說的一段話，「我作爲詩人的過程，可以說是不斷地從總體話語逃亡的過程，尤其是對所謂『當代詩歌』逃亡的過程」，〔註 1〕爲人們提供了一把進入他詩歌世界的鑰匙。作爲一位有思想主見與理論高度的詩人，于堅時刻都在尋找著自己獨立的精神和藝術方向，並且方向感越來越自覺，越明確。對他的詩不宜從技巧的圓熟和對傳統的完善方面苛求，而應從反傳統的個人化探索向度上去估衡。

〔註 1〕于堅：《答〈他們〉問》，原載《他們》第 6 期，《于堅詩學隨筆》166 頁，陝西師範大學出版總社有限公司，2010 年。

一、「一切皆詩」：走「低」的立場與姿態

　　時至一九八六年，讀者已日漸適應朦朧詩的審美習慣。而攜著成名作《尚義街六號》正式崛起的于堅，在詩壇引起奇妙騷動的同時，也讓不少人一頭霧水。畢竟到朦朧詩為止，雖然從未有人具體規定過什麼可以入詩，什麼不能入詩，但漫長的詩教傳統已在無形中培育出一種習焉不察的集體無意識：詩是相對高雅的，世間的一切存在著詩性與非詩性之分。對這種「詩必然與『美好的事物』『過去的事物』，與『懷念』『玫瑰』『鄉村』『大自然』有關」〔註2〕的所謂「真理」，于堅是深為反感並堅決拒絕的。所以在「他們」時期，「世界的局外人」的邊緣立場和低調寫作姿態，就使他從根本上漠視中心，淡化詩意，不願以朦朧詩那種英雄式的「類的社會人」身份歌唱，用詩承載什麼微言大義，而傾心於「逃離烏托邦的精神地獄，健康、自由地回到人的『現場』、『當下』、『手邊』」。〔註3〕事實上，《遠方的朋友》、《作品第39號》、《羅家生》等詩，也的確多以普通人的視角關注日常生活和世俗生命的的真相，傳遞「此岸」人生的況味，建構了自己的平民詩學。像《好多年》以眾多庸常、瑣碎的生活片斷連綴，戲謔、反諷生命的平淡和無價值，「很多年，屁股上拴串鑰匙 / 很多年，記著市內的公共廁所，把鐘撥到七點 / 很多年在街口吃一碗一角二的多菜麵 / 很多年，一個人靠在欄杆上，認識不少上海貨」，流水帳、大補丁一般的慘淡掃描，同毫無雅趣的事象、漫不經心的口語攪拌，祖露了凡人生活的真本模樣，把人們印象中的詩意洗滌一空。《尚義街六號》更氤氳著濃鬱的生活氣息，「尚義街六號 / 法國式的黃房子 / 老吳的褲子晾在二樓 / 喊一聲腳下就鑽出戴眼鏡的腦袋 / 隔壁的大廁所 / 天天清晨排著長隊」，普通百姓的吃喝拉撒，籠罩在擁擠、嘈雜又人氣十足的溫馨氛圍中，一種粗鄙而親切的真實被堂而皇之地凸顯出來，形下的生活場景和形上的精神追求統一，弔兒郎當和正襟危坐並存，溫文爾雅和歇斯底里的叫罵比鄰，乃八十年代中期大學生活靈活現的自畫像，也令人覺得生老病死、喜怒哀樂、飲食男女等一切事物均可入詩，詩即生活，生活即詩，于堅正是在他人看來最沒詩意的日常生活中建構起鮮活的詩意空間，恢復了凡俗的生命意識和存在狀態。

〔註2〕于堅：《答〈他們〉問》，原載《他們》第6期，《于堅詩學隨筆》162頁，陝西師範大學出版總社有限公司，2010年。

〔註3〕于堅：《棕皮手記》238頁，東方出版中心，1998年。

　　若說于堅的平民詩學在重建日常生活尊嚴過程中，對政治、文化、歷史等宏大敘事和虛幻烏托邦的規避還不乏對抗性寫作痕跡；九十年代後對詩歌作為「存在之舌」的本質，對詩歌「如何才能真正地脫離文化之舌，隱喻之舌，讓話說出來，讓話誕生」〔註4〕的悉心參悟，則使他開始為語言去蔽、澄明事物，走向了世界本源的呈現與敞開。在這期間延續《尚義街 6 號》、《作品 X 號》時段貼近「存在」走勢寫下的《對一隻烏鴉的命名》、《0 檔案》、《飛行》、《啤酒瓶蓋》、《一枚穿過天空的釘子》、《魚》等詩中，詩人的目光仍在瑣碎庸常而「無意義」的題材領域逡巡，只是邊沿已不斷由西南高原、日常生活向外拓展，把調整語言與存在間的關係作為創作的重頭戲；並由此使寫作變為對事物之上歷史、文化積澱的清洗，變為返歸事物與生命「原初」狀態的自覺行為。或者說詩人是以外在的文化和意識形態的雙重去蔽，在對世界和事物進行著一次次的重新命名。如《對一隻烏鴉的命名》就具有明顯的還原事物傾向。烏鴉在生活和作品中都被視為令人討厭的醜陋、不祥意象，它會帶來晦氣和壓抑，所以它的命運「就是從黑透的開始　飛向黑透的結局／黑透　就是從誕生就進入的孤獨和偏見／進入無所不在的迫害和追捕⋯⋯每一秒鐘／都有一萬個藉口　以光明或美的名義／朝這個代表黑暗勢力的活靶　開槍」。而實際上烏鴉只是普通的鳥，無「祥」與「不祥」之說，更和「黑暗勢力」扯不上關係，是一代代「語言的老繭」，通過民俗、歷史、社會、心理等途徑把語詞「烏鴉」逐漸文化化、象徵化、隱喻化了，使「烏鴉」意象背上許多「莫須有」的罪名與惡名。而詩人「要說的　不是它的象徵　它的隱喻或神話／我要說的　只是一隻烏鴉」，他要為烏鴉正名，還無辜的烏鴉以本來面目，並將之看做「也許是厄運當頭的自我安慰」，「是永恆黑夜飼養的天鵝」，一點不害怕它被別人視為「不祥的叫喊」「那些看不見的聲音」。在于堅筆下，烏鴉抖掉了各種象徵、隱喻、臆想的塵埃，從形到質地被回到了它自身，而詩人為烏鴉清污、還原、正名過程中發自靈魂深處的悲憫和認同，既是仍未改變的平民立場寫照，也不難從中體會出底層生命自由、頑韌的精神意味。再有「女同學」這三個和美麗、清純、幻想連在一起的字眼，按說應充滿詩意，讓人浮想聯翩，可于堅的《女同學》卻把它可能蟄伏的預想粉碎了。「女同學」面容模糊，「是有雀斑的女孩　還是豁牙的女孩？」已忘卻，甚至名字是「劉玉英　李萍　胡娜娜　李桂珍？」也記不清，留在詩人記憶

〔註 4〕于堅、陶乃侃：《抱著一塊石頭沉到底》，《當代作家評論》1999 年第 3 期。

中的僅有空空的操場。全詩復現的是女同學朗誦、微笑、說話、與自己同桌、碰手，自己對女同學「偷看」、「春情萌動」、想入非非以及男女同學間相互吸引等一些細節、場景、事相的碎片，一些毫無浪漫色彩的平常經歷和感受，「生活流」的無序淌動，使小人物平庸而眞實的生活與情感狀態纖毫畢現。于堅新世紀的詩題旨、意趣紛然，或像《唐僧》一樣重觀唐代和尙金光閃爍影像背後「背著棉布包袱」的「行者」風貌，或如《純棉的母親》一樣在政治和性別衝突的背景上讚美本色、淳樸的母親，或似《便條二五八》一樣以巧妙的構思洞悉生命存在的本質，但詩人走低的平民立場、爲事物去蔽的目標卻一以貫之，這也是不少讀者一直視于堅爲民間詩人領袖的根由所在。

　　因爲于堅把寫詩目的定位於事物的澄明，而世上一切事物都是平等的，彼此間沒高低貴賤之分，也無對錯良惡之別；所以在他眼中「一切皆詩」，不但都應給予觀照，並且該一視同仁。於是，我們發現不論寫宏大、莊重題材的《讚美勞動》、《登秦始皇陵》、《讀康熙信中寫到的黃河》、《哀滇池》，還是寫卑微、平凡事物的《我夢想著看到一隻老虎》、《三個房間》、《披肩》、《美麗的女人住在我家樓上……》，都由於有澄明事物、世界和日常生活的走「低」立場壓著陣腳，能做到拒絕昇華，隨性自然。如面對許多人心中博大、莊嚴的故宮，于堅沒有頂禮膜拜，而是平和地寫到：「皇帝的臥室已經沒有皇帝　門戶大開　任閒人參觀／大家面對的不是朕　而是他睡覺的枕頭　被窩／許多人仍然覺得雙膝在發軟　忍不住要下跪」（《參觀故宮》）。詩貌似在再現故宮場景的一角和帶有歷史文化色彩的皇權意識；實則表現歷史與文化並非它的本意，淡化歷史的平視視角，夾敘夾議的反諷筆調，注定其深層意圖就是對曾經的皇帝、奴性的觀賞者作爲普通人個體生命意識和價值的一種關注。而對人們不屑一顧、少文化想像的對象啤酒瓶蓋，于堅竟大動詩思，以《啤酒瓶蓋》細膩地狀繪它的面貌、作用和悲慘際遇，寫它從桌上「跳開」即成「廢品」，「世界就再也想不到它／詞典上不再有關於它的詞條　不再有它的本義引義和轉義」；而「我僅僅是彎下腰　把這個白色的小尤物拾起來／它那堅硬的　齒狀的邊緣　劃破了我的手指／使我感受到某種與刀子無關的鋒利」。啤酒瓶蓋劃破手指意在提醒人們，生活中有些事物看似微不足道，實則不可或缺，啤酒瓶蓋就保證了宴會的熱烈和隆重，「意味著一個黃昏的好心情」，人們「不知道叫它什麼才好」，又分明是在別致地指認詩歌對事物命名艱難的失語現象、語言的功能與局限，詩的觀照對象雖小，包孕的內涵卻十分深邃。

應該說，于堅這種承繼「無事不可入，無意不可言」傳統的探索，是有難度的寫作，它在擴大詩的題材疆域、打開寫作的多種可能性同時，也提供了一種啓示：不是擁有宏大、莊重的題材即會氣象高遠，瑣屑平庸的「小景物」、「小事象」中同樣能夠發掘出大哲學和獨到的詩意，關鍵不在「寫什麼」，而在於「怎麼寫」，對一個眞正的詩人來說，「怎麼寫」比「寫什麼」更重要，更值得斟酌。

二、澄明存在的「看」的美學

　　于堅詩歌經常採用「我看見」的視角。按照西方新批評派的理論邏輯，這個中心視角的高頻率出現，絕非隨意而爲，它的背後肯定隱匿著詩人深度的情緒特質、經驗色彩和風格趣尚。的確，「我看見」的視角既是于堅還原存在過程中去蔽求眞的具體策略與方法，也是詩人維繫自身和世界關係、觀察事物的基本途徑，這一點似乎已成公開的秘密。問題是于堅爲何青睞這種視角，這種視角和于堅詩歌是一種什麼關係？我以爲答案應從于堅的身體和精神個性中找尋。詩人曾擁有過幸福的童年，但五歲時由於生病注射鏈黴素過量落下弱聽的毛病，初中畢業後工廠鉚焊車間裏震耳欲聾的聲音更是「雪上加霜」，使他的聽力愈發不健全，連蚊子、雨滴和落葉聲都聽不到了。而每個人的諸種感覺間往往總是靠互補來平衡，一般說來眼睛不好的人聽力多比他人敏銳，失聰者則常會訓練出過人的視覺能力。于堅的生理疾患和工種對眼睛的特殊需要，決定他「與世界的關係不再是想當然的，而是看見的」，或者說「把握世界的方式主要是看」；〔註5〕這與他對著力表現的日常經驗「在世界中，與過程、行爲、體驗、事象、細節、在場等有關」〔註6〕的切身理解遇合，就使他的詩很少涉足未知、臆想的領域，並出現了許多不同於抒情詩歌的「非詩」因素，能夠「看得見」的一些敘事性特徵。

　　一是大量物象、事象等事態因素的介入，鑄就了詩歌一定的敘事長度和寬度。于堅的詩雖不特別排斥朦朧詩成功憑藉的意象，但意象相對疏淡，並且疏淡的意象也不是它表現的重心，能激起讀者觀賞興趣的更多是一些狀態體驗中的細節、過程與情節。《那是我正騎車回家》、《春天紀事》、《一隻蝴蝶

〔註5〕參見于堅、謝有順：《眞正的寫作都是後退的》，《南方文壇》2001年第3期。
　　　　于堅、陶乃侃：《抱著一塊石頭沉到底》，《當代作家評論》1999年第3期。
〔註6〕張大爲、于堅：《于堅訪談錄》，《詩刊》2003年第6期，上半月刊。

在雨季死去》等就呈這種走向，「小杏　在人群中 / 我找了你好多年 / 那是多麼孤獨的日子……小杏　當那一天 / 你輕輕對我說 / 休息一下　休息一下 / 我唱只歌給你聽聽 / 我忽然低下頭去 / 許多年過去了 / 你看　我的眼眶裏充滿了淚水」（《給小杏的詩》）。詩給人的彷彿是一截故事片段，雖有窗簾、星星、淚水等意象，只是讀者閱讀時會不自覺地跳過這些具體的「詞意象」，而去關注它們同其它語彙組成的「句意象」以及諸多句意象連綴的整體事態過程、情境，在對女子小杏的娓娓敘說「對話」中，體悟詩人平實而誠摯的深情和秉性，捕捉詩人思念小杏、和小杏交往的動作（含心理動作）、細節、場景片段，領略閱讀敘事性文學的快感。九十年代後的《第一課：「愛巢」》、《在牙科診所》、《小麗的父親》、《主任》等，特別是十幾首「事件」系列詩歌更把這一傾向推向巔峰狀態，它們或縱式流動，或橫向鋪排，地點、人物、情節、事件等敘事文學要素一應俱全。「從鋪好的馬路上走過來　工人們推著工具車 / 大錘拖在地上走　鏟子和丁字鎬晃動在頭上……按照圖紙　工人們開始動手　揮動工具　精確地測量　像鋪設一條康莊大道那麼認真」（《事件·鋪路》）。詩詳盡地描寫工人們鋪路的場面與過程，從場景設置、細節刻畫到人物動作安排、事件情節穿插，全有新寫實小說味道，當然它只是通過截取的幾個兼具時間長度和空間寬度、相對典型的片段、瞬間，有效地抵達了作者還原事象的企圖，而沒有呆板地恪守敘事性文學的嚴謹、完整原則，散點透視的筆法也使勞動情境的敘述煥發著鮮活的詩性氣息。不難看出，為回到事物與存在現場，于堅詩歌向詩外文體的擴張帶來了明顯的敘事性，但沒有以犧牲詩的品質為代價，它只是合理吸納了小說、戲劇、散文的一些手段，其敘事基本上仍屬於注意情緒、情趣滲透的詩性敘事；並且因之而擴大了詩歌的內涵容量，拓寬了詩歌適應生活的幅度。

　　二是為降低對所見事物澄明、還原的干預程度，詩人從不同方向進行「反詩」的冷態抒情。詩是主情的、抒情的已成常識，但艾略特對之卻有異於傳統的認識，他以為「詩不是放縱情感，而是逃避情感，不是表現個性，而是逃避個性」。〔註7〕在這一點上于堅和艾略特有相通之處，他的當代好詩應具備「一種冷靜、客觀、心平氣和、局外人式的創作態度」〔註8〕觀念，即與艾

〔註7〕艾略特：《傳統與個人才能》，《艾略特詩學文集》8 頁，國際文化出版公司，1989 年。
〔註8〕于堅：《詩歌精神的重建：一份提綱》，《詩歌報》1988 年 7 月 4 日。

略特不謀而合。「非昇華」性的寫作性質，決定他很少以主觀的介入、擴張重構外在時空秩序，走涵括朦朧詩在內的中國詩歌的「變形」路線，去俘獲含蓄之美；而是針對朦朧詩花樣百出的意象藝術，十分警覺地提出「反詩」或叫不變形詩主張，希望通過對詩歌抒情性和外在修辭傾向的棄絕，正本清源，「回到事物中去」，使詩最終回到詩自身。

一方面詩人「直接處理審美對象，以『情感零度』狀態正視世俗生活，沒有事物關係打破後的再造，沒有意象的主觀變形」，〔註9〕如《獨白》、《下午　一位在陰影中走過的同事》、《鐵路附近的一堆油桶》、《鞋匠》等，將自我欲幾乎降低到了沒有的程度。「玻璃後面　我光滑地看著這場雨 / 這場來自故國春天的陣雨 / 在公寓的空場上降落……公寓裏的居民都呆在各自的單元裏 / 看著停車場漸漸閃射出光芒 / 大家心情各異　等待著這場雨完結」（《停車場上　春雨》），詩人像冷靜的記錄者，不動聲色地勾勒出一幅春雨到來時分停車場場景和居民等待春雨停歇的「冷風景」，「是什麼就是什麼」的寫實，使詩摒棄了主觀的情感立場和價值判斷，不能再具體的凡俗細節，不能再客觀的直接呈現，把世界以其沒被藝術打擾過的本來樣子準確清晰地呈現出來，可在具象性的事態的視覺恢復中，又淡淡地透露出一股孤獨和焦灼情緒。再如「我只能說它長得比鴨子更肥些 / 如果烤一烤　加些鹽巴　花椒　味道或許不錯可是天鵝啊　我雖對你有些不恭的小心眼 / 但現在我記住了你　你不再是紙上的名詞」（《在丹麥遇見天鵝》），詞與物之間的關係完全對等，再也找不到一點「變形」詩的痕跡，曾給人以無限幻想的「天使」般的天鵝，在詩人俏皮幽默的解構後顯影，它就是它自己，一隻比鴨子更肥些的動物。作者局外人似地超然旁觀，感覺不到天鵝之美，「無話可說」，也無法「讚美」，詩人在此不過是記錄了一次海外與天鵝遭遇的經歷和瞬間情緒波動而已。另一方面以客觀敘述做藝術言說的主體方式，輔以第三人稱、對話與獨白等戲劇手段，強化詩的非個人化效果，如《參觀紀念堂》、《0檔案》、《他總是　在深夜一點十分的時候……》等都帶著平民化、生活流取向勢必產生的「敘述」烙印。「他天天騎一輛舊『來鈴』 / 在煙囪冒煙的時候　來上班……四十二歲 / 當了父親 // 就在這一年 / 他死了 / 電爐把他的頭 / 炸開了一大條口　真可怕 // 埋他的那天 / 他老婆沒有來 / 幾個工人把他抬到山上 / 他們說　他個頭小 / 抬著不重 / 從前他修的表 / 比新的好」（《羅家生》）。通篇依靠敘述介入

〔註9〕 羅振亞：《後朦朧詩整體觀》，《文學評論》2002年第2期。

下層生存現實，講述善良的羅家生庸常的人生和死亡的悲劇，塑造出羅家生的「典型性格」，他普通得卑微地活著，「誰也不知道他是誰」，他也不普通，精通電工技術，有自己的精神想往，箱子裏的「領帶」即是明證；然而一場意外卻使他從人間消失，工友們不悲不喜地談論著他，生活依然。詩以第三人稱的「平視」角度，把一個善良人的悲劇詮釋得異常淡泊、平靜，舒緩的敘述調式切合了人生的本相，寄寓了似淡實濃的人性悲憫。再如「老兒子　在街頭閒逛時常常被父親喝住 / 『弗蘭茨　回家　天氣潮濕！』……『他是那麼孤獨，完全孤獨一人。 / 而我們無事可做，坐在這裡， / 我們把他一個人留在那兒，黑咕隆咚的； / 一個人，也沒有蓋被子』（女友　朵拉・熱阿蔓特） / 他身上沒有什麼引人注目的東西 / 他默默地親切地微笑」（《弗蘭茨・卡夫卡》）。這首詩的細節敘述更爲突出，鋪排敘述和羅列性描述結合，相對完整地交待了作家卡夫卡的生命歷程和性格遭遇，使一個「苦難的聖靈」形象站立起來，卡夫卡的父親、朋友、女友的對話、旁白等戲劇性的場景和細節，更從側面豐富、豐滿了主體形象，人間的煙火氣息十足，戲劇文體特有的複調性、現場感得以自動強化。

　　對于堅詩歌的「看」的美學，很多人不以爲然，並以「非詩」之名不斷地詬病和撻伐，至今它也未獲得普遍的認同。其實很多人誤讀了于堅。冷抒情不是不抒情，不是徹底的純客觀，它是詩人隱藏情感的一種表現技巧；敘事性也非詩的目的，它乃詩人爲提高詩歌處理日常生活能力向其它文體的合理擴張，始終和詩性相伴生，像《飛行》、《純棉的母親》等就適當地以貼切的意象與情緒配合，不純粹是「看」的結果。所以說于堅的「反詩」不但沒有毀滅詩，反倒保證了存在和事物的還原，對抗、反撥了變形詩歌矯飾浮誇的弊端，爲當代詩歌走向大氣、爲讀者更加深入地認知世界提供了新的啓迪。

三、語言：從意識自覺到行爲拯救

　　于堅對當代詩歌的衝擊和建樹是從對語言的不信任開始的。受海德格爾的「詩乃是存在的詞語性創建」〔註10〕思想影響，初登詩壇的于堅就具有極自覺的語言意識，雖然那時他的興趣主要在對傳統理論的破壞和文本探索上，對語言自身思考尚欠深入，但仍觸及到了詩和語言的一些核心本質。他認爲詩是「語言自身情不自禁發出的一連串動作」，是「語言的『在場』，澄

〔註10〕海德格爾：《荷爾德林詩的闡釋》45頁，孫周興譯，商務印書館，2000年。

明」，〔註11〕作為詩歌棲息形式的語言也是一種存在，在某種意義上說是語言創造了詩歌，而不是詩歌創造了語言，優秀的詩應通過語言重新命名世界，讓語言順利地「出場」。從這一標準出發，他看出了朦朧詩語言的局限：有精緻華美的含蓄優長，也有過於神秘典雅的貴族之氣，能指與所指的分離使語言和詩人的生命存在著一種派生關係。那麼何種語言能與平民意識相應和，實現和詩人生命結構的同一化？他找到了口語化。因為「口語詩歌實際上就是向紙上的文化以外的『異域』逃亡，就是對清代以來的那種山林文學、貴族文學的『心如死灰』」，通過它能「重新回到那種具有創造性的、具有感覺的、具有生命力的語言的本身」，〔註12〕口語的質感、自由、富於創造性，決定它是顛覆書面語的最佳武器。正基於此，于堅八十年代即勇開口語寫作風氣之先，在詩中廣泛使用口語，「你們在 ／一個冬天讀我的作品 ／大吃一驚 ／你們說除了你們 ／于堅就是敵人了……韓東說我們可以聊聊 ／我們就聊聊 ／寫一流的詩 ／讀二流的作品 ／談三流的戀愛 ／至於詩人意味著什麼 ／我們嘿嘿冷笑 (《有朋從遠方來——贈丁當》)。詩的語言時而似內心低語，時而似妮妮交談，輕鬆自然，平白如話，從語彙句式到口吻語氣，和日常口語毫無二致，它們彷彿是從詩人的命泉中流出，是詩人情緒的直接外化，不拐彎抹角，不裝腔作勢，同朦朧詩的意象與象徵語言判若天壤；但它卻直指人心，顯示了當代青年特立獨行、玩世不恭的叛逆情緒和與朋友惺惺相惜又互為敵手的心理隱秘，以及內心深處的敏感與脆弱。這種語言幾乎取消了詩和讀者的距離，沿著它即可走進詩人生命本身。

口語詩對詩要求很高，稍有不慎即會蹈入口水化的泥潭。于堅卓然不群的秘訣是推崇語感，強調在詩中「生命被表現為語感，語感是生命有意味的形式，讀者被感動的正是語感」，〔註13〕努力把語感提升為口語化詩歌的生命和美感來源來加以追求，建構語言本體論意義上的語感詩學。他有時甚至不再把語義傳達當作品的終極目標，而迷戀於語感的回味和營構，提倡語感即詩，為淡化、弱化語義，還像對待無標題音樂一樣，把不少未給出具體標題的文本編為《作品 XX 號》。在語感觀念燭照下，很多詩的語言一從他唇舌之間吞吐而出，就自動俘獲了生命的感覺狀態和節奏，帶著超常的語感詩性。

〔註11〕于堅：《從隱喻後退》，《作家》1997 年第 3 期。
〔註12〕于堅、謝有順：《詩歌是不知道的，在路上的》，《南方文壇》2003 年第 5 期。
〔註13〕于堅、韓東：《現代詩歌二人談》，《雲南文藝通訊》1986 年第 9 期。

如「遠方的朋友 / 您的信我讀了 / 你是什麼長相我想了想 / 大不了就是長得像某某吧 / 想到有一天你要來找我 / 不免有些擔心 / 我怕我們一見面就心懷鬼胎 / 斟詞酌句 / 想占上風 / 我怕我們默然無語 / 該說的都已說過……」（《遠方的朋友》）詩中沒什麼深邃的內涵，但它暢達的語言流卻飽含魅力，它彷彿就是詩人生命力的起伏與呼吸、奔湧與外化，自然的節奏挪移中，敞開了一代青年的生存方式和心靈狀態，接到朋友來信後詩人思緒中迅速閃跳的幾種見面情境虛擬，都既滑稽可笑又合理可能，能讓人不知不覺中走近詩人的生命根部。「人活著 / 不要老是呆在一間屋裏 / 望著一扇窗戶 / 面對一隻水杯 / 不要老是掛著一把鑰匙 / 從一道門進去又出來 / 在有生命的年代 / 人應當到處去走走幹幹……」（《作品 67 號》）隨意、自然、瑣屑又不無幽默的語言稟賦，從詩人的心靈噴發同時，就有了直接抵達事物的能量，促使攜著「生命有無數形式、活法不止一種」人生哲學的平民形象躍然紙上。可見，于堅詩歌的語感常和日常平民生活接合，附在拒絕帶歧義、複雜句式的簡單短句中，不時配以詞語或句式重複的饒舌，是流動的、整體的，樸素而輕鬆；詩人借助它實現了詩人、生存、語言三位一體的統一，使詩的指向愈趨清晰確定，易於接受和把握。

隨著寫作的深入和理論的自覺，于堅發現：世界最初是一元的，萬物的所指與能指同構，人說出一種事物名稱的同時就說出了事物本身，可文明、文化特別是隱喻介入後，文化在人和事物之間的阻隔，語言所指與能指的分離，則使詩和世界成了隱喻和被隱喻的關係，誰都很難說出自己想說的話，人說不出他的存在，他只能說出事物的象徵、意義而說不出事物本身，語言由存在的居所變爲意義的暴力場，詩歌也逐漸對存在嚴重失語。而要實現爲世界去蔽、重新命名事物的目的，僅憑口語化、語感強調遠遠不夠，因爲口語本身也沉澱著一定的文化成分，要從本質層面完成「詞語性創建」必另尋出路；於是八、九十年代之交，于堅對詩歌語言的興趣遽增，在一九九二年提出並踐行極具衝擊力的「拒絕隱喻」主張，企望回到語言的最初狀態，以扼製詩壇意象、象徵與隱喻泛濫之風，拯救病入膏肓的詩歌語言，從而掀起了一場詩學革命。接受胡塞爾「面向事情本身」理論啓迪的「拒絕隱喻」主張，是對中國詩中隱喻功能蛻化爲陳詞濫調現實的有力反撥和拒斥，其目的是再度啓動隱喻、使詩重獲命名的功能。在這方面，拋開言此意彼的意象、象徵思維路線的《對一隻烏鴉的命名》堪稱範本，它使烏鴉穿越厚厚的偏見

屏障，回到名詞烏鴉狀態。《正午的玫瑰　另一種結局》、《被暗示的玫瑰》等幾首玫瑰詩也都對玫瑰重新命名，使玫瑰「進入『玫瑰』」，「蒼蠅出現在四月發生的地方／我要把『玫瑰』和『候鳥』這兩個詞奉獻給它／它們同時成爲四月的意象……它不是詩歌的四月　不是花瓶的四月　不是敵人的四月／它是大地的四月」（《關於玫瑰》）；「作爲園子的主人」，「我只是做我該做的事　運走垃圾／剷除雜草　石子揀盡　把泥塊弄鬆／然後我澆水　依著鋤頭看雲等著它來」（《正午的玫瑰》）。玫瑰不論在中西方，還是熱烈的紅色純潔的白色，都喻指美好的愛情，可前詩中，正如蒼蠅就是蒼蠅、候鳥就是候鳥一樣，玫瑰就是客觀存在的植物玫瑰，它擺脫了各種文化知識和哲理的纏繞，身上沒有詩人主觀情志的滲入，更沒施與任何象徵的內涵，它和四月媾和也只是同自然的時令相遇而已，仍是純粹植物學意義上的「花」，不帶任何隱喻意向；後詩的玫瑰也和愛情沒關係，玫瑰單純的願望就是進到園子裏，不管它怎樣醜陋，而詩人運垃圾、除草、揀石子、鬆土、澆水等一系列動作，只是在盡園丁之責，詩使玫瑰這個詞在它本來的意義上使用，切斷、堵住了玫瑰可能引發的幻想之維，而對隱喻和想像的放逐，控制了主體意志對客體世界的擴張，客觀至極。《讚美海鷗》、《上教堂》、《聲音》、《狼狗》等解構性作品，也都體現了「從隱喻後退」的文化立場，從不同角度呈現了事物的眞實面目。

　　當然，隱喻是詩性的，它與詩歌距離最近，也是所有民族、國家詩歌中必不可少的藝術支撐，若想從詩中完全剔除隱喻十分困難，于堅也不例外。休說他後來在文章中承認早期的《羅家生》尙是隱喻性作品，就連最能代表他九十年代成就的長詩《0 檔案》、《飛行》，也不乏象徵與隱喻的光影浮動。《0檔案》將檔案的文體和語式栽植詩內，通過客觀化的「冷漠」方式揭示語言對人類個體的暴力摧殘、體制對人性的物化和扭曲，「8 日記／x年x月x日　晴心情不好　苦悶／x年x月x日　晴　心情好　坐了一個上午……某日冷／某日等待某某／某年某月某日　新年　某日　某生　某日　節日」，僅刻寫日常生活的第八節日記機械呆板、千篇一律的敘述記載，那形式本身先定的僵死冷漠氛圍，就足以外化出檔案乃一切活人視而不見的活地獄的眞相。它充滿口語的率性，也少象徵痕跡；但其深層仍潛藏著隱喻思維，「『0』是一個偉大的隱喻，它象徵著圍城；是原點，也是終點；沒有方向，卻向四周發散，處處是方向」，〔註14〕詩中類型化、物化的「他」也可理解爲當代中國人形象的

〔註14〕王曉生：《于堅詩歌的「意義」》，《理論與創作》2007 年第 3 期。

縮影和代指。經典之作《飛行》，雖在樸素敘事背後增加了跳躍性，表面看去也有局外人的冷靜，但也接受了整體象徵技巧的援助，「飛行」是詩人在萬米高空飛行的實指，更有形而上思想飛行的深意，瑣屑、飄動的臆想同生命、時間命題的思考遇合，釀就了詩歌虛實相生的多層結構，而縮結形下描寫和形上指向的就是貫通全篇的象徵意識。這種整體象徵也有聯想再造空間，但所指與能指關係相對直接確實的限定性，則使讀者的理解不會過於寬泛與隨意。或許詩人意識到完全拒絕隱喻不可能，所以在提出「拒絕隱喻」兩年後寫下名為「從隱喻後退」的文章，將自己的主張修整得更為嚴密、辯證和科學了。從語感強調到拒絕隱喻的轉移，是于堅對傳統詩學更強悍的挑戰，它為還原世界的本來面目，重建語言和存在的關係開闢了新路徑，並因觀察角度的複雜化而更富包孕力，進一步激發了語詞的潛能和活力，形成了于堅近二十多年來以混雜的長句替代純淨俐落的短句，「傾向於客觀與對結構和節奏的理想把握」〔註15〕的寫作風格。但轉移後的于堅詩歌材料、結構由簡明趨於蕪雜，過度壓抑自我也弱化了詩的感動力，所以新世紀後不像以前那樣受人關注了。

　　于堅詩歌的缺點非常明顯。它對日常生活的貼近和倚重，在無意間讓一些瑣屑、庸俗的因素混入詩中，降低了詩的精神高度；事態少節制的鋪排疊加，則使詩意自然地蹈入淺淡和表象，密度減弱；在寫作中形式感是第一的理念支配下的技術操作也多有失誤，口語化追求不時滑向口水化，「拒絕隱喻」成了詩人無法徹底實現和超越的命題；詩人某些詩學理論的偏激，也不無二元對立的思維模式之嫌。但是，于堅乃新時期大詩人的事實誰也無法改變。他執著於當下、手邊、在場的平民立場，賦予了詩寬闊的言說視野和一種下沉的力量，他回到生存現場和事物本身的敘事詩學在扼製詩壇玄秘浮誇風氣同時，打開了詩歌發展的可能性空間，他的語言探索達成了詩人和語言的同構，在一定限度內袪除了文化對事物的遮蔽，理論上的高度自覺，使他三十餘年間始終堅守著自己獨立的方向寫作，每一步轉型都指向著沈穩與大氣，一邊輸送著文本經典，一邊為詩壇提供著經驗和啓迪的質素，影響中無數的後來者，這就是于堅在當代詩壇的位置和他不可替代的價值。

〔註15〕于堅：《答〈他們〉問》，原載《他們》第 6 期，《于堅詩學隨筆》153 頁，陝西師範大學出版總社有限公司，2010 年。

「後現代」路上的孤絕探險：伊沙詩歌論

　　論及 20 世紀 90 年代的中國詩壇，有人指認「真正稱得上詩人的也許只有一個半人——伊沙和于堅，因為于堅的另一半在 80 年代」，[註1] 這個結論在塵埃落定的今天看來雖然有些言過其實，卻也道出了一個毋庸置疑的真相：在 20 世紀的最後十年裏，伊沙是一位非常重要的詩人。他不但出道不久即告別學徒期，迅疾拋出《車過黃河》、《餓死詩人》、《結結巴巴》等引發詩壇強烈震動的「老三篇」，繼而以不斷翻新的招法，持續地為詩壇輸送活力與生氣；同時「心有旁騖」，多點開花，小說接二連三地面世，大都有模有樣，文化、文學隨筆更是淩厲異常，頻頻向看不慣的地方進擊，影響遠過於人們的想像。尤其是伊沙詩歌現象本身頗為耐人尋味，它始終聚訟紛紜，毀譽纏綿，一邊有很多人罵伊沙是痞子、詩歌流氓、偽詩人、詩質低俗，以至於 2007 年第十六屆「柔剛詩歌獎」評選中竟將他的《崆峒山小記》定為「庸詩榜」榜首；一邊卻有更多的人尊伊沙為大師、先驅、詩歌英雄、「少有的能夠毫無困惑地面對『後現代』的詩人」，[註2] 在公開或悄然模仿。我以為，讀者的廣泛關注證明伊沙在詩壇的位置顯要舉，足輕重，不可或缺，而評價觀點的極端對立則反襯著伊沙詩歌的豐富與複雜，所以對於伊沙詩歌不論是喜歡也好，討厭也罷，任何研究都無法忽視、迴避它的存在，否則就難以獲得讀者的首肯。何況，伊沙詩歌又早已超越「肇事」層面，有著自己獨立、優卓的「後現代」精神和藝術走向呢？

〔註 1〕 李霞：《伊沙詩歌原因》，詩生活網站・李霞評論，2005 年 8 月 5 日。
〔註 2〕 劉納：《詩：激情與策略——後現代主義與當代詩歌》，第 18 頁，中國社會出版社，1996 年。

一、「痞」氣背後的「鬥士」風采

　　讚賞的與非議的對伊沙詩歌的態度可謂判若雲泥，可二者卻又一致認爲伊沙乃「後現代」詩人，他寫的是中國式的「後現代」詩歌。這好像是在給詩人及作品貼標籤，實則看清、看透了對象的「骨頭」。不錯，伊沙曾不無偏執地坦言，「詩者，弒也，這就是我那時的信條」，〔註3〕當初影響的焦慮使伊沙也像「第三代詩」一樣，是以「反」的姿態引起人們注意的，在詩裏殺機與霸氣四溢，間有遊戲品質，雖未自覺接受西方文藝理論潮流淘洗，卻因超人的直覺捕捉到了轉型期的後現代情緒，在無意間暗合了「後現代」精神。

　　伊沙詩中流動著的是一片什麼樣的景觀呢？隨意翻開他的詩集，映入眼簾的雖然也不乏麥子、鄉村的歌謠、草原、向日葵、月亮、少女、鮮花等典雅優美或浪漫純潔意象的閃回，只是它們已變得零星、稀疏，是需要努力尋找才能發現的存在。而遍佈這些意象周圍的，多是梅毒（《毛澤東時代的公共浴室》）、小太監（《宮中》）、戒毒所（《飛》）、酒鬼（《感恩的酒鬼》）、魚的交媾（《性愛教育》）、摸洗頭妹的屁股（《在髮廊裏》）、狐狸臉的小姐（《向勞動者致敬》）、早洩問題的談論（《重要的是節奏》）、端詳自己的「老二」（《陝西韓城司馬祠》）、拉屎弄髒了紙（《檢查》）、陽具（《索緒爾說》）、可口可樂（《廣告詩》）、高高蹶起的臀部（《法拉奇如是說》）、倒賣避孕套（《學院中的商業》）、在牧場上操三頭母羊（《孤獨的牧羊人》）、與女屍做愛的太平間守護者（《老張》）、打棺材（《拜師學藝》）等等諸如此類的人、事、物，它們或凡俗放蕩，或荒誕滑稽，與日常情色瑣屑攪拌，堂而皇之地佔據了讀者視野的中心位置。一個詩人選擇什麼題材入詩，往往決定著他的寫作立場，所以無需細讀具體的文本，僅僅是這些按詩意的原本邏輯該排斥、過濾、摒棄的「非詩」因素，大劑量、高頻率、平面化地彌漫於伊沙詩歌的抒情空間內，就蘊涵著粗糲、另類的強勁衝擊力，它們將向來與美連結一處的詩歌寫作的精神活動置換成了「審醜」行爲，有明顯的對抗傳統的「革命」味道，其大膽怪異的殊相令那些審美積澱豐富的閱讀者無法不瞠目結舌，大跌眼鏡。

　　而詩人遊弋於「審醜」世界裏的精神個性給人的最初印象，更類乎於小說家王朔筆下的「頑主」們，嬉笑怒罵，做「惡」多端，除了玩兒調侃、戲謔的把戲，好像就是不斷地要貧嘴，什麼都不在乎地遊戲人生，「一點正經沒

〔註 3〕 楊競：《鈍刀解牛：想像與伊沙對談》，中島主編《詩參考》第 16 期，第 23 頁，2000 年。

有」，這恐怕也是他遭人詬病的原因。其實，伊沙的「壞」勁兒早在 80 年代後期已初露端倪，如那首人們耳熟能詳的《車過黃河》，硬是把象徵中華文明的「黃河」和個人體內的污濁物「小便」拷合一處，輕描淡寫中就以一泡尿褻瀆、拆解了民族文化的神聖與莊嚴，那種嬉皮士式的風格新鮮卻很也令一些人無語。90 年代後這一傾向日趨顯豁，像《想起一個人》中「性」的衝動表演，完全可視爲生殖器寫作，「他是一個黑人演員 / 出現在一個劇情片中 / 飾演男僕　並在夜裏 / 爲白種的貴婦 / 提供性服務 / 效果次的錄像帶 / 失去了顏色 / 只剩下黑白分明的肉搏 / 他的工具他的活兒 / 眞是棒極了 / 白色的娘們兒 / 被伺候得尋死覓活」，詩中拋除情感、文化和美的人的動物性本能復現，絲毫不亞於淫穢小說裏的性描寫，「痞」氣淋漓。如果說《想起一個人》的原始衝動源自錄像中的黑人尚可接受，《老城》中抒情主體「我」放蕩、卑鄙的勁頭兒則扎眼得幾乎超出了所有人的想像，「全城的人都在歡呼 / 第一個愛滋病患者的出現 / 彷彿忽略了 / 他們自己身處的危險 / 我目睹那樣的盛況 / 不免有點兒黯然神傷 / 一個愛滋病人的出場 / 壓倒了總統和明星 / 在這老城 / 寫詩何用 / 新的時代如此到來 / 呸！我把那管禿筆扔向窗外 / 不就是病嗎 / 我直奔東郊動物園 / 與一頭身患絕症的母猴 / 瘋狂交媾」，愛滋病人在城中出現的「盛況」已悖乎常理，匪夷所思，人獸交媾的心理和行爲，更屬石破天驚，若說其「流氓」還有一點人味兒，而至此在反文化、反理性的「我」的身上，恐怕只有十足的獸性了。應該說，這種寫法和繼起的 70 後詩歌的「下半身寫作」在骨子裏如出一轍，或者說伊沙在某種程度上開啓了「下半身寫作」性感敘事路線的神經。至於髒話、粗話、下流話在《感歎》、《悟性》、《泰山》、《不到端午》等詩中不時閃現，就自然不在話下了。

　　從文本的題材立場與情感走向狀態看，稱伊沙是傳統詩歌的「不肖子孫」、他 90 年代所從事的是荒唐怪誕而又庸俗的「痞子」寫作，似乎已是順理成章的邏輯。但是，對一個詩人的解讀如果僅僅停浮於現象層面，缺乏動態把握的全域觀，就會在某種程度上走向誤讀，偏離甚至歪曲對象的眞實面貌。如果只強調伊沙詩歌的消解性一維，不去透析其背後的精神內核，即作出「痞子」寫作的定性的話，顯然是不客觀、不全面的。因爲，伊沙詩歌具有一種複雜、立體的結構特質，它有效地統一了輕鬆與嚴肅、調侃與神聖、灑脫與沉重等矛盾對立的因素，常常是幽默、戲謔其表，中正、憂患其裏，在油嘴滑舌的宣洩和遊戲的另一端，站著某種精神的高度，也可以說與詩人

同時期的隨筆雜感取向相通，伊沙「痞子」詩的背後閃爍的更多是「一位敢於直面現實且不斷從現實中獵取『現代啓示錄』的、冷峻而自信的『鬥士』」〔註4〕風采，是一種責任和擔當意識自覺的知識分子情懷。在這方面最典型的文本當屬《餓死詩人》，「詩人們已經吃飽了／一望無邊的麥田／在他們腹中香氣彌漫／城市中最偉大的懶漢／做了詩歌中光榮的農夫／麥子　以陽光和雨水的名義／我呼籲：餓死他們／狗日的詩人／首先餓死我」。該詩曾令許多讀者大惑不解，伊沙身為詩人，卻為何要餓死自己和同類呢？但當仔細品讀之後就會發現詩人的良苦用心，原來它是出於對詩歌的深沉憂患。面對海子死後詩壇上麥子、故鄉、土地意象被批量生產，詩人們紛紛拿「農業」說事兒的矯情氛圍，詩人誠恐詩歌將被簡單、虛假化的前途和命運，遂以一個真正詩人的良知，向眾多沉湎於農業抒情和「麥子」神話的寫作者當頭斷喝，「餓死他們」，餓死那些不說人話、只會添加精神嘔吐物的詩人，事實上這種發自二十四歲詩人的年輕聲音，也真的如一篇討伐檄文一樣，在一定程度上抵制住了詩壇浪漫病的進一步蔓延。再如「我曾當面聆聽過／一位來自法國的時裝大師／用他的薄嘴唇談論著／中國婦女的傳統旗袍／上身嚴謹得一絲不苟／一絲不露——下身呢／那麼大的開叉／那麼開放的大腿畢露／他那誇張的怪怪的表情／讓我心虛像是自己出了什麼問題」（《天花亂墜‧15》），這首對身邊熟視無睹的服飾物旗袍抒情的詩，寫得很俏皮，很好玩兒，它貌似隨意攫取了日常生活中的一個細節片段，實則深藏著文化批評的鋒芒，詩人不經意間的一瞥，就借助外國人的眼光捅破了古典美體內的封建偽道學之氣。不是嗎？「上半身裹得緊緊的，死要面子，其實呢？下半身卻開了叉。似乎也蘊含著封建道德對人性的本能與欲望的扼制」，〔註5〕揭開了或許蟄伏在旗袍最早設計者潛意識深處渴求自由情愛的心理隱私。就是《強姦犯小C》也隱含著一個沉重而嚴肅的精神命題，「陽光從背後刺過來／我看不見你臉上的傷／只見你光頭明亮／但是你說：她是舒服的……但是她是怎樣告訴法律／但是法律怎樣揍你／這是國家的監獄／關於法律和強姦／我們都不要談」，它確如有人指出的那樣，是「罪與罰」主題的延續，法律帶來穩定、公平的同時，也給人帶來了壓抑感，法律和人性衝突引發的犯罪問題發人深省。

〔註4〕 沈奇：《斗牛士及飛翔的石頭》，《文友》1992 年第 3、4 合期。
〔註5〕 潘友強：《「中間代」詩學論綱》，見帝宇博客 http://blog.sina.com.cn/ppc1000，2008 年 12 月 17 日。

　　可見，伊沙詩歌並非那種「玩」、「混」的痞子寫作，相反常在調侃、幽默的外衣下蟄伏著對一些正統、莊重問題的關注。作為思想「鬥士」，他的情感走向是多元的。首先那裡有對傳統文化和國人精神劣質的定向反撥，《農民的長壽原理》透過兩個知識分子的對談，「自以為聰明的那個我說 ／ 偷偷摸一把 ／ 鄰家小寡婦的 ／ 屁股 ／ 足以讓一個農民 ／ 樂上一天 ／ 農民出身的 ／ 你說不，不 ／ 村裏誰家倒楣了 ／ 本來與己無關 ／ 但足以讓一個農民 ／ 樂上一生」，反諷的啟用有種「含混」的效果，本來旨在悲憫農民的艱辛，嘲弄知識分子陰暗卑瑣的心理，不想在無意間又顯露了農民身上由來已久的人性弱點、異化心態，他們不但粗俗愚昧，還喜歡在與他人的不幸對比中尋找心理平衡，這也是很多中國人普遍的隱蔽靈魂真相，「看」卻「被看」的模式意味深長。沿著這個思路，我們就可以理解《老城》中對民眾失望至極的「我」扔掉禿筆與母猴交媾了，詩人是在以變態的方式以毒攻毒啊。其次那裡有正常真實又複雜矛盾人性的凸顯和微諷，在《每天的菜市場》「我臉紅脖子粗地 ／ 與人吵架 ／ 有時也當看客 ／／ 漸漸地 ／ 便熟悉了市場 ／ 我發現賣菜的 ／／ 最怕收稅的 ／ 而收稅的在與 ／ 賣菜的和賣肉的 ／／ 打交道時 ／ 態度不盡相同 ／ 這是為什麼 ／／ 這是人性的 ／ 太人性的 ／ 賣肉的手裏握刀」，詩的妙處在於對日常生活灰塵覆蓋的詩意的「發現」，詩人放低自己，有了和菜市場「打成一片」的入乎其內後，獲得了超乎其外的體會，人人的潛意識深處都有本能的凌弱懼強，「刀」是強力的象徵，「收稅的」當然對「賣肉的」要高看一眼了。再如《飛》，「一個吸毒者 ／ 死了 ／ 他在停止吸毒的 ／ 第四天 ／ 死在戒毒所裏 ／ 他的親人 ／ 說不出的輕鬆 ／ 解脫了 ／ 我 ／ 是他的朋友 ／ 正在街上走 ／ 猛抬頭 ／ 我看見了他 ／ 橫空出世 ／ 就像電影中的超人 ／ 在天上飛」，親人與朋友「我」對吸毒者死亡的相反態度，皆出自真切的人性，親人既悲痛又有甩掉包袱「說不出的輕鬆」，而「我」卻因誠摯的懷念將之幻化為飛翔的天使，兩相對比愈見出人性悲憫的深度。那裡更有對是詩壇病態現象的集中否定，因為詩人置身其中了然於心，挖苦、抨擊起來自然酣暢淋漓，觸目驚心，如「一對少女在談論減肥 ／ 我在庸俗地偷聽 ／／ 她們 ／ 為這事困惑 ／ 她們困惑的根本 ／ 在於如何減掉 ／ 腹部的肥 ／ 而不是 ／ 胸部的 ／／ 這個下午 ／ 我是在行進的 ／ 公共汽車上偷聽到 ／ 前排中她們的談話 ／ 感到生活 ／ 真實而美好 ／／ 那一刻我是真誠的 ／ 想掄一首庸俗的詩」（《庸俗的詩》），這樣無聊、猥瑣的偷聽者是什麼樣的詩人，這樣從偷聽的內容寫出詩又會如何，可想而知，難怪伊沙在《餓死詩人》中

斷言當時倣仿麥地寫作的詩人是「用墨水污染土地的幫兇」,「藝術世界的雜種」,在《中國詩歌考察報告》斷言詩人們「種植的作物／天堂不收　俗人不食」了,這些「審醜」之作在一定程度上把握住了詩歌艱於生存的現實,戳穿了當時詩人走上歧途的窘迫潦倒的真相,無異於為人們提供了一份當代詩界的病理學報告,雖然犀利、尖刻、殘酷,卻也利於繆斯疾患的療救。

　　不論是哪類思考,均因「反」的嬉笑怒罵背後聳立的寫作倫理穩著陣腳,沒有失重,這種思維感知方式的選擇,固然是對詩人個體情感世界召喚的應和,也源於對沉重生活的智慧化解與轉移,它以輕鬆幽默的方式承載傳統的精神命題,改變了詩歌生硬的面貌,舉重若輕,新鮮有趣,比起那些正襟危坐的姿態出現的詩歌更惹人喜愛,易於接近。

二、「破」中之「立」

　　「反骨」很重的伊沙,從小就有種強烈的逆反心理,「你越反對,我就越要去做;你越不屑一顧,我就越要幹出個樣兒來給你瞧瞧!」〔註6〕凡事「不願從眾,喜歡標新立異」。〔註7〕這種性情決定他的詩歌不可能走人云亦云的老路,所以他在做過才情揮灑與模仿因素攪拌、短暫而浪漫的學院式歌唱後,馬上即因接受韓東、于堅、李亞偉、丁當、默默、楊黎等第三代詩人的綜合性影響,在1980年代末出離學徒期,找準了契合自己心理結構的藝術方式,不但思想情感與眾不同,藝術上更是反叛意向顯豁,比一般詩人多了一份原創、鮮活的色彩。

　　說伊沙是解構高手,恐怕不會有人反對。以渾濁的小便鏈接神聖、偉大的黃河意象的《車過黃河》,已初顯他向傳統發壞的消解、褻瀆取向,1990年代後他的解構、破壞企圖,更在《參觀記》、《關於春天的命題寫作》、《諾貝爾獎:永恆的答謝辭》、《泰山》、《紙老虎》等大量作品中流露出來。如「我也操著娘娘腔／寫一首抒情詩啊　就寫那冬天不要命的梅花吧／／想像力不發達／就得學會觀察　裹緊大衣到戶外／我發現:梅花開在梅樹上／醜陋不堪的老樹／沒法入詩　那麼／詩人的梅／全開在空中／懷著深深的疑慮／悶頭朝前走／其實我也是裝模做樣／此詩已寫到該昇華的關頭／像所有不要臉的詩人那樣／

〔註6〕馬鈴薯兄弟:《伊沙訪談錄——一個人的詩歌江湖》,《延安文學》2007年第1期。
〔註7〕伊沙、鄭瞳:《我喜歡標新立異——伊沙訪談》,《山花》2012年第16期。

我伸出了一隻手 // 梅花　梅花 / 啐我一臉梅毒」（《梅花：一首失敗的抒情詩》）。梅花凌霜傲雪，品性高潔，本是爲歷來騷人墨客鍾愛、吟誦的對象；可是在此詩中卻發生了驚人的變奏。它普通平常，絕非什麼象徵之物，更無品質的雅俗之分，在詩人看來傳統文人以之不厭其煩地審美抒情、託物言志，自然是酸腐的「娘娘腔」了，至於「我」的「裝模做樣」和世俗化的筆調，在戲謔、嘲諷、瓦解那些文人和詠梅行爲之外，也徹底祛除了附在梅花身上的種種歷史與文化寓意，使其還原爲帶有「梅毒」的自然物象、醜陋的樹上的醜陋的花。應該說，這種解構已夠粗暴、陰險了。而《俗人在世》雖然沒那麼惡毒，但仍在平民化的視角中，借助夢境將至高無上的上帝拉下了神壇，「那些早晨 / 隨著洶湧的車流 / 我騎在上班的途中 / 每一次經過電視塔時 / 我都埋頭猛蹬 / 而不敢滯留、仰望 / 那高高的瘦塔 / 懸掛著我的秘密 / 曾經在一個夢中 / 我被釘在塔頂 / 呈現著耶穌受難的 / 全部姿態和表情 / 太高了 / 沒人看得清楚 / 以這樣的方式死去 / 實在是一種痛苦 / 我是個不敢成爲上帝的俗人 / 僅僅夢見」。即便眾人敬仰，但那受難的姿態和表情也太苦，讓人膜拜的滋味也太累，還莫若做個正常吃喝拉撒的俗人幸福，經詩人這麼一「點撥」，權威、神性、中心話語以及寄居在耶穌形象之上的詩意，已被輕而易舉地悄然否定掉了。伊沙這種始終堅守的解構立場，在一定程度上實現了對抗、顛覆傳統詩歌美學的意願，開闢了另一種寫作的可能性維度。

但是，如果被外在的公眾輿論所左右，就此視伊沙爲專門從事解構勾當的詩人，就是一種不完全的認識，無異於是對伊沙詩歌藝術水準的貶低。事實上，正如詩人所說，「我早些時候理解的後現代主義就是解構，就是破壞，這是第一種後現代主義。後來我發現只是解構不行，還要有些建設，在多元語境下面的建設，於是我進入了第二種後現代主義」，[註8] 他不像胡適那樣只負責破壞而不負責建設，而是解構與建構兩手同時抓，在「破」中有「立」。如在日常取向、口語經營、構思巧設等方面都煞費苦心，並表現出了不顯山不露水的自然狀態，只是這些追求在很多詩人那裡都似曾相識，並非詩人的獨創，此處不多贅述。伊沙在藝術上是憑以下幾種「拿手戲」給人留下深刻印象，讓人覺得「有意思」。

[註8] 楊競：《鈍刀解牛：想像與伊沙對談》，中島主編《詩參考》第 16 期，第 24 頁，2000 年。

　　一是經常通過仿寫複製原文的戲擬、以語境對陳述語進行「明顯的歪曲」
〔註9〕的反諷、貌似錯誤實爲正確的佯謬以及互文等修辭手法的單獨或綜合啓
用，對事物進行還原、去蔽，營造出一種喜劇性的幽默效果，既切合了文藝
的遊戲本質，又讓讀者閱讀時有一定的趣味。如他的《中國詩歌考察報告》（一
九九四年二月六日）就是對毛澤東經典文章《湖南運動考察報告》戲擬「誤
讀」的典型範本，「同志們／中國的問題是農民／中國詩歌的問題也是農民／
這是一個十分嚴重的問題／這是一幫信仰基督教的農民／問題的嚴重性在於
／他們種植的作物／天堂不收　俗人不食」。可是它「在語氣、視角、措辭、
形式的表面同一背後，卻掩藏著通篇曲解的險惡用心，他只是利用偉人的高
度威懾力指出中國詩歌問題的嚴重性，表達詩人反神話的寫作態度，以取得
反諷得好玩的效應」。〔註10〕而下面兩首詩玩的則是佯謬的把戲，「半坡是一
面大坡／從我深居的長安城／向東　驅車而行／在遊人的簇擁中／我無法走
進它的內部／周圍是倖存的田野／和秋天的野菊／都是黃的／還有我滿面塵
土／車子拋錨／彷彿遍地磁鐵／我不知這面大坡的／另一面遠在哪裏／只知
沿途返回／是下坡路／人走著／會輕鬆愉快」（《半坡》）；「資產階級／用／裹
著糖衣的／炮彈／將我們／打倒／這是論斷／／事實上／無產者也不是／可欺
的兒童／／我們趴在巨大的／糖彈上／吃／厚厚的糖衣……然後四散／逃走／
遠遠望著／赤身裸體／嬰兒般／天真的炸彈／／聽個響兒」（《事實上》）。前者
先是以半坡在西安的地理方位敘述弔人胃口，勾起讀者關於歷史文化遺址的
種種閱讀預設，可最後幾句詩人卻「裝傻充愣」，說自己只知道下坡路人走著
會輕鬆愉快，而不知大坡的另一面在哪，竟玩笑一樣把題目與正文的內涵寓
意縮小到半坡的地形指稱意義之上，半坡原有的深度喻指被徹底放逐了。後
者拆解了七屆二中全會上毛澤東關於「糖衣炮彈」的經典學說，它仿如頑劣
孩子的惡作劇，生猛調皮，將「錯」就「錯」，對「糖衣炮彈」非但不躲，反
而吃其糖衣，還要聽個響兒，頃刻間即把附在「糖衣炮彈」上的文化顆粒彈
掉，曾經時代的意識形態特定話語被「大卸八塊」了。可見，伊沙詩中幽默、
戲謔、調侃的喜劇精神，已經不再僅僅是一種技巧方法，而成了本體論層面
的思維習性，開放出許多在矛盾情境中莊諧互現、張力四溢的智慧花朵，它

〔註 9〕　克利安思・布魯克斯：《反諷——一種結構原則》，趙毅衡主編《「新批評」文
　　　　集》，第 379 頁，百花文藝出版社，2001 年。
〔註10〕　羅振亞：《日常口語化的解構性寫作》，《天津社會科學》2008 年第 4 期。

在有限的範圍內讓事物遠離象徵、比喻之道，走向了自在狀態的呈現與敞開。這種看似輕巧實則深刻的風格，比起那些一本正經的「抒情」更親切，更多活氣，它是詩人機智、狡黠氣質的外向投射，讀者從中得到的往往也是異於浪漫衝動的思想快樂。

二是與情感與內容的「沉重」相比，「語言和形式上」愈加「輕靈」，〔註11〕把日常口語燒出了新鮮的詩味兒，輕鬆自然，原創性強，增加了文本的可讀性。按常識理解，口語是詩的天敵，近一個世紀的新詩實踐中，也的確有不少詩人蹈入了從口語的路徑滑向口水泥潭的悲劇。那麼伊沙為什麼將水火難容的口語與詩調和得煞是熨帖，其秘訣何在？我以為主要是他能夠從自己的個性出發，選擇那些恰切簡淨、自然酣暢的口語狀態，與生命狀態同構，尤其是承續于堅、韓東等人的追求，特別強調語感，像《我終於理解了你的拒絕》、《參觀記》、《從立正的姿勢往下看我看穿了自己的一生》等都努力使語彙、音節的展開成為生命力狀態的外顯，真實、直接，沿著它可以走進詩人心靈的內宇宙，讓人讀起來也格外舒服上口。「她在交媾中的習慣／造成了我的軟／她在交媾中的習慣／石破驚天／這要命的女人／我未能看清她的臉／淩亂的衣衫搭在椅背上／她在高潮中的一聲喊／喊著元首的名字／顯得異常快感／這尖銳的一喊／造成了我的軟／我不是猶太人／但有著人類的軟」（《陽痿患者的回憶》）。把男女做愛細節同「元首」拷合的具體內涵當然還在，只是詩的亮點已讓位於詩人情緒節奏的流動，或者說最搶眼的是語感的輕鬆呈現，隨著一個個語彙和不規律相押韻腳的位移，詩內蘊涵的那種褻玩領袖、權威的調皮與狡黠心理自然地流露出來。其次是注意適當地控制節奏，伊沙在詩中對早洩的朋友講最好的治療方向是「節奏問題」，「對人彈琴後的第一周……他歡天喜地／跑來找我／看他那麼心誠的樣子／我不得不招認／其實我談的是／詩歌的節奏／看來是一回事兒」（《重要的是節奏》），其實控制節奏也是扼製詩歌口語疾患的最佳手段，所以伊沙講究句子、語彙、漢字的音長、音重和音節數等聲韻節奏，對情緒高低起伏、抑揚頓挫的內在節奏更不放過，像戲擬海子詩歌的《鄉村搖滾》，「我繼續胡鬧／在河裏摸魚／在天上飛行並且調戲了一隻鳥／／怕鬼的爹爹快回家／今晚沒你事兒啦　俺要和造反的鬼兒們一起打天下」，句式的字尺、停頓點長短搭

〔註11〕伊沙：《有話要說》，《伊沙詩選》代自序，第 7 頁，青海人民出版社，2003年。

配，參差錯落，整齊中有變化，語音調式明亮活潑，同抒情空間內蘊涵的歡快氣、成長的抑鬱達成了理想的契合。而《諾貝爾獎：永恆的答謝辭》的內在節奏調試更精當，「我不拒絕 我當然要／接受這筆賣炸藥的錢／我要把它全買成炸藥／尊敬的女士們先生們／尊敬的瑞典國王陛下／請你們準備好／請你們一齊——臥倒！」該詩彙聚了眾多信息源：詩人也有諾貝爾情節；諾貝爾獎獎金來自賣炸藥的錢；詩人發現所有諾貝爾受獎辭個個都「道貌岸然」沒好玩的；詩人要和諾貝爾獎調調情，寫篇簡潔幽默的答謝辭；詩人要「以暴抗暴」把獎金全買成炸藥，建議臺下觀眾們「臥倒」。這些信息間矛盾而對立，而詩人竟以寥寥七句將它們高度濃縮地整合一處，表現出操控、調試詩意節奏的出色能力。再次伊沙在語言上常獨出心裁，「找一種與『此在』的真實相對應的遊戲規則和快樂原則」，〔註12〕以增加閱讀看點。如《結結巴巴》是這樣一種狀態，「結結巴巴我的嘴／二二二等殘廢／咬不住我狂狂狂奔的思維」，它把結巴的病態語言引入詩中，拆解、歪曲常態語言的韻律、節奏和固定語，雖說是一種語言的施暴與扭曲行為，但卻屬於不可複製的獨創，並且又不乏深意，以語言整體的渾然與自律，給作者和讀者帶來了雙重快感。至於像《老狐狸》那樣進行將本文全部放空（正文一個字沒有）的「缺場」嘗試，就更是前所未有，遊戲味十足的形式探險最大限度地刺激了讀者的閱讀興趣。

三是以自覺的文體意識，大膽汲取小說、電影、戲劇、評論、雜文、相聲、新聞、廣告甚至順口溜與公文等多種文體的技巧長處，特別是在敘事技巧的「敘」之環節上做文章，情趣盎然。作為1990年代中國詩歌的顯辭，「敘事」獲得了大面積生長，並提升了詩歌的涵容量與處理複雜生活的能力，只是它在不同詩人那裡有不同的表現形態。順應詩歌這一藝術潮流，伊沙也很擅長敘事文體技巧的化用，但他以為「詩歌的本質是抒情的，『敘述』是另一種抒情手段（冷抒情）而已，其意不在於『事』，而在於『敘』本身，指向情」；〔註13〕所以他關注的重心不在「事」，而始終在「敘」的方法出新上，所以他的詩充滿「豐富多采的敘事性」，「從人物、情節、細節、對話，到謀篇布局、敘事人

〔註12〕 李震：《伊沙：邊緣或開端——神話／反神話寫作的一個案例》，《詩探索》1995年第3期。

〔註13〕 馬鈴薯兄弟：《伊沙訪談錄——一個人的詩歌江湖》，《延安文學》2007年第1期。

稱、敘事視角、敘事時間，都下了很大工夫」，[註14]像構思上切入角度的巧妙別致，結尾處的抓人之「眼」，敘述時節奏的張弛有度，哪設懸念、哪抖包袱、哪放哪收的起承轉合等等，均十分講究，每每都很吸引人。具體說來，或者是在敘述中合理地加入一些場面、細節以應和人間煙火之氣，敘述有一定長度，但從不喧賓奪主，擠壓情感思想的抒發。如《張常氏，你的保姆》敘述鄉下保姆以異於高校的教育方式培養外國小孩，收到了奇效，「她的成就是／把一名美國專家的孩子／帶了四年／並命名爲狗蛋／那個金髮碧眼／一把鼻涕的崽子／隨其母離開中國時／滿口地道秦腔／滿臉中國農民式的／樸實與狡黠／眞是可愛極了」，有關「狗蛋」、「一把鼻涕」、「滿口地道秦腔」等細節情境的融入，將普通的生活事態激發得幽默好玩，毫無乾癟和枯燥之感，張常氏的傳統教法和「我」所在外院的現代教育方式之間矛盾悖論的設置，也見出了詩人的聰明機智，耐人尋味。或者擷取現實中有一定幽默因素的人或事，加以段子式的敘述，營造出一種喜劇性的效果。如《等待戈多》「實驗劇團的／小劇場／／正在上演／《等待戈多》……知道他不來／沒人眞在等／／有人開始犯困／可正在這時／在《等待戈多》的尾聲／有人衝上了臺／／出乎了『出乎意料』／實在令人振奮／／此來者不善／乃劇場看門老頭的傻公子／／攔都攔不住／竄至舞臺中央／喊著叔叔／哭著要糖／／『戈多來了！』／全體起立熱烈鼓掌」。事件本身就是一個夠荒誕的段子，令人忍俊不禁，而詩人在戲劇筆法中加上中國式的戲謔，更推助了笑點的攀升，妙在它反諷的張力，寫盡了現代人深入骨髓的孤獨和尷尬。《春天的事件》也是抓住生活中的滑稽瞬間，利用「楊偉」與「陽痿」、「姓焦」與「性交」的諧音，刺激人的笑感神經。或者在結尾上設法出人意料，給人留下審美驚顫，同時留下再造的餘地。如《等待戈多》的結尾就是經過一系列的蓄勢，推向敘述高潮然後戛然打住，引人深思，隱在詩外的比寫出來的多得多。若說《等待戈多》是在正向思維路線上升華，那麼《毛澤東時代的公共浴室》則是「反話正說」的逆向思維的產物，它先是盡情鋪陳毛澤東時代的公共浴室如何如何「舒服」、「幸福」、人和人之間親密無間等優點，可是正當你和詩人一樣懷念它時，詩人卻突然轉向，冒出一句收束語「但僅限於懷念」，一下子就顛覆了前面所有的敘述，寓意深刻。

〔註14〕楊競：《鈍刀解牛：想像與伊沙對談》，中島主編《詩參考》第 16 期，第 28 頁，2000 年。

三、「方向」與「路障」

與小說家們基本上都很低調不同，多數詩人顯得非常自信。當採訪者問及你如何評價自己的詩歌、你認為當代詩壇有無大師、誰離具備大師資格的詩人最近等問題的時候，伊沙回答「它們是最好的」、「有啊，我正是」、「我看我最像」。〔註15〕這種直接乾脆的回答不能說就錯了，而且泛著詩人一貫的直率、樂觀的性情，但其迥異於國人普遍思維的方式還是讓人覺得不太習慣，各種滋味雜陳，或許還會有人滋生出他是否有點過於自負的疑惑。也就是說，對伊沙和他的詩歌不能再用傳統的眼光去打量，而應調整到與其對應的新的標準上進行評判，不然硬性地闡釋也只能走向簡單的否定。那麼事實究竟如何？伊沙的詩歌是不是最好的，他有沒有抵達大師的境界？

客觀地講，1990 年代的沉潛氣質敦促，使詩歌創作的整體藝術水準有了普遍的提高，但奇怪、遺憾的是優秀詩人的生產卻少得可憐，當時活躍的西川、王家新、于堅、翟永明、王小妮、臧棣、歐陽江河等歌唱者，大多都是崛起、形成影響於喧囂、破壞氣十足的 1980 年代，1990 年代的詩壇仿若一片「豐收之後荒涼的大地」（海子語）。而就在這樣一種「群星閃爍而少月亮」的背景中，伊沙攜著一股後現代主義的旋風「橫空出世」，並且一路上幾乎所向披靡，成了「荒涼的大地」上為數不多的堅實身影之一，成了溝通前後兩個時段不可缺少的一道藝術「橋梁」。往前看，伊沙不是空穴來風，朦朧詩、第三代詩歌都是借鑑的範本，他坦承「韓東教會我進入日常生活的基本方式和控制力，于堅讓我看到了自由和個人創造的廣大空間」，「從李亞偉那裡偷到了一種憤怒與憂傷交相混雜的情緒」還有丁當的虛無和灑脫，默默壞孩子的頑皮與智慧，楊黎語言的陌生化，王寅的優雅，柯平的才氣，〔註16〕但他在消化借鑑資源的基礎上，又施行了有效的叛逆與解構，比如朦朧詩的優雅在他的詩中已被驅逐出境，對第三代詩他「堅持了反文化、反崇高的價值取向，接近日常生活的本真而多出了『身體』」。〔註17〕往後看，伊沙不是那種

〔註15〕 伊沙、鄭瞳：《我喜歡標新立異──伊沙訪談》，《山花》2012 年第 16 期；袁循：《如果不追求詩藝，我沒有必要活著──伊沙訪談錄》，《世界文學評論》2012 年第 1 期；馬鈴薯兄弟：《伊沙訪談錄──一個人的詩歌江湖》，《延安文學》2007 年第 1 期。

〔註16〕 伊沙：《扒了皮你就能認清我》，《無知者無畏》，第 186 頁，朝華出版社，2005年。

〔註17〕 劉春：《朦朧詩以後：1986～2007 中國詩壇地圖》，第 92 頁，崑崙出版社，2008年。

一過式的流星，其影響所及擴展到了繼起的 70 後詩人乃至新世紀詩歌的寫作，最明顯的是他的《北風吹》、《陽痿患者的回憶》、《孤獨的牧羊人》、《性愛教育》、《狗日的意象》等展示性欲望和骯髒事物的作品，直接開啓了 70 後詩人的「下半身寫作」和「垃圾派寫作」，好在它們還比較注意分寸感的拿捏和把握，比尹麗川的《爲什麼不再舒服一點》、沈浩波的《一把好乳》、徐鄉愁的「屎系列」詩歌等要節制、乾淨得多。而和同時段的詩人橫向比較，伊沙的詩歌因其品位優卓，極具特色，具有強烈的解構性，延續了新時期詩歌的先鋒精神，更多一些霸氣和殺氣，它在某種程度上仍然衝擊了詩壇鐵板一塊的秩序，扼制了浪漫抒情無限度的泛濫，爲相對沈寂的詩壇注入了難得的熱鬧的人氣。

最富於啓示意義的是，伊沙中國式的後現代探索以相對成熟的風格，打開了一扇詩歌寫作可能性的大門，這一點或許比詩人們在讀者熟識的老路上走多遠都更重要，更有價值。日常性與口語化兩個維度，都不是傳統詩學觀念所認可的，伊沙和一些有識之士的聯手打拼，使它們有了用武之地，輸送出《餓死詩人》、《結結巴巴》、《張常氏，你的保姆》等許多經典之作，支撐起 1990 年代詩歌的主體重量，這種成功的嘗試也已充分證明，新詩的資源愈發豐富了，疆域愈發擴大了，在他人看來屬於非詩的甚至是醜的事物、語言，完全能夠孕育出好詩來，關鍵是用什麼樣的感知方式、傳達技法去觀照和表現；日常化的審醜，拉近了世界先進詩歌潮流之間的距離，而口語化在擺脫歷史的、文化的、意識形態的因素遮蔽後，使詩「首次返回我們的生存現場，返回我們自身眞實的生命感覺」。〔註18〕尤其是伊沙詩歌大多數情況下都是以相對幽默、詼諧、俏皮的風格，與現實的日常生活及其形態接合，在談笑風生、輕鬆愉快中完成詩意的傳達，這種思維機制的運行，舉重若輕，時有四兩撥千斤的佳妙，它改變了傳統詩歌嚴肅卻守舊的面貌，雖然個別的讀者不適應，不喜歡，但卻親切拙樸，不像很多詩歌那樣，冷漠地拒讀者於千里之外，它也在詩歌風格的百花園裏增添了一個新的品種。其實，詩歌就應該千姿百態，和創作詩歌的人一樣有多副面孔，只有這樣個人化寫作才不會淪爲一句空話。

沿著上述邏輯，伊沙 1990 年代的詩歌理應有更大的建樹，也不該引起太多的非議；可是實際情況卻遠比想像的更爲複雜，這說明詩人已經找準了正

〔註18〕唐欣：《說話的詩歌》，第 46 頁，中國社會出版社，2012 年。

確的詩歌方向，只是或隱或顯的「路障」的出現和阻隔，使他目前仍然處於即將觸摸到理想終點的「路上」。這「路障」有外來的，也有自設的。日常性同詩遇合的優長有目共睹，但它的另一面是大量非詩的對象內容會不自覺間侵入詩的空間，而吃喝嫖賭、雞零狗碎等瑣屑無聊題材的過度擠壓，勢必令嚴肅正統的情感與思想被動萎縮，詩歌的精神分量自然隨之變輕，像他的《線索》、《檢查》、《星期天》等就缺少必要的沉澱、淘洗、裁剪和提升，任憑你使出渾身的解數，也難以讀出其中的深意，因為它們壓根兒就沒有深意；口語流暢自然，但向前滑動一步即是口水，它簡單通俗，質地平面淺白，只是稍有不慎就會蹈入能夠淹死詩歌的唾沫深潭，《列車上的姐妹》、《為司機點煙》等即詩意稀薄，隨意疏鬆的口語囉嗦絮煩，生拉硬扯，不過是散文或大白話的分行書寫罷了，毫無詩性可言。自設的「路障」又是什麼呢？很多人早已注意到，郭沫若的毛病在伊沙那裡又復活了，伊沙的優點是寫得快、寫得多，缺點是寫得太快，寫得太多。當批評者指出他作品數量驚人，很多作品都像習作的問題時，他卻回答「大雁塔有七層，可以把塔尖看做是第八層——塔尖最高，但只是一個尖；第一層的塔基面積最大，用磚最多，才能一層一層上去……這便是『塔』」。〔註19〕如果說大雁塔就是詩的話，那這段話彷彿就是詩人為自己開脫的遁詞，說明他不好的詩歌比例過高，這倒也是實情，也許是性格使然，伊沙的很多作品似乎只注意傾瀉的一吐為快，而很少去考慮一吐之後的效果，所以常常是菁蕪夾雜，「精神速食」居多，它們有短平快的爆發力，能夠直取人心，但不夠沉實，泛著後勁不足的輕飄感。同時，伊沙有個致命的缺點，就是自我超越不夠，很多詩歌在思維、意味、構思、語言乃至詞彙上，都有嚴重的自我抄襲的複製嫌疑，如此說來，就難怪有人諷刺他的詩歌是流水線作業的產物，新世紀後缺少新變、寫作影響力逐漸下降也不足為奇了。可見，伊沙要成為真正的詩歌大師還任重道遠，仍需努力。

〔註19〕馬鈴薯兄弟：《伊沙訪談錄——一個人的詩歌江湖》，《延安文學》2007年第1
　　　　期。

詩人翟永明的位置

　　文學作品的命運大抵分爲三個層次：一是作者比作品的壽命長，人還健康硬朗著的時候，作品卻死了；二是作者和作品的壽命同樣長，隨著人的逝去，作品也逐漸被淡忘；三是作品比作者的壽命長，人雖離世多年，但作品仍一直被提及。一般說來，處於第一層次的人居多，能進入第二層次即是莫大的福分，至於達到第三層次者則少之又少。從這個意義上說，詩人翟永明是幸運而優秀的。她的成名作《女人》問世二十餘載，非但沒被歷史無情地淘汰，反倒因時空距離的拉開成了公認的經典，令批評界的探究熱情持續不衰。並且，不願重複自己與過去的原創品性，又使她在創作道路上不斷求變，日新月異，高潮迭起，從 80 年代、90 年代到新世紀，每次探索均稱得上風騷於先鋒詩潮的航標，接連引發詩壇回響和震動。那麼翟永明的詩歌寫作到底有何「絕活兒」能始終吸引讀者眼球，它隱含著哪些當代詩歌發展的趨向與成功秘訣，翟永明在新詩史上究竟佔有什麼重要的位置呢？

一、爲女性主義詩學成功奠基

　　提到女性主義詩歌，1984 年應該大書特書。它不論是對當代中國詩界，還是對翟永明個人來說，都值得銘記。這一年，翟永明發表了組詩《女人》，使她的寫作「找到了一個可以繼續下去的開端」〔註1〕，女性主義詩歌也因之獲得了成爲話題的可能，晉升爲獨立的詩歌史概念。

〔註 1〕 翟永明：《閱讀、寫作與我的回憶》，《紙上建築》229 頁，東方出版中心，1997
　　　　年。

　　在中國詩歌史上，女性寫作的傳統雖然稀薄，但始終不絕如縷，只是構不成嚴格意義上的女性詩歌。不肖說蔡文姬、薛濤、李清照等寂寥的古典聲音，是實質上的失語，基本爲男性「他者」話語的重複，性別意識淡漠；冰心、林徽音、陳敬容、鄭敏等的現代歌唱，對女性主題有所拓展，可也遠未改變女性寫作邊緣化的孱弱狀態，昭示的多爲女性的社會或政治解放內涵，女性性別和書寫意識還很微弱，更匱乏自覺的悲劇意識，其優美的意境、溫柔的情感和雅致的筆調，還沒超出「溫柔敦厚」的傳統詩教觀對女性的約束；就是林子、舒婷、傅天琳、王小妮等諸多詩人張揚女性意識、呼喚女性自覺的詩歌，那種「類」我精神與「個」我經驗的融彙，那種從男權社會「離析」後的綺麗、溫柔、婉約的力量，那種對美、藝術與優雅的張揚，是暗合了女性詩歌的情思與藝術走向，但說穿了仍是女性主義詩歌的早期形態，屬於女人化的情感寫作，她們關心的是整體的人的理性覺醒和解放，代表的還是一代人的覺悟，詩人主體缺失，在詩歌內質上仍受制於高貴典雅的古典主義、理性主義的理想。而翟永明的組詩《女人》及其與之相得益彰、稍後發表的序言《黑夜的意識》，則是改寫女性寫作歷史軌跡的界碑，可視爲女性主義詩歌誕生的標誌和宣言。

　　翟永明強調自己首先是一個女人，然後才是一個詩人，這種自我主體的確立，顯示了女性生命意識和女性寫作已由人的自覺進化到了女性的自覺。《女人》由四輯構成，每輯五首，《預感》和《結束》頭尾呼應的結構安排，巧妙對應著女性從生到死的內在理路，其中抒情主人公形象一掃細膩、溫柔的傳統女人氣，轉換成了神采照人的現代成熟女性。正如一切優秀文本能夠活下去主要憑藉其思想一樣，《女人》的最大價值在於從女性立場出發，對女性被壓抑的精神命運和隱秘意識的深度「發現」；並最終建立了個性鮮明的主體形象。翟永明以爲「每個女人都面對自己的深淵──不斷泯滅和不斷認可的私人痛楚與經驗……這是最初的黑夜。它升起時帶領我們進入全新的、一個有著特殊布局和角度的、只屬於女性的世界」，「女性的眞正力量就在於既對抗自身的命運的暴戾，又服從內心召喚的眞實，並在充滿矛盾的二者之間建立起黑夜意識……保持內心黑夜的眞實是你對自己的清醒認識，而透過被本性所包容的痛苦啓示去發掘黑夜的意識，才是對自身怯懦的眞正的摧毀」〔註

〔註 2〕翟永明：《黑夜的意識》，吳思敬編《磁場與魔方》140 頁，北京師範大學出版社，1993 年。

2〕。顯然，這個「黑夜」意象象徵著女性生命的最高真實，它至少兼具表現女性在男性話語下深淵式的生存境遇，和在黑夜裏摸索掙扎的雙重隱喻功能。也正是在「黑夜意識」燭照下，詩人以矛盾的經驗狀態，洞穿了女性生命、感情和愛的複雜本質，逼近了女性壓抑、幽暗與渴望的精神深處。

由於詩人童年離別記憶的心理積澱，內向型氣質上的偏於憂鬱敏感，更由於連住三年的「病房內外彌漫著的死的氣息和藥物的氣味」〔註3〕，滋養了翟永明的悲劇感和死亡意識，使她趴在病床上借著晦暗的燈光寫下的《女人》，過多地折射著內心的黑暗與焦慮。詩人以比異性更直捷的生命感覺，發現、經歷、敘說著身邊的晦暗和死亡情境，她意識到女性的命運如同輪子，沒辦法把握在自己手中，它「總在轉／從東到西，無法擺脫圓圈的命運」，「不久我的頭被裝上軌道／我親眼注視著它向天空傾倒／並竭力保持自身的重量……但我無法停下來，使它不再轉」（《旋轉》），神秘、強大的外在力量裏挾，使所有的女性都身不由己，生命的最終價值不過是個虛無的「圓圈」；並且這種被動、壓抑的命運「沒有開頭，也沒有結尾」（《夜境》），一代重複一代，單調而枯燥。在這樣的心理底色支配下，詩人筆下的一切都是「變形」的。她時時感到「死亡覆蓋著我」（《生命》），似乎已成為難以抗拒的宿命；《七月》也「是一個不被理解的季節／只有我在死亡的懷中發現隱秘」。黑暗更無處不在，稠密沉重得難以擺脫，「我換另一個角度／心驚肉跳地傾聽蟋蟀的抱怨聲／空氣中有青銅色牝馬的咳嗽聲／洪水般湧來黑蜘蛛」（《臆想》）；在這樣「瞎眼的池塘想望穿夜，月亮如同貓眼」的黑暗的《邊緣》裏，她「不快樂也不悲哀」；更不知道「我最秘密的血液被公開／是誰威脅我？／比黑夜更有力地總結人們／在我身體內隱藏著的永恆之物？」（《生命》）「面對這塊冷漠的石頭／於是在這瞬間，我痛楚地感受到／它那不為人知的神性／在另一個黑夜／我漠然地成為它的贋品」（《瞬間》）……僅僅從接踵而至的「死亡」、「蟋蟀的抱怨聲」、「瞎眼的池塘」、「血液」等令人悚然的語彙字眼，讀者的感官即會產生一種壓迫感，進而捕捉到詩人那種恐懼、無奈、絕望和悲哀情緒。女性處境和命運如此冷靜的審視、認知，令人觸目驚心。

愛情本和花前月下、美妙甜蜜相聯，可在《女人》中也發生了苦澀的變奏。篇首的《預感》彷彿是組詩內涵的引領和概括，在黑暗、神秘境遇的展開中，充滿著掙扎的情緒。「穿黑裙的女人夤夜而來／她秘密地一瞥使我精疲

〔註3〕 翟永明：《面向心靈的寫作》，《紙上建築》197頁，東方出版中心，1997年。

力竭……那些巨大的鳥從空中向我俯視／帶著人類的眼神／在一種秘而不宣的野蠻空氣中／冬天起伏著殘酷的雄性意識」，單是精疲力竭、死、屍體、黑暗、野蠻、殘酷等語彙和意象的交織，就氤氳著一股陰冷可疑之氣，而那個有著向我俯視之鳥、製造壓迫的「天空」，分明是男性世界和力量的代指，黑夜和白晝的對比中，閃回著詩人逃離「死洞」的意向。所以「外表屑弱的女兒們／當白晝來臨時，你們掉頭而去」（《人生》），擺脫「太陽」的掌控。《獨白》把性別覺醒意向表現得更清楚，「我，一個狂想，充滿深淵的魅力／偶然被你誕生。泥土和天空／二者合一，你把我叫作女人／並強化了我的身體」，「渴望一個冬天，一個巨大的黑夜／以心為界，我想握住你的手／但在你的面前／我的姿態就是一個慘敗……太陽為全世界升起！我只為了你／以最仇恨的柔情蜜意貫注你全身／從腳至頂，我有我的方式」。這與其說是現代愛的經驗傳遞，不如說是對愛情本質的質疑和追問，作為女人，「我」希望與男性建立良好的關係，被對方理解和接受，但在以男性為中心的傳統社會文化語境中，卻常常事與願違，原來愛的雙方不但不平等，而且若即若離，永遠無法有真正的默契，這就是女性的命運。因為詩人發現自己身上有「深淵」，整個世界到處都有「深淵」，因為「每個人都有無法挽回的黑暗」（《秋天》），對於女性來說，這種悲涼與生俱來，女性一輩子都要負載這種「生命中不可承受之輕」，取消它亦就取消了生命。人們常說現代詩人穆旦的《詩八首》把愛情的矛盾、複雜的悖謬性揭示到了極至，竊以為《女人》和它相比有過之而無不及。

　　詩人質疑的不止是兩性關係，還有人們經驗中一向和諧溫暖的母女關係，並因這種愛的「殘酷」本質詰問，使傳統的母愛降了半旗。說來難怪，詩人說寫作《女人》「那段時間，我和母親處於一種衝突的狀態」，「我無法達到母親的期望值，也不想按照她為我設計的模式生活，我們之間存在著深深的代溝。我特別渴望獲得母親的理解，但無法溝通的痛苦籠罩著我」〔註4〕。出於血緣的愛和不被理解的恨咬合，交織成詩人那些表現女性成長和女性關係的文本一種複雜的情感結構。眾所周知，任何精神個體似乎都應感激母親把自己帶到人間，可詩人卻質疑「母性貴重而可怕的光芒」（《世界》），揭示東方女性傳統美德的悲劇性及在「我」身上的延續，「你使我醒來／／聽到這世界的聲音，你讓我生下來／你讓我與不幸構成／這世界的可怕的雙胞胎」（《母

〔註4〕張曉紅：《互文視野中的女性詩歌》274頁，廣西師範大學出版社，2008年。

親》），開始了人世間孤獨而痛苦的行旅，「那使你受孕的光芒，來得多麼遙遠，多麼可疑」，母親使「我被遺棄在世界上」，她不知道女兒的未來之路是怎樣的迢遙、坎坷，沒想過自己離世後女兒該如何孤單地面對一切，她這種無意間對女兒的「遺棄」構成了一種不可原諒的傷害，所以「我的眼睛像兩個傷口痛苦地望著你」，悲哀而無助，這裡有感激更有抱怨，有依戀更有淡漠，而「凡在母親手上站過的人，終會因誕生而死亡」（《母親》），將愛與死兩個尖銳相剋的因素置於一個時空框架裏，愈見悲哀和痛苦的深度，反母性的視角使母親一反慈愛和聖潔，而帶上了平庸渺小、限制人、拖累人的沉重陰影。

《女人》提供了諸多的聯想方向，貌似單純明朗，實則繁複朦朧。一方面對身體、欲望和情緒的發現，使這組詩經營的是想像的、潛意識的世界，這個境域本來就飄渺不定，混沌無端；一方面對男性世界和秩序的對抗，並非源於方向明確後的清醒自覺，緊張紛亂的情緒借帶自動傾向的自白語言表現出來，也加重了理解難度。應該說，《女人》中的情感和「自我」形象，因二元對立思維的滲透而充滿複雜的張力，它是展示女性從女人到母親各方面的性別體驗、生命秘密，還是以潛在的心理情緒——性的張揚來製造女性命運過程的寓言？是表現女性心靈的騷動、渴望和對命運的悲歡認同，還是顯露女人——母親循環圈的憂傷和自卑？抑或是幾種旨趣兼而有之？複調的情思意向讓人很難說清。但詩中的抒情主人公形象還是比較明晰的。她不滿男性的壓迫霸權，勇於與之對峙、抗爭，但並沒走上兩性關係極端對立的道路，歪曲甚或醜化男性，而是「看穿一切卻願分擔一切」（《獨白》），找到了自己處理男女關係的理性方式，仍相信愛和人間美好的一切；坦承「我是這樣小，這樣依賴於你／但在某一天，我的尺度／將與天上的陰影重合，使你驚訝不已」（《憧憬》），愛對方又不完全依賴於對方，而謀求以自身力量的獲得和世界觀標準的確立，實現人格和精神的獨立。她在指認「黑夜」是女性遮蔽的「深淵」時，發現它也是女性自我救贖的創造性空間，所以不厭其煩地詠歎「黑夜」意象。筆者在一篇文章中曾分析過詩人有關「黑夜」的詩句。「我創造黑夜使人類幸免於難」（《世界》），詩人「渴望一個多天，一個巨大的黑夜」（《獨白》），她說「我想告訴你，沒有人去阻攔黑夜／黑暗已進入這個邊緣」（《邊緣》），「你的眼睛變成一個圈套，裝滿黑夜」（《沉默》），「一點靈犀使我傾心注視黑夜的方向」（《結束》）。而且她賦予了「黑夜」以豐富的詩學內涵：「黑夜」可理解成男性話語覆蓋下的女性秘密空間，是女性命運的代指；詩

人要創造的「黑夜」也可理解成對於女性自我世界的發現及確立，女性因兩性關係的對抗、緊張，只能邊緣化地另闢私人化的生存和話語空間，退縮到黑夜的夢幻中編織內心生活；詩人描繪的「黑夜」還能看作女性的一種自縛狀態，「白晝曾是我身上的一部分，現在被取走／橙紅色在頭頂向我凝視／它正在凝視這世上最恐怖的內容」，這種《生命》感受，和《憧憬》中「我在何處顯現？夕陽落下／敲打黑暗，我仍是痛苦的中心」的疑問，證明女人在自我確認同時自身也充滿矛盾，創造黑夜同時卻仍然無法消除內在的焦慮，因為女性的黑夜本身也是對自我的捆綁；另外「黑夜」也指向著任激情、欲望和幻想自由飛翔的自足而詩意化的世界，將其視為自我創造的極端個性化的心靈居所也未嘗不可。

問題是一般詩人多矚目太陽或月亮，翟永明緣何鍾情於「黑夜」意象？這恐怕是詩人積極探索女性詩歌的出路造成的。她很清楚，在男性文化統攝下女性屬於自己的只有身體，女性寫作最有效的手段就是將軀體作為寫作資源。而和女性軀體關係最密切的雖然有夢、飛翔、鏡象、黑夜、死亡等，但最近的是黑夜。因為從詩學淵源看，太陽之神阿波羅掌管的白晝是屬於男性為主體的世界，而作為中心邊緣的配角女性，只能把視覺退縮到和白晝相對的世界的另一半——黑夜。黑色本身極強的包容性和遮掩性，和女性子宮的軀體特徵及懷孕、分娩、性事的軀體經驗的天然契合，能使女性回覆到敞開生命的本真狀態中深摯地體味；黑夜作為難以言明和把握的混沌無語空間，涵納著女性全部的欲望和情感，全部的苦難和歡樂，那種萬物融於一體的近乎「道」的感覺境界特性，與女性敏感善悟、遇事常隱忍於心、心理堅韌深邃的個性有著內在的相通，容易激發女性的想像力，實現心靈的自由飛翔，是沒有自己歷史的女性填補歷史的最佳想像通道；黑夜的黑色在色彩學上代表色彩的終結，也意味著開始和誕生，黑色的黑夜則幽深神秘，時空交疊，沒有干擾，宜於潛意識生長，它喻示著對白晝行為世界的一種逃離，和衝破男性話語幽閉的女性軀體的浮現與蘇醒。所以翟永明找到並大面積地啟用了「黑夜」意象。而這個「黑夜」意象面世後，迅速引發了女性寫作群落的「集體共鳴」，很多詩人都心有靈犀地操起「黑色」的圖騰，釋放女性生命底層的欲望和體驗，不但翟永明自己相繼寫下《黑房間》，伊蕾也寫下《黑頭髮》，唐亞平寫下包括黑色沼澤、洞穴、睡裙在內的《黑色沙漠》組詩。一時間，翟永明神秘的語言魅力，「使一代女詩人躲在了她的陰影下，只有少數人能夠

幸免」〔註5〕，「黑夜」意象被詩人們在詩中批量生產，用以對抗、緩解舒婷們的影響焦慮，「黑色」迅疾成為詩壇的流行色，翟永明從美國自白派那裡援引過來的「自白風」也獲得了廣泛的認同。

《女人》對翟永明的女性詩歌宣言的文本實驗，以性別意識、性別體驗的矛盾性敞開，首次「觸及女性問題」〔註6〕，凸顯女人之所以為女人的複雜詩歌蘊涵，建構同「白晝」並行的深度「黑夜詩學」，確立了女性主義詩歌的自我身份，為女性主義詩歌實現了成功的奠基。如果沒有它高起點的拓荒問路，簡直不敢想像後來中國女性主義詩歌會有連臺好戲上演。在翟永明的《女人》和《黑夜的意識》出現同時或稍後，伊蕾、唐亞平、陸憶敏、張真、海男、林珂、林雪等詩人也紛紛在詩中標舉女性意識，她們通過對女性深層心理的挖掘和女性角色的強調，反叛舒婷一代的角色確證，客觀上支撐起了能夠與男性對抗的話語空間，並最終促成了女性主義詩歌潮流在中國的正式誕生。

二、「常」中求「變」之道

翟永明是方向感很強的詩人。在近三十年的詩路跋涉中，她接連遭逢過第三代詩歌、青春寫作、中年寫作、個人化寫作等各種浪潮的衝擊，但始終秉承獨立、恒定的精神立場，以不變應萬變，拒絕外在寫作風氣的同化和裹挾。翟永明詩中這種「常」的內涵，就是不論在任何時候，都堅持從個人真切的內心體驗出發，關注、叩問女性的命運和境遇。

稱翟永明為守「常」詩人，不是說她一直未超越《女人》的水準，處於平面「滑翔」狀態；相反，不喜歡複製自己的性格，決定她沒躺在功勞簿上睡大覺，而是心裏總被一種深刻的焦慮所困惑，自省過去，期許「我將不斷調校我的寫作目標和寫作姿態，嘗試無限調整的綜合能力」，從而「更逼近我內心所生長的一種更深刻的變化」〔註7〕。在詩壇「黑旋風」刮起不久，她就意識到它在風光絢麗同時，也因過度的瘋狂、肉感在某種程度上扭曲了女性形象，在喧囂混亂中被傚仿成了新的「寫作模式」。「固定重複的題材、歇斯底里式的直白語言、不講究內在聯繫的意象堆砌，毫無美感、做作外在的『性

〔註5〕 鐘鳴：《天狗吠日》，香港《素葉文學》，第49頁，1996年4月。

〔註6〕 海男：《那樣的死》，《詩刊》1989年6期。

〔註7〕 翟永明：《完成之後又怎樣？回答臧棣、王艾的提問》，沈葦、武紅編《中國作家訪談錄》339頁，新疆青少年出版社，1997年。

意識』倡導等，已使『女性詩』出現了媚俗傾向」〔註8〕，這種傾向無法保證詩歌資源的持久豐富，也有損於詩的藝術質地。至於那篇風雲一時的《黑夜的自白》，更「充滿了混亂的激情、矯飾的語言，以及一種不成熟的自信」，並要「思考一種新的寫作形式，一種超越自身局限，超越原有的理想主義，不以男女性別爲參照又呈現獨立風格的聲音」，預見「女詩人將從一種概念的寫作進入更加技術性的寫作」〔註9〕。我理解詩人說的「技術性的寫作」和「獨立風格的聲音」，當指語言意識的自覺，和將目光投向人類、歷史、未來、理想和終極關懷的超性寫作。可貴的是，翟永明這些否定性思考源於自己的寫作，又能統攝下一步的實踐，進入 90 年代門檻特別是 1992 年後，她不斷調整方向，求新求變，挖掘新語感、新結構、新主題，完成了由反叛男性詞語世界的階段向回到詞語本身、直面詞語世界階段的轉換，在關注「說什麼」基礎上，開始注意「怎麼說」的技術問題。詩人就是通過這種「變」與「常」之間的創造活力克服自我重複帶來的無聊感，尋求創作的快樂，並逐漸接近了一個大詩人的成熟境地。翟詩之「變」大致表現爲三個方面。

一是超越性別立場的博大言說。一個詩人選擇什麼意象往往凝聚著他的精神個性和心理旨趣。翟永明初入詩壇時格外情鍾於「蝙蝠」意象，「蝙蝠」同「黑夜」一樣是她典型的心理鏡象。具翼哺乳動物蝙蝠的雙翼兼具皮膚和翅膀功能，眼睛和耳朵通用，它以閉眼傾聽方式感知世界，慣於在黑暗中生活。翟永明反覆詠歎「蝙蝠」，無意中道出了覆蓋她 80 年代詩歌文本的一個秘密——內傾意識強烈，主要表現女性的內部生活和經驗感受。《女人》自不必說，其後《靜安莊》繼續堅持性別立場，在身體的變化和歷史場景的變遷結合背景下，書寫女人個體的身體史。靜安莊承載了詩人知青生活的一段經歷和精神歷險，那裡的鄉村極爲庸常的物象和夜晚，以幻象形式進入詩人的眼睛和心裏後，變得神秘恐怖，籠罩著死亡的陰影。全詩通過十九歲的女性之軀覺醒、受壓、變形但卻不可阻擋的欲望凸現，衝擊並改寫了靜安莊已有的文化構架，對抗男權神話的意向更爲突出。長詩《死亡的圖案》也是「女性之軀的歷險」，母親臨終前七晝夜裏的殘忍和女兒爲之送終的過程、感受交織，具現了母女間深愛又互戕的矛盾情感。

翟永明對「自己的屋子」內的女性歷史、遭遇和經驗的揭示，衝擊了傳

〔註 8〕 翟永明：《「女性詩歌」與詩歌中的女性意識》，《詩刊》1989 年 6 期。
〔註 9〕 翟永明：《再談「黑夜意識」與「女性詩歌」》，《詩探索》1995 年 1 期。

統婦女的文化心理結構，別具精神高度；但她的嫉憤孤傲難免貴族化的落寞寡合之感，局限於女性個體的生活經驗，也無法涵蓋女性生理、心理和社會屬性的全部特徵，缺少對當下發言的機制。對此詩人極為警覺，她認定自己80 年代的寫作「總體上說是從個人感受出發，關注的實際上是自己，詩歌感受純屬個人化的」〔註10〕，於是從《稱之為一切》開始，觀照重點由內心轉向外部事件，初現突破自我的端倪。待到 1992 年創作《咖啡館之歌》時，已在用戲劇性寫法把普拉斯的自白語調還給普拉斯同時，克服了性別對抗的狹窄局限，不僅言說女性的一切，還向女性之外的人群，女性問題之外的人類命運、人生價值與歷史文化等做更為博大、普泛的超性言說。開闊的視野裏，有《出租車男人》似的對身邊乘車者斷續意識流的隨意捕捉，有當下婚姻生活中男女情感淡漠又多變的《雙重遊戲》，有探討貌似離百姓很遠實則休戚相關的戰爭、經濟問題的《潛水艇的悲傷》……而且充滿思想洞見，《咖啡館之歌》主題雖顯破碎，但懷舊的情調、表現現代精神痛楚的指向，卻含蓄而深入地鐫刻在場景、對話和敘述中了，那種「靈魂之痛」不是女詩人、女性才有，它已觸及現代人普遍流行的心理疾病。《壁虎和我》裏人和壁虎之間構成了一種對話，「隔著一個未知的世界 ／ 我們永遠不能瞭解 ／ 你夢幻中的故鄉 ／ 怎樣成為我內心傷感的曠野」，悲憫壁虎的經驗出離了女性的情思範疇，一種籠罩全人類的偉大情懷，使詩上升到命運沉痛思索的高度。《小酒館的現場主題》透過酒館的燈紅酒綠、五光十色，發現的是都市現代人精神的貧乏、無聊、虛誇和在困境中的無望努力。翟永明對現實的「深入」，也包括對過去的現實即傳統題材和精神向度的回歸。若說她寫黃道婆、花木蘭和蘇慧的《編織行為之歌》，寫孟姜女、白素貞和祝英臺的《三美人之歌》，分別取材於中國小說、民間傳說，在選材上有傳統音響的隱約回應，偏重於古典素材、語彙和意象的翻新；那麼取材於戲曲的寫趙飛燕、虞姬和楊玉環的《時間美人之歌》，則側重於傳統人文精神和情調的轉化和重鑄，詩中「寫到這個或那個女人，她們的命運與當代中國女性的命運是相通的，有一種從歷史到現實的連續性」〔註11〕，趙飛燕藝術一般的美、虞姬對愛的忠貞奉獻、楊玉環臨死前的溫情繾綣，以及她們共同背負的大禍臨頭時「男人 ／樂於宣告她們的罪

〔註10〕 張曉紅：《走進翟永明的詩歌世界》，《互文視野中的女性詩歌》附錄一，276頁，廣西師範大學出版社，2008 年。

〔註11〕 張曉紅：《走進翟永明的詩歌世界》，《互文視野中的女性詩歌》附錄一，276頁，廣西師範大學出版社，2008 年。

狀」的悲涼，乃是將當下的成長主題鑲嵌於古代故事之中，它表面還原女性的歷史真相，實際上道破了女性無論何時都處於被窺視被犧牲的邊緣、悲慘命運，它已跨過女性的性別地位範疇，進入人性、命運和存在等抽象命題的思考。

二是從自白話語到「對話」、「交流詩學」的轉換。當年建構「黑夜詩學」時，翟永明悟出自白話語適合於女性的天性，和自己抒發的黑色情緒內質有天然的契合；所以在西爾維婭·普拉斯的啓發下，借助傾訴和獨白來支撐自己和世界的基本關係，傾瀉內心真實。第一人稱「我」有時像居於詩歌中心的磁石一樣，將周圍的世界吸納渾融一處，形成穿透力強烈的敘述氣勢和語氣。如《獨白》呼之欲出的激情燒灼，就使詩人拋開象徵話語，起用直指式的「我」字結構，節奏語調急促，一連串決絕強烈的表白和傾訴，幾乎取消了語言與審美對象間的距離，本色質樸地「直指人心」。與之同步，她多以自白和訴說作爲基本語調，有時就把詩變成自言自語，結構彌散化，《靜安莊》中那段「年邁的婦女／翻動痛苦的魚／每個角落，人頭骷髏／裝滿塵土，臉上露出乾燥的微笑，晃動的黑影」，明顯受了普拉斯非規範的個人化語法影響，好似在意象間的隨意跳轉，人頭骷髏上竟然露出乾燥的微笑，荒誕離奇得不可思議，但將主客觀世界溝通的幻覺，卻使平淡靜態的現象世界裏容納了心智的顫動。那時翟永明主要考慮如何釋放激情，還未顧及到技法，自然酣暢同時也面臨著失常、失控和近乎瘋狂或貧乏單調的威脅。而到對詞語本身的興趣超過以往任何時期的 90 年代，她考慮那些體內燃燒的、呼之欲出的詞語本身時，又考慮怎樣把它們遵循美的標準進行安置組合的技巧問題，從自白話語走向「對話」、「交流詩學」，走向了「更加技術性的寫作」。

這種對話與交流包涵意蘊和形式兩方面，它不僅發生在詩人和自我之外的他者、日常生活及歷史記憶之間，像與母親交流的《十四首素歌》、與「疾病」交流的《盲人按摩師的幾種方式》、與歷史女性交流的《時間美人之歌》《三美人之歌》、與記憶交流的《稱之爲一切》等。它們共同拓展了翟永明詩歌的視域，強化了詩歌吞吐現實生活的能力。更主要指與其它文類之間的滲透和溝通，即爲了消除自白話語的弊端，翟永明常以口語化的詞語本身和敘述聯姻介入生活細節，敲擊存在的骨髓，喜歡旁採小說和戲劇的結構技巧，借助詩人與現代場景、生活和語言的交流、對話抒情達意，從而使詩由內心

的剖述轉爲「一種新的細微而平淡的敘述」〔註 12〕。如《壁虎和我》借助兩個生物的互視,寫心靈和文化的隔膜,寫異邦的寂寞孤獨,詩呈現爲一種對話性的戲劇展開,有一定的跨文體痕跡。《咖啡館之歌》、《臉譜生涯》也一改單一的抒情視角和分行體,運用多聲部的敘事體,「男人 / 用他老一套的賭金在賭 / 妙齡少女的 / 新鮮嘴唇這世界已不再新 / 凌晨三點 / 竊賊在自由地行動 / 鄰座的美女站起身說 / 『餐館打烊』」(《咖啡館之歌》),仍關注人的精神世界,卻出現了不少帶情節的對話、細節與人物,人的動作、記憶和叫聲混合,獲得了短劇的效果。這種對話與交流文體很多時候有兩種視點,一是情緒、體驗、事物的直接體現,一是對前一部分情緒、體驗、事物的的觀察、分析和評論。詩人說的「在我八十年代早期的寫作中,這兩個『我』(肉體的我和意識中的我) 相對混爲一體。但在後來的寫作中,兩個『我』是有點分開的。分開之後,就帶有了一個客觀的視野,有一個自我觀察的成分」〔註 13〕,就是這個意思。如《十四首素歌》的十四首小詩,奇數標題部份都描述回憶與場景,偶數標題部份則是詩人對上一節的評述,其中第九首是在和母親的精神對話過程中,感同身受地觀照、重播母親的生命歷史和詩人的記憶軌跡,第十首則同那段歷史、記憶拉開距離,站在分析的立場上,對母親的一生、自身的成長和家族內部的盛衰進行冷靜客觀的辨析思考,有種理性的徹悟。這種對話、交流詩學,因主觀性敘述的減少、主體聲音的扼制,有種客觀的非個人化效果,它對現實主動自覺的迎迓和介入,在某種程度上實現了對詩歌本質的擴充和改寫。

三是完成了平和從容對緊張含混的風格置換。翟永明 80 年代寫的是困難的詩,只爲「無限的少數人」的寫作路線,使她根本不考慮別人的閱讀。內心深處有關死亡、命運、生命等微妙恍惚的「黑色」感覺、體驗噴湧而出時,多呈零散多變、模糊神秘的狀態;受普拉斯創造語言理論的鼓動,對傳統語言規範的「破壞」,又常使詩在表現過程中跳脫得厲害,不時出現「有個人返家 / 看見虛構的天空在毀滅 / 五天五夜向北 / 然後向西消融」(《稱之爲一切》)似的不合語法邏輯的自言自語;特別是對抗男權中心話語時,詩人的情

〔註 12〕 翟永明:《〈咖啡館之歌〉及以後》,《紙上建築》204 頁,東方出版中心,1997 年。

〔註 13〕 谷川俊太郎、翟永明等:《「我」和「他者」》,帕米爾文化藝術研究院編修《觸摸・旁通・分享——中日當代詩歌對話》168 頁,作家出版社,2010 年。

緒亢奮激烈，甚至時有「瘋狂」之嫌。幾個因素聚合，形成了翟永明80年代詩歌緊張含混的風格，一些作品內涵讀者很難真切地把握住。如表現對世界的認識和欲望的《靜安莊》，用身體的感覺折射外界變化就很神秘；表現時又偏以一系列虛擬的幻覺和想像出之，這種以「朦朧」對「朦朧」的寫法有種「謎」的味道。再如《荒屋》中「我來了，我靠近我侵入 ／懷著從不開敞脾氣 ／活得像一個灰甕」，那個灰甕的象喻就十分感覺化，是想像力和虛構的神秘對象，而詩人在其中隱藏的幽閉的個人經驗、內心的想像和潛意識，想要言說出來幾近無法。

　　隨著90年代短製對以往組詩、長詩的替代，翟詩的句式也由冗長沉重的句子變為直接有力的短句，如「人須有心事　才會死去 ／才會至今也認不清世界的面容 ／不然我們的祖先將反覆追問 ／這淒慘的　集中了一切的命運」（《午夜的判斷》），語言能指秩序的清晰、句式節奏的輕快，給人一種乾淨俐落的簡雋之美，流暢而規範；有時詩人還運用成語、引用或化用古詩名句，如《臉譜生涯》中的「穿雲裂帛的一聲長嘯——做盡喜怒哀樂」，「穿雲裂帛」和「喜怒哀樂」放在此語境裏可謂十分貼切；《編織行為之歌》中反覆運用並貫穿「唧唧復唧唧，木蘭當戶織」，既古典旨趣十足，又結實純淨得爐火純青。這種語言走向和敘事因素結合，使詩的意蘊相對穩定明朗，語調也一改聲嘶力竭，舒緩平靜了許多。其次在詞語選擇上不同於早期黑色的「固定詞根」，經過80年代後期對理想的《顏色中的顏色》即「白色」的觀察後，詩人「意識到：除了顏色中的顏色，還有在一切顏色之上的顏色——無色」〔註14〕，並開始對之進行書寫，「坐在更衣室 ／從內到外我 ／感到一種熱 ／從雙眼到指尖 ／女人們相信 ／肌膚靠水供養」（《女子澡堂》），「看著『今天』它褪下它的各色內衣 ／它扭動它的胸部和盆骨 ／人是不可或缺的 ／它讓這個世界飛了意外了」（《飛了》），詩人的確進入了無色世界。從黑色到無色的轉換，對應的是從情緒激烈到觀察冷靜的變化，折射出詩人內心氣定神閒的平靜和從容。再次是語言更貼近世俗生活，向普通平民敞開的程度加深。此時詩人對幻象世界已無興趣，目光更多逡巡於具體質感、充滿生活氣息的細節、場景上。「他們說： ／紅顏最好不解詩 ／他們在書桌上 ／堆滿了墨水匣、光驅和一些白紙 ／而我們 ／兩樣都要 ／蘋果牌雅詩蘭黛 ／打字機和化妝品」（《如此座於井底·給女詩人》），詩人從最平淡的生活瑣屑裏，捕捉清新的詩意，在她那裡，

〔註14〕翟永明：《像這樣的顏色》，《堅切的破碎之花》83頁，東方出版社，2000年。

大的小的、雅的俗的、美的醜的、國家的個人的等一切事物和語詞，已無詩性和非詩性之分，均可入詩。這固然源於詩人歷經滄桑後的超脫練達，也是她的詩走向生活的必然痕跡。

翟永明多重探索的共同目的，是指向、服務於「常」，更好地傳達變幻著的心靈世界，承載女性的精神和命運。她也正是藉此獲得了立身之本，找到了自己在詩壇的位置。

三、新的制高點上的啓示

在《女人·結束》中，翟永明反覆叩問「完成之後又怎樣？」實際上詩人的創作道路就是一次次「完成」連綴的過程。經歷八、九十年代內數度否定性的蟬蛻和完善，新世紀後的「再出發」，使詩人探索的多重路向更加清晰、自覺和成熟，並登上了新的藝術制高點。

詩人成功的精神探險爲女性詩歌發展提供了有益的啓示。新世紀的翟永明，依然從女性視角出發，在宏大敘事之外的日常生活海洋裏拾揀詩的珍貝，但卻能接通人類共同的精神命題和深層經驗。一個偶然的機會，她被《南方周末》上刊載的有關妓女的文章觸動，寫下《關於雛妓的一次報導》一詩。「雛妓的三個月 / 算起來快 100 多天」，「300 多個 / 無名無姓　無地無址的形體 / 地們合起來稱作消費者」，「部分的她只是一張新聞照片 / 12 歲　與別的女孩站在一起 / 你看不出　她少一個卵巢」。雛妓不幸際遇的客觀敘述中，蟄伏著詩人的憤怒之火，詩無須直接指陳，對罪惡和無恥卻自有尖銳的批判力。它是一個女性詩人對事件作出的直接反應，但又有強烈的去性別化傾向，或者說它是對一個族類的女人命運的思考，對人性和社會良心的深沉拷問，以及對詩人的無奈憂鬱和詩歌無力的感喟。再如作爲女道士，唐代的才女魚玄機女性意識強烈，因殺侍女綠翹而處極刑，但也有人認爲這是樁冤案。詩人設身處地地與這位傑出的女性「隔代交流」，寫了無異於一篇別致辯護詞的《魚玄機賦》。「她沒有贏得風流薄幸命 / 卻吃了冤枉官司 / 別人的墓前長滿松柏 / 她的墳上　至今開紅花 / 美女身份遮住了她的才華蓋世 / 望著那些高高在上的聖賢名師 / 她永不服氣」，這段墓誌銘的文字，道出女詩人再才華出眾也擺脫不了「被看」命運的眞相，其間也承載著詩人的不平之思。魚玄機自由、坦蕩而大膽的舉動，觸犯了傳統道德對女人的規約和戒律，這恐怕才是她悲劇的深層根由，她生性傲慢，身爲女人卻和多名有地位的男性交往，飲酒、

談詩、對弈，「像男人一樣寫作／像男人一樣交遊／無病時，也高臥在床／懶梳妝　樹下奔突的高燒／是毀人的力量　暫時／無人知道　她半夜起來梳頭／把詩書讀遍」。詩仍從女性特有的視角出發，也融入了創作主體對女性心理、遭遇、命運的體悟和理解，一個「志不求金銀／意不恨王昌／慧不拷綠翹」的女性怎麼可能去殺婢女？一個女性選擇自由的生活方式，吟詩作樂，又何罪之有？而最為可貴的是詩通過魚玄機的悲劇展示與反思，上升到了女性群體生存主題和人類成長中受挫經驗的探討，那段將魚玄機被殺的 868 年置於 2005 年的假想，意味深長也發人深省。又如「老家的皮膚全部滲出／血點　血絲　和血一樣的驚恐／嚇壞了自己和別人／全世界的人像暈血一樣／暈那些針孔／我的老家在河南」（《老家》）。普通而勤勞的農民，在不知情中染上駭人的艾滋病，忍受非人的精神煎熬。詩對艾滋村農民的全方位掃描裏，流動著詩人欲哭無淚的悲憫和大愛，那種對土地、土地上生靈沉重命運的擔待，可視為傳統人文精神的現代閃爍。這幾首詩表明，翟永明的闊達難以用女性詩歌的概念涵蓋。它們是詩人詩歌理想的形象闡明，也是女性創作的最好借鑒：女性詩歌應堅持性別立場，發出「雌聲」，作者寫作時不必刻意考慮自己的女性身份，但視角一定是女性的，對於女詩人來說「雌聲」可能招致曲解、誤讀，「但是我們必須超越這個階段才能達到和男性互相補充的階段」〔註 15〕；只是在走進女性世界同時，不能被捆綁住手腳，還要再走出女性世界，矚望更加高遠的思想和精神「青空」。

其實翟永明一直走著這條路線。當初《女人》時的詩學立場，不像同時期許多女詩人那樣極度張揚和男性對立的「女權主義」，她找到「黑夜」也不是用之顛覆和解構「白晝」，而是為強調女性心理及生理的性別特徵，喚醒女性被異化、被忽略的的內心體驗「真實」，所以她斷定在女子氣、女權、女性等三個層次中真正有文學價值的是女性。至於說它對抗了男性詩學，那也並非詩人的本意，而只是文本帶來的客觀效果罷了。因為她「倦於被批評家塑造成反抗男權統治爭取女性解放的鬥爭形象」，反感別人僅僅把她當做女性詩人，「我不是女權主義者，因此才談到一種可能的『女性』的文學」〔註 16〕。正是和「白晝」詩學並行而非對抗的「性別」立場，才保證她避開「女權主

〔註15〕歐陽江河、翟永明等：《女性詩歌》，帕米爾文化藝術研究院編修《觸摸·旁通·分享——中日當代詩歌對話》110 頁、111 頁，作家出版社，2010 年。
〔註16〕翟永明：《再談「黑夜意識」與「女性詩歌」》，《詩探索》1995 年 1 期。

義」潮流，傳達出了東方女性複雜矛盾的內心真實。90 年代翟永明再次跳出黑色經驗，努力接通個體經驗和群體意識、平凡對象和深沉詩意，以高質文本證明超性別書寫不是不能實現的妄想。如《盲人按摩師的幾種方式》和《時間美人之歌》「肯定是起因於具體的日常境遇，但並不是僅僅停留於此」，但它觀照的問題並不帶性別色彩，「它只是帶著一個女性特殊的視角去觀照歷史問題和人性中的普遍問題而已」〔註 17〕。或者說正是沿著這條路線，詩人最終才發出《關於雛妓的一次報導》、《老家》等大氣、沈穩的超性言說。

其次翟永明「好」作品意識的自覺和踐行，既引渡出許多詩歌精品，又指明了女性詩歌的藝術方向。「1998 年起我的寫作也有很大變化，我更趨向於在語言和表達上以少勝多」〔註 18〕，她在此前後多次提及女性詩歌僅靠性別立場是不夠的，還要兼顧文學維度，「我對我所寫的詩的要求是一定要是『好』詩，而不僅僅是女人的詩。可以說，我對女性詩歌有兩個觀點，或者說是要求吧：一是它一定是女性立場，二是它要有較高的文學品質」〔註 19〕。翟永明主張女性詩歌之車要靠文學和性別兩個輪子支撐，缺一不可，並且二者要高度協調，才能穩步前行。只是由於複雜的原因她 80 年代的詩多偏於瘋狂自白的激情抒發，質勝於文，90 年代的詩多偏於平和敘述的詞語打造，文勝於質，新時期後則達成了文質的平衡相生，不但深邃大氣，介入時代良知的思想穿透力「巾幗不讓鬚眉」，藝術上也在延續優點的基礎上，將優點進一步放大，先鋒味為自然氣悄然置換，更見成熟的練達和精湛。

這裡說的精緻一方面指詩人寫得吝嗇，她看重的是寫作的質量而非數量；一方面指詩人在每首詩中都追求凝練簡淨的藝術極值，雋永異常，流暢從容的語境中恰適的反諷運用，增加了詩的詼諧和智慧色彩。如《魚玄機賦》、《我坐在天邊的一張桌旁》、《2008 紐約》等皆為上一階段對話體的延伸，特別是《魚玄機賦》對魚玄機的靈魂貼近和「重讀」已令人側目，而「一條魚和另一條魚的玄機無人知道」、「何必寫怨詩」、「一支花調寄雁兒落」、「魚玄機的墓誌銘」和「關於魚玄機之死的分析報告」五部分，將講故事、戲曲對白、獨白、分析報告等手段融為一爐，把詩演繹成各部分間駁雜攪拌、互相

〔註 17〕翟永明：《與馬鈴薯兄弟的訪談》，《最委婉的詞：翟永明詩文錄》199 頁、201頁，東方出版社，2008 年。

〔註 18〕翟永明：《終於使我周轉不靈‧序》，河北教育出版社，2002 年。

〔註 19〕歐陽江河、翟永明等：《女性詩歌》，帕米爾文化藝術研究院編修《觸摸‧旁通‧分享——中日當代詩歌對話》110 頁、111 頁，作家出版社，2010 年。

爭辯的張力結構，暗合著質疑魚玄機殺婢這一固有結論的內在肌理，在一定程度上深化了主旨的傳達，交錯的敘述情境與戲劇場面，使作者、敘述者、主人公三種主體層次的分離或重合，既有多聲部的複調效果，單純而豐富，又使詩的情感表現愈加節制內斂。向傳統題材或精神回歸的《秋韆遊戲》、《炎花七月下揚州》、《在古代》等作品，同樣致力於思想、藝術的雙向豐富和提高。「在古代　我只能這樣 / 給你寫信　並不知道 / 我們下一次 / 會在哪裏見面」，「在古代　我們並不這樣 / 我們只是並肩策馬　走幾十里地 / 當耳環叮噹作響　你微微一笑 / 低頭間　我們又走了幾十里地」（《在古代》），輕鬆平常的詩意淌動，蘊涵著一個現代人的「還鄉」意向。似乎是一個悖論，生在古代有諸多不便，但人之間卻沒有距離和隔膜，分手也有期許與盼望；現代的高科技發達，但無法解決人的精神和存在困惑，手機和伊妹兒貌似便捷，實則把人的心靈和思想符號化了。詩之妙還不在古今比照，而在傳達古意時平和、優雅、從容的氣度和語感，古色古香，深得傳統文化之韻味，以往凌厲尖銳的翟永明在這裡彷彿脫胎換骨了。至於像「英雄必須去死 / 歷史書這樣說　正史和野史 / 教科書也這樣說　褒義和貶義 / 暢銷書同樣這樣說　正版和盜版 / 我們全都這樣說」（《英雄》），「天書就是抖落掉這些骨頭 / 這些精緻、這些完美 / ——就像天使必須抖落掉 / 他們身上的性態：陰性、陽性、雌雄性」（《白紙黑字》），這類充滿戲謔、反諷的句子，更是俯拾即是，它們是詩人內心深處喜劇精神的外化，對一些事物的揶揄，借輕鬆的敘述和議論表現出來，新鮮親切，樸拙可愛，有種幽默俏皮的美和智慧。翟永明新世紀的實踐再次證明，詩沒有大小之分，只有好壞之別，優秀的詩人不該借助性別、政治等外在力量，而應憑靠文本的優卓打拼天下；並且要時時注意藝術和情思共時性的融彙、呈現，忽視其中任何一維都將鑄成不可逆轉的傾斜。

　　再者翟永明堅守和求新的精神自身已形成一種傳統，對後來者構成了不容低估的影響。這二十多年的詩歌命運，一直沒走出暗淡、殘酷的現實。在詩歌貶值的困境中，有人皈依了實際和金錢，有人轉場侍弄起小說與散文，也有人乾脆移居海外或自赴黃泉，玩起「逃亡」的勾當。面對詩壇內外的風雨變幻，翟永明也有過短時間的擱筆或疑惑。但對詩歌乃寂寞行業的認識，和對繆斯的特殊摯愛，使她淡定自若，以獨立寫作者的身份在詩的陣地堅守下來；並以詩壇一棵蔥鬱的「常青樹」姿態，宣告詩歌屬於年輕人的神話不攻自破。翟永明這種視詩為宗教的虔誠，苦戀的堅守精神，以心血和生命寫

作的態度，對年輕寫作者構成了一種內在的感召和綿長的啓迪。不是嗎，那些將詩當做養家糊口工具的「技藝型」匠人，肯定會忍受不了寫作的清苦和貧困而中途放棄，唯有那些把詩當做生命和生存棲居方式的「存在型詩人」，才會抵達理想的詩歌聖地。

　　我多次提到不論任何人都只能以斷代的方式加入、豐富人類文化的精神歷史，在時間面前誰也無法走向永恆。一般說來，藝術的黃金時期對每一個作家、詩人都只有一次，並且非常短暫。可翟永明卻在近三十年的每個時期裏都能引領詩壇風騷，這在新詩史上也屬不多見的奇跡。那麼她問鼎詩壇的法寶是什麼？我以爲除了超人的想像力、姣好的悟性外，最主要就是不懈的求新、求變精神。她每登上一座藝術的山峰後都沒去享用周邊的風景，而是把目光盯準了遠方更高的山峰，對自己的創作始終有一種新的期待。因爲她深知只有不斷地求新求變，詩歌才會永遠爲一潭活水，充滿新鮮的生機，自己也才能從中感受到自己的創造力，「在使人厭倦的生活中找到某種興奮點」〔註20〕。正是這種心理機制，敦促她一直前行，殫精竭慮，苦心經營，頻繁變換藝術方式，連續爲讀者輸送鮮美的精神果實。按常規理解，一個詩人能夠形成穩定的風格即是成功。而翟永明非但作品的個性風格卓然，以獨立的深度建構了漢詩的經典和新傳統，在 80 年代開創一代詩風，影響、制約了同時代詩人乃至後來者的藝術走向，以至於詩人伊沙說第三代詩人都有翟永明情結；而且能夠在創作道路上高峰迭起，始終站在中國當代先鋒詩潮的前沿，被公認爲當之無愧的先鋒詩「頭羊」和旗手，以日新月異的紛紜變化，賦予了「創造」一詞以新的含義。

　　事實上，翟永明簇新的成長經驗、輝煌的藝術成就和富有啓迪性的當代價值，本身就堪稱一本耐人尋味的「大詩」。

〔註20〕翟永明：《與馬鈴薯兄弟的訪談》，《最委婉的詞：翟永明詩文錄》199 頁、201
　　　　頁，東方出版社，2008 年。

飛翔在「日常生活」和「自己的心情」之間：王小妮詩歌論

　　在詩歌創作的競技場上，有兩類寫作者比較容易引起人們關注。一類速度和爆發力驚人，他們往往稟賦超常，才情橫溢，一出手就可以在詩壇立腕揚名，哪怕之後迅即消隱；一類則屬於「馬拉松」型，他們的耐力與韌性均佳，既跨越較長的時空範疇，又能使高潮不時迭起。王小妮兼俱兩種能力，相對而言後一種能力更爲突出。八十年代初，她剛操起繆斯的琴弦，就以《我感到了陽光》、《風在響》、《碾子溝裏蹲著一個石匠》等文本，對瞬間的眩暈感和北方農人堅忍性格的純淨描述，在當時隱約蘊藉的時尚之外別開新花，其素樸清朗的抒情個性不時逸出朦朧詩的苑圍，說不上如何耀眼，卻也風光一時。爾後，在同期起步的詩人們或擱筆從商、或轉場海外、或改弄其它文體，漸次逃離的情境下，她一直癡心依舊，堅守詩歌，視之爲靈魂棲息的淨土，抗拒現實對人物化和俗化的精神家園，終成一隻盤翔於詩空的「永遠的青鳥」。並且近二十年來歷久彌堅，氣象非凡，越寫越好，她的寫作經歷和驕人實績，打破了詩歌永遠屬於年輕人的迷信，也爲詩壇留下了無盡的懸想和啓迪。

一、「只爲自己的心情去做一個詩人」

　　那種以爲個人化寫作時代推助、成就了王小妮的觀點，是一種嚴重的誤讀。事實上，是個人化寫作影響了王小妮，還是王小妮在某種程度上引發了個人化寫作，尚可商榷。因爲詩壇在 1989 年後才出現明顯的斷裂和轉型；而王小妮早在八十年代中後期即確立了個人化寫作的詩歌立場：「只爲自己的心

情去做一個詩人」，〔註1〕1988年後這種立場愈發堅定與自覺（所以本文重在論述王小妮1988年以來的詩歌創作）。

八十年代中期，詩壇群星閃爍，諸侯四起，充滿「美麗的混亂」；可王小妮卻正在精神上飽受坎坷心理戲劇的折磨，愛人徐敬亞的《崛起的詩群》事件鑄成的那場「社會雪崩」，使她經歷了短暫的心理迷亂，寫下《惡念如洞》、《謠傳》、《定有人攀上陽臺，蓄意篡改我》、《有歹人在迎面設七把黑椅》等詩，它們從陰鬱怪誕的題目、不安虛空的情緒，到善惡轉換的視角、尖銳冷漠的語彙，都不無西方超現實主義詩歌色彩，和詩人此前的「陽光」形象判若雲泥。但是「凡是最非人的一刻／痛苦便使靈魂四壁輝煌」（《完整》），清醒、柔韌的主體心理個性，和「哪怕只有一分鐘／我也和你結成一個家庭」（《家》）的愛情支撐，讓她在1988年就徹底從那個「冷秋天」中穿越而出，獲得《一走路，我就覺得我還算偉大》那種自明而自信的飄逸感，進入了平和、達觀、睿智的境界。苦難的精神煉獄，給詩人的生命思維添了幾許滄桑，但也意外地「挽救了一個行將渺茫的朦朧詩人」，〔註2〕為她實現藝術涅槃、再度問鼎創作的黃金時期提供了可能。

在商品經濟與大眾文化甚囂塵上的非詩語境中，王小妮同樣面臨著一個囓心主題的拷問：寫還是不寫，如果寫該如何保持寫作的有效性？她有過強烈的心理震蕩，擱筆五年。待到1993年重出江湖時，已悟透詩的內裏堂奧，方向感更強。她認為女詩人決非什麼「女神」、「聖女」，她和普通人沒有根本區別，詩也不像人說的那樣可以陶冶性情，寫詩只是一種生存方式和自娛性的行為而已。所以能把自己定位為家庭主婦和木匠一樣的製作者，首先是妻子與母親，一個遊走在竈臺、臥室和超市間的平凡女性，「一日三餐／理著溫順的菜心／我的手／漂浮在半透明的白瓷盆裏。／在我的氣息悠遠之際／白色的米／被煮成了白色的飯」（《活著》）；做完家務瑣事的間隙，才坐在桌前「寫字」，把自己變成「意義只發生在家裏」的《不工作的人》，覺得「詩寫在紙上，謄寫清楚了，詩人就消失，回到他的日常生活之中去，做飯或者擦地板」。〔註3〕這樣就諧調好了詩與日常生活的關係，既平淡充實，毫不矯情，又在高度物化的空間里保持了心靈的獨立性。

〔註1〕 王小妮：《重新做一個詩人》，《作家》1996年6期。
〔註2〕 徐敬亞：《王小妮的光暈》，《詩探索》1997年2輯。
〔註3〕 王小妮：《木匠致鐵匠》，《現代漢詩：反思與求索》361頁，作家出版社，1998年。

　　有了如此主體定位，「中國，大眾，當代詩歌，當代處境」那些「大詞大意思，和個人關聯太少的大東西」自然「不適於個人關注」〔註4〕了，因為王小妮要做一個沒有背景和企圖、完全自由的只對自己感覺負責的詩人。而異於「大詞大意思」、和個人心情和感覺離得最近的什麼？無疑就是身邊的事物，每天具體的日常生活。在這一點上，王小妮和那些精神高蹈的詩人不同。由於古典詩歌理想的浸染，那些詩人心中已縮成一個「生活在別處」的精神情結，總覺得詩意存留在古典田園的記憶中，和鋼筋水泥、汽笛虹霓支撐的現代文明格格不入。而王小妮卻以為「詩意就呆在那些你覺得最沒詩意的地方」，呆在周遭俗事、俗物構成的「此在」瑣屑中；並且「在看來最沒詩意裏，看到『詩意』，才有意思，才高妙」；〔註5〕「詩歌本不需要『體驗生活』。我們活著就永遠有詩。活著之核，也就是詩的本質。手拿著本質，還左顧右盼什麼？」〔註6〕在她那裡詩和生活原本是合二而一、渾融無間的。在這種觀念支配下，她置身於巴士、煤氣、電纜、卡拉 ok 和米飯、自來水、菜葉等織就的異化情境，從沒想到拒斥，更沒想到逃離，而能和它們和平共處，悠然自得；在對「此在」世界的關注和撫摸中，體會濃鬱的人情味兒、生活的價值和意義，在形而下的物質表象裏發掘被遮蔽的詩意，在最沒詩意的地方建構晶瑩剔透的詩意空間，甚至寬宥了生活的一些缺陷。只要瀏覽一下詩的題目，就會發現它們凡俗、日常得可以。《我拿到了所有的鑰匙》、《一個少年遮蔽了整個京城》、《看望朋友》、《坐在下午的臺階上》、《會見了一個沒有眼睛的歌手》、《十枝水蓮》、《等巴士的人們》、《一塊布的背叛》、《致鳥獸魚蟲》……遠離宏大、神聖題材的詩，不再像天邊的雲、霧中的花那樣縹緲。白菜、土豆乃生活中熟視無睹、習焉不察的俗物，但詩人卻從中激發出了詩意。她「看見遍地大白菜 ／向我翻開了 ／鮮嫩青脆的心。 ／抱白菜的人全部向後仰倒了 ／撫著他們的 ／是一片半透明的薄金」（《抱大白菜的人仰倒了》），字裏行間透出一股欣喜，對田裏勞作者自然安詳生命狀態的認同宛然可見；看到土豆詩人「高興成了一個 ／頭腦發熱的東北人」，「身上嚴密的縫線都斷了……沒有什麼的打擊 ／能超過一筐土豆的打擊」，是啊，生活在高度發達的都市，哪

〔註4〕 王小妮：《詩不是生活，我們不能活反了》，《半個我正在疼痛》224 頁，華藝出版社，2005 年。

〔註5〕 王小妮：《詩不是生活，我們不能活反了》，《半個我正在疼痛》223 頁，華藝出版社，2005 年。

〔註6〕 王小妮：《我的紙裏包著我的火》233 頁，春風文藝出版社，1997 年。

一位精神滄桑者思想深處不充滿揮之不去的漂流感，不刻骨銘心地憶念故鄉的土地和往事，面對如親戚、鄰居、熟人一般的「土豆」自然會親切、高興異常了，那卸去冷靜僞裝後的本眞心態流露，再現出詩人悲喜交加的復合情愫。王小妮就是這樣，在這種人間煙火瑣屑和平淡的穿梭中，被日常生活的絲絲縷縷甚至是一些無關緊要的事物動心、感發，發掘令人意想不到的詩意，以一顆樸素之心和「低語」的方式，展開與世界、現實的對話，平靜地書寫自己的生命狀態和世俗感受，審視都市現代人之間的冷漠、隔膜，人對自然、環境的悖反，以及她對萬物存在的體恤和尊重、對世界的理解。這一方面表明她超常敏感，能從偶然、倏忽即逝的感覺中捕捉詩意因素；另一方面詩中氣定神閒的平和、從容、恬淡和自然，透露出擺脫驕嬌二氣的詩人主體在精神上已達本色純樸的修煉化境。如《在安靜裏失眠》一詩從題目看似是被失眠所苦者肉體和感覺狀態的書寫，可詩人卻能在寂默中安然悟道，「爲什麼總是出現沒法入睡的夜晚／安靜讓人們把什麼都看見了」，煩躁的失眠夜轉爲難得的福分，詩人因之進入寬廣博大的智慧境界。對一般失眠者難以忍受的森林裏的風聲、空蕩的長廊和細瓷互相碰撞的身影，也因和詩人安靜寬容的心態渾融，走向了歷史和時間的深處，寧靜的背後凸顯出了詩人的堅韌。

應該說，詩人以對生活的敏感表現日常感覺，只爲自己的心情做一個詩人的選擇，無意中暗合了屬於高度個人化的內視點的詩歌藝術實質，在把詩歌從職業化的困境中解放出來同時，和朦朧詩充滿使命感、崇高意識的情思世界劃開了界限，並成爲王小妮最終出離、超越朦朧詩的關鍵所在。但是，如果王小妮的詩僅僅如此還說不上怎樣出色，畢竟在九十年代個人化寫作已成有識之士的共性選擇。她的超拔精妙之處在於，其個人的日常性感覺和體驗不是閉鎖狹隘的，而總能暗合人類經驗的深層律動，貼近個人又能上升爲對人類的大悲憫和終極關懷，對人類生存境遇的洞穿，抵達人類共同性的精神境地。如「讓我喜歡你／喜歡成一個平凡的女人。／讓我安詳盤坐於世／獨自經歷／一些細微的亂的時候」（《不要幫我，讓我自己亂》），詩寫了一個女性具體的心理視境，但它沒走當時紅火的女性主義詩歌路線，因爲把個性看得比性別更重要的王小妮壓根就沒強調過性別對立，也就無須做去性化努力，詩中無可奈何的「煩」心理，是詩人瞬間的感覺，更契合了現代人滲透骨髓的普遍的空虛和絕望心理。《那個人的目光》延續了這一精神命題，「我從來不會要求光／就像不要求爲我伸過來的手／那是別人的東西」，平靜的敘

述裏隱含著詩人對人心隔膜、世事冷漠現象的感喟，那也是一種許多人共同的心理不滿情緒。「我的心裏漲滿著 ／再沒有人能把空白放在我這兒 ／再沒人能鋪開一張空床單 ／從今天開始 ／我已不怕天下所有的好事情 ／最不可怕的 ／正是那些壞事情」。誰的父母都會生病，最終死去，《和爸爸說話》處理這一題材時那種意念、語言、想像和表達方式，具有鮮明的個人烙印；但它節制感情的意象和情境轉化，把詩引入的則是一個更深廣的心靈境域，在貌似不經意中把人生的窘境與困境傳達得醇厚無比，面對生死離別的從容姿態，和所帶來的淒美的死亡感悟、思想風度，又是那些飽經滄桑的人都十分認同的。也就是說，王小妮的詩歌多從個人的視角、普通的物象和日常的事件出發，但它沒像某些女性主義詩歌和 70、80 後詩歌那樣，或迷失於純粹個人瑣屑和喜怒哀樂的言說，或迷失於肉體狂歡和官感沉醉，或迷失於後現代的語詞消費和文本遊戲；而能借助書寫對象完成對現實、歷史和人的命運等問題的思考感悟，道出時代精神內傷的疼痛和自我靈魂的反思，從而放射出了詩意的光芒。

二、日常性的直覺還原

世界在進入創作主體的觀照和闡釋之前，原本是客觀自在的，它並沒什麼生命或意識可言，人類的感覺最初也基本處於一片澄澈狀態，至於既定的文化、歷史因素的滲入，都乃各種教育後天浸淫的結果。正是有鑒於此，海德格爾等人提出詩的本質是對事物的敞開和澄明，詩的產生過程是一個去蔽的過程，它既是對世界的還原，又是對人的真實存在的還原。從這一理論維度看，王小妮的詩歌完成的就是一件還原與去蔽的工作。

談到王小妮詩的感知特徵，有人準確地指認她「理解世界的最基本方式是『看』，而不是哲學家的『思』」。〔註 7〕八十年代後期，王小妮似乎漸近禪境，生活方式簡單、隨意、自然，思想沉靜，漠然於潮流、圈子，祛除了功利之心，世俗的榮譽、地位、金錢和紛爭，乃至命運、磨難和死亡都被看淡；所以能以超然寧靜的風度和不介入的中性立場，對一切事物進行「遠觀」。同時，出於對那種「越來越要顯得玄虛高深，彎來轉去」〔註 8〕的裝腔作勢詩風的悖反，正像于堅「拒絕隱喻」一樣，王小妮在某種程度上拒絕修辭，她只

〔註 7〕 向衛國：《論王小妮的詩歌》，《雲南社會科學》2005 年 6 期。
〔註 8〕 王小妮：《一九九六年記》，《詩探索》1997 年 1 期。

用女性特有的直覺，對日常生活中的所見、所想進行還原式書寫，很少執意究明對象之外的隱喻、象徵意義，更不刻意追尋對象的形而上文化內涵，甚至不像多數詩人那樣在詩中拷問人生的終極價值和目的。這種「文化去蔽」倒和第三代詩的「回到事物中去」理論有許多相通之處。

由於詩人運用靜觀思維，在場主體的所感同所見之物、之事遇合，在空間上就賦予了王小妮詩歌一個顯豁的特徵，即「物」的狀態和片斷澄明通透，有很高的能見度和一定的靜態美。所以李震說她很多詩像內涵豐富而簡單明快的「靜物速寫」。〔註9〕不少人發現王小妮慣用「我看見」的寫法，《我喜歡看香煙的排列形狀》、《我看不見自己的光》、《看足球賽》、《卸在路邊的石頭》、《今天，我看到很遠》、《我親眼看見》、《許許多多的梨子》、《我看見大風雪》……它們有如一幅幅簡筆素描，剔除濃墨重彩後乾淨、疏朗的圖畫。如「金屬銅也像死去的身體／工人的手上越變越沉。／那個人只能氣憤地走／寒冷中頭像的捲髮在飛揚／／頭像突然掉下去／又冷又老的普希金眼睛裏含著雪／搬運工吃力地滾動銅塊」（《普希金頭像》）。偶遇的生活場景，在粗線條的勾勒中，流動而立體地映現在讀者面前，促使人對詩歌、詩人的處境與命運產生聯想，平淡的生活敞開了自在的詩意。「光／降臨在／等巴士的人群中。／毫不留情地／把他們一分為二。／我猜想／在好人背後／黯然失色的就是壞人。／／巴士很久很久不來／燦爛的太陽不能久等。／好人和壞人／正一寸一寸地轉換。／光芒臨身的人正在腐爛變質。／剛剛猥瑣無光的地方／明媚起來了」。這首《等巴士的人們》的「物」和「心」的能見度更高，細節、碎片、局部剪貼起來的畫面，伴著詩人隨意而不無宗教色彩的猜想轉換，觸及到了詩人神秘、怪誕的無意識深層，折射著生活和生命中某些複雜、辯證的本質。王小妮有時在「物」的凝視和出入中抒放自己的情思感覺，有時則與喜愛之「物」主客無間地融合，「物」成了自我的鏡象。她詩的園地裏，長著許多植物，「稻子」（《到鄉下去》），「石榴」（《我沒有說我要醒來》），「森林」（《今天，我看到很遠》），「蒲草」（《曬太陽的人們》）……《十枝水蓮》組詩竟有一種物化的衝動，其中的《誰像傻子一樣唱歌》寫到，當窗外的聲音像「雲彩的臺階」，「鳥們不知覺地張開毛刺刺的嘴」，「有人在呼喊」，「風急於圈定一塊私家飛地／它忍不住胡言亂語」，「一座城市有數不盡的人在唱」時，那終於開花的水蓮卻十分安靜，「我和我以外／植物一心把根盤緊／現在安靜

〔註9〕 李震：《「活著」及其方式》，《作家》1996 年 10 期。

比什麼都重要」，這裡的花和人已涇渭難辨彼此可以互換，水蓮那種不事張揚的內斂、簡單、安靜，不正是詩人的象喻嗎？

「我看見」是觀察的視角，更是審美的心態外化，它標明詩人是靜坐下來後仔細、平和地有距離的觀照事物，所以才能以過人的敏銳，捕捉到那些和都市、現代生活同速度同節奏的人感覺不到的瞬間、場景與詩意，將動態的外在世界靜態化，把不無沉重和滄桑的生活轉化成了一種「輕」而「慢」的藝術方式，它從本質上講是一種對快捷、嘈雜的都市速度感主動背棄的詩學選擇。

王小妮詩歌「文化去蔽」帶來的另一個突出特徵，是常致力於事態、過程的復現和凸顯，有一定的敘事品質。王小妮有過相當抒情的藝術季節，轉向個人化寫作後，為和煩瑣平淡的日常生活呼應，為控制「在場」自我的激情噴發，她走上了反抒情的道路，在文本中融入客觀事態、心理細節等敘事因素，體現出一定的敘事長度和流動過程，冷靜地還原生活和感覺的本來面目。如「騎各色毛驢的人總在前方 ／我們沒可能超過他。 ／我們走的是路 ／他走的是張著嘴的山梁。 ／毛驢轉向哪 ／哪就成了正前方。 ∥圓臉的姑娘給我們擀面 ／更圓臉的姑娘給我們加油 ／時速一百三十公里 ／我們穿透半白半黃的山西 ／真感覺像箭一樣。 ∥天黑了雪也緊跟著黑了 ／我們急著進城 ／騎毛驢的早在自家院裏卸鞍 ／悠悠地仙人們先睡了」（《我們箭一樣要去射中什麼》）。該詩基本採用敘述語調摹寫遊覽山西的經歷和感受，雖仍有毛驢、山梁、姑娘、箭等意象閃回，但構成詩歌主體、引發讀者興趣的，卻是一系列帶地域風俗特點的細節和氤氳著人性溫暖的事態。「在北京最冷的這一天。 ／我幾乎是 ／退卻著走向了你」，「我看不見溫度。 ／看不見你身體裏的病。 ／穿過 ／深藏著你的四合院。 ／在你昏迷的床前 ／我自己就是散不開的迷霧。 ∥還活著的手背 ／透著月亮表面那樣平軟的白光」（《看望朋友·我的退卻》）。在這裡詞意象已向行為事象或句事象轉換，詩被演繹為一組細節、一種行為、一段過程，若干具事（動作、子情節）的聯絡，使詩獲得了某種小說化、戲劇化傾向。並且，有時這種心理細節和過程描寫已沿著詩人的感覺路線，深入到超越淺表意識和經驗性情節的無意識領域，微妙而神秘。這是不奇怪的，王小妮多次提及詩就是她的「老鼠洞」、「安靜的躲避處，自言自語的空間」；〔註10〕詩人涉足日常生活同時從沒停止對靈魂與自我的凝視，所

〔註10〕王小妮：《詩不是生活，我們不能活反了》，《半個我正在疼痛》217頁，華藝出版社，2005年。

以其心理髮掘的精微、深邃自然爲一般的詩人所不及。「一走路 /陽光就湊來照耀。 /我身上 /頓然生長出自己的溫暖……你從快車道上來 /你低著你的頭。 /唯一的兩隻手 /深插進了口袋。 /連太陽和鮮花 /都受不了這種插進」（《一走路，我就覺得我還算偉大》）。詩袒露的心理感覺過程，朦朧、飄忽，自己生長溫暖、生長光，太陽和鮮花受不了「你」傲然的插進，來的隨意，轉的突兀，那瞬間閃動、訴諸感覺的心理圖象，連詩人自己也不一定能恰切地說出它的內涵；但超越光之後的模糊混沌的自明感，詩人意識深處的感覺及過程的敞開與呈現，卻蟄伏著自在的詩意。「森林巨大的渦漩 /把人連夜磨成一盞長明燈」，「空無一人的長蛇形拱廊 /銅燈搖蕩著如同老蝙蝠……我看見凱旋門正在解散 /石頭跑回家鄉的採石場」（《在安靜裏失眠》）。萬籟俱寂之時，詩人心隨深夜出走，大腦中活躍的思緒和影像，實有的、虛擬的、當下的、過去的交織，紛繁而凌亂，想像和幻覺瞬間、片斷的浮現和鋪展，構成了一個全官感或超官感的「心理格式塔」，把詩人多元素、多層次的心理流程渲染得動靜兼有，亦眞亦幻，其纖細微妙、縱深廣博的程度鮮有可比者。王小妮的無意識書寫有時猶如夢境，離眞實原則相去甚遠，但又是感覺中不時出現、符合藝術眞實的存在。

王小妮詩歌對敘事文學所做的擴張，是事態的，但骨子裏仍是詩的。它具備地點、人物、情節、細節等敘事文學的一些要素，但從沒將敘述故事或塑造人物作爲文本的重心，事態並不完整，情節或細節也多爲不連貫的時空片斷；並且在細節、過程、片斷的背後，詩人時時注意以素樸、平和的心境和情感對它們的滲透和照亮，因此說穿了它是一種情緒化敘事、一種詩性敘事。

不論是物和感覺的澄明，還是事態與片斷的呈現，書寫對象先在面目的敞開、凸顯與還原，都在一定程度上使王小妮的詩歌回到了世界之初和感覺的原始蒙茸狀態，完成了對文化的去蔽。如爲騷人墨客鍾情不已的「月亮」，曾是鄉愁、孤獨、純潔的載體與象徵，最富文化包蘊；但到王小妮的《月亮白得很》裏，卻遭遇了一次徹底的文化清洗和文化變奏。「月亮在深夜照出了一切的骨頭。 //我呼進了青白的氣息。 /人間的瑣碎皮毛 /變成下墜的螢火蟲……月光來到地板上 /我的兩隻腳已經預先白了」。只開頭一句「月亮在深夜照出一切的骨頭」，就剔除了附在月亮之上的所有文化積澱，月亮就是月亮，白得很，沉靜地照射人間，它的存在不爲什麼，也沒什麼言外之響，全

詩只是月亮本身清晰的伸展和敞開，自帶一種澄明、通透和寧靜。至於說詩人的素心觀照是否透著一貫的優雅，月光是否閃爍著常有的神性光輝，則要靠讀者自己去參悟了。《回家》、《晴朗》、《最軟的季節》等對此在世界的觀照，也都抑制象徵和隱喻等高層意旨的設定，總體傾向比較淡漠，缺少文化詩的痕跡。

我們這樣判斷王小妮的詩並非說它沒有文化色彩，或必要的思想高度。事實恰好相反，她的許多日常性書寫，都言近旨遠，隱含著人類生活的本質和獨特的人性理解，理趣豐盈深邃；只是它們沒走哲學的分析道路，而是以直覺化的「看」的方式表現出來的。因為在直覺中，詩人可以「置身於對象的內部，以便與對象中那個獨一無二、不可言傳的東西契合」，〔註11〕透過事物的表層和蕪雜，進入本質的認知層面。王小妮的直覺力超常，她撫摸生活中的事像和細節，又能不為其具象所黏連，而做超越性的領悟和提升，在「日復一日、年復一年的生存磨盤裏」，「磨出了生存和詩性智慧的大徹大悟與詩歌精米」。〔註12〕如《十枝水蓮·花想要的自由》，從「十張臉全面對著牆壁／我沒想到我也能製造困境」的發現，到決定「做一回解放者／我要滿足它們／讓青桃乍開的臉全去眺望啊」，彰顯了詩人寬廣仁愛的悲憫情懷，也寄寓著對命運、時間、自由等問題的思考。「十個少年在玻璃裏坐牢。／我看見植物的苦苦掙扎」，和充滿隱性困境的人相比，作為植物之花的生長是快樂自由的，其困境也是顯性「透明」的；但它們仍不滿足不快樂，「最柔軟的意志也要離家出走」。從中人們不難悟出，自由，那種天人合一、物我融彙的自由是相對而有限度的，自由就是永遠不滿足。《有意義這東西嗎》的質疑，全然是沿著感性的「物化」路子走的，有過深入體驗的讀者能夠體會到詩的深層旨歸：意義在於過程而不在於結果，在於現象而不在於思考，「假設那晶體能成為飛行器／一個人也不能達到他的遠方」，人一生永遠無法抵達理想的境地。至於像「輝煌／是一種更深的洞」（《不要把你所想的告訴別人》），「疼痛也是生命。／我們永遠按不住它」（《半個我正在疼痛》）等類似的感悟就更多。它們都沒有刻意經營思想，可是在詞與詞、詞與物、物與物的感性碰撞中，仍閃爍出給人以啓悟的智

〔註11〕柏格森：《形而上學導論》，《西方現代文論選》83 頁，上海譯文出版社，1983年。

〔註12〕燎原：《水晶的詩光：王小妮詩歌創作論》，《特區文學》2004 年 5 期。

慧火花。詩人這種通過直覺靜觀走近深刻的「看」之感知方式，簡單卻豐富，直接而銳利，有一股難以仿傚的舉重若輕之妙；它使主體動作與客體事物自我呈現結合，洞開了世界和靈魂的本性。

三、樸素的力量

詩人的每種情思與感覺都呼喚著相應的語言形態賴以物化。而語言是什麼？它是詩人的故鄉、詩歌存在的居所，它本身就體現存在，就是存在，甚至可以說不是詩歌創造了語言，而是語言創造了詩歌，詩人的使命就是讓語言順利「出場」。那麼何謂理想的詩歌語言？在一些人的觀念中詩與美乃孿生兄弟，其語言符號應如月之皎潔、花之嫵媚，典雅、朦朧、含蓄，才具有現代感。可在王小妮看來，那種所謂的詩的語言總讓人感到「假模假樣」，和生命、生活「隔閡」。於是她一開始就有意用自然素樸得近乎「土氣」的語言對抗貴族性優雅，並且硬是把口語化的路子持續地走到今天，越走越沈穩，越練達。

翻閱王小妮的詩，這樣的句子俯拾即是，「到今天還不認識的人 / 就遠遠地敬著他。 / 三十年中 / 我的朋友和敵人都足夠了」（《不認識的就不想再認識了》）；「要喊他站起來 / 看看那些含金量最低的臉 / 看看他們流出什麼顏色的汗」（《11月裏的割稻人》）；「我不願意看見 / 迎面走過來的人都白髮蒼蒼。 / 閉緊了眼睛 / 我在眼睛的內部 / 仍舊看見了陡峭的白。 / 我知道沒有人能走出它的容納」（《我看見大風雪》）……它們是最不端架子的語言，不炫耀知識，不賣弄文采，沒有豔詞麗句，沒有象徵與隱喻等高難的技巧，毫無「裝」的感覺，技術上不顯山不露水，完全是隨意的、談話式的語言，不溫不火，煞是親切，那些大白話的起用更使詩本色天然得一如詩人的性情；但它們卻直接、健康、有力，在散淡從容中十分到位地道出了靈魂的隱秘感受，和被理性遮蔽的無意識狀態，透著洗盡鉛華的明朗與清新，顯示出一種無技巧化的力量。應該說一個詩人煉就出如此爐火純青的語言已不容易；但如若王小妮僅停留於此也便一般化，因為口語化在戴望舒、廢名、紀弦、余光中乃至于堅、韓東等人那裡都似曾相識，並已漸臻化境，也多有人論及。王小妮的口語化追求自有她令人刮目的打人之處。

因為王小妮的詩具有明白如話、樸素如泥的口語化趨向；加上她多次申明寫詩那種一閃而過的東西，不耗時不耗力，速度較快，像《十枝水蓮》「沒

有事先的『要表達』，寫到哪兒算哪兒」，〔註13〕無形中讓一些人覺得她寫詩是筆隨心走，信手拈來，疏於技巧的講究，和精警深邃無緣。殊不知這是表層的假象。其實王小妮很清楚寫詩是在語言刀刃上的舞蹈，在實踐中把尋找詞和詞、句子和句子碰撞那種在刀刃上擦過的感覺都當作享受，「在炒鍋的油煙中，她能飛快地搶救出那一閃而過的句子」，「甚至在黑暗中用左手摸寫，以至於把那黑暗中的蝌蚪寫上了床單」，〔註14〕對詩如醉如癡的熱愛，使她時刻注意詩藝的打磨。正因為她不刻意求新又在表現上下工夫；所以詩寫得簡單但精確，明朗而含蓄，拙樸又奇巧，語義清白卻內存豐富，形成了一種貌似清水實為深潭的個人化風格。

一是能在出色語感的驅動下，迅疾地明心見性，「直指人心」，洞穿事物的本質。如直覺力的強弱決定著詩人成就的高下一樣，一個人能否成為真正詩人的關鍵在於其語言感覺如何，優秀的詩人從生命裏直接湧動出來的語言未經處理就詩性盎然，徐志摩、韓東等即為範例。王小妮與生俱來的驕人悟性和直覺，使她「在命中被選定做一個詩人」（《告別》），從唇舌之間吞吐出的離感官最近的言語，就能憑藉下意識的直感神助，自然呈現出生命的感覺，在瞬間達成語言與生命的同構，洞開事物和心靈的深層、核心所在。「從來沒見過 / 你有這種不可收拾的神情。 // 透明的物體由上而下破裂 / 一切瓶頸正斷成碎片」，「你的神情嚇壞了我 / 我真不知道 / 你的脆弱 / 為什麼會來得這麼快」（《脆弱為什麼來得這麼快》）。無須再去向詩索求什麼意圖，它充滿生命意味的語感，已能讓人聽到詩人驚詫、憐愛的呼吸和起伏，看到她見對方突然脆弱那片刻的表情和神態，出色的語感既是詩感、生命感。「糧食長久了就能結實 / 一個人長久了 / 卻要四分五裂 / 五個我中 / 總有一個最固執地出列 / 正朝著鄉下走去」（《到鄉下去》）。在這裡人和語言已消除利用和被利用的關係，而因相互砥礪滲透合為一體，作者靈魂裏噴發出來的才情，使語言固有的因素獲得了對事物直接抵達的能量。不是嗎？和長久了就能結實的糧食相比，人卻時時要遭遇自我矛盾和分裂的精神苦痛，固執的「返歸」衝動是快樂也是折磨。「吃半碟土豆已經飽了 / 送走一個兒子 / 人已經老了」（《一個少年遮蔽了整個京城》），不能再平白的口語，不能再單純的句式；但在自

〔註13〕 王小妮：《詩不是生活，我們不能活反了》，《半個我正在疼痛》222 頁，華藝出版社，2005 年。
〔註14〕 徐敬亞：《王小妮的光暈》，《詩探索》1997 年 2 輯。

然天成的語感流動中，卻把母親離開兒子那種失落和悵然傳達得無以復加，枯澀中見豐潤，的確本色質樸地「直指人心」了。也就是說，直覺式語感因藝術的浸潤、推動，已具有「點石成金」的神奇魅力，詩人對它出入裕如的運用，使詩簡潔到只剩下靈魂樹幹的程度。它使詩人的口語化追求超越了生活口語的變相移植，進入提純昇華的狀態，在情緒節奏中創造一種「散文的音樂」，規避了口水化的泥淖。這也正是王小妮在九十年代口語化浪潮中出類拔萃、引領潮頭的內在根由。

　　二是巧妙借助各種藝術手段，雖運用口語卻常出人意料之外，造成陌生化、多義性的效果，「極多岔路」（徐敬亞語），頗具現代風韻。口語化充滿陷阱，稍不留意就會流於直白，詩意寡淡。針對口語固有的弊端，王小妮接受擬人、遠取譬、改變詞性、整體象徵等一系列技巧的援助，以避免詩意的稀薄，增加感染力。「猜不出它為什麼對水發笑。／站在液體裏睡覺的水蓮。／跑出夢境窺視人間的水蓮。／興奮把玻璃瓶漲得發紫的水蓮」（《十枝誰蓮·不平靜的日子》）；「梔子花跑出賣花人的衰衣／轉彎的路口都香了／我沒招手花就悠悠地上樓」（《重慶醉酒》）。擬人手法的運用把水蓮的鮮脆、嬌嫩和富有靈性寫得自然而質感；令梔子花那份柔媚嬌美惹人心癢，神往不已。遠取譬在王詩中更是大面積的存在，「我從沒遇到／大過拇指甲的智慧」（《清晨》），「冷的時間／比蟒蛇還要長」（《故鄉》），詩中隱喻的比喻兩造——本體和喻體之間的關係距離很遠，作者硬性地把之拷合，又間以通感和虛實交錯，陌生而簡約，「反常」又「合道」，它們打破了傳統比喻以物比物的想像路線，大膽峭拔得「無套路可循」。在改變詞性這一點上王小妮的詩堪稱一絕，她對動詞的選擇十分挑剔，形容詞則好易性使用，「我的床上是太陽味了」（《有人悲愴地過生日》），「晴朗，正站在我的頭頂／藍得將近失明」（《晴朗》），「怎麼也叫不出／你疼了幾年的名字」（《看望朋友·我的退卻》），詩中動詞、形容詞的用法基本都超出了讀者的想像範圍，謹慎節制，在遏制激情滑動同時，又提供了諸多的詩意聯想方向，加深了詩意濃度。至於整體象徵效果的出現和王小妮的拒絕修辭原則並不矛盾。因為正如葉芝在《繪畫中的象徵主義》一文中所言，一切藝術只要不是單純地講故事或單純地描寫人物，就都會有象徵意義；這一特質與詩作的悟性發生機制結合，使王小妮的詩時而成為一種充滿弦外之響的複調系統，不同人從中會悟出不同的東西。這種整體象徵不是作者硬性追求所致，而源於詩人心性和體驗融入文本後的自然生發；她

落實到字面上的語境具體、質感、透明，而語彙間碰撞、組構為一首詩時，又常氤氳出形而上的象徵氛圍，俘獲一種抽象、高遠乃至神秘的審美旨歸。如《十枝水蓮》即為多聲部意趣的復合體，它既是植物的靜觀，又是母性輝光映像的載體，也可理解為詩人的自我鏡象，或詩人借水蓮展開自我和世界、自由和限制之間的思考，水蓮為嬰兒的生命體，玻璃與水乃困境的象喻。當然作者還能做出另外的解讀。《飛是不允許的》也是每句語義清明穩定，全詩卻構成高層結構的詩，對之同樣允許做出或此或彼、亦此亦彼的詮釋。諸多現代性藝術手段的介入，使王小妮的詩歌既充滿口語的原汁原味兒，又韻味迭出，張力無窮。

三是充滿豐富、多元的語言美感，但無不隨意賦形，意形相彰。王小妮詩的題材與手法多種多樣，其語言也豐富多元，寫實的、抽象的、超現實的兼有；但都能由題材出發選擇相應的表現方法，實現意味與形式的共生。如《與爸爸說話》和《重慶醉酒》就呈現出完全不同的風貌，前者樸素親切，真的像與爸爸說話一樣，它去掉了外在的修飾，直接裸露靈魂，體現了王小妮詩的主色調。爸爸是「一個終生都沒有得到舒展的人」，他病重後為了不增添親人的痛苦，故作輕鬆，「你把陰沉了六十年的水泥醫院／把它所有的樓層都逗笑了。／／太陽每天來到病房正中／在半閉著的窗簾後面／刺透出它光芒的方尖碑。／我認識你有多久了？／和我認識天空上的光明一樣長」。作者用這種滿溢著生活氣息、隨意平常甚至有點絮絮叨叨的方式，把父女間的深情，把對父親的依戀、摯愛和歡惋表現得自然、平和而深厚，給人一種親歷感。而後者則和醉酒的內涵契合，改為另一種姿態，「滿眼桑林晃得多麼好／雨是不是晃停了？／閃閃發光／從玻璃杯到玻璃杯／我上路比神仙駕雲還快⋯⋯朝天門這盒袖珍火柴／挑擔子的火柴頭兒們全給我跳動。／火種不斷鑽出水。／／是什麼配置了笑酒／我一笑／這城市立即擦出了光」，其中意識流似的多變視點、思維結構隨意的跳躍、怪誕想像的自由無羈，可視為詩人醉酒後斷續起伏思想感覺碎片的載體，外化、折射出了詩人隱秘又活躍的心理動感，通透而有餘味，信息密度大，先鋒味道濃。王小妮這種多色調的語言，增強了她詩歌整體風格的肌體活力與絢爛美感，開拓出讀者多樣化的期待視野。

在《從北京一直沉默到廣州》一詩中，詩人寫到：「在中國的火車上／我什麼也不說」。豈止在車上，王小妮在詩壇上也始終是一個邊緣的沉默者，從不表白什麼，也不拉幫結夥，更不做炒作宣言。進入喧囂、浮躁、欲望化的

九十年代後，一方面人們嘲笑詩人，一方面很多詩人的文學史焦慮日發嚴重；而王小妮卻以一顆平常心，淡化一切，要重新做一個詩人，沒有企圖地爲自己一個人寫詩，那種「水」一般沉靜的姿態和她的詩歌一道，對詩壇構成了絕妙的啓迪。作爲女性詩人，她的詩歌內質和視境遠非女性詩歌所能涵蓋，其更爲博大、普範化的超性言說，對一度囂張不已的女性寫作不啻於一劑清醒的藥方；在如今崇尚先鋒、努力把詩寫得像詩的時尚性潮流中，她返璞歸眞的樸素向度，既是一種有力的制衡，也將喚起人們對詩歌和生活深層關係的重新思考；置身於詩歌滑坡的尷尬語境，她虔誠地視詩爲宗教，以其獨創的個人化比喻和語彙體系，爲重新認知、表達世界和情感，打開了一條新的途徑。至於她詩歌本身那種純粹的內質、從容的氣度、自然的風範，更非一般人所可企及；難怪翟永明發出沒有想到朦朧詩裏還有王小妮這樣出色的女詩人的感歎了。當然，王小妮時而潛入無意識爲詩，直覺力過於快捷，也把一些讀者擋在了詩之門外。

與雷平陽對話

一、一尊「觀世音菩薩」

羅振亞：平陽兄你好！對你的詩一直很感興趣，只是始終沒能坐下來仔細進行研討過。所以這次交流對我來說是一件很愉快的事情，機會難得。

不知為什麼，我一直比較固執地以為詩的寫作不比可以靠後天的勤奮接近成功的小說、戲劇等敘事性文類，它帶有一定的唯心色彩，要求詩人具備超人的直覺力和想像力，有天分者極容易成為詩人，否則即便累死，也和真正的詩人稱謂無緣。因為相對而言，詩人一般都有異於常人的特殊心理結構與氣質，聰敏深邃，有超人的想像天份，評價、衡量一個詩人的標準不是看他寫了多少，而是看他寫得好不好，有人也許一生只寫一二首詩，但卻能夠名垂千古，如張若虛，而有人一輩子或許詩集等「膝」，可充其量卻只能說是個詩匠，這種所謂的詩人很多。聽說你小時候，包括大學時代所受的詩歌教育並不理想，但你的詩卻贏得了那麼多的讀者，其影響早已超出你曾經棲身的鹽津縣、昭通師專、雲南省而走向全國。你承認自己在創作方面的成功有天性因素的作用嗎？

雷平陽：我不認為詩人就是上帝的特選子民，相反，我覺得每一個詩人都走在通往您所說的「真正的詩人」的路上。什麼樣的詩人才是「真正的詩人」？寫《擊壤歌》的匿名者、李白、但丁、博爾赫斯？我們的無奈就在於標準並沒有握在自己的手中，而我們對那個近神的「標準」又是如此的迷戀，人人都想得而持之。有時候，我還真樂於將握緊的拳頭義無反顧地打開，把裏面的虛空放走。我們到不了的地方太多了。而且，我始終認為小說、戲劇

等敘事性文體的寫作者中間，一樣的聳立著無數的紀念碑，他們一點也不遜色於詩人，我就覺得沒有幾個詩人能超越劉義慶、蒲松齡、莎士比亞和托爾斯泰。至於我自己，從我嘗試寫作的那一天起，似乎就被指認爲天分有限的人。上世紀八十年代，一夥人呼嘯著上路，比我有天分的人多了，但他們慢慢地走散了，而我留了下來，二十多年只做這麼一件事，自得其樂。

羅振亞：平陽兄過謙了。正像有人所說的那樣，詩人大體上可以分爲兩種，一是技藝型的，一是存在型的。和那些將詩當做養家糊口工具的技藝型詩人不同，你從骨子裏講是一個存在型詩人，已把寫作當成一種「生活方式」和「生命的一個重要組成部分」。這在很多講究實惠的人看來是比較不合時宜的，你自己也似乎悟出了創作所隱含的些微悲涼，多次把詩歌寫作視爲一條「不歸路」。我以爲在高度物質化的時代語境裏，堅守詩歌寫作「這條不歸路」是需要一種精神的。這麼多年，你因詩得到過不少榮譽，此乃生活和詩的回饋，那你是不是也遭遇過不少尷尬與不快？你對邊緣化背景中的詩歌持一種什麼態度，你考慮過放棄、逃離詩歌嗎？

雷平陽：除了讀書和寫作，對很多事我都提不起興趣，這條「不歸路」我視爲宿命，也不管自己是不是詩歌的僕人。爲此，我之詩歌寫作我不認爲是「堅守」，也沒有陣地可守，若說非守不可，就現實而言，它只意味著守一間書房而已。前些天讀和尚詩，還碰上了這麼一句：「人間詩草無官稅，江上狂徒有酒名」。其「悲涼」在我手邊或心頭，與我所置身的時代沒太多的關係，它似乎是一種詩歌傳統，古今皆然。我平常喜歡書法，朋友們爲我治印，我治了「文學民工」和「釘子戶」各一方，感覺苦大仇深，其實也只是自娛多於憂憤，沒有重過身體的塊壘。說到底，寫作這事，沒人用槍頂著你的後背逼你，私事一樁啊。

哈哈，榮譽的問題，振亞兄，我也覺得多了。至於「邊緣說」，我不敢苟同，因爲我從來就沒有奢望過「中心說」。前些日子，有人說詩歌在中國古代就是宗教，你信嗎？如果詩歌是宗教，屈原、李白、杜甫、白居易、蘇軾等等「大教主」如此命運多舛？

我不會放棄詩歌，更不會以逃離的方式。卑微的姿態是，我只擔心某天詩歌之神棄我而去，而我依然焚膏繼晷，不停地消耗著自己的骨血。當然，那也沒什麼可抱怨。

羅振亞：如果當下很多詩人能夠像兄這樣理解詩歌的「邊緣」問題，詩

壇就眞的有福了，也就再也不存在什麼抱怨之聲了。其實，詩歌是高度個人化的藝術，詩人對外界的詩歌環境應該淡然處之，不以物喜，不以己悲，當然那是一種修煉出來的成熟風度，不是什麼人都可以做得到的。

你在一篇文章中談到，你很認可劉文典的詩是「觀世音菩薩」的定性，其實，你的詩即是對世界的打量，有悲憫情懷又講究節奏之美，貌似拙樸粗糲，實則接近一種內斂的大氣和深刻、一種生命的感悟，打開了存在內部的疼痛眞相。像《屋頂上的巫師》寄託親情同時更充滿對「時間」、「生命」等永恆命題的深度咀嚼。這倒令我對詩歌本體有了反思的興趣。在很多人那裡詩就是感情的流露或生活的再現，我則覺得詩既不單純是情感，也不單純是生活，而是包含情感與生活的、主客契合的情感哲學，優秀的詩裏定有智慧節奏迴旋。不知你對這個問題怎樣看？

雷平陽：「生活」與「情感」，我將它們理解爲詩歌的「主題」或「題材」，當然不是詩歌本身抑或文本。我們之所以混淆，更多的時候是因爲我們對「主題」和「詩歌」的雙重無力，總以爲通過「詩歌」就能讓生活與情感再現激情、再生尊嚴，而且，我們犯錯最多的地方是，我們總以爲有了「生活」，詩歌就會撲面而來，斗酒詩百篇。對詩人來說這本來是一個不需要多說的常識性問題，它現在被放到了詩歌天堂的門檻上，令人不由心生悲涼，這只能說詩人眞的沒有從人群中走出來，他們沒有聽清詩歌之神的耳語。無邪，仍是彼岸。還有一種可能，或許我們不可藥救地迷戀上了更簡單、更直白、更經濟的寫作模式，從而對「生活」與「情感」之上的美學與智慧失去了辨別力？這種三流的時代，至於談論和持有悲憫，多少有些自取其辱，我仍爲之，本性使然。

羅振亞：看來有些對詩歌的迷信觀念必須徹底擊破。仔細想想就會發現，詩有多種存在方式和形態，大江奔騰是一種美，小溪潺潺也是一種美，它們之間本無高下之分，好壞之別，哪一種存在方式和形態都可以孕育出優秀之作來。

好像從九十年代以來，許多詩人就表現出了文學史焦慮，而今越發嚴重。甚至個體詩人竟把大量功夫放在詩外，對一些獎項、活動、排名看得極重。據我所知，你好像不是這樣，就是獲得詩刊社華文青年詩人獎、人民文學詩歌獎、華語文學盛典詩人、1986～2006 中國十大新銳詩人獎，包括摘取許多詩人看得很重的華語文學傳媒大獎和魯迅文學獎後，也沒過多的興奮。你時

常為一顆星、一朵雲凝眸，卻對外界的讚揚或批評報以「沉默」，仍去老老實實地敘寫「觸及自己靈肉的事件或自己的細碎的思想」，那麼你寫作的動機是什麼呢？

雷平陽：以前在一篇隨筆裏我說過，文字的偏旁部首間，天天都在舉行葬禮，與其在乎文學史，不如尊重個體的心靈史。振亞兄，告訴你一個小細節，領取華語傳媒大獎的時候，我手拿幾張紙到領獎臺上去讀答謝辭，心慌、手抖、結巴，倒像是被推上了詩歌的審判臺。讀完下臺，一身冷汗，坐在李敬澤身邊，他開口就說：「你說了些什麼，我一個字也沒聽清。」我想我的意義或許就在於我的發言別人一個字也沒聽清楚，他們沒聽清楚，也許我就仍然是封閉的，不為人知的、躲起來的。所謂文學史，大抵也就是讓一些人在那兒領獎和發言，這種事真還不是我的長項，想起來我就心虛。

寫作動機？我寫了二十多年，至今也沒想好。最初，因為口吃，又想說話，我鋪開了稿紙。後來，寫故鄉，因為我是游子，想回家；再後來，寫底層人的苦難，因我的兄弟姐妹、僚友世戚都是農民和民工，想替他們喊疼；再後來，寫雲南的山川廟寺孤魂野鬼蟲羽植物，則因工業文明讓它們都淪為了偷生者……2010 年秋天的一個晚上，在芒市，我的朋友李君川帶我去爬雷牙讓山，至頂，有一巨寺，立於其下，人若蟻。我問他在傣語裏，「雷牙讓」是什麼意思，他說「野草和荊棘讓出來的地方」。讓出來幹什麼？供人建廟、修養、耕種。但現實是，人們正在把「野草和荊棘」這些大地的主人連根拔起，一個時代正興致勃勃地消滅著曠野和山河。我能做的，無非就是在紙上留一片曠野，把那些野草和荊棘引種於紙上。

羅振亞：你的詩有明顯的入世情結，它們好像和抽象的、形而上的「彼在」世界比較隔膜，也很少宏大敘事，而是恪守「從閱歷中來」原則，關注細小、微弱、普通的事物，捕捉在場的生命、生活細節和氛圍，在嚴肅、純粹的精神世界中，建構著自己的詩歌美學。那裡有《母親的月亮》似的殘酷、變異、混亂的揭示，有《我的故鄉已面目全非》似的疼痛、緊張、憂鬱的表情，更有《在漾濞，暴雨》似的「動用最後的一點力量」歸鄉的企圖。在這樣一個時代，有「家」可歸的詩人比那些徹底失去家園者幸福多啦，不論那個故鄉是具體所在還是精神代指。你筆下的故鄉肯定已不再完全是「昭通土城歐家營」了吧？是故鄉難以抵達嗎，才使你很多詩罩上了一層悲憫的情調？

雷平陽：上世代九十年代，我的朋友唐家正以行為藝術的方式，在昆明

盤龍江上打撈垃圾，結果被媒體包裝成了環保模範，而他又發現一江的垃圾窮其一生他也打撈不完，某天，誰也沒打招呼，上山當了和尚。前些天他突然出現了，帶著四個小和尚，跑到我的辦公室裏來，見了我，眼眶裏有淚。話題自然很多，但要命的一句是：「終歸無處出家」。至於我，多少有些像周作人所吟：「前世出家今在家，不將袍子換袈裟……，」可今天的家在哪兒？終歸無處返鄉也。昭通土城鄉歐家營，昭通變成了「昭陽」，土城鄉變成了「舊圃鎮」，村子邊的那兩條十字相交的河流變成了垃圾場，二十年時間，人們不僅從政治學的角度改換了一個個地名，還奮不顧身地將碧波蕩漾的河流變成了夜色的牢獄。但我每年都還回去幾次，父親安葬在那兒，母親仍然拒絕離開那兒。那兒是我的故鄉，也是我精神的祭壇。

有一次，在珠江源頭，我和謝有順問于堅：「你的故鄉在哪兒？」他說街道、門牌號、大院、幾樓、幾單元、幾號，說著說著，悲從心來，他所說的地方已經地覆天翻，不是故鄉，只是符號。與于堅比，我好像是要幸福些。但這絕不是問題的核心，于堅說，「朋友是故鄉」，這多麼蒼白而無奈，可哪兒是故鄉呢？能抵達嗎？鬼知道。不過，需要指出的是，我們今天所說的「故鄉」已不是古代文人說的「故鄉」，這轉換，是我們必須承受的，別無他法。

羅振亞：說到故鄉，我覺得對於現代人來說，它一方面意味著足下的土地，但另一方面更生長在你永遠都無法抵達的地方，所以每個人都必須經歷殘酷的「精神流浪」，這恐怕也是現代人的一大悲哀吧。

你曾說把生活「真實地記錄下來，就是藝術」，道出了你對詩的獨特理解，你的詩也是細節重於、勝於想像；但你又很看重「幻象」的創造，說作為書寫中心的雲南「是一個用來想像的地方」，常常在詩歌中推出想像態的故鄉情境，讓讀者很難分開它是真的還是假的，特別是那些帶有鬼、儺文化意味的詩篇更是如此。即便是《在日照》中「洗一次臉／我用了一片汪洋」的意象和意境，也是亦真亦幻。這和你的真實觀是否存在著內在的牴牾和衝突？

雷平陽：哈哈，我也有耍小花招的時候，「真實」是我所看見的「真實」，未必同於他人的目光所見。再說，觀念上的「真實」與融入血液的「真實」存在著不小的區別，有時我動用觀念，有時我還原，有時還會有意將它們混在一塊。其實，真或假並不重要，只要「幻象」發乎於心，有一根根血管，有血液在奔流，它未嘗不是真實之軀上永遠不散的魂魄。它與我的「真實觀」存在牴牾和衝突，基於我的想像力經常處於貧血狀態，不足以達成我的審美

願望，不足以陪襯眞實事物的壯麗與枯敗，不足以讓「靈」與「肉」妥帖地結合在一起。哈哈，還是天分有限。不過，你細想一下，當你在海邊洗臉，你是不是用了一片汪洋，你能說它不眞實嗎？

二、守望故鄉、大地之「根」

羅振亞：在諸種傳統文學的樣式中，小說、散文和地域文化之間聯繫密切，而屬於「內宇宙」的詩歌，似乎和地域文化關涉不大。但新時期以後西部詩歌的輝煌定格，和巴蜀詩歌、關東詩歌乃至黃河詩歌等抒情群落的此起彼伏，使人們不得不相信在當下詩歌格局中，詩歌地理學已衍生爲一種不可小視的文學現象。而在這股精神潮流中，你的聲音是比較重要而特殊的，你好像對足下的那片土地情有獨鍾，並因之幸運地成了有「根」的詩人，甚至有人把你稱爲故鄉的守護者。我想知道，對你而言這是一種自發的藝術形態，還是一種自覺的個性選擇？

雷平陽：老實說，寫雲南盡可能的寫雲南，是我自覺的選擇。我不是一個才高八斗的詩人，誰讓我即席賦詩我就覺得誰是在羞辱我，爲此，我的寫作沒有什麼神來之筆、靈光乍現，都是苦吟，說是泣血也不爲過。有時候，我很羨慕一路走去便一路寫詩的人，我想不明白，他們爲什麼這麼能寫。比如我也去過新疆，在很多詩人眼裏，新疆是詩歌的百寶箱，只要一打開，一首首詩歌就會列隊走出來，但我去了就去了，幾年時間過去，仍然兩手空空，眞是愧對新疆。唯其如此，我在充分審視自己之後，決定系統地寫雲南這座天邊的高原，它近距離的於我來說有體溫的獨特性、陌生感、多元化，令我總是有寫的欲望。最動我心魄的是，它教我迷幻術，讓我永不厭倦。

羅振亞：謝有順那段話「故鄉、大地和親人這三種事物，爲雷平陽的詩歌確立起了清晰的方向感」，看得很準。的確，故鄉的一草一木、一山一水，大地上一切音色形態的變幻、輪轉與消亡，親人們的喜怒哀樂、生老病死，都構成了你的題材源泉相對穩定的精神場域，你的筆鋒也「總是繞不開山水、密林、寺廟、蟲鳴、父親、墓地、疼痛和敬畏等等一些『關鍵詞』」。而在詩歌創作上，明確而健康的方向感的獲得是一個詩人成熟的標誌。你這種方向感是何時獲得的？你對故鄉那片土地的愛爲什麼是「惡狠狠」的？這種複雜的情感蘊含一些人大致可以體會，但絕對說不眞切，可否具體描述一下？

雷平陽：有人喜歡抱著地球儀寫作，想把詩寫給釋迦牟尼看、孔子看、

耶穌看、安拉看，我沒那萬丈雄心，連遞給土地神看一眼的勇氣都沒有。從童年時代始，我都總是縮身於小角落，做隱匿者，這養成了我小地方人的視角，一棵樹已經足夠挺拔，一座山已經足夠高大，一朵花已經足夠美麗，如果我能將其服侍好了，並力爭寫下他們的精神史，這與「大」和「小」就沒必然的聯繫了，或說我也可能因此意外地獲得了寫作的方向感。「郵票大的村莊」也好，「一張牛皮那麼大的地方」也罷，其實都是個可以撐大的王國。

我的故鄉昭通在烏蒙山中，一位詩人說：「烏蒙磅礴走泥丸」，很顯然，那是宇宙之中最大的一顆泥丸子。別人的泥丸，從我有記憶開始，它便是貧窮與苦難的無底洞的底，活在此底上的人們，或早已被貧窮與苦難供養得麻木不仁，或喝著狼奶長大，在人性的兩極互相傾軋或被傾軋，像一場不會謝幕的黑白的戰爭電影。我是那兒的一塊土，自己站起身來，似乎走開了，根卻還在那裡。我試圖找一個更確切的能傳遞我對它的愛的詞，找來找去，還是覺得「惡狠狠」更貼切些。至少這個詞既能呈現我的情義，還能和盤托出我的另外的悲憤。它不該被棄置。從土地倫理學的角度說，它彷彿是後娘養的，亦可說，我的故鄉，在別人的眼裏，是一個「後娘養的故鄉」。哈哈，見笑了。

羅振亞：呵呵，這個比喻倒很新鮮，也耐人尋味。

從一定意義上說，把你稱爲鄉土詩人是沒有問題的。但若僅僅以「地域性」來概括你的創作，就是對你詩歌的一種貶低了。事實上，你的詩歌爲雲南畫像，是仔細、用心、到位的，可你的眞正用意是接近那片土地上的靈魂和人性的眞相，寫出他們的喜怒哀樂的情感和精神旋律，寫出人與地域自然之間的關係。所以你的詩既是匍匐於紅土之上的「獸」，更是置身紅土卻更能盤翔於神性天空的「鷹」。你是怎樣完成走進鄉土後又走出鄉土的過程，完成從「獸」的狀態向「鷹」的狀態轉換的？你又是如何避開地域文化表現上的「陷阱」的？

雷平陽：這涉及到了現代性問題。對「地域性」寫作，我們必須審查寫作者的視域、幅面和經驗，同時還應該關注其指向和開放度。眾所周知，詩歌書寫的語境和旨趣已經遠離了中國古代詩人所持有的天人感應的世界，傳統詩意早已蕩然無存，在此背景下，一種在場的、基於當下的、拔地而起或掘地三尺的寫作，也就成了必然，如果我們仍然無視泊來之物和邊界拓展，總是沿用陶淵明等古代詩人的符號譜系，地域勢必會成爲一座過時的美學古

堡。我的認識，這是個走神的時代，從浩浩蕩蕩的大城到群山背後的村莊，很多東西都魂不附體了，為此，「獸」與「鷹」、「走進」與「走出」的關係，我只能用「靈魂出竅」來與之對應，我總是讓自己的靈魂在進與出、天與地的雙向航線上不停的往返，以此迴避「夜郎自大」和「錦衣夜行」。

　　羅振亞：你有個很有意思的提法，即云南居住著大量少數民族，「少數民族是人類童年期」，那裡的天空中住著神靈，大自然裏的一切生靈都值得敬畏。你不斷地書寫雲南，是由於它是世界的靈魂，具體說那裡沒被工業化、世俗化的因素污染，人與人、人與自然之間處於一種原始而淳樸的關係結構中。這種「向後看」的思想立場，是不是隱含著這樣的命題，你所建構的是一個精神烏托邦？它是否意味著對都市物化生活的逃離和背反，和一種現代人靈魂深處的無奈？你對現代文明負價值的批判，是否可理解為越是落後、偏僻之地越適宜於人性和神性的生長？我至今為止還沒去過雲南，雲南真的那樣澄澈，那樣人與境諧，那樣令人想往嗎？如果回答是肯定的，你的詩裏為何又多有疼痛和悲憫之感？

　　雷平陽：強調神靈的高高在上，繼而衍生敬畏與悲憫，再帶出遍地的疼痛與無奈，都是我建構精神烏托邦的必然條件。問題在於，我的精神烏托邦是失效的，我以其來對抗現代文明純粹是一廂情願，面對軋軋開來的推土機，紙上的文字血肉模糊。振亞兄，你真以為雲南是天堂？其實，在我的《雲南記》這本詩集中，我最想做的並不是從類似作案現場的大地上逃離，也無意於在偏僻的地方供奉神靈，我只是異想天開地想在時代的大渦輪裏尋找幾聲清脆的鳥叫和蟲鳴。而且，基於時代的失察，面對一再重複的落後、貧窮和疼痛，我並不反對現代文明，我只是花了太多的心血來哀求神性與人性的歸位。

　　羅振亞：事實上我早就琢磨你筆下的那個雲南已經是經過藝術化的了，有很大的虛擬成分，在現代化無孔不入的今天，哪裏還有什麼遺世獨立的地方存在啊。但我明知道那是你有意營造的世界，可還是禁不住地喜歡，誰人也抵抗不了優秀藝術的魅力啊。

　　有人說你的詩為「鄉土的良心」，《殺狗的過程》、《我的家鄉已面目全非》等就掠過農村靜謐、優美和淳樸的認同層面，觸摸到了鄉土困頓、凋敝、羞恥等靈魂內核，其緊張感、疼痛感、沉重感，其挽歌情調已非簡單的「鄉愁」評判可以定位。你詩裏那種愛、恨交織的複雜情感，那種執著面對又力求擺

脫的意願，讓人只能產生這種感覺。不知是你的鄉土記憶過於黯淡，還是你有意擇取、放大了記憶中的「黑暗」面，你所構築的鄉土世界是實有形態，還是虛構和創造的產物，你如何看待、處理詩中真實和想像的關係？

雷平陽：不可否認，近二十年來，傳統意義上的「鄉土」已被顛覆，世界主義的激情風一般到過的地方，沒有了桃花源。當大合唱的讚歌想遏行雲，肯定會有挽歌貼著地面徘徊。

我只想縮小記憶中的「黑暗面」，虛構黑暗會讓我虛脫。

羅振亞：從地域走向詩歌，是你也是很多詩人一個比較理想的視角，但好在你沒有因之而壓制、削弱詩歌的現代性品質，這也是你的詩贏得好評的緣由，如《集體主義的蟲叫》多向化的語義追求，就將詩變成了一種現代經驗的體味，傳達了人在自然聲音面前的恐懼和敬畏。我覺得任何一個人他都有著自己的文化歸屬，他都生活在一定地域的文化地理之中，他的心理、性格、習慣包括創作自然會受地域的影響，儘管他可能隨時都在尋求著超越地域拘囿的途徑。請你談談，你是如何使地域性和現代性這二維因素諧調起來的？

雷平陽：振亞兄，有時候，我甚至覺得在詩歌寫作中，「地域性」就是一個偽概念，特別是在目前的背景下，不知你同不同意。地域或說區域，其文化不乏世界性，因為它從來不曾孤懸。評論界近來熱衷於談論詩歌地理學，但更多的人針對的是地理意義上的詩歌寫作群落，而不是囿於「地域性」。我曾接待過一個讀者，他把我的一首名叫《親人》的詩，印在了他的 T 恤衫上，不同的是，他把「雲南省」改成了「河南省」，把「昭通市」、「土城鄉」改成了他故鄉的地名。我覺得他是對的。我們不能因為一些地名出現在詩中，就主觀地將其命名為某某地域之詩。

如果必須說「地域性」，我覺得處理它與「現代性」的最佳辦法，只要你以「現代性」的眼光去體認地域文化，你就會發現，地域文化中的諸多元素往往更具「現代性」，所以這貌似敵對的兩個鄰居，其實是肢體相連的兄弟。2007 年夏天，在基諾山，我參加了一戶獵人的家庭晚宴。在飯前，這戶人家請來寨父，以獵獲的麂子敬謝神靈。寨父的一席禱詞讓我聽得心潮澎湃，由此我寫了一首短詩：「神啊，感謝您今天讓我捕獲了一隻麂子 / 請求您明天讓我捕獲兩隻麂子 // 神啊，感謝您今天讓我捕獲了一隻小的麂子 / 請求您明天讓我捕獲一隻大的麂子」。我個人覺得，此詩並不缺現代性，而它似乎更具「地域性」。

三、「怎麼寫」的嘗試

羅振亞：許多人寫詩速度很快，常一揮而就，下筆千言，而你卻始終信奉「好就行」主義，注重質量，所以作品「都是經過很長時間的構思、困頓和反覆的」，相對「低產」。我很讚賞你這種寫作態度。對於一個真正的詩人來說，詩歌就是一種宗教，它需要你付出絕對的虔誠，在它面前任何一點輕慢和敷衍，都會損害詩歌的健康和尊嚴，學會快固然重要，創作也需要量的積累，但慢下來更是一種藝術和智慧。你對詩歌寫作的數量和質量、快和慢的關係持一種什麼態度？

雷平陽：我沒有刻意壓減數量，也沒有強迫自己慢下來，但數量真的有限，寫的速度也極其緩慢。就質量與數量而言，我想每一個詩人都會選擇質量吧，至於寫的速度，是快還是慢，因人而異，有人三年得一句，有人七步成詩。我之所以慢，或許因為少年時代太快了，才情耗盡，不得不慢，不得不對所寫的漢字多獻上些敬畏。

羅振亞：你曾說過對語言有一種敬畏，這恐怕也是所有嚴肅詩人的共同感覺。不錯，二十世紀是語言學時代，語言的狂歡成了詩歌的基本主題之一，有人甚至認為不是詩歌創造了語言，而是語言創造了詩歌，詩人的使命就是讓語言順利地出場。我覺得語言是測試一個詩人成功與否的標尺，優秀的詩人必須具備語言的天賦；但無論怎麼說，語言始終是第二性、形式的，如果不去「及物」，它不過是一堆沒有生命力的符號而已。我想知道，你在運用語言過程中，是如何謀求語言和生命意緒的同構的，或者說是怎樣建構自己純淨的「言說方式」的？

雷平陽：我有過語言狂歡式的書寫時光，鐵血、悲愴、快意無邊。必須承認，從純粹的書寫快感的角度來看，那些時光是美好的，是記憶裏不可複製也不會重現的好時光。但是，那些詩稿後來還是被我燒掉或扔掉了，一同燒掉或扔掉的也許還有我寫作史的部分文獻性，我卻一點也不後悔，理由當然很簡單：它們要麼是語言的灰燼，要麼與我所期待的語言存在巨大的差距，無非少年輕狂時期的讕言與妄語，空虛、空洞、空泛。

以「純淨」的語言寫作，始於 2000 年前後，也沒有什麼特別的原因，就是覺得寫詩就是說人話，應該讓一個個漢字活起來，到世界上去尋找它們貼心的對應物，讓自己成為它們之間通靈的載體。這樣一來，另外的快樂也就誕生了，這些光著腳丫的語言，很快就出現在了我個人的詩歌現場，活潑潑地，及物而且真誠，有著細小的靈魂。

羅振亞：「敘事」作為一種方法，已成近年詩學界的顯辭，關於這個問題我曾在 2003 年第 2 期的《文學評論》上發表過一篇文章《九十年代先鋒詩歌的「敘事」詩學》，詳細地論述過。我發現，你的《四噸書》、《存文學講的故事》、《昭通旅館》、《賣麻雀肉的人》都推崇細節、過程的力量，現場性、目擊感很強。特別是《殺狗的過程》時間、地點、人物等故事因素俱有，在狗的主人和狗的動作、心理運行中，把二者的性格揭示得十分別致，其間隱喻又擴大了詩的主題空間。請說明你為什麼要從小說、散文等敘事性文學汲取營養，這種詩向其它文體的擴張是否會失去自身的一些品質？這種「完整的故事情節」再「加上抒情」的嘗試會不會潛伏危險？在你看來幾種文體之間真的沒有嚴格界限嗎？詩歌發展到今天究竟是抒情的還是反抒情的？

雷平陽：我迷戀敘事，與我的閱讀譜系有關，也與我對詩歌的理解有關。我總是偏執地在不同的詩歌閱讀文本中尋找著它們的敘事性，甚至將其認定為詩歌的力量、節奏和空間之源。它從來就不是小說散文的專用技術，詩歌的敘事來得更古老。很多人都把《齊人有一妻一妾》指認為小說的發端，那時候，《擊壤歌》和《詩經》中大量的敘事篇章卻早已在文學近乎荒渺的源頭聳立著。所以我認為詩歌寫作中的敘事，是道統而非擴張，它無損於詩歌品質也不會給詩歌帶來危險，關鍵在於我們是否得體地使用著敘事。我的確想抹平各種文體之間的界限，但更多是建立在閱讀感受之上，而非創作過程之中。比如《西陽雜俎》、《陶庵夢憶》和《米格爾大街》，我是將它們當成詩歌來閱讀的，而《荷馬史詩》、《神曲》和《銅鼓王》我則視其為小說，至於《前後赤壁賦》、《山中寄裴秀才迪書》和《十二琴銘賦》，亦詩亦散文，讀起來一樣的讓人肉身得道，好不快活。

我是個抒情主義詩人，想像不出反抒情出現在詩歌中會是什麼樣子。我猜度，有些觀念和口號未必是可信的，無非是有些人想以此確立自己的詩歌坐標。有一次，我對于堅講閱讀《零檔案》的感受，說《零檔案》是抒情詩，不是「零度寫作」，他完全贊同。

羅振亞：當然了，反抒情恐怕只是一種途徑和方式，它最終的目的還是抒情。或者說不論作者使用什麼手段，詩的生命支柱最終還是一個「情」字。

就像評價翟永明的《靜安莊》等詩歌時以為它們多是「女性之軀的歷險」一樣，閱讀你的詩歌時，有時我會突然被其中氤氳的一股神秘、迷蒙的藝術氣息所纏繞所吸引，說不清是現實的還是超驗的。一個人的少時的記憶常常可以

影響他的一生，你作品中這種藝術氣息是否與你童年、少年時代生長在鬼文化、儺文化發達地區的經歷有關？還是你在寫作技術上施了什麼「魔法」？

雷平陽：我有著漫長的鄉村生活經歷，從那兒往外看，雲南就是一座神靈與鬼魂游蕩的高原。我的老家昭通不僅每個村莊都有一本行進中的《聊齋誌異》，而且現實生活中也總是房屋與墳墓混在一起，沒有邊界。人們在講述某些事件的時候，也老是將死人與活人放在一起，分不清誰死了誰還活著。我的父親在去世之前生過一場大病，不得不住院手術，一大群鄉下的窮親戚聞訊趕來，站滿了醫院的走廊。結果，見此陣勢，我的父親被嚇壞了，他以為人們都是來「送」他，死神找到他了。所以，在上手術臺之前的那個晚上，他驚恐萬分，臉色寡白，雙手顫抖得連衣扣都扣不上……可在第二天早上，他忽然鎮定自若，將我叫到他的床邊坐下，有話要說。他都說了些什麼呢？他歷數了村裏他一生所見的一個個人的死和死的情狀，以及這些人死後轉世投胎的去向，聽得我驚心動魄，而他則從這些死亡案例中獲取了面對死亡時的那份從容與坦蕩，似乎還夾雜了「我見過了那麼多的死，我的死又有何懼」的潛在意識。他所描述的人死轉世的那些場景，鬼魅幢幢，離亂紛紛，人間與鬼國交織在一起。

在還原和抒寫類似景象和事件的時候，我認為，寫作技術通常會成為配角，「魔法」存乎於抒寫對象的氣場之間。

羅振亞：你詩的語言有于堅的生活化、日常化影像；但更乾淨、樸素、克制，因而更有張力，如《早安，昆明》、《在駱駝餐廳的半個小時》等簡直就取消了與日常生活語言的距離，有時讓口語直接入詩，這種風格是為和詩歌的內涵取得內在的呼應，還是你矢志要把詩歌寫得讓人人都能讀懂，使詩在寧靜中產生一種力量？

雷平陽：我確實沒有認真考慮過口語寫作這個問題，不過，老於的詩歌肯定對我產生過影響，他的《作品 39 號》、《尚義街六號》和《避雨之樹》，現在讀起來，我仍然心醉神迷。

我之於口語。等同於我對「閱歷」的看重，它從我的肺腑中出來，途徑喉嚨，是活在我舌頭和嘴唇之間的語言之魂，也是我身體的一個組成部分，假如它們中的某一句符合了詩的道法，我肯定會讓其直接入詩。人人都讀得懂，這就很難了，我更再乎詩歌的誤讀空間，那簡直是另一個天地，一旦訇然打開，必然無邊無際。

口語和「讀懂」，不是在寂靜中產生力量的法寶，我理解的「寂靜中的力量」，在詩歌的別處，它們只是表象上寂靜的詩歌元素。給詩歌帶來「寂靜的力量」的應該是詩人對詩歌尊嚴的維護、詩歌的未來性和沉潛的美學觀與道德感，等等。

羅振亞：《瀾滄江在雲南蘭坪縣境內的三十三條支流》帶給了你榮譽，也給你惹了許多麻煩。有人盛讚它的生命感、實驗性是詩學的積極探索，其奇異的形式本身就是內容的外化，其數字、地名、河流名稱都有據可查的不厭其煩的書寫，即是詩人對瀾滄江的愛之表現，其情感的零度狀態所透出的冷靜也堪稱對當代詩壇現狀的反諷。也有人則質疑詩怎麼可以這樣寫，如此客觀地復現現實還能不能稱之為詩？事過多年之後，你現在怎麼評價這首詩，它能夠體現你一部分詩歌觀念嗎？如果現在還寫這個題目，你還會這樣寫嗎？

雷平陽：「客觀」之中隱藏的豐饒的想像力和生命力，永遠屬於少數人。在寫作此詩的時候我並無「實驗」和「探索」之心，但它帶來的誤讀令我高興不已。現在重讀這首詩，我仍然會想起寫作此詩的那個奇妙的晚上，那些重複和與重複一起南流的河，那河流可能包容的一切，還會紛至沓來，美不勝收。我還喜歡著這首詩，不因為它所謂的唯一性，而是基於它以客觀而冷靜的方式呈現出了看不見的激情和美、自然而又不管不顧的精神向度。現在再寫它，我會將它重抄一遍，不會再寫另一篇。

四、詩人、詩歌與詩壇內外

羅振亞：風氣的力量是看不見的，如今詩壇上不少詩人都不再僅僅單打獨鬥，而轉而借助於流派、團體的聲勢存在。這實際上偏離了詩歌的生命本質，因為詩歌本來就是個體的精神作業，不論是寫詩還是評詩都是很寂寞的事情，如果非把它搞得非常熱鬧，那就是不正常的。和潮流化寫作相比，你好像是一個例外，這麼多年來沒見你加入過什麼「詩歌組織」，作為六十年代出生的詩人，對「中間代」的稱謂似乎也不怎麼認可，而是一直在邊緣的省份靜默地寫作，對此不知你是怎麼想的？

雷平陽：身邊人來人往，世相波詭雲譎，能居江湖之外，又缺席於廟堂，我很滿意自己這些年來的生活與寫作狀態。再者，我總覺得自己乃是一個山野村夫，在山水間更自在，賣文買酒，讀書寫字，心性使然也。是曾有人一

再拉我入夥，聚嘯山林，我都謝絕了，詩人的正道不在「組織」的那一邊。

雲南的好，好在它遠在天邊，一個角落自己就能躲起來。記得一個美國詩人寫「文革」的短章，大意是，在中國，我撿到了一塊石頭。聽見一個聲音在裏面說：「別碰我，別碰我，我是到這兒來躲一躲！」

羅振亞：你以爲什麼樣的詩歌才是最理想的詩歌，你對自己以往的創作是否滿意，你寫了哪些自己比較喜歡的詩歌？另外，儘管詩歌創作是非常個人化的事情，但無法不和詩人置身的世界產生聯繫，你以爲目下的詩壇格局和生態如何，它對你的詩歌創作有什麼正面或負面的作用嗎？

雷平陽：「日出而作，日入而息。鑿井而飲，耕田而食。帝利於我何有哉？」這首《擊壤歌》在我心目中是個極品。我並不滿意自己的創作，寫下的詩歌中，相對偏愛《祭父帖》和《河流之二》。

我與目下詩壇的接觸並不多，但也結交了幾個道上的好友，我們偶而也會聚一下，談詩喝酒，分外逍遙。我覺得這已經很奢華了，從來沒有想過詩壇的格局與生態與自己的創作有什麼關係。「詩壇」既是個龐然大物，又是個虛擬世界，讓其自然而然吧。

羅振亞：你有這種超然的心態固然好，但願詩壇的紛紜景象能少擾亂詩人的情緒。

一個優秀詩人的出現不是偶然的，更非神奇的「天外來客」，它源於個體的天分和生活、情感的哺育，也離不開中外傳統的滋養，你是怎麼走上詩壇的，你曾受到過哪些中外詩人的啓示？你是怎樣把他們的藝術滋養轉化爲自己的藝術經驗的？同時，詩歌批評對創作的塑造功能已無須論證，只是如今理論界的聲音越來越弱，失去了應有的作用。作爲創作者，有些詩人一再表白對詩歌評論從來不看，你平日裏對詩歌批評注意嗎？它們對你的創作有無影響？

雷平陽：有歌詩品質的民歌和唱書，最先啓蒙了我的詩歌興趣，接下來才是李白、杜甫、王維和蘇軾，課本上的現代詩，李瑛、臧克家、柯岩、賀敬之則讓我知道詩歌還有另外一種寫法。1983 年秋天，我到昭通師專中文系讀書，從圖書館借了一本聶魯達的詩集，坐在足球場上讀，一讀便嚇了一跳，頓覺體內熱血翻湧，只想高聲的朗誦，見四周有人，便壓著嗓子讀，越讀越難受，身體彷彿要爆炸了，便合上詩集，在田徑跑道上跑了三圈，直到大汗淋漓。之後蜂擁而來的是泰戈爾、普希金、莎士比亞、但丁、北島、舒婷……

在那場遠去的詩歌大潮裏，我寫下了一批自己的詩歌，但隨著史蒂文斯、博爾赫斯、布羅茨基、米沃什和策蘭等一批詩人出現在自己的目光中，再加之，我對中國古典文學的熱情與日俱增，我陷入了一段時期的迷亂與彷徨。結局還算不錯，我取西方詩歌的觀念和技術，再注入中國古代的詩歌精神，跟跟蹌蹌地向著詩壇走去。

對詩歌批評我有著足夠的熱情，古代的、西方的、現在的，它們最大的作用，就是讓我走出迷局，並果斷地確立自己的寫作方向。

羅振亞：的確如兄所言，好的批評應該從創作的現象中生發而出，然後回過頭再站在創作的前面對創作實踐發生作用，為其鼓勁，為其指點迷津，和創作之間構成一種平等的對話。可惜如今很多批評不爭氣，放棄了自己的尊嚴，或者人云亦云，或者跟在創作的屁股後面一味地捧場，或者居高臨下地站在詩人前面揮舞著大棒，不斷地挑剔滋事，被人冷落我想也是一種必然。

一般說來，從事其它文體寫作的不一定能夠寫好詩歌，而詩人卻常常可以在幾種文體領域多點開花。你的詩歌創作成就自不必說，你在散文、小說創作方面也有不俗的表現。我想問，在你的創作世界中，這幾種文體之間是否會互相促進，它們在思維上是否有糾結的時候，你如何消除它們之間的矛盾？

雷平陽：以前我嘗試過小說創作，很快就放棄了，我忍受不了那種沒完沒了的絮絮叨叨。之所以還寫一點散文，也是因為害怕詩歌會把自己逼上絕路，散文可作為喘息和靜心的地方。

它們間的矛盾我不太在意，而它們也沒有像幾股走火入魔的氣流在我體內橫衝直撞。

羅振亞：在新時期詩壇上，刊物、網絡以及其它媒體對詩歌有著強烈的制約力。特別是近十年網絡更是大張神威，如今差不多支撐起了當下詩壇的半壁江山。作為一個編輯我想你對此一定深有感觸。你以為在目前比較混亂的文學情境下，一個詩歌刊物是要堅守一定的品質，還是要為生存計而調整方向，抑或要不斷地重新定位？特別是網絡詩歌鋪天蓋地，確實增加了詩壇活力，提高了寫作效率，但也弊端重重。不知你對這種形象如何看待？聽說你拒絕用電腦寫作，一直以紙、筆為工具抒發內心，這肯定能夠領受漢字書寫的快樂，體味漢字文化與精神的要義，但你心裏有沒有背時的感覺，你會一直堅持紙面寫作嗎？

　　雷平陽：文學刊物的生存，任你如何折騰，一直都是不死不活的狀態，如果哪一天政府不高興了，不給錢了，相信大多數的文學刊物都會煙消雲散。從這個角度說，或許網絡才是未來詩歌安身立命的地方。我不是拒絕電腦，而是沒興趣，寫詩又沒什麼體量，還是手寫快活多了。再說，我多年來堅持寫書法，對漢字的感情太深了，割捨不了。

　　我會一直堅持手寫，到寫不動為止。

　　羅振亞：當下詩壇繁而不榮，群星閃爍而無太陽，多元並舉卻少規範，熱鬧的背後是空前的沈寂。造成詩歌邊緣化命運的原因很多，其中傳統的斷裂乃是重中之重，鄭敏先生曾經就此發表過有益的看法。你以為目前詩歌的沈寂是否會像一些人所說，把繆斯最終推向死亡的深淵，新詩還有沒有希望可言？它在向西方學習很多、很久之後，發展道路上的最大障礙是什麼？新詩該如何實現精神和藝術上的突圍？

　　雷平陽：杞人憂天的戲劇不應該熱過詩歌創作，詩歌怎麼會死呢，誰能讓它死？前些年《新周刊》做了特刊「中國，我的詩歌丟了」，現在不是也沒丟？偉大的詩人不是每個時代都會產生的，我們也大可不必苛求當下，當下配得上偉大詩人嗎？另外，說句不恭的話，我們現在的現代漢語詩歌寫作並不遜色於西方詩人的作品，多少翻譯過來的詩歌，我看也好不到哪兒去，障礙就在於我們尚無自信和尊嚴，同時也還沒有成熟地將西方現代詩的精髓與中國傳統的詩歌精神有效地結合起來，繼而產生中國大地上生長出來的現代漢詩。

　　那個在中國文壇上罵天罵地的德國人，他的詩我也讀過一些，很一般嘛。施奈德的那些詩歌，讀它還不如讀王維和寒山。現在詩壇上有個怪現象，一些詩人滿腦袋就想著要到世界上去，彷彿只有西方人承認了他們才是詩人，他們才寫得出詩來。見了面，開口就是某某斯基某某文斯，詩篇裏也總是鋪展著一座萬國公墓，誰誰誰，某某某，太輕賤自己了。詩之得失，心知足矣。

　　羅振亞：是啊，每一首詩、每一個詩人最關鍵的是要守住自己的尊嚴。

　　最後一個問題是，可能你對自己在雲南當代詩歌史上的位置並不看重，但事實上你的創作已成為雲南新詩寫作歷程中的重要環節，你和于堅已被視為新時期雲南詩壇的掌門人。那麼你對雲南詩歌的進一步發展有何希望或憂慮？雲南詩歌和全國性的詩歌潮流是該保持足夠的距離，還是應努力地融入，雲南的地方經驗與文化資源怎樣才能得到有效的表達？

雷平陽：雲南詩歌一如雲南的叢林，自生自長，呈現的是一種自由的散漫狀態，我當然希望每棵灌木都長成大樹，但何其難也。我還是不同意「中心」與「邊地」的說法，寫出好詩的詩人就是中心，與地理無關。至於雲南詩歌與中國詩歌潮流的關係問題，我個人的觀點是保持距離，儘管現在根本不可能有距離可言，最僻遠的雲南小鎮，母語基本都消失了，用的全是漢語。

羅振亞：今天的交流很暢快，在很多問題上都達到了預期的目的。謝謝平陽兄！

羅振亞教授訪談錄

上篇：中國新詩的現狀與走向

劉　波：羅老師，您好！很高興能跟您交流關於詩歌創作與詩歌研究的話題。現在，有些人持有一種觀點：現當代文學史上，詩歌的成就要比小說大。您對這一觀點怎麼看？而相對於小說家來，詩人沒有那麼多世俗功利之心，他們更純粹一些。您認爲是這樣嗎？

羅振亞：你好！倒不是因爲個人的偏好，我一直覺得新詩的成就是比較高的。雖然毛澤東 1958 年用戲謔的口吻說，「現在的新詩不能成形，我反正不看新詩，除非給一百塊大洋」，1965 年給陳毅的信中還堅持「用白話寫詩，幾十年來，迄無成功」的觀點，朱光潛也表達了類似的意見，認爲新詩給人一種一覽無餘之感，缺少「言有盡而意無窮」的勝境。客觀說新詩也的確尚有許多不盡人意之處，如它最早從舊文學的堡壘中衝殺而出，可至今仍很難說徹底打碎了舊體詩的藝術鐐銬；它能經得住歷史考驗的經典之作不多，至於讓人家喻戶曉的大詩人幾乎沒有出現；它還沒有眞正走進大眾的生活，人們偶而引用的詩也多爲古詩。但是毛澤東、朱光潛的判斷也有悖於歷史的眞實，他們這樣指認是因爲有一個輝煌的古代詩詞潛在參照系存在。其實，新詩和古詩是不能硬性比較的，文學創作不像拳擊比賽，非得一方把一方打下去才行，大河奔騰是一種美，小溪潺潺也是一種美，不能以這種美偏廢另一種美，每一種美都有它存在的權利與自由。

若拋開古詩參照系，新詩的成就是不容置疑的。且不說它用一百年就走完了西方詩歌幾百年才走過的路程，也不說在現代時段，新詩在每一次文學

運動中都打頭陣，社團流派繁多，最富於個人的創造性，與時代脈搏扣合得最緊，對西方藝術思潮的感應最敏銳。僅僅是新時期的成績就令人刮目，這期間多數詩人都能把詩歌視為自己的精神家園，擺脫「文革」乃至十七年詩歌的工具論窠臼，致力於對自身本質和品性的經營；以人性與心靈作為書寫對象，又能執著於人間煙火，尋找詩歌介入現實的有效途徑，使心靈走過道路，在某種程度上成為歷史、現實走過的道路的折射；以多元審美形態的並存競榮，打破了現實主義被定於一尊的詩壇抒情格局，引渡出一批才華、功力兼俱的詩人和形質雙佳的優卓文本。因此關於新詩的成就估衡問題，我贊成陸耀東先生的提法「六分成就，四分遺憾」。有人提出三七開，我還是覺得六四開要好些。

說到詩人比小說家更純粹，更少一些世俗功利之心，我覺得這太絕對了。大凡真正的人類精神生活的建構者，不論是小說家還是詩人，在心靈深處都是把文學當宗教看待的，有極其虔誠的寫作態度。當然程度上可能不同，相對而言詩人一般都有異於常人的特殊心理結構與氣質，聰敏深邃，有超人的想像天份，最主要的是多數時候不從功利出發考慮問題，而聽命於情感和心靈的律令。也許正是因為這一點，詩人身上的那種浪漫與激情只適合於創作，卻很難見容於社會，和小說家的理性穩健使他們在生活中常常如魚得水完全不同，寫詩的很多人被碰得頭破血流，有的甚至被人稱為異類和瘋子。所謂我一直以為，詩人寫詩時應進入詩狀態，像郭沫若似地赤足在地上打滾也沒關係，可是不寫詩的時候最好恢復為常人的狀態，別動不動就把自己弄成詩人的樣子，能不能成為真正的詩人關鍵在作品，而不在姿態。

劉　波：在世紀之交，一些 20 世紀 80 年代就出道的詩人，又紛紛拾筆重新寫詩，而各種民刊也憑藉信息時代的優勢陸續出籠。有人據此以為詩壇又走向了繁榮，您覺得當下詩壇是真的繁榮還是「虛假繁榮」？如果說是「虛假繁榮」，那造成這一局面的原因又是什麼呢？

羅振亞：我覺得，真正的藝術繁榮，總有相對穩定的偶像時期與天才代表。郭沫若、徐志摩之於 20 世紀 20 年代，戴望舒、艾青之於 20 世紀 30 年代，郭小川、賀敬之之於 20 世紀五六十年代，舒婷、北島之於 20 世紀 70 年代，無不有力的印證這一點。可是現在的詩壇呢？旌旗紛飛，山頭眾多，每個人都自詡為觀念奇特、詩壇正宗而各不相讓，互相攻擊，空前混亂。貌似派別林立，新人輩出，眾聲鼎沸，熱鬧喧騰；繆斯與讀者日漸隔膜卻是不可

否認的痛苦現實，詩歌正一步步墮入繁而不榮的疲軟低谷。在詩的原野上，大手筆的「拳頭」詩人與力透紙背的「拳頭」詩作寥若晨星，屈指可數；若干年前搖旗吶喊的才子才女們已雲散星消，不再關心派的名分，漸成散兵遊勇的沈寂，一切的主義與流派轉瞬間成爲過眼煙雲。很多詩人是屈原、李白的不肖子孫，他們既沒體驗過橫刀立馬的偉大感受，又沒經歷過人生盛宴的蓬勃情境，所以只能與黃鍾大呂、恢弘警策失之交臂。當年汪國眞、洛湃等膚淺媚俗的「塑膠詩」文本乘虛而入，以一種虛假的熱鬧使本已十分虛弱的詩壇愈加蒼白和荒蕪。群星閃爍而無太陽，多元並舉但少規範，無論從哪種意義上說都無法遞進出一個眞正繁榮的藝術時代。

如今詩壇的繁榮是一種表面繁榮、虛假繁榮，這種的局面並非一日積成，而有著深遠內在的發生背景與發生動因，可以說它來自多種因素的消極輻射。影視業的高度發達強勁地佔據著人們的興趣熱點，牽扯著無數年輕或不年輕的視線；「文憑」潮流的衝擊使一些青年不得不忍痛放棄神往傾心的詩世界，而強迫自己捧起不太喜歡的教科書；最重要、最本質的是中國經濟改革，商品經濟大潮的激蕩，使繆斯的鍾情者們漸漸失去了青春的浪漫，含淚向詩歌女神揮手告別，趨向實際與「孔方兒」……但上述這一切還都只是外在的浮面的條件，最根本的癥結還在於詩歌本質的失重與傾斜。比如說「文化詩」，在文化熱論的隱性統攝下，充斥文本視野的感官意象是驛站古道、易經懸棺，是古遺跡旁沉悶的勞作「號子」，是亙古江邊的化石傳說，是野性與神秘交混，是粗獷與荒涼共在，彷彿文化僅僅存留於歷史古蹟中。忽而易經，忽而恐龍蛋，大量的地名、景觀、風俗羅列一處，猶如塊塊石頭堆在一起呼風喚雨，天玄地黃，缺少生氣灌注。這樣不可避免地疏離、淡化了社會現實，失落了時代制高點，結果讓讀者嚼了一通兒倒胃的傳統文化的藥丸。相反一些「反文化詩」目下卻是漸趨下流。不少女性詩人的某些詩篇除揮灑現代女人的病態隱私，展露性壓抑、性意識與性行爲外，並沒給人什麼美的感受。再看看海子《思念前生》的情懷與其臥軌自盡的舉動，想想貝玲《死亡是我們的一個事實》，聽聽歐陽江河的《蕭斯塔科維其奇：等待槍殺》的聲音，這是「第三代」詩人陰暗無望的心靈脈動，是西方存在主義哲學的翻版移植，並不能在熱愛、鍾情人生的中國讀者間覓得天然市場。這些詩歌都不同程度地隔絕了與時代、現實的聯繫，使之精神極度貧血，這種遠離人類的藝術自然會被人類冷落。更有一些作者將寫詩作爲一種語言遊戲，將詩內在的東西丟掉了，

這是詩人的悲哀，更是詩的不幸。詩歌是需要詩人付出他們終生的心血的，而現在將詩作爲一種生存方式的詩人太少了。大部分詩人將詩作爲養家、糊口、成名的工具，而沒有將它作爲生命與生存的方式。爲玩而寫，爲才氣而寫，爲技藝而寫。因此，在市場經濟的語境下，自身本質的失重與失斜，使當代詩歌走向邊緣化恐怕是必要的宿命。

　　劉　波：新世紀這近十年，互聯網對詩歌的影響非常大，現在看來，已成定局。從外部影響上來說，新世紀的一些詩歌事件，絕大多數都與互聯網有關，比如各種網絡詩歌論戰、詩歌寫作軟件的開發、趙麗華與蘇非舒詩歌事件等，都對詩歌有著或大或小的衝擊。而從內部影響來說，互聯網對詩歌的形式與題材也有一定的改變，尤其現在很多詩人都在直接在網上寫詩，受時間或其它條件所限，這種詩歌一般都比較短小，語言粗糙，有速度感，但無耐性，不忍細讀，這是網絡詩歌的一個特徵。正在流行的手機詩歌，也有這方面的缺陷。請您談談互聯網和高科技通訊對當下詩歌的外部與內部影響。

　　羅振亞：互聯網和高科技通訊對當下詩歌影響巨大。一個直觀的感覺是它造成了詩歌存在狀態和格局的突變。以往詩歌文本基本只在體制內的刊物和寫作者的紙面上生長，民刊傳統的開闢已掀起一場不小的革命，使「好詩在民間」的觀念漸入人心，而這近十年網絡更是大張神威，如今差不多支撐起了當下詩壇的半壁江山。並且早就跨越了小打小鬧的零亂、散化階段，網絡詩刊此伏彼起，星羅棋佈，如重慶李元勝的「界限」、北京師大李永毅的「靈石島」、湖南呂葉的「鋒刃」，福建康城的「甜卡車」，還有北京的「詩江湖」與「詩參考」、廣東的「詩生活」、黑龍江的「東北亞」、四川的「終點」、廣西的「揚子鰐」、江蘇的「南京評論」和「第三說」……像 70 後詩歌的大本營和棲息地，從某個角度說就是網絡上的集體狂歡，《下半身》的成功出場即得力於「詩江湖」與「詩生活」兩塊陣地。甚至憑藉互聯網舞臺的自由，大量詩人乾脆不再理會所謂的官方刊物，「江湖」對「廟堂」的取代，使原有約定俗成的寫作秩序和規範宣告無效，這種寫作方式和心理，助長了詩歌的大面積生長。最主要的影響是改變了寫作者的思維和心態。因爲網絡天地闊大，每個人的心態都十分自由與放鬆，從冷面狗屎、七竅生煙、惡鳥、巫昂、軒轅軾軻、浪子、王子、豎、花槍、魔頭貝貝、CMYPOEM、巫女琴絲等筆名的運用，即可窺見一斑。在網絡的虛擬世界裏，人人都可以卸下職業抒情者的面具，加入詩歌寫作的「假面舞會」，像隱身人一樣恣意狂歡，像排泄大小

便一樣隨意處理生活、心理、意識和詩歌的關係，難度的降低與好玩的引力，從兩個向度刺激著詩人們的熱情，詩歌成了傳播迅疾的一次性消費的流行藝術。

互聯網和高科技通訊對詩歌寫作的積極作用有目共睹，網絡有時的確是藏龍臥虎之地，一些優秀的詩人就從網絡起家，影響又遠遠超出網絡，像軒轅軾軻的《要想知道梨子的味道》和《是××，總會××的》等詩，在韻味、意向和語感的進逼，令很多專業詩人汗顏。但網絡寫作也是藏污納垢的去處，它經常是「拔出蘿蔔帶出泥」，一些好詩被發掘出來同時，一些非詩、偽詩、垃圾詩也魚目混珠地面世了，寫作的即興性和高速化，使它的表達過於隨意、急噪、粗糙，帖子、段子、卡通式的遊戲文本泛濫成災，眾多不動腦子的集體仿寫，造成了詩歌事實上的「假小空」，其過度明白、冗長、散化的傳達，不但無法整合語言和經驗的複雜關係，就是和詩歌原本的含蓄凝練要求也相去甚遠。所以對網絡詩歌要學會甄別，保持清醒的評價。

劉　波：我不止一次聽到有小說家說，他們雖然不寫新詩，但經常讀詩，至少也對新詩保持一份敬畏和尊重。而且很多小說家，同時也是詩人；有些作家在從事文學創作時，第一步走的就是詩歌之路。這些現象從一定程度上說明了，新詩在各種文學體裁中的重要性不容忽視。但事實怎麼樣呢？新詩終究還是讓許多人望而卻步，這是讀者的文學素養問題？還是當下詩人的表達問題？

羅振亞：是啊，寫詩幾乎成了所有熱愛文學的人們最初必須溫習的功課。詩歌可以磨礪出一個人觀察世界和使用語言的最佳感覺，當然獲得這種感覺不一定就能夠成為詩人，因為寫詩、出版詩集和詩人的稱謂之間構不成必然的聯繫，詩的魅力本質就在於它有一種近乎唯心的天賦靈性，它比不得小說、戲劇等敘事文學品類，可以通過後天的勤奮與工夫奠起成功底座，而它更講究天分，沒有天分或天分不足者即便詩集等「膝」，充其量也只能算個二三流的詩匠，成不了大氣候。真正有天賦的人，哪怕只寫過幾首乃至一首詩也會聲名俱佳，影響廣遠，張若虛的《春江花月夜》即是。這裡還有一個現象，詩人出身然後轉向小說創作的，大部分品位都比較高，而有些小說家回過頭來寫詩卻基本都失敗了，這恐怕不是因為詩歌在文類上高於小說，其內裏的緣故值得深思。

小說家不寫詩但經常讀詩，一方面是敬畏和尊重新詩，一方面也許是在

讀詩過程中，他可以對世界、語言和人性保持一種鮮活的詩性感覺吧。你說的能夠詩歌和小說寫作並舉的，就更理想了，把「向上」的想像、浪漫和「向下」的沉實、理性結合，他就會進入一種瀟灑地出入於諸類文體、自如往返於理想和現實之間的境地。至於說新詩讓許多人望而卻步，很難說是因爲新詩門檻高，一般讀者不容易進入，當初古典詩歌的解讀對人的修養不是更大的挑戰嗎？也不能完全歸結爲詩人的表達問題，不可否認詩壇確有粗製濫造者，但很多新詩人的藝術感覺是相當優秀的，他們打磨出了不少經典之作。我想這個問題的深層癥結應該在讀者和作者之外的社會、文化語境吧，隨著1990年代「無名」文學時代的到來，在市場、經濟和商業主流話語的壓迫下，精神漸輕，技術上揚，始終處於中心的詩歌自然會面臨邊緣化的命運，很多人遠離詩歌不是不喜歡詩歌，而是迫於無奈或更現實的考慮，忍痛把詩性留在心底、夢中，這樣詩壇沈寂也就在所難免了。但這並不是什麼壞事，寫詩本來就應該是一項寂寞的事業，搞的很熱鬧反倒走向它本質的反面。

劉　波：很多學者都認爲，中國詩人的師承，絕大部分來自西方經典詩人，從上個世紀的二三十年代開始，一直到1990年代，都是如此。到了世紀末，這一唯西方是從的現狀，才在一些民間詩人的創作中得以改觀，他們開始講求本土化的中國式創造。而新世紀以來，一些詩人又開始向中國古典傳統尋求資源了，比如柏樺、楊鍵等，這一現象值得關注。對於新詩與古典詩詞之間的關係，您也曾專文有過論述。在您看來，一個詩人的古典文學修養，到底能對其創作有什麼樣的影響呢？這種影響是至關重要的嗎？

羅振亞：你提出的是新詩發展中一個重要問題。新詩的引發模式特徵，使很多人誤以爲它和古典詩歌無緣而對立，其實這是錯覺。一個詩人之所以成爲詩人，除了天分、生活的根基外，傳統的滋養也不可或缺。藝術傳統正如一條割不斷的河流。每個探索者都必然置身其中，在承受上游之水沖洗的同時又關涉到下游之水的走勢。所以不是到1990年代，早在二三十年代就有很多詩人力求結合西方影響和本土資源，做民族化的創造，1990年代這個特徵更爲突出。我個人覺得一個詩人有無古典文學修養，會決定他的創作是否會獲得讀者的認同以及認同的程度，有了深厚的古典修養做支撐，才能保證詩人擺脫對外來影響的搬弄和模仿，走向藝術自立和創造，很難相信傳統文化根基淺薄的人能做出什麼大的成就。對待傳統最可取的態度是不做死守傳統的「孝子」，也不做完全背離傳統的「浪子」，既能合理汲納又不爲其限囿，

能入乎其內又可超乎其外；尤其是要注意傳統的創造性轉換，把傳統的因素化爲自己的藝術血肉。在這方面，郭沫若、徐志摩、戴望舒、辛笛、鄭敏、余光中、舒婷等眾多的成功者的經驗，已爲新世紀的詩人提供了很好的啟示。

劉　波：互聯網改變了詩歌在新世紀的狀況，這已是不爭的事實；而近幾年來，新詩批評與研究相比於小說、散文和戲劇研究，有突起之勢；各種文學批評和學術期刊也專闢版面來刊登新詩研究論文，您認爲是哪些因素促成了新詩批評與研究漸成顯學？而對於當下詩人的創作，詩歌批評對其會有什麼樣的影響呢？這二者的互動性體現在何處呢？

羅振亞：這一點我有明顯的感覺，前些年不光有關詩歌研究的文章不好發，就是在碩士、博士招生時新詩研究方向也比較冷清，近來形勢可以說是出現了「逆轉」，詩歌研究的風頭直逼其它文類研究，並大有趕超的跡象。這固然和海外漢學界的聲音有關，在很多研究中國新文學的異域學者看來，新詩的成就是最高的，他們也最認可新詩。但更主要的恐怕還是源於國內理論界的學術自覺，隨著新詩的成就和貢獻絕不弱於甚至超過小說、散文觀念的確立，人們發現以往研究界對新詩投入的熱情過少，對象的「重要」和研究「薄弱」的反差，使很多研究者把目光果斷地轉向了新詩。同時，新世紀以來詩歌界的日漸升溫加速了新詩研究的突起、深化。上世紀末至今詩壇彷彿像打了一針強心劑，活躍異常，行情看漲，吸引著眾多受眾的目光，其間雖然也和兩個陣營論爭、梨花體、詩歌朗誦會等詩歌「事件」有著扯不清的千絲萬縷的干係，但也還是表明詩歌又獲得了重新走向輝煌的可能，特別是在去年的地震事件和奧運事件中，詩歌都有不少可圈可點的出色表現。這種詩歌氛圍和不斷出現的的理論命題，在一定程度上刺激了詩歌研究的「繁榮」。另外還有一點就是一些有識之士積極穩實的倡導也功不可沒。程光煒、林建法等多次談及當代學界對新詩的評價偏低，有悖於歷史和詩歌發展自身，不利於當代文學健康生態的生長，《當代作家評論》、《當代文壇》等刊物還專門開設漢詩研究的專欄，都產生了很好的社會影響。

儘管有些詩人一再表白對詩歌評論從來不看（他們甚至不看自己以外他人的詩歌），每個詩人或詩歌群體和詩歌批評的聯繫多少不一，或深或淺；但我相信優秀的詩歌批評對詩人的創作還是有很大影響的，當然前提是這種詩歌批評得讓他們認可。好的批評應該是從創作的現象中生發而出，然後回過頭再對創作實踐發生作用，及時地描述詩壇的品相風貌，評判創作的優劣得

失，指點詩人的迷津和前行的方向，讓廣大受眾對詩壇、詩人、詩作的複雜情形獲得深入、全面的瞭解，消除他們對新詩的偏見與誤解，以及對新詩所持的悲觀情緒，為當下詩歌創作的繁榮提供有益的參照，正如大學課堂一樣，詩歌評論也是詩人及其作品成為經典的方式或管道之一。詩歌評論和創作本來應該是一種平等真誠的對話、交流關係，互相促進激發，良性結合，攜手並肩，最終達到雙贏的目的。可是長久以來很多批評只是跟在創作的屁股後面，被動地闡釋，或者居高臨下地站在詩人前面揮舞著大棒，一味地挑剔滋事，那詩人不遠離批評才怪哪。

劉　波：我有一種感覺，就是當下的詩歌還是缺乏力量，而造成這一現狀的原因，除了時代和社會的因素，其本質還是在於詩人自身。您能從這兩方面談談是什麼原因制約和限製詩人們的創新嗎？您認為詩人怎樣做才能改變一下目前詩歌整體乏力的現狀？

羅振亞：這個問題在咱們做的 2008 年下半年詩歌刊物觀察中已經涉及過。力量感的匱乏是目前詩壇很大的困惑。當下的商品經濟大潮和拜金化語境，令無數詩歌寫作者心浮氣躁，難以斂神靜氣地打磨藝術，深入到精神世界的最底層去作思想的開掘，這是不爭的事實。但這還僅僅是外在的原因。近些年先鋒意識的逐漸削弱，理想主義精神的日益萎鈍，導致詩人們太局限於一己之私，境界狹窄，在平淡無奇的詞語堆砌中，僅僅滿足於小情小調的抒發，無法深入抵達精警智慧的思想福地。這或許是當下詩歌缺乏力量的主要動因所在。同時詩壇長久以來形成的泛化藝術現象也頗令人頭痛，很多詩人常常沉迷於傳統詩歌中習見的自然意象，疏於對人類的整體關懷，滿足於構築充滿風花雪月和綿軟格調的小型抒情詩，或者在藝術上趨向於匠人的圓滑世故與四平八穩，詩作固然也很美，但卻沒有生機，缺少批判的力度，精神思索的創造性微弱，嚴格說是思想的「原地踏步」。兩種因素的聚合，注定了很多詩歌必然缺乏震撼人心的力量。

這裡面說穿了還是抒情主體哲學意識淡薄的問題。詩是什麼？詩是主客契合的情思哲學，它的起點恰是哲學的終點，優秀的詩要使自己獲得深厚衝擊力，必須先凝固成哲學然後再以感注形態呈示出來。而我們的詩人恰恰很少做到這一點，他們的筆在每一次景象過程中很少受到理性對詩的規律性認知的控制，無法潛入生命本體、博大宇宙等空間進行形而上思考，究明人類本質精神，進行一種智力操作，而只能降格為一種情思漫遊，生產缺少智性

的自娛詩。詩的肌體失去了哲學的筋骨，自然也就失去了深刻度與穿透力。我們的詩歌要想改變缺乏力量的現實，就應該在最大限度內減少那種無病呻吟、無關痛癢的概念與符號寫作，提倡與現實、靈魂交合的及物寫作，我們的詩人也該不斷的強化哲學意識，實現對存在和生命本質的深入發掘。

下篇：新詩批評需要一定的天賦

劉　波：從開始從事新詩研究之初，您的主要興趣點是在現代新詩這一塊，世紀之交，您從現代新詩研究領域逐漸向當代先鋒詩歌研究轉型，在這一轉型過程中，您是將現代和當代打通了的不多的新詩研究學者之一。比如在最新專著《20 世紀中國先鋒詩潮》裏，您將現代先鋒詩潮與當代先鋒詩潮進行了整合，建立了整個 20 世紀中國先鋒詩學的體系。您認為現代新詩與當代先鋒詩潮之間，有什麼樣的內在傳承或斷裂關係？

羅振亞：我真正進入詩歌研究，是從做碩士學位論文《嚴肅而痛苦的探索：論四十年代的「九葉」詩派》開始的。但那時我對朦朧詩、後朦朧詩就比較感興趣，也發表了幾篇文章。待到 1993 年寫第一本專著《中國現代主義詩歌流派史》，我開始有意識地打通現代、當代詩歌的界線，嘗試把新詩作為一個完整的學術板塊進行研究，新近出版的《20 世紀中國先鋒詩潮》更是這一實踐的產物。不論現代的或當代的，作為先鋒詩歌始終都充滿超前意識和革新精神，它們至少都具備反叛性、實驗性和邊緣性的特徵。以象徵詩派為開端，中經「現代」詩派、九葉詩派、臺灣現代詩、朦朧詩、後朦朧詩、1990 年代先鋒詩歌，一直到 70 後詩歌，每一階段的先鋒詩潮都對前一階段的先鋒詩潮有所承繼；但卻也都因前一階段先鋒詩潮「影響的焦慮」而萌動，都以對前一階段先鋒詩潮的反叛與解構而崛起，這種叛逆性可視為 20 世紀先鋒詩歌甚至整個新詩發生成長、壯大成熟的原動力。先鋒亦是創造的同義語，它在對抗現實文化的同時都以藝術的創造為使命，這一點在新時期的後現代主義詩歌那裡比以往的現代主義詩歌更為明顯。要說斷裂也是存在的，其表現不僅僅是九葉詩派在 1940 年代的「迴光返照」之後，大陸的現代主義詩歌基本粉失滅絕，1970 年代中、後期前朦朧詩和朦朧詩的出現才又勃發生機（中間在臺灣曾經別發新芽），接上了這一斷裂的傳統，更內在的是先鋒詩歌在現代時段和當代時段的思想、藝術屬性上具有本質的差異。

劉　波：無論從您的專著《20 世紀中國先鋒詩潮》，還是從您在學界引起

極大反響的文章《一九八四～二○○四先鋒詩歌整體觀》（《當代作家評論》2006 年第 3 期），從「文學整體觀」的方法入手研究中國先鋒詩歌，已經成爲了您在近十年來學術之路上的焦點和亮點。您能否根據您的研究簡要闡述一下「先鋒詩學整體觀」？也談談這種「先鋒詩學整體觀」對當下詩歌研究界的意義。

　　羅振亞：先鋒詩學整體觀可不是幾句話可以說清楚的，我簡要地講講吧。先鋒詩學最首要的特徵是充滿反叛性，20 世紀先鋒詩潮的每一次崛起無不肇源於對詩壇庸俗化秩序的發撥，這種反叛證明詩人們置身的文化存在著多種維度、聲音和價值體系，這是文化彈性和活力的保證。第二 20 世紀中國先鋒詩歌的質地構成，不僅僅來自現實土壤的艱難孕育，還導源於古典詩歌與西方現代主義、後現代主義詩歌的雙向催生。1984 年以前的中國先鋒詩歌屬於現代主義範疇，對西方現代派詩歌的接受帶來了知性強化、詩意的凡俗化和張揚象徵意識與暗示效應的變化，古典詩歌的影響使之精神情調延續了傳統一脈，陶冶了含蓄蘊藉的意境審美趣味，崇尚音樂性與繪畫美。1984 年以後中國先鋒詩歌在藝術上置疑、瓦解意象與象徵藝術，重視日常性敘述，注意多元技巧綜合的創造與調試，它使宏大敘事消歇，歷史深度式微，情感表現零度化，價值形態平面化，結構零散化，語言日常化，已進入後現代主義時代。第三是從邊緣出發的 20 世紀中國先鋒詩歌命運不佳，經歷無數次的拼搏和撕殺，至今仍沒有完全接近中心，不但沒有像浪漫主義潮流那樣蔚爲大觀的幸運，更沒有像現實主義潮流那樣統領詩壇主潮風騷的殊榮，從未取得過舉足輕重或與後兩種潮流分庭抗禮的主導地位；並且和邊緣的生存狀態相連，在生存與傳播方式上只能選擇民刊策略，還帶有明顯的亞文化特徵。先鋒詩歌至今仍存在很多缺憾，但不能斷言它將就此終結或滅絕，它還會繼續影響 21 世紀的生活和藝術；同樣很多人預言詩壇的明天必定是現代主義、後現代主義的天下，也是缺乏依據並且迂腐可笑的。

　　對 20 世紀中國先鋒詩歌的研究早已是學術熱點，也出現過一些優秀的成果，但大部分還顯得瑣屑、零散、膚淺，「見木不見林」，停留於現象描述而較少現象背後的規律總結。我的研究是盡量將其視爲一個相對完整自足的藝術系統加以「歷史化」，按時空序列與歷史脈絡，兼及它們前後間的承上啓下、互滲互動、演化變異，還原其全景圖，把握其動態組構、遞進融合的矛盾運動與內在規律，探討其與 20 世紀文學的複雜關聯，及其在新文學史上的獨特

地位，試圖建立 20 世紀中國先鋒詩歌的譜系，完成一部特殊詩歌史的寫作。這種研究應該說有整合和系統的深度特色，成果問世後得到了十餘位詩學專家的肯定，認爲其填補了新詩研究的學術空白，研究難度大，創新程度高，視野開闊，持論嚴謹，令人信服，理論性強，在各種方法交叉中呈現研究對象的面貌，改變了以往研究者只把官方刊物的經典文本作考察對象的模式，把在民刊上發表的邊緣性的第一手文本資料，經過仔細耙梳、整理、甄別、篩選納入到研究視野裏來，在方法和材料上有所創新，將現代主義、後現代主義新詩的研究水準推進了一步，能夠引導讀者對先鋒詩歌、詩學的理解和欣賞，爲當下新詩創作和理論的繁榮，提供了一定的歷史經驗、教訓與啓迪。

劉　波：從您新詩批評的字裏行間，我們總能感受到一種汪洋恣肆的文風，這種文風總能在瞬間喚起讀者的閱讀激情，這一方面與您深厚的學養有關，在我看來，另一方面也與您的詩人性情有關，您認爲當年的詩歌創作經歷對您後來的研究有影響嗎？能否說說您在這方面的體會？

羅振亞：一個詩歌研究者不一定非得是詩人，但最好有過寫詩的經歷，有沒有這種經歷大不一樣，你寫過，哪怕寫的不好，但總還是比沒寫過的人更能夠熟悉詩歌的肌理、修辭、想像方式，走進研究對象的本質深處。我 20 歲大學畢業後瘋狂地寫過兩年詩，還獲過任教的那個地區的創作一等獎（後來出過一本詩集），這也是在考取碩士生後以新詩爲研究方向的潛在動因。這段經歷對我日後的學術研究潛移默化地產生了很大的影響，詩人兼詩評家邢海珍先生在評價我的《朦朧詩後先鋒詩歌研究》一書時，說到「讀羅振亞的學術研究著作也如在詩中行走，頗具藝術氣質的語體方式，長於情境化的描述，追求語言的美質效果，他的議論充滿了靈動機敏和詩性的感悟，這大約與他當年寫詩，與他有著很深厚的文學修養有關。一個容易陷進抽象枯燥中的理論問題到了羅振亞的筆下就可以妙趣橫生、詩意盎然，既能保持一種優雅從容的敘述風度，又能在提煉和概括中保證說理的準確和嚴謹。也正是因爲詩歌創作的實踐及文學上的藝術性陶冶，強化了羅振亞作爲一個文學學術研究者的內功，他具有了比一般人更容易領悟和進入文學深度的條件。他的藝術感悟能力和足夠的文學修養使他能夠駕馭先鋒詩歌內質的複雜性」（《深入解讀中的歷史性清理和總結》，《文藝評論》2006 年 1 期）。

劉　波：在學院派批評家普遍不重視批評語言的錘鍊時，您卻對這方面非常敏感，對批評語言很講究，並且形成了自己獨特的風格，準確，詩意，

富有美感和活力，他人根本無法模仿。在語言的呈現上，別人料想不到的地方，您卻能寫得異彩紛呈，這或許就是您個性化批評語言的表現，也是您在新詩批評上的與眾不同之處。您是怎樣看待當下新詩批評語言現狀的？

羅振亞：這一點你看得很準。有一次一個研究生和我說，「老師，您的文章語言自帶防盜功能，別人不好模仿」。的確，我在進行詩歌研究的時候比較重視批評語言，不論是好是壞總算有著自己的語言特點，對此不少詩歌研究者先後都有所指認。我常想詩乃各種文體中的尖端藝術，美和凝練是它的別名。如果用白開水一樣淡的語言去闡釋它，不止會倒讀者的胃口，就是對詩美本身也是一種損害和破壞；所以我對研究語言總是心懷敬意，從來不敢怠慢，基本上要字斟句酌，選擇哪個詞語，用什麼句式，都費一番掂量，寫成之後再反覆推敲，盡量讓它貫通酣暢的文氣，看起來舒服，讀起來也上口，暢達，自然而有一定的詩意。這種追求使自己的書和文章語言相對來說比較美，但是也有那種辭采過於華美淹沒思想的時候，在語言美的表達問題上不及或過都是應該避免的。當下的新詩批評語言大多注重學理性和思辨色彩，充滿令人激賞之處，當然有些就太累人，枯燥乾澀，讓讀者很難有耐心讀到底，好端端的觀點活活給糟踏了。最好的評論語言應該把具象和抽象、感性和理性、美和思辯結合得恰到好處，孫玉石的語言就達到了這種境界，我從他那裡悟出了很多東西。

劉　波：有的學者擅長個案批評，而有的則擅長作整體研究，您在這方面是二者兼顧，並相得益彰。無論是個案解析，還是綜合評價，您總能準確地抓住某一詩人或階段性詩潮的特點，這種闡釋，既不失客觀，又令人信服。您是如何做到個案批評與整體研究這兩方面有效結合的？這二者之間有什麼必然的聯繫嗎？您對當下學界個案批評和整體研究這兩方面的現狀有什麼看法？

羅振亞：我在平素研究過程中盡量相容「顯微鏡」的透視之功和「望遠鏡」的統攝之力，諧調微觀細察與宏觀概述，做到既見「樹」又見「林」。常常是在仔細耙梳、整理、甄別、篩選第一手資料的基礎上，注重文本細讀，一切從文本出發，而不為詩人的言論迷惑，無論是對每位詩人、每個流派乃至一種詩潮的研討，都力求在對文本有相當準確把握的前提下，先有真切的「感覺」和豁然的「感悟」，再求得系統性、學術性的概括，提出自己的理論觀點與見解，在將不同階段流派詩人的不同特點的宏觀掃描囊括於心後，進而歸納提煉出 20 世紀先鋒詩歌的內在演化動力、流變規律和整體特點，在還

原歷史、綜合評說的過程中對 20 世紀先鋒詩歌在文學史上的意義作出恰切準確的定位；從而達成詩潮詩派和詩人詩作的互相照應與印證，以超越從概念到概念，從抽象到抽象，貌似洋洋灑灑實則不著邊際的研究路線。

其實如今詩學界不少人能夠兼顧好個案批評和整體研究的關係，只不過一般的學者是在二者之間有所側重罷了。個案批評恐怕是一個學者必須練就出的基本工夫，沒有這個紮實的環節墊底，所有的整體研究也就都是蹈空的東西，只不過個案批評也不能太拘泥，而應該既立足對象又超越對象，在宏闊的視野和語境下做更高層次的理論提升，切口可以小，但挖掘的必須深，透視出的問題不能小。整體研究的學術要求略高一些，它需要研究者的一種綜合實力，眼界、功底、問題意識和理論抽象力兼具，它最好有諸多個案批評的積累做支撐。可是放目學界，很多宏觀研究文章的話說得太「大」、太「空」，讓人感到是滿嘴跑火車，懷疑其是否仔細研讀過論題涉及的詩歌文本和詩人著述。整體研究的過於粗疏和個案批評的過於拘泥是同樣可怕的。

劉　波：從您近期的一些文章中，像《三十與十二》（《名作欣賞》2008年第 11 期）、《飛翔在「日常生活」和「自己的心情」之間——論王小妮的個人化詩歌創作》（《當代作家評論》2009 年第 2 期）等，我們會明顯感到一種文風的變化，那就是從容自如，似乎進入了一種「生命的學問」的創作境界。我覺得，這是您的各方面積累達到一定程度後，所呈現出來的一種自然的輕鬆，比如人生閱歷、知識儲備與理想信念等。能否談談您最近兩年在新詩研究與批評上的風格變化？

羅振亞：已經有幾個人和我談到我近期批評風格變化的問題，我自己倒是沒有什麼明顯的感覺。出於對以往過於雕琢、講究語言習氣的反撥，這幾年我在寫作中有意識地遏止過多的形容詞出現，盡量使文字枯瘦，向枯瘦到只剩下靈魂的程度和方向用力，同時在表達上以自然乾淨為追求的目標。再有就是不斷地去除感性化的色彩，覺得三十歲以前做學問可以憑才氣，而三十歲以後就得靠功夫了，當初寫《中國現代主義詩歌流派史》、《中國三十年代現代派詩歌研究》的時候，很多地方要小聰明，想當然，現在是嚴謹了許多，說話講根據和學理了；但是同時在心態上又很放鬆，好則說好，壞則說壞，實事求是，敢於為自己負責，敢於承擔了。另外，我寫作的速度大不如從前了，一揮而就的情形少了，一個學者和一個作家有些相通的地方，要學會「快」起來，更需要學會「慢」下來。

劉　波：您從上世紀 80 年代中期開始進入新詩批評與研究領域，到現在也走過了二十餘年的歷程，其間感受想必也是五味雜陳，感慨頗多。能否談談您從事新詩批評與研究二十餘年來，這一事業對您的人生心態產生了什麼樣的影響？是什麼動力能讓您一直堅守在這寂寞的新詩研究陣地上而沒有厭倦和疲憊之感？

羅振亞：從 1987 年 1 月第一篇真正的論文《北大荒詩與西部詩的美學差異》在《當代作家評論》雜誌發表算起，至今我在學術道路上的跋涉已過二十二載。此間的斗轉星移，讓我飽嘗了酸甜苦辣的各種人生況味；但文學尤其是詩歌的滋養，始終不斷地給予我「在路上」行走的力量，我感謝它們。記得在當選「中國十大新銳批評家」的獲獎感言中，我曾經無意間寫下這樣一段話：「與詩結緣，是我的痛苦也是我的幸運。她讓我不諳世故，難以企及八面玲瓏的成熟；讓我的心靈單純年輕，不被塵俗的喧囂煩惱所擾。她教我學會了感謝，感謝上蒼，感謝生活，感謝生我養我的父母和土地，感謝那些曾經遇到、即將遇到的或親切或溫暖或美麗的名字；她教我在漫長的人生路上走得淡泊自然，走得快樂永遠」。的確，出於熱愛的快樂原則，是我從事詩歌批評活動的偏好和旨趣。

當然，我更清楚思想的獨立和自由在心底的分量，它是一個學者即便失掉一切也必須堅守的底線。為了堅持獨立、自由的思想言說，我嘗過甜頭兒，也碰過壁，只是面對一次次不大不小的代價，我一直都心懷坦蕩，無怨無悔，依然笑對世間的一切炎涼冷暖、花開花落。本著獨立和自由的精神，我尊重、善待每一個值得人們敬佩的學者、詩人、作家，和許多年輕或不年輕的思想者建立了珍貴的友誼，卻從不加入任何學術幫派或學術圈子；而是長時間甘居一隅，以「邊緣」為苦，以「邊緣」為樂，秉承學者的良知，輕易不放棄自己的判斷，人云亦云。因為我深知學術研究不是空轉的「風輪」，它必須嚴肅地承擔一些什麼，堅守一些什麼。我清楚文學評論文章大致有三種情形：一是作者比文章壽命長，人健康硬朗著的時候文章卻早死了；二是作者和文章同齡，人不在了文章也漸漸被人遺忘了；三是文章比作者壽命長，人去世多年文章還一直被人提及。我不敢奢望達到第一種境界，惟願不陷入第三種境地即足矣。

在新詩研究這個一向冷清的領地上說沒有過厭倦和困惑是騙人的。夜闌人寂、孤燈獨對的淒清，腰酸背痛、眼乾舌燥的疲倦，學術風氣反覆無常的

腐化，特別是商品經濟大潮車輪的碾壓，曾使我的學術信念之舟幾經飄搖，起起落落，走走停停。但每當這時，從農民父母那兒承繼來的本分堅韌，就會殷殷提醒我，「你只是城市裏的一個『農夫』，除了種植、侍弄自己的莊稼之外，一無所長」，於是我浮躁的心也隨之沈穩下來，意識到自己也只適合放牧那些文字，經營學術研究的「茱地」，否則只能像個殘廢似的慢慢餓死。那一小片精神空間，是我活命的家園，是我生命的根啊！

劉　波：最後，有一個很現實的問題想問問您：當下中小學對新詩教育並不太重視，古典詩詞仍然是中小學生們語文課本裏的重頭戲；而大學裏的新詩教育，也沒見有多麼明顯的改觀：一些高校的《大學語文》教材裏，絕大部分是古詩詞，即使有新詩，也是一兩首現代詩作點綴，有的教材裏甚至都沒有新詩。而在一些高校的中文系裏，由於學生興趣、師資力量等因素，新詩教育仍然顯得薄弱。您能根據您的從教和研究經驗，談談中小學和大學新詩教育的現狀與未來走向嗎？作為新詩研究和教育者，您覺得我們能在哪些方面為普及新詩做些事情呢？

羅振亞：如今學校裏的新詩教育現狀令人堪憂，經一些有識之士不懈的努力，大、中、小學課本裏的新詩比重雖仍然無法和古典詩詞抗衡，但總算加大了許多。只是一些人以為新詩使用現代漢語，其工具白話文在接收過程中沒有文化和語言的障礙，因此新詩不存在讀不懂的問題，也無需詮釋，這種思想偏見和詩歌創作與欣賞之間協調傳統的斷裂，使我們的新詩鑒賞理論和日新月異的作品文本相比嚴重滯後，高校與中小學的大量教師所受的詩歌教育過於陳舊，面對新詩作品一片茫然，以至於一些人乾脆「舊瓶裝新酒」，用傳統的詩歌欣賞理論硬套新詩作品，不但十分蹩腳，而且還常出不少笑話。上述情形以後應該也能夠有所改變。在這個問題上新詩研究和教育者可以嘗試去建構一種恰適的新詩解讀理論，幫助學生確立、認識新詩的經典，通過朗誦會、讀書會方式讓人們更多地瞭解新詩等等，任重道遠，也大有可為。

「中間代」詩評家研究：以羅振亞爲中心

邵　波

　　「五四」伊始，新詩寫作者就擔負起了解讀新詩的職責，不少還被後人傳爲文學佳話。「中間代」詩評家自然遺傳了前輩的「美德」，他們或者年輕時緊跟繆斯的步履，後轉向詩歌批評，或者身兼二職，活躍於創作和詩評的兩端。這批執教於高校，活躍在詩壇的詩評家人數可觀，且處於「當打之年」，其中包括了羅振亞、張清華、張德明、趙金鐘、馬永波、臧棣、敬文東、汪劍釗、周瓚、向衛國、楊四平、譚五昌、趙思運、吳投文等人，他們不但於各自研究領域建樹頗豐，而且直面當下詩歌現場，爲同代詩人立言，形成了獨特的小群體生態圈，從詩歌的接受與反饋方面，詮釋著「中間代」的詩藝理想。

一、堅守批評家的理性與銳氣

　　有人曾說過，不會寫詩的詩評家不是好的詩評家，但是，大多數詩評家由於長久地駐足學理的天秤，漸漸痛失了寫出好詩的羽翼，只能將詩性的語言和感懷寄託於詩評之中。與詩人相比，他們若想立足詩界，並把學問做精、做深，則需要更多沉潛、積澱與歷練，要有十幾年如一日，把冷板凳坐熱的耐心和毅力。也許是歷史弄人，「中間代」詩評家與「中間代」詩人的生長周期「不謀而合」。他們經過 1990 年代的韜光養晦，新世紀與同代詩人一起殺出重圍，獲得了廣泛認可，而特殊之處在於，置身當代詩歌現場，「中間代」詩評家不僅要有敏銳的嗅覺，良好的審美修養和理論內蘊，更要具備批評家的獨特眼光和批判鋒芒，從而針砭「詩」弊，發現蘊藏在詩歌史內部的某種規律性的詩寫經驗，才能爲當代詩歌點亮航行的燈塔，博得詩人的尊敬。

學理儲備是批評家立足學術界的底線之一，正值青壯年的「中間代」詩評家對新詩自然少不了理性的認知和整體脈絡的把握，一本本頗具理論素養的學術專著，一篇篇鈎沉詩歌狀貌的文章，奠定了他們在詩歌研究界的地位。作爲先鋒詩歌資深的批評者，羅振亞教授諳熟 20 世紀中國新詩的發展脈絡，他於變動不羈的歷史風雲和詩派林立、詩人浩繁的百年詩史中，長期把持理解先鋒、闡釋先鋒的要務，實屬難得。例如，其關於現代主義詩潮的學術專著《中國現代主義詩歌史論》（社會科學文獻出版社，2002 年版），就較早有意識地關注起國內現代主義詩歌的運行軌跡，通過對大量詩人、詩作的個案剖析、流派的綜合比較和精檢細察，洞悉出了中國現代主義詩歌發展過程中此消彼長、交錯遞進的隱性結構，進而探究各大詩潮的內在連動關係和嬗替規律，復現了現代新詩乃至整個現代文學變動不居、聚訟紛紜的探索史。在風雲際會的中國近現代社會，國內外各種思潮輪番上演，如果要澄清、梳爬出新詩發生、成長期的歷史圖景，並非易事，它既需要一種「世界文學」的眼光，摒棄狹隘的學術視閾從全域高度鳥瞰新詩相容並包的寫作趨向，還應該承繼「中國向來的魂靈」（魯迅語），以「民族——世界」的學理容量，審察新詩「蟬翼」的紋理。羅振亞先生的《日本俳句與中國「小詩」的生成》（《中國社會科學》，2010 年第 1 期）便是一篇具有上述「氣質」的國際性的「比較文學」的研究力作。先生把「小詩」與東瀛俳句的姻親關係作爲探查新詩草創期繁複地質的切入點，於中日兩國的現代文獻中翻檢出俳句對「小詩」的「遙感」作用。先生推翻了慣性的研究定勢，復原了「小詩」興起、發展、衰亡過程中歷史的本來面目，「嚴格意義上說，『小詩』的本質不是源於兩翼，而是一翼，那就是俳句與和歌，至少是主要源於俳句與和歌。因爲周作人當時置身於『小詩』運動的混沌之中，缺乏必要的審視距離，忽略了一個必須引人注意的重要事實：若追根溯源，曾被許多人奉爲小詩影響源的泰戈爾的《飛鳥集》，其藝術故鄉同樣在日本的俳句。或者說『泰戈爾寫小詩，也是受日本俳句的影響』。」〔註 1〕先生「大膽假設小心求證」，打破了人們對「小詩」的傳統認知模式，歸納出「小詩」向俳句「借火」的美學淵源和神似特徵，這不僅要深諳中日兩國的文化傳統和詩學礦脈，而且還要具備紮實的學術功力，更重要的是葆有對新詩問題銳敏的判斷力和洞察力，惟其如此，才能順理成章地採擷到「詩性之花」。

〔註 1〕 羅振亞：《日本俳句與中國「小詩」的生成》，《中國社會科學》2010 年第 1
期。

　　眾所周知，羅先生的新詩研究從「現代方向」起步，但也正因爲其對現代詩潮靈敏、全面且富有深度的掌控，才使現代新詩如同一面鏡子反照出了當代先鋒詩歌的發展邏輯，從而凝合了 20 世紀中國先鋒詩潮綿延起伏的律動脈搏，這是一位資深的批評家理應具有的恢宏視野。像羅先生另一部經常爲人稱道的專著《朦朧詩後先鋒詩歌研究》（中國社會科學出版社，2005 年版，以下簡稱《先鋒詩歌》），就是其當代詩歌研究結出的碩果。著作呈現了先生一以貫之的詩情、才情與理性交相混融的詩論風格，他用綴滿詩意的語言「撥動經典的風鈴」，在當代詩歌研究界率先開啓了朦朧詩後先鋒詩歌研究的濫觴，以斷代史的方式展示了當代歧義叢生的先鋒詩壇以及詩人們文本的先鋒實驗性和精神的反叛解構性的特徵，發現了隱藏其間的「叛逆線索」。而更讓人肅然起敬的是羅先生雖然活躍於人情繁多的當代詩壇現場，偶而亦與脾性相投的詩人「煮酒論詩」，但是身爲先鋒詩評家先生自始至終地秉承獨立、客觀的批評立場和嚴謹、認眞的治學態度，專著中充滿理性的光芒和批判的銳氣。

　　始終恪守「與先鋒對話」的「在場」身份，對於任何詩評家來說都將面臨「落伍」的威脅，這是挑戰「先鋒」的極限。「中間代」詩評家卻二十餘年如一日，獨自品味、譜寫了屬於自己的「問詩錄」，堅定地仰望繆斯的光暈。羅振亞先生致力於「新世紀詩歌研究」方向的挖掘已經多年，他緊跟詩界的前沿話題和詩學動態，與時俱進地篩選、整理、評判新世紀「進行時」中的詩歌生態，爲後來人留下了彌足珍貴的第一手資料。像羅先生關於新世紀詩歌的力作《在熱鬧與沈寂中蓄勢——新世紀詩壇印象》（《詩探索・理論卷》，2010 年第 3 輯）、《沉靜中的悄然生長——2010 年中國詩歌觀察》（《名作欣賞》，2011 年第 3 期）、《「亂象」中的突破及其限度：21 世紀詩歌觀察》（榮獲中國 2011 年度《星星》詩評家獎，《天津社會科學》，2011 年第 1 期）、《新世紀少數民族詩歌的精神向度》（《河北學刊》，2011 年第 6 期）、《面向新世紀的「突圍」：詩歌形象的重構》（《東嶽論叢》，2011 年第 12 期）等等，均以詩性的言說、理性的觀察、縝密的思考和成熟的文風拍攝下當下詩壇的鮮活畫面。其中對詩人的定點爆破、詩作的微觀細讀、詩藝的獨到理解、現象的本質覓蹤以及對詩歌整體諸多弊病的揭示，全部堪稱絕佳的詩論範本，收錄了眾多妙思灼見。

二、專著、文章中的「中間代」

「中間代」詩評家對「中間代」詩歌的論說，並非同代人的自說自話，由於其特殊身份和文化背景，遂更易理解「中間代」詩人的精神內理，進而精準地描畫「中間代」的詩人群像。據筆者考察，2011 年已有兩部理論專著為「中間代」詩歌開闢專節、專章加以闡述，分別是湛江師範學院張德明教授的新作《新詩話：21 世紀詩歌初論》（九州出版社，2011 年版），浙江傳媒學院趙思運教授的專著《中國大陸當代漢詩的文化鏡象》（雲南美術出版社，2011 年版），某種程度上可以說，這掃除了「中間代」詩歌進入詩歌史的羈留障礙。〔註2〕

而回首羅振亞先生的專著《朦朧詩後先鋒詩歌》，可以看到，其早在「中間代」命名誕生之初，便有意開始書寫同代詩人的卓著「功勳」。先生將「中間代」詩人以個體形式嵌入 1990 年代「個人化寫作」的地貌之中，發現並細緻釋明瞭其展現的詩藝特點和先鋒走向，像伊沙、馬永波、安琪、西渡、宋曉賢、徐江、侯馬、宋琳、周瓚、賈薇、朱文、臧棣、桑克等詩人都曾被羅先生「點名」論及，當然專著中還包括更多廣義的「中間代」詩人。正是他們與留守詩壇的「第三代」詩人一道支撐起了 1990 年代貧瘠的詩歌現場，他們是破譯先鋒詩歌「歷史中斷」之謎的鑰匙，也是市場經濟占主流話語的時代修復斷裂詩意的「苦行者」。羅振亞先生面對商業化社會造成的詩人「出逃」和先鋒沉落時，心情是沮喪的，而正是「中間代」這批更為年輕的寫作者，讓先生看到了當代新詩的出路——「個人化」的「此在」詩學，「詩人們普遍感到真正的自我應該是『非意識形態化』的個人，真正的詩歌應該放棄詩歌是什麼的詰問，真正的個人化應該以『個人歷史譜系』和『個體詩學』為生命支撐；所以都不約而同地自覺向本質上屬於個人的詩歌本體回歸，遏制社會抒情，不再問為什麼寫作，不再為既有的秩序寫作，不再借助群體造勢，而注意探究個人生命體驗裏存在著的寫作可能性，完全按照自己的標準喜好和詩歌觀念寫作和集體命名無關。」〔註3〕從「個人化寫作」的翩然蒞臨到晉級為詩壇風尚，「中間代」立下了汗馬功勞，其「及物」寫作、敘事性、戲劇性、互文性等詩藝綜合能力均為羅先生津津樂道之「手藝」，哈爾濱的桑克和

〔註 2〕 雖然誠子誠、劉登翰編著的《中國當代新詩史》（2005 年修訂版）中提及了「中間代」這一抒情群落，但關於其具體闡釋文字則相對稀少，語焉不詳了。

〔註 3〕 羅振亞：《朦朧詩後先鋒詩歌》第 163 頁，中國社會科學出版社，2005 年版。

－310－

馬永波便以此「專長」成了先生專著裏的「常客」，像桑克的《公共場所》便取締了玄妙空泛的「大詞」，沉溺於世俗世界的人情冷暖，聆聽那細瑣平淡又眞切感傷的生活樂章。羅先生仔細回味詩作的每一個「音符」，探聽詩歌流入「現時」的密道，從中證明了「個人化寫作」包蘊社會歷史語境壓力的能力；馬永波的《電影院》也是先生鍾情的佳作，其包容性的寫作技巧，熔小說的筆法和散文、隨筆的敘事資源於一爐，使文體混響雜糅布滿了事件化、心理化、情境化的因素。「中間代」對先鋒精神念念不忘，導致其在詩藝探索上走得最遠，但是「不安分」的躁動，也使部分「中間代」詩人被裹挾進了「知識分子寫作」和「民間寫作」的世紀末論爭中，掀起了詩壇持久的震蕩，阻礙了其作爲詩群浮出地表的時機。可以看出，羅先生有意將「中間代」個體詩人劃入不同群體，從而打破了既有的代際標準推導出詩壇整體的發展走勢。

羅振亞先生的另一篇《憑文本支撐的精神鳴唱：「中間代」詩歌論》（《廣東社會科學》，2007 年第 2 期。）則經常被「中間代」詩人所提及，許多「中間代」理論選本也將其收錄，迄今爲止，這是論述「中間代」最具學理性的篇什，呈現出了詩人們尋找詩性高地的堅韌跋涉過程。羅先生抓住了「中間代」詩人的潛隱、平和、沈穩等等性格特點，既強調「中間代」個體的獨特感知，又全景式地掃描出了繁多的詩歌文本背後相似的技藝操作、寫作理路和價值取向，肯定其藝術探索的實績；並以同代人的「靈魂感」和精神認同感構建了詩人之間或詩作之間的內在聯繫，探知其背後大致相同的精神旨趣。例如先生眼中，安琪的《龐德，或詩的肋骨》就是一首用語言思維的佳品，並從中過濾出了詩人精神思想的碎片：匪夷所思的語言秩序和超現實主義的因素遍佈四處，流瀉出了文本的「不和諧音」（胡戈·弗里德里希語），彷彿每一節詩章都可以獨立成詩、抽取閱讀，卻又被詩人錯亂的語言維繫起來，違反了常態的思維邏輯，歧義迭出。由於長年「供職」於當代先鋒詩歌的現場，加之經常調動、研讀大量的詩歌文本，羅振亞先生遂精闢地概述了「中間代」詩人的藝術內蘊和精神氣象，並眞切地感受到了一代知識分子心靈與社會現實的齟齬和持守詩歌理想的艱難。

雖然羅振亞先生對「中間代」推崇有加，但是秉持批評家的良知和對藝術負責的態度，先生亦尖銳地指出了「中間代」詩歌的諸種缺陷，「它並未從本質上撼動以往的詩歌，在寫作方向和詩學主張上，它同第三代詩的後期精神並無本質區別，其敘事化、個人化、日常主義的表徵，在某種程度上也僅

僅是前者寫作策略的翻版和模仿；甚至他們尚處於沒有形成強勁的總體氛圍的散兵遊勇狀態，還沒產生眾望所歸的大詩人、大批評家，1980 年代拳頭詩人詩作少的老大難問題依然困惑著他們；高揚差異性的負面效應，使它也失去了轟動效應，過度迷戀技藝也不時發生『寫作遠遠大於詩歌』的藝術悲劇。」〔註4〕這種全面、深入、理性的「勁道」分析，避開了慣常的套話、人情話的當代詩論弊病，字字璣珠、鞭闢入裏。可以說，正是通過專著、文章的隱性交流、切磋，「中間代」詩評家與詩人的關係才日益密切、成熟起來，兩者最終構建起了「寫作──閱讀（理想讀者）──批評（反饋）」的循環系統，詩人們深知一位優秀的詩評家對其寫作的指導意義和對文本的闡釋功能，「行家的作用是『跑到幕後』，窺探文學創作的社會歷史背景，設法理解創作意圖、分析創作手法。對他來說，不存在什麼作品的老化或死亡問題，因為他隨時隨地都能從思想上構擬出能使作品重新獲得美學意義的參照體系。這是一種歷史的態度。」〔註5〕相信，這便是「中間代」詩評家的職責所在，既深入同代人的詩歌紋路，勘察其詩作背後「精神山麓」的潛行走勢，又盤旋之上如「鷹」般迅捷、犀利、冷靜，形成一種集約束性和開放性於一體的批評空間。

三、立足「學院」、輻射「詩壇」

走筆至此似乎離題略遠，關於「中間代」詩評家如何具體推助詩人「小群體」的發展還未論及，但正如上文所述，由於詩評家的特殊身份使然，他們的學術生長周期普遍較長，只有年復一年的打磨好自己的功底，才能在研究界獲得一席之地，進而得到大家（包括詩人）的首肯。如今，「中間代」詩評家已經穩居「學院」詩歌研究「掌門人」的位置，批評的影響力和知名度也逐年增強，他們正努力開啓「中間代」的升空模式，將自身的熱能反哺給詩壇。

羅振亞先生曾執教於哈爾濱師範大學，為母校留下了一批專攻新詩研究的碩士生、博士生，2006 年調入南開大學，繼「九葉」詩人穆旦之後，先生又重新讓南開綻放「詩花」，和同道一起將「南開園」打造成了國內外新詩研

〔註 4〕 羅振亞：《憑文本支撐的精神鳴唱：「中間代」詩歌論》，《廣東社會科學》2007年第 2 期。

〔註 5〕 〔法〕羅貝爾‧埃斯卡皮：《文學社會學》第 86～87 頁，浙江人民出版社，1987 年版。

究的重要陣地之一。多年高校從教和現當代文學研究的經歷，讓先生發現了
很多詩學命題和研究角度，這些均被大量的碩士生、博士生繼承、發揚下來，
像先生博士生的畢業論文選題，就幾乎佔據了新詩研究領域的所有要衝：有
的側重研究現代象徵詩派、新月詩派、九葉詩派、1940 年代中國詩壇、中國
現代新詩語言、現代城市詩學；有的著重考察當代詩歌地質，如中國朦朧詩
後先鋒詩歌敘事性研究、1990 年代女性詩學研究、新世紀詩歌研究、臺灣「新
世代」詩歌研究、中俄詩歌比較研究等等，不勝枚舉。而掐指算來，羅先生
在當代文學史教學中引入「中間代」已經有 7 個年頭了，2005 年，先生在哈
師大講授「中國當代詩潮」的研究生課程時，便大膽地啓用了「中間代」這
一命名，不但詳盡地介紹了「中間代」命名的緣起、論爭和意義，還深入淺
出地講解了「中間代」詩歌的代際傳承、詩學特色和藝術維度，受之啓發的
學生不在少數，筆者更多蒙先生教誨，對「中間代」研究情有獨鍾。當許多
「中間代」詩人，如安琪、侯馬、唐欣、老巢、趙思遠、潘洗塵、李少君、
劉不偉等等得知羅先生默默爲同代詩人所做的努力時，感動不已。這是詩人
對詩評家遺失許久的信賴，是兩者消除分歧與矛盾，共同組建良性、互動、
多元的當代詩壇的美好開始，「作家與讀者之間的媒介的數量增加了。我們可
以研究類似『沙龍』的茶座、咖啡室、俱樂部、學會和大學等社會機構和社
會交往作用……批評家變成了重要的中間人；一批鑒賞家、藏書家和收藏家
也會支持某些類型的文學；而文學界人士的交往本身，就有助於形成作家或
未來作家的讀者大眾。」〔註6〕「中間代」詩評家以推廣、批評、參與的方式
加入了「中間代」的各個小群體，爲他們在當代詩史中存留了一番客觀、公
正的估評，並相對較早地研究詩人們那令人眼花繚亂的藝術形式實驗，鉤沈
出了一代人的生命軌跡。

當「學院」中的「中間代」詩評家走上了自覺評述同代詩人的道路，自
然大大提升了「中間代」詩歌的影響力，「一部作品的成功、生存和再度流傳
的變化情況，或有關一個作家的名望和聲譽的變化情況，主要是一種社會現
象」，〔註7〕借助高校的學術平臺，詩評家籌辦了不少以「中間代」詩歌爲中
心的研討會，旨在托起詩人們色彩紛呈的詩性天空。遠的暫且不談，單說 2011

〔註 6〕 〔美〕勒内・韋勒克、奧斯汀・沃倫：《文學理論》第 107～108 頁，劉象愚、
　　　　邢培明、陳聖生等譯，江蘇教育出版社，2006 年版。
〔註 7〕 〔美〕勒内・韋勒克、奧斯汀・沃倫：《文學理論》第 108 頁，劉象愚、邢培
　　　　明、陳聖生等譯，江蘇教育出版社，2006 年版。

年湛江師範學院舉辦的「21 世紀中國現代詩第六屆研討會」和「陳陟云詩歌研討會」，與會專家和詩人大多為「中間代」，像羅振亞、張德明、吳子林、吳投文、劉潔岷、向衛國、趙金鐘、李少君、安琪等等。會議的一個中心議題便是「中間代」詩歌，國內南北兩撥詩評家齊聚湛江師範學院，形成「中間代」詩歌研究的南北兩極，遙相輝映、惺惺相惜。而距「中間代」命名在廣東提出已經相隔十載，因此，這次會議也具有了紀念性的意義——正是 2001 年湖州師範學院的「21 世紀中國現代詩首屆研討會」，讓「中間代」進入了研究界的視野，開始受到越來越多的關注的。雖然「中間代」作為一個後期整合的概念有其自身的缺陷，但是由於「中間代」詩人和詩評家的「合謀」和強大詩歌文本、理論的支持，它漸漸博得了詩歌史的承認，被歸入適宜的詩歌方陣，並陸陸續續地被編進了許多高校教材，獲得應有的評價。

　　也許是「中間代」詩評家走得遠了，人們似乎都忘卻了他們曾經還是浪漫的詩人。近兩年在一片溫馨拳拳的懷舊聲浪裏，黃禮孩主編的《詩歌與人》出版了《詩歌與人・詩人批評家詩選》（2011 年 2 月，總 25 期），將我們引回了詩評家的「詩壇往事」。羅振亞先生早年便已「揮手浪漫」，轉而投奔新詩研究，但是當我們重溫先生那一首首滿載詩情的篇章時，不由得為先生的詩筆熱淚盈眶，「不要偷掩憂鬱的雙眼 / 圍巾擋不住冬夜厚厚的悵然 / 也許　我太冷漠冷冷漠漠如岩石 / 沉沉默默沉默像星光黯淡 / 我怕　怕湧動的情濤 / 沖毀前方並不牢固的堤岸 / 濺濕話語與足音織成的溫馨 / 淹沒玫瑰色的夜晚 / 我說過　我們還會相見」（《我說過　我們還會相見》）；「我們知道永遠沿著冬天走下去就是 / 開拓就是希望 / 一個個季節的連續就是人生的漫長 / 我們都願意是星斗不是星斗也無妨 / 人生就是走就是跑但不僅僅是閃光……只要我們還活著還會有方向 / 我們就要追趕冬天塑造冬天的形象」（《北極光》），兩首詩都對生活滿含真情，「不矯飾不做作」（龍泉明語），《我說過　我們還會相見》像是先生與往事的一場邂逅，散發出了朦朧、憂傷、恬美的氣息，讓身經詩行的讀者不由自主地被那迷人的字句吸引，被細膩的情感征服，彷彿回溯到了那些年我們一起度過的日子，如歌似畫；再看《北極光》，先生以黑土地男兒的豪情詩就了一片璀璨的極光，耀人眼目，冬季的寒冷、漫天的雪花、興安冷的火把和天上不變的星斗，是催生先生詩情的溫床，是養育先生詩性的北疆，是先生魂牽夢繞的黑河、哈爾濱與黑龍江，這裡留下了先生追夢的年代、珍存了先生守望詩歌的美麗願望。可以說，正是曾經常伴繆

斯左右，才讓先生能飽醮熱血詩心，準確傳神地勾繪出了中國新詩的崢嶸歲
月。

　　「中間代」詩評家深居高校，卻少有「學院派批評家」的文法筆調，往
往才學與才情兼備，不僅擁有紮實、深厚的學理功底，而且常懷知識分子的
人文精神和批評家「感時憂國」之心。新世紀，他們漸漸成長壯大，以「爲
詩立言，爲史做傳」的勇氣和責任專注於同代詩人的藝術天地，捍衛著詩歌
的榮譽。

後　記

　　從上個世紀八十年代中期在山東師範大學攻讀碩士學位研究生開始，就對中國先鋒詩歌有濃厚的研究興趣，不過那時主要集中在現代時段，對朦朧詩、後朦朧詩還只是喜歡。待到後來在武漢大學以《朦朧詩後先鋒詩歌研究》爲題做博士學位論文，就完全轉向了當代。而後出版的數本著作，也基本未離先鋒詩歌左右。或者說，從事中國現當代文學研究這三十年間，始終和先鋒詩歌關係密切。

　　如果說愚笨的自己尚有一點兒成績的話，應該完全歸功於田仲濟、呂家鄉、龍泉明三位先生的教導有方，和一些前輩學者和朋友的關愛。這次拙著能夠在臺灣出版，則有賴於李怡先生的舉薦，這裡向他表達特別的感謝。

2015 年 12 月 23 日於天津陽光 100 寓所